imaginist

想象另一种可能

理
想
国
imaginist

胡成 著

萧关道

云南人民出版社

献给我的奶奶

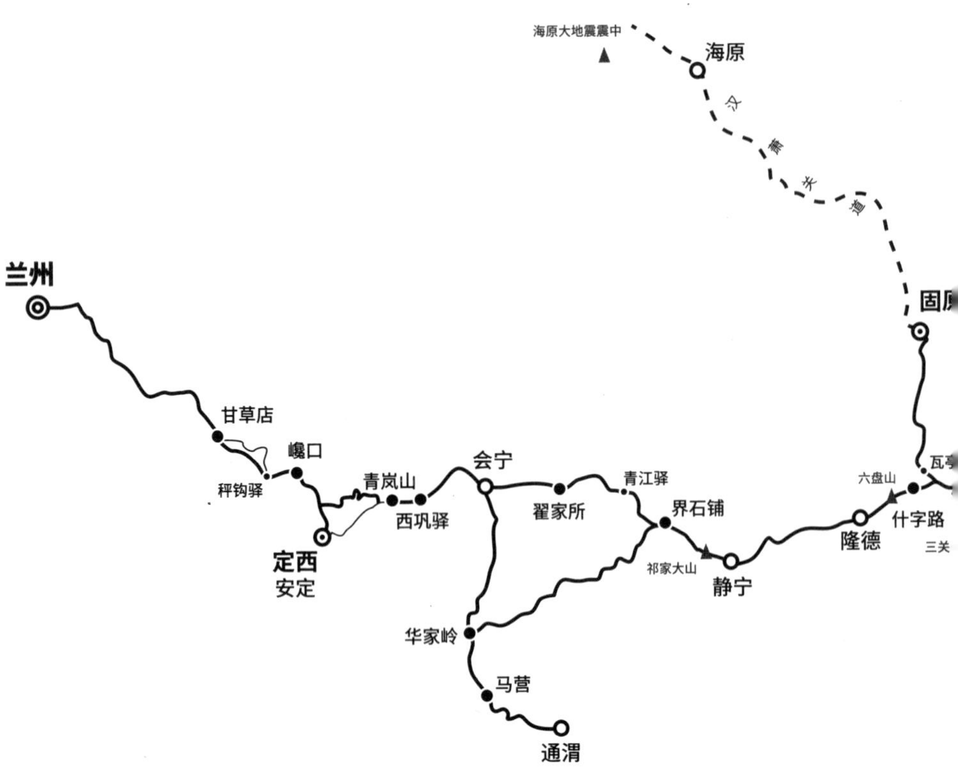
海原大地震震中
海原
汉
萧
关
道
兰州
固原
甘草店
巉口
秤钩驿
青岚山
西巩驿
会宁
青江驿
翟家所
界石铺
瓦亭
六盘山
什字路
隆德
三关
定西
安定
祁家大山
静宁
华家岭
马营
通渭

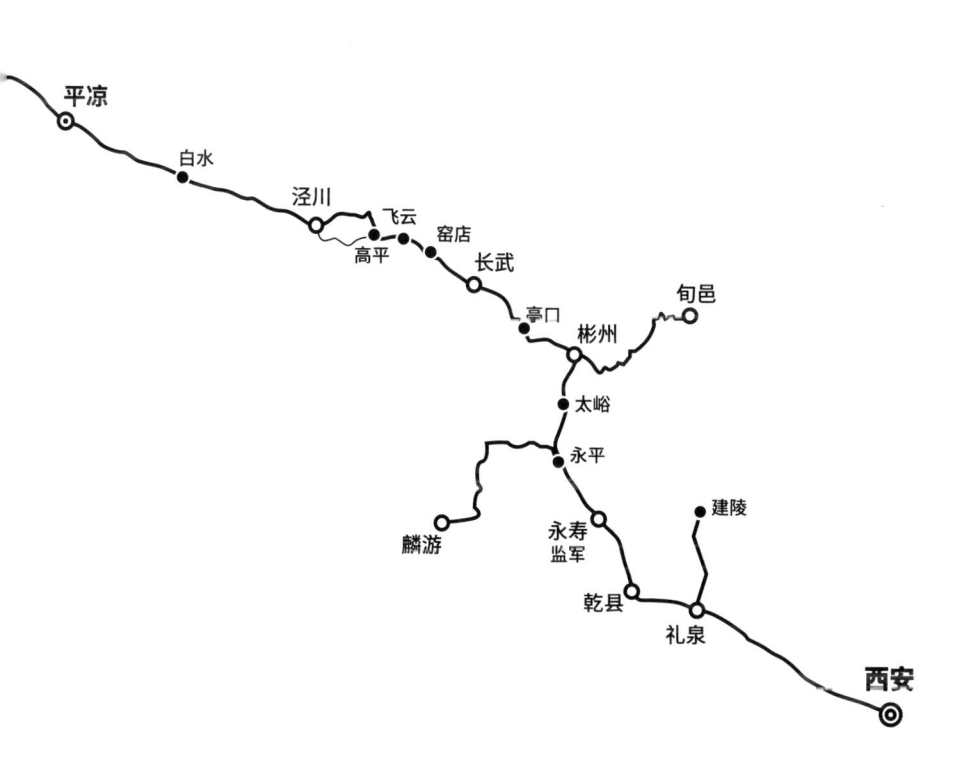

平凉 — 白水 — 泾川 — 高平 — 飞云 — 窑店 — 长武 — 亭口 — 彬州 — 旬邑
彬州 — 太峪 — 永平 — 麟游
永平 — 永寿/监军 — 乾县 — 礼泉 — 西安
礼泉 — 建陵

序
罗新

胡成《萧关道》与他之前出版的《陇关道》《榆林道》合起来，可称"关陇三部曲"。如果真是这么安排的，那么曲终奏雅，怪不得《萧关道》会比前两部厚重得多。《陇关道》写的是自西安向西，经扶风、陇县到天水，再往西经陇西前往兰州的古道。《榆林道》写的是自西安向北，经延安、绥德、米脂到榆林，再转向西南，经靖边、定边、盐池，进入西海固高原的古道。这本《萧关道》则是写自西安向西北，经礼泉、乾县、彬州、泾县（今名泾川）、平凉，进入西海固，翻越六盘山，到达陇山以西的会宁、安定，前往兰州的古道。这三条古道都指向西北的兰州，过了兰州再向西就是河西走廊，走过河西走廊再向西，便是广阔无垠的古老西域。作者立足秦川，凝望陇山，心思飘向更远的西北。

胡成的旅行写作具有十分独特的风格，可以称为"西北风"，不止写作对象是西北的山川城镇、原野村店，文字也带着苍劲沉着的黄土味。《萧关道》一如既往，比如写长武锅盔，

"雪夜空口嚼来，腹中有些炉火的温存"；写礼泉石马岭的董老汉，"风自武将山落下，掠过他的时光，掠过他近旁起身将行的老伴"；写六盘山上寂寞无人的古道，"道路积雪，忽一行山鸡爪痕自东而来，忽一道马鹿蹄印自西而去"；写通渭县的华家岭，"有人远走新疆，有人又自新疆归来，谋生而已，何处无妨。正如或走梁峁，或走河川，殊途而同归。纵然有朝一日，华家岭上又复无有人烟，还是无妨，人烟总在他处"。

穿越关中，跨过陇山，胡成并不是一个人，甚至他也不是走在一个时间平面上。他的旅行总有前人做伴。这些走过同样路线的前人来自不同时代，胡成把他们邀请到自己的旅行中，让他们各自展示自己的所见所闻，从而让萧关道之行变得凝重丰富，赋予它不同寻常的时间深度。这些人既包括著名的祁韵士、林则徐、叶昌炽和张恨水，也包括不那么有名的董醇、陶保廉、裴景福、温世霖、谢彬等，他们走过同样的路，见过同样的山川，而且也都或详细、或粗略地记下了自己的见闻感想。胡成以近乎学究的认真劲儿引据他们的记录，从而使自己的旅行变得厚重又热闹。

关于秦川大地，关于陇山东西，《萧关道》已是必不可少。

目 录

西安府

骊山　　　　007
西安府　　　015

醴泉县

醴泉县　　　033
建陵镇　　　044

乾州

西南村　　　061
乾州　　　　076

永寿县

监军镇　　　091
永寿县　　　099

邠州

邠州　　　　115
花果山　　　133
大佛寺　　　153
亭口镇　　　162

长武县

昭仁寺　　　173
长武县　　　186

泾州

窑店镇　　　197
凤翔路口　　209
泾州　　　　221
回中山　　　235

平凉府

白水驿　257
平凉府　268

固原州

三关口　293
瓦亭驿　324
和尚铺　344
六盘山　357

隆德县

隆德县　375

静宁州

静宁州　391

祁家大山　404

会宁县

青家驿　419
翟家所　451
会宁县　469

安定县

西巩驿　491
青岚山　504
华家岭　529
安定县　547
秤钩驿　565

注释　587

直到七十多岁的母亲在下铺坐定，五十多岁的儿子这才松开搀扶她的手。

从母亲的包里拿出暖杯，车尾接了一杯开水，儿子说要回去了。

已经谢顶的儿子下车，却没有马上离开，站台上循着车窗找回来。母亲站起来靠近车窗，挥手道别。儿子掏出手机，给道别的母亲拍照。

"别拍了，回去吧。"

"好，我走了。"

走出两步，停下脚步，回头探看。

母亲也走过去，走到临近儿子的车窗，挥手道别。儿子再次举起手机拍照，给道别的母亲拍照。

"别拍了，回去吧。"

"好，我走了。"

可是，一切又在下一扇车窗继续。

直到车厢连接处，儿子终于走了。

母亲回来再次坐定，望着空空的站台，轻轻叹了口气。

对面下铺，是与相邻隔断各铺同行的天津人。

他们一队六七十岁年纪的老同学，结伴携眷出门旅行。

落单，是已有先走的眷。

各踞一间，男人打牌，女人闲聊。

"没有对儿，我这牌没有对儿。"

"欸，有嘛说嘛呗，没有忌讳，李爱国就住我们那院儿。"

已过立冬，片刻入夜，天津人开始他们的聚餐。

自带的酒肉。一瓶白酒，一轮见底，下铺男人赶紧回来，行李中提出两瓶二锅头续杯。谁家老嫂子卤的一锅鸡脖，整根的鸡脖，甘蔗一样横持手中，那家女人赞不绝口："炖得烂，还不散。"

李爱国再次出现在他们的酒肉之间。"中午好好的，下午不好受，到医院就不行了。"

"等我们知道，人都火化了。"

之前充斥整节车厢的笑闹，如同攀出烟囱的一缕蓝烟，瞬间消散于无。

片刻寂静，不知道他们是为李爱国的死亡而哀伤，还是因畏惧带走李爱国的死亡而失语。

过道座椅，坐着蓝裤蓝衫的老汉，鬓发斑白，弓身望向车尾。

随他目光而来的是他儿子，长得像他，一样的长脸细眼，面颊隐现雀斑。

错身而过，儿子掏出一盒烟，父亲没有起身同去，只是掏出打火机，塞进儿子手里。

他们从平凉来北京，在一号难求的北京同仁医院给妹妹治疗疑难眼疾。

回程的车票没能买在一起，父子俩是相连隔间的上铺，妹妹在老汉瞭望的车尾中铺。

忽而探出身来，白净的圆脸女孩，可能是随她母亲的模样，双眼清澈，外观没有任何异样——当然我没有失礼到去打听具体病症。

儿子回来，我们聊起平凉，他们家住老城，"新民路下去"。

然后起身又去照顾妹妹，许久才回来，兴奋地说在宿营车补到三张下铺车票。

"闲了到平凉玩来。"他客气地和我道别。

我是天津人的上铺，中铺黑胖敦实的小伙是林州人。

林州，安阳市辖，以红旗渠闻名的林州。

"我们村，就在漳河畔，过河就是河北。"

小伙在当地电视台工作，他这趟来北京却是为私事，凌晨开车赶到安阳搭火车，十一点进北京，完事再搭火车返程，夜里九点半到安阳，到家会在午夜。

"本来想住一晚，可下午也没什么可做的，还是赶路回去吧。"

"这样更好。"我说，"住旅馆睡不好，还要多花钱。"

"主要是多花钱。"他实诚地笑起来。

我们对坐在空下的过道座椅,他忽然站起身来,小声问我:"哥,抽烟吗?"

我说戒了,他径去车厢连接处。

片刻,淡淡的烟草气味,绕过天津人继续的笑闹掩袭而来。

——他们都在西安下车,只有我到渭南站。

凌晨四点半。

西安府

骊山

凌晨四点半。

三年前,夏历九月二十七。

东侧天际,一弯赤金的残月。

正对渭南火车站的运业汽车站,发往临潼的头班车却在六点二十。

我在凌晨的渭南城游荡。

初冬的四点半,暗如午夜,再熟悉的城市,午夜的面貌都是陌生的,更何况一座原本陌生的城?

我随夜风在街道游荡,越来越冷——那轮残月越来越高,依然赤金。

直到五点半,三贤路的杜桥社区医院近旁,一排早餐店开始营业。菜夹馍店的老板,人行道上支起火炉,一锅土豆丝炒得游魂饥肠辘辘。

我却等不得他,踅进旁边一家油条店,一根油条,一枚茶叶蛋，一碗豆浆。

老板娘拈一根新炸的油条，按照关中的惯例，盛在盘中，铁剪铰作三四段上桌。老板略有驼背，守在保温大桶前灌装豆浆，为得外卖方便——附近遍布建筑工地，五点半已经陆续出工。五湖四海的口音，说着同样的油条、豆浆，或者店里还有的稀饭、胡辣汤。

夫妻俩六十岁左右，从东府大荔来到渭南，经营辛苦的早餐生意。

"三点就起床了。"老板娘幽幽地说。

她穿一双手工的布鞋，浮肿的脚背鼓起在鞋面与鞋襻之间。

回火车站的路途不再寒冷，却眼见得头班车与我在道路左右错身而过。

二班车停在汽车站前空地，司机人过中年，天命般发福，浸透日光的面皮如同雨后的黄土，头发也天命般向后退去，如同黄土塬畔稀疏的灌木野草。

问他几点发车，他不耐烦地回答："没点儿，一直没点儿。"

后上车的女乘客说起，我才知道二班车的理论发车时间是六点五十，但"理论上"即意味着非理论，发车时间向来随心所欲。今天先是说七点，调度又通过对讲机发号施令改至七点十分。

女乘客要去中途某地上班，晚二十分钟发车一定会迟到，因此强烈反对调度的肆意延时。

"没办法，"司机表示自己无可奈何，"谁发工资谁说了算。"

然而延时不仅令乘客不满,也会让自己的营业时间大受影响,于是司机安抚兼发泄地又表达了对调度的不满。"这伙狗日的!"他冲着对讲机骂道,"这伙狗日的,上嘴唇碰下嘴唇,胡说哩!"

但是胡说的却发工资,于是二班车依然七点十分出发。

向西,向临潼,肃杀的阴天。

户部主事董醇(忱甫,1807～1892)由渭南向临潼,时在道光二十九年十一月初九日(1849年12月22日),冬至。

一如今日的阴天。

一如今日过零口镇、新丰镇。

> 临潼对骊山之首,馆舍在山之腹,凡三进,有复道飞梁,花木蔚然,即唐华清宫故址,或曰故九龙殿也。左廊下有香汤,方石为池,长一丈,广三之二,窍石以吐水,汩汩然来,浩浩然去。廊之左为古温泉,有亭覆之,其广数倍于香汤。[1]

九年前,道光庚子(1840),三十四岁[2]的董醇春风得意,殿试二甲第十八名,赐进士出身,钦点主事,分部学习,签分户部。

道光二十九年(1849),陕甘总督布彦泰(1791～1880)告病开缺,时为固原州(今宁夏固原)丁忧知州徐采[3]控其"赃私多款"。布彦泰具折辩称此乃"砌词禀讦挟制",并"请派大臣审办"。道光皇帝因所控"均经指出案据姓名，必应确查根究，以成信谳"[4]，于十月初五日（1849年11月19日）召见协办大学士、户部尚书祁寯藻（淳甫，1793～1866），"谕以改道甘肃，会同新任总督琦善查讯控案"[5]。

之所以"改道"，是因祁寯藻三天前方才奉旨"驰赴四川查办事件"[6]。而在得旨当日，祁寯藻即已函谕司员董醇，"今日奉旨，出差蜀中，敬烦台驾同行。比年鞅掌，深抱不安，贤者多劳，想不见弃也"[7]。

董醇何敢见弃？唯有束装以从。

十月十二日（11月26日），自京师启行。

舟车劳顿，二十六天之后，"进临潼东北门，出南门，宿骊山下行馆"[8]。

那夜阴沉，无有夜月。

庚子国难，勤王扈驾，朝廷重臣、前任云贵总督岑毓英（彦卿，1829～1889）之子岑春煊（西林，1861～1933），因功擢升陕西巡抚，再任山西巡抚，旋署四川总督，再于光绪二十九年（1903）署理两广总督。

两广总督任上，岑春煊参劾属臣，杀伐果敢，以至得有"官屠"之名。广东首县南海县（今属广东佛山）知县裴景福（伯谦，1854～1924）"所至有能声，而贪酷亦称是"[9]，且与岑春煊素有积怨，因此莅任总督履新方二日，即遭"檄司撤任"。七月，岑春煊急密电奏，参劾裴景福为广东首贪，贿赂历任督抚，且挟洋自重，应请革职追赃：

> 天下贪吏莫多于广东,而南海县知事裴某尤为贪吏之首。该令才足济贪,历任督抚或受其笼络,或贪其馈送,咸相倚重,又熟习洋务,每挟外交以自重。撤任后,臣到广西,有某领事向臣称道其长,意在请托。似此贪吏,若仅参劾,令其满载而归,尚不足蔽辜,应请革职,由臣提讯追赃。[10]

光绪三十年三月初二日(1904年4月17日),"贪吏之首"逃往澳门。岑春煊派兵轮向澳门总督力索,裴景福无奈自首,六月二十三日(8月4日)遣返系狱。三十一年(1905)正月,岑春煊复奏裴景福逃澳之恶,并请旨将其"发往新疆充当苦差,永不释回,以儆官邪而纾民愤"[11]。

得旨:"著照所请"。

三月二十七日(5月1日),裴景福由广州起解,一百五十六天之后,九月初六日(10月4日):

> 入临潼东门,宿行馆,即唐华清宫故址,温泉宫、长生殿、集灵台,皆其地也。温泉初出为两大池,再由地中引至各屋,成数小池,有曰"贵妃池"者,相传即华清赐浴故处。[12]

时隔五十六载,裴景福亦如董醇投宿骊山行馆。

骊山行馆,唐华清宫故址,一千年前,明皇的贵妃曾在此地"温泉水滑洗凝脂"。光绪十六年(1890)续修的临潼县

志,也将行馆记在《建置》之《温泉》条下:

> 温泉,在县治南里许,旧有驿馆若干间,为冠盖往来游憩之区,司斯土者随时修葺,均仍旧观。光绪丁丑、戊寅间,岁大饥,道殣相望。邑令沈公饬各户捐钱改作,凡亭台榭,外观备极华丽,锡嘉名曰"环园"。旁署"乐善亭",索能文者为碑记。越年,亭无故倾圮。[13]

贪吏之首栖止的环园,是在二十七年前由时任临潼县知县沈家桢重建。重建之时,正值光绪三(丁丑,1877年)、四年(戊寅,1878年)饿殍千万人相食、二百余载未有的"丁戊奇荒"。关中"道殣相望",环园却修得"备极华丽",华丽之中,又是多少临潼百姓的饥馁与性命?

时间可以抚平创伤,如果量化,一百年足可以淡忘"人相食"——甚至无须百年。丁戊奇荒过去一百四十二载,"道殣相望"只是淡漠且生僻的汉字,不能给观者带来任何伤痛。所以环园丁戊奇荒重建的背景不再重要,临潼本地的文史资料《临潼碑石》也只简单以至今仍存华清池的《乐善亭碑记》概括按语:"沈家桢由三水(今陕西旬邑)调任临潼县知县,设局赈灾,官民共度饥荒。是年天降甘霖,旱象解除,秋收丰盈,故以工代赈,重修衙门,浚沟拓路,在华清宫故址上修建园林,取名'环园',并树'乐善亭碑'以记其事。"[14]

俨然体恤民瘼、实心任事的循吏。

县志编纂，历任官长，为尊者讳，多会曲笔隐恶。然而光绪十六年刻本《临潼县续志》述及环园，仿佛信笔的丁戊奇荒，却是微言大义。另种光绪二十一年（1895）抄本《临潼县续志》，同为邑举人杨彦修编纂，行文颇不相同，《建置》之《温泉》记作：

> 温泉，在县治南门外里许，旧有驿馆。光绪丁丑、戊寅间岁大饥，沈令君饬集资重为修葺。亭馆台榭，焕然一新，名曰"环园"。旁署"乐善亭"，立有碑记。初拟以工代赈，继以工巨用繁，邑士啧有烦言矣。[15]

"初拟以工代赈，继以工巨用繁，邑士啧有烦言"，已是不能掩饰的斥责与批评。杨彦修与其他县志编纂者伤痛犹新，也稔知各种贪吏的巧立名目，自然洞悉所谓"以工代赈"不过是敛财的借口。

> 沈家桢，浙江会稽人。三年由例任县事，以事去。[16]

侥幸沈公"以事去"。

何事去？实录无须春秋笔法，光绪九年十月癸丑（1883年11月5日），上谕明白直截：

> 前临潼县知县沈家桢，历任繁剧，贪秽营私。……著一并革职，以儆官邪。[17]

事过二十二载,遭戍"以儆官邪"的裴景福落脚在革职"以儆官邪"的沈家桢重修的环园,二十二年之间,又有多少革职遭戍,又有多少以儆官邪?

哪里儆得住?多少官邪往来如缕、不绝于道。

裴景福来时,秋日晴朗。

将昏,骊山顶上,一弯新月,娟娟窥人。

入夜,月循山鬐,逡巡而下。

二更,坠至山腰,忽为岚影遮蔽半弦,而清光依然熠熠。

  当日翠华莅止,殿阁被山,不知更作何清艳,照尽繁华,耐尽凄冷,固同是一月也。[18]

照尽繁华,照尽南海县新任知县的鲜衣怒马;

耐尽凄冷,耐尽南海县旧任知县的露宿餐风。

确是同一弯新月。

西安府

次晨。

辰正，裴景福发骊山行馆。

平明，董醇发骊山行馆，天色沉沉。

光绪十七年九月初四日（1891年10月6日），下起了雨。昨夜亦住环园的陶保廉[19]（拙存，1862～1938），"登楼纵眺，烟景苍茫，不啻米襄阳画帧"[20]。襄阳米芾（元章，1051～1107），擅画江南烟雨，所谓"米氏山水"，纯以水墨点染，烟峦缥渺，雨树迷离。

那日临潼宛若江南。

不行路时，可以尽日登眺；将行路时，烟雨却是恼人的羁绊。

等不到雨休，不得已，冒雨行泥泞。

二月廿三日（4月1日），陶保廉之父、陕西布政使陶模（方之，1835～1902）改授甘肃新疆巡抚；四月，奉召入觐；八月，再赴兰州新任。

陶保廉侍父同行，九月初三日，进临潼，至骊山，住环园。

环园的陶家车马喧嚣，京师的董醇已是风前残烛。

咸丰十一年（1861），皇帝驾崩。十月初九日（1861年11月11日），皇太子载淳承继大统，慈禧太后垂帘听政。十二日（11月14日）：

> 户部奏事并片奏：臣醇查臣名与御名字音相同，字义亦复相近，虽功令在所不禁，于臣心实有未安，拟请改避，以申诚敬。遂更名恂。[21]

随辂扈从的董醇，成为官运亨通的董恂，户部右侍郎、都察院左都御史、兵部尚书，一路擢升。同治八年（1869）六月调补户部尚书，直至光绪八年（1882）正月以年力就衰开缺，主管天下钱粮十有二载。

开缺九年之后，陶模开府封圻，踏着四十二年前董醇的足迹出京入陕，也进临潼，也住环园。而这年在董恂亲撰的《还读我书室老人手订年谱》之中，除却元旦例行的祭典，无有其他。之前两年所记亦是寥寥，想来已抱沉疴。果然越年，闰六月十五日（1892年8月7日），曾经渡陇的董恂溘然长逝，享年八十有六。

《还读我书室老人手订年谱》末页，是董恂的自题挽联：

北京，户部尚书、总理衙门大臣董恂。同治八年（1869）。

Peking, Pechili province, China: Dong Xun (1810-1892), Minister of Foreign Affairs, late Qing. 1869.

©John Thomson, Wellcome Collection.

> 不惠不夷，渺沧海之一粟。
> 而今而后，听史论于千秋。[22]

其实不过谦辞，若果然一粟，又何以能千秋？

董恂不是一粟，他是四朝重臣，身负匡扶大清的重任。大清却是沧海，已如雨后道路般泥泞的沧海，转瞬桑田。

董恂身后短短二十载，大清亡祚，换了民国。

又五年（1916），日本早稻田大学攻读政治经济学的湖南清泉县（今湖南衡南）人谢彬（晓钟，1887～1948）学成归国，供职湖南督军署，旋奉财政部命，以特派员前往新疆调查阿尔泰财政。返湘辞卸军署职务，十月十六日，买得咸泰汽船官舱船票，由湘入都，"即于役新疆首途之第一日也"[23]。

六十天后，十二月十五日，抵骊山。

> 一里，临潼县，住。是日行一百里，南门外有华清旅馆，即唐华清宫故址，为临潼官有财产，修葺于民国三年夏间。正屋一楹及廊房，皆宿旅客，温泉则左傍别院。[24]

骊山行馆的环园，也换作华清旅馆。不再仅为"冠盖往来游憩之区"，普通百姓既宿得旅馆，也洗得温泉。哪怕困乏，"馆外左傍，有大池一，为贫苦土人群浴之所"；哪怕女客，"有女浴池，在院左隅"。[25]

改朝换代，变革之际，眼见得新风拂动，未来可期。

陇海铁道大通而后，邦人必多来兹访古，借以浴身，当日趋于繁盛矣。[26]

预言如今成真，陇海铁路早已大通，骊山北麓更有他们皆未得见的秦始皇陵兵马俑。何止邦人，世人趋之若鹜，华清宫地处必经之道，喧嚣何止"繁盛"？

可是在此之前，不论董醇渡陇、谢彬赴疆，还是陶保廉侍行、裴景福赴戍，七十三载之间，所经所行，大同小异。

一里入临潼南门，一里出临潼西门，过潼水。
十里斜口镇。
二十里灞桥。

桥长三百步，宽约二十余步。桥西岸老柳四五株，心空皮裂，百年前物，而自有猗旎缱绻之姿，盖为离人折残矣。[27]

灞桥最为长安冲要，客人东返，送至灞水西岸，折柳赠别，故而"灞桥""灞柳"向来意味别离。"古名'销魂桥'"，董醇写道。

灞桥设有行馆，斜对道别的离亭，旅人至此，打尖小憩。

董醇记录行程的《度陇记》、陶保廉的《辛卯侍行记》与裴景福的《河海昆仑录》均有食于灞桥行馆的笔墨。

远道自东而来，行至灞桥已无离愁，裴景福眼中已见得灞柳"旖旎缱绻之姿"。董醇来日，灞水"时已浅涸，而沙滩辽远，想见夏秋霖潦波澜壮阔也"。

而侍父往返的陶保廉，触景而生一句："屈计行踪七度此桥矣！"[28] 不过纵然慨叹，也不是离愁，而是七渡此桥，却无有一次为己渡吧？

旅人看见的不是风景，旅人看见的只是自己的欢心与愁肠。

十里浐桥。
六里金花落。

> 近郊平野中展，土厚水深。秦中自古帝王州，真不诬也。[29]

再二里，便是那座土厚水深的城，自古帝王州的西安府城。

周汉隋唐帝王州，自唐天祐元年（904）朱全忠（852～912）东迁昭宗（867～904）于洛阳，虽然国都气数已尽，却仍是西北首邑，边圉重镇。宋为京兆府，元为奉元府，明改西安府，清因之，共辖十五县一州二厅，计：长安县、咸宁县、咸阳县、兴平县、临潼县、高陵县、鄠县、蓝田县、泾阳县、三原县、盩厔县、渭南县、富平县、醴泉县、同官县、耀州、孝义厅、宁陕厅。

隋初，文帝厌长安旧城规制卑小，召左仆射高颎（？～607）等创建新都。新都地在汉故城东南，"南直终南子午谷，北抵龙首山以据渭水，东临灞浐"[30]。由隋入唐，"唐人诗所咏长安都会之繁盛，宫阙之壮丽，以及韦曲莺花、曲江亭馆、广运潭之奇珎异锦，华清宫之香车宝马，至天宝而极矣"[31]。然而盛极而衰，长安随唐祚而式微，先有安史之乱，再有吐蕃剽掠，后有黄巢之乱，待到僖宗还京，长安已是荆棘满城，狐兔纵横。天祐元年（904）昭宗东迁洛阳，留守佑国军节度使韩建（佐时，855～912）缩建长安城，减去宫城与外郭城，重修皇城为新城。明太祖洪武初，都督沐英（文英，1345～1392）增修门四，东曰"长乐"，西曰"安定"，南曰"永宁"，北曰"安远"；穆宗隆庆二年（1568）巡抚张祉甃砖，思宗崇祯中叶巡抚孙传庭（伯雅，1593～1643）筑四郭城。

东郭城，东郭门，西安抚标弁勇出迎归来的前任藩台、新任甘肃新疆巡抚陶模。陶模诣接官厅，与时任陕西巡抚鹿传霖（润万，1836～1910）暨都统司道诸公相会。从者自接官厅向南经东郭中大街、西大街，三里西安府城东门长乐门。

长乐门内东大街，民国改称中山大街。

西行三里，谢彬住关中旅馆。

西行四里，钟楼，省城之中。

陶保廉折南行南大街，一里半折西为湘子庙街，半里住浙江会馆——陶模父子籍贯浙江秀水（今浙江嘉兴），通衢大邑，常住浙江会馆。

裴景福与董醇均直过钟楼行西大街，再过鼓楼，遣戍新疆的南海县知县入住街北的桥梓口客店，随韶的户部主事下榻街南的南院。

南院初为陕甘总督衙署,乾隆二十九年(1764)陕甘总督迁驻兰州,后南院辟为陕西巡抚部院新署。原陕西巡抚部院建于鼓楼以北,故对称"北院"与"南院",而门前街道亦别名"北院门"与"南院门"。

> 西安的饮水苦的多,但是普通当作饮料的水都要向西门边甜水井去买来,所以水价也很贵。大约在上海老虎灶上用一枚铜元买得来的一瓶沸水,在西安就要八个铜元(约合大洋两分)。[32]

> 吃水,在西安乃是一个困难的问题。近城无河,每家都有水井,吃的水也就是井水。井有甜水井与苦水井之分;苦水井则味咸。在西门内有个大的水井,是西安唯一的甜水井,有钱的人家,皆买这里水吃,但一般的人家都吃不起,都从自家井里取水吃,就是苦水,那也是没有办法的。如长久不落雨,井水甚少,打起来的水,都是混着泥土,不但吃不了,就是洗衣服也是洗不干净的。[33]

西安城内多苦水井,甜水井少,西门安定门内最大一眼,水量丰沛,大旱不涸,不仅周边取用,且可供给全城。然而此井却也并非"西安唯一的甜水井",仅就相邻的西南城而言,即另有朱雀门内西侧两眼、南院大门外照壁后一眼——或许亦是总督衙署择址的原因。宜饮则宜居,迨至清末民国,地处西南城中的南院门左右商贾辐辏，会馆云集，已成西安最繁华处。

民国二十一年（1932）"一·二八"事变，侵华日军进攻上海，国民政府随即颁布《迁都洛阳宣言》，以示抗战决心。三月五日，国民党四届二中全会通过决议案：

> 长安为陪都，名西京。洛阳为行都。[34]

远离东部兵燹，局势相对安定的西北地区，进入国民视野。"开发西北""到西北去"，亦成为时代的口号。

民国二十三年（1934）十二月，陇海铁路一等西安站始建于东北城垣之外。次年（1935）六月，陇海铁道潼（关）西（安）段贯通。为连接车站与城内交通，西安凿通城墙，并将城内尚仁路（今解放路）向北延伸至车站。

西安东北城，"前为满城，辛亥之役，陕人毁之，建筑市街以赁商民，整齐宽敞类租界"[35]。东北城外的车站建成，迅速成为西安乃至西北最重要的交通枢纽，自然也昌盛了尚仁路并向南辐射至东大街。

于是西安的最繁华处，渐自南院门趋向东大街。

西行游客日多，西京也有了自己的旅行指南，比如民国二十五年（1936）天津大公报西安分馆《西京游览指南》与西京快览社《西京快览》。

盖开发西北之口号，高唱入云，适值南方商业衰落，火车新通西安，企业者纷至沓来。惟所谓来西北开发者，从事建设事业殊少，挟其过剩商品，来西安设铺倾销者为多。而西安市房有限，于是此涨彼抬，房租大增，业房产者，莫不利市倍蓰。又因远来旅客众多，菜馆旅舍之发达，如雨后春笋。[36]

得西安车站地利，食宿二事，也多麇集东大街。

菜饭馆以东大街为最多。其著名者，北平馆有玉顺楼，北平饭馆，及什锦斋。均在东大街。豫菜有第一楼，新华饭店，豫秦楼等，亦在东大街。[37]

旅馆在东大街为多，比较清洁之上等旅馆，以东大街之西北饭店，西京饭店，关中大旅社，冠世大旅社，西北大旅社，华兴大旅馆，广仁大旅馆，大华饭店，花园饭店等。[38]

二十年前谢彬入住的关中旅馆，《西京快览》写作"关中大旅社"，《西京游览指南》则与谢彬行记《新疆游记》相同：

关中旅馆，中山大街中间。[39]

《西京游览指南》统计"西安逆旅约三百余家"，并且细分为上、中、下三等。上等旅馆五家，花园饭店、西北饭店、西京饭店、大华饭店，东大街居其四。

关中旅馆属于中等，"中等旅馆之设备，虽较逊于前者，然床帐被褥以及房间中一切用具，亦大致齐全，性好俭约者自以次等旅馆，较为经济合宜"[40]。

中等旅馆房间等级，各家划分不同，"大致自四角起码最高二元，价码较低房间，尚须自备行李，茶水每客每日一角，多则类推，小费在外，膳费炭火自理"[41]。

当时陇海铁路车票，西安至潼关三等票价二元，二等加倍，一等四倍。关中旅馆好房一宿，等于潼关三等车票一张——不是房价太廉，而是票价太昂。

> 至三等旅馆（客栈），西大街桥梓口，中山大街大差市一带，钟楼南之涝巷均有之，专寓乡农及担贩者，取价低廉，十足平民化，故份子极复杂，至寄寓其中者，不惟膳食炭火自理，即饮水亦不供给，仅予油灯一盏而已，设备之简陋，与中等旅馆较，则有霄壤之别矣。[42]

大差市，地在尚仁路与东大街交会处，明世宗嘉靖二十一年（1542）《陕西通志》记作"大菜市"[43]，顾名思义，初为市菜之地，康熙、雍正、乾隆三朝《陕西通志》因循。光绪十九年（1893）舆图馆测绘《陕西省城图》，已如今名注为"大差市"，不知何时雅化。

我至西安，十有其九住在大差市。当然不同时代，格局不同，正如裴景福也住西大街桥梓口，但我们落脚的肯定都不是只有一盏油灯的三等客栈。

大差市，玄风桥南巷。

一道窄巷，略有弯折。顾名思义，附近曾有一座"玄风桥"。据说玄风桥跨于入城的龙首渠水支流，然而《陕西省城图》已无影踪。渠与桥，湮没久矣。

旅馆在巷深处，独立院落，远离街道，难得安静。

初宿大差市，十一年前十一月。

清晨赶路，天光未亮，巷内的小馆已经开门，门外支起两架煤炉，火舌舔着炉上的两口铁锅。一锅花干鸡蛋，质轻的花干——双面交叉斜切网纹的薄豆干，又名蓑衣豆干，可以拉伸，相较普通豆干更易入味——飘浮在上，纠缠许多整根整粒的红椒与花椒，而剥壳同卤的鸡蛋则于天光未明的冬日清晨沉默地沉没于锅底；一锅腊汁肉，大块的猪肉，肥瘦间半，卤汤浓酽，肉香跋扈，恶汉一般充斥窄巷。新烙的馍，比巴掌略大的白吉馍，一刀切开，或者夹片花干，再捞一枚卤蛋，碾碎在馍间，或者肥瘦得宜的一块腊汁肉，在年久凹陷有如砚池的案板上剁碎，横刀抄起，砌筑在馍间——无论素荤，最后皆要再浇一勺腊汁，皆要再为夹馍注入灵魂。接来攥紧，指掌下酥脆的饼皮随之迸裂，腊汁浸透饼瓤，将要溢出，忙不迭一口一口，手暖腹暖，那是清冷清晨的骄阳。

归已入夜，忽然急雪，灯下雪如扑蛾，窗台积雪一忽一厘、一分一寸。将至午夜，忽然停电，越来越冷，一晚睡得脆而薄。

转过天来，若无其事地晴朗，速融的雪水，泥泞湿滑。路树枝杈不堪雪负而弯折，折枝挂断线路，以至各处停电。四方城内，一片凄惶。

当夜返程的火车，行李寄存在旅馆，再去南院门闲荡。

曾经陕甘总督与陕西巡抚部院衙署的南院，后来成为陕西省政府与陕西省人民政府驻在，省政府迁出后，今为西安市碑林区政府占用。迁入路南新址，几乎与衙署正对的西安巿古旧书店，地上一层新书，地下一层旧书。民国旧书与旧装古籍，因为存世愈来愈少，愈来愈难搜求，所以惜售，标价高昂，于是难以问津，却可望梅止渴，消磨半日时光。

将昏，信步回还。那年，西大街北的都城隍庙牌坊重漆未久，朱红耀眼，火气腾腾。深处，都城隍庙大殿却仍破败不堪，暮气沉沉。殿顶塌陷，雪水渗漏，洇透半堵后墙。廊檐下几只接水的铁盆，滴滴哒哒，如我童年的简易平房，暴雨时此滴彼落，一片凄惶。

却是轻闲安谧，道士睡眼惺忪，铁鼎烟火缭绕，四五名游人，三两位香客。

冬日的阳光却迅速掠过庭院，攀上东墙。

搭公交车回大差市，坐在车尾。右边一个不知哪里进城的老汉，魁梧厚实，面庞的赭色，是黄土塬上经年累月的风与日头——也漂白了他身上蓝布中山装。

老汉捏着一枚装在纸袋里的肉夹馍，最后几口，囫囵吞完。

仰首张口，磕净纸袋内残留的馍渣肉屑，然后就势撕开，摊平在掌心，毛巾一般，将内壁的脂油涂抹在脸上。扔掉再无可用的纸袋，反复搓手擦脸，确定脂油均匀而妥帖，舒一口气，挪挪身子，四平八稳坐定。

一切如此坦然，仿佛理应如此，仿佛非此才是离经叛道。

我太多次到西北来，东府西府、陇东河西，在无数晨昏，许多店铺，曾以各色肉夹馍果腹，可若问我谁家最好，我却会说起那天公交车里的老汉。

艰难生长于黄土的一切都值得敬重与珍惜，纵然多余的油脂，也可以在塬上，滋润枯肠，屏隔寒霜。

那天，东大街依旧繁华，尤其西段渐近钟楼，客商云集，宛如天宝而极的长安城。当然也如长安城，天宝以后，东大街日渐衰耗。

近十几年来，西安同样依托商业地产带动经济发展，城墙束缚，城内难兴土木，于是越城而南，在唐时曲江位置建筑新城。新城愈繁华，老城愈凋蔽，另之东大街匪夷所思地连续十五载修路不休，没落之外，更成畏途。时至今日，东大街清冷更甚南院门，行人寥落，店商萧索。

未来陇海铁路大通，谢彬想到临潼将会因此而繁盛，却不曾想到南院门也会因此而衰落。大雪那年，西安南郊，曲江新区初创，我隐约想到西安南郊将会因此而繁荣，却无论如何不曾想到东大街也会因此而衰落。

谁人又能想到？谁人又能未卜先知？

恰如去年今日，董醇哪知要渡陇？陶保廉、裴景福、谢彬又哪知皆要远赴新疆？

恰如去年今日，我因被防疫而被封家中，又哪知今年今日，皆宿西安城中，西南东北，共一弯夜月？

醴泉县

建陵 ●　　▲唐昭陵
　　　▲唐建陵
　　　▲石马岭

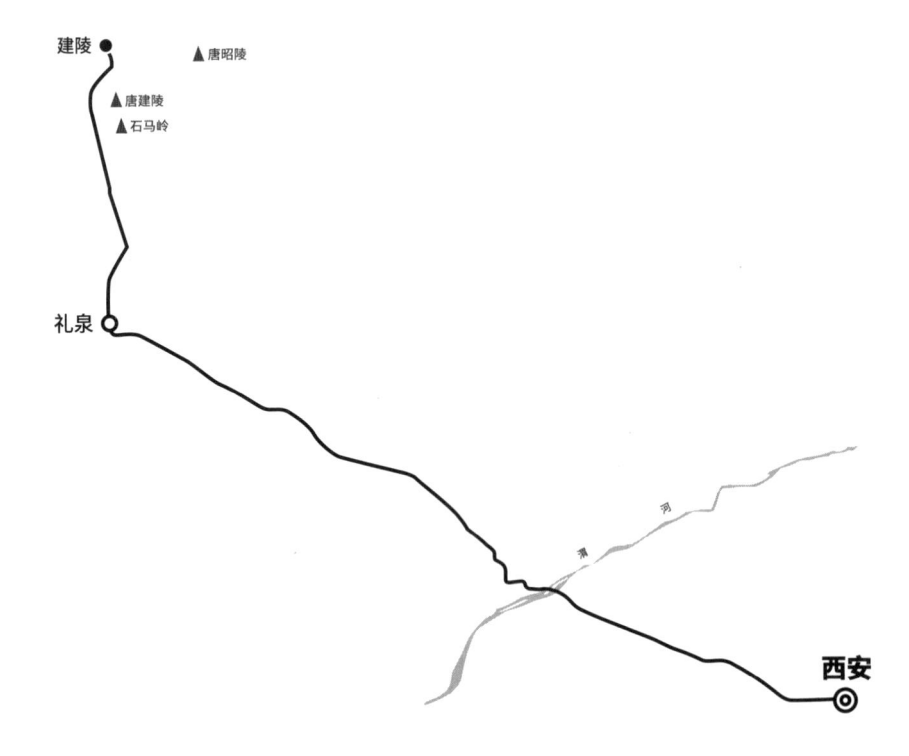

礼泉 ○

渭 河

西安 ◎

醴泉县

陕省西安，甘省兰州，往返两地，南北两道。

> 自西安过咸阳、乾县、长武，入甘肃境，经泾州、平凉至兰州为北道。此外自咸阳沿渭水由凤翔经秦州至兰州，此为南道。[1]

陇山纵界秦陇，因此陕甘交通第一要务，即是如何横渡陇山。

西过咸阳，道路分歧。

南道溯渭水，西至凤翔，阻于陇山。陇山高峻，渭水深狭，艰于人行，遑论车马？于是改溯汧水，西北至陇县，横渡陇坂。然后秦州（今甘肃天水秦州区），再溯渭水，以达渭源，终至兰州。

北道溯泾水，西北过乾县、长武、泾州（今甘肃泾川）、平凉，近抵六盘山。六盘山，以山脉而言即陇山，亦可仅指一山峰，泾水源出于此，北道横渡于此。然后隆德，西走静宁、会宁、安定（今甘肃定西安定区），终至兰州。

因渡陇坂，南道又称"陇坂道"。汉初置陇关于陇坂，后世又多习称南道为"陇关道"。

南北两道，南道重于前。自武帝遣始，张骞（前164～前114）凿空，长安、西域行旅，皆走南道。南道至唐代达于极盛，然后盛极而衰，北道重于后。

汉时北道，平凉之后，北出萧关，经安定郡治高平县（今宁夏固原），西北绕越六盘山余脉，经由今海原县，在黄河东岸今靖远县渡河，过今景泰县至河西四郡之武威，汇合南道，共赴西域。

因出萧关，北道又称"萧关道"。

金代凿通六盘山，北道无需绕越固原，改走今线六盘山道。清康熙初年，甘肃建省，徙治兰州，沿袭明代驿路，辟北道为"西安府西北路"，成为陕甘官马大道。乾隆三年（1738），临洮府治由狄道（今甘肃临洮）迁至兰州，改称兰州府，并改兰州为皋兰县，故而此道又名"皋兰官路"。

陕甘驿路，两省置驿二十三站，全程一千四百里：

陕西省

长安县 京兆驿

五十里至 咸阳县 渭水驿

四十里至 兴平县 店张驿

三十里至 醴泉县 醴泉驿[2]

四十里 至 乾州 威胜驿
九十里 至 永寿县 永安驿
七十里 至 邠州 新平驿
八十里 至 长武县 宜禄驿[3]

甘肃省
五十里 至 泾州 瓦云驿
五十里 至 泾州 安定驿
七十里 至 镇原县 白水驿
七十里 至 平凉县 高平驿
九十里 至 华亭县 瓦亭驿
五十里 至 隆德县 隆城驿
九十里 至 静宁县 泾阳驿
九十里 至 会宁县 青家驿
九十里 至 会宁县 保宁驿
六十里 至 安定县 西巩驿
六十里 至 安定县 延寿驿
六十里 至 安定县 秤钩驿
六十里 至 金县 清水驿
六十里 至 金县 定远驿[4]
五十里 至 兰州府 兰泉驿[5]

西安西行，若在冬春，冻土坚冰，河枯可涉，逐州逐县，尖站宿驿，约计二十日可抵兰州，兼程而行，十七八日亦可[6]。然而若是夏秋，暴雨时至，山洪大水，毁桥断路，月余不至，也是寻常。

道光二十九年十一月十一日（1849年12月24日），董醇鸡鸣而起，昧旦而行，行时霜华在地，星光满天，一日急行一百二十里，日暮以后，掌灯入城，夜宿醴泉西关。

光绪十七年九月十四日（1891年10月16日），上午十点，陶模坐轿，陶保廉坐车，戈什哈即侍从护卫及家人或车或骑，自西安起程，宿咸阳行馆。十五日（10月17日）出咸阳，七十里进醴泉县南门，住峻峰书院。

光绪三十一年九月二十一日（1905年10月19日），也是上午十点，裴景福乘轿与一众亲友起行西安，悠哉而行，昏黑方入咸阳。次日晨出咸阳，四十里尖于兴平县店张驿，饭罢行三十里，至醴泉县，入南门，住行馆。

西过咸阳，分歧的南北两道，南道宿于武功县，北道宿于醴泉县。

醴泉县，周为焦获，秦为谷口。西汉置谷口县，属左冯翊。新莽改谷喙，东汉废入云阳县。北魏置宁夷县，隋改醴泉县。

"醴"，薄酒。泉水味甜似薄酒，谓之"醴泉"。县东南有醴泉，后周以之名宫，建醴泉宫；隋时以之名县，设醴泉县。

唐高祖武德元年（618）析置温秀县，太宗贞观十年（636）营昭陵于九嵕山，分云阳、咸阳二县地复设醴泉县。宋属醴州，金属乾州，明隶西安府，清因之。

醴泉县城，初筑于元末，明太祖洪武二年（1369）自旧县徙治今址，宪宗成化四年（1468）、神宗万历四年（1576）、清乾隆十四年（1749）数度增补修筑，城周九里分三分，辟有五门：

东曰"阳和门"；
西内曰"西城门"，外曰"永安门"；
南内曰"南薰门"，外曰"迎恩门"；
北曰"永定门"；
西北内曰"远驭门"，外曰"永平门"。[7]

东、西、南三方另建外城六里，城高二丈八尺，门四：

东"挹泾门"，西"接武门"，南"向平门"，北"坐乾门"。[8]

其后外城多倾圮，民国二十四（1935）《重修醴泉县志》所附"醴泉县治城全图"，外城城郭已无踪迹。1958年以后，孑遗的内城五门与城垣拆除殆尽。

1964年5月3日，时任中国文联主席的郭沫若（鼎堂，1892～1978）于《人民日报》刊文《日本的汉字改革和文字机械化》，呼吁学习日本改单汉字，"首先应该大力压缩通用汉字的数量。……好些生僻字眼的地名，请把它们改换成同音的常用字"。此文行世，领导激赏，遂成官方意志，9月10日，陕西省人民委员会报经国务院批准，颁布《关于更改鳌厔等十三个县和商雒专署名称的通知》：

> 为了方便群众，减轻群众和儿童在学习、使用地名文字上不必要的负担，经国务院批准，将我省盩厔县改名为周至县，郿县改名为眉县，醴泉县改名为礼泉县，郃阳县改名为合阳县，鄠县改名为户县，雒南县改名为洛南县，邠县改名为彬县，鄜县改名为富县，葭县改名为佳县，沔县改名为勉县，栒邑县改名为旬邑县，洵阳县改名为旬阳县，汧阳县改名为千阳县；商雒专员公署改名为商洛专员公署。

失去城池之后，醴泉又与其他十二州县，一并失去它们传承千余载的城名。

寿不及六十岁的礼泉县，选在虚无六十五年的南门外，建成宏阔的"迎恩门广场"，既可表白现世的"迎恩"，又可昭示曾有的城门。

难得的城市广场，每天人满为患，喧嚣吵闹，还有老汉嘶吼他们的秦腔。随轺的董醇，侍行的陶保廉，遣戍的裴景福，车辚辚，马萧萧，走过广场东临的故道，进迎恩门，入醴泉县城南大街。

醴泉城内，东西南北四街非同寻常十字。南门不在南城垣正中，而是东偏至几近东南城角。南大街北行数十步，曾经因改中学宿舍而幸存的文庙即阻于前，于是转向西行，形如东大街一般，与西大街连通，径西西出永安门。

南大街与西大街十字，南为水巷，北为北大街。折向北大街北行，再遇十字，西是西北大街，通向西北城门永平门，出城有望乾桥以渡泥河。东是东大街，与转折后的南大街平行，东出东门阳和门。

董醇宿西关，裴景福未记所住行馆为何，或是东大街醴泉驿馆舍。

清代驿站，虽多设馆舍以供往来士宦住宿，但是囿于时代，不少条件简陋，环境堪忧。清末战乱频仍，更是愈向后期愈为恶劣。如陶保廉侍父在西安住浙江会馆，栖止州县，如有可资替代的宿处，多会舍驿而就。再若驿馆失修倾圮，兵燹焚毁，行旅亦需另觅遮蔽之所，以待天明。

同治年间（1862～1874），陕甘变乱，数百万黎民死走逃亡，西北从此一蹶不振。陶保廉侍父行至醴泉的光绪十七年（1891），平定未久，或许行馆难堪夜宿，于是下榻峻峰书院。

十一年后，叶昌炽亦住峻峰书院。

叶昌炽（1849～1917），字菊裳，号颂鲁，晚号缘督庐主人，江苏省苏州府长洲县（今江苏苏州）人，清末民初著名学者、藏书家、目录学家与金石学家。光绪十五年（1889）己丑科进士，选庶吉士，授编修，累至侍讲。光绪二十八年（1902）正月二十八日（3月7日），简放甘肃学政。三月初四日（4月11日），挈家眷仆从离京，乘火车先至保定，再自保定登程，陆路西行。四月初七日（5月14日）行抵西安，次日（5月15日）逗留府城，痴醉金石的叶昌炽自然要访府学碑林，椎拓碑幢。

四月初九日（5月16日），叶昌炽自西安登程，渡渭水，五十里宿于咸阳渭水驿行馆。初十日（5月17日），出咸阳西北门，四十里，午尖于兴平县店张行馆。饭后微雨洒尘，前路风遒雨骤，衣装皆湿，三十里，狼狈进醴泉县南门，"以峻峰书院为行馆，甚湫隘"[10]。

"甚湫隘"，书院尚且如此，行馆若何，可想而知。

峻峰书院，得名自唐太宗昭陵所在九嵕山。四年之后，叶昌炽返途再过醴泉，仍住峻峰书院，并记醴泉县署"即在馆西一鸡飞地"。

醴泉县署，地在东大街与北大街十字东南隅。民国《重修醴泉县志》所附"醴泉县治城全图"，县署改作"县政府"，东邻"女子小学校"及其西南隅的"民众公园"，或许即是曾经的峻峰书院。

我在十字东南隅逡巡两日，去寻县署与书院旧址。县署旧址，当是今向西开门于北大街的新华书店。书院故地，则已淹没于书店后身比邻的民居。

县治城全图北大街绘有一条东向通往县署与书院南门的窄巷，然而书写与印刷问题，首字模糊难辨，近观陕西省图书馆馆藏县志原书，或许应名"果市巷"。

虽然城门与城垣拆除殆尽，但是礼泉县城内并未得到发展，依然九十年代模样。新县城向南与向东建设，县政府、县医院、汽车站，皆在城南。

县医院附近，许多药房，药房惯例会在店外摆几把长椅，以供附近消磨时间的老人闲坐——闲坐日久，彼此熟悉，他日若需买药，自然不会他顾。

石马岭村。2010年5月8日。

北大街上也不见入口，不能走近峻峰书院故地，去寻是否还有残存的旧影。我去问询长椅上的老汉，给他们看旧县志上的老地图，可是他们全无所知。

这令我懈怠，颓然与他们共坐于长椅，茫然张望着乌有的醴泉城。

馆西一鸡飞地的县署如从未存在，署东一鸡飞地的书院如从未存在。

两鸡飞地迤南的果市巷，亦如从未存在。

"您贵姓？"我问长椅上最老的老汉。

老汉把印着药品广告的蓝色无纺布口袋换到左手，腾出右手食指在右腿膝盖上一笔一画地写出上"艹"下"冬"："苳"——"董"的二简字。

董益勤老汉，民国二十七年（1938）生人，已经八十六岁高龄。老汉是礼泉县城正北武将山上石马岭人，石马岭村，即是唐肃宗建陵神道所在。

老汉一生在石马岭上务农，种他的苞谷与洋芋。四个男娃，老二住在礼泉县城，两三年前，二娃从石马岭上将老汉接来同住。垂垂老矣，坐在药店前的长椅上，老汉想起年轻时徒步进城，"三十里地，天不明就走"。

之所以进城，是那年八十二岁的老伴走了，"今年下半年，整三年"。

"死了再回去，埋在一起。"

埋在石马岭上，撂荒的田里。

"你去过石马岭吗？"老汉问我。

"去过。"

"哦。"

然而我们继续茫然张望着乌有的醴泉城，没有再说话。

十几年前我初来西安，初宿大差市，清晨赶路，就是为去石马岭，为访唐建陵。

或许我们曾在石马岭上相遇，我曾穿过他种着苞谷与洋芋的田地。

那会儿，老汉坐在院外的塬畔，眺望他荣枯几十载的庄稼，风自武将山落下，掠过他的时光，掠过他近旁起身将行的老伴。

建陵镇

十几年前初访建陵,网络不彰,线索全无。

礼泉县城东环路,路旁候着北去叱干镇的客车,途经建陵。车过泔河,爬坡而上,路旁种满葡萄与柿子,葡萄叶浅绿,柿子叶深绿。在老汉烟的熏烤与老汉眼的打量之中,一路颠簸,忽然在一片喧嚣中停车,司机吆喝着"建陵"。下车伫立路旁,却不见陪侍千年的石人石马,只见着丁字坡下的一片烟火市井。

烟火市井,是阴历三、七、十逢集的建陵镇。

一条东西走向的老街,不足百米,当地人简称"街道"。街道挤满四乡赶集的村民,自家田产的菜蔬,肉贩趸来大扇的猪肉,街南街北两锅滚油正热,新炸的油糕色如枣泥,小心翼翼咬开,红糖馅儿熔浆般涌出。还有沿街的小食摊,各色切面凉皮叠如山高,成盆的油泼辣子,染红了撂下的每只空碗与起身的每张嘴唇。

十几年后,乡镇的年轻人越来越少,而且他们不再依赖定时定点的集市购物,他们有超市,他们有网络,于是逢集的建陵镇冷清下来,只有最后一口油锅,倚斜在案板上的油糕凉透,没有宠溺的娃娃缠在身边,老汉不会买来油糕粘牙,默默蹲在路边,碎碎掰一块锅盔就好。

老人必需的集,老人却还不容易来。
总会越来越老,行路越来越难,尤其村庄再远。
街道向西,丁字路口,南街是镇政府所在。若干年前撤乡并镇,建陵镇与昭陵乡合并后,已改名昭陵镇,毕竟唐太宗比起唐肃宗、昭陵比起建陵而言更值得攀附,所以镇政府门外挂牌"昭陵镇",可老旧招牌与村民口中仍称"建陵镇",外人若是不明就里,难免感觉混乱。

路口转角一家超市,我想进店买水,前面老汉艰难步上台阶,干瘦,一双黑色灯芯绒面敞口布鞋,一条黑裤满是污渍,屁股后面两坨白灰。柜台站定,老汉伸手从怀里掏出钱来,折起的两张十块夹着一张五块,颤巍巍捋平那张五块钱。

正好又有年轻人进店,开口大声问道:"'中华'多少钱?"
"包还是条?"老板这才坐回柜台。
"条,多少钱?"
"四百一。"
"拿四条!"嗓门更大。
花白头发之外,老汉还留着寸许的花白胡须,戴一副镜片硕大的茶晶眼镜。老汉捏着他那张五块纸钞,如同他的茶晶眼镜一般沉默,安静地等着老板从背后柜台深处翻出四条烟来,仔细码进塑料袋,递到年轻人手中——年轻人电话响起,接起来回过一句:"在街道上买烟呢!"——老汉这才递上钱去:"买十个打火机。"

后来我们一起坐在店外的台阶上——我也给我的屁股后面烙上两坨白灰——老汉掏出他三块钱一包的"猴王",点上一支,恰坐我上风,烟味辛辣。

老汉也姓董,家住北社村,他指着街道尽西告诉我,"十里地"。年轻的时候,老汉两口子起早赶集,一个钟点也就到了,如今却成妄想。只能搭村里人的三轮车过来,可是年纪太大,"村里人都不爱带"。

老汉屈起他大骨节的手指头比画着告诉我:"八十六岁,属虎。"老伴小他一岁,"属兔",却再也不能来赶集,"走不动了"。

走不动的老伴,也难浆洗衣服,老汉穿在外套里面的淡绿色线背心脏到几乎看不出本色。日日吃的馍,也要在集上买。镇政府对面的"纯碱馍店",大笼屉蒸出来的小圆馍,一块钱三个,三十个装一袋,十块钱。十块钱的馍,老两口能吃上五六天。

"下个集再来买吗?"

"不来咧,一个月一集。"

"一个月只赶一集?那吃馍怎么办?"

"唉。村里还有人赶集。"

老汉半截化肥编织袋改的手提袋,装着他这个月这一集的全部购买:十个打火机,一袋馍,半把蒜苔,总共二十三块钱。老汉问了几家菜摊,才决定买些新鲜蒜苔,整把捆扎好的蒜苔并不多,老汉却让菜贩分出半把,"七块钱",菜贩又添上一根,凑足分量。

我问老汉多少钱一斤,老汉回道:"我没问价。"

老汉早早坐在捎他来赶集的三轮车旁边,生怕错过。

一辆天蓝色的奔马牌农用三轮车,车主人六十左右年纪,手里攥着一叠碎钱,看起来自家的田获在集上有了好收成,于是红光与笑容满面。搭车的还有三个中年女人,采购不少蔬菜瓜果。女人腿脚灵便,早早与蔬菜瓜果共坐车斗,背倚前侧靠板,姿势舒适。老汉最后上车,踩上车尾焊接的踏板,跪进车斗,再缓缓腾出腿脚坐定,车斗活动的后挡板不敢抵实,只好虚撑着后腰,紧紧抓牢扶手。

还有十几里颠簸。

老汉有五个孩子,可是如同所有背井离乡的人,总是因为异乡会有更好的生活。

"娃在西安打工,也有在外省打工。"

又不像彼董老汉,儿子安家在近处的礼泉县城,往来方便,此董老汉于是留在建陵镇,留在北社村,陪着走不动的老伴,一个月赶一次集,最重要的是买上一袋馍,一斤蒜苔只是美好的添头。

我问了价,蒜苔六块五毛钱一斤。

如今我已明白当年的误会,对于礼泉人而言,"建陵"即建陵镇。若要去那石人石马的建陵，需说"石马岭"；若要去那石人石马已空的昭陵，需说"烟霞村"。

石马岭村在武将山深处，搭乘礼泉县城往返叱干镇的客车，只能落在李洼村口。十几年前的村口，竖着简陋的钢铁牌楼，额书"李洼村"，左右"发展经济""兴村富民"。村口正对一家养猪场，石马岭上的老董告诉我从岭上到养猪场的准确距离："四点八公里。"

十几年前我也知道李洼村口去往石马岭路途遥远，新修的柏油路端直向东，放眼四望，麦田连天，不过当时不知准确距离。

踌躇之间，一对老夫妇骑着摩托回村，打听石马岭还有多远，女人回答："没多远，二里地。"

信步进村，遇着牵牛耕田的老汉，打听石马岭还有多远，老汉回答："没多远，就隔两道沟，沿着路走，二里地。"

可是直路走到尽头，左转上梁之后，赫然眼前的却是纵横的沟壑，盘旋的山路。下山的娃娃大概能够明白我为何来，于是指向山峰路尽处。

何止二里？

黄土塬上，"看山跑死马"。黄土塬上的人，对于距离的判断自由心证，类似现在的导航软件，搜索时给出直线距离，导航时却是道路里程。于是黄土塬上自由心证的"二里地"，让我"上了一当又一当，当当上得都一样"。

坡路初起，尚不陡峭，路旁还有连排的人家，家家院门开敞。有老汉和碎娃在院外给新栽的树木浇水，停着运水的农用三轮车。我赶紧上前搭讪,商请能否开车载我上山。老汉踌躇不语,与碎娃转身回院进屋,商议许多,出来允我"可以",然后仿佛下定天大决心似的小声补上一句:"那给十块钱吧!"

求之不得,只用纸钞的十几年前,身上又恰无零钱,递去一张百元纸币,老汉拿钱再度回院进屋,然后之前在屋里商议的女人同走出来,热情却又腼腆地找零——那种不收钱舍不得,收钱又觉得不应该的腼腆。

于是碎娃开车,我像董老汉那般坐上车斗,沿着沟壑壁立于侧的山路,惊心动魄地盘旋上山。

上得武将山巅。

那是十五年前的阴历五月十七日,午后,山路那么遥远,阳光那么炙烈,若是没有老汉与碎娃相助,也许我至今仍是武将山间的孤魂野鬼。

石马岭村,村民几乎全部姓董。

知道山路准确距离的董家在石马岭村最高处,建陵南门阙台之下。南门两尊石狮子所在,就是他家的田地。十几年前初来,刚开始退耕还林,侧柏新植,如今长已数丈。

我和他说起在礼泉县城遇到的董老汉:"他叫个啥?"

"董益勤。"

"那是我碎爸,"——他父亲最小的弟弟——"住在下面。"

建陵神道地形特殊,阙台之下,一道沟壑向下愈宽愈深,最宽处五百米,最深处一百米,左右两梁可望不可即,看山跑死石人石马。

董家所在高处是石马岭一队，其他董家所在低处是石马岭二队。

有唐二十一代皇帝，十八帝葬于关中，或封土为陵，或因山为陵。

不止建陵，十八唐陵，皆是我最初入陕的原因。唐陵原址保存大量唐代石刻原作，即那些俗称"石人石马"的石仪，虎狮犀马、文臣武将，不一而足。初唐两代，高祖献陵、太宗昭陵，正门即南门石仪尚无定制，比如献陵有其后未有的石犀，昭陵有其后未有的走狮。自高宗乾陵以后，石仪种类、顺序与数量，渐成定例：华表一对；翼马一对；鸾鸟一对；仗马与进马官五对；左文臣右武将翁仲十对；蕃臣若干；石坐狮一对。

就其形制而言，初唐石仪雄浑壮阔，愈向后期规格愈小，刻工愈差。气势而论，高宗乾陵与其后中宗定陵、睿宗桥陵为冠；刻工而论，太宗昭陵因北门六骏而天下闻名。但我私心最爱玄宗泰陵与肃宗建陵，尤以建陵为唐陵石仪之冠。

有唐一代盛衰，世人皆知以安史之乱为界。玄宗介于盛衰之间，而肃宗已是衰世之始，国运大不如前，但为建陵造陵的石工，却是来自开元天宝盛世的石工，他们有空前绝后的造型艺术，且尚有财力为肃宗皇帝不惜工本，于是建陵石仪虽不如乾、定、桥诸陵雄阔，却极精巧，纤毫之间，皆见匠心。

建陵，南门右翼马。2010 年 5 月 8 日。

尤其右翼马，华美婉约，高浮雕的双翼层层生于胁间，有如流云掠身。马鬃繁复，一千二百载风雨抹不去其间的丝丝缕缕。马首微垂，内敛含蓄，眉眼之间若有愁思，仿佛欲言又止。

鬼斧神工。

于是十几年来，我数次拜谒建陵，为此鬼神技巧而来，却眼见得输电线路恰在翼马上方跨越，眼见得马蹄之下，灌木丛生。

十几年来，由李洼村至石马岭，越来越觉清冷，越来越多关门闭户。曾经载我上山的碎娃一家，包括左右邻居，家家院门落锁，锈蚀斑斑，门前杂草丛生，显然久已无人居住。

石马岭曾经三百余口村民，如今还有多少？

"四五十口人吧，"老董答我，"二队还有三四十口，一队就十几口人了。"

家住石马岭最高处的老董，大名董基祥，属兔，恰在耳顺之年。兄弟姊妹六人，他是老碎。最高处是董家老宅，曲尺形土壁上的三眼窑，一眼朝南，两眼朝西。兄弟姊妹出嫁娶亲，陆续搬出，只留下他与父母住在老宅。

"百分之八九十，父母都和老碎住。"他说这是石马岭上的风俗。

后来娶妻生子，建起砖瓦的西厢房与院子，东南角倒座的厨房，院外东侧是牛棚，上个月刚卖了七头公牛，每头牛千把斤，"今年价格不好，一斤十五块钱"。还剩下四头母牛，

"过牛娃子"。中午把母牛牵出牛棚,院外树下砌着石桌,摆着圆木墩的坐椅,桌边一口水缸,母牛饮饱了水,和牛娃子一起拉去西侧的牛圈晒太阳。牛圈外堆满劈好的柴禾,铁丝笼里一条凶猛的德国牧羊犬,冲着陌生人疯狂咆哮——可是见你和主人闲聊,知道熟识,慢慢也就安静下来。

忽左忽右的鸟鸣,忽右忽左的山风,间或几声犬吠。恼人的是有飞蚂蚁——黑翅土白蚁——落在赤裸的颈后,蜇一口,断断续续地刺痛,然后肿起红包,半月难消。

梁上种着将近二十亩地的小麦。石马岭村,家家差不多都分着近二十亩田,曾经的人多地少,如今的地多人少,方便机械化的梁上还在耕作,沟里的也就撂荒了。

机械化耕作不难,难题在于浇灌。"还是靠天吃饭。"老董媳妇说。

老董媳妇刚做完骨囊肿手术,还跛着右腿,却依旧里里外外忙碌不休。如今靠天吃饭的石马岭,曾经却是她一家人的生机,困难时期,她们举家从陕南流落于此,得以活命。

"陕南哪里?"

"镇安,镇安、柞水。"

后来镇安、柞水的生活逐渐好起来,只有她已嫁作人妇,留在了石马岭。坐在院门的石桌旁,可以南眺礼泉县城,平原沃土。可是沃土再南,还有秦岭,越过秦岭,才是故乡,已在眺望不到的四百里外。

"风调雨顺的话,"老董说,"每亩地能收六七百斤粮食吧。"

今年风调雨顺,"春季雨水好",丰收在望。

还有一个月吧,"我这里赶芒种,芒种一过,地里就没有麦嘞"。

有自产的粮食,有自产的蔬菜,需要去建陵镇集市上采购的唯有肉类,或者长冬,蔬菜告罄。

石马岭到李洼村十里,李洼村到建陵镇十里,"大路二十里,走小路五里"。

小路翻越武将山巅。

十三年前三月,我也曾翻越武将山巅,坡北,建陵内城北门两尊石狮,蹲坐浅草之间,怒目北望。

驻足山巅,左右眺望,可见西南方近公路旁,隐约两尊石狮,而东门石狮却渺无所踪。于是弃左而右,山下一片苹果林中,得见西门石狮,南侧一尊额前还不知道是谁以红漆涂上"王"字,石狮也是无奈,龇牙呲笑,颇为滑稽。

一日得见三门石狮,志得意满,东门山高路远,于是放弃,就近跳上客车返城。

却不料这一错过,便是永远。

一个月后,2010年4月2日夜至3日凌晨,建陵东门两尊石狮失窃。

建陵内城南门石狮在侧柏林中,西门西狮在苹果林中,北门石狮山高坡陡,唯有东门石狮孤处僻远,北距最近的凉马村尚有五里之遥。石狮前有条通往索山村的山路,猜测可知,窃贼应以名为"倒链"的简易三脚支架滑轮钢索将石狮吊起,然后以农用三轮车运走。

建陵,西门左石狮。2010年5月9日。

蹲坐建陵一千二百余载，眺望关中一千二百余载云雨风雷的石狮，却遭不肖子孙觊觎，却遭不肖子孙窃盗。

而且十三年过去，依然渺无所踪。

或许永无所踪。

为谨慎故，事后北门与西门四尊石狮，全部迁移至礼泉县昭陵博物馆院内保存。

唯有南门石狮还存故址，还在老董家的侧柏林中。过老董家门，路尽处左转上坡，地势整修如梯田。第一层是老董家的打麦场，第二层是新出嫩芽的土地，第三层即是侧柏林。

新出的嫩芽，是一周前雨水时老董四哥播种的玉米。四哥董军祥，年长碎弟董基祥四岁，家住在低处的二队，背着满满一喷洒壶农药，气喘吁吁爬坡上来，"除除杂草"。

一亩二分地的玉米，大概是石马岭村地势最高的作物，如果风调雨顺，阴历八月大概能收获一二千斤苞谷。可若不能雨顺风调，一切也就白忙活了，种子钱、化肥钱、农药钱，还有这初夏正午暴晒的劳作，也都成了空。

如今蹲坐昭陵博物馆院内的建陵石狮，虽然更加安全，不在原址，不在武将山巅凭风远眺，总是感觉有些悲伤，有些虎落平阳的悲伤，仿佛成为驯养的家猫。

那年山巅果林一见，不想也成原址的最后一见。

最后一见的，还有五年前来石马岭时，老董的老母亲。

之前总能在院外看见老董的老母亲，像老董媳妇一样忙忙碌碌，颤颤巍巍，却总是忙忙碌碌。

　　今年却没再见，大概猜到原因，问起老董，"走了有二年了"。

　　"九十八岁！"

　　石马岭上故去的人，已如肃宗皇帝般，魂灵游荡于武将山巅，庇护所有后来的人。

　　老董家左右两扇院门，贴着二尺宽的红双喜字。老董三个男娃，碎娃新婚不久。后来的媳妇虽然并不久住石马岭，但终归成为与石马岭有所羁绊的人。春节会回来，未来他们的娃娃或许也会送回来，让老董媳妇照看，就像大娃的娃娃也曾经送回来，在老董老母亲的照看下长大。

　　然后离开，然后回来，然后再离开，然后再不回来。

乾州

西南村
●
▲ 唐乾陵

乾县
○

○ 礼泉

西南村

民国三十六年（1947）二月初六，潘姨出生在辽宁省沈阳市沈阳区，取名玉霞。

民国三十七年（1948）十一月，沈阳区与浑河区合并，两区各取一字，定名沈河区。

"沈河区。东大街，破烂市。"潘姨记忆中关于沈河区最清晰的地标。

偶尔，她还会想起市政府，想起天光电影院——始建于民国二十四年（1935）的天光电影院，地处沈河区大西路二段天光里，她不记得是在那栋砖木结构的两层楼里看过电影，还只是路过时瞥见张贴电影海报的广告板。

她会想起沈阳冬天的寒冷，家里烧火炕之外，还要烧火墙。漫天的大雪，揣着皮手套，戴着耳捂子，蹬着皮靴子。"那雪呀！要没到波棱盖。"她比画着自己的膝盖说道。说到寒冬，她会想起冻梨，想起那些沈阳的美味，东北大酱、黄花鱼、大榛子。

她会想起东大街的那家煎饼铺，食物逐渐匮乏，煎饼供给不足,头天晚上十点,人们拿着板凳或者脸盆,排在煎饼铺前,"顶位"。隔天清晨五六点,人们排定自己的位置,等着那张大煎饼。"大酱一抹,大葱一卷!"

然后就是饥饿的记忆,虽然父亲工作,但是又添了弟弟妹妹,家里人口多,吃不饱。母亲迫不得已,半夜去生产队"偷菜",却只捡到些干叶子。

"渠,水渠,水渠边长的水芹菜,也摘来吃。"

"饿呀。"

1960年,"支援大西北",潘姨七级木工的老父亲从沈阳军工厂调到宝鸡保密单位"43号信箱"。

1961年,适应一年后之后,老父亲回到沈阳,把家眷全部接到"43号信箱"。

那一年,潘姨记得非常清楚,"我十四岁,弟弟九岁,妹妹四岁"。她以为同来的老母亲已经四十多岁,实则不过三十二岁,"属龙的"。

1955年,第一个五年计划由苏联援建的156个重点项目之中,有两个军工项目落户地处"大三线"的陕西宝鸡。军工代号43号信箱,指代生产军用、民用雷达设备的长岭机器厂,厂址位于宝鸡渭河南岸可以直通川陕公路的清姜路旁。

潘姨的外祖母是黑龙江人,带着女儿逃难,"日本鬼子到处抓花姑娘",逃无可逃,躲无可躲,最后许给潘家。潘姨的老父亲属羊,大母亲九岁,"结婚前都没见过面"。

来到宝鸡的第三天,母亲就哭闹不休,她不愿意留在宝鸡,不愿意留在东西南北四面环山的渭河南岸，她想念辽远的黑土地，她想回沈河区，她抱怨把她们母女接来的丈夫："你给我们骗来的！你给我们送回去！"

"怎么可能呢？"潘姨会说，"再哭再闹也回不去了。"

好在，不再像沈阳那般困难，"来宝鸡，强一点儿"。

东北生活的结束，也打断了潘姨的学业，五年级开始休学，等到43号信箱职工子弟中学毕业，她已十九岁，1966年。

两年后，1968年，作为知识青年的潘姨上山下乡，下放到东距43号信箱近三百里的乾县乾陵内城西门外的西南村。

又两年后，1970年，二十三岁的潘姨嫁入西南村李家。

环陵公路向东一条坡道通往西门，李家就在坡道高处，路北第一家。地势东高西低，三眼土窑自然坐东朝西，窑前小院的门框钉着当年的门牌"西皇门23"。

潘姨两口子住在靠南那眼窑，门旁一扇窗，窗下一张炕。院内一株泡桐，院外一株柿树、一株核桃，麦熟之前，院内落着紫色的泡桐花；麦种前后，院外掉着褐色的核桃与黄色的柿子。

四年后，1974年，潘姨的儿子出生。

两年后，知识青年开始返乡。

偶尔，李叔不在屋里，潘姨会絮絮叨叨说起，"我现在有点……"，转脸看眼门外，"……有点后悔，那时候要是跟他不结婚，现在我就已经……知识青年最后不就可以返回去。后来我同学，返回去了，回宝鸡，跟我说，你要是不结婚，可以找那个安置办公室，找他起码可以……安排工作嘛。这一结婚，根本不可能。是吧？那就没办法了"。

李叔却觉得另有原因，"她父亲，老革命嘛，不愿意找人，说是留在农村也不错"。

"不怪老父亲，"潘姨断然否认，"怪我自己。"

再过两年，1978 年，潘姨又添了一个女儿。

1981 年，李家在土窑外建起了新房，院外的柿树圈进了院内。

一家四口人，分了十一亩地，就在李家北边一里地外。一家人的全部希望寄托于此，一年一茬小麦，秋种夏收。

九十年代，原址又建起砖瓦新房。

儿子长大了，去到四川；女儿长大了，嫁到北京。

后来老父亲走了，七十七岁。老母亲八十四岁那年，老父亲又像当年从 43 号信箱回到沈阳一样，回到 43 号信箱，接走了老母亲。

西南村只剩下潘姨和李叔，年纪越来越大，土地越种越少。三亩小麦之外，其余退耕还林，每年补贴六百块钱。

乾陵景区，内城南门辟为收费区域，东门石狮两尊，北门仗马一对，西门石狮一尊，尚可免费观瞻。其中西门石狮恰在西南村中，交通发达之后，渐有游客前来，村民多少可以分些乾陵旅游的残羹冷炙。

李叔做起导游，可以引领游客上到村后山巅，远眺乾陵主峰梁山，振振衣襟，有模有样地背诵起他的导游词。下山，收上游客十块二十块钱。

没有文化的老太太，只好守在登山路前，兜售她们的女红。或者像何老太太，拐篮白煮鸡蛋上山，爬山累饿的游客，可以买上两枚充饥。

潘姨偶尔也会坐在门前，天冷却有阳光的日子，也长着柿子树与核桃树的院外土台铺满西晒，拾掇得干干净净。

2008年，那年天暖。三月初十，那天晴朗。

下午，独坐院外的潘姨见有人来，于是起身招呼。

"西门的石狮子在哪里呀？"

"端走，拐过弯就能看见，"潘姨回道，"进屋喝口水吧？"

2008年再去西安，道树枝叶疏朗，早起买上两个肉夹馍，汽车总站搭车到乾县，探访乾陵东、北、西三门。无论哪里何时累了，就坐在路边吃馍。馍捂久了，一股浓烈的包馍的草纸味儿。

草纸味儿的馍并不好吃，却可以疗饥。梁山四野，总有无际的油菜花田，田中一株枝干漆黑如铁浇铸的梨树，冷却未免太过暖和的春日。

那次我登山而上，俯瞰氤氲的关中；那次我穿越田野，撞见逐兔的细狗；那次我迷失方向，答我询路的老汉指向远方说你再走二里地，我走出二里又二里，二里又二里，前途却依旧迷茫。

梁山东麓平坦，西麓崎岖起伏。我从北门沿环陵公路向西,直走到精疲力竭,西门依旧不知所踪,又遇岔路。侥幸遇着一辆没有车斗的农用拖拉机,开车老农正是西南村村民,问询之下,得知应由岔路继续西行。咬牙走完一段上坡公路,终于得见西南村,村民指示一条向东上坡的泥泞土路,"石狮就在那上面"。

东门石狮与北门仗马,距离环陵公路不过数步之遥,西门石狮却深在坡上一里。力竭之下,每步艰难,终于又在路北最后一排砖瓦房前看见晒太阳的老太太,鼓勇再走几步,过去问路。

"西门的石狮子在哪里呀?"

"端走,拐过弯就能看见,"老太太回我,"进屋喝口水吧?"

我们都以为那只是一次普通的问路,老太太甚至不会记得,而我因为问路时拍了一张照片,十二年后重访乾陵,于是想起她。

红砖房依然还是十二年前模样,紧闭的红漆铁门外,时间仿佛坡顶滚落的碎石,不曾停顿,没有留下任何痕迹。

推开铁门,略显杂乱的院子,头发斑白的老太太背身坐在矮凳上搓洗着衣裳。我反复敲门,她才听见有人进院,回过头来,苍老得一瞬间让我误会她是老伴的老母亲。

不过却瞬间笑了起来,我知道她并不可能认出我来,哪怕后来我给她看十二年前的照片,她只是出于待客的礼貌,站起身蹒跚走过来,双手握紧我的手。刚从冷水里拿出的手,冰冷得如同攥着一抔雪。

西南村，潘姨。2008 年 4 月 15 日。

西南村，潘姨。2023 年 5 月 13 日。

她满头白发,腰背佝偻,不再握紧我手的双手不住颤抖。

她的瞳彩已如青砖一般灰暗,却始终笑容满面,她的喜悦无可置疑,并非因为有我来,而是因为有人来,有人自北方来,虽然不自东北来,但来处总是更近她的故乡,于是她每句肯定的回答,换作她久已未用的"嗯呐!"。

我这才得知她是东北人,于是按照东北风俗,称呼她为"大姨"。加上姓氏,"潘姨"。

"你知道沈河区吗?"

"你知道东大街吗?"

"你知道破烂市吗?"

"你知道天光电影院吗?"

——"都还在吗?"最后她小声问起,眼神好像找不见心爱的玩具的孩子。

我并不知道,可是除了沈河区与东大街,其他都不在了吧?

自从十四岁离开沈阳,潘姨再也没有回过故乡。

祖父祖母不在了,父亲的两个兄弟不在了,他们的后代也断了联系,沈阳一无所有。

除却记忆,除却口音,除却思念。

几乎没有外省人的西南村,曾经对东北人有偏见,说东北人是土匪,说东北男女老少都睡一张炕。

"我操你妈了逼!"气不过的潘姨破口大骂,"但是他们听不懂。"于是她又转怒为喜,哈哈大笑。

九十年代重建的砖瓦房,至今没有翻盖,还是初见潘姨时的模样。

一进院落，东侧是土窑老宅，南侧是临街院墙，北房正房改作儿子的婚房。儿子远在四川，于是无人居住的北房渐成杂物间。

潘姨李叔住在西侧的倒座房里，虽然倒座，门却也向南开，与院门后的檐廊相连。房间很深，只在进门右手边有一扇朝向院子的窗，于是深处的火炕永远如在暗夜。

窗下一张方桌，桌上摆着微波炉与电磁炉。院内东南角建有厨房，可是吃饭简单，时常一天两顿面条凑合，于是一张方桌代替厨房。桌边是没有生火的煤炉，炉膛上摆一只鞋盒，鞋盒里盛着零散的挂面。桌下堆着最常配面的土豆、西葫芦、大葱大蒜之类，窗台上码着一应油盐酱醋。

进门左手，方桌对面，门后一口大水缸，缸边一张圆桌，桌上一方案板，案板上擀面切菜。

窗与火炕之间，一台电冰箱，一张书桌，书桌架着一台小液晶电视，年深日久，彩色屏幕几乎褪色成为黑白。

对箱正对着大立柜，大立柜与火炕之间，一张三斗橱。"三斗橱是老父亲亲手做的，这是个纪念。"

潘姨和李叔在炕上分头而睡，李叔头朝东，靠近架电视的书桌；潘姨头朝西，紧贴老父亲亲手做的三斗橱。每天倚着三斗橱上炕下炕，大概如同老父亲的搀扶。"唉呀，"潘姨难过起来，"不说还想不起来，说到就想起我的老父亲了。"

潘姨还有一张老母亲的照片，放大装框，她却没有摆在三斗橱上,而是放在儿子不住的北房里。她特意取来给我看,照片里的潘姨母亲六十多岁年纪,眉眼清秀,微启双唇,略有斑白的头发向后挽起,大约脑后扎着发髻。

"漂亮吧?"潘姨红着眼睛问我,"我们长得像吗?"

老父亲走后,老母亲独居。"癫痫,半夜犯病,摔下床来。"她终于止不住地落泪。

老母亲终于陪着老父亲葬在了宝鸡,她也终于没能再回沈河区。

之后这几年,每年西行陕甘,我总会途经乾陵,总要再去西南村。

年纪越来越老,李叔和何老太太逐渐爬不动山,于是也都坐在登山路前的阳光里。路旁的十几户人家,如今只剩三四家还有人住,"人老了,房子就空下了"。原来村里老汉晒太阳的山墙根下长出半人高的荒草,坐在登山路前阳光里的老太太越来越少,闲聊,等待上山的游客,安静下来,倾听山路上的任何风吹草动。

炕头、书桌与三斗橱上的药物越堆越多,潘姨每年可见的衰老,后背越来越驼,震颤越来越凶,记忆力也大不如前,曾经的故事说得颠三倒四,遇到模糊的细节会停下来,求助的眼神望向李叔。李叔小潘姨一岁,看起来却年轻许多,面庞圆润,身板挺直,虽然心脏做过支架,依然不改烟酒嗜好,潘姨总是为他担心。

潘姨的右手今年也基本残废了。十几年前就在院里,不小心踩到掉落地上的柿子摔倒，右手撑地，手臂骨折。村医治不了，去到县城医院，胳膊打上石膏。医嘱骨折愈合之前右手绝不能吃重，潘姨却看不上从来双手不沾阳春水的李叔家务笨拙，于是依然做饭刷锅，右手发力拧抹布，结果骨头断折处错位，再也没能长好。近来错位愈发严重，右手掌心向上平摊，能够明显看见手腕处突出的尺骨骨端，连带着手指失控，不能弯曲，不能握拳。

可是一切家务还要她做。

七十七岁的潘姨一切改用左手，她坐在圆桌边的小木凳上左手执刀削好一根年老色衰的西葫芦，刀放在地上，西葫芦换到左手递给我："你来炒菜！"

年复一年的面食，让潘姨疏于烹饪，于是往年来时也是我下厨。今年不同之处在于，让我下厨的理由不再是我菜炒得好，她摊平苍白纤弱的右手，笑着说道："不行了。"

一张折叠圆桌靠在三斗橱上，打开摆在炕前，就是一家的饭桌，无论平日的面条，还是待客的佳肴，都在于此。佳肴会是一道固定的肉菜，西葫芦炒肉片。肉冻在冰箱里，年深日久。潘姨和李叔一口牙齿落尽，自己是难得吃肉的。

趁我炒菜，潘姨总会偷摸出门，去村里的小卖部买上两根卤鸡腿。小卖部很远，下坡走到环陵公路，再从哪里的另一条路爬上山坡，村妇曾试图劝我莫去，怕我扑空，"那里什么也没有"。潘姨双脚脚趾外翻，行路不易，却总是要去什么也没有的小卖部里买回两根卤鸡腿，拆袋装盘。卤料色素用量坦诚，鸡腿透着明艳的红光。

就着菜，我们会吃一顿潘姨久违的米饭。

潘姨用蒸锅蒸制的米饭，总是水多。

潘姨不再忌讳，甚至饭桌上当着李叔，她也会越来越常说起："后悔来到陕西。"

"后悔嫁人，"但是这句话还是要避开李叔说的，"后悔没能回城。"

潘姨的弟弟当年也是下乡知识青年，不过抓住征兵的机遇，复员后回到43号信箱，如今弟弟妹妹都住宝鸡，唯有潘姨留在遥远的西南村。

三亩小麦还在继续，每年还在靠天收。小麦一斤的好价格在一块五六毛钱，每亩地化肥一百六、机械化翻犁五十、播种五十、种子四五十、打药二三十、收割六十，将近四百元成本。每亩地能够收上三四百斤小麦，才能不亏本钱。

去年是难得的好收成，一亩地收到一千二百斤。"还有一千五百斤的！"李叔啧啧感叹，"我活了七十多岁，没见过打过这么多粮食的年成！"

然而好年成毕竟不常有，靠天吃饭，祸福难定。今年应当也还好，就像石马岭上的老董说的，"春季雨水好"，天气逐渐转热，芒种将至。

岁稔在望，一年中最难挨的夏季也将到来。潘姨住的西房，整堵山墙朝西，夏季西晒。"能把人热死！"

虽然居住窑洞的年代令人绝望，但是窑洞毕竟还有点儿念想："冬暖夏凉。"

前年阴历九月底去的西南村,正是柿子熟时。

傍晚将回乾县,潘姨执意要让带上些柿子路上吃。于是李叔手执竹竿敲打,潘姨拣起柿子擦净装箱。满满一箱柿子,车里自然酣透,一路吃到故乡。

今年再去,柿子树枝杈几乎修剪干净,原本掉落满地柿叶的位置,搭起一座蓝色的彩钢瓦棚。

我问为什么要搭起棚子?

潘姨笑着回我:"放我们的材。"

我这才知道棚内防雨布密密匝匝盖着的是两口棺材。去年六月份,担心染疫,就在国道边的寿材铺打的材,上好的棕木,加上枋板,每口大约四千块钱。

饭后我们坐在院门后的檐廊下聊天,彩钢瓦棚耀眼的蓝色难以忽略,虽然我明知农村老人预备寿材并无忌讳,却总觉惴惴不安。有些事情,比如死亡,我们明知无可逃遁,可是不看见,即可不想到,仿佛不存在。忽然真真切切具象于眼前,挥之不去,难以忽略地会不断想起。

"死掉就完了。"潘姨并不害怕,她甚至有些期待人生的结束。

她觉得自己这一生充满错误,却又无可奈何。

"一步路走错,步步路就都走错了。"

还是傍晚将回乾县,潘姨问我下次何时再来,我说一两个月后吧。

她不相信。我告诉她我要西去,总还要东归,总还会再过乾县。

她相信了,忽然似真似假地说道:

"下次再来,你带我走吧?"

乾州

初八日，甲寅。

晨起阴，起行时微雨……二十里至杨凤汛，雨渐大。又行二十里至乾州，署牧张（恒宝，字奉久，行一，山东人，曾任福建闽侯县尉）郊迎。馆于城内，因途中难行，即住此。

未刻甫见阳光，转瞬又阴，夜大雨如注，戌至丑始稍息。

旅馆积水成渠，滚入床下，亟呼仆疏消之，墙屋多圮，不能成寐。

初九日，乙卯。

早晨犹有微雨。正欲登程，而探役来报，距城五里水深六七尺，舆马皆不能涉，仍复回旅馆。中午大晴，张牧遣差赴前途治道，至夜据报，水仍未落……

初十日，丙辰。

晴。水稍落，仍未能通舆马，复住一日。寓中诸人多患吐泻，以藿香、橘皮煎饮，差愈。是夜州牧来报，沿途水皆消涸，定于明晨前进。1

道光十九年（1839），虎门销烟。

道光二十年（1840），鸦片战争。

道光二十一年（1841）五月，道光帝以衅起销烟，归咎两广总督林则徐（少穆，1785～1850），革职褫衔，从重发往伊犁效力赎罪。遣戍途中，奉旨暂赴河南河工工地协口查灾。次年二月，河南河工告竣，继续赴戍新疆。四月行抵西安，林则徐却突患疟疾，病情危殆，无耐暂留西安调治，迁延两月，至六月末方渐转安。七月初六日（1842年8月11日），时当不宜远行的盛夏，大病新愈的林则徐自西安起程，宿咸阳渭水驿。初七日（8月12日），宿醴泉醴泉驿。初八日（8月13日），晨阴，自醴泉行馆出发之时，落起微雨。

光绪三十二年四月初三日（1906年4月26日），甘肃学政叶昌炽阅读邸报，得知上谕各省改设提学使司，学政一律裁撤，均着回京供职。叶昌炽在日记中写道："望此德音，如望云霓，今日始得卸仔肩，无事一身轻矣。仆辈愿归，皆有喜色。惟吏役失其恒业，未免有悻悻之色。"2

学政三载，视学四方，车马劳顿，久疏江南温柔故乡，虽然学政实缺成空，却以为德音，却说盼望已久，却说无事一身轻,却也可信。正如同样久疏故乡的奴仆,也愿东归。只有那些仍将滞留斯地,可能也将老于斯地的吏役,忽然失业,未免落落寡欢。

初夏邸抄的一则上谕,几人欢喜几人愁。

欢喜的叶昌炽,立将行期定于闰四月初十日左右。

闰四月十一日(6月2日),叶昌炽自兰州返程,二十九日(6月20日),由乾北阳峪之东麓,迤逦进乾州。进城之前,高处纵目,"俯视乾州城内,烟树一簇,城堞房宇了然在目。再望乾州东面,一片平阳,远至三四十里,盖醴泉县城亦在若隐若见中矣"[3]。

三十日(6月21日),晴朗,叶昌炽辰刻出乾州城,踏上那片平阳。"行野田中,新麦甫登,弥望黄土,歧途绮错,不辨远近。纡行十余里,始达县城,已正午矣。"[4]

"自乾州至醴泉本四十里,实三十里稍强。"[5]虽然绕路十余里,依旧可以朝发午至,果然平阳。但是六十四年前迎面而来的林则徐,却走得艰难,二十里行至杨凤汛,雨势渐大,再行二十里至乾州,雨水浇透的黄土源泥泞难行,于是无奈入住城内行馆。

然而雨势渐大处的"杨凤汛",却是仅见于林则徐笔端的地名。"汛",清代绿营兵制,凡千总、把总、外委等官弁所属军队,称"汛",其驻防之地谓"汛地"。"杨凤汛",即名为"杨凤"的汛兵驻扎之地。

可是醴泉以西二十里,陶保廉记作"杨洪庙",叶昌炽四年前赴任甘肃学政途中,同样记作"杨洪庙"。"杨洪"清晰可考,即今属乾县的"阳洪",今称阳洪镇,前为阳洪乡,初名阳洪店——镇里许多老人,至今仍以"杨洪店"唤之。

"杨""阳"同音无妨,"汛""庙"可能因时不同,"凤""洪"之误,大概林则徐是福州府侯官县(今福建福州闽侯区)人,而"FH之辨"又是福建人说官话的永恒难题。或许当年赴戍又遇大雨,乾州行馆住定,午后甫见阳光,转瞬又阴。入夜,暴雨无休无止三个时辰,虽然午夜以后略止,行馆已是墙倒屋塌,积水成渠,漫灌客舍卧榻之下,虽然唤来仆从扫水出屋,不过经此折腾,林大人早已困意全无。

索性燃灯展卷,落笔要记那处"杨Hong汛",满头雾水有如今夜的雨。赴戍的道光二十二年,可资参考的前人西北行记无多,林大人箧中所携,大约仅有一部祁韵士嘉庆十年(1805)所写的《万里行程记》[6]。

祁韵士(1751~1815),字鹤皋,山西寿阳人。乾隆四十三年(1778)戊戌科进士。乾隆五十八年(1793),四十三岁,喜得第五子祁寯藻——即五十六年之后户部主事董醇束装以从的户部尚书祁寯藻。嘉庆六年(1801),以户部郎中监督户部铸币机构宝泉局。嘉庆九年(1804),宝泉局七十万斤亏铜案发,前任监督尽皆落罪。次年,祁韵士遭戍新疆,发配伊犁。

那夜林大人必曾翻阅这位新疆遣戍业前辈的《万里行程记》,然而前辈文字过于简略,醴乾之行只字未提途经。林大人颓然阖上行程记,暗骂一句老世翁,心想既然闽人总把Feng误为Hong,那想必Hong也就是Feng吧?于是信笔写下"杨凤汛"。

转过天来，七月初九日（8月14日），早晨犹有微雨。

正欲登程，探路的差役来报，距城五里，水深六七尺，轿马皆不可能涉水而过，莫可奈何，仍回行馆。

中午，终于雨过天明，署理乾州知州张恒宝派遣差役先行整治道路，至夜回报，水仍未落。

七月初十日（8月15日），前路水稍落，但仍不能通轿马。

积水裹带污秽，疫疾肆虐，行馆诸人多患吐泻。林大人以藿香、橘皮煎饮予众人服用，果然古人所谓"不为良相，必为良医"，天地万物齐一，林大人药到，诸旅人病除。

是夜，知州来报，沿途水皆消涸，可定明晨前进。

侍父赴任兰州的浙江人陶保廉路过杨洪庙，时在光绪十七年九月十六日（1891年10月18日）。杨洪庙后，再行十四里：

> 进乾州东门（威胜驿），一里住行馆，计行三十五里。知州事山东周懋臣铭旂。[7]

叶昌炽笔下的"三十里稍强"，一路笔记严谨的陶保廉记作"三十五里"。

时任乾州知州周铭旂（1828~1913），字懋臣，山东即墨人，同治四年（1865）乙丑科进士，以知县分陕西，光绪九年（1883）署理乾州知州，主持编辑州志，光绪十年（1884）成稿，却因调任鄜州，未及开雕。光绪十六年（1890），周铭旂再典乾州，增补遗漏，改订讹谬，于光绪十七年（1891）秋刊行《乾州志稿》十四卷，附别录四卷，殉难士女录一卷，补正一卷。[8]

陶模履新甘肃新疆巡抚，官员赴任，地方有迎送之责，侍行的陶保廉当也随父与周铭旂相见。然而《辛卯侍行记》仅见周铭旂其名，却只字未曾提及《乾州志稿》，想来陶保廉来时的秋末，《乾州志稿》未遑成书，否则既有功于地方，又可表功于官长的新修志书，周铭旂断无不予馈赠之理。

《辛卯侍行记》与《乾州志稿》皆我所爱，前者可以为我重现一条过去的路，后者可以为我重构一座过去的城。那年秋末，虽然周铭旂或未送书与陶保廉，但却能在陶保廉笔下得见周铭旂，只此一句，已是我难与外人道的欣喜。两本纸页将成齑粉的旧籍，作者各自已在千里之外成为烟尘，他们却是相识的，他们却曾在某年某月，某时某地，共处一室，共话前途。

或是在乾州衙署，或是在乾州行馆。

乾州衙署所在，清晰可知。

乾州，唐奉天县——武后光宅元年（684）析醴泉、始平、好畤、武功、永寿五县地，置奉天县，以奉高宗皇帝乾陵。乾宁二年（895），始改乾州，以地处长安西北隅，故名"乾"。五代梁为威胜军，后唐复为乾州，宋更名醴州，金复为乾州，

乾州，东门。宣统元年十二月二十三日（1910年2月2日）。
East gate of Chienchou. Feb 2nd, 1910.
©George Ernest Morrison, Mitchell Library, State Library of New South Wales.

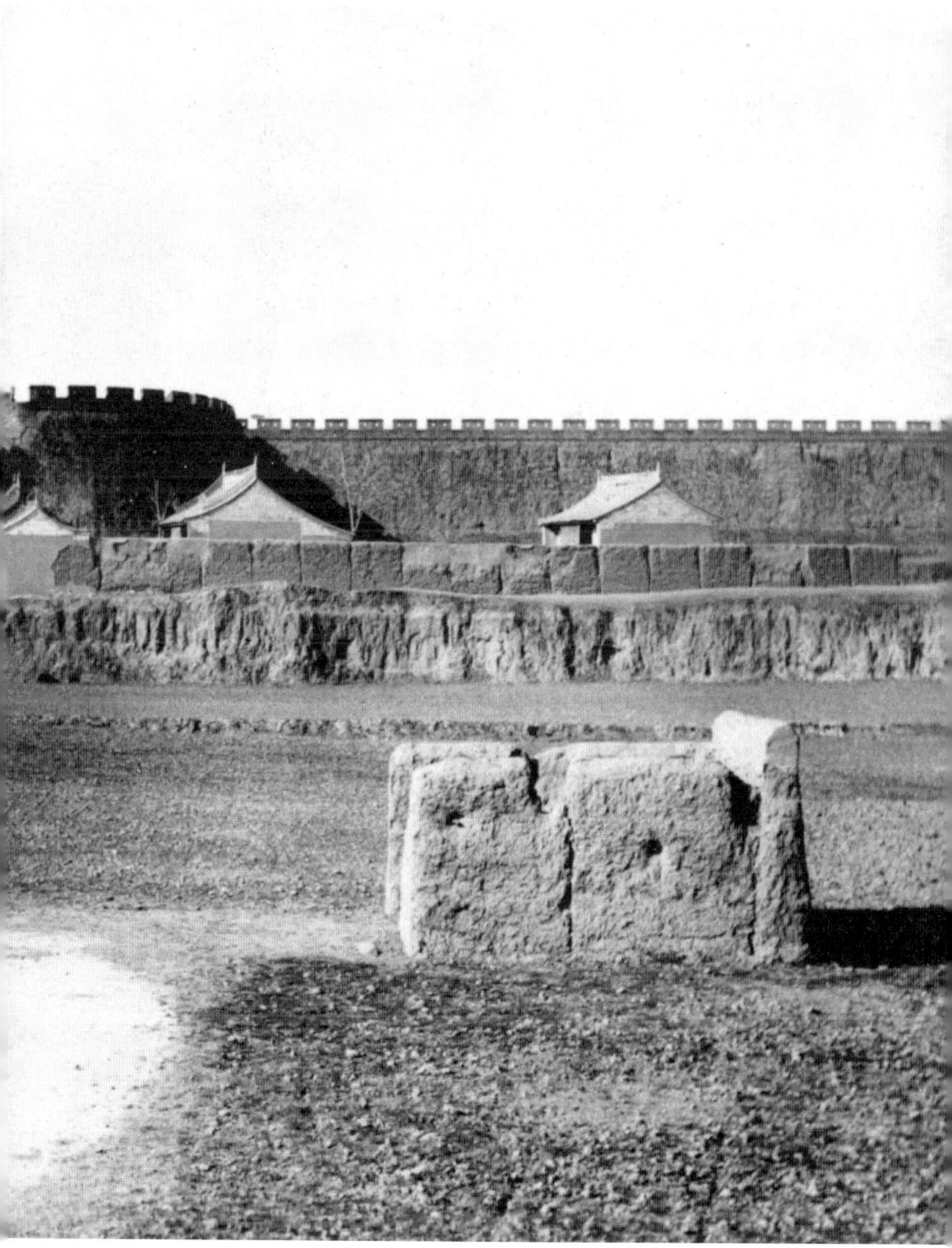

元明因之。清初属西安府，置威胜驿，"乾州威胜驿在城内，西至永寿县永安驿九十里"[9]。威胜驿名，得自五代威胜军。雍正三年（1725）升为直隶州，以武功、永寿隶之。[10]

乾州城的建置，周铭旂《乾州志稿》卷五《土地志》记载：唐德宗建中元年（780），用术士桑道茂言，诏京兆尹严郢（叔敖，？~783）发众数千及神策兵扩筑乾州城。子城即内城周五里，罗城即扩筑之外城周十里有奇，高三丈二尺；城壕深二丈，阔三丈。后子城倾圮，今城即罗城，历代补筑。城开六门，东名"紫阳门"，西名"跃清门"，南名"新泰门"，北名"储胥门"，东北迤北的小东门名"好畤门"，西门迤北的小西门名"率西门"。[11]

州署便在城内西偏，唐德宗行在故址。[12]

民国元年（1912），废州设县，乾州改乾县，乾州署改乾县公署。民国十六年（1927），乾县公署改乾县政府，如今乾县人民政府仍在原址。

乾州行馆何处，是否即在威胜驿？

隔天，光绪十七年九月十七日（1891年10月19日），陶保廉"发乾州行馆，二里出北门"[13]。可知乾州行馆距东门一里、北门二里。

十一年后四月十二日（1902年5月19日），赴任甘肃学政的叶昌炽，隔天登程，也是"二里出北门"[14]。不过叶昌炽来时，"行馆方兴版筑，借住贡院"[15]。据《乾州志稿》所附"城郭图"，贡院地在东正街与花市巷十字东北角，即今东大街与风水台街十字东北角。既然出北门均为二里，行馆应在贡院附近。

又三年的九月二十三日（1905年10月21日），遣戍新疆的裴景福也走到乾州：

> 住行馆，虽规制略小，而屋宇整洁，铺陈甚备。将晚同华封登顾楼，望乾陵，陵在城外北山，即古梁山也。秦立梁山宫于此。唐诸陵乾陵最壮丽，古柏万株……[16]

乾州无有"顾楼"，只有"鼓楼"，"顾""鼓"显然是"洪""凤"之误。乾州鼓楼又称谯楼，正在州署内，"在大门左，不知何代建"[17]。

——华封与其兄介侯，皆是前新疆焉耆府知府刘瑞斋之侄，裴景福同邑，前在新疆候补，因事归里，听闻裴景福遣戍新疆，前往南京，征得裴景福父母许可，自愿同行，伴送裴景福出关。

刘华封生平无考，刘瑞斋却又见于谢彬笔下。民国六年（1917）七月七日，谢彬出新疆巴什栏杆去往莎车，途中遇一"老刘渠"："渠为清知事刘瑞斋（浑名塔哈，谓其爱取民财开辟地利也）所开。"[18] 塔哈，维吾尔语"تاغار"（Tahar）音译，本意为麻袋，且特指大麻袋，既似富人的便便大腹，又是缴纳税粮的容器，借以暗指贪得无厌或不义之财。由此诨名，可知刘瑞斋其人，大略就是新疆的裴景福——

那大深秋将晚，贪吏之首与塔哈之侄，同登鼓楼，北望乾陵,梁山之上,古柏万株。

彼时夜路难行,将晚登楼,必是宿于就近。而威胜驿正与鼓楼同在州署,"移置州署西偏"[19],且与贡院不远——出贡院由东大街西行,南十字北转,下一路口,北十字[20]西北角,即可入州署,即可登鼓楼,即可宿行馆。

因此各种线索猜度,诸人所宿乾州行馆,正是州署西偏威胜驿。

虽然不大,但屋宇整洁,铺陈甚备。

那座可以远眺乾陵的鼓楼,《乾州志稿》称"不知何代建",但据今人考证,始建于元至正二十四年(1364)[21]。

与一般鼓楼东西宽而南北窄,南北过洞的格局不同,乾州鼓楼南北宽而东西窄,比例约为三比二,东西过洞。《乾州志稿》引用旧说:"乾,金象,畏火克,故大门旧东向。"[22]五行而论,"乾"为金象,南方五行属火,火克金;东方五行属木,金克木,故大门朝东。不过若以此论,乾州因何仍建南门?故而且如我的"洪""凤"之说,权作戏言,聊备一笑。

初名"乾","乾楼";继名"昭","昭楼";复易为"昭德楼"。

明崇祯中,知州杨殿元重修,颜其额曰"响彻奉天"。

国朝知州杨允昌又新之,知州林一铭题曰"古奉天郡"。[23]

鼓楼雄阔，夯土包砖基台高约一丈八尺，两层鼓楼又高一丈八尺，五檩四椽，明柱十根，总高三丈六尺。[24]

自元至今，可以远望乾陵的鼓楼始终就在乾州州衙、乾县公署、乾县政府、乾县人民政府大院东南角。两侧连接院墙，一丈三尺高、八尺宽的过洞充作衙署东便门，直通南北正街。

后来过洞封闭，围在人民政府大院内的鼓楼成为各部门的办公场地，先是乾县公安局，再是乾县监察局，最后是乾县交通局。

大院外面，高高的鼓楼下摆着小人书摊，乾县的娃娃花上一分两分钱租本小人书，鼓楼冬日为娃娃避风，夏日为娃娃遮阳。

矗立乾州六百余载的乾州鼓楼，不知如此陪伴了多少代乾县人的生息？不知目睹多少队行旅自东墙外南来北去？

道光二十二年七月十一日（1842年8月16日），仍旧晴朗，林则徐终于得以北去赴戍。黎明，轿夫步出乾州衙署，转向正街，透过轿窗玻璃[25]，他能看见朝阳越过城头，攀上鼓楼那方"古奉天郡"[26]。

董醇、陶保廉、叶昌炽、裴景福、谢彬，所见亦如是。

波澜不惊六百余载。

忽然。

忽然，1995年，乾县忽然将鼓楼拆除，原址建起新的乾县交通局五层办公大楼，白瓷砖、绿玻璃。

2011年，乾县又在原址迤南，南十字西北角，耗费巨资造起新的乾县鼓楼，规模更大，款式更新。

永寿县

永平
武陵寺塔
驿路/西兰公路

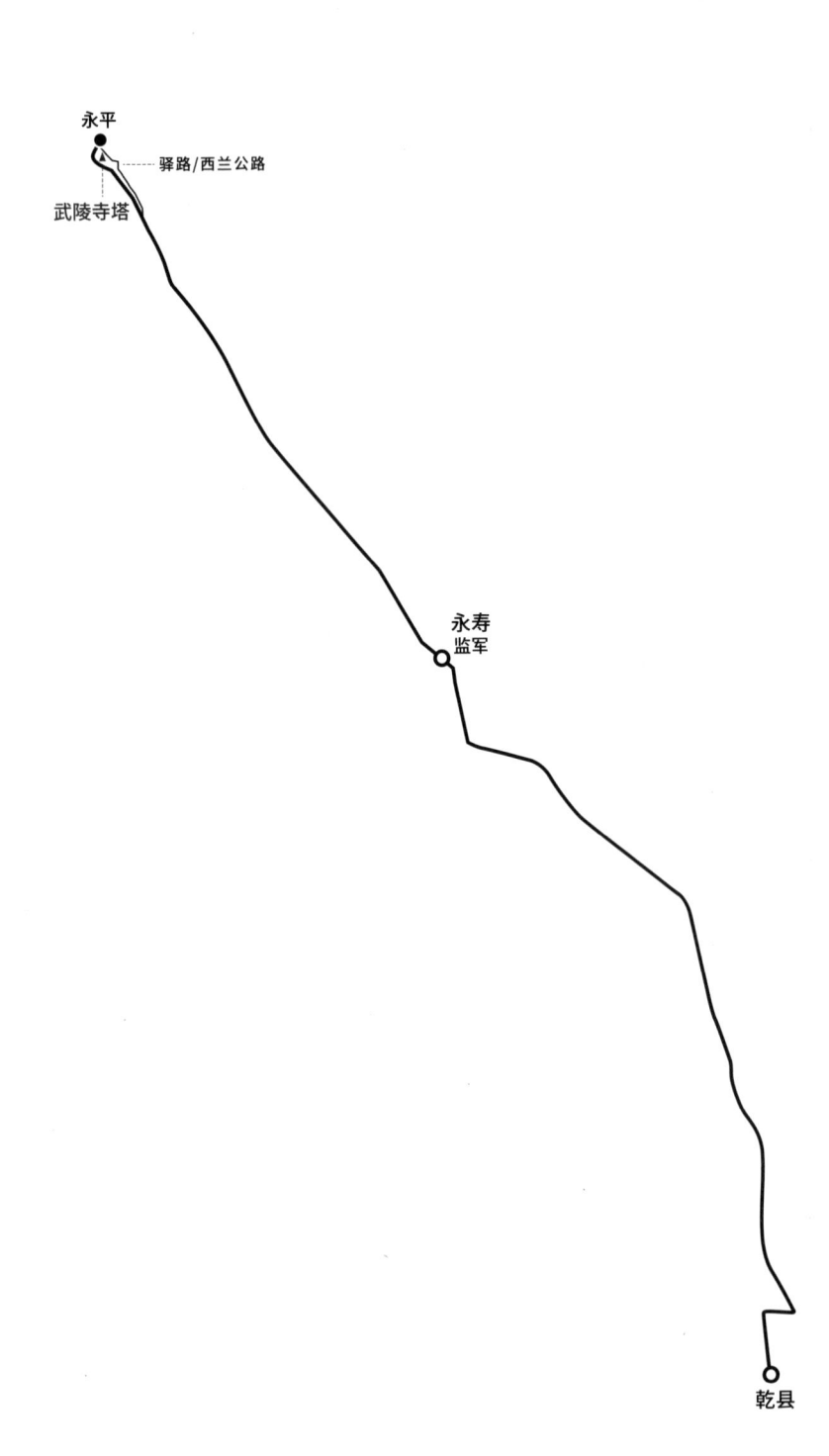

永寿
监军

乾县

监军镇

光绪二十八年四月十一日（1902年5月18日），借住贡院的叶昌炽，在他的《缘督庐日记》写道：

> 昨在醴泉水极苦，忍渴未饮，今日到此得井水，盐味稍减，已如饮醍醐矣。闻前途永寿、邠州皆饮窖水，天雨时蓄窖中，浑浊如泥，苦涩如卤，不堪入口。命行橐汲水置骡背以解渴。[1]

礼泉以来，一年一季的小麦全靠天收，主要便因缺水。庄稼缺水，人口也缺水，更缺好水。西安幸有诸如安定门内取之不竭的甜水井，醴泉则无，全是苦水井，以至于叶昌炽忍渴一宿。

乾州贡院取用的那眼水井，大约介于甜苦之间，不如西安，却远胜醴泉，以至如饮琼浆醍醐。一喜之下，又有一忧。前途永寿、邠州两地，甚至苦水井也无，全靠窖藏雨水，浑浊如泥，苦涩如卤，自幼惯饮好水的姑苏人如何入口？于是忙命仆从将皮囊饱灌乾州井水，置于骡背，以备永邠二地饮用。

第二日，破晓，驮水的骡子橐橐二里，走出乾州北门。

七里，过乾陵。乾陵玄宫凿于梁山北峰，南有双峰如阙，东西侍立，至今仍傍路旁，往返乾永，侧目可见。

宣统二年（1910），曾在天津创办普育女子学堂，并任《醒俗报》总编辑的天津人温世霖（支英，1870～1934），因代表学界同志会向政府请愿迅开国会，缩短预备立宪年限，触怒直隶总督陈夔龙（筱石，1857～1948），以扰乱地方，遣戍新疆。可怜新疆，真真是"乱臣贼子"，不绝于道。

及抵戍所，温世霖将沿途所记，比照裴景福《河海昆仑录》题意，著为《昆仑旅行日记》。民国二十三年（1934）温世霖卒于天津，得年六十有五。民国三十年（1941），温世霖胞弟、时任伪天津市长的温世珍（佩珊，1878～1951）私人付印《昆仑旅行日记》，数量无多，以赠亲友。

中国帝制的最后一年，宣统三年（1911年），正月初五日（2月3日）早八时车出乾州城，当温世霖也见到乾陵阙山时，车夫忽然强迫他下车：

少顷，行经墓前，车夫均下车溲溺。有一小车夫约二十余岁，忽至车前，强余下车。

余问何事，答云："下车小便！"

余告以此时无须，彼谓："我等车夫皆泚武银，你大人为何不泚？！"

"武银"余不解所谓，松解委笑为解释，余始恍然（武氏名曌，粗人不识此字，误读作"银"。且"银""淫"同音，当时或以武氏淫，即锡此佳名，亦未可知。千数百年，以讹传讹，无从追溯其源矣），因亦笑而下车。小车夫欣然喜跃，扶余至山前强溺少许。

据车夫云：凡男子之行经此处者，无论老少贵贱，必须对墓便溺，从来如此，非一朝一夕矣。[2]

轶事一则。

只是从来没有"从来如此"，对于现在的乾县而言，武则天营造的乾陵是乾县旅游的根本，武则天的种种轶事更是招徕游客最好的噱头，如何还会朝陵便溺？唐高宗与武则天的恩爱立像也已站立在乾县西大道与省道十字路口，虽然位置尴尬，如同红绿灯般忍受车嚣土扬，但是借名求财之意，不言而喻。

再行十九里，阳峪镇，四年后叶昌炽归来途经，可以俯瞰乾州，远眺醴泉的高处。

又二十里，监军镇，打尖。

如果无风无雨，李老汉总会走来监军镇。

老汉家住镇东二里地的城关村，右腿有点儿跛，所以走得也慢，怎么也要半个钟点。颠到永平南路与解放路的三岔路口,路旁熟悉的八队食堂里抄出一把椅子,端坐在人行道边。

也是一副老汉标配的茶晶眼镜,不过就像复建的乾县鼓楼,款式更新,形似年轻人会戴的黑框眼镜。镜片色彩也更淡,掩饰不住右眼如出血般的通红。老汉的头发已付岁月,裸露出酱色的头皮,无纺布包里取出红色的铁皮药盒,黑色的包浆着岁月的铁剪。铁皮盒里盛满碎烟叶,可是老汉觉得碎得还不均匀,于是挑拣出大片儿或者叶梗,细细再剪。

"水好着呢。"老汉不觉得已成永寿县城的监军镇水苦如卤,"水好着呢,水井打到地下三十米。"

监军镇确实水好,光绪三十一年九月二十四日(1905年10月22日),也在监军镇午饭的裴景福写道:

> 自醴泉、乾州以来,水皆咸苦,不宜饮,到此颇甘。[3]

莫怪监军能成乾永之间打尖的腰站,地利之外,水好亦是重要原因。所以那天叶昌炽在监军镇行馆外的午饭,大可放心食用店家自备的监军水,省下骡驮四十八里的乾州水。

八队食堂,最拿得出手的是饸饹,脸大的碗,漂着半寸厚的辣子红油。食堂的白案师傅也姓李,五六十岁年纪,得空就从后厨跑出来,铁皮盒里拣张白纸裁开的烟纸,居中均匀洒上刚剪细的烟叶,然后手法娴熟地搓成烟卷儿,打火机点燃。

烟叶不够好,烟味儿辛辣,而且不断熄灭,需要不断点燃——这或许就是建陵镇集上董老汉一次买了十只打火机的原因。

费打火机，却省烟钱。烟叶是从同村其他老汉家里买的，老汉八十多岁了，有点儿旱地，种点儿烟叶补贴用度。十二、十四块钱一斤，"这两年涨价，往年十块"。

李师傅烟瘾极大，后厨干活抽卷烟，得空出来抽烟卷："烟卷有劲！"

"他一天得要二十卷，"李老汉并不心痛自己的烟叶，只是单纯地夸奖李师傅抽得一手好烟，"是我队里抽烟的优秀标兵。"

李老汉自己一年十斤烟叶也就够了，"最多一个月一斤"，至于李师傅，"他这样一个月得三斤"。

"抽得太多了，"闲聊天的老汉劝他，"烟要少抽。"

"烟是解愁的！"李师傅不以为然。

八队食堂正对永寿广场，广场西北的某栋商业楼盘地基，就是李老汉曾经的家，曾经有着许多三十米水井的监军镇南堡子。

永寿县城旧在麻亭镇，即今监军镇西北四十里外的永平镇。自元以降，历时近六百载，直至民国十九年（1930）三月，时任县长王锦堂迁县署于监军镇。[4]

监军镇无有城廓，城内一条南北贯通的泥土胡同，长约一里，宽约三丈，并且深约六尺——多少车轧马踏，多少风吹雨打？——再加东西两条窄巷，仅此而已。

1958年,李老汉出生在南堡子,三家五家合住一个大院,三家五家一口水井。小学就近,读的监军镇小学,简称"监小"的原民国永寿县立第二高级小学堂。学名大丑,也许贱名易养,也许意同大巧若拙,大丑岂非大美?他记得八岁那年,1965年,县城改造街道,组织学生义务劳动,肩挑车拉,移土填平那条六尺深的"胡同"。不过,新修《永寿县志》中记载的改造时间是在"1969年春"[5]。1969年,他已经离开监小。两年前的1967年,刚读到四年级,社会动荡,学校不再有秩序,也不再有约束,于是他跑出校园,辍学至今。

二十年前,县城征地搬迁,在得到一平方米六十元的补偿款后,老汉失去了他在县城中心的家,搬到了就近土地的城关村。

与唯一的女儿,三口人,每人六分地,种着一亩八分地的小麦。

"要比永平好些,"老汉伸手比划着碗口的圆说道,"永平都是碎石头山,地里都是这么大的石头。监军都是土山。"

即便如此,也是靠天吃饭的监军饭,土地亩产量也就能比旧县城多出一二百斤吧?去年最好的时候,"亩产九百、一千斤",还是不及礼泉建陵镇的石马岭。

就按亩产一千斤计算,今年小麦收购价格一斤一块五毛钱,一亩八分地总计收入两千七百元,扣除每亩四百元的成本,净余两千元。

"抽烟叶子便宜,"李老汉、李师傅与闲聊天的老汉都说,"就是图便宜么。"

"农村有些老汉可怜得很,"他们说起那个卖烟叶的八十岁老汉,"能挣几个钱么?"

所有闲聊天的老汉几乎都姓李,他们都曾是南堡子的村民。
南堡子,"百分之九十姓李"。
还在附近不远处的他们,时常会聚在八队食堂门前闲聊。他们并不会打尖,并不会去吃八队食堂的饸饹,将近中午,他们各自回家。
李老汉几乎认得路过的每个老汉,拉着一板车西红柿秧的老汉路过,他颠着脚过去要了一棵,打算种在院里。
像年轻人一样骑辆拉力摩托车的老汉,停车进八队食堂打包两份饸饹,老汉红光满面,体格壮硕。
"他姓陈,"李老汉看着他说,"县里有工作的,还当过政协副主席。"
"多大岁数了?"闲聊天的老汉问道。
"比我小一岁。"
"你今年多大?"
"六十六,五八年的么。"
"那还没有高龄补贴。"
"没有么,只有养老保险么。"
"一百四十九块六毛一?"
"一百四十九块六毛一。"

近午,老汉散了。

李老汉站起身后,颠着脚把椅子送回八队食堂,提着他的装着碎烟叶的红色铁皮盒与装着蕃茄秧的红色塑料袋,颠着脚回他东边二里地的家。

正午,我在八队食堂吃了一碗饸饹面,味重且辣,八块钱。

午后,打完尖的叶昌炽与他驮水的骡子,去他北边四十里地的旧永寿。

永寿县

永寿县永安驿，在城内，西北至邠县新平驿七十里。⁶

四十里外，旧永寿县城外驻有忠靖营一哨，列队出迓履新的甘肃学政。知永寿县事陈贻香（兰畹）远迎于东关外，复又见于行馆。

稍憩，安置好驮水的骡子，叶昌炽进城答拜。

斗大山城，自东至西，不及一里。据陈大令云：城中居民仅六十余家耳。行馆在武陵山冈，其上曰"文笔峰"，后倚佛刹，前有塔七级，已剥落，踞山巅。⁷

十一年前，光绪十七年九月十七日（1891年10月19日），陶保廉到时，所记类似：

永寿县，城外住。计行八十八里……

> 行馆在武陵山冈,其上曰"文笔峰",有寺,有小塔……十八日,进永寿南门,山城斗大,居民约百家。[8]

永寿旧县,据光绪十四年(1888)《永寿县重修新志》记载,徙建麻亭镇时在元至元二年(1336),明末被寇尽圮,于是百姓筑寨于虎头山暂栖。康熙八年(1669),知县张焜(大启)于虎头山西北夯筑土城一座,城周三里,城高二丈八尺。开辟大小西门各一,大西门"金盘",小西门"康阜"。虽然城名"金盘"。其后数次重修,陶保廉去前十年,光绪七年(1881)七月,署理知县记佩奉命重修,次年十一月竣工。[9]

重修后的永寿旧县,依然不过周围三里的"斗大山城",居民看似百家,实则不过六十户。

行馆所在的武陵山,便是光绪县志中所谓的"虎头山"。

> 山有武陵寺,北魏平阳王熙建,上有浮图。[10]

浮图,亦作浮屠,梵语"Buddha"音译,即佛陀,亦可指佛寺、佛塔。

> 武陵寺,在县西南武陵山。白茂才考实云碧峰禅师至金陵,明太祖赐袈裟存寺中。遭兵废。又云此寺最古,北魏元熙建。[11]

"浮图正当行馆。"[12]

山因寺名,而曾在寺中的"文笔峰",今名"武陵寺塔"。

至于山寺之下的景象究竟如何?又三年后,也宿于武陵寺行馆的裴景福在他的《河海昆仑录》中着了些笔墨:

> 永寿压山而城,荒凉可掬,土人穴山而居,高下洞开,望之如千门万户,每爨烧黄蒿,黑烟喷涌,迷不见人,妇女鹑衣百结,面垢不濯,而所生小儿,壮实可爱,边地生计艰难,东南真福地也。此去乾州不百里,风景已有霄壤之别,前途更可想见。[13]

不过百家的斗大山城,如何能不荒凉?妇女如何能不鹑衣百结?

虽然咸苦如卤,不堪入口,但是窖水难得,若逢久旱,饮用尚不可求,遑论洗漱?面垢又如何能濯?

——难得曾经的广东首县能够得见"边地生计艰难",然而笔锋一转,念及的不是如何拯黎民于水火,而是"东南真福地也",官屠果然没有错杀。

虎头山大体为东南至西北走向,武陵寺塔在山之东北隅。出永寿旧城,有登山步道,拾级可达。

武陵寺"遭兵废",久成虚无。武陵寺宋式砖塔仍在,通高七丈,原有五层,今存其四,塔身向西北方向倾敧。

为保护武陵寺塔,依塔为中心建有独立院落,设置专人常年值守。院外步道西侧,碑亭一座,面向步道立有石碑一通,

碑阳大字草书"虎山",左右小楷镌刻:

> 永寿旧城之南有山曰"虎头",岁次甲戌,澄之奉令修筑西兰路段至此山,观感所及,不忍修凿,遂商同芸石县长易其名曰虎山,以示尊崇虎公领袖西北之意。工竣之日,爰泐石道旁,用资垂远云尔。

第十七路军特务二团营长王澄之撰
永寿县长祁芸石书
中华民国二十三年十一月谷旦

碑文可知,民国二十三年(1934),国民革命军第十七路军特务二团营长王澄之奉命率部修筑西兰公路至永寿旧城,按其意本应凿山,然因玄之又玄的"观感所及","不忍修凿",并与时任永寿县长祁芸石协商,将"虎头山"更名为"虎山",所为何故?"以示尊崇虎公领袖西北之意",并特意泐石道旁高脊,用资垂远——十几年前迁至山上碑亭。

虎公者,第十七路军总指挥杨虎城(1893~1949)。

山有虎公名讳,凿山未免迹近太岁头上动土,有违符谶之说,于是予以保留,以示尊崇。

山可穿,梁可穿,马屁不可穿。

当然,客观而论,这是善举,因为武陵山在而武陵寺塔在,当年第十七路军总指挥名讳若是杨龙城,现在怕是难得再见武陵寺塔。

没有凿山，西兰公路便依山之东北，陶保廉、叶昌炽、裴景福诸人马车骡经行的驿路而筑。

抗战军兴，"开发西北"，救亡图存，日趋迫切。

"欲图开发，首重交通。交通便利，则一切事业，可顺利进行；交通不便，则无论工商文化、军事运输，皆感困难，开发工作无从进行。"[14]

民国二十三年（1934），国民政府全国经济委员会决议按照当年颁布的《公路工程标准》以丙等国道标准改建西兰公路。三月，"西兰公路工务所"在西安成立，刘如松任总工程司，主持所务。四月，全国经济委员会公路处组建"西兰公路勘察团"，亦由刘如松任勘察主任，自西安出发勘察西兰公路全线。七月，西兰公路开工典礼在西安西廊门举行，虎公出席大会。

西兰公路全长719公里，陕西段西安至窑店199公里，施工任务便主要由虎公的第十七路军兵工分段担任：

西安、咸阳、醴泉段，由独立第二旅第四团，派兵六连轮流修筑；

醴泉、乾县、汤峪段，归独立第二旅第三团派兵一营修筑，并担任乾县防务；

汤峪、监军镇、旧永寿段，由特务第二军团派兵一营修筑，并担任监军镇防务；

永寿、邠县段，归炮兵团运输兵修筑，并担任旧永寿防务；

邠县、长武、窑店段，归特务第一团派兵两营轮流修筑，并担任邠县防务。[15]

其中"汤峪"即为"阳峪"。虎山碑的立碑者王澄之，职责正是修筑阳峪至旧永寿一段西兰公路。

翌年，民国二十四年（1935）五月，西兰公路全线土路通车。但是土路不耐久用，加之抗战军兴，西兰公路运量陡增，道路维护与改造工程，终民国一代不曾停歇。

刘如松总工程司由西安出发勘察西兰公路全线，同行者中，还有著名小说作家张恨水（1895～1967）。

张恨水当然不懂线路勘察，他是接受南京《民生报》与《世界日报》邀约，赴西北采风，记述西北风土民生，以飨国民了解西北的热情。然而当时西兰公路还未动工，也就没有正式的长途汽车，行至西安的张恨水百般踌躇。所幸诸如《金粉世家》《啼笑因缘》等已令小说家享有盛名，既然勘察线路的道济（Dodge）汽车还有余座，不妨顺水人情，载上他与工友，西去兰州。

张恨水的西北之行文字，题为"西游小记"，连载于民国二十三年至二十四年（1934～1935）第八至第九两卷《旅行杂志》。西兰公路旅行部分，起止于第九卷第四号至第七号。

第九卷第四号，出西安城后，原本平淡的标题，"醴泉县""乾县"，忽然危言耸听，"八户人家的永寿城""凄凉恐怖的一夜"。

监军过后，日已西偏；车近永寿，忽然落雨。"据同行的人说，只要一下雨，公路上其滑如浆，就不能走。"无可奈何，一行人只好在旧永寿城停车借宿。

一打听，停车的所在，便是永寿城外的汽车站，而且是旅馆，下车去看看，那敞门里面，倒有两间漆黑的厢房，全被人占去。这后面，是个长方院子，三方无墙，是把黄土坡削得陡直的立着，在那土坡中间，开了几个窑洞子，而且也只剩有一个了。伸头进去看看，里面就是一方土坑，此外一无所有。与其说是窑洞，倒莫如说是坟窟，土气息扑鼻。可是我们一行两车，有十几个人，当然住不下，便一同进了城。

城外是那样荒凉，预料着城里是应该热闹些的，殊不知大谬不然，只看到那土筑的城墙，在几个高低不齐的土山上，或隐或显，城里上上下下的土丘，有的栽着麦，有的长着乱草，几堵秃墙，在荒丘乱草中间撑着而外，便是斜坡上，几个窑洞。仅仅北边山坡上，有几幢瓦房，后来一打听，据说共是八家，其中有三家，还不是民房，一所系是城隍庙，一所是废弃了的县衙门，一所是破庙改的县立小学。而那五户人家，还有一连守城兵借住了，简直可以说是这永寿县城没有人家。

生平所经过的城市，要算这是第一个荒凉之城了。[16]

民国三十年（1941），时任永寿县长王孟周再以"水源缺乏，居民零落，匪徒时扰，影响县政无法推行"为由，报请陕西省政府转报内政部呈奉行政院，三月十五日内政部指令：监军镇为永寿县治。[17]

彼时上行公文，难得有夸大其辞之处，然而比照张恨水的文字，可知王县长的报呈字字不虚。

匪徒时扰，这令张恨水无比担心安危。同行负责监筑旧永寿段公路的马工程司比较熟悉情况："他说，在去年，土匪据了这城很久，饿跑了，城外或不免有土匪，这里有一连守城兵，不必怕。"

"土匪据了这城很久，饿跑了"，马工程司简单一句，可能胜过张恨水城外城内白描的四百多字，旧永寿城之凋敝，旧永寿百姓之凄苦，自不待言。

侥幸，"是倚靠了西兰公路工程司的面子，居然在县立小学，借着一个课堂来安歇了。这小学原基虽是老庙，课堂到是新建筑的，在一个平坡上。只是上面有瓦，而南北无门，墙上有木格窗子，并无玻璃和纸，人可以在格子里钻进钻出，大风只向里面吹，吹得人打冷颤"。

无论如何，虽无门扇遮风，却有瓦顶避雨，终归是处栖身之所，不至暴露于"凄风苦雨"的旷野。

于是就在这小学课堂中，张恨水熬过了"凄凉恐怖的一夜"。

当年为张恨水避雨的县立小学，至今还在永寿旧城原址。旧永寿段的西兰公路，修凿虎头山，必然是刘总工程司或马工程司的勘定。怎奈王营长与祁县长官场老辣，改筑路为献瑞，于是既得上峰欢喜，又得省工减料。

可是旧路背阴，冬日积冰难消，路滑坡陡，事故频发。为除隐患，新西兰公路即今312国道改线由西南绕过虎山，再自永寿旧城西城垣外北上永寿梁。原来的大小西门紧临国道，只堪人行，于是又辟南门，成为进出旧城的正门。

南门之内，一条大街，便是永寿旧城内的所有干道。南低而北高，端向北走，尽处路东，就是那座今已改名为"永平寄宿小学"的"县立小学"。

县立小学校址，为始建于雍正十一年（1733）的翠屏书院；光绪二十九年（1903）改翠屏书院为养正学堂；光绪三十一年（1905）再改养正学堂为高等小学堂。民国建元（1912），创立永寿县立第一高级小学堂。

武陵寺塔院内，守塔的李宏志老汉，就在张恨水避雨的永平小学上课，直到1973年中学毕业。那会儿旧城内还有永平中学，可是即便休养生息数十年，毕竟县治已去，加之村镇人口锐减，中学早已迁去监军镇，旧城内又回到了只有一所小学的岁月——三十多名教师，还有进不了县城学校过来寄宿的八十多名学生。

迁走的永寿县治再不可能迁回，李老汉的人生却在永平与监军之间轮转。

他祖籍本是监军镇人，父亲逃难来到永平。旧城打扫卫生的王定学也是同样的命运，祖籍乾县，父亲1958年逃难来

虎山，李宏志。2021 年 10 月 26 日。

到永平，虽然永平匮水贫瘠，好在地多人少，六年后出生的老王，"没饿过"，玉米面馍还是能吃饱的。

老王父亲来时，李老汉才两岁，住在改线后的新西兰公路途经的"梁背后"的土窑洞里。李老汉弟兄四人，加上姊妹家里七八个孩子。李老汉排行老碎。

过度操劳，李老汉初中毕业那年，李老汉的父亲去世，五十二岁。

五十二岁也仿佛是李家人的一道坎，李老汉的大哥、二哥都是五十二岁左右过世，"那会儿人活不长"。

如同石马岭上的老董，老碎总要留居祖窑，娶妻生子，伺奉父母。父母老后，李老汉夫妇依旧守着祖窑两眼，养大两女一男三个娃娃。

老伴是亲戚朋友介绍的湖北人，湖北竹溪，紧邻陕西安康的山里。

"还不如永平，"李老汉说，"回去一趟要走四天。"

"西安住一晚，安康住一晚，竹溪县城再住一晚，第四天才能到家。"

靠天收，种着十几亩坡地，生活最难的真是吃水，"水还要到沟里担呢"。年轻的时候无妨，西边沟里担上两桶水，李老汉能一口气挑上梁来。可是逐渐老了，右腿膝盖长了骨刺，莫说担水上陡坡，步道走上武陵寺塔都吃力。

朝西的两眼土窑，李老汉整整住了五十八年。

2014年，虎山东北麓，老西兰公路旁工商所的老房子转让，李老汉花了一万八千五百块钱买下，终于从黄土窑住进了砖瓦房。

就像乾陵西南村的潘姨，所有离开土窑的老人，对于土窑能够总结出来的唯一优点，不外乎就是"冬暖夏凉"，可生活不仅寒暑，寒暑之外的灰土与昏暗，又怎么比得上砖瓦房的清洁，比得上砖瓦房的敞亮？

砖瓦房的敞亮似乎也让李老汉的生活敞亮起来，又过五年，2019 年，政府扶贫工程，移民搬迁，在永平镇里建成新楼房。砖瓦房拆迁补贴了十二万，一百二十六平方米的楼房每平方米折价五百，"六万三千二百五"，李老汉清晰地记得付出的钱数，然后像城里人一样住进楼房。

"装修还花了九万。"儿子做的就是装修工程，九万理应是花费最少的最好。

李老汉拥有自己楼房的三年前，2016 年，儿子也在监军镇新县城买了楼房。儿子常年在外做工程，李老汉和老伴住去监军镇，照顾他们的两个孙女儿。

属猴的李老汉，虚岁六十有八，再有两三年，能够拿到高龄补贴，他想着也许就不再守塔，那时候骨刺更重，也许很难再走上武陵山，不如就在监军镇陪着老伴，一天一天看着孙女儿长大。

"如果再来的时候我不在，你就给我打电话，"李老汉认真地告诉我，"去到监军寻我。"

他从监军镇来，终于又回到监军镇。

搬出土窑之前五六年，李老汉就替别人值守武陵寺塔。

搬出土窑那年，李老汉正式成为虎山的第四代守塔人。

两人轮流守塔，起先半月一轮，现在一周一换。每周一，李老汉从监军镇坐三块钱的公交车来永平镇，替换上周值班的大他一岁的杨老汉。

守塔人的小屋建在武陵寺塔西，透过东向的门窗，可以观察院内动静。两张铁床，两张木桌。

冬天屋里生起火炉，烟囱也从东墙门窗之间挑出，淡蓝色的烟，弥漫在宋式的塔影之间。

初夏火炉撤去，不再有煤烟叶儿的武山之上，弥漫着浓郁的槐花香。白色的槐花随风四散，掉落在宋式的塔影间。

住上虎山，一周不得归家，一切吃食自己解决。李老汉的床脚一张没有油漆的素身木箱，装着他的锅碗瓢盆。最常吃的是片片面，洗几茎小油菜，底油炒倒，加水煮开下面。煮熟的面片儿笊篱捞出，盛在碗里调味儿，咸盐、味精、陈醋、油泼辣子。李老汉口重，调的面片儿如同监军镇八队食堂的饸饹，又咸又辣。

守塔的李老汉和打扫卫生的老王，都是公益岗，每个月的工资，九百七十块钱。

院门外，步道旁，碑亭中，虎山碑左，还有一通背向的"重修武陵寺碑记"，"大清道光十一年岁次辛卯中秋上浣之吉立"。林则徐来前十年重修，林则徐来时还应庙貌如新，可惜林则徐未曾登山，只字未提。

待到叶昌炽及后人再来，武陵寺当已不存。陶保廉在盐军镇午饭时,曾提及"同治元年冬,回匪攻镇,团勇战败,死者数千,屋舍尽毁"[18]。虎山之上武陵寺,想来也是毁于此时。抑或者,毁武陵寺者,不是兵燹,而是风雨?

> 永寿环邑皆山,时多风,所有神祠,敝漏本速,此寺较他处尤峻,久经飘摇,厥工宁弗倾颓,神像得不减色乎?

旧永寿多风,武陵寺居于虎头山巅,较他处尤峻,飘摇更甚。

确实,似乎总有山风游走于塔尖林间,我看得见塔尖野草的摇曳。我在重修武陵寺碑前抄录碑文,总看见碑上树影拂动,仿佛有围观的魂灵,替我细细掸去尘土。

山风送来山下秦腔的嘶吼,永平镇老人无分日夜的娱乐。

山风送来旧城小学喇叭的播音,熟悉的学生时代的种种,下课铃,上课铃,"眼保健操,现在开始"。

也许有朝一日秦腔沉寂,我却希望铃声不息,那是永寿旧县最后的生机。

邠州

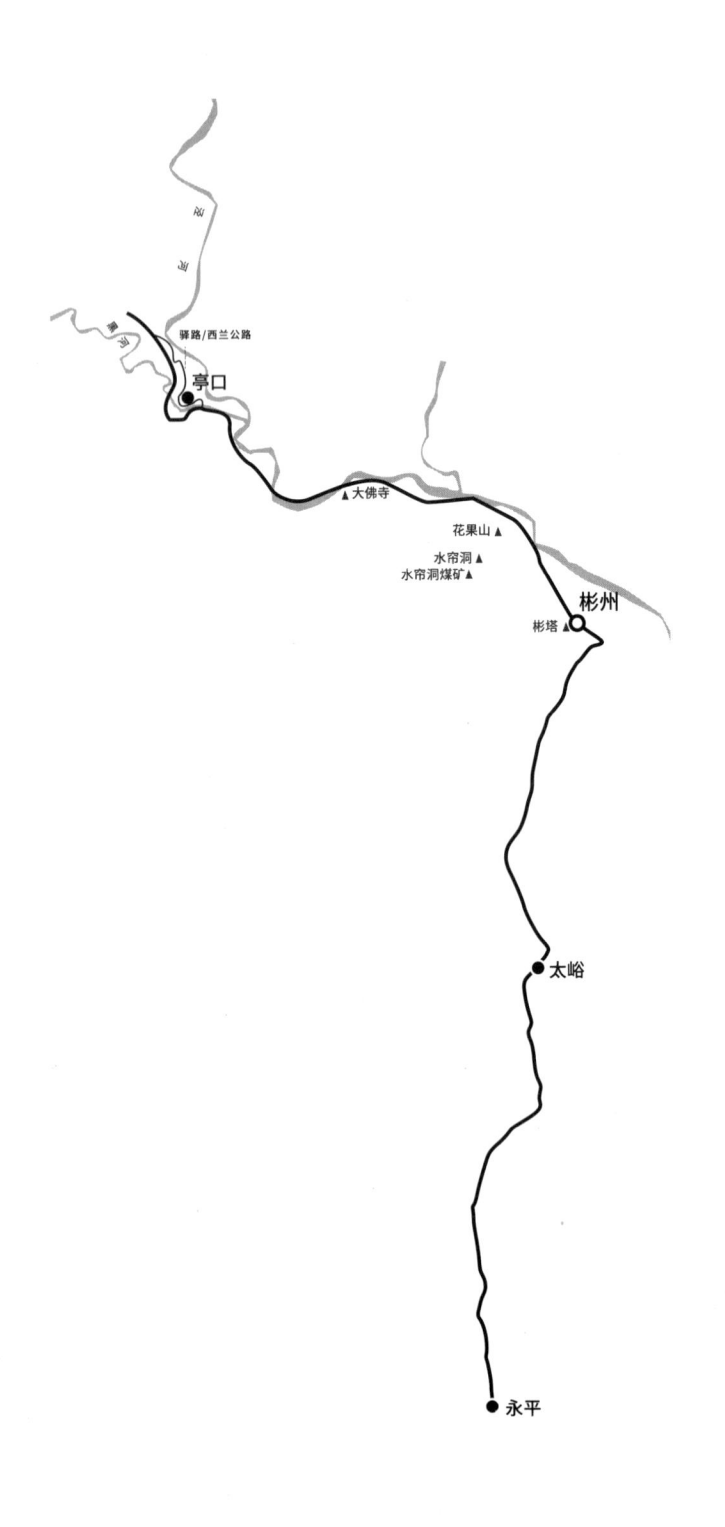

驿路/西兰公路
亭口
泾河
▲大佛寺
花果山▲
水帘洞▲
水帘洞煤矿▲
彬州
彬塔▲
太峪
永平

邠州

监军镇中,永寿广场迤东,李大丑老汉闲坐在八队食堂门前消磨时光,新西兰公路则在广场西侧,南北纵贯永寿新县城。

新西兰公路旁的永寿汽车站,仿佛陕西的北极,只有南下乾县、礼泉、咸阳、西安的班线,却绝无北上彬县、长武的客车。

候车室如北极科考站般寂寥,孜孜不倦工作的唯有安检机,履带空转,吱呀作响。我问值守的工作人员,如何能去彬县,他向站外甩头示意:"路对面等,过路车。"

路东,一家店面排场的田家腊汁肉夹馍店。西安府的白吉肉夹馍,"普通"七块,"纯瘦"八块,"优质"十二。关中乃至秦陇一路,有肉的吃食如果再加一份肉,即为"优质"。西安玩笑,饮食莫看菜单,一律嘱咐"优质",如此夸富,大巧若拙。

近午,三三两两食客登门,穿着应是附近机关工作人员,熟门熟路，冲着后厨嘹上一句"三碗臊子面，三个冰峰"，再自去冰柜取出汽水，自用起子开瓶，喝上两口，然后坐定在桌边等他们的面。

许多城市，近年恢复生产本地曾经的汽水品牌，以"儿时的味道"作为噱头，大行其道。西安食品厂的"冰峰"汽水，却非死而复生的似是而非，仍是旧物，几十年来行销不绝。且如陕人性格的生冷硬倔，"冰峰"汽水仍旧严谨遵循儿时的生产工艺，可回收的有棱束腰玻璃瓶，瓶身遍体伤痕，以致烫印的商标也是残破不堪；蓝色的铁皮瓶盖，时常会在瓶口烙下斑驳锈渍，以致惯例是要配根吸管的，以免对瓶吹出血腥味儿；色素量大而足，明艳而标准的"儿时的黄色"，多喝几瓶，可以染出一根黄舌头，若是也如儿时彼此吐出来炫耀，仿佛得了黄疸病的蛇信子。

以前不仅城市食品厂生产，大型工矿企业夏季也会自制，发给职工汽水票，领来作为防暑降温福利。长大的许多夏天，不知染黄几遍舌头，所以汽水确是我的"儿时的味道"。一瓶灌下，气嗝儿直冲脑门，确是如同回到童年，回到了"严禁打骂顾客"的岁月。

十几年前初至西安，冰峰汽水一块钱，普通肉夹馍四块钱，现在汽水三块钱，肉夹馍八块钱——永寿的肉夹馍比西安便宜一块钱。肉夹馍仍是西安人的心头好，但是冰峰汽水却从西安各种饭店的不二之选，逐渐沦落至乏人问津。西安许多人言，怪在冰峰越来越贵，分量又少，一人独食无妨，几人聚餐，每人一瓶或几瓶，未免太费。其实肉夹馍涨价更多，只怪肉夹馍无可替代，汽水不喝无妨，加之外省大瓶汽水攻城略地，以致冰峰汽水如似将夏的冰峰，逐渐冰消雪融。

不过终究还有泥古不化的食客，比如永寿汽车站对面的腊汁肉夹馍店，等来臊子面的他们仨，还有嚼着"纯瘦"的我，或许也只有我们这般年纪，汽水才是"儿时的记忆"，汽水有可替代，记忆却无可替代。

我的肉夹馍吃得潦草，进店本意不为果腹，一来是为询路，二来是为候车——店内也有与我用意相同的年轻人，守着空碗，张望店外。

旅客总在自家店内店外候车，田老板自然熟悉过往客车班次与时间。咸阳与西安发往彬县、长武的客车，而今皆走高速公路，唯有渭南、杨凌、宝鸡北去的客车，因要载上沿途各县的旅客，所以还走国道，或者出入高速公路，中转各县汽车站。

"十二点十分，有趟宝鸡的车，"田老板回答，可是话锋一转，"现在前面修路，不知道车还来不来。"

监军镇至邠州城，两段险途，一在永县旧县永平镇。

西兰公路本筑于永寿旧县虎山之阴，后因冬日积冰难消，路滑坡陡，改筑新西兰公路即今312国道于山阳，再自永寿旧城西城垣外北上分途，西走311省道以通麟游，北穿永寿梁以达太峪、彬州。

然而虎山与城垣迤西，宽仅一路，路肩悬临深沟，形势危殆。前年九月底，阴雨连绵，我从麟游走彬州，途经永寿旧县，道路仍畅通。十月底自会宁被迫回返，再至永寿旧县，城垣与虎山迤西一段国道，全部垮塌。

因为秋雨迁延，十月初，沟壁滑坡，路基崩坏，交通阻断。翻越围挡，步行仍可出入永平镇。柏油道路西向倾斜有如滑梯，行走其上，步步悬心，还有宽达数尺可以噬人的裂缝，其下历年补修的硬化路面，层层破裂，有如压碎的夹心饼干。

"以前也塌过，经常塌，今年最厉害，"武陵山下经营杂货店，年近七旬的范勤学老汉，恨恨地告诉我说，"没有生意啦！"

待到去年四月底，滑坡趋于稳定，开始动工修复，历时半年，浇筑近五十根抗滑柱，直至十一月完工，312国道永平镇段中断一年有余。

1998年，国道与麟游省道分途点迤北，建成312国道永平隧道，以通南北交通。囿于建造时代与地理条件，双向两车道的永平隧道裂缝渗水严重，今年五月尚可通行，八月再来，又告封闭施工。

另一段险途，则是太峪镇后升坡路。

永寿永安驿至邠州新平驿，驿程七十里。出永寿旧县四十里，越永寿梁，也即"凄凉恐怖的一夜"次日张恨水笔下盘绕而过的"永寿坡"，下至太峪河谷太峪镇。

太峪镇，民国五年（1916）谢彬记作"泰峪镇"，"泰峪镇，尖。是地列阜如屏，民皆凿壁以居"[1]。驿路西入太峪镇，左右两山夹峙，时至今日，路北的临街商铺背后，仍见当年开凿

永平镇，垮塌国道。2021年10月26日。

的窑洞民居。

陕甘驿路,永寿旧县南尖于监军镇,北尖于太峪镇。同为尖站,两镇命运却判若云泥,且同因永寿旧县而改变——因为永寿旧县的衰败,监军镇成为新的永寿县治;因为永寿旧县国道难堪重负,大吨位车辆禁止通行,于是货车改走福银高速,不再经行"满街食堂"的太峪镇,刹那寂静。

"现在没人了,"偌大的太峪镇,唯在一家蔬菜瓜果店前有些人影——有张牌桌,几位围坐打牌的老汉,抬头眺望寂静的太峪镇,连声叹息,"老的老,小的小,娃娃上学去了彬县,没人了。"

曾经驼马喧嚣,"满街食堂"之外,还有满街的骆驼店、骆驼厂子,过往运输货物的驼队,或在太峪镇饮食,或在太峪镇歇宿。光绪三十一年九月二十四日(1905年10月22日),自广东广州赴戍新疆的安徽霍邱人裴景福,就是在永寿旧县初次得见骆驼,"今日始见明驼,丰茸硕大,一驼可负三百斤"。[2] 次日赶赴邠县,"途中驼最多,负物山积"[3]。五年之后,宣统三年正月初六日(1911年2月4日),同样赴戍新疆的天津人温世霖,所见永邠途中,自无不同。

> 路遇商旅皆以三四套大车运载布匹杂货,橐驼高脚车则专运砖瓦、茶叶至兰州,回时则运兰州水烟及固原牛皮二种。[4]

失去过往货车的生意,临街的饭店就如失去驼队的骆驼店,大多倒闭已久,而且无人接手,惟有几家修车铺与洗车行,还在坚持门可罗雀的生意。

不多的主顾,除却仍走国道的短途客车司机,再就是太峪出口出高速公路的货车司机。许多货车司机为节约通行成本计,高速公路绕过永平镇后,再走国道北上彬州、长武以至甘肃。极偶尔的,他们会在太峪镇中修车洗车,或者打尖,来上十块钱一大碗的油泼面,拌上辣子,囫囵吞下。

> 尖后复升,道曲而峻。既升,道极平,平原积雪,一望无既。[5]

比如道光二十九年十一月十三日(1849年12月26日)随轺于永邠途中的董醇,也是尖于太峪镇旅舍,然后东出太峪镇,升坡登梁,"道曲而峻",及至梁上,道始平坦,然后三十里降至泾河川,邠州城。

1999年,同样是为改善"道曲而迻"难行的升坡路,太峪镇北凿通一里有余的太峪隧道,出隧道即登塬梁,免去许多陟降之苦。

可是太峪隧道并不禁行大吨位车辆,长期碾压,隧道内部许多错台断板,所以八月与永平隧道一并施工维修,不得通行。

已过正午,永寿汽车站外的过路车仍不见踪影。

我和同在腊汁肉夹馍店内候车的年轻人心中着慌,早已立在道边，眺望来路。

"不会有车了，"蹲在近旁，村干部模样的老汉说道，"修路，不会有车了。"老汉是旬邑人，本打算去到彬州再转车回家，不想来时的坦途，却成回时的断路。见有同行者候车，等待最久的他不断念叨"不会有车了"，与其说他是想否定我们的希望，不如说他是期待我们否定他的无望而生希望。

汽车站外的出租车与黑车司机之前已经过来揽活。"一百二十块钱送到彬县，"老汉觉得太贵了，"住一晚才几十块钱，明天上午有车。"

"一百二十块钱，太贵了。"他又开始重复包车的价格，我知道他又期待我们谁能接上他的话题，替他说句："那不如我们拼车吧？"

"你们平时拼车，一个人多少钱？"最后过来候车的年轻女人，带着她的女娃，本地人，所以老汉向她打听价格。

"十五。"女人回他。

"哦，四个人，一百二十块钱。太贵了。"

已近十二点半。

女人经常往返两地，确实更加熟悉车次。平时，只在每天下午四点半，会有一趟彬州发来永寿的客车返程。而若没有永寿旅客，渭南、宝鸡客车便不再出高速公路进监军镇，所以即便没有修路，也未必一定能够等到过路客车。

与我同出肉夹馍店的年轻人自觉无望，表示愿意拼车。老汉自告奋勇，截停一辆出租车询价。一分不减，何况四名乘客还有娃娃，实际已是超载。老汉径自坐上副驾，免得后座太挤。挤在后座返向来路去走高速,还未出城,我已远远见着一辆客车迎面而来。

"车来了。"我告诉老汉。

"不可能!"他断然否定。

转瞬两车交会,蓝色客车的前挡风玻璃上方贴着硕大的红字:"宝鸡—彬州"。

"就是的。"怀抱着娃娃的女人说道。

沉默片刻,老汉回头问女人:"客车一个人多少钱?"

邠州,古西戎地,商豳国,周属秦,秦内史。汉为右扶风、左冯翊、上郡、北地、安定五郡之地。东汉置新平郡,魏晋因之。后魏改南豳州,隋省入宁州,寻改豳州。

"豳"字如今相对少见,古时读书人尽皆知之,因为《诗经》十五国风中有"豳风"七篇,最著名者,"七月流火,九月授衣"。然而"豳州"之名,结束于唐开元十三年(725),唐玄宗以"豳"与"幽"字相涉,关内道"豳州"与河北道"幽州"近似,诏以"'鱼''鲁'变文,'荆''并'误听,欲求辨惑,必也正名"[6],改"豳州"为"邠州"。

"邠",造字法为邑旁分声,却不读"分"而与"豳"字同音——"豳""邠"之外,另有更不易见的"㟀"字,或许可以视作二字音形起承的过渡。

北宋属永兴军路,金属庆原路,元属巩昌路,明属西安府,领三水(今旬邑)、淳化、长武三县。清雍正三年(1725)升为直隶州,所领之县如旧。

民国元年（1912），废州设县，邠州改邠县。

1964年，以"邠"与"醴"等字生僻为由，改"邠县"为"彬县"。

2018年，"彬县"改为县级"彬州市"。

历史极有耐心，以一千三百年的漫长时光完成豳国地名的轮回——"荆""并"不会误听，但"鱼""鲁"再度难辨。彬县无妨，没有形近地名；彬州则不同，字形极似湖南郴州。而且湖南郴县改郴州更久，郴州相较彬州也更为知名，因此见于文本的"彬州"，十之八九会遭外省人误认为"郴州"。

开元以前，多少人错认"豳州"为"幽州"？我不知道。但近五年以来，多少人错认"彬州"为"郴州"，时常得见。

民国十七年（1928）二月，盘踞陕西的西北军总司令冯玉祥（焕章，1882～1948）电饬豫、陕、甘三省，搜集新志材料，时任邠县行政长陕西华阴县人刘必达（明甫）奉令辑志，并由其同乡，时任县政府秘书史秉贞担任总编辑，撰修《邠县新志稿》二十卷。卷帙虽不为少，实则内容不多，全志不过两册五万字而已。

纵是如此，《邠县新志稿》也是上迄乾隆四十九年（1784）《直隶邠州志》后，邠县一百四十余载以来唯一的志稿，晚近邠县地方史事建置，皆赖此志流传。

《邠县新志稿》纂成之后，未及付印，八月，刘必达以行政长一职裁撤而辞退，继任县长天津人赵晋源（润唐）再将志稿略作续补，措资铅印，却因款项支绌，仅得二百部。如今除却陕西省图书馆仅存一部可以借阅，余者或为抄本，或如国家图书馆亦是无有。

  旧志云：邠州城四面广阔，而东南亘于山顶，宋城也。宋、金继修。元末李思济令部将何近仁重修。今城围九里三分，壕深二丈，又墙二重。城高：东南面各三丈，东北面各三丈七尺有奇。埤堄二千三百六十，敌台四百三十二，戍楼六十二，吊桥东西门各一。城门四，继复开小南门一。清光绪十八年，州牧周耀东重修，工未竣。至光绪二十一年，州牧余凤修继修之，工始竣。[7]

  文字难免枯燥，所幸此种传本，亦将城图描绘。

  以城图观之，邠州城池略呈倒置的"凸"字形，城东南凸起部环抱紫薇山，南门筑于紫薇山上。紫薇山下西偏，有始造于北宋仁宗皇祐五年（1053）的七级八棱砖构邠塔，伫立至今。城内东、西、南、北四街，南街又有小南街向东南通往小南门。

  邠州城南门与北门均东偏，因此州城十字也远西门而近东门。修志的民国十六年（1927），邠县十字修筑中山楼一座，城图观之，民居市廛环绕中山楼，亦是偏居东门一隅。所以如同光绪二十八年（1902）履新的甘肃学政叶昌炽来时所见：

邠州，邠塔。宣统元年十二月二十五日（1910年2月4日）。
Seven storied Pagoda of Pinchow. Feb 4th, 1910.
©George Ernest Morrison, Mitchell Library, State Library of New South Wales.

城方十一里有奇，不为小，而烟户寥寥，旷地居十之三。[8]

叶昌炽宿行馆，四年后离任甘肃学政返程，日记详写行馆位置"在州廨西，市廛繁密之处"[9]。

道光二十二年（1842）赴戍伊犁的林则徐，虽早叶昌炽六十载，所记邠州行馆位置却是一般无二："张牧迎入东门，馆于城内，与州署为邻"[10]。

邠州州署，也即民国邠县县政府，《邠县新志稿》一目了然，地在东街路北，近东门处。由是可知，林则徐、叶昌炽诸人，均住邠州东门内，州署西邻的邠州行馆。

州署西邻，市廛繁密处的邠州行馆，祁韵士曾见"馆中牡丹甚茂"[11]。

嘉庆十年（1805），更早林则徐三十七年赴戍伊犁的祁韵士，"长途万里，一车辘辘无可与话，乃不得不以诗自遣"。

赴戍之时，祁韵士五十三岁，于古人而言，已是"死得着的年纪"。就像武陵山上守塔的李老汉父兄，便是如此年纪离世，"那会儿人活不长"。

"重五之年，羸弱之躯"，自春徂秋，行程万里，祁韵士觉得自己"幸未僵仆于道，皆诗力也"。

也许言过其实，但是无日不作诗，也便无日无有短暂的专注，可以忘却眼下的"风穴、火山、沙坂、急流之险"，可以忘却前途的未卜。

邠州，北门。宣统元年十二月二十五日（1910年2月4日）。
The north gate of Pinchow. Feb. 4th, 1910.
©George Ernest Morrison, Mitchell Library, State Library of New South Wales.

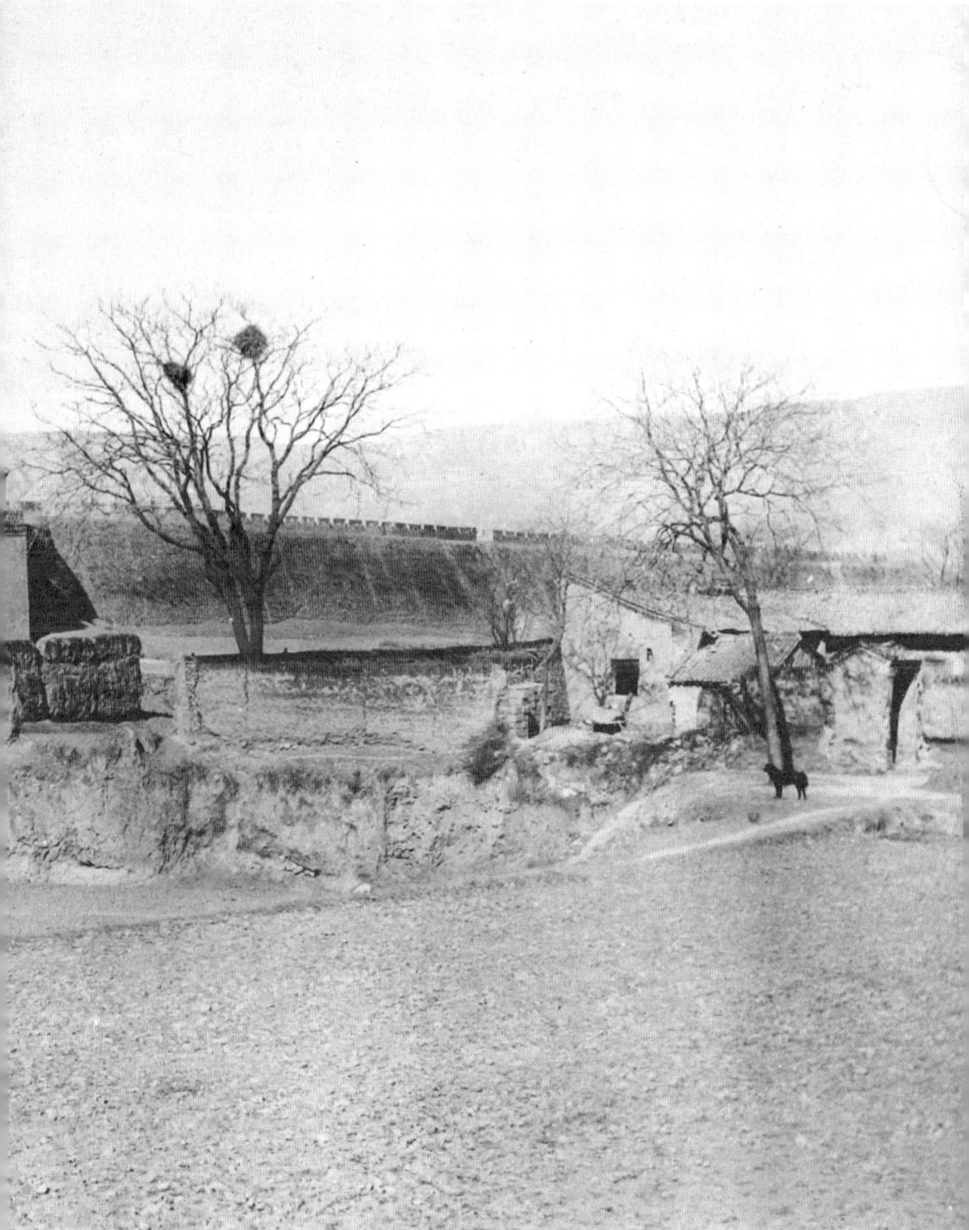

"自念此行,若非得诗以为伴侣,吾何以至此?"[12]

转过年来的二月,祁韵士自离京师赴戍已周年,寒食,他在伊犁戍所自己的"静虚书室",为自己拣选结集的诗稿作序:

> 发行箧中所存,得百数十首,汇录之,题曰"濛池行稿",志不忘,且待删定也。[13]

"濛池",取自濛池都护府,初唐显庆二年(657),平定西突厥阿史那贺鲁(?~659)部之后分其地所置,治所碎叶。祁韵士将诗稿定名《濛池行稿》,便取其极西之意,赴戍极西之地的行稿。

至于另一种,也即林则徐箧中所携的《万里行程记》,不过是诗稿的补余:

> 吟啸偶成,呒笔书之,长短惟意所适。其所不能尽,则又为行程记以纪之。[14]

诗不能尽兴的,才记于行程记——莫怪行程记文字简略。

可惜以记事而言,诗的体裁有天然缺陷,篇幅之外,还有格律束缚,且多抒怀而少记述。所以后人若欲了解旧时西北史地,必然更重行记而轻诗稿。

不过,偶尔,诗稿也有行记不见的欢喜。

那天,大约傍晚,在牡丹甚茂的邠州行馆,祁韵士又有诗作一首：

几朵教他插鬓鸦，小名莫问阿谁家。
天香国色神仙种，占尽人间富贵花。[15]

就诗而论，四句平平，我却极喜欢这首诗题。

旅馆牡丹盛开，邻舍女有乞花者，折而付之。

旅馆牡丹盛开，邻家女儿不得进入，可她又想折花戴于发间。

她手扶夯土的矮墙，踮脚眺望那些盛开的牡丹，她看哪朵开得最好，她想自己戴上哪朵最美。忽然有位瘦弱老人步出自客舍，立于院内赏花。

她一定觉得老人慈眉善目，不难说话，几次鼓勇，终于怯生生向老人讨花。

老人莞尔应允："这朵好吗？"

"那朵好吗？"她想要早已看中的那朵。

"这朵吗？"老人遂她所愿，牡丹折枝，隔墙递与她。

古人西北行记，绝少得见如此这般不似槁木的路人，不是泛泛的"土人"，不是泛泛的"村民"，而是细致入微的个体，邻家女儿，馆外乞花。虽然文字简略，却已足可凭藉，想象彼时彼地，彼情彼景。

而且后来，得到老人递来的牡丹，她会立刻跑回家，央告母亲为她戴花，然后去找小伙伴吧？牡丹枯萎之前，她也一定不舍得丢弃吧？她大概又会去旅馆院墙外看花，只是那时老人已远行，院内是否还有旅客，愿意为她折花？

不知道。知道的唯有祁韵士夜宿邠州的那天傍晚，她在馆外乞花。

她人生漫长，却只此瞬间。

花果山

某年，文玩市场购得一张原版老照片，所费不赀。

照片尺幅六寸，年深日久，已泛昏黄。正面拍摄一座石山，崖壁垂直，唯在右前部有一凸起，形似城垣马面。

崖壁开凿不规则洞窟三层，画面中部，马面左侧，搭有一架长木梯，连通下部两层。中层左侧横向贯通大窟，窟内堆满柴草。右侧相邻窟前，也即木梯顶端左侧，站着三个孩子，与底层木梯底端左侧背身站立者对视。站立者身着长袍马褂，可惜因为底版曝光期间未能保持静止，身形自下而上渐趋模糊。

上层，正对马面，应是山上主窟，上有窟檐，窟檐之下又建砖壁瓦顶的拜廊，并开小窗，内嵌木格窗棂。

主窟右侧，紧邻马面右缘，再有一窟，也有窟檐拜廊，规格略小，恰被马面外缘漫生的野草遮蔽视线，自拍摄视角仰望，不见窟檐以下。

主窟左侧，马面左缘之外，恰在中层三个孩子正上，残

陕西邠县水莲洞花果山摄影。民国十七年三月一日（1928年3月1日）。

陕西邠县水莲

存木梁一根，梁下隐约可见镌刻字迹"隆庆元年创造"。再向左侧，中层柴草大窟正上，又有瓦顶窟檐，檐下木构建筑应为钟亭，因檐上凿有钟鼓楼才有的题额"声闻于天"。

上层各窟檐之上之间，许多石眼，或成宝顶状，或成灯笼状，石眼上下，遍布泪痕状黑色污渍，不知何物。

画幅顶部居中，一道横框，内以带有魏碑笔意的楷书题签：

陕西邠县水莲洞花果山摄影　一七，三，一

未落拍摄者名款。

后来又在市场得见类似原版老照片，规格形制一望可知为同一批底版冲印。同样手笔的题签"武功县之全图"，不同之处在于落款，年款"民国十七年二月"之后，再写"县长石翊摄"。

拍摄者，民国十七年时任武功县长，石翊。

武功县民国不曾修志，检索新修《武功县志》，第十八编《民国县政府》一节的"民国时期武功县历任知事、县长一览表"中，果然得见石翊，籍贯浙江新昌，民国十七年（1928）一月二十三日至三月三十一日[16]，短暂出任两个月零十天的武功县长。再无其他信息。

于是遍寻陕西全省新修方志，再寻着两条石翊的记录。

一在《淳化县志》"民国时期淳化县历任知事、县长一览表"：石义（天楼），籍贯湖北，民国十七年三月至十一月出任县长；[17]

一在《华阴县志》"民国时期华阴历任县长简况表":石翊,籍贯浙江新昌,民国十八年(1929)出任县长。

综合来看,《淳化县志》的记载错讹较多,误"翊"为"义",籍贯似也误浙为鄂,因此表字"天楼"亦不知确否。

好在三地之一的华阴县曾在民国二十一年(1932)撰修有八卷铅印本《华阴县续志》,检阅记载本县历任职官的《官师志》,意料之中,又见石县长;意料之外,却是戏剧性的开放式结局:

石翊,浙江新昌人。因贪押省狱潜逃。[18]

浙江新昌本地旧新县志皆不再见石翊,既不知其从何而来——民国十七年(1928)一月二十三日出任关中武功县长,两月之后调任咸阳北五县之一的淳化县长,年底再调渭南华阴县长,直至第二年某月,因贪获罪,押解陕西省监狱,想来石县长是凭借多金而非身上刺绣的省狱建筑图纸,成功越狱——也不知其从何而终。

虽然时隔二十三载,相距三千余里,陕西华阴县石翊县长与广东南海县裴景福知县却可以引为知己,皆是多金,而且钟情古迹与艺术,不同只在于裴景福爱书画,石县长爱摄影。

如此说来,石县长更胜一筹,毕竟民国十几年间能够在中国旅行摄影的中国人,能有几何?屈指可数。

所以戏谑之处在于,人人皆恨贪官,而百年之前的贪酷却尤关百年之后的我,我却恨不能够多有裴知县因贪获罪系狱,遭戍边陲,多有几种《河海昆仑录》,以供我辈得知百年前之中国;我却恨不能够多有石知县因贪得财有闲,游历山川,多有几张"县长某某摄",以供我辈得见百年前之中国。

以至诸如"恨贪官",往往只是淡写轻描,往往只是恨不能够,无非不是恨不能够这样,便是恨不能够那样。

石县长拍摄的花果山,是民间的俗谓,"明岨山"才是可以修于县志的雅称:

明岨山,州志云在州西十里,水帘洞在明岨山之麓,洞中有水流出,深不可测。[19]

"花果山"的诨名,自然源自水帘洞,源自《西游记》:

出西门,十里有明岨山,圆如覆盂,其下有水帘洞,泉出不涸,土人误信西游小说,谓其山即花果山者……[20]

性格梗介的林则徐批道:"谬也。"

"土人",本意即土著,本地人。然而穴土而居的黄土塬上,土人似乎又有一层字面意。所以谬也好,对也罢,误信也好,正信也罢,土人无非只需要一个有所寄托的信,一个有所希冀的神,可以有朝一日令他们出穴而居,穿暖衣,吃饱饭——最好是特立独行的神,或许他别有灵应,或许他只顾这方,于是至今土人仍称花果山,花果山上仍供孙悟空。

当年石县长支起三脚架拍摄花果山的机位,应当是在一座寺庙的山门前,至于那是一座什么寺,已经年代久远到花果山下闲聊打牌的所有老汉没有人能记得,只记得那座寺庙很大,庙门朝南,庙台很高——这大约也是为什么石县长的机位可以与底层洞窟平齐,底层洞窟之下其实还有一人多高的山脚。

寺院东院墙外,就是林则徐诸人经行的驿路,本地人称"旧街"。

一座戏楼与寺院隔旧街而立,旧街左右开设有十七座大车店,东距邻县不过十里,邻县城小店少,过往客商可以住在花果山下,大车店里卖面卖馍,吃饱喝足,倒头一睡,再赴前程。

民国三十七年(1948),又在寺庙西侧花果山脚筑起新街,行旅更盛,那是花果山的繁荣岁月。

后来就着寺庙殿宇,成立水帘小学。

告诉我这些未必准确的前尘旧事的景涛老汉,六十六岁,属鸡,小时候就在水帘小学读书,以前的庙宇,"我三年级以后就拆咧。一年级到庙里上,三年级就到郊区上咧"。

"七〇年、六九年么……"景老汉记不太真,"又成立下初中。"

再后来合村并校,包含小学部的水帘中学亦成历史。十几年前,花果山试图旅游开发,再将校址夷为平地,成为正对花果山的一片空场。

课堂的墙基,依旧历历在目。

天门木梯遗迹。2023 年 5 月 18 日。

围着花果山开凿洞窟的崖壁建起青砖院墙，临着东侧的新街向北开门，正对着街边景老汉的老宅。

老宅四壁皆空，却有两三张方桌，附近无所事事的老汉，围桌麻将，或者在门外支张木凳，打打扑克。

皆是如此，虽然时光无多，却总有太多时光需要消磨。

而景老汉不参与，他还有附近店面的香烛纸门市需要照看，一身缟素的男人开车过来，买上纸火，飞驰而去。

与院墙一同建起的，还有紧贴崖壁的红砖水泥楼梯。

石县长照片中最醒目的那架木梯仍在，虽然历年久远，木梯下部已经腐朽，梯梁零落，却是现实与影像中最为接近的场景，甚至原木那些细微的弯曲与倾欹也完全相同。视线交替比照现实与影像，如同目睹一百年光阴在眼前去而复返。

木梯其实紧贴崖壁斜搭在马面状凸起的左缘。"你看那像什么形状？"景老汉指着马面状凸起问我。

"马面？"我知道不对，但疑问句总需要一个答案，而且答案越是错误，提问者越是欢喜。

"锁子，"景老汉纠正我的答案，"过去的挂锁，所以那石头叫锁子石。"

所以木梯通往锁子石左侧面的洞门，石县长照片中还能看见砖砌的门砖，本地人称"天门"。水泥楼梯只到底层窟顶高度，连接凿于崖面的石阶通往中层，然后穿过中层洞窟前的崖台，走到天门外的水泥平台——我便站在了照片中央，站在了一百年前的三个孩子身旁。

天门之内，是近乎垂直的阶梯，手脚并用攀爬，直通三层主窟。

自左而右，也即自南向北，"声闻于天"仍在，铁钟仍在，却不是曾经声闻于天的旧物。坐在山下小卖部门前候场麻将的老汉说起曾经的旧钟，敲一声，"永寿都听得到！"

"听老人说，"老汉抽起他的旱烟，"一声钟响，你要数一千二百个数字，钟声才停。"

可惜那口旧钟，"贼娃子偷走了"。如今换了一口新铸的铁钟，虽然钟声依旧清越，虽然"河那边都能听得清清楚楚"，永寿城却听不见了。

老汉姓陈，大名德虎，年长景老汉两岁。"景"是水帘村大姓，而天下大姓的"陈"，却是水帘村的"独户"。

一般而言，乡村社会，小姓寡族，易遭霸凌。身为望族的景老汉倒是觉得不会，起码在水帘村，没有人欺辱陈家。而且他对所谓的大姓，很是不以为然：

"大姓？你在朝里做官，这姓、那姓的舔沟子，都改了你的姓咧，你这姓就多咧！"

文字过于简略的《万里行程记》，难得在明岨山着墨颇多：

> 邠西十数里有明岨山，甚奇。山之顶皆土，其趾乃皆石，洞穴玲珑，不可胜数，备诸佛像。[21]

而且《濛池行稿》还辑有一首五言古风,题名"明岨山纪异"。

祁韵士虽然不是新疆遭戍业的先驱,《万里行程记》却是新疆遭戍写作的先驱,成为往后西北行旅箧中必备的导引。

所以山顶覆土,山趾皆石,洞穴玲珑,备诸佛像,这些祁韵士眼中明岨山的"奇""异"之处,自然也先入为主地成为后来者的范式所见。

比如祁韵士之后四十四年,道光二十九年十一月十四日(1849 年 12 月 27 日),董醇行至水帘洞:

> 遥望左山,洞穴玲珑,盖明岨山也。山顶皆土,山脚皆石,洞不胜数,备诸佛像。[22]

《度陇记》文字,起首"遥望左山",可知董醇只在驿路远眺,并未近观。但其后文字与祁韵士一般无二,甚至远眺不可能得见的洞中佛像,也照录无误,可见后来者对于《万里行程记》的信赖与依赖。

其实单就明岨山而言,山顶覆土,山脚皆石,今日看来,并不"甚奇"。而且明岨山之"岨",《说文解字》释为"石戴土也",本意便是覆土的石山。石山覆土,脚多有洪水冲刷或人为扰动,泥土流失,石质显露。而若择山开凿石窟,必须向上铲削而去更多覆土,于是花果山便异于左右群山:自上而下,土石各半。

当然我仍甚奇。山土洞穴之外,我甚奇于明岨山的地质构造，由远古河漫滩地旋回抬升而成的山体，沉积而成的砂岩层上下，又有夹杂无数卵石与砂砾混结而成的砂砾层，层层堆叠，一层石，一层砂。

攀至三层主窟，高已数十米，左右仍可见层层卵石，大者如拳，仿佛悬于空中的泾水河床，而那泾河明明仍在远处蜿蜒。

砂岩本易风化，一百年前备诸洞穴的佛像，早已羽化飞升。底层院内，崖壁角落还有孑遗，可惜一切细节成空，徒留囫囵身形。而卵石更易剥落，相对上下两层砂岩，风化更甚，内陷更多。

石县长照片中的明岨山，各层色泽不一，凸凹不一，仿佛层层堆叠而起的白面与杂和面锅盔，便是此因。

一百年前的"隆庆元年创造"仍在，一百年后刻痕更浅。

明穆宗隆庆元年，1567年，近五百年前，却不知道所造为何。

莫非那口钟？

因为隆庆元年题记右侧，另有一则"乾隆三十一年造钟"，或许此处是曾经的钟亭，宋钟遗失之后，乾隆三十一年（1766）又曾补铸？直到失窃？

已不可考，而且乾隆题记也将不可考。

刻痕已经湮灭，若非还有描绘字迹的红漆痕迹，后人怕是既不见声闻于天，也不知何时再闻于天。

就像主窟右侧窟檐上那则照片上看不见的纵刻题记"天

启五年",民国十六年(1927)曾在邠县考察的学者崔盈科,在其考察报告《陕西邠县之造像》中写道:

洞穴外的题名有:
"天启五年孟□"[23]

崔盈科已不见"天启五年"其后一字,我却不见其后两字,而我们皆不知那则题记,所为何事。

另外两则不见于照片的题记,一是主窟檐上大字"明岨鎏金",一是大约刻于照片左下角民居瓦顶上方崖壁的"水帘洞花果山",落款"三十一年邠县县长雷震甲题"。两则题记大约同时。

雷震甲,陕西部阳人,民国二十九年(1940)十二月至民国三十二年(1943)八月就任邠县县长。曾经修缮邠县泾河南岸诸石窟造像,题记当为其时所留。

这也是明岨山上最后的前朝岁月。

从照片走入现实,既能看见照片看不见的题记,也能看见遍布石眼的黑色污渍,并非是向下滴落的泪痕,而是向上熏燎的烟渍。

乾隆四十九年(1784)《直隶邠州志》与民国十七年(1928)《邠州新志稿》皆有相似记载,民国新志稿略为详细:

> 明岨山灯阁。在县西十里水帘洞上，唐贞观时凿山为连珠小窍，具各种形式，土人元宵张灯于此，以祈丰年，亦邻县一景也。[24]

所张之灯，是以灯捻点燃的清油小盏，置于石眼之内，灯捻向外，烟油难免熏燎岩壁。

烟痕至今浓黑，因为花果山元宵张灯的习惯，至今不绝。

腊八开始，点灯人便要忌荤腥，吃素斋。

"正月十一清山，正月十二上山。"

然后直到正月十七下山，其间就生活在明岨山上。

锁子石右侧一排洞窟，内里相连贯通，错综复杂，形如迷宫。

居中一排小窟，形似"丰"字，各窟皆可宿人，点灯人即住于此。

最左大窟，居中供奉孙悟空，可是又将角落一窟辟为厨房，造有土灶，引火做饭，熏得窟顶黢黑，燎得悟空仿佛错用嫂嫂的假芭蕉扇扇了火焰山，灰头土脸，愁眉不展。再右一窟，臭不可闻。吃喝在左，拉撒在右。

开凿如许洞窟，最初也为宿住。宣统三年正月初七日（1911年2月5日）温世霖到时，花果山上还有居民。

> 行十余里至花果山，山周数十里，皆梨枣树，山上并有柿树。遥望山坡，洋楼十数层，窗棂如蜂房密布，心颇疑之。及行近细视，始知皆居民窑岇，远望宛若洋

楼也。

山之最高处，有石碑一通，大书"声闻于天"四字。山腰悬一木梯甚长，盖居民出入窑岗非梯不可，据云该窑岗系同治年间人民因避回乱所凿。[25]

石县长摄影那天，立在中层石窟外的三个孩子，必然就是山中居民的娃娃。

可惜相比于明岨山他们过于渺小，也不是石县长昂贵底版的拍摄主体，所以他们面目模糊，哪怕在高倍观片镜下。只能隐约分辨是三个男娃，像是哥哥领着他的两个弟弟，见有外人来到山下，好奇地出窟，警惕地观望。

而山底的长袍马褂，不可能是村民装束，或许是同行的石县长僚属或朋友吧？见到山上有人，于是过去问话。

时间推算，如果活着，三个男娃年纪都在一百岁左右，大约就是景老汉、陈老汉他们的祖父或者曾祖父辈。

不过他们当然不再活着。

纵使活着，如此老聩，他们也不会记得九十五年前初春来过的路人。

纵使他们的后代仍在花果山下，纵然他们在石县长的照片中容貌清晰，后人也不会认出他们。对于摄影术在寻常百姓家普及仅有三四十年的我们而言，谁又能知道祖辈童年时的模样？

何况又是住在洞窟之中，"鹑衣百结，面垢不濯"。

纵使相逢应不识，尘满面，鬓未霜。

据温世霖言,温世霖又据土人说,山上洞窟初系同治年间避乱所凿,其实应当更为久远,毕竟题记皆为明代。然而初为避乱,绝无疑问。

"听老人说,"陈老汉泛泛指着左右高处那些难于攀援的洞窟说,"当年那里都是躲土匪的。"

土匪来时,举家逃入,抽起楼梯,崖壁陡直,可保无虞。

避匪自备水粮,难以久居,点灯人一切用度,自有村民供给,以滑轮悬绳提取。候到元宵当夜,数千石眼,每眼皆有小盏,每盏皆有清油,油中皆浮灯捻,于是同时点燃,盛如梨花满山,盛如烟花璀璨。

泾河左岸,也能得见右岸的灿烂,可惜上至祁韵士,下至张恨水,皆未曾在元宵夜过明岨,皆未曾见明岨灯阁。

我亦未见,我还能见。

因为燃灯,所以锁子石上的那座主窟,便是供奉灯光菩萨的灯光菩萨大殿。

"灯光菩萨两边,还有十八罗汉,还有壁画,"景老汉说他小时候去过殿里玩耍,亲眼得见,"'文革'的时候都打碎了。"

可是就像老汉也说"明岨翚金"才是明岨山上最早的题记,人类的记忆总不如银盐的照片,凝固的影像永恒,记忆却在自我演进,自我解构,捋直或扭曲。

就像诸人行记,包括石县长题签,水莲洞与花果山总是混为一谈,实则却并非一处,惟有温世霖的记载是正确的:"山后约五里即水帘洞。"

> 洞前有庙祀孙悟空,每年八月十五日,乡民演剧酬神,否则必大风雨,不利于果木。庙内大殿后即洞门,洞口甚黑暗,非结伴不敢入。稍进数十武,有石隙通天光,约一里之遥始达洞底,有殿一间,塑孙悟空坐像,手执金箍棒。[26]

不过温世霖行程匆忙,并未曾前往游览,"此皆得诸土人之传言"。我所知前往并有行记的水帘洞探访者,是考古学家何正璜(1914~1994),她在刊于民国三十六年(1947)第三期《旅行杂志》的《古邠州幽赏记》写道:

> 南行山径约二里,抵水帘洞,洞在林间土山之下,水潺潺由洞内细流而出,前面汇成一小溪,洞口有人工加筑痕迹,洞内漆黑幽深,水声淙淙,不知其深浅,偶一咳嗽,遍谷传来几重清脆的回音,过一樵夫,说这洞远通潼关,语自不可信,可是相信水盛时,水源定甚深远,据记载说这是南北朝时土人所凿,以避乱世的,或可信。[27]

何正璜遇到的樵夫,只说水帘洞可通潼关,魄力还是不及陈老汉。"听老人说,"陈老汉的老人真爱说古,"洞里能通到四川!"

不过陈老汉却劝我莫去寻水帘洞，倒不是怕误闯四川，而是"啥也没有"。十几年前，因为附近煤矿挖断水脉，水帘洞早已水源枯竭。

再无有潺潺，再不听淙淙。

可我还是想看看。与陈老汉道别，他的牌友恰也到齐。

"走？"

"走！"

然后磕尽烟袋锅，齐向小卖部后院走去。门外闲聊的老汉也散去，将散的老汉玩笑地海骂："毬事不干，天天打麻将！"

可是村居又老，不打麻将，又有什么毬事可干呢？

花果山向北，水帘村中建有上山公路，左沟右崖，直达山深处的水帘洞煤矿，公路途经水帘洞。然而公路两侧，全无水帘洞踪影。

公路上山，地属下沟村，路左村委会外聚着三三两两闲聊的老汉。上前询道，他们支使一位穿着马甲打扫卫生的老汉领我过去，因他最好打发，"给他根烟抽就行"，他们冲我大声说道，毫不避讳。

其实水帘洞就在村委会后不远，但是低于路基，所以难觅。确实啥也没有。孙悟空庙早已无存，洞口筑起数米高的水泥墩台，直达将近公路的砾岩基础。台上一座水泥小龛，龛额墨笔朱笔各写一行"水帘洞"，以示如假包换。龛后残存的洞口，高不及尺，遑论深入一里，远通潼关，或者走到四川，目光也难探进一步之遥。

如同洞前八月十五的酬神演剧，水帘洞也成虚空。

领路的史长林老汉，和景涛老汉同样六十六岁，可是看起来却苍老如八十六岁，满口牙齿落尽，右腿跛行，步履艰难。

老汉的祖父早亡，祖母生活实在艰难，迫不得已，带着老汉父亲"逃年景"，逃荒到八十里外的韩家镇北湾村，改嫁在那里。

就像永平镇老王的父亲当年从乾县逃荒到旧永寿的原因一样，北湾村人少，地宽裕，能养活得起一家人。于是老汉父亲也就在北湾村成亲，生下老汉兄弟姐妹六个——实际留下五个，碎娃送了人。

进入八十年代，农业生产责任制，包产到户，下坡村的年景好起来，家里老大的史老汉带着一家六口人，父母与四个弟弟妹妹，又回到了下坡村。

但是都说下坡村的水不好，他得上了大骨节病，摊开手来，手指明显要比常人要短。负担又重，身体又差，但好歹也在下坡村娶妻生子，不过可想而知，老伴身体也不太好。

"有些人享不完的福，有些人吃不完的苦。"史老汉显然是后者，前年，唯一的儿子忽然患病，而且"那个病就复杂咧"，最终病也没有彻底治愈，还欠下十几万的医药费。

去年腊月，"大家都得病的时候"，老汉的父亲过世，九十一岁，算得上喜丧。二十天后，老伴也撒手人寰，"还不到六十岁"。

如今老汉独居在下沟村，而儿子去到县城，守在家里照顾两个孙子，一切开销全靠儿媳妇送外卖，还有老汉扫马路，

"一天二十块钱,一个月六百块钱"。

儿媳妇是儿子健康的时候在西安打工时认识下的,甘肃天水的女子。"优秀!"村里老汉交口称赞。

村委会外闲聊的其他老汉说与我知这一切。

史老汉双耳也背,没有读过书,只字不识,他的方言于我而言又过于艰涩,于是沟通极难。可是同村老汉都知道他的故事,村委会外一路之隔,甚至就是他二弟久已无人居住的空院。"二弟、三弟好着咧,人高马大,都在咸阳工作。"

所以北湾村的水,却只苦了史老大。

由始至终,史老大就默默站在外围,垂手而立,弓着他疼痛的右腿,纵然仍有空座。大家说起他的过往,他却未必听得清楚,既不能辩解,也不能纠正。只有当大家看向他时,他才会嘿嘿地乐上两声,陪着温暖的笑容。

所有人都知道他的苦难,唯独他自己说不出来。

大佛寺

地处陕北高原塬梁沟壑区的邠州,建于泾河川开阔之地。

泾河出城东南而去,河床深切,曲流蜿蜒,谷峻崖峭,因此往来车马,行走塬上,南达永寿。

西北去长武,四十里至亭口镇间,泾河川地略宽,可以傍河而行。亭口之后,再上塬梁。

邠州至亭口,驿路与西兰公路皆在泾河西南岸,加之泾河蜿蜒,所经之地,或称西岸,或称南岸,皆不为错。

未见明岨灯阁,对于明岨山,所有人都兴致萧索。

不过行于泾河川道,水量丰沛,道路两旁,一改前路童山濯濯,"沿途枣林万计,过长安后,惟此有佳趣"[28]。

花果山,水帘洞,现在依旧广植枣梨。"大青枣、大水梨,"下沟村的老汉指着水帘洞下的谷地,"沟里全是。"水帘村国道两侧的民宅,不少几家也挑出招牌,"枣木擀杖,梨木案板",也是物全其用。

但是"沿途",已经不见"枣林万计"。

彬长之间,煤炭储量丰沛,国道沿途,水帘洞煤矿、下沟煤矿,直到亭口,几乎首尾相衔。煤炭开采,无论怎样注重环境保护,总有无能为力之处,比如水帘洞的水源枯竭,比如往来不绝运煤的半挂货车,国道黑尘满地,暴土扬尘。

行道树换作了垂柳,河畔广植速生杨,春日飞絮如雪。

非尘即絮,行人只求掩鼻速通,哪里还觉有佳趣?

十几年前的花果山旅游开发已告失败,除却正月十五,明岨山窟可罗雀。若非往返邠长的旅客,还能令游客再走故道的去处,惟有大佛寺。

> 大佛寺,即唐尉迟敬德监修之庆寿寺。
>
> 寺依明岨山崖洞为之,佛像亦就石刻成。居中者高八丈余,左右二像较低。外覆楼阁四层,建筑甚新。梯登绝顶,极目远眺,泾水前绕如带,远山层耸若屏,烟雨迷离,景致绝佳。连日山行,至此耳目一新。
>
> 两傍洞穴数十,皆住僧察,或悬梯以上,或垂练以登,自远望之,如猿猴之攀崖觅食。唐宋元明,代有闻人摩崖题笔于此。特惜字迹,皆为劣僧作灶置枢所毁坏耳。[29]

大佛寺因山起刹,一百余孔造像窟开凿于崖壁。

旧时往来洞窟之间,如谢彬所记,或悬梯,或垂绳,人如攀猿。与陕甘要道近在咫尺,却又能侥幸逃脱同治年间战乱,正是得益于险峻。

兵燹焚尽木刹，失去立足，崖上石佛得以安然作壁上观。

大佛寺本名庆寿寺，始建于唐贞观二年（628）。记载如此清晰，是主窟六丈高的大佛背光左下，有铭文"大唐贞观二年十一月十三日造"。

一千余载，历代信徒在泾水前绕，远山若屏的庆寿寺共计造像四百余龛两千尊，漫山神佛，满天花雨。

我不是信徒，我在神佛之间，不求庇佑，只为观碑访碣，细读题记。

题记之后，多少古人至此，同样驻足，同样定睛，虽然我们之间有着数十数百年的光阴，但与古人神交，实在难有比这更好的方式了。

而于大佛寺用功最久者，莫过于叶昌炽。

光绪二十八年四月十四日（1902年5月21日），赴任甘肃学政途中，叶昌炽初过大佛寺，得见左右石室多有唐周宋元历代题刻，"笔势飞舞，锋颖如新"，身为金石学家，怎能不心动？"惜无氈椎"，行囊之中，没有捶拓的工具，"如入宝山空手回"。而且"又为俗僧败兴，意在檀施，坚请入室，不能畅其游瞩"[30]。

日记之中，畅所欲言，没有看尽左右石室题记的原因，在于俗僧败兴，只求钱财。然而钱财能使穷鬼推磨，自然也能使俗僧拓字。

> 不得已谋诸寺僧，但唯唯。又四年，届两瓜期，岁科按部，三至泾而寺僧始以拓本来。越高原二百里，重跰打包，不譬宿诺，游方之外，吾见亦罕，即畀以二十四金，未偿其劳也。[31]

不得已，叶昌炽与俗僧商量，可否代为捶拓，俗僧未置可否。四年之后，叶昌炽巡考至泾州，大佛寺俗僧忽然翻越高原二百里，信守前诺，携带拓本前来相赠。叶昌炽大为感佩，不仅以二十四两白银相赠，而且在他后来依托这些拓本所著的《邠州石室录》自序中，也将俗僧改为信僧。

也将当年不能周览石室的原因，由俗僧坚请入室，改为仆夫催促出发：

> 悠悠山川，前行尚远，周览未毕，而仆夫已催发矣。[32]

可怜仆夫。

自甘肃归里，叶昌炽殚精竭虑，描摹字版，刊订校对，耗时十余载，终于得将大佛寺唐代题记二十二通、宋六十四通、金一通、元十六通，共计一百零三通题记，编纂而成《邠州石室录》。

也许信僧粗疏，遗漏唐刻一通、宋刻一通，另外还有七十三通明清题记，无一捶拓——对于叶昌炽而言，这些"晚近"题记，类似我们得见"到此一游"，显然是不入法眼的。

大佛寺所依山体，石质虽较明岠山略佳——谢彬误会大佛寺所在为明岠山——然而终究也是砂岩。距离叶昌炽来时又去一百二十余载，叶昌炽所见的许多题记已归尘土，又多许多他未曾得见的刻画与破坏。十三年前我初去大佛寺时，所能得见，已极有限——开放洞窟，除向窟门浅近处，其余暗如永夜。

大佛东侧千佛洞，中心柱式结构，中心柱北，难得有如烟雨迷离的光，难得有三方可以辨清所有字迹的题记，镌刻于叶昌炽不予著录的明代。

左侧：

万历辛卯，吴郡张栋过此，遇一老衲，自称百有六岁，盖逾余六十甲子，奚异而记之。

张以兵科都给事中阅边务过，老衲名明福，邠知州刘昇记。

右侧：

嘉靖四十二年六月十九日，陕西布政司参政邢台王本固、按察司副使莱阳赵文燿按部至邠，同登大佛阁，历千佛洞，因题洞壁，以志岁月云。文燿书。

左侧题记，以行楷写就，落款姓氏清晰，名却残缺上半，隐约应是"昇"字。翻检顺治六年（1649）《邠州志》，卷二《政事卷》之《州守》，果然有同名者：

> 刘昇，山东莱阳人，恩贡，万历十一年升任，守邠九年。公廉有执，节爱备至。二十年，升绍兴府同知。[33]

刘昇，神宗万历十一年（1583）升任邠州知州，在职九载。题记"万历辛卯"，即万历十九年（1591），刘昇仍在任上，是他无疑。

上右世宗嘉靖四十二年（1563）正楷题记，早于刘昇二十八年。巧极，登临者之一，也是题记书写者，同为莱阳人——陕西按察司副使赵文燿。

按图索骥，去寻康熙十七年（1678）《莱阳县志》卷六《贡举志》，赵文燿乃嘉靖辛丑科（二十年，1541）进士，"授户部主事，历陕西副使"[34]。同卷也见刘昇，穆宗隆庆戊辰科（二年，1568）恩贡，"授新安县知县，升绍兴府同知"[35]。

刘昇的出身不及赵文燿，仕途不及赵文燿，因此我能寻见的记载，仅此而已。而赵文燿则是莱阳的"世贤"：

> 赵文燿，字纲夫，松子，进士。授户部主事，迁员外，司帑藏，出纳惟允。擢山西按察司佥事，全活军民甚众。又擢山西宪副，请以母老归养。置义塾，督诸生会课其中，

讲解经义，邑士登第者多出其门。寿七十二。所著有《凤里小稿》。[36]

康熙《莱阳县志》，赵文燿有传，民国二十四年（1935）《莱阳县志》，赵文燿仍有传，并且卷之三《艺文》之《传志》中还有他的墓志铭[37]——墓志铭的作者更是如雷贯耳，乃是南击倭寇、北平俺答、官至兵部尚书的山西蒲州襄毅公王崇古（学甫，1515～1588）。嘉靖三十八年（1559），赵文燿归乡奉养的老母驾鹤，服丧三年，再补陕西按察副使。此时王崇古恰任陕西按察使，且与赵文燿同为辛丑科进士，同僚之外，更有同年之谊，"喜闻公至，握手话生平甚欢"。

陕西按察副使是赵文燿的仕途终点，"竟以事忤观察，被论归"。其后"里居十余载"，万历三年十一月三日（1575年12月4日）卒，"得寿七十二"——以常例虚一岁计算，赵文燿大约生于孝宗弘治十五年（1502）。

他的墓，康熙莱阳志载，"在县东北十里"，民国莱阳志更详细，"墓在林格庄村后"。

沧海桑田，有时数百万年，有时不过百年。

何况数百年？

所以，虽然没有实地考察，但是赵文燿的墓想已荡然无存了吧？虽然生时略比刘昇显赫，但在煌煌史册中，他也寂寞无闻。

可想而知刘昇。

康熙莱阳志中单辟的《建置志》之《古墓》一节，墓主官职下至知县,却没有曾任知州的刘昇,或许他根本没有魂归故里。

若干年前,万历十九年(1591),不知春夏,抑或秋冬,兵科都给事中张栋过路邠州,知州刘昇陪其同游大佛寺。寺中遇一老僧,自称一百零六岁,恰长刘昇一甲子——刘昇时年四十六岁,也以常例虚一岁计,大约生于嘉靖二十三年(1544)——刘昇大为惊奇,打算将此异闻并皆题记一通"到此一游"。

十三年前去时,两通题记曾有捶拓,墨汁透过宣纸,渗入石面,于是黑地白字,清晰易辨。

三年前再去,石面墨痕仍在,一切如旧。赵文燿题记右下,还有一通题记,不曾捶拓,刻字隐匿在砂岩的本色之中。

十三年前不曾注意,三年前一瞥眼间,得见又一"赵"字,似乎有关,然而左侧后四列文字不但已漫漶难辨,而且游客刻画累累。

归来之后,四处寻找资料,终于得见该题记一纸旧拓照片,后四列文字可以识读:

  余守邠之六年,一日游大佛石洞,见刻卒业师赵□里翁按邠游洞岁月,感今思昔,亦刻石志之。明万历十六年重阳,邠州知州□□书。

所佚三字,皆在名姓位置,且痕迹显系刻意破坏,不知何年何人如此所为。但是万历十六年（1588）的邠州知州，当然就是刘昇。而残去一字的赵，当然也是赵文燿。

之前我曾猜测刘昇必知赵文燿，或许只因同乡之谊，或许也知昔为同省副臬；或许在家即闻故里前贤，或许少年曾在义塾就读，无论如何，必然感知到某种亲近。果不其然，赵文燿正是刘昇的业师。果不其然，确是因为这种亲近，让刘昇把自己的第一通题记刻在业师题记的下方，三年后，又将与张栋同游大佛寺遇老僧的题记，镌于业师题记身旁，首尾相连，相伴四百余载。

这些发现有价值吗？毫无价值，赵文燿与刘昇既无人知，也无人愿知。

这只是我与古人默谈的欢喜——昏暗洞窟的潜匿细节，草蛇灰线，索隐古人的一些生平、一些心迹。

赵文燿写他题记的目的，"以志岁月"。

是的，如他所愿，除了在他三千里外的故乡，两本老旧的县志，存留于世的还有故乡的三千里外，一通正楷的题记。

而且曾有两人于题记之前"感今思昔"，思念及他，书写及他——二十五年后的刘昇，四百六十年后的我。

无足轻重的古人，以其志了岁月。

亭口镇

十五里安仙镇,又五里则渡泾河,土人谓之黑水渡,盖黑水亦合于泾也。过西岸即亭口镇,长武县辖,有行馆,甚小。[38]

行过大佛寺,西北十五里,林则徐日记中写到的"安仙镇",晚他七年的董醇记作"安化镇",晚他四十九年的陶保廉记作"安化铺"。

安化铺,人家三五。[39]

人家三五的安化铺,即今彬州、长武县界处的安华村。

林则徐日记,民国以前仅有两种节录本刊行:

《滇轺纪程》,节录嘉庆二十四年(1819)云南正考官赴任途中日记;

《荷戈纪程》，节录道光二十二年（1842）自西安赴戍伊犁途中日记。

两本纪程，皆为光绪三年（1877）北京宣南寓斋刻本。

其余日记，1961年由广东中山大学历史系中国近代现代史教研组、研究室根据福建侯官林氏后人所藏"原稿抄本"编辑点校，1962年由北京中华书局排印。

光绪本《荷戈纪程》，安化铺同样刻作"安仙镇"，可知并非中华书局误植。原稿抄本我无缘得见，然而既然是抄本而非原稿，"仙""化"难免有抄工鲁鱼亥豕之嫌，所以我也不能二度谤诽林则徐误听错记。

不过，"渡泾河"，确实错了。

> 就道光二十二年七月至年底的原稿抄本和《荷戈纪程》刻本比较，后者几乎每日都有改动之处，篇幅也少了三分之一左右。[40]

篇幅少去三分之一的《荷戈纪程》，删去一句"盖黑水亦合于泾也"，大约辑者也不明所以，既然渡泾河，为何渡口却名"黑水渡"？因为黑水汇入泾河？未免太过牵强，难以考稽之下，不如删去。

其实，黑水渡名不错，亭口镇外所渡的就是黑水河。

> 将抵镇，有草桥，其下为黑水。张梅生明府来晤，言泾水自镇之西北来，东流过邠州，黑水自西南来会于此。[41]

董醇在《度陇记》中转述时任长武知县张正修[42]所言,泾河自亭口西北而来,黑水自亭口西南而来,"会于此"——实际会于亭口镇东南,距离安化铺外不远——亭口镇为两河所抱,泾水在东,黑水在南。

温世霖走过两河交汇处的宣统三年正月初七日(1911年2月5日),也是袁大化《抚新记程》全书开篇第一天。

袁大化(1851～1935),字行南,安徽涡阳人。进学补廪,在乡任训导,郁郁不得志,遂从军吉林。光绪六年(1880),中俄伊犁条约谈判破裂,诏给吴大澂(清卿,1835～1902)三品衔随吉林将军铭安(1828～1911)办理边防,袁大化投效吴大澂,奉命入吉黑两省中俄边界侦勘敌情,转赴宁古塔、珲春设防。光绪十三年(1887)时任军机大臣李鸿章(少荃,1823～1901)调前吉林府知府李金镛(秋亭,1835～1890)赴黑龙江筹建漠河金矿,以纾国库困窘,袁大化担任金矿提调,颇胜职责。两年之后,李金镛病殁任所,已蒙李鸿章赏识的袁大化接任总办之职,大展经营管理才能,履任八载,漠河金矿年产黄金数百万两。其后因与户部龃龉,又遭朝臣弹劾,改授直隶委用道,调查河工。光绪三十二年(1906)升任山东按察使,旋调河南布政使,次年署任河南巡抚,光绪三十四年(1908)擢升山东巡抚。丁忧守制,宣统二年(1910年)起复,十月实授甘肃新疆巡抚。

自光绪十年(1884)新疆建行省置巡抚,至宣统三年(1911)清亡,甘肃新疆巡抚共计九任,其中陶保廉之父陶模是第三任,而袁大化则是末世最后一任。

末任甘肃新疆巡抚赴职迪化（今新疆乌鲁木齐），宣统三年二月二十一日（1911年3月21日），晚温世霖四十四天，也到亭口。

　　……黑水，在亭北入泾，夹带泥沙，皆黄水也，与泾河无异，黄浊过于渭。自邠以上，泾水浅流急而浊；邠以下，水深流缓而清，故有泾清渭浊之分。[43]

"泾清渭浊"，还是"泾浊渭清"，向来是学界著名公案。其实古人无能为力长时期全范围地观察泾渭两河，孰清孰浊，皆为一时一地所见。泾渭两河，包括黑水河，穿越无数黄土丘陵，河水泥沙含量，大受丰水枯水以及上游雨情影响，因此孰清孰浊，也是因时因地不同。

　　泾渭分明，语义大于实际——反馈人心的语义而论，人心倾向于诸如真假善恶、正邪美丑可以二元对立，如同恒清的泾水与恒浊的渭水那般易于分辨，然而实际，往往却是同流合污，泥沙俱下。

　　黑泾皆黄浊，让自东南而来又行于泾河南岸川道的行旅，行过两河交汇处而不知觉，以为右手仍是泾河，实际已换作自西南而来的黑水。

　　不过现在亭口镇外、黑水河上游建起亭口水库，流经亭口的黑水河只余一径清流，此时此地，"黑清泾浊"。

　　据宣统二年（1910）《续修长武县志》转引两种前志记载，

黑水"夏秋泛涨，水甚汹涌"，黑水渡额募水夫十二名，备充急役，助人涉水汹渡。"至冬寒沍，则搭木桥以便过渡。"而"旧设木桥，秋建夏去，后改建石桥，今废"。[44]

光绪二十八年四月十四日（1902年5月21日），"仆夫催发"的叶昌炽行至亭口镇时，时值初夏，木桥已撤去，好在黑水"澄澈如镜，浅处水仅及膝，车马乱流而济"。另外还有一叶小舟，方平如小木箱，可以运载轿夫涉水难抬的轿厢过河。[45]

民国二十三年（1934）五月，西兰公路工务所凿石为礅，铺设木板桥。民国二十九年（1940）改筑为三十孔漫水桥，汛期满水漫桥而过，车马行人仍赖水夫涉水汹渡。直至1951年修建亭口公路桥，黑水河南北才可终日畅行无阻。[46]

亭口，旧名"停口"，始于金代所置停口镇。

何为"停口"？据说，当年夏秋泛涨往往过于汹涌，行旅无法涉水汹渡，滞留两岸，裹足羁旅，故此渐成集镇，并因这些常需停歇等候的渡口而得名"停口"。而"停""亭"同音，混用不足为奇，比如董醇、陶保廉、叶昌炽与谢彬写作"停"，而林则徐、裴景福、温世霖与张恨水则写作"亭"。

后来桥梁贯通，无需再"停"，而"亭"字兼如长亭短亭，故而定名"亭口"。

不过亭口却有亭之功用，地居邠长居中之地，如同乾永之间的监军、永邠之间的太峪，向为驿路尖站，西去行旅，在此渡河打尖。

如今，亭口依旧是彬州、长武百姓往返两地的必经之地。

两地各有公交车发往亭口,然后在亭南——黑水河迤南——亭口汽车站换乘他县的公交车,各自进城。或是时间充裕,又在饭点,自然可以过河在亭北——黑水河迤北,亭口镇政府所在——打尖吃饭。

五十年代的亭口老桥已禁车行,危桥标志立于南北桥堍,"行人观察通行"。新桥建于老桥东侧,桥北道路迤东,背临西北而下的泾河,是占地面积巨大的彬长矿区服务中心;桥南国道迤南,则是属于山东淄博矿业的亭南煤矿。煤矿给亭口带来无数尘土与餐馆,还有往来不休运煤的各地牌照的半挂货车,南腔北调的司机,路边空旷巨大的泥土院场停下车来,饥肠辘辘地跳出驾驶室,钻进口味熟悉的饭店,风卷残云一餐,然后路途迢远。

当年温世霖走到亭口镇,大约也是如此:"见有楚南饭馆,喜出望外,因停车早尖。该馆房间窄小不能容多人,余与解委等遂在门前向阳而坐,进肉汤面及鸡卵等,饱餐而行。"[47]

温世霖是天津人而非湖南人,但我却能理解他见楚南饭馆的喜出望外,就像我不惯面食,陕甘乡村走得久了,乍然得见一家四川菜馆,而且老板娘会以地道川音向着后厨大声下单:"麻婆豆腐、回锅肉!"这种喜出望外是贯通古今的。

亭南村里,鲁音不绝于耳,市场招牌满是"山东大饼""山东猪头肉"。清晨路过,我甚至挤不进出售"蒸包、葱油饼、馅饼、豆腐脑、稀饭"的"淄博早餐店",店里挤满身穿工装的男女老少,热气腾腾,烟雾缭绕。

客居亭口的山东人,可以在亭口轻易温暖思乡的胃。

而长武本地特产的早餐,比如菜豆腐,已成绝唱。只有卖夹馍的女人一锅热油倒进盛满辣子的搪瓷盆,激发出的浓烈油泼辣子香气,还能提醒我此身仍在陕西。

于是村口土著的亭南村民坚定地认为:"亭口的山东人多!得有三分之二强,本地人三分之一还弱。"

老桥通连的文汇路,就是过往的老西兰公路。

亭口镇逢阴历三、六、九的集,也是摆在老西兰公路两旁。交通枢纽之地,集市喧嚣远胜僻远的建陵镇。而且因为有工业,集市上也难得有许多年轻人,穿着工作服,说着普通话,呼朋唤友,切肉买菜,这更是诸如建陵镇难得一见的景象。

当然也有附近村庄的老汉,骑着三轮车或者拉板车过来卖几把田产,青葱或菠菜,更多还是专业赶集的肉贩菜贩,自家的货车停车路边,车厢是分切齐整的大块通脊、排骨、后座,各煤矿食堂过来采买的后勤三扇五扇地运走,难得的好生意。

还有每天都在的各色小吃摊,油糕、菜肉夹馍、麻花、油饼、烩菜煮馍,挂着地名的特产,乾州豆腐脑、长武尧头锅烧豆腐,以及成摞的磨盘似的长武锅盔。

尖后,登峻坂,盘折而上,路极高。[48]

长武县居长武塬上,自泾河川的亭口镇至同在川地的邠州易而至长武难,需自亭口登峻坂,盘折而上,路极高。

所登峻坂，即今亭北村北老龙山，而且难得山腰还有两条车道遗存。

之所以能够遗存，是古道行经有山石拦路，于是地方在山石之上掘凿石道，东西各一，东上西下。车道两侧石壁，凿痕累累；车道地表，各有两条车轮碾出的坎坷辙痕，深达数寸。

晴朗时日，人足马蹄经年打磨的车道石面，泛着幽远岁月的光。

数寸辙痕，某分某厘，便是林则徐、董醇、陶保廉、叶昌炽他们车轮碾过的某年某日。

亭口镇西，已经建成二十余年的黑河大桥，高达七十六米，直接连通川道与塬梁，上下便捷。而我却更愿盘桓旧路，途经古人的车辙。

可以俯瞰亭口，俯瞰黑水，远眺泾河，远眺来路或归途。

偶尔山风掠过，枝叶窸窣。

如是他们又来，亭口登坂，车辚辚，马萧萧。

复升坡，其上平旷，为长武原。[49]

长武县

窑店

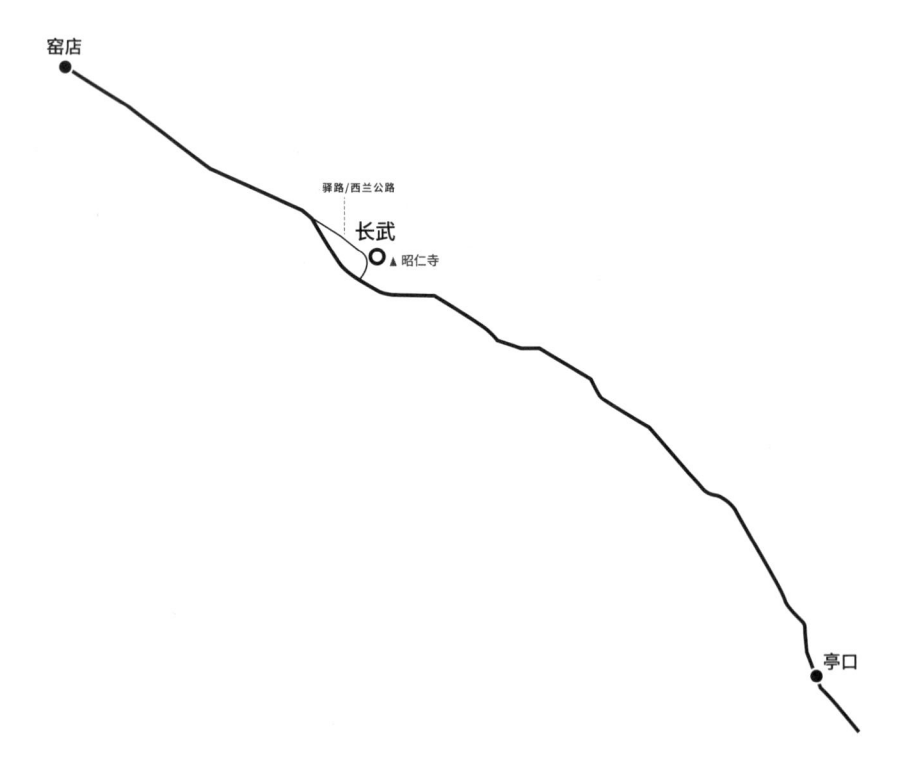

驿路/西兰公路
长武
▲昭仁寺

亭口

昭仁寺

乾隆四十九年（1784），西北不靖。

甘肃因争教而起的叛乱，死灰暂熄三载之后，又于盐茶厅（今宁夏海原）复燃。自春徂夏，啸聚石峰堡（今甘肃通渭北）。邻省闻警备敌，时任陕西按察使的王昶，"缮守具，佐治军需，疏请清厘保甲，禁民间蓄军器"[1]，保全秦境。

王昶（1725～1806），字德甫，号述庵，又号兰泉，江苏青浦（今属上海）人，乾隆十九年（1754）甲戌科进士。乾隆二十二年（1757）召试第一，入值军机处，其后从征四川两金川之乱，因功升鸿胪寺卿兼军机章京。乾隆四十五年（1780）外放江西按察使，寻移陕西按察使。石峰堡乱平，王昶因功迁授云南布政使，旋调江西。乾隆五十四年（1789），内迁刑部侍郎。乾隆五十八年（1793），年近古稀，王昶告老乞归。

"余弱冠即有志于古学，及壮游京师，始嗜金石，朋好所赢，尤不吝也，蛮陬海澨，度可致，无不索也。两仕江西，一仕秦,三年在滇,五年在蜀,六出兴桓而北,以至往来青、徐、兖、豫、吴、楚、燕、赵之境,无不访求也。"² 三十三岁考取功名,北上京师,王昶即嗜金石之学,朋友所藏,无不借观,其后从征外放,赣陕滇蜀,四海搜求,"自三代至宋末辽金,始有一千五百余通之存"。"旧物难聚而易散也",宦海离岸,年仍假年,还乡的王昶为将所聚存世,潜心著作,描摹所得金石拓片,并将额之题字、阴之题名、两侧之题识以及碑制之长短宽博、行字之数,详载备考,"使读者一展卷而宛见古物焉"。

　　呜呼!余之为此,前后垂五十年矣。³

毕五十年之功,成书一百六十卷,书名《金石萃编》。自序之中,一声呜呼,即为此书,亦为此生。自序落款,"嘉庆十年仲秋,青浦王昶书,时年八十有二",次年,嘉庆十一年(1806)季夏,八十三岁的王昶溘然辞世。

二十二年之前,西北不靖的夏天,王昶率军西出长安,备敌于秦陇边境的长武城。

长武城所在长武塬,因塬高水浅,也名浅水塬。秦于塬上初置鹑觚县,故又名鹑觚塬。西汉在鹑觚塬西置阴槃县,北置浅水县。东汉废浅水县。北魏分置东阴槃县,寻改宜禄县,后周改白土县。唐太宗贞观二年(628)在浅水塬复置宜禄县,县属豳州,唐睿宗垂拱二年(686)移宜禄县至今城址。

北宋初宜禄县再向东南迁于冉店镇（今亭口镇冉店村），并在西北三十里外中唐李怀光（729~785）所筑的长武城置长武县。二县并立，金仍元废，至明神宗万历十一年（1583）复于宜禄镇今城址重建长武县，相延至今。

明初，置宜禄驿于宜禄镇，重建长武城，"城基即宜禄驿之堡扩而充之"[4]。城垣周围三里三分，土城砖垛。"东、北两面深沟，西、南则属旷原，有警唯严西、南之防，东、北则可坐而制，城小易守，洵陕省西北之严邑也。"[5]

长武县城初辟四门，东曰"迎晖"，南曰"宜山"，西曰"秦川"，北曰"五泉"。[6]北门所以名为"五泉"，是因北城下有通济泉，泉水清甘，极旱不竭，阖邑百姓，取用所系[7]。或也因泉水时啮城根，咸丰年间，北门倒塌。同治元年（1862），再凿小北门，以临通济泉。

北门与小北门，二门皆为汲水之路，不通车马，因此城中仅有东、西、南三街。县署辟于西街，坐北朝南，如董醇、叶昌炽等行旅至此，"入宜山门，城南门也"[8]，或宿于宜山书院，或宿于宜禄驿行馆，"行馆即在县署中右偏"[9]，"与书院通"[10]。

宣统三年二月二十一日（1911年3月21日），行过亭口镇，赴任甘肃新疆巡抚的袁大化，亦是如此，"宿于署西院"行馆。

> 地主洁夕膳，送唐碑拓本及县志。[11]

治备晚膳的地主，乃时任长武知县，浙江山阴（今浙江绍兴）人沈锡荣（杏卿）。

清末仲春的长武县署西院，似在二十年前的乾州衙署或行馆，又有我难与外人道的欣喜。如同主持编辑《乾州志稿》的周铭旂，沈锡荣亦是之前一年刊行的《续修长武县志》主修，所以而今于我来看，袁大化不再是末任甘肃新疆巡抚，沈锡荣也不再是恭陪末坐的长武知县，他们又是两书作者，西院夕膳，传杯弄盏。

　　县志之外，沈锡荣送与袁大化的"唐碑拓片"，则是一百二十七年之前，王昶时往观之的"大唐豳州昭仁寺之碑"。

　　初唐，浅水塬上复置宜禄县第二年，亦是豳州庆寿寺建成后一年，贞观三年（629）岁杪，太宗皇帝"诏建义以来交兵之处，为义士勇夫殒身戎阵者各立一寺，命虞世南、李伯药、褚亮、颜师古、岑文本、许敬宗、朱子奢等为之碑铭，以纪功业"[12]。

　　唐太宗诏为建义以来牺牲烈士于交兵之处立寺纪功，据初唐律宗僧人释道宣所辑《广弘明集》记载："破薛举于豳州，立昭仁寺；破霍老生于吕州，立普济寺；破宋金刚于晋州，立慈云寺；破刘武周于汾州，立弘济寺；破王世充于芒山，立昭觉寺；破窦建德于郑州，立等慈寺；破刘黑闼于洺州，立昭福寺。"[13]所立七寺，"并官给供度，精蓝森列，当日之颅山血海，骤化为经狮律虎之场"[14]。

　　近一千四百载以降，当年森列的精蓝，早已毁于后世无尽的兵燹与风雨，何其侥幸，何其侥幸，昭仁寺旧址仍在。曾经的山门殿仍在，虽然历代重修，却仍存有唐宋风骨，作为大雄殿，兀立于今昭仁寺前院高台之上。

中唐李吉甫（弘宪，758～814）《元和郡县志》卷三《关内道三》所记昭仁寺，"在县西十步，浅水原上"[15]。昭仁寺与宜禄县城同建于浅水塬，故而寺城相距近十步。有唐一代，昭仁寺当无恙，其后县址迁徙，空留昭仁寺于故地，虽也不断毁损，为祸总较人烟稠密处为轻，因此得有部分孑遗。明代重建长武县城，围昭仁寺于北城垣内，县署迤东。

王昶时往观之的"大唐豳州昭仁寺之碑"，竖于山门殿右后（西北）。诏立唐碑，久享盛名，前人著述累累。明末清初时人林侗（1627～1714），字同人，号来斋，与林则徐同为福州府侯官县（今福建福州闽侯区）人，曾随父宦关中，搜讨金石。"骤化为经狮律虎之场"，即见于其所著《来斋金石考略》。考略之中，也记昭仁寺碑石尺寸，"高七尺二寸，广三尺"[16]，然而王昶并未因循旧说，而是实地测量，重录于碑文之前："豳州昭仁寺碑，碑连额高一丈一尺八寸，广四尺五寸，四十行，行八十四字，正书，今在邠州长武县。"[17]

一丈余高碑石，三千余字碑文，"守谏议大夫骑都尉朱子奢"所撰。朱子奢（？～641），吴郡吴县（今江苏苏州）人，善辞章。唐高祖武德元年（618），秦王李世民（599～649）与西秦霸王薛举（绍玄，？～618）、薛仁杲（？～618）父子两战于浅水塬，先败后胜，平定陇西。初战失利，数万义士勇夫殒身戎阵，奉敕撰文的朱子奢，心知肚明，不可据实以悼，否则岂非败绩重提？索性以浮华辞藻，避实就虚，如王昶《金石萃编》碑后按语所言："碑虽为义士勇夫陨身戎阵者而立,然两碑皆盛称太宗功烈,其哀恤将士之词不及十一耳。"[18]

名为纪数万将士功业,实为纪皇帝一人功业。

亦是无可奈何,朱子奢纵然哀词十九,皇帝必也不能令其付诸贞珉,存诸后世。索性不作徒劳,贞珉存世,虽然文章无足观,书法却大有可观。

三千余字,寸楷写就,书法精湛,不逊虞世南(伯施,558~638)、褚遂良(登善,598~658)等初唐正书大家。世人宝其书法,争相搥拓,地方官长更可以之馈赠过往大吏,所费不多却又雅致难得。可惜碑款并无书丹者姓名,因此写者何人,或谓虞世南,或谓王知敬[19],向无定论。

又昶于乾隆甲辰四月值宁夏回人之叛,率兵防御于长武者五阅月,军事暇即往观之。[20]

初夏备敌长武城,叛军兵锋始终未及陕界,得有闲暇,王昶即去北城昭仁寺,去观山门殿后的昭仁寺碑。

通体完好,盖因寺中断石材丈余,方正巩固。[21]

昭仁寺碑闻名海外,过往行旅无不来观。官宦可得地方馈赠,普通士子若要搥拓,可又如同初过大佛寺的叶昌炽,行囊之中,"惜无氊椎",未免"如入宝山空手回",惟有谋诸寺僧。寺僧代劳,可得檀施,所以昭仁寺碑之于昭仁寺,有如北城泉眼之于长武城,生机所系,香火攸关。寺僧自然惜护有加,斫与昭仁寺碑等高的石材方正巩固,保持碑身通体完好。

初夏四月御于长武,宁夏之乱定于七月,王昶八月回省,五阅月间,不知去观昭仁寺碑几何?

长武塬上,纵然盛夏,殿后荫凉,亦不至暑热难耐。城外时有清风入院,碑上叶影摇曳。或者碑前对视,逐字审校碑文,逐字揣摩书法;或者寺僧搭起梯架,登高近观碑额螭首,碑侧线刻藤萝忍冬纹。

斫石巩固,可防倾仆却不防人为毁损,王昶观碑之余,"乃立亭其土,置碑于中,牧童敲火牛厉(砺)角皆不能及,所以全无损坏"[22]。

"牧童敲火牛砺角",语出韩愈(退之,768～824)《石鼓歌》。诏建七寺前两载,贞观元年(627)年,十尊秦国石鼓现于凤翔陈仓山北阪(今陕西宝鸡石鼓山),鼓身通体秦篆,篆法介于大篆小篆之间,世所罕见。唐宪宗元和六年(811),韩愈作《石鼓歌》,追溯石鼓历史,呼吁朝廷护持,若是任由诸如牧童在鼓上敲石火,耕牛在鼓上磨砺牛角的意外毁损,难免"日销月铄就埋没"。

王昶为昭仁寺碑建碑亭,亦是此意,并且在按语最后留言希冀:"凡守土好古之君子所当仿而行之也。"[23]

后世守土好古之君子,确实有仿而行之者。

如今的昭仁寺,经狮已散,律虎已空,改为长武县博物馆,展藏长武历代古物。后院东厢，辟有碑廊，廊墙嵌有两方昭仁寺碑亭重修记。

其一，《修昭仁寺碑亭记》：

……

乾隆甲辰夏，青浦王侍郎按察陕西，亲至长武读碑，寺中筑亭以覆之。历三十余年，檐宇既颓，碑基渐圮，几有倾仆之虞。今春三月，余奉檄赴兰州，过而悚息，因捐赀庀材，命署典史许复昌董修之。兼旬工毕，东还复憩碑下，则亭之颓者固，基之圮者厚。外复周以阑楯，俾无侵坏，神物呵护，会逢其适，余既幸读是碑，亦必幸为余见也。时而葺之，又所望于守斯土者。

嘉庆二十三年岁次戊寅秋八月
陕西分守西乾鄜督粮道费浚记
邑人张教书

费浚，字浚川，江苏武进（今江苏常州）人，乾隆五十一年（1786）副榜，就职州判，发陕西，历署盩厔、扶风、长安县，擢升督粮道，兼署按察使。后调山东督粮道，"未履任，卒"。[24]

嘉庆二十三年（1818）春三月，已擢乾鄜督粮道的费浚奉檄赴兰州，过长武，观昭仁寺碑而悚息。距离王昶筑碑亭不过三十四载，而檐宇已颓，碑基将圮，又有倾仆之虞。于是费浚捐资备料，命长武县署典史许复昌经理重修。秋八月，费浚东还，复憩碑下，复建的碑亭如新，并围以栏杆，以免侵坏。

无论科场官场，费浚皆不可谓显达，终以四品督粮道卒任，生平事迹，除却光绪五年（1879）故乡《武进阳湖县志》人物志中一则传记，难见其他。乡志载有其在陕西御贼保民，捐资助民的惠政，此种记录，虚虚实实，真真假假，不知百姓是否确将费浚"目为费青天"，但是重修碑亭记中这句"余既幸读是碑，亦必幸为余见也"，似是不虚。他有幸得读昭仁寺碑，昭仁寺碑也有幸因他得以复建碑亭，不至倾仆。

正如昭仁寺碑也有幸得见斫石巩固的寺僧，有幸得见初建碑亭的王昶，得以何其有幸地"通体完好"，一年一年，一千余年。

又是九十二载寒暑，宣统二年（1910）春，明年将在县署西院设宴款待袁大化的沈锡荣，自郿县（今陕西眉县）转署长武知县。

昭仁寺有唐贞观碑，余耳其名久矣，恨不得一亲觏之。庚戌春调摄邑篆，亟诣观之。见其书法秀劲，笔力沉雄，为之反复流连，低徊而不忍去。不意希世之珍，素所景慕者，而今果得亲见之也。

果不其然，驻军的按察使也好，过路的督粮道也好，履新的知县事也好，乃至区区如我，凡至长武县，必要往观昭仁寺碑,为之反复流连,低徊而不忍去。

……

　　查碑亭为国朝乾隆甲辰,青浦王侍郎按察关中时,始为创筑,迄今二百余年,风雨剥蚀,倾覆堪虞。余既忝守斯土,岂肯任其摧折耶?爰即筹款鸠工,重为修葺,以垂永久。并因此而补修其寺,尤望后之守斯土者,时而葺之,庶斯碑得以不朽云。

　　候选知府补用直隶州署县事　山阴沈锡荣记
　　四川即用知县　邑人□□□书丹
　　宣统二年冬月上澣谷旦

　　费浚重修的碑亭,九十二年风雨剥蚀,又复倾覆堪虞。"余既忝守斯土,岂肯任其摧折耶?"于是沈锡荣也即筹款备工,重为修葺。

　　可是,沈锡荣却在重修碑亭记中只字未提费浚重修,不知是沈锡荣未曾查知,还是故意避而不谈,以将自己列为王昶之后唯一重修者?而且将王昶筑亭一百余载写为二百余年,亦不知是错记,还是夸张未能如己"时而葺之"者久矣?

　　沈锡荣署理郿县知县,仅在宣统元年(1909)一年,即将郿县乾隆旧志增补重纂,并结集光绪三十一年(1905)莅任陕西以来的公牍词章为《关中宦游记》以付铅板。重修昭仁寺碑亭的宣统二年(1910),葭月(十一月),再度挂名主修长武新志，并又结集长武公牍词章为《武城记事》。两年两地，两志两记，可谓潜心著录，全然不似时当清末，风雨飘摇，大厦将倾。或许眼见大厦将倾，心知独木难支，政事难问，索性专注修志，存史存名。

因为宣统郿县、长武两种县志，沈锡荣于我而言极为熟悉，然而除此两志所载其于本县的片段事迹，其余生平一无所寻。甚至不如费浚，还有乡志中一则传记。沈锡荣大概卒于民国，故乡绍兴再无旧志，新志亦不见一僻远小县的署吏，从此湮没无闻。

反而遭人刻意凿毁的书丹者，既未凿净姓名，也未凿尽生平。

凿痕之下，隐约可辨"高维岳"。

此高维岳，非为河北张家口大境门题写"大好河山"的奉军军长高维岳（子钦，1875～1938），而是邑人高维岳（步崧，1871～1933），长武县进贤里（今彭公乡东大吉村）人[25]，光绪二十三年（1897）丁酉科拔贡，宣统二年（1910）朝考以进士选用分发四川即用知县，赴任途中，因故受阻，返回原籍。即在此时，得为沈锡荣书写《重修长武县昭仁寺碑亭记》，今与费浚《修昭仁寺碑亭记》共嵌昭仁寺碑廊。民国十九年（1930），高维岳两任甘肃灵台县长，因为"助修县志，筹应时艰"[26]，生平得载民国二十四年（1935）《重修灵台县志》的"名宦事略"，"乃莅任未久，旋即去职，人咸惜之"。[27]

待到非常年代，民国县长的履历，已是人咸惧之。知情者言："后人害怕留名惹事，所以给凿掉了。"

不过终究没有凿得净尽,还有几笔轮廓,还有几本旧志。

正如昭仁寺碑,唐宋明清,千余载以降,天灾人祸,却不曾毁损,通体完好,乃至得见王昶、费浚、沈锡荣,何其造化之功?

千余载以降,终究敬惜字纸,待至字纸难存的非常年代,再侥天幸,昭仁寺挪作粮库,不仅山门殿得以孑遗,也存下几通石碑,几桩旧事。旧事之中,得见几座碑亭,几个姓名。

毁不净尽的,终究毁不净尽。

1980年8月,终于躲过之前所有劫难的昭仁寺碑由大雄殿右后移至殿前院中,并新建六柱六角碑亭。1987年,又将明代东岳庙山门迁建为昭仁寺山门,形成如今格局。

时过境迁,昭仁寺碑虽然仍为希世之珍,但是已鲜素所景慕者,往来行旅,访碑者亦是寥寥。

昭仁寺历年久远,或因水毁院墙,或因雨漏殿瓦,时常闭馆谢客。偶然得入,必也如前人流连低徊于碑亭。如今昭仁寺碑通体覆以玻璃护罩,灰尘遮碍与光线反射,已难细观,偶然得见旧拓一纸,也已是愈万的高价。可是与碑共在碑亭,如与唐陵石仪共处旷野,总有难以名状的感怀,那又是我与看不见的古人共处一地,共话来路。

昭仁寺新碑亭与新山门,一步之遥。

入门一步,如踏足来路,瞬间沉浸于过往,隋唐的浅水塬,明清的长武城,化作前院后廊的一碑一碣,化作山门大殿一椽一柱,历历在目,如影随形。

而若出门一步，邻里相望的东街村，一切过往成空，唯有左右的去途。

三年前的下午，昭仁寺内只我一人，向守门的老汉借来木椅，踩上近观碑阴高处宋时的题刻。虽然题刻皆也记于《金石萃编》，但总不如亲眼得见。题记刻于苏轼（子瞻，1037～1101）黄州沙湖道中遇雨而"莫听穿林打叶声"的元丰五年（1082），虽然晚刻于碑阳四百五十余载，但是题刻轻浅，已难通读。

直到老汉唤我下来，将要打烊。

一步踏出昭仁寺，山门随身而闭，锁尽一切历史。

彼时，阳光褪尽，天阴欲雪。

右转，径去北大街，总有碗滚烫的羊汤。

左转，随路穿过南关村，总有半街鲜卤的酱肉，总有半街新烙的锅盔。

长武县

长武南关，南延出城连通国道新线的南大街与七五路丁字，永远可以买到长武锅盔。

十几家烙锅盔的商家，锅盔先出锅的先来，锅盔先卖的先回，腾出的空地，后到的锅盔摊子迅速抹平。

每有人路过，哪怕不曾瞥上一眼，各家摊主也忙不迭立起一张锅盔，仿佛求偶孔雀的尾屏，向着那人展示，"锅盔！"，叫嚷着招徕生意。直到确定他只是过路，也不失望，锅盔还没码平，眼已左右眺望，等待再有人过往。

"没办法，"五十七岁的崔兴学说，"竞争太大咧！"

因煤而富，初去仍是彬县，现在已是彬州市。

过醴泉以至陕西省界，以彬州宾馆条件为最好，所以永寿至长武间，我一般夜宿彬州，白天再南北往返。

监军镇从未住过，长武只在三年前的初冬，十月初八，落脚在老西兰公路旁的旅店。

道路不甚熟悉，出昭仁寺，不知回返的捷径小路，老老实实循东大街再转南大街。旅店之前，路过七五路口。"锅盔！"老崔招呼我，听我问价的口音是外乡客，他操起摊上的小刀，麻利地薄薄切一小牙，"你先尝尝！"

断茬能看见深绿色的椒叶碎，入口有椒香与焙熟的面香，表皮焦脆，韧而有嚼劲，淡淡的咸味儿。

本地人买锅盔，一张起步，多的三五张打包，零买最少也得半张。我哪儿吃得了那许多，想要四分之一，老崔面露的难色一瞬而过，痛快答应，快刀裁出，再改一刀两牙，递我手中。

雪夜空口嚼来，腹中有些炉火的温存。

老崔家就在南关村，最初经营孜然炒肉夹馍生意——孜然夹馍，便是将土豆丝、绿豆芽、青椒丝加孜然粉与辣椒面同炒；孜然炒肉夹馍，就是再搁少许里脊肉的廉价替代品鸡胸肉丝，炒香后夹馍。孜然夹馍可算陕西夹馍界的耆旧之一，地位几乎不逊肉夹馍。

十几年前，改行烙锅盔。

极辛苦的营生。

老崔和媳妇，每天凌晨两点起床，和面，压面——类似广州竹升面，要以竹竿反复压面，直至面团上劲，韧性十足，然后定形上锅。五眼灶，五口锅，三斤半的锅盔坯子，正反两面焙烙上火色，二十分钟熟透出锅。

大约烙得二十张，码进三轮车斗，老崔骑着上七五路。

七五路口已经摆着锅盔,最早出摊的,头天夜里十点开始烙锅盔,早晨六点出摊,为赶早市,日夜颠倒。

老崔八九点钟出门,媳妇留在家里继续烙锅盔,抓空做饭吃午饭,下午两三点再给老崔送饭,顺道把后烙的锅盔带去七五路。

三斤半的锅盔坯子,烙得的锅盔重三斤,十块钱。

三年前和今年相似,一天拢共烙上六十多张,可在前岁暮秋,老崔却说生意不好,每天只卖三十几张。那会儿是近些年来煤价最高的时期,一百斤煤合到一百一十块钱。永平镇武陵山冬天极冷,守塔的李老汉囤下的一吨多取暖燃煤,花去三千五百块钱。两千六百块钱一吨的煤,一年前只要八百多。

长武地接甘肃宁县,但长武锅盔不用宁县面粉,"咸阳好面粉",前年八九十块钱之间浮动。煤价高,面粉也不便宜,而老崔和其他十几家的锅盔十几年来没涨过价钱,利润太低,所以每天少烙将近一半。

长武本地许多煤田,不过长武煤硬度高,燃点高,燃烧值也高,一般作为工业用煤,"装上火车拉走了"。老崔一年用的两吨煤,全是"肃煤",甘肃崇信等地煤矿所产,长途运来陕西。

万幸,今年煤价落了下来,一百斤煤六十块钱,比前年近乎腰斩。虽然面粉价格一袋涨到九十五块钱,可利润总胜过前年。

可又能有多少利润，抵得过十几年来的物价上涨？所以最近老崔和其他十几家商量着涨涨价格。锅盔摊摆在路边，摊后人行道上卖凉面的大姐过来问老崔："卖十五呢没有？"

"我不敢卖十五，"老崔小声告诉我，混杂得意与惭愧的口气，"刚才卖了两个，二十四。"

老崔理想的价格就是十二块钱一张，可对附近照顾了十几年生意的熟悉主顾，他开不了口。只有那些开着好车过来买锅盔，或者外地尝鲜送礼的买家过来，他才会回人家的问价："十二。"

然后殷勤捧起一张，正反两面翻个儿给人瞧。

买家略一迟疑，老崔迅速改口："十一给你。"

我买两张照顾他的生意，他坚持只要十九。

咸阳北路锅盔，以乾县锅盔与长武锅盔最为知名。

陕西西府锅盔最厚，凤翔锅盔，十斤一张。而乾县锅盔最薄，每张一斤左右，而且表面压花，又有白锅盔、油锅盔之分，有相对富裕之地的灵活变通。虽然乾县也有厚锅盔，但比起专攻此道的长武锅盔，略逊一筹。

除了纯面的原味锅盔，椒叶、孜然、五香粉、芝麻，都可以和入面中，各有所好。但是销量最好的，还是原味、椒叶与孜然三种，所以孜然价格也是老崔关心的，"原先小茴香八块钱，现在涨到十二块钱"，好在，"花椒叶不值钱"。

羊汤店里过来的年轻人问："有死面的没？"

老崔翻拣出一张。"这有死面的。"

"切半个。"

老崔的几摞锅盔之中,死面的少,起面的多。起面即饧后的面,适合空口当作干粮吃,但若泡馍,迅速软腻,不如质地坚硬的死面锅盔,适合泡汤。

都是西来陕西的外地人全不了然的玄机。

还有玄机。

老崔坐下,凑过来,轻拍我的手臂,压低嗓门传授于我:"早晨刷完牙,不喝水,吃上一牙锅盔,卷走胃里的脏东西,养胃。坚持上三四年,胃不得病!"

他拍着自己的胸脯,信誓旦旦:"胃上没麻搭[28]!"

乾县厚锅盔在长武七五路口生意艰难,不少原本径直走向乾县锅盔摊的本地人,扫眼看清以后,近乎不礼貌地临阵转向旁边老崔的长武锅盔。

乾县与长武两种厚锅盔,外形明显不同。长武锅盔锅底烙熟,呈现出荷叶一般的曲度。而且只有烙制过程中起鼓的表面才会因紧贴铁锅而焙至焦黄,因此酥皮不规则。乾县厚锅盔更厚一些,通体平整,正反两面焦黄均匀,所以极易分辨。

老崔不屑地低声和我说:"那不好吃。"

后来我问卖乾县锅盔摊主,二者有何不同,摊主直白不掩饰地告诉我:"比长武锅盔好吃。"

自己烙的锅盔是老崔的骄傲,然而十几年来卖出去的数十万张锅盔,也抵不上他对自己唯一的男娃的骄傲。

"碎碎就爱学习!"

长武，崔兴学。2021 年 10 月 28 日。

爱学习的娃没有辜负老崔的期待,西安交大的本科,天津南开的研究生,现在郑州工作,他比划出两根手指不再低声骄傲地说:"一个月两万!"

"那你还卖啥呀?也该享娃的福了。"近旁闲聊的主顾劝老崔。

"那不行!"老崔急着要替娃辩解,"买了房,一个月要还五千八呢!"他伸出手来想比划出"五千八",可手指忽然打起结来。

挺灵巧的一双手,买好锅盔如果要切,拿起他的刀,斜着入刀一分两半儿,这样断茬可以有漂亮的斜面。接着每半儿再斜切两三刀,一张锅盔分出八半儿,均匀等大,麻利地装进透明的食品塑料袋,再套上八块钱两包的红色包装塑料袋,递到买家手里。

可是牙却不行了,比起三年前更坏,虽然箍过,门牙却已摇摇欲坠。

媳妇下来才来送饭,临近正午,他客气招呼我说:"给你调碗凉面?"

那如何使得。"要不一起吃点儿吧?"我指着凉面摊后的卤肉店,卤肉烧肉哼哈二将一般摆满店门两边,看起来很是诱人,我也想吃。

"我不吃,"他赶紧摆手,然后轻抚胸口,"我胃不好。"

泾州

泾河

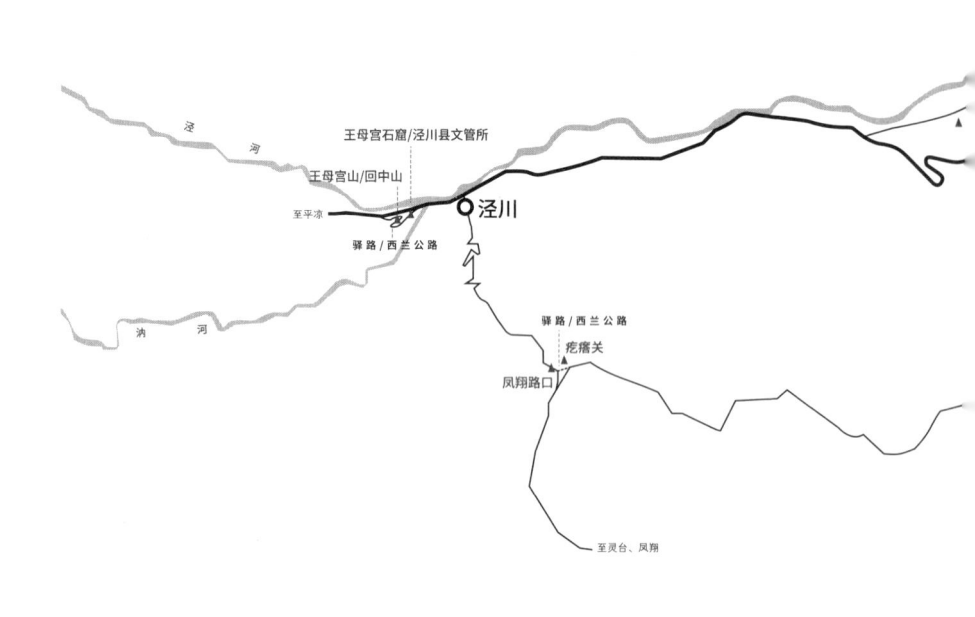

王母宫石窟/泾川县文管所
王母宫山/回中山
至平凉
驿路/西兰公路

泾川

驿路/西兰公路
疙瘩关
凤翔路口

汭河

至灵台、凤翔

至宁县、庆阳

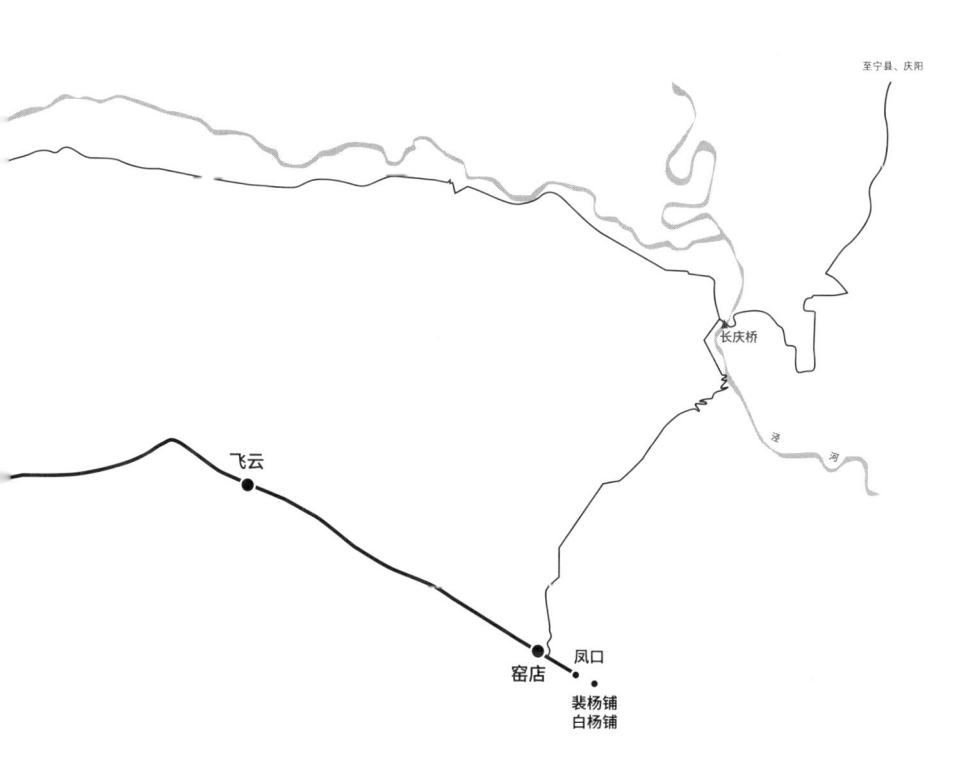

长庆桥

泾河

飞云

窑店　凤口
　　　裴杨铺
　　　白杨铺

窑店镇

三年前宿于长武,傍晚大雪。

雪自西北而来,呼啸掠过长武城。

南大街的杂货小贩作鸟兽散,七五路口的锅盔摊撑起伞。锅盔不能过夜,无论如何也要售罄归家,伞翼撑不住积雪,雪落如河畔塬壁的滑坡。

晨起,飘雪仍旧,情知不妙。

路面积雪压实,极滑,公交停运,半晌不见。冒险营运的出租车,行驶缓慢,刹车依然滑行半米有余。

背包步行南去国道边的汽车站,空空荡荡。门外揽活的黑车,泾川,要价二百,"平时也要一百二"。

平时,若去泾川,只需在南大街搭上3路公交车,两块钱坐到陕甘省界的凤口村,换乘泾川往返凤口的公交车,八块钱回县城。全程代价,恰是一张长武锅盔。

一场大雪,代价陡增至二十张锅盔,老崔三天的产量,我觉得太贵，我舍不得，于是作罢，索性冒雪再去昭仁寺，雪愈老成。

守门老汉山门后扫雪，院内空无一人，阒寂无声。只有雪，如在初建那年，默悼浅水塬上的孤魂。

或者殿前飘落的每片雪，便是一片孤魂，他们默悼自己。

若是不去泾川也好，可以在昭仁寺静观一天的雪，静观自己想象中的过往岁月。我已笃定如此，可却不争气地饿了。

赏雪？还是疗饥？我甚至还没有来得及做出决定，双脚已经走出昭仁寺。

长武人最爱的早餐是水豆腐。多少有点儿类似西府的豆花泡馍，进店也是递上一只大碗，一牙锅盔，一般六分之一张。锅盔掰成小块儿，后厨师傅抄手接过去，倒进煮沸豆浆的锅中，片刻焯透，笊篱捞出装碗，薄而浅的舀子舀上几舀新点的嫩豆腐，撒少许盐或咸盐水，兑满滚烫的豆浆，最后再浇一大勺油泼辣子。

端上桌来，配一碟榨菜。

我略吃两口，觉得还是想念荤腥的长武酥肉。

长武酥肉和各地酥肉并无不同，瘦肉或者五花肉切条，裹面糊过油炸，再上笼屉蒸透，然后加豆腐、菠菜、黄花、木耳，调味同煮。

如同西安肉夹馍，如此多肉的食物，自然不会出现太早。1992年第五辑的《长武文史资料》，一篇长武故老的《长武的饮食习俗》,由始至终,未见如今做法的长武酥肉。唯一提及"酥肉",是"酬宾宴席"的大菜中有一道"烩三仙肉",便以丸子、酥肉与条子肉同烩。[1]如今做法的长武酥肉,或即脱胎于"烩三仙肉",烹饪手法皆为烩,独沽一味酥肉,再点缀些配菜,二者颇为类似。

无论起于何时,较为年轻的长武人记忆中,长武酥肉已经成为年菜,是难得的过年美味。而今近长武的彬州与泾川乃至更远,国道两侧的饭馆,无不打着长武酥肉的幌子,招徕货车司机。究其原因,长武酥肉是可以提前大量备货的预制菜,客人进店,简单盛出一碗,配上缀满苦豆粉的花卷,或者米饭,片刻出餐,有肉有菜,有汤有主食,用餐也是片刻,腹饱身暖。店家食客彼此便利,长武酥肉因此出陕入甘,大行其道。

不过长武县城鲜有长武酥肉,长武酥肉恰在雪后难行的国道两侧。

无可奈何,豆腐寡淡。

有如吃完斋饭的老僧回到街上,忽然有出租车刹车在身后,滑停在身前,开车的施主探头问我:"走吗?"

"阿弥陀佛!善哉善哉!走吧!"

走吧,先去凤口,或许侥幸能碰到去泾川的客车。

哪里有什么客车?未到省界,等待进入封闭高速公路的货车队伍已经排出十里。而平时熙来攘往的省界,白雪茫茫,寂如长夜。

只有几辆各地牌照的半挂货车,停在薛老板的早餐店门前。

陕甘分界处的凤口村,两省分治。

东属陕西省长武县洪家镇辖,西属甘肃省泾川县窑店镇辖。

纵然无雨无雪,长武凤口也清冷,唯有国道穿行,商业全无。而甘肃省界之内的泾川凤口,国道之外,还有福银高速凤口收费站,以及北经长庆桥去往宁县、庆阳的凤(口)甜(水堡)公路出入口,汽车站、邮政局、加油站、银行、旅馆、饭店,应有尽有,甚至窑店镇政府也由窑店街移驻凤口村。

然而无论过去驿路、公路的行旅,还是现在长武、泾阳的百姓,他们所谓的"窑店",皆指西距窑店五里的窑店街,窑店镇旧址。

> 窑店,入甘肃泾州界;是处市集略大,为向卖骡马之所。[2]

道光二十二年(1842),赴戍新疆的林则徐行至窑店,以为"是处市集略大",自然是西安一路以来的比较,略大于陕省境内诸市集。"为向卖骡马之所",地处两省两界,东至长武、邠州,西去泾州、平凉,北上宁县、庆阳,交通孔道,运输繁忙,骡马之类负重牲畜,贸易频繁。

即便今日自西安一路走来,各镇市集,仍以窑店为大。不像礼泉建陵镇、长武亭口镇,清早赶集,近午散集,窑店街上午九十点钟方才陆续出摊,市集最盛之时,是在正午前后。

本地的蔬菜，米面粮油，卤水豆腐。外地的瓜果，大荔红芋、城固蜜桔。整扇的生猪，肥瘦参半。卤制的熟食，头肉肘子。乾县锅盔，长武锅盔。熟饸饹面，三块一斤，十块三斤。整摞的凉皮，三块一张。凉粉、面鱼儿，桌上整盆的油泼辣子。最大宗的还是长油饼与糖油糕。

猪板油与滚水调和白面而成的烫油面，面剂压平，正中一勺混着熟油面的白糖，四周团起，揉搓成掌心大小扁圆的糕坯，热锅沸油，炸至表皮起泡，捞出控油。

一块钱俩。

糖油糕托在手中，又想一口吃到糖馅，又怕烫着舌头，仔细估摸出糕壳与糕馕的交界，小心咬在那里，糖馅果然如熔岩般流出。

下苦[3]大半辈子的老汉，摊前站定，解开外套两枚纽扣，贴身的衣兜掏出年深日久已不透亮的塑料袋，解开袋口，拣出一块钱来，买上两块糖油糕。自己用指尖掐出一块来，另一块递给身后的老太太。

牙齿差不多都已付岁月，一口咬不出糖馅来了。

当然，不再有骡马。

不过，窑店街的市集，是逢阴历一、四、七。而林则徐来时，恰是那年七月十四日。

骡马不同，而时日仍同。

也许是巧合？"一直如此，"街边提着一袋四牙乾州锅盔的老汉说，"我老老爷那阵子就是一、四、七。"

窑店镇曾有城垣，东西两道城门，两门之间的东西大街，便是窑店街。

窑店街北距西兰公路不足百步，与公路共成东南、西北走向。东西各有一条上坡路通往国道，上坡路与窑店街交会路口就是曾经的东西两门所在，西门外不远的村庄至今仍名"西门村"。

> 窑店镇（陕西长武、甘肃泾州）分治。镇中有碑，为两省交界处。[4]

道光二十九年十一月初七日（1849年12月20日），董醇自风陵渡济黄入陕，历时八日，行程七百二十五里，十一月十五日（12月28日），董醇在窑店镇出秦渡陇，他在"镇中"得见两省交界碑。

董醇之后六十二年，宣统三年正月初八日（1911年2月6日），赴戍新疆的温世霖也至陕甘分界，他在旅行日记之中如此记述窑店镇：

> 姚店东街属陕之长武县，西街则属甘省之泾州矣，而东西街之风俗亦各异，可谓怪事。[5]

温世霖听音错断，误记"窑店"为"姚店"。"店"，多指大车店、客栈，此地并非曾有姚家客栈，而是凿土窑为大车店，故名"窑店"。而所谓的风俗各异，是指陕甘两省男女装束大异。

依温世霖所言，陕甘分界恰在窑店东西两街正中，而董醇所见界碑又在省界，所以两相印证，陕甘分界碑当在窑店街正中。

所以若干年前初至窑店，我便执念界碑当在窑店街正中。可是被问询的所有老汉异口同声：窑店街绝不曾有界碑，界碑从来都在凤口村。而且凤口村八十多岁的老汉还记得童年界碑在今窑店镇政府左右，东距今312公路陕甘省界碑"大约八九百米"，"去窑店上学还路过呢么，就在'二百公里'处"。如此说来，民国末年，陕甘分界碑立于西兰公路200公里里程碑处。

罕有资料提及此事，我也仅在1995年编纂的甘肃省地名词典凤口村词条得见一句："村侧竖有陕甘两省交界碑。"[6]

唯一合理的解释，就是当时窑店镇分属陕甘两省，行至省界，东西已均属窑店所辖。温世霖所记的"窑店东街"与"窑店西街"，应指以省界分隔的属于窑店镇辖的东西两省驿路，而董醇的"镇中"亦同此意。

我拘泥在仅以今窑店街为窑店镇，未免胶柱鼓瑟。

当然，董醇所见的界碑无论曾在哪里，窑店街还是凤口村，都已如买糖油糕老汉的牙齿，同付岁月。

茫然站立在凤口雪中的那天，十月初八，既无窑店的集，也无泾川的车。

只有冷风如劫道的豪强，掠走我身体仅存的一点水豆腐的余温。

国道路北，凤甜公路入口迤东，老板薛春栋的早餐店名字就叫作"早餐店"。

早餐店里一架火炉正旺,炉上坐着水壶,水汽混合着烟气,窗玻璃满身大汗。窗下一张木桌,桌上一盆饧好的发面,两盆馅料,薛老板媳妇站在桌上包荤素两样馅儿的包子,"大肉萝卜,韭菜鸡蛋",不时腾出手来拿抹布擦去窗玻璃的水汽,看看有没有食客走过雪中清清冷冷的街。

薛老板默不作声炸他的油条,四十左右年纪,或许是因太胖而显得动作有些笨拙。油条的两半儿总是粘不住,沐浴在油锅中没来由地乍然分开,仿佛因爱生恨的冤家。薛老板莫可奈何,火筷子强摁在一起掩人耳目,分离的油条总如次品,生怕客人瞧见端倪不愿再要。好在陕甘各地早餐店要根油炸桧,或剪两剪,或剁两刀,装盘端桌,几乎没有上全尸的。可怜那些要打包的乡亲,左挑右选,一管箩形单影只的半根油条,原配难觅。

薛老板也想争气,再抻面剂子,仔细在两半儿之间沾少许水,恨恨压紧,然后再下油锅。略好些,多缠绵半秒,然后照旧各奔东西。

薛老板无计可施,心虚地抬眼看我,我假装看门外的雪。

大肉萝卜馅儿的包子,味道一般。一团糊糊的馅料,尝不出有肉,萝卜的辛辣味儿却难忽略。但有无往不利的油泼辣子,还有过往司机的辘辘饥肠,足可以掩盖一切半路出家的参差手艺。

虽然薛老板的早餐店已经开了十年,却仍算是半路出家。

"还种着地呢。"薛老板就是凤口村人,种着八亩地的小麦与玉米。

"种地不挣钱。"这是一路以来所有种地人的共识,所以在国道旁开起这家早餐店。能多赚点儿,代价是更累,"早晨三点就要开店"。

国道旁的生意,最受道路通行情况影响。

虽然大雪,其实长武县城至凤口道路并不难走,两地之间几乎没有起伏,谨慎慢行,并无问题。而长武、泾川两地之所以断行,是因为国道下泾川前的罗汉洞坡,全长近十二公里的漫长曲折下坡,路面积雪或结冰,车行无异自杀,于是早早封路。

国道不通,往来车辆断绝,早餐店的生意大受影响,虽然食客满屋,却都是久坐不走,等待高速公路放行的货车司机。一屉又一屉的包子吃完,一碗又一碗的豆腐脑喝完,满地沾满油泼辣子血红色的擦嘴纸,一根又一根的烟头,一根又一根的烟气升腾在店里。

薛老板的媳妇不时擦擦玻璃,看眼窗外。

"你问问他下不下泾川。"她示意我看店外。

店外路边,悄然停着一辆蓝色七座商务车,司机探头向店内张望。

背包结账,我问薛老板平时凤口搭返程便车回泾川的价格,"十块"。

见我出门,商务车司机大声吆喝问我:"走吗?"

走到近前，我问他能去泾川吗？

"罗汉洞走不了，得绕长庆桥。"

"多少钱？"

"五十。"

"走！"

我初去长庆桥，是六年前由甘肃宁县回陕。不大的宁县城中，小到可以忽略的汽车站，除却往返庆阳，其余只有早晨八点一趟发往长武的客车，所以无从他想，回陕只能先到长武。

那天浓阴欲雨，车下董志塬，长庆桥如历战火硝烟，桥块坑洼，反复遭受冲撞的限高杆扭曲敧斜，桥面也不平整，护栏残破，桥下的泾水流急而浊，然而在我记忆中却仿佛汹涌着一河墨色的乌云。

陇东平凉、庆阳两地，因平凉介于陕省与兰州之间，向为交通要道，因此公路建设较早。而庆阳地区迟至民国十八年（1929），尚无公路。[7]凤甜公路修筑最早，前身为民国二十五年（1936）始筑的长（武）庆（阳）公路。民国二十七年（1939）建成通车。后迄点延至环县甜水堡，更名"凤甜公路"。

据当年双十节所立《新建泾河长庆桥碑》记载，长庆桥泾河渡原来仅在冬春筑土桥，"夏秋雨作，交通辄断"。民国二十五年（1936）五月，由陕甘两省政府出资，并由泾川、长武、灵台、宁县各出民工百人，"筑灰石浸水桥"。

兼寓"长庆安澜"与"长途庆慰"之义，因命名曰"长庆桥"。

并修缓坡盘道于南岸，以接西兰公路。

灰石浸水桥1958年陷落，次年在旧桥上游筑今长庆钢混拱桥，迄今寿高六旬，且长期作为宁县南渡泾河的唯一桥梁，往来车辆密集，包括重载货车，难免有如战损。

而当年那诣缓坡，至今仍是西南上凤口必经的三十里山路，右手临崖，左手深涧，路宽仅容两车勉强交错，回旋弯道盘根错节，路险而阻。

路面积雪，凤甜公路下塬同样艰险。但是不比国道，定级为乡道的凤甜公路，雪后并不封路。

司机，小樊，二十多岁，开着他的七座商务车营运泾川至西安线路。家距凤口不远，昨天回来办事，上午返城，中午还要载客去西安。跑车的同事众多，等于沿途遍布耳目，路通路阻，了如指掌。

他知道能走长庆桥下泾川，又不想放空车，省界绕一圈，正好载上我。

凤甜公路依旧狭窄盘旋，与六年前唯一不同，左手临崖，右手深涧，而且近在涧边。小樊惯走此道，习以为常，虽然道路水雪交融，车速丝毫不减，并且眼睛始终瞄着拿在右手中的电话。

有女人打电话过来，问小樊什么时候上西安。

"十二点,"小樊反问她,"你在哪里?"

"高平。"

一车七座,提前预订,可以上门接送。若是不在泾川城中,必须约好时间,否则载满发车,半途是没有空座的。

"多少钱?"女人再问。

"一百五。"

之前我问过小樊往返泾川、西安两地的价格,每人一百。提价百分之五十,自然是拜大雪所赐。但是女人并没有还价,或许她之前已经问过别人,知道这是今日的公价,多说无益,于是只是约好时间地点。

挂断电话,小樊感慨一句:"乡镇出行不易呀!"

可是若容易,他也许就要改行了。

凤翔路口

窑店西行十五里,甘肃首驿,瓦云驿,今名飞云镇。

光绪二十八年四月十五日(1902年5月22日),瓦云驿,"署泾州事张延笃出城六十里远接"履新甘肃学政的叶昌炽[8],毕竟一省教育科考主官,地方何敢怠慢?

张延笃,或作"张彦笃",河南光山县监生,光绪二十七年(1901)至二十九年(1903)在任[9]。

瓦云驿行馆略憩,饭后西行,一路坦途,四十五里,行抵太平关。

> 长武原一百二十里,至此始尽。自关口下坡,旁有天镜、笔峰诸山,二里凤翔口。壹里七里台,距城七里。抵泾州,州城正在坡麓。[10]

十七年前,侍父赴任甘肃新疆巡抚的陶保廉,所记略同:

> 太平关始下坡（长武原至此而尽），旁为天镜山、笔峰山。二里凤翔口，坡益陡，多磊石，马蹄易蹶。一里七里台，四里三里台，三里泾州（安定驿）。[11]

瓦云驿至太平关，仍在长武塬，四十五里坦途。

长武塬止于太平关，太平关下长武塬，亭口镇上长武塬，皆是坡高路陡。尤其下坡，更难于上坡，如董醇所言，"曲折盘旋，如水赴壑"[12]。

下长武塬的道路，时至今日，依然凶险。

陶保廉、叶昌炽经行的驿路，民国十三年（1924）改筑为兰（州）平（凉）汽车路一段，大体走势为在高镇即今高平镇向西，经由今高（平镇）太（平镇）公路，在太平关连接泾灵公路即今202省道，曲折盘旋，由东北向西南进入泾川县城东南角。后来的西兰公路、312国道，始于民国十八年（1929）泾川县修造的罗汉洞至高平镇上山坡道，大体走势为在今高平镇向西北，经罗汉洞乡转折向西略偏南，沿泾河南岸进入泾川县城东北角。

由长武塬降至泾河川，驿路不足十里，没有足够空间腾挪，汽车道只能筑为盘桓窄路，无可奈何，西兰公路、312国道绕行罗汉洞，改扩建工程甚至不惜毁去始凿于北魏的罗汉洞石窟近三分之一，即便如此，也没能解决坡道过长过弯的难题。改扩建工程完工之后短短三年，罗汉洞坡发生重特大交通事故51起，死亡106人，恐怖如斯。本地老人传言：上坡的口口自古是罗汉洞佛爷寺的千佛嘴，汽车路从千佛嘴穿越而过，造孽，不死一千人不得平安。[13]

当然，经过不断治理，罗汉洞坡不至于让一千人的死亡成为谶言，但却需要不断维护，不断改造，比如三年前来时，罗汉洞坡长达三年的维修工程方才结束，一场大雪，又让国道断行，困我于凤口。虽然可以绕道长庆桥，但由凤口下泾川，无论驿路还是西兰公路、312国道，皆是向西仍走长武塬，因为塬上坦途。而先下长庆桥，不仅东向迂回绕远十里，且长庆桥至泾川城的泾河川地更为莫测难行，自古以来行旅皆不曾走彼道。

今年来时，车到凤口，又见国道入甘半幅路面设置路障，蓝底白字通告罗汉洞坡下行路段封闭施工，驶往泾川车辆请绕行——绕行高速公路或者小樊当年绕行的长庆桥。

类似的通告，三月一份，五月又是一份，理由相似："罗汉洞坡下行路段路面磨损严重，抗滑系数偏低，现对该路段路面抗滑性能进行提升改造。"可想而知连续十二公里的罗汉洞下坡，对于重载货车刹车片会有何等的考验。

如同我许多次行走陕甘仅住长武一次，许多次出陕入甘，也仅有一次得以经由罗汉洞下坡入泾川，道路极新，但是护栏多有冲撞痕迹，路面刹车痕如狼烟四起。那是两年前的夏末秋初，罗汉坡上，漫天大雾。

陕甘省界的凤口村，因何名为"凤口"？村里老人，乃至泾川各地，都知道"凤口"便是"凤翔口"或"凤翔路口"的简称。

1984年内部发行的《甘肃省泾川县地名资料汇编》,"窑店人民公社标准地名录",仅录备注"官路南、官路北队"的"凤翔路口"而无"凤口";"窑店公社地名图",亦仅标"凤翔路口"而无"凤口",且在南侧设有"甘肃省凤翔路口交通监理站"。可见迟至八十年代中期,今凤口村的标准地名还是"凤翔路口"。[14]

然而陶保廉、叶昌炽途经的凤翔口,是在太平关后二里。上迨祁韵士,下至谢晓钟,诸人行记也皆未曾在陕甘省界处提及另一处"凤翔路口"或"凤口"。仅有陶保廉与谢彬记下进入甘肃省界之前最后一站陕西地名"白杨坡",白杨坡据地名录正字写为"白杨铺",即今"裴杨铺",地在今凤口村迤东。

并且谢彬也如陶保廉与叶昌炽,"凤翔口"记在太平关后二里,且当时驻有兵队:

> 二里凤翔口(驻有兵队),坡益峻,盘曲硤路,涧深壁陡,只容一车,地极险要。[15]

陕甘驿路凤翔路口究竟何处?无论如何难从纸面求解,唯有实地考察。

好在太平关城仍在,可以徒步二里去寻。

罗汉洞下坡封路,由窑店至泾川,货车只能改行高速公路,无论小樊曾走的凤甜公路,还是驿路旧道,都不足与货车盘旋交错。小型汽车两道皆可,绕行长庆桥更远,所以西行至高平镇,经太平关下泾川。

太平关的夯土城垣,高耸于高太路旁,抬眼可见。

太平关,土名"疙瘩关",土音读如"郭达关"。夯土城垣正方,边长约二十七丈,残高一人有余,城围清晰可辨。

城垣内隅偏南,一道贯穿东西的沟壑,或者便是曾经的东西关门与步道,城内遍是麦田,乃至城垣上与沟壑中,无有一寸闲土。今年春夏多雨而冷,城在高处,麦穗更在最高处。站于麦穗处,浓阴的云下,城外宽沟巨壑之外,可以望见泾河川,泾川城。

自关城东侧下得城垣,走过一片麦场与一堆牛粪,大约就在关城东南角,回民肖万生老汉家的门外,一道径直向西的土路,就是陶保廉、叶昌炽、谢彬他们前脚走过的驿路。

肖老汉的老伴,吴老太太,坐在门前的竖立的石碾上。她属羊,却虚着两岁说自己七十,一件暗红白点布面的棉袄,一条暗红碎花的布裤,包头下露出白发。气色还好,却没有了一口牙,看起来要老十岁,腿脚不好,难从石碾上自己起身,伸出手来:"拉我一把。"

院墙外几根伐倒的树干,孙子媳妇坐在那里,红白花的头巾,暗绿暗花的袄子,肘后打着叶绿色的补丁,黑色裤子,一双暗红白点自做的布鞋。抱着她一岁四个月的碎女娃,注视着陌生人向她的奶奶问路。

吴老太太笃定地说,凤翔路口就在下面,她指着已荒芜的驿路:"下面路口就是凤翔路口。"

曾经只容一车的驿路,左手临崖一侧不断滑坡,右手临涧一侧不断坍塌,如今残存的土径,只容一人。

最危险处，右手已坍塌至土径，其下是数百米深的沟壑。确实数百米，而且沟壁近乎垂直。已临深渊，莫说人行，羊行尚有可能失足坠落，大概就是肖家，拣折些带刺儿的花椒树枝，横铺于道旁坍塌豁口处，作为聊胜于无的护栏。

再向下行，道路渐宽，渐有驿路模样，宽可容车，直到与泾灵公路交会处，便是陶保廉、叶昌炽、谢彬行经的凤翔口。

以地形与现代道路判断，清民两代驿路上的"凤翔口"，应是北上泾州，南下灵台直至凤翔的路口。清民凤翔口在太平关以西二里，至民国仍驻兵队守隘。而今高太公路与北达泾川、南至灵台的泾灵交会处，也即现在意义上的"凤翔路口"，在太平关西南二里。其间偏差，应是后代筑路时线路改动所致。

泾灵公路于民国二十七年（1938）依驿路而筑，民国三十三年（1944）改筑于县城东南嵩山，盘山而降，以避太平关径下泾川城的陡坡。

其后又有数次改线整修，大约是在1981年，"从阴面改到阳面"，肖老汉回想，凤翔路口也就偏移了数里。

至于全不见于清代民国行记的今陕甘省界凤口村，纸面逻辑演绎：自不同之地而来，便有不同的"凤翔路口"。若以凤口村为凤翔路口，只可能是长庆桥及宁县、庆阳旅客经凤甜公路南下至凤口而言，或者去往长武、西安，或者去往泾川、平凉，或者去往灵台、凤翔。自西安、长武西来至此，沿驿路向西并不一定去往凤翔，更有可能经泾州去往省府兰州，所以若就西来旅客而言，此地只可能称作"宁县路口"或"庆阳路口"。

长武县洪家镇凤口村的王来泰老汉,家门前窄路上坡走到国道,右手边正是现代的陕西界石。他是我五六次往返凤口、窑店与泾川县城寻访,唯一能够准确理解我问题的老汉,虽然属羊的他已年过耄耋,却是耳音清朗,思维迅捷。

凤口村的凤翔路口,"从庆阳而言的"。

果不其然。

在甘肃,尤其陇东,"庆阳"指的并非现在行政区划上的庆阳市,而是庆阳旧治庆城区。就像许多年前初去"庆阳",平凉汽车站工作人员耿直地回我:"没有去庆阳的客车,只有去西峰的客车。"

后来我才厘清其间错综复杂的历史演变与民间约俗:史册所载庆阳府,府治庆阳县。现代的庆阳地区,驻在西峰镇。2002年撤庆阳地区设地级庆阳市,改重名的庆阳县为庆城县,市府仍驻西峰。因此"庆阳"之名,出现内外有别的双重含义:本地人延续历史,仍以"庆阳"指庆阳县即庆城县,以"西峰"指庆阳市府、市区所在的西峰镇;我等外地人所称"庆阳",当然意指庆阳市区所在。

此庆阳非彼庆阳,于是两歧。外地人说去"庆阳",本地人以为你要去庆城县,所在"没有去庆阳的客车,只有去西峰的客车",实则意指"没有去庆城县的客车,只有去庆阳市的客车"。

王老汉口中的"庆阳",自然指的就是西峰镇东北一百二十里的庆城县。

"四个二百四十里嘛!"王老汉解释,"庆阳过来二百四十里,向南去凤翔二百四十里,西去平凉二百四十里,东去乾县二百四十里。"

陕甘省界的"凤翔路口",得名较晚。"解放以后的事情,"王老汉回忆,"五七、五八年,管理站建成,才改的名字。"管理站也即"甘肃省凤翔路口交通监理站",本来简而名之"官路上"的监理站所在之地,也便随之改称"凤翔路口"。王老汉的说法符合逻辑,如若晚清民国便有"凤翔路口"之谓,界碑又在此处,清民行旅绝无只字不提的可能。

随着西兰公路改道,驿路西来行旅的"凤翔路口",因远离干道而渐湮没无闻。此消彼长,庆阳南下商旅的"凤翔路口",随着民国二十七年(1938)长庆公路筑通,渐成宁陕要道,加之此"凤翔路口"始终地处西兰公路干线,故而后人多知此凤口,而不知道彼凤口。

而今十字路口的凤口村,东西北三道皆为公路,唯独本名"盐客路"的凤翔道仍是土路。若要车行凤翔,还需东至长武县或西至高平镇,转硬化乡道南下,在灵台接凤灵南路至凤翔。

驼马无踪,车行为主的现代,不能通车的道路实用价值有限,于是"凤翔路口"渐无人知,于是"凤口"渐为往来行旅甚至本地人仅知的地名。陕甘省界的"凤翔路口"也终将被遗忘,正如太平关下肖老汉家西二里已经被遗忘的"凤翔口"。

肖老汉上寺回来，瘫坐在正房的沙发里，双手紧压左腿根，疝气又犯了。

北房两间，正对院门的客厅，东边一间是老两口的卧室。沙发破旧，裸露着内里的骨架，没有什么家具，也没有什么电器，客厅一台冰箱，卧室一台电视，其余空空荡荡。

吴老太太生在疙瘩关，祖上不知哪年哪月自陕西凤翔府迁来，年轻时风风火火，村里人送她诨名"陕西躁娃"。

肖老汉年长吴老太太六岁，属牛，宁夏泾源兴盛乡红星村人。弟兄六个，人口多，半山半川的土地少，产量低，生活艰难。1970年，也是下放到乾县西南村的潘姨嫁入李家那年，身为家中老二的肖老汉从泾河源顺流而下二百多里，入赘在疙瘩关吴家。

成亲那年，两人的新房就是凤翔路口下的三眼窑，所以他们那么确定"凤翔口"在哪里。

凤翔口的土窑住了十几年，也是因为修路，八几年搬上来，还是两眼土窑，正对着太平关城垣，朝北，"冷得很"。

1990年，肖家终于在土窑外的空场上，东向公路建起三间土房，出窑入屋。

老两口现在住的空空荡荡的砖瓦房。"地震那年是哪年？"问的是汶川地震。"2008年。"

"地震前两年建的，"肖老汉记起年份，"2006年建起的。"

疙瘩关那会儿属于太平镇三星村三队，队长照顾肖家，给了正对着两眼窑的向阳的宅基地，"能照着光了"。

老两口没有男娃，只有三个女子，二女子嫁到河南，三女子村里有房，但是夫妻俩人在泾州县城："拉砖着呢！下苦着呢！"

"一车砖，两千五百块，装上去，下下去，五千块砖呢！"

"下苦着呢！"老汉心疼姑娘。

只有大女子还在老两口身边，住那土窑外的三间土房。大女婿也是入赘的泾源人，现在宁夏石嘴山打工。家里十亩多地，八头牛，全指望老两口和大女子操持。大女子属牛，也比实际年龄的五十岁要显老得多，衣裤和布鞋也要脏得多，她一刻不停，忙里忙外，洗萝卜，簸黄豆，侍候老的，照顾小的。

住在西厢房的孙子在县城的棉纺厂工作，"下苦着呢！"留在家里照顾娃娃的孙子媳妇还是泾源人，泾源县城人，其实模样很漂亮，匀称的三庭五眼，五官标致，然而皮肤却敌不过塬上的风土，细碎的皱纹如同蒿草长满山坡。

如同她的婆婆和奶奶，时间的一年一年，却在她们身上两年两年地翻过，虽然她还不到三十岁，虽然大的男娃才刚四岁，可是初见她坐在院墙外，我还以为她是老太太的儿媳妇。

十亩多地，六亩小麦之外，其余种着玉米，"要喂牛咧"。

八头牛，两头牛娃子，顺着东侧山墙外的土路，自去太平关城垣外吃草，却遇到出城垣下坡的我，惊得慌不择路，小跑着回到牛圈，头牛脖下空罐头做的铃铛，响如驿路上又有车队经过。

肖家的小麦,收购价一斤卖上一块三毛钱,比起陕西礼泉石马岭上的董家,一斤少卖了两三毛钱。

"也不敢涨!"肖老汉又怨粮价太低,"一二十年前也都八九毛钱了,"又怕收购价高,"粮价涨一两毛钱,其他价格涨一两块钱,得说'粮都涨价了嘛!'"

"油价涨到多少了?"他问我。

"七块三。"我回他。

"播种、收割,都要用油,烧不起嘛!"

本地土著,加上泾源与固原迁来的,三星村共有十七户回民,如今留住的村里的,"只有五家",吴老太太清清楚楚,脱口而出。

"其他户都走咧,走泾源、平吉堡,走银川。"

四岁的重孙子实在太调皮,站上老太太坐着的长沙发靠背,纵身跳下来,沙发腾起浓重的尘土。老太太只是一味宠溺,空口埋怨,大重孙子恃宠,再度攀上靠背。

重孙子已经上了村里的幼儿园,幼儿园在村委会,距离肖家还有五里地。同样宠溺重孙子的肖老汉骑着他的三轮车,每天接送,往返四趟。

偌大的三星村,近三百户人家上千人,幼儿园却拢共只有十二个娃娃。

接重孙子回来,老汉下了三轮车,两手就片刻不离地压着大腿根。

"不能做手术。"至于为什么?"没时间。"

老伴这几年身体屡遭重创。先是六七年前,高太公路路基垫高,老太太就站在公路边,施工车辆车轮崩起拳头大小的石头,正打在腿上。"骨折,钉了钢板。"

好不容易骨头长好,钢板取出来,元气也已大伤,身体孱弱许多。前些日子又胃疼,结果检查出胆结石,镇上医院住了二十多天,才刚回到家里。

老汉要照顾老伴,自己的疝气只好先忍着。

"过些日子吧。"老汉忍着痛说。

忍耐也是生活的一部分,如同小麦、玉米、牛娃子,或者桌上一碗吃剩的豆腐。

泾州

太平关,凤翔路口,山路曲折盘旋,如水赴壑,降至泾州城。

俯视民居,瓦屋如鳞;回望平原,来路已成巉岩峻岭,不知其高几千百丈矣。[16]

泾州,秦为义渠戎地,昭襄王三十五年(前272)秦灭义渠国,于其国置北地郡。汉武帝元鼎三年(前114)析北地郡置安定郡,郡辖高平、复累、安俾、抚夷、朝那、泾阳、临泾、卤、乌氏、阴密、安定、参䜌、三水、阴槃、安武、祖厉、爰得、眴卷、彭阳、鹑阴、月氏道等二十一县,其中安定县即置于今城迤北,泾水之阳。

北魏太武帝神䴥三年(430)置泾州,治安定,隋唐因之,州郡递称。唐肃宗至德元年(756)以安禄山(703~757)乱,易安定郡为保定郡、安定县为保定县。代宗广德元年(763)泾州陷于吐蕃,大历三年(768)收复,设泾原节度使,镇泾州。北宋泾州属秦凤路,太宗太平兴国元年(976)改彰化军。金世宗大定七年(1167),以地在泾河川,再改保定县为泾川县。明太祖洪武三年(1370)降泾州为散州,属平凉府,撤泾川县建置,由州直理县事。清乾隆四十二年(1777)复升泾州为直隶州,领灵台、镇原、崇信三县。民国二年(1913),废泾州设泾县,民国三年(1914)因与安徽泾县同名,改为泾川县。

明初,泾水之阳的泾州旧城,"嗣因水害无常,遂迁于泾阴,即古安定驿也"[17]。所以董醇自南而北初下长武塬,即可俯见泾河南岸[18],筑于坡麓的泾州城,瓦屋如鳞。

瓦屋如鳞的泾州城,城周三里三分,高三丈,城壕深一丈,阔二丈。城开三门,南曰"承熙",北曰"永宁",南左曰"东盛"。

州署,在城中央。

安定驿,在州衙后左侧,中为马神庙,东西马号各八间,南为戏楼。乾隆十八年重修。[19]

不过道光二十二年七月十四日(1842年8月19日)林则徐来时,并不住安定驿,所宿"行馆在东门外,颇宽敞"[20]。七年之后,道光二十九年十一月十五日(1849年12月28日),董醇亦是如是,"抵南门,转东关宿"[21]。

十一月二十八日(1850年1月10日),泾州以后又行十三日,自京师而来全程四十六日,随轺查讯控案的户部主事董醇与户部尚书祁寯藻终抵兰州。案情简明，缮折奏报，布彦泰并无赃私重情，只是一些细枝末节的过错，请交部严加议处。寻议，被告布彦泰降四级调用，原告徐采降一级调用[22]。无足轻重的一桩案件，却幸亏有此一案，幸亏有徐采一告，才得有董醇一行，才得有《度陇记》一书，成为同治乱前，记录最为翔实的西北行记。徐采亦要庆幸有此一告，得以让他名存清史，得以让他湮灭无闻的人生，留此一缕痕迹与《度陇记》共垂青史。

而且不同于其他西北行记，案件办结，董醇仍须随轺祁寯藻即行回京听候部议，所以《度陇记》难得并录往返旅程，而且因为归途无事，乐得清闲，所记更为细密。十二月二十一日（1850年2月2日）发兰州。道光三十年正月初三日（1850年2月14日）再过泾州，"进北门，出南门，左折，抵行馆"。[23]

显而易见，地在"东门外"或"东关"的泾州行馆，若自陕省而来，无须进城，即可入住；若自甘省而来，穿行而过，方可歇宿。城内衙署驿站，无有体面馆舍，以供往来士宦栖止。

不过问题在于，泾州城并无东门，何来"东门外"与"东关"？

建置城池，唯有考稽州县志乘，然而泾州刊行州志，唯有重修安定驿的乾隆十八年（1753）由时任知州、河南项城人张延福修纂的《泾州志》一种。乾隆《泾州志》全书仅约五万字，上下两卷，诸目简明扼要。《建置志》之《城池》，寥寥数行，城门尚未提及，遑论关城？

乾隆以后，秦陇不靖，同治大乱，甘肃被灾尤重，国困民艰。地方有心修志，却无力出版，于是其后光绪三十三年(1907)《泾州乡土志》、宣统元年（1909)《泾州采访新志》、民国十九年(1930)《泾川县采访录》与民国三十四年（1945)《泾川县志稿》志书四种，均未得以付梓。

三种乡土志与采访志，篇幅寥寥，各仅抄本一册，存于甘肃省图书馆。民国二十九年（1940）时任泾川县长、湖北松滋人吴伯琼设立县志委员会，以寓泾多年的江苏武进（今江苏常州）人邹光鲁（绍庭）任总纂，编次数载，于民国三十四年辑定《泾川县志稿》。可惜又当民国之末，依然无缘铅椠，只有誊抄孤本，今存平凉市档案馆。

平凉市档案馆《泾川县志稿》装订为三册，以钢笔抄写于"泾川县文献委员会"朱丝栏十行笺，偶见墨笔批改。存目二十三卷及卷首，其中卷十一《军事志》、卷十二《社会志》、卷十三《司法志》及卷首"照片"与"总分图"无存，不知是未完稿，还是后来佚失。

所存二十卷，卷卷巨细靡遗，不枉邹光鲁等诸县志委员会同仁数年之功。州城三门之名，即得至卷五《建置志》之《城池》，而且历代增修，所记甚详，其中"万历三年，知州赵行可增筑南、北、东三面；六年，砖砌女墙，修南、北二楼及东、西、南三关"[24]一条，可见泾州城池虽无东门，却自明时即有东关，清同治初复于东西两关增置关城。

同治元年回变，州署牧林发深、署都司范铭为便守御计，增置东关城，南接嵩山，北连大城；建西关城于城西隅，南接弇山，北与大城相联络。[25]

泾州城东南有嵩山，亦名高峰山，东关城筑于嵩山与大城之间；泾州城西南有弇山，亦名崦嵫山，西关城筑于弇山与大城之间。也即泾州东西两关与南关皆在州城迤南，位置之特殊，迥异沿途他城。

其实不论太平关旁的天镜山、笔峰山，还是泾州城南的嵩山与弇山，虽名为山，实为南塬降至泾河川的梁峁——因在城南，泾川又称长武塬为"南塬"——因此嵩、弇两山，也即实为泾州城南的东西两梁。

泾州泾河川，北阔而南狭，所以州城初筑于河阳。河阳患水，移筑河阴，河阴则西阔而东狭，所以州城东南迫近嵩山。不得已，州城南垣东段向北收敛，以避山势。

"南左"城门辟于此段城垣，沟通大城与东关，虽然乾隆城图注作"小南门"，但是正名"东盛"，可知当时泾州士庶亦将其视作东门。所以林则徐既宿东关行馆，又见"东盛门"，自然以为身在"东门外"。

林发深，字育泉，四川潼川府乐至县（今属四川资阳）进士，同治元年（1862）七月调任泾州。当时陕甘变乱初起，城防吃紧，林发深与署都司范铭（新斋）以州城南抵嵩、弇两山，守山斯能守城，于是在东西两关增筑关城，以遏叛匪南来之路。

其余各隘口，亦添修栅塞，置办器械，防范周密。林发深守泾八年，如平凉、隆德、固原等"邻封州县沦陷几尽，而此邦独得瓦全者，赖守御之有方也"[26]。

"八年于此，一夕不遑，积劳成痹疾，步履委顿，饮食需人。"[27]"痹疾"即"痹疾"，古谓风湿寒三气杂至，合而为痹，肢体麻木，步态蹒跚。现在来看，同治八年（1869），林发深大约罹患脑卒中，因而行动艰难。略得将息，病渐就痊，却"以军赋偶有差，罢任"[28]。可怜林发深，贫不能归，衣饰典质一空。客泾六载，直至光绪元年（1875），林发深后第三任泾州知州浙江会稽（今浙江绍兴）人陈台，怜其惨状，告助同僚并泾州士民，始得为林发深治备行装，出南门，登南山，趔趄返乡。抵家不久，老病而卒。

光绪十七年（1891）秋末冬初的九月二十日（10月22日），陶保廉的车轮辗过十六年前林发深去时的辙痕，行至南门外的南关什字，有赖林发深的守御之功，泾州无恙，城池仍在，于是右转，仍"住东关行馆"[29]。

泾州东关，究竟以何处为行馆？终于十一载后，光绪二十八年（1902）赴任甘肃学政的叶昌炽，在他的《缘督庐日记》写下答案：

> 以贡院为行馆，在东关外，规模颇宏敞，转胜于秦晋。[30]

以东关贡院，为泾州行馆。

又九年，宣统三年正月初八日（1911年2月6日），温世霖晨五点即起，久候车马，七点始发长武。时当寒冬，夜长日短，未敢耽搁，一路急行，径过窑店，抵高平镇方才早尖。饭后登车下塬，降至泾州南关，已是掌灯时分。

却如大清社稷将倾的命运，自林则徐以后，往来士宦栖止七十载的行馆，已然失修坍塌。东关难住，唯有入城，觅旅店而宿。

入夜的泾州城，"城内有煤油灯，陕西省城尚无，此新政不意于甘肃之外县见之"[31]。着实新奇，陕西经济向来优于甘肃，西安尚无的煤油路灯，却在甘肃东隅的泾州得见。弦月一弯，灯火点点。

清末民国的泾州，确有些通衢大邑的繁华景象，民国建元五载（1916），谢彬得见的泾州城，"城中居民颇多，并有商务"[32]。重创秦陇的同治战乱，居民不曾因城破而遭屠戮，商业不曾因城破而遭焚掠，无论如何，林发深功不可没，亦如载于其故乡《续增乐至县志》的《泾州牧林公传》所言"数十年完富者，系公之为也"[33]。虽然志传言辞多有浮夸，虽然罢任之过可能属实，但是林发深战守八载无虚，泾州城保全八载无虚，所以当其讣闻传至两千里外，"泾人痛悼，为置其额曰：'泾汭福星'"[34]。

林发深保全的城池模样，不见于民国三十四年《泾川县志稿》，因其卷首"总分图"佚失。侥幸我后来又在甘肃省图书馆得见两幅手绘地图，一题《泾川县全图》，一题《泾川县

泾州，差弁。宣统元年十二月二十八日（1910年2月7日）。
Two police of Chingchow escorting people - carry knives. Feb 7th, 1910.
© George Ernest Morrison, Mitchell Library, State Library of New South Wales.

城市图》，图上均钤"泾川县之关防"朱印，却无其他任何款识，不知准确绘制何年，却是民国城图无疑。

那年的泾川县城，格局一如二百年前的泾州城，城开三门，崦嵫山在右，嵩山在左。崦嵫山下有龙王庙，嵩山坡有嵩麓寺。州署已改作县政府，与宽近半城的文庙仍隔南北大街左右侍立。文庙迤南仍有忠孝祠，文庙迤北仍有三官庙与眼光寺。县政府南街仍有过街楼的白衣阁，北街仍有城隍庙、关帝庙，两庙后身仍有常平仓。东城仍有准提寺，东北城隅仍有永庆寺。若非间有县党部、邮局、电报局、教育局、公安局、看守所、第一小学校之类字眼，仿佛全无二百年的光阴堆叠纸面。

然而之后数十年的光阴，却似百倍同治年间来犯的刀马，荡尽踏平泾川城。一切垣堞门楼，一切龙王庙、嵩麓寺、忠孝祠、三官庙、眼光寺、白衣阁、关帝庙、准提寺、永庆寺，乃至州署、常平仓，皆成虚无，片瓦不存。

文庙旧地，今为泾川县中街小学校址。中街中学初在南关，南关什字迤南，光绪三十一年（1905）以镜清书院创立泾州官立高等小学堂，民国十二年（1923）改为泾川县立第一高级小学校，民国二十四年（1935）迁入文庙。甘肃省图书馆藏《泾川县城市图》，"第一小学校"仍在南关，以此判断，城图绘制时间当在民国十二年至二十四年之间。

唯有城隍庙明代正殿与后殿寝宫孑遗。保佑它们幸免被难的却非城隍爷，而是糖业烟酒公司。1949年之后，城隍庙木架牌楼及其余残构相继拆除，前后两殿改作盐库。当时之世，一切庙宇，若只寄托精神，尽皆毁灭，必须有所实用，或作学校，或作粮仓，或作盐库，才能幸免，才能成为民国《泾川县城市图》纸面最后一粒未曾抹去的灰。

后知后觉宝贵，仿古修缮，复辟城隍庙，改作泾川县博物馆。

复辟的城隍庙，除却前后两殿，最后一粒城隍庙的灰，是形单影只立在正殿基础东南的一通石碑。碑额"皇清"，碑题"重修城隍庙碑"，碑款"龙飞道光二十一年岁次辛丑中秋月上浣之……"。道光二十一年（1841）中秋月上浣，林则徐夜宿东门外行馆前一年。

碑为红砂岩，材质疏松，风雨剥蚀，文字斑驳陆离。碑记难以通读，碑阴捐资助修的功德名录，富户生员之外，还有些店铺字号可以辨识：

……德盛金、三合馆、复盛馆，以上各捐银二钱；

……丰隆店、永长店、□□店、□□店、万盛店、□□店……天丰成……新盛号……以上各捐钱一钱二分；

茂成和……□成合、新盛合……全盛堂、兴盛奎、永顺公、长盛店、永兴成……德盛魁、奎盛和、居□和……以上各捐银一钱。

恒升太……各捐银五分；□盛店，捐银二钱……

古来重农轻商，店铺字号，绝不会载诸州县旧志，所以东家姓甚名谁，经营何种买卖，时过境迁，一无所知。只是诸如丰隆店、永长店、万盛店、长盛店诸"店"，推度应是接待那些贩卖布匹杂货、运输砖瓦茶叶的商贩脚夫过夜的大车店、骆驼店，他们是没有资格夜宿东关贡院行馆的。州城重修城隍庙，或是摊派，或是自愿，浸透商贩脚夫汗水的店钱中挪出些许，集腋成裘，重塑城隍金身，保佑风调雨顺，行旅不绝于道。

大车店、骆驼店，当然多在南关，南门街左右，便宜商旅就近宿住。

> 南门街，即南关，在南城门外，当东西及南北往来之街，为商旅庶民辐辏之地，商家颇多，市面畅旺，为本县最繁盛之街市。[35]

准确而言，南门街南起南关什字，北至州坡之端，也即南塬脚趾一段相对平缓的驿路。

承平之世，商旅不绝，店家聚集，市面畅旺。诸店之外，最多饭庄酒店，民国以后，泾川耆旧仍记得"醉白楼""继春楼"，食客觥筹交错，桌面杯盘狼藉。

也有价廉的吃食，南关什字，坐西朝东，刘金良家的茶馆米汤小店，可以坐定，或要一壶茶，或要一碗米汤。泾河川，水浇地，广种小麦。石磨磨麦，绸底细箩，罗筛细面，和面饧面，擀面揪剂，揉成馒头上笼。笼屉之下，燃起豆大硫黄熏蒸，一来增白，二来防腐。蒸得馒头形似陶罐，故名罐罐蒸馍。泾川罐罐蒸馍可奈久储，晒干之后，可作行旅干粮，荒村野店，寻一碗热水，干馍浸水，宛如棉蕾初绽，若再加些白糖，多少可以慰藉些许旅途困苦。米汤上桌，配上随意哪家买来的罐罐蒸馍，或点一盘蒜拌凉茄子，或一盘棋子块萝卜丁，一吃一喝，可赴前途。

南关什字，还有黄毛老汉景世丙家的豆腐脑。黄毛老汉家住吴家水泉，得有好水，方有好豆腐脑。喜欢咸口，浇上菜油、辣子、盐醋、蒜泥，喜欢甜口，还是加些白糖。私相传闻，黄毛老汉家的豆腐脑若以黄酒冲服，可治花柳暗病，神乎其神。还有马三喜家的油茶，孩童可以代乳，每早一壶五十斤，未至街市，即告售罄。贾长才家的油糕，皮儿薄，馅儿多，瓤以大蒜，可治痢疾。牛生贵家祖传三代的烧鸡，真正百年老卤，扑鼻的肉香，不知曾否勾动温世霖与谢彬的食指？

宿在南关旅店，或是东关行馆，将夜之时，还得闻破空的吆喝："火烧子，热的！"叫卖的王训周，南门街一爿火烧店。麦面火烧，饧面一斤伴猪油二两和匀，揪剂擀薄，涂酥油，撒葱花，椒盐调味，揉团压坯，铁鏊烙熟。出炉上案，一声吆喝，余音仍在梁上，久候案边的食客即已哄抢一空。[36]

民国三十三年（1944），泾灵公路改筑于嵩山，盘降泾川东关入城。公路行旅，不再行走南门街，南关也渐次萧条。

反而一座侵削云空的清真寺，建在南关十字东南角，逼仄道路。

不过南关的畅旺，也未走远，只是从南门外转入南门内，转入改名中山街的南北大街。

> 中山街，在县府西，为由北门至南门之正街，自县门口至南门一带，商号较多，市面活泼，为城市最繁荣之区。[37]

民国西兰公路，以之为基础改造的旧国道与新312国道，皆筑于泾川城北，泾川现在的商业市场，可想而知，汇聚新旧国道之间。泾川城的繁荣，由南向北，自高而低，如南塬的流水。

兼并南关烟火的中山街，也便随之没落。

中街小学正对的"县府"旧址，八十年代落成的泾川电影院，是当时县城规模最为宏阔的建筑。我初去泾川，电影院因受汶川地震影响，已成危楼，已告弃用。外立面依然完好，临街装饰的大幅面马赛克拼贴画如新，周穆王见西王母，构图繁缛，气度雍容，隐约可见泾川县城过往岁月的繁荣模样。

今年再去，电影院与它的马赛克拼贴画共成废墟。租住院内，临街经营炒货的老杜媳妇告诉我，可能要建大型超市。超市建成，道路不能摆摊，老杜念叨着想要结束他在泾川十二年的生意，回返他们的家乡，江苏邳县。也如流水。

电影院南，曾经"州署""县府"南门所开，可通过街楼白衣阁的道路，今成窄巷，名为"官泉"。官泉巷口向南门方向，临街还是数十年前的老屋，杂货铺，纸火店。人行道，凌晨五点即有早点摊的油烟煤火，寻常的油条油饼、麻花豆腐脑之外，最多的还是自乾县建陵镇以来各地皆有的油糕，数十年前贾长才家最好的油糕。

附近村民，载来自家的田获，沿街铺陈。然后坐在车边，老汉老羊皮袄，石头眼镜烟袋锅，不言不语不招呼，听凭生意自来，任凭生意自去。

七十二岁的袁老汉，裹着军大衣，顶着绒线帽，十四里外的袁家庵村骑着三轮车过来。车斗载的菜并不多，十几把菠菜，一捆一块钱；几十捆小油菜，三捆一块钱。五六把香菜，还是一把一块钱。"没上水，"老汉信誓旦旦，"赚点零花钱。"

老汉袖起双手，倚靠车旁，注视人来人往。

来往的女人拈起一把香菜，问价，然后还价："五毛钱拿下不？"

老汉涨红了脸，摇起了头，激动地咳嗽起来。

回中山

十六日,壬戌。晴。

黎明行,入南门,出北门,未半里即涉泾水,深虽不及二尺,而其流甚急,土人扶舆以济,殊为涉险。

西南山上有王母宫,其下竖碑云:"古瑶池降王母处",因泥滑难行,故未登山而观耳。[38]

林则徐入住泾州东门外行馆的那晚,又落微雨。三鼓后,雨渐大。

夏秋是陕甘雨季,六七天前才因大雨困在乾州,旅馆积水成渠,墙屋多圮,不想离陕入甘的第一夜,雨势又起。

清晨,檐溜依然潺潺,如泉如瀑。可恼轿夫又如乾州城的差役,来报前路积雨,"泾河"水涨,既不能涉水,又没有渡船,只好再困泾州行馆一日住。[39]

万幸,泾州的雨不如乾州的雨好客,转过天来收手,放过林则徐西行。

阻雨的十五日，林则徐必然不曾游览周三里三分高三丈的泾州城；出行的十六日，又因渡河处西南的王母山泥滑难行，没有登观。如果他曾立于泾州北城垣，如果他曾攀上泾州王母山，登高远眺，他必能够得见自己所渡之河非泾水，因为泾水在泾州城北自西向东而去，而将渡之河，在泾州城西自西南而来，东北注入泾水。

道光二十二年（1842）这个多雨的七月，林则徐在他的日记中两渡泾水，然而实际旅程，泾水他却一次未渡。

如同三天前亭口镇南，误会所渡黑水为泾水；三天后泾州城北，林则徐再次误会所渡汭河为泾水。[40]

其余诸人没有错认汭水，比如陶保廉的《辛卯侍行记》："进泾州南门。二里，出北门……西北渡汭水。"[41] 比如叶昌炽的《缘督庐日记》：

> 十六日，卯刻发。
> 进泾州南门，二里出北门，即汭水，舆夫褰裳以涉。[42]

没有错认此汭水，却有可能错认彼汭水。

两天之前，"车马乱流而济"黑水，登岸亭口镇前，叶昌炽日记中记有一句："黑水即宜禄水，亦即职方之汭水也。"[43] "职方"即"职方氏"，"职方氏掌天下之图，以掌天下之地"。《周礼·职方氏》有"雍州……其川泾汭"句，提及汭水——如果只读缘督庐，会有长武黑水与泾州汭水虽然两名，实为一河的理解。加之已经错记泾州位置的裴景福再补一句："汭水清而黯，土人谓之黑河，古名宜禄川。"[44]

甚至民国《泾川县志稿》卷二《舆地志》之《山川》下，也仅收录"汭水"一条，并且最后写作："至陕西长武县淳口入泾水"，更是坐实泾州汭水即长武黑水——泾州汭水东流至长武，以黑水之名注入泾水。

然而显然的疑问在于，此汭水已在泾州城外西北注入泾水，如何能够身外化身，又在长武再入泾水？

上迤祁韵士，下至谢晓钟，或者赴戍，或者赴任，或者查办事件，诸事烦心，能够逐日记行，已属难得，因此大多因循旧说，未加考核。唯有而立之年随父侍行的陶保廉，记行之外，更多留心学问，专注舆地，"顾其中所过名都下邑，建置沿革特详，水道邮程脉络并分悉具，或辨讹而考古，或救敝以论今，征引诸书不下数十百种"[45]。

所以邠州至泾州旅次，初见黑水，再见汭水，陶保廉两次留意到史籍中对于黑水与汭水关系的语焉不详。"《明史》地志于长武南有'汭水'（即俗称黑水），于崇信则又云'北有汭水（是指华亭之汭）'。""《甘肃通志》卷五于'汭水'云：'自崇信流入，东南入长武界。'"为何如此前后龃龉？陶保廉两度考订，并且断言："皆误以华亭之汭与长武之汭相通。"[46]

确是如此，陶保廉所谓长武之汭，即"其川泾汭"的古汭水，今名黑水河，所谓华亭之汭，则是与宜禄水毫无瓜葛的今汭水，两水并不相通。

两水之容易混淆莫辨，一是两河源头接近，古汭水发源于陇山东麓华亭县上关镇；今汭水发源于陇山东麓华亭县马峡镇。二是两河流向接近，古汭水流经崇信，东穿灵台与泾川间地，于长武县亭口镇注入泾河；今汭水流经崇信，在泾川注入泾河。三是两河距离接近，古汭水在南，今汭水在北，两河之间不足六十里。

古人原本艰于考察山川，加之古今汭水过于接近，错认错记，在所难免。

雨后泥滑难行的王母山，以"回中山"之名载于《泾川县志稿》。

> 回中山，在治西北二里。上有王母宫，又名宫山。绝岸壁立，泾绕其左，汭环其右。下为大佛洞，洞中架飞阁，凭空凌虚，群卉绚烂如锦。旧志载松柏各大数围，经同治间乱后毁灭无存。相传为周穆、汉武游幸处，前贤题咏甚伙。《一统志》以为汉武通回中道盖在此。[47]

回中山、回中道，均得名于"回中宫"——回到中原的宫殿。其实无论萧关的"关"、萧关道的"道"，还是回中宫的"宫"、回中道的"道"，如同"游移的湖"，具体位置与路线总是因时因地而变化，绝非千百年来仅有一点，只有一线。

回中道的线路，必然因回中宫的位置不同而不同。回中宫的位置，历代众说纷纭，其中以持陕西陇县与甘肃泾川两说者为多。

秦时回中宫，现在考古发掘，基本可以落实陕西陇县说，其址在今陕西陇县北峡口河谷地一带。以此为节点，参考史籍，可知当时回中道大致路线为由长安西至凤翔，西北溯汧水至陇县，北进华亭，经平凉崆峒山过萧关，终抵固原即安定郡治高平县。

然而一时一地、一点一线，也不能完全否定甘肃泾川说，否定回中道过凤翔以后，东北溯达溪河至灵台，北进至彼时的凤翔路口与古萧关道交会，然后转去平凉、固原。起码历代坚信回中道过境的泾州百姓，便以此说，将州城西北二里的土山名为回中山。

汉元封四年（前107）冬十月，汉武帝诏令整修回中道，这是《泾川县志稿》中写作"汉武回中道"的原因。其实古人筑路，不可能全新开辟，大多是依旧道略加整修，回中道因回中宫得名之前，由凤翔即古雍州北上安定郡的道路早已有之，传说之中，周穆王游幸天下，也走此道。

周穆王（？~前922），西周第五王，在位五十五载，又名"穆天子"。西晋太康二年（281年），汲郡（今河南汲县）盗贼掘发魏墓，墓中大量魏简，后辑为《汲冢书》七十五篇，其中有《穆天子传》六卷。前四卷，穆天子驾八骏行三万里，至西王母之邦，与西王母宴于瑶池之上。

泾州百姓，又以此说在回中山巅建王母宫，并题记："古瑶池降王母处"。

光绪三十一年九月二十七日（1905年10月25日），将近午夜，二鼓，裴景福一行方才入住泾州行馆。

隔天，换车未齐，多住一日。

南京得到裴景福父母许可的刘家介侯、华封昆仲，在安徽合肥追及裴景福，七月十六日（8月16日）同出河南永城时，裴景福"仍坐肩舆，以大车二载行装，刘介侯、华封昆仲乘轿车，仆人乘大车"。[48] 两月之前行在河南，裴景福车队，一轿、一轿车、三大车。

一般遣戍官员，纵使谕旨白纸黑字写着"永不释回"，终归也有"蒙恩释回"之日。而且释回之后，若是"龙颜大悦"，连升三级，亦不尝不可，所以即便遣员，地方也是不敢怠慢。

八月三十日（9月28日），出豫入陕，陕西定章，委员出差，只给大车两辆，地方意欲仿照办理。裴景福大吐苦水：

> 委员本省出差，主仆二人，行李无多，与我辈迥异。我辈万里荷戈，不知何日赐环，或携眷口，或带应用衣物，已西上数千里，人与物皆有定数，势难舍之而去。已有车数，势不能减，肩舆到潼后，向不供应，不敢破例，当自为计。[49]

果然，地方破例，九月初三日（10月1日）行出潼关的，依旧是大车五辆，裴景福仍坐自赁的肩舆。

出陕入甘，又须换车。甘肃定章，官差入甘，行至泾州便发给适宜远行的长车。数量仍如陕西，每员两辆。甘肃地瘠民贫，地方难于支应，仅给长车两辆，不足用，九月二十九日（10月27日），裴景福电报兰州道王道台。十月初二日（10月29日），王道台来电，每人添给两车，足够。

甘肃定章，官差每员两车，"车价照章由泾州至兰州省城十二站，计九百十里，官价每车发银十七两有零，领银十八两零"[50]。车价皆由地丁银也即地方田赋中坐扣，裴景福在《河海昆仑录》中如此定章的用意，"开报公家之款，严防滥支也"[51]。

自祁韵士前辈以下，诸新疆遣戍业同仁，裴景福行装最是狼狈，一路屡因换车耽搁时日，他却不慌不忙，优哉游哉。电报兰州王道台那台，裴景福又与刘华封等人同游王母瑶池。

> 瑶池用白石甃，作方式，上有王母像，池内泉声淙淙，清澈甘滑，前有稚桃一株，壁嵌昔人题咏……
> 回山顶有王母宫，闻多古碑，宋僧梦英小篆一碑最下。山高日晚，疲于登降，未半途而止。[52]

山顶王母宫，已在同治年间焚毁，即便裴景福勇于登降，所见怕也只是断壁残垣，或者土人复建的卑小庙宇。至民国三十四年（1945）泾川县重修县志，回中山上只字不提王母宫，应是已成虚无。

至于瑶池，也成虚无。

如今，山巅臆造一座王母宫，钢筋水泥，做工拙劣，宫中一通古碑不存。

山上孑遗的几方古碑，迁至山下"大佛洞"。

大佛洞内，光线黯淡，佛首大多后补，佛身泥胎裸露，不胜凄楚。《泾川县志稿》所记"洞中架飞阁，凭空凌虚，群卉绚烂如锦"的大佛洞，又成故老传说。

大佛洞前建有院落，辟为泾川县文管所。院内砌一堵水泥墙，古碑错落嵌于墙体两面。其实所谓古碑，清代民国居其大半，难得有两方明碑，砂岩石质，文字漫漶。

曾经那方书法最工，令裴景福念念不忘的"宋僧梦英小篆碑"，见于民国史志金石学者张维（维之，1889~1950）所著《陇右金石录》：

> 重修王母宫碑。咸平元年。陶谷文，僧梦英书。在泾川，今存。[53]

宋僧梦英小篆碑，实为北宋真宗咸平元年（998）《重修王母宫碑》。"今存"，可知晚至张维编纂《陇右金石录》的民国二十七年（1938），是碑仍在回中山巅。而且想来石质极佳，能历九百余载泾汭风雨。

可惜《陇右金石录》之后，不过几十载，此碑即无影踪，不在山巅，也不在山趾，更不会在碑墙。

张维编纂体例，每件金石皆要注明存失与否。存，"今存"；失，"今佚"。《陇右金石录》若是未来再版：

重修王母宫碑。咸平元年。陶谷文,僧梦英书。今佚。

今存的几方清代民国碑碣,多为邑人题咏王母宫之作,无甚可观。出乎意料,碑墙之阴,嵌着那方窑店镇内遗失的陕甘两省分界碑。

大中华民国三年十月
秦陇交界处
东至陕西省四百四十里　西至甘肃省九百七十里
陇东镇守使吴中英立石

吴中英(霖生,1879～1938),安徽合肥人,皖系首领段祺瑞(芝泉,1865～1936)得意门生,民国三年(1914)八月就任陇东镇守使。民国镇守使类似前清总兵,置于重地,绥靖地方。陇东镇守使,驻地平凉。

吴中英赴任之年所立的"秦陇分界碑",当然不是三十五年前董醇在窑店镇所见的那方。分界碑不比寻常碑碣,兼为主权标识,民国建元,废旧立新,前清旧分界碑大约即毁于新分界碑竖立之时。

不仅两省分界,两区分界,亦是如此。比如碑墙之阴与陕甘分界碑左右侍立,另有一通泾原界址碑。

中华民国十七年四月
甘肃泾原区界趾碑

陇东镇守使陈毓耀、泾原区行政长王桢刊石

民国肇始，北洋政府地方行政建置改前清省、道、府（州）、县（厅）四级为省、道、县三级。民国二年（1913），甘肃全省建置七道：兰山道、陇南道（原巩秦阶道）、陇东道（原平庆泾固化道）、朔方道（原宁夏道）、海东道（原西宁道）、河西道（原甘凉道）、边关道（原安肃道）。民国四年（1915），改称兰山道、渭川道、泾原道、宁夏道、西宁道、甘凉道、安肃道。

民国十四年(1925)冯玉祥西北军入甘,民国十六年(1927)九月成立甘肃省政府，废道改区，裁撤各道道尹，改设各区行政长。

废道改区后一年，即由时任陇东镇守使的西北军将领陈毓耀于兼为甘肃省界的泾源区界窑店镇设立界趾碑，宣示主权。

无论怎样原因，界碑制作并不马虎，两碑皆高五尺，省界碑汉隶，区界碑行楷，笔酣墨饱，书刻俱佳。

古人行至窑店，得见是碑，便知出陕入甘，进了谁的地盘——陇东镇守使为武职，泾原行政长为文职，界址碑落款，武前文后，当时地方掌权，孰重孰轻，自不待言。

却不知两碑何时自窑店迁来泾川，从路旁嵌入碑墙。

文管所东院墙外，数十步便是汭河，一座不通车行的旧汭河桥，紧临北侧不远处的312国道新汭河大桥。

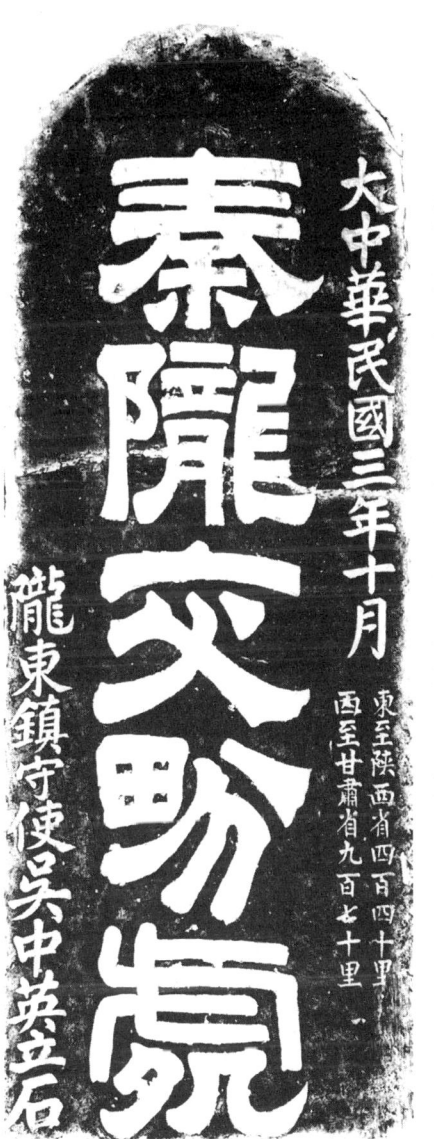

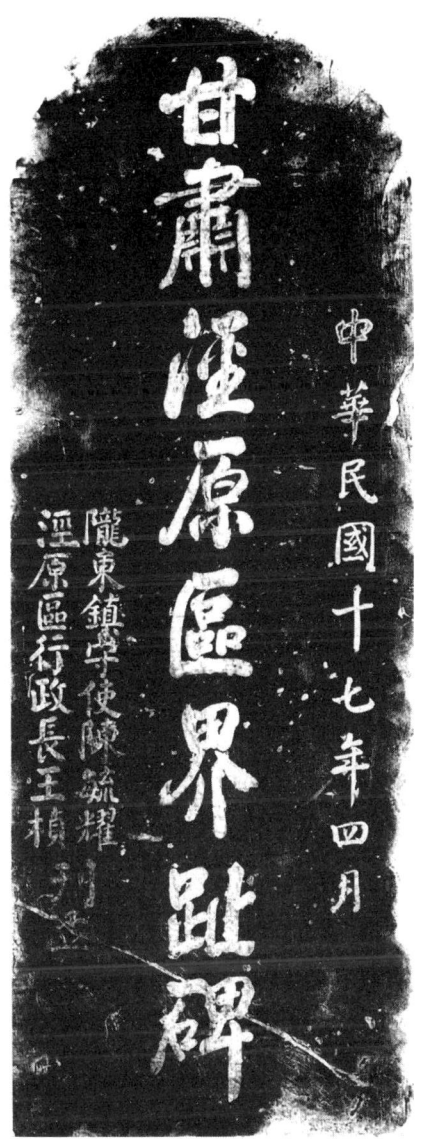

大中華民國三年十月
秦隴交界處
東至陝西省四百四十里
西至甘肅省九百七十里
隴東鎮守使吳中英立石

秦陇交界处碑。

中華民國十七年四月
甘肅涇原區界趾碑
隴東鎮守使陳毓耀
涇原區行政長王楨列石

甘肃泾原区界趾碑。

道光二十二年七月十六日（1842年8月21日），林则徐"土人扶舆以济"汭水；光绪二十八年四月十六日（1902年5月23日），叶昌炽"舆夫褰裳以涉"汭水。

时处其间的董醇，道光二十九年十一月十六日（1849年12月29日）：

> 平明，发泾州。进南门，出北门，稍折而西，渡汭水桥，登回中山，过西王母宫……过此，登坡腰行，左倚高冈，右临深涧，盖泾水也。泾水自停口登高后，远不可见，至此复见之。坡腰行甚险，约六七里，始履坦途。
> 泾河渡在回山之阳，汭河渡在回山之阴，冬春设板桥，两桥相望。[54]

时处其后的裴景福，光绪三十一年十月初二日（1905年10月29日）：

> 初出泾城，渡汭水板桥，沿回山东麓王母宫前，西折入大道，两山夹道，泾水中流，循泾水南岸向西行……[55]

不比夏秋行至泾州的林则徐与叶昌炽，董醇与裴景福渡汭时恰在冬季，河流枯水期，一如黑水渡，汭水渡也是冬春设板桥，得以免去涉水渡河之险。

古人远足，宁可严冬出行，原因便在于此。

不过董醇毕竟不是留心舆地学问的陶保廉，为求文字工稳，难免信笔阴阳，乱点南北。

泾水在泾州城与回中山之北，山北为阴，所以泾河渡无论如何不可能在"回山之阳"，只能是在"回山之阴"。

民国《泾川县志稿》所记无误：

> 泾河渡在县西北回山之阴，距城一里，冬春设板桥，夏秋水暴涨无常，船复难设，前清时设有水夫，岁给丁食，改元后废止。[56]

既然西渡汭河，过河之后即登回中山，汭河桥自然是在回山之东，或者东南，无论如何又不可能是在"回山之阴"。

民国《泾川县志稿》所记为是：

> 汭河桥在回山之东，旧设桥，亦如泾河渡。[57]

文管所碑墙之阳，左上角嵌有两方"泾州八景诗"碑，碑以魏碑笔意的行书写就，晚清民国典型书风。书者落款"古金城史彪卧子氏书于长安庽庐"，寓居西安的兰州人史彪，兰州市博物馆藏其书作多幅，但是生平无考。

第一方碑上第四景，"汭十晚渡"：

> 汭在宫山之阳，发源华亭县湫头山之朝那东，至泾宫山下与泾合流入渭。古有渡船，今夏秋设水夫，冬春

泾州，汭河川驿路。宣统元年（1910）。
View down the R. valley at Ching Chow.
©George Ernest Morrison, Mitchell Library, State Library of New South Wales.

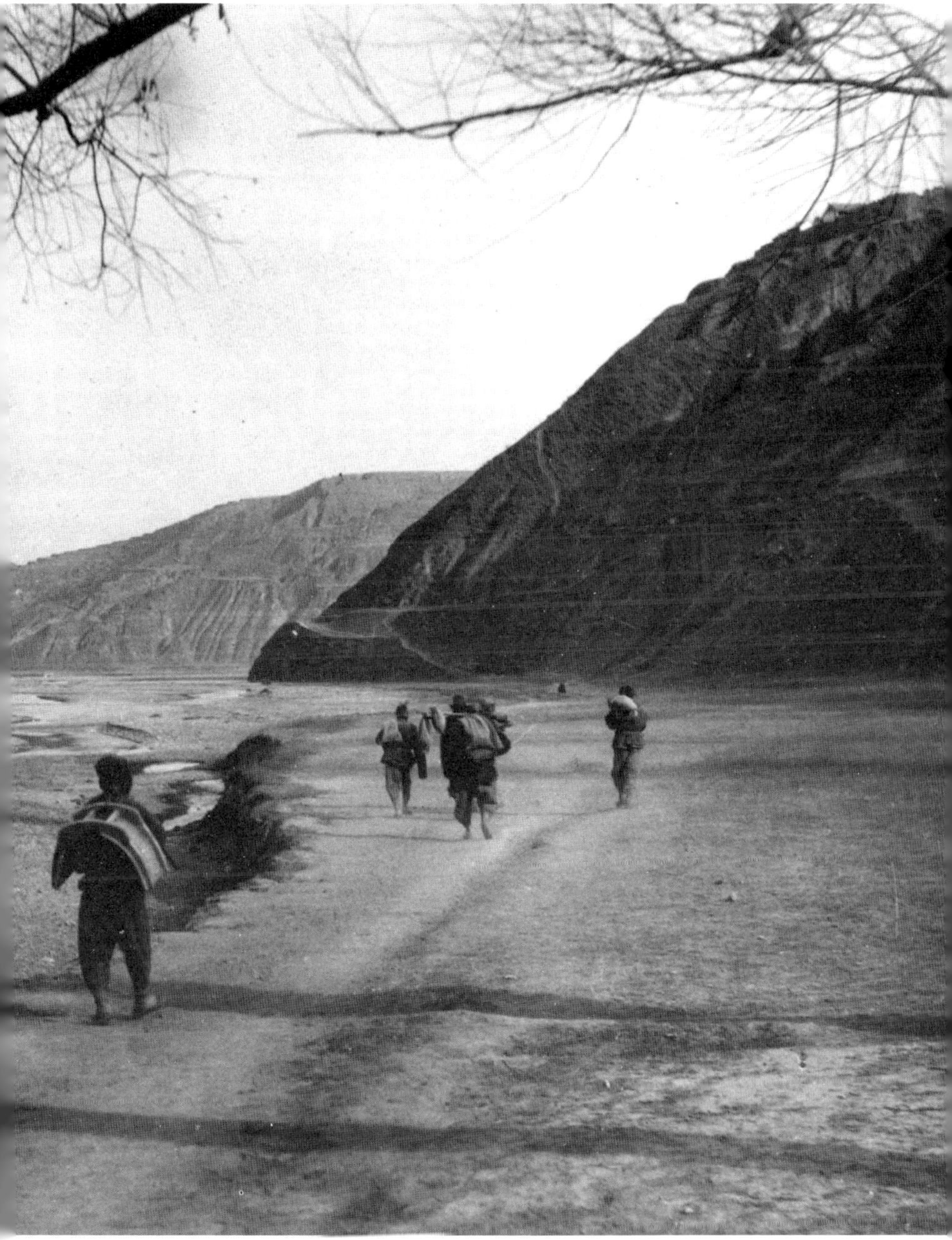

设板桥。

> 倦行泾岸曲,争渡汭河干。
> 新月横驼背,斜阳落马鞍。
> 役夫催毂罢,津吏报筹残。
> 欲济无舟楫,徒杠岁又寒。

如林则徐、董醇、叶昌炽、裴景福诸等往来行旅争渡的汭河渡,还曾是泾州八景之一。

泾河曲折,河岸行走令人倦怠,过渡汭河,山路虽险,变化却令人期待,于是争渡。天色渐晚,暮色渐阑,役夫在催收工,税官在报尾账,阻于渡口,欲渡无舟,想要徒步过桥,天又太寒,河上风冷。

伫立碑前,便是伫立于是汭河渡口,我能理解"汭干晚渡"何以为景,毕竟傍晚时分,城外一江南来,无尽的旷野与高远的宫山,山水沉静之间,又有河上渡船,桥上行人,披斜阳,映新月,确实美景。然而颈联与尾联,我却难能理解景从何来?欲渡而不得,若是行旅,若非观景人而是景中人,耽搁前途,何等焦躁?而且居然有桥不走,只因天寒?这是何等富贵闲人的笔墨游戏?

作者落款:"光绪二十一年,知府衔知泾州直隶州事申江贾勋跂云甫并识。"下镌朱文"贾勋"、白文"跂云"印鉴两枚。

原来正是陶保廉入住泾州东关行馆那夜,记于侍行记的

"知州事上海贾跋云勋"[58]。不过若非字工误植,便是陶保廉错录了知州的名字,将"贾勋跋云"误记为"贾跋云勋"。

陶保廉留心学问,却不留心官宦,莫怪难如其父封圻。

贾勋贾跋云,江苏上海县举人,自光绪十六年(1890)三月就任泾州知州,直至光绪二十一年(1895)离任,泾州任期六年,可谓枯藤老树昏鸦,难免便有"宦迹",难免县志有传。传记之中,提及一件泾川县城仍有流传的旧事:

> 十八年秋旱,因陕甘大道设有电杆,愚民以为天旱系电杆所致,自陕西长武起,至平凉白水,民众一夜拔尽,州境受害最烈。上命按治,勋力为保全者甚众。[59]

光绪十八年(1892)秋旱,至今仍在靠天吃饭的陕甘百姓,眼见秋收无望,饥馑迫近,五内俱焚。无可奈何老天爷,只好归罪于因办电报而在陕甘大道铺设的电线电杆。

土人时称电杆为"洋杆",谐音"阳干",岂非正是大旱祸首?

于是东起陕西长武,西至平凉白水,民众一夜拔尽电杆,其中又以地居其间的泾州受害最重。上命按律治罪,贾勋为之开脱保全者众。县志编纂者,以此事例证明对于知州品性的描述:"性长厚。"

不过,此事在泾川的民间记忆中,却是另外的版本。

大旱与拔尽电杆相同,不同在于事发之后,口述历史称贾勋惊恐万状，逐级上报，是才有谕旨诏令严查。各府州县衙役四处缉捕百姓，尤要严惩首犯，于是严刑拷打不休，人心惶惶。

束手待毙之际，百姓期待的英雄诞生，窑店丰禾村人王万清老汉，自甘其罪，承认主谋。老汉是完美的英雄，他孑然一身，没有关心他的家人反对与劝阻，自然也不会生者以他的死索要筹码。并且"当时七十多岁"，人生七十岂非古来稀？岂非也到可以去死的年纪？

贾勋急待审结案件，虽然心知王万清并非"成头人"，却也愿意让老汉李代桃僵，了却官司。并且私下叮嘱"尔已垂老，可肩此案，如有不测，尔之身后，余当照料"，希望老汉面对后续鞫讯，坦白招供，莫要反悔。

胁从不问，首恶必究。身陷囹圄的百姓得以解脱，老汉慷慨赴死，行刑之日，"哭泣悲号之声，充满了泾州城"。

事后，百姓请愿，要建祠堂奉祀王万清。贾勋心知民意难违，于是准建"王公祠"。王公祠筑在老汉故乡窑店丰禾村，"在民众资助下"，"公祠里面彩塑了王万清真人大小的正面坐像"，"逢年过节前去焚香的人很多"。

"这个祠堂一直保存到解放后的五十年代末期。"[60]

如果遇有危难，能有他人赐福或禳祸，甚至牺牲，百姓甘愿为他破费，出资建祠，焚香祭祀，可谓寺庙祠堂的真谛。

只是口述历史不曾记载，真正的"成头人"有没有哭泣更多？资助更多？或者焚香更多？

危难过去，牺牲已毕，未来还有新的危难，他却不能再次牺牲,所以日久天长,也就尘归尘,土归土,资财与香烛,待到未来的牺牲者吧。

反倒是民间记忆中昏聩颟顸的知州贾勋,赫然载于县志名宦传。而且难于否认,即便确如口述历史,他也确是"保全者甚重",不过代价以某个孤独老人的牺牲罢了。

他人的牺牲,成全了知州的宦迹,成全了百姓的苟活。

于是大旱三年之后,光绪二十一年(1895),可以"公余无事,触景兴怀",作成"泾州八景"五律八章,"付诸贞珉",嵌于碑墙,得见一百余载"瑶池夜月""泾水秋风""宫山晓钟",以及墙外的"汭干晚渡"。

若不畏寒,徒杠以渡汭河,冬季少雨无雪,可以登回中山,沿山腰坡道西去。六七里坡道,左山右河,甚为险峻,所以夏秋泥滑,不可涉险,"绕回中山"[61]而行。

冬春设而夏秋撤的木桥,因西兰公路而得筑四季皆可渡汭的石桥。

> 民国十七年全国经济委员会创修石桥,至二十四年五月蒇工,长三十六丈五尺,高一丈二尺,又阔一丈五尺,下有石礅十六,上置木梁,铺以巨板,两傍设木栏,诚为泾之巨工,为西北工路汽车往来之安津,行旅称便。[62]

民国十七年(1928)的石桥,毁于1970年夏季八月的汭水暴涨。现在禁止车行的旧汭河桥,便是当年重建,第二年通车的西兰公路汭河桥。

乍过汭河桥，左转登山前，一株左公柳。

西行以来，第一株左公柳。

平凉府

柳湖▲
◎
平凉

白水
●

泾河

泾川
◎

白水驿

泾州至平凉,驿路一百四十里。

一百四十里,长车肩舆,一日难至,途中必要一宿。

白水镇,东距泾州七十里,西距平凉七十里,居中之地,理所当然,泾平之间宿站。

白水镇,白水驿,陶保廉记"驿在泾汭间,南距汭水较远"[1],确实地在泾汭之间,不过距离汭河未免过远,所以准确而言还在泾河川。

道光二十二年七月十六日(1842年8月21日),林则徐赴戍到时的白水驿,"市镇颇大,行馆亦敞"[2]。然而六十三年之后,光绪三十一年十月初三日(1905年10月30日),裴景福赴戍到时的白水驿,哪里还有什么宽敞行馆?觅一干净客店也不可得。

至白水住宿,无客店行馆,觅一驼店居之。将昏始

白水驿。宣统元年十二月二十八日（1910年2月7日）。

View in Pai Shin Ssu. Feb 7th, 1910.

©George Ernest Morrison, Mitchell Library, State Library of New South Wales.

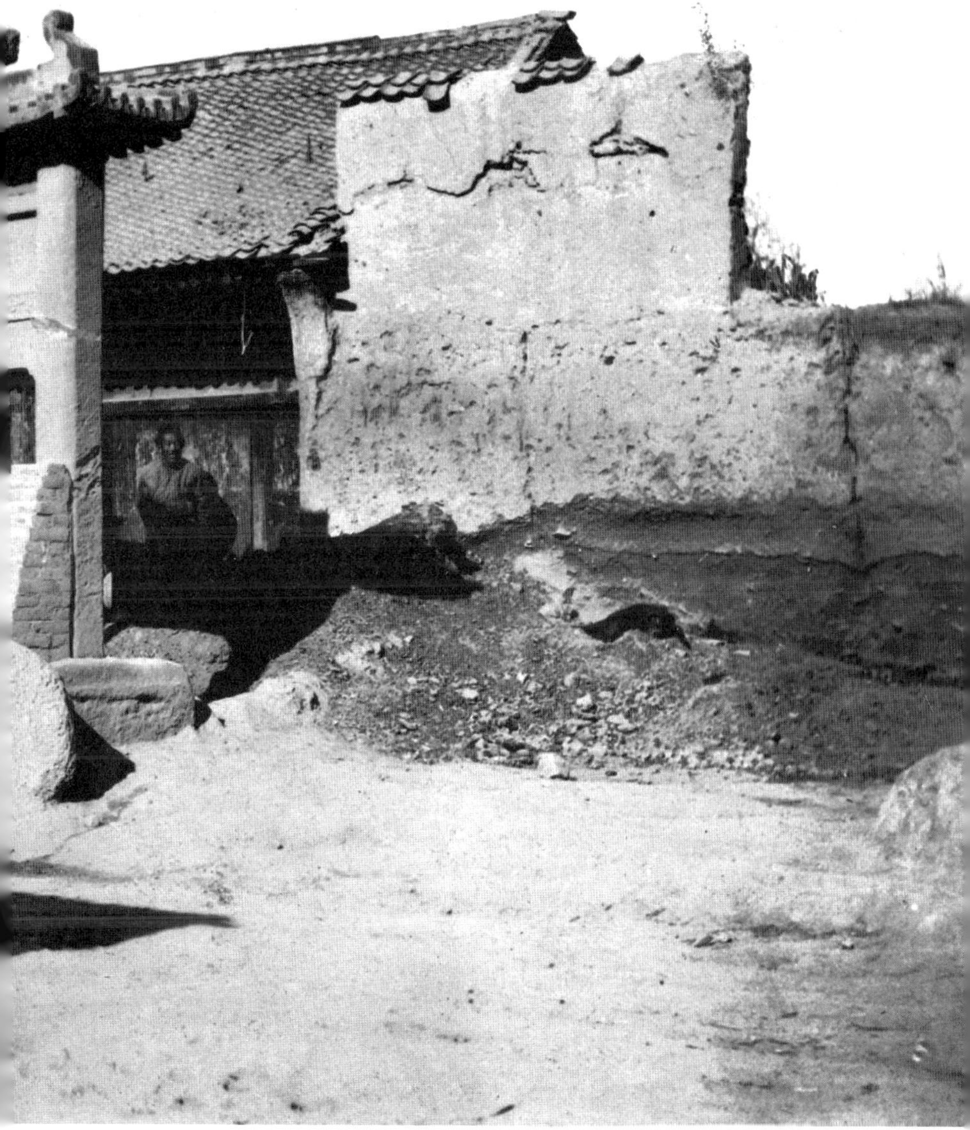

> 到院，大屋破，无门窗，无灯，冷气逼人。余得一屋，遮以破板，然灯辄为风灭。更余家丁火食车始到，煮粥食之。³

裴景福只好屈居骆驼店，如同三十年后张恨水在旧永寿城内借宿的县立小学课堂，破屋无有门窗，冷风吹得无论如何点不燃一盏灯。傍晚先至的裴景福，直等到入夜初更，家丁随行的伙食大车才到驼店，勉强煮粥糊口。

同样寒夜宿于破屋，裴景福的文字却平静许多，不似张恨水"凄凉恐怖的一夜"。可若论与往日生活落差，贪吏之首恐怕更甚于名作家，之所以还能如此，倒不是贪吏之首处乱不惊，只能说是见怪不怪，毕竟生活再怎样优渥，光绪南海县也不可能与民国上海滩同日而语，光绪陕甘驿路也不可能与民国西兰公路同日而语。

再晚六年，宣统三年正月初九日（1911年2月7日），温世霖傍晚五时至白水驿，择一较大"旅舍"入宿。

> 五时至白水驿，择一较大旅舍宿焉。遍地骡马粪，肮脏异常，臭气薰人欲呕……就寝稍迟，加以马粪烧炕，臭气触鼻，一夜不能安睡。⁴

显然旅行日记写作"旅舍"，实则不过还是"驼店"，白水镇上七十八岁的刘志义老汉所谓的"骆驼厂子"："骆驼厂子、大车店"。

道光年间"市镇颇大,行馆亦敞"的白水驿,何以沦为光宣年间仅有驼厂车店可供一宿的凄惶景象?自然是因为同治年间的那些战乱,创深痛巨。

左文襄公的甘棠遗爱,可以让平凉驿路浓荫如幄,清风徐来,却难以让平凉府县乡镇复苏如初,再见承平景象。毕竟人民不是垂柳,今年栽培,明年孽枝,六年可观,十年成材,百姓休养生息,谈何容易?

"五十年代初,"刘老汉记忆中白水镇最为喧嚣的时刻,"上平凉、下泾川的人都走白水,镇里车马店五六个,骆驼厂子还有几个呢。"

白水市镇不止颇大,而是西安一路西行至此最大的市镇。窑店镇、亭口镇,集市无论一、四、七,还是三、六、九,总是三天一集,而白水镇隔天一集,阴历只要逢单日便是集日,若是阴历小月,二十九与初一连续两集。

白水镇在今312国道路南,镇内旧有城垣,目辟东关城。共开三道门,行旅自泾川东来,先入东门走东关大街,尽处右转向北,再左转仍向西行,进二道门,也即白水镇东门。继续向西,出西门,上官路。

一切东门西门,"五八年大炼钢铁全拆咧"。一切祠堂庙宇,"六六年'破四旧'全拆咧"。镇内街道格局也随之改变,新的东关大街在二道门外取直筑起新路,不再转折向南走老街。但是市场格局未变,单日的集市全在东关大街。东关大街东口向北与国道交会的一段,更是热闹,路口停满平凉各地运来的水果，大喇叭歇斯底里："甜油桃！十元六斤！甜油桃！十元六斤！"价格相同，只有嗓门还可一拼，于是各不相让，如同当街对骂的悍妇，无休无止。

略有差别，现在的集市以国道路口起始，越东越嘈杂，而以前的生意靠近二道门。"全是私人食堂，"刘老汉指向西侧的镇政府位置，"下午三四点，赶大车的陆续就到了，一直干到晚上九十点，十一点，十二点，炒勺都不停！"他比划着颠锅的手势，神色感慨地回忆往昔。

> 晨兴稍晏，八时始由白水驿起行。经该镇市街，见有四川面馆，因邀松魏二君进早点（甘境尖宿各地多湘蜀退伍兵勇开设之小饭馆，猪肉、鸡蛋、咸菜以及油盐酱醋一应俱全，较诸汴陕两省境内尖宿处只有白水煮面条、粗面馍馍，即求油盐亦不可得者，天地悬殊……）。[5]

如在亭口镇得见楚南饭馆，温世霖在隔天清晨的白水镇又见四川面馆。自入河南以后，河南、陕西两省境内尖站驿站，大多只有白水煮面、粗面馍馍，即求油盐自做亦不可得，而在甘肃，尖站宿站却多湖南、四川退休兵勇开设的小饭馆，猪肉、鸡蛋、咸菜以及油盐酱醋一应俱全，无论炒菜煮面，皆有滋味，多少可以略微平复昨夜驼店的一宿臭气熏烤。

后来白水镇中的"私人食堂"，不知道还有没有这些湘蜀兵勇的后人？仍旧做着父祖的营生？

十一年前的秋天，新疆北疆，我去昌吉州吉木萨尔县游荡北庭都护府治所庭州故城。那会儿正在建设北庭遗址公园，道路封闭，需要向南翻越封路围挡，徒步五里去北庭镇搭车返回县城。

封路围挡并不容易翻越，幸好围挡外有种地的老汉，指引我哪里垫着土，是他们自己出入的捷径。老汉是汉人，也刘姓，自家五亩耕地，位置恰在北庭故城外城南城垣外。夏季西瓜已然售罄，老汉正在锄地，为着冬季的小麦。

老汉向我抱怨，抱怨自己的地少而贫瘠。他指着远方，说那些维吾尔、哈萨克、塔塔尔的土地肥沃，"家家一百多亩"。

我以为他是租地耕作的外乡人，问他故乡何处？

"湖南。"老汉答我。

"湖南？"他全无湘音，说一口地道的西北话，"湖南哪里？"

刘老汉不知道，他只知祖上是湘军兵勇，随左文襄公收复新疆而来。

除此之外，他与湖南再无瓜葛。

就像后来白水镇上的食堂，纵使他们还记得从何而来，却再无乡音，却再无乡愁，此乡即是故乡。

再到如今，从何而来的记忆怕也不会再有，从东关门到西门，从一队到六队，所有人都是白水人，土生土长的白水人。

"后来都坐汽车上平凉了。"

民国二十四年（1935），张恨水也是坐着西兰公路刘如松任总工程司的道济汽车"上平凉"，"由泾川到平凉，不过两小时的汽车路"⁶。

所以张恨水没有经停白水镇,所以后来坐汽车的旅客也都不在白水镇吃饭住店,白水镇迅速归于寂寞。

私人食堂久已不开,"也不让再开",于是也都成了土生土长的农民。

与一路以来别无二样,也种小麦,也种玉米,如果要喂牛的话。

地在关中的礼泉与乾县,去年有西南村李叔七十多年没见过的好收成,今年春季雨水也好,李叔与石马岭老董的丰收近在眼前。

然而自我离开乾县到白水镇的半月之间,关中阴雨不断,川地早熟的小麦,麦穗或发芽或霉变,近在眼前的丰收转瞬成空。塬上的西南村与石马岭,穗也初黄,麦熟在即,丰年还是灾年,只在未来十数日之间。

不过对于泾沕之间的白水镇,今年注定已成灾年。一个月前、阳历四月底的一场霜冻,"最关键的时候!"——赶集的各村村民众口一词,小麦幼穗几乎全部冻死。"今年一亩地最多能收上四五十斤小麦,"骑着农用三轮车来白水镇赶集的老程说,"等于绝收。"

"收割机,一亩地五十块儿,四五十斤小麦够什么的?"

老程六十二岁,显得年轻,说话办事干净利落,精力充沛,可是常年土地劳作,晒得仿佛纯瘦的腊肉,坐在刘老汉家的小卖部门前,和老汉一根接一根地抽着卷烟。

刘老汉原来也住白水镇老街,二十多年前在新筑的东关大街路南建了新房,右手门面开了一爿小卖部,半架烟,半架水,半架杂货。

小卖部的位置未免过于偏西,再向西大约二十步,就是当年白水镇老街自南向北转出的路口,正对现在的白水镇政府。

白水镇的集市,摊位自东而来,国道路口是气势霸道的水果货车,然后是油糕、凉皮之类的小吃摊,接着是肉摊、蔬菜、水果,占地面积最大的服装鞋帽总是摆在集市的末尾,却还没有摆到刘家小卖部面前,所以集日门前也是清净的。门前左右摆两张椅子,赶集的村民卖完买好,无事过来小坐,抽根卷烟或烟卷,聊两句闲天。

老程家在白水镇西南十里的杨涧村,"川里地多",种着四十亩地。

五亩小麦,"等于绝收"。

二十亩玉米,霜冻之后,"不发苗,玉米也是未知数"。

其余种着油菜、胡麻与荞麦,"菜籽也没收上"。

四月底,我已在西安,霜冻的烦恼是要再穿冬衣,或者路上湿冷,而在白水镇,霜冻却是一场细致入微的伤害,悄无声息,无可挽回。耕地播种,化肥农药,每亩地三百多块钱的投入全部成空,今年的希望仅存于晚熟的胡麻与荞麦。

川里地多,镇里地少,人均一亩。

第二轮土地承包,刘老汉家中六口人,六亩川地,简明扼要。

提起一个月前本地的霜冻,提起那场霜冻时陕北居然普降大雪，提起眼下关中的连阴雨，提起今年种种转丰为灾的反常天象，卷烟几乎不离手的刘老汉却有些超然，他不再有小麦可以烦心，他只是关心镇里的苹果树，"树芽子都冻死了"。

刘老汉的六亩地，土地流转，租赁给果农种着六亩苹果。

还有几分空地，种些油菜，"三成能收一成"。打下的菜籽堆在路边，饱食过往车辆扬起的尘土。

平凉东迤窑店，乃至更东的陕西长武，西至静宁，各地皆种苹果。然而毕竟水土不一，气候不一，果农投入不一，各地苹果质量参差不齐，其中以静宁为最好，苹果地头收购价全国最高，每亩收入过万甚至两三万元。白水镇苹果当然不如静宁，刘老汉六亩地上的苹果，每亩年收入也就两千多块钱。

相比而言，刘老汉觉得每年七百块钱的流转费未免太低，"每年要交的医疗养老保险将近七百，等于没有"。

可又能怎么办呢？老两口年事已高，三个娃娃又在外地，劳心费力种地，收入可能还不及土地流转。比如今年受灾，若是自种着六亩小麦，每亩地最多收上四五十斤，按照一路以来最高的收购价一块五毛钱一斤，总收入仅有四百五十块钱，刚够一亩地的投入。

流转费虽不令人满意，却能持平丰年，远胜灾年。

可是今年又有新的政策，"整改复耕"，别人家挂果好几年的苹果树，砍伐还田。老汉用手比划着苹果大小，啧啧叹息，"可惜了"。

未来土地如何处置，犹未可知。

出去的娃娃肯定不会再回白水镇，哪怕土地的产出抵得上城市的收入，娃娃也不会再回来，不会回来选择更加辛苦、寂寞与荒芜的生活。

能在刘家小卖部前看见的年轻人，尤其是衣着时尚的城里来的娃娃，只有镇政府的工作人员。他们如我一样，暂憩于白水镇，无非时间短长：我朝自泾川来，夕向平凉去；他们朝自平凉来，夕向平凉归。然后终有一天，再也不来。

所以若是连续两天去到白水镇，会见到两座迥不相同的白水镇。

阴历单日逢集的白水镇，四里八乡的村民过来赶集，来来往往，熙熙攘攘。

阴历双日无集的白水镇，冷冷清清，空空荡荡。

如同驿路行至白水驿，是宿宽敞行馆，还是脏臭驼店，取决于同治以前，还是同治以后。

途经白水镇，是见风调雨顺，还是霜冻阴雨，取决于阴历单日，还是阴历双日。

未免荒诞，确是如此。

平凉府

正月初，清晨，白水驿。

朔风凛冽，重裘不暖。

遣戍新疆的温世霖于市街得见四川面馆，邀松、魏二解委进馆早点，腹内温热。裹着昨夜旅舍烧炕的马粪气息，动身起程，走七十里泾河川驿路，下午三时，行抵平凉。

　　三时至平凉州（即古之高平关）之东城外，商业繁盛，人烟稠密。又行里许，过一土岭，始进城。城为长形，城内大街一条，长约数里，官厅有道府署。余等觅一旅舍宿焉，房屋小而洁，非复昨日之臭气薰人矣。[7]

是日的《昆仑旅行日记》，温世霖错记一字，宣统三年（1911）的平凉或为"府"，或为"县"，而不为"州"。

当时陕甘驿路，西安府至兰州府，途经八县城、四州城、一府城。

八县城,陕甘各四,陕省咸阳、醴泉、永寿、长武;甘省隆德、会宁、安定、金县。

四州城,乾州、邠州、泾州、静宁州。

同为州城,却有"直隶州"与"散州"之别。乾州、邠州、泾州为直隶州,直隶于省,领辖一至数县;静宁州为散州,隶属于府,不领县,逊直隶州一级,与县平级。直隶州与散州之别,类似如今地级市与县级市。

唯一府城,平凉府,下辖三县一散州,即平凉县、华亭县、隆德县与静宁州。

平凉县为平凉府首县,亦称"附郭县",或简称"附郭"。"郭"即"廓",因府县同城,故名附郭。府城附郭多如平凉府仅有一县平凉县,亦有两县者如西安府附郭咸宁县与长安县,有清一代唯有苏州府吴县、长洲县、元和县三县附郭。

前生不善,今生为县;
前生作恶,知县附郭;
恶贯满盈,附郭省城。[8]

自古官谚,附郭县令不可为。区区县令,"七品芝麻官",官微事繁,好在一县之内,一言九鼎。可若是附郭知县,比如平凉县,与知府同城,仕繁而言轻,凡事有过无功,岂非前生作恶?再若不幸附郭省城,比如陕西省城西安府咸宁、长安两县,甘肃省城兰州府皋兰县,不仅知府同城,还有巡抚、布政使、按察使同城,谁都不敢得罪,谁都需要孝敬,地皮刮得净尽,还需掘地三尺,可是狼与僧多,肉与粥少,末了自己却落得囊空如洗,为谁辛苦为谁忙?若非前世恶贯满盈,何得今世如此报应?

平凉府,秦属北地郡,汉属安定郡。东晋孝武帝太元元年(376),苻秦攻灭前凉,即取"平定凉国"之意分置平凉郡,治今平凉西北。北魏为泾州之安定郡、陇东郡、平凉郡、原州之长城郡诸郡辖地。隋并为平凉、安定二郡。唐属原州平凉郡,宪宗元和四年(809)于平凉县兼置行渭州。唐渭州本治襄武(今甘肃陇西东南),连境约为今甘肃陇西、定西、漳县、渭源、武山诸县之地,安史乱后陷于吐蕃,晚唐复得其地,移置平凉。泾水之畔而名渭州,也是造化无常。行渭州后亦没于吐蕃。北宋为渭州陇西郡平凉军节度。金为平凉府,后世因之。

平凉县,汉为安定郡泾阳与朝那二县地。朝那,读如"朱挪"。北周武帝建德元年(572)始置平凉县,属原州长城郡。金代以后皆为平凉府治。

如平凉府与平凉县,附郭府县同名,并不为多,而今为求区别,更是鲜见市县同名者。2002年撤销平凉地区改设地级平凉市,撤销县级平凉市改设县级崆峒区,平凉府县就此不再同名。

平凉府城筑于泾河南岸,城周九里三十步,高四丈,城濠深四丈。门四,东曰"和阳",南曰"万安",西曰"来远"，北曰"定北"。⁹府城迤东，另有以防水患的夹河城，东关城与紫金城。北门外再有暖泉城，明代韩藩昭王朱旭櫏（1484～1534）扩建以后，据为王府禁苑。

依东西狭长河川构建的平凉府城，南高北低，南北狭而东西长。宣统三年正月初十日（1911年2月8日）温世霖所见商业繁盛，人烟稠密的"东城外"，即是平凉府东关城。东行里许，过一土岭，大约是当时已倾圮破败有如荒丘的东门坡，即今船舱街，然后进东门和阳门。城内东大街与西大街，"大街一条，长约数里"，温世霖与同行解委再觅一施舍，房屋小而整洁，远非昨夜白水驿遍地骡马粪，肮脏异常，臭气熏天的驼店可比。

与温世霖同样遣戍新疆的裴景福，六年前来时，也是自觅客舍于南关外。而赴任随辂的董醇、陶保廉、叶昌炽、袁大化，则皆是"进东门，又二里，住贡院"[10]"两厢"[11]。

道光二十九年（1849年）董醇来时，曾写一段平凉府形势，气势磅礴，熟悉西北地理者读之，万里江山，如丘壑见于胸中。

> 北连朔方，南襟陇蜀，东抵豳岐，西距安会。包括小陇、空同、可蓝、大同、美高、都卢诸山，渡泾、汭而带河、渭。据雍凉之交，兵马戎狄刍牧之乡，四通交驰，西陆都会也。[12]

平凉，北连宁夏、河套，南障甘肃、四川，东抵邠州、岐山，西拒安定、会宁。地有小陇（在华亭西四十里）、崆峒（又名笄头山、鸡头山，在平凉西三十里）、可蓝（一名都卢山[13]，在平凉西南二十里）、大同（大统山，又名太统山，在平凉西南二十里，与可蓝山相接）、美高（今米缸山，六盘山主峰，在隆德东南二十里）诸山，泾河、汭河过境而远带黄河、渭河。地据关中、河西之交，兵马戎狄刍草牧放之乡，四野可通，八方可达，真真西陆之大都会。

然而如此西陆都会，在董醇去后，陶保廉来前，却遭灭顶之灾，屠城之祸，从此瓦砾废墟，一蹶难振。

清咸同之际，洪杨肆乱，朝廷方用兵东南，未遑西顾，而陕回趁间蜂起，其族之在甘者，亦所在响应。同治元年陷固原，二年春，围平凉，至八月十二日，用地雷轰陷之，全城丁口十三万余，殆尽屠焉。自是厥后，陇上城郭无完土，闾里绝烟火，田野遍蒿蓬者几十载，孑遗之氓，百千不一存，呜呼惨矣。[14]

经此一难，涂炭的不仅生灵，还有平凉的史迹史籍，"同治之乱，地方文物尽矣。据故老所传，乡选拔赵星乙先生适从事于邑志，甫脱稿，而城失陷，先生全家殉难，志稿亦灰烬"[15]。

陇东剧郡的平凉府，自明世宗嘉靖三十九年（1560）由乡贤赵时春（景仁，1509~1568）撰得《平凉府志》，其后却再未修志，可谓咄咄怪事。以我揣度，若修府志，需要辑录三县一州史事，卷帙浩繁。甘肃地瘠民贫，州县修志皆难，无可采择，府志难成。而附郭若单修县志，置知府大人颜面于何处？

故老相传，平凉县曾有乡选拔赵星乙以非官方的一己之力编撰县志，可惜方才脱稿，平凉城陷，赵星乙全家殉城，志稿也成灰烬。

有清一代，同治乱后的光绪朝也是地方志书最后的编撰高峰，可惜平凉府县又因为一切旧存档案文书尽皆毁于战火，纵使有心亦有薪，仍然难为无米之炊。

民国二十四年（1935），张恨水随刘如松任总工程司勘察西兰公路，泾川至平凉，温世霖七小时的车马行程，汽车两小时即达。因公未再前行，时间尚早，张恨水意欲出游，却似盲人摸象。

> 至于平凉的胜迹史料，问之于这里的一位六十余岁的梁老县长，他瞠目不能答，他说：同治五年，西北大乱，本县的县志，完全失去，所以一切史料无考，连名胜也不得而知。[16]

所幸，光绪末年，不知贾勋之后的哪位平凉知府，索要州县志书，"前生作恶"的附郭知县阮士惠迫于无奈，请求乡贤郑哲侯速速编纂县志一卷，以应差事。民国二十五年(1936)，平凉县长四川人范朴斋再聘郑哲侯及其学生、后任甘肃省议会议员、镇原县知事的朱离明重修县志。当年范朴斋离任，继任县长辽宁开原人刘兴沛（云章）续董其事，耗时五月，粗得志稿。未及付印，刘兴沛又因事他迁。延至民国三十二年（1943），志稿始由新署县长河南固始人祝毓筹措资金，次年五月由平凉陇东日报社印行。终于，嘉靖三十九年（1560）《平凉府志》以后三百八十四载，平凉终于再得县志一种。

张恨水未曾得见的《平凉县志》，薄薄两册四卷，寥寥一百四十页，虽然简陋，虽然潦草，却起码有了一幅模糊漫漶的"平凉县城关图"，有了一些支离破碎的史事，比如同治元年八月十二日（1862年9月5日）事，四列斑驳铅字，却是平凉十数万涂炭的生灵。

斑驳的铅字继续，却似有光，忽然照耀阴霾大地。

比至同治七年，左文襄公奉命西讨，以次肃清陕境。翌年十一月，移节平凉，扼西凉之吭，以肆（肆）挞伐。[17]

同治元年（1862）四月，祸起东府同州（今陕西大荔），叛意久蓄，各地同时响应，焚掠屠戮，遍野哀鸿。甘肃原本瘠苦，"地方糜烂情形数倍陕西"[18]。地方大员，畏葸无能，一筹莫展，任凭蹂躏。

甘省焚掠之惨，几于赤地千里。平凉残破，固不待言，即泾州、隆德、静宁、会宁、安定等处附郭村庄亦尽成焦土。[19]

迁延至同治四年（1865），惨遭屠城的平凉府城残破，被灾深重，自不待言。左右陕甘驿路沿途诸州县，东起泾州，西止安定，附郭村庄也尽成焦土，赤地千里。

命悬一线之际，同治五年八月十七日（1866年9月25日），调任闽浙总督左宗棠为陕甘总督，"以期迅扫回氛，绥靖边圉"[20]。陕甘两省，秦陇百姓，大清国祚，乃至中国命运，从此转折。

左宗棠（1812～1885），字季高，一字朴存，湖南湘阴人。道光十二年（1832）举人，春闱三试而不第，遂绝意仕途，潜心舆地兵法。后入湖南巡抚张亮基（采臣，1807～1871）、骆秉章（籥门，1793～1867）幕府，参赞戎机，以智略闻于朝。出幕领兵，东征洪杨，西战捻回，历官浙江巡抚、闽浙总督、陕甘总督、协办大学士、东阁大学士、军机大臣、总理衙门大臣、两江总督。光绪十一年七月二十七日（1885年9月5日），左宗棠病殁福州，享年七十有四。追赠太傅，加恩予谥文襄，入祀京师昭忠祠、贤良祠，并于湖南原籍及立功省份建立专祠。

交接已毕，同治五年（1866）十一月，时年五十五岁的左宗棠自福州北上，十二月行抵武昌，扎营汉口。翌年元日（1867年2月5日），"上谕内阁曰：陕甘总督、一等恪靖伯左宗棠着督办陕甘军务"[21]。命以钦差大臣督办陕甘军务的左宗棠随即奏陈筹办方略，"欲靖西陲，必先清腹地"[22]，所以应先捻后回，先秦后陇。捻军初举于皖苏鲁豫，同治五年（1866）分为东西两支，西捻入陕，与东捻成犄角之势。扑灭西捻，"然后客军无后顾之忧，饷道免中梗之患"[23]。

兰州，陕甘总督左宗棠。光绪元年（1875）。
©Adolf-Nikolay Erazmovich Boiarskii, National Library of Brazil, World Digital Library.

兰州，陕甘总督左宗棠。光绪元年（1875）。
©Adolf-Nikolay Erazmovich Boiarskii, National Library of Brazil, World Digital Library.

六月，左宗棠入陕，驻军潼关。十一年前我在吉木萨尔庭州故城外路遇的刘老汉，他湘军的祖上，或许当时已在营门外，嗅见弥天黄土中肃杀的血腥气息。

同治七年（1868）正月，左宗棠率部追剿西捻，六月平定，八月入觐，十月重返陕省。同治八年（1869）三月，平定董志塬，陕境肃清。五月，进驻泾州，接总督关防。十一月，移扎业已克复的平凉府城。

行辕平凉，左宗棠统筹所部湘军，"以肆挞伐"。同治九年（1870）十二月，围攻一年有余，战殒老湘军大将刘松山（寿卿，1833～1870）的巨巢金积堡（今宁夏吴忠金积镇），终于克复。次年六月，兵发河州（今甘肃临夏）。

……积年凶悍残虐之寇，一鼓荡平之，其有造于甘，岂有既乎！惟公行节驻平最久，惠平人尤厚。时经大乱之余，平人得脱不死者，率流亡他乡，公谋所以招徕之法，人与樵采之具一，令樵以供军，倍其值以励之，军不乏薪，而民得食。当是时，城郭田园皆樵场，一人采樵，得值可赡数口，长老至今犹艳称焉。迨流亡稍集，则遣还陇亩，给牛畜籽种使耕殖之。既又置义学，给官书，置师以教之。浩劫余生，得有今日者，丝粟皆公力。因志其事，以示来者。[24]

至同治十年（1871）七月左宗棠移扎静宁州城，行节驻于平凉一年又八月，入省之前，历时最久，因而惠泽平凉百姓最厚。

无论大城小邑，无有人口，一切成空。兵燹战乱，百姓死走逃亡，战后重建，要务在于招辑流民，重聚烟户。左宗棠在平凉施行的招徕之法，来人皆给樵采工具，可以砍柴供军，再偿以高于市价的报酬。此举即可令军不乏薪，流民亦得口食。彼时平凉，田园荒芜，草木纵深，城郭之内，宛如樵场，因此一人砍柴所得，可以赡养数口家人。事过境迁，创伤记忆淡薄，经历当时樵采的百姓，反而觉得是难得的营生，以至念念不忘。流民渐集，人口渐繁，遣还地亩，发给牛畜籽种，恢复农耕养殖。衣食渐足，荣辱渐知，于是又置义学，给官书，延聘教师授课，恢复科举功名。

载于民国《平凉县志》的这段"杂俎"，或是光绪末年郑哲侯初撰，时已去左宗棠离平三十余载，时已去左宗棠离世二十余载。郑哲侯与当时的平凉百姓，许多浩劫余生者，他们仍念念不忘，得有今日，丝粟皆左文襄公之力。

又百余载至今，曾经再造甘肃，再造平凉的左公之力，已如烟云散尽。

左公再造的平凉城，"大炼钢铁时，将南、北、西三座城门改为土高炉冶炼钢铁，用后弃毁。旧城门和大部分城墙亦先后拆除"[25]。左公再造的平凉百姓，后世又有人祸天灾，又有死走逃亡，现在的平凉市民，不知几人还是当时后裔？还知当时故事？

仍能历历在目，以志其事，以示来者的左公之力，唯有几株左公柳,如在泾州城北,汭河桥畔的那株左公柳。

> 北门外,紧贴着左宗棠平西的旧军道,两行杨柳,密密的达到泾水之旁,风景不坏。这种柳树,名叫左公柳。在左宗棠栽树的时候,本来夹着大道两行,由潼关起到玉门为止。现在陕西境内,几乎是看不到一棵;直到甘肃境内,才于每几十里路内,可发现若干丛。名叫左公柳,其实不尽是柳树,有一半白杨在内。杨柳虽是最易发生的植物,却因为西北水少,这柳树却不肯长,由左宗棠时代到现在,七十年上下,树的直径,还不到一尺呢。[26]

我来八十余载之前,民国二十四年(1935),张恨水车出泾州城北,所见左公柳仍多——虽然每几十里路内,才可发现若干丛,较我自西安至泾川五百余里方才一株,也可谓"仍多"。

古往今来,行军作战,兵马未动,粮草先行。左公受命西征之先,即虑饷道中梗之患,可见西北兵事之胜败,攸关于西北交通之畅阻。

西北交通,尤其通往被灾深重的平凉、庆阳、泾州、固原、宁夏、灵州诸府州交通,尤其攸关于陕甘驿路。

驿路本为商旅所通,因陋就简,许多驼马小道,难济大量兵饷转运。为流转畅通,左公令所部整饬驿路。或展拓为驮运道,可供三两匹驮骡并行,或改筑为大车道,宽三至十丈,可供辎重大车双向通过。而在平凉府东十里外,车道大路宽达三十余丈,并且"植柳四五层,三路并行,参天合抱"[27]。

上迤周代，即有列树表道之制。古时道路，或者是夯实的土路，或者覆以碎石，极易与环境混淆，不似今日水泥沥青路面，一望可知，所以需植行道树，以示路途方向。驿路整饬之后，自也如此植树，或是旱柳，或是白杨，既可为客旅表道，亦可为行人遮荫。

平凉城内北街，现崆峒区政府，原平凉县政府，初为同治末年始建的平庆泾化盐法兵备道署。署内旧有一通《武威军各营频年种树记》石碑，今藏平凉市博物馆，难得字迹清晰，可以识读当年左公湘军部属如何夹道植树。

  在昔西陲构祸，陇东为烈，甚至道周树木存者寥寥，满目荒凉，不堪回忆。自银夏河湟平，人民渐集，土地渐开。制府左侯相檄各防军夹道植柳，意为居民聚材用、庇行人，以复承平景象而畅皇风也。惟时搜采枝干，越山度壑，负运艰苦。树艺伊始，每为游民窃拔，牲畜践履，暵干枯朽，用培其根柢，柞其杈丫，谕禁之、守护之、灌溉之、补栽之，始于同治十二年，今六载矣！吏士暴露，不知几费经营。武威分屯初，自泾州瓦云至瓦亭，隆德至静宁界石铺，其间瓦亭至隆德界石，至会宁城东，为精选中路两军分驻。光绪纪元，悉属余防，复营植之，迄来邮程六百余里，不下二十万株。郁青青已邕茂，纷冉冉而陆离，已有可观。庆环一路则所部镇固、环捷两营植焉。水卤原高多不宜树，生机亦蔚然间发矣……

  时光绪四年戊寅秋八月。

> 钦加二品顶戴按察使衔统领武威马步全军分巡甘肃平庆泾固盐法兵备道西林巴图鲁邵阳魏光焘撰书。

是碑立于光绪四年（1878）八月，全碑七百余字寸楷，撰文与书写者皆为时任平庆泾固盐法兵备道的魏光焘。

魏光焘（1837～1916），字午庄，湖南邵阳人。由文童投效江西军营效力，转战赣浙闽粤多省，同治五年（1866），以军功赏加盐运使衔。

> 七年，文襄督办陕甘军务，调余办理营务于汉口，练马队以备马战，创炮车以备车战。随同由鄂经豫入陕……我军收回耀州。奉檄募（兵），统名曰"武威军"，移扎三原县城外。[28]

同治七年（1868），左宗棠调魏光焘办理汉口营务，训练马队炮车。其后随军从征，克复耀州（今陕西铜川耀州区），奉命募兵，所募各部统名"武威军"，移扎三原城外。

左宗棠移营平凉西进，檄令魏光焘署理平庆泾固化道，分军扼守要隘，以顾后路，兼办前敌转运。同治十三年（1874），左宗棠奏改平庆泾固化道为平庆泾固盐法兵备道[29]。

平凉、庆阳、泾州、固原各府州县，"其地方事宜，经兵燹后百废待举，如修道府衙署城楼、坛庙，建柳湖书院，创盐厘各局，设董志县丞城池，移屯垦行，牧政平治。由泾至兰州，驿路约千里，夹道皆种官柳，成活者百十万株"[30]。

《武威军各营频年种树记》，即是记录自同治十二年（1873）至光绪四年（1878）魏光焘率其武威军部伍奉左公檄令夹道植树之事。创始维艰，树苗每为游民窃拔，牲畜践踏，谕禁守护，灌溉补栽，殚精竭虑，呕心沥血，历年六载，方得成活行道树百十万株。

立碑之后十三载，光绪十七年九月二十日（1891年10月22日），陶保廉出陕入甘，行至窑店，可见"自此迤西，驿路两旁多白杨，左文襄督陕甘时，令防营栽植"。又十一载，光绪二十八年四月十六日（1902年5月23日），宿于白水驿的叶昌炽，也记下来路的浓荫与清风：

左文襄治军陕甘时，自陕之长武，西至肃州，二千余里驿路皆栽白杨。昨在长武，日中即受其荫，然为饥民翦伐过半，阙处已不胜烦热。自过泾州，一路浓阴如幄，清风徐来。闻西行树愈密，真甘棠之遗爱也。[31]

种树记碑有言，"制府左侯相檄各防军夹道植柳"，以光绪三十一年（1905）经此赴戍的裴景福闻言，"柳三五株间以白杨一"[32]，彼时陕甘驿路理应旱柳多而白杨少，然而不知何故，陶叶二人，所记或"多白杨"，或"皆栽白杨"，全无柳树影踪。而且也不似误记，出陕入甘之前最后一处地名"白杨坡"，顾名思义，也应是多白杨之坡。

旱柳易植，扦插木质柳枝，培土浇水，即可成活。当时当世，为求速成，当然首选旱柳。可是西北也有民谚，"柳树当年活

平凉，左公大道。宣统元年十二月二十八日（1910年2月7日）。
Avenue on way to Ping Liang fu. Feb 7th, 1910.
©George Ernest Morrison, Mitchell Library, State Library of New South Wales.

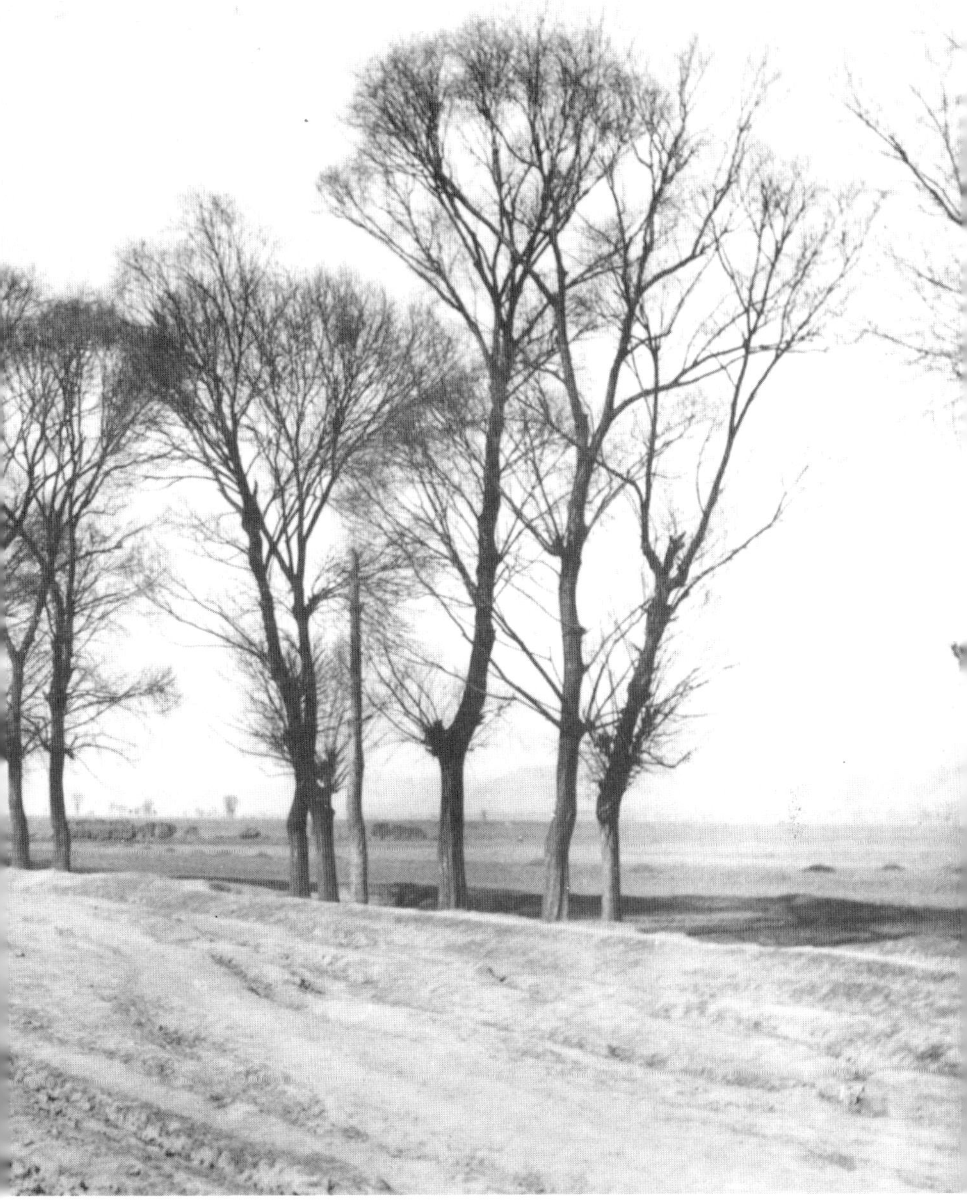

不算活，枣树当年死不算死"，所以旱柳虽然易活，却也易枯易死。加之"饥民翦伐"，叶昌炽来时，长武县境行道树过半已失，"阙处已不胜烦热"。泾州以后，当年左公檄令魏光焘所部夹道所植柳树，已是浓荫如幄，清风徐来。

清风徐来的光绪二十八年（1902）初夏，左公已然安葬故里十七载。魏光焘则由平庆泾固盐法兵备道、甘肃按察使、甘肃布政使、甘肃新疆布政使、甘肃新疆巡抚、云南巡抚、陕西巡抚、陕甘总督，一路擢升为云贵总督。叶昌炽行于泾州之时，魏光焘正在赴任昆明途中，不知沿途是否也有如幄浓荫？是年岁杪，魏光焘调任两江总督，然后闽浙总督，湖广总督。光绪三十一年（1905）春，奉旨开缺，交卸回籍。民国五年（1916）三月望，八十岁的魏光焘殁于故乡，葬于故乡。至于那些亲手植树的武威军士卒，或为鬼魂，或是不知天涯何处。

后人甚至不知魏光焘，遑论那些士卒？后人只知左文襄公，于是称呼同治乱后修复的驿路为"左公大道"，称呼驿路夹道新植的柳树为"左公柳"。

当年左公檄各防军夹道植柳，本意"为居民聚材用、庇行人"。所谓聚材用，大约也就是枯枝败叶可充薪火，然而西北苦旱，木柴难觅，"搜采枝干，越山度壑，负运艰苦"。待到烽烟散尽，防军归去，无人守护的行道树，自然成为最易取得的薪柴。

光绪三十一年十月十六日（1905年11月12日），裴景福行抵兰州,如在西安,又是久滞客店,访亲会友,优哉游哉。十月二十七日(11月23日),"仆人购薪引火,有枯枝干脆易燃,询之,乃盗伐官柳,闻而伤之。泾州以西达关外,夹道杨柳连阴三千余里,左文襄公镇陇时所植也。凡苦卤不毛之地,旋植旋萎,沃土则荟蔚干霄,逾数抱。柳三五株间以白杨一,观所植之盛衰,而知土地之肥瘠。奈守土之官不告戒爱惜,山阿荒僻,翦伐多矣"[33]。

盗伐官柳出售,裴景福仆人购得,并无任何阻碍。再多的杨柳,纵然泾州以西三千里,又如何经得起日夜翦伐?

裴景福责怪守土之官不告戒爱惜,但就裴景福所见,不是也有告戒么?

入陇后沿途墩房有立榜禁盗伐者,曰:"昆仑之阴,积雪皑皑,杯酒阳关,马嘶人泣。谁引春风,千里一碧,勿翦勿伐,左侯所植。"[34]

然而告戒又有何用?无有诸如"谕禁之,守护之"的武威军,山阿荒僻,全凭百姓自觉么?更何况,如此告示,翦伐官柳的百姓,又有几人可以识读?与其说是告戒百姓,不如说是转文自赏。

除却翦伐,还有剥食。

民国二十四年(1935)上海《新医药刊》第二十九期,继续连载刘馨柏医生的长篇《西北杂记》,记录之前一年九月八日行至平凉的闻见。

"你在泾川一带见有许多树吗？"光线不足的一间房里坐着几个喘息方定的、衣服的绉纹中积有许多灰尘的旅客，一个资格老的旅客这样发问，两只带光的眼睛直射着我。"我正在奇怪，难道穷的省政府还会拨出许多款子去造林。"我说。

"那是左宗棠西征时植的，树皮都吃光了。"这时我才理会他的意思，是说民十八、十九两年西北旱灾时为难民剥食的。[35]

民国十八年（1929），西北再度大旱，地亩绝收，逃荒难民，剥食树皮，苟延残喘。

先遭薪伐，再遭剥食，种植五十载后，又有几株左公柳能够苟延残喘？可若薪伐枝干得以温暖，可若剥食树皮得以果腹，这又岂非是比"庇行人"更有价值的甘棠遗爱？

民国二十年（1931）以后，西北社会，相对安定数载。甘肃省政府也稍有闲暇，可以顾及左公柳的保护。

民国二十一年（1932）十一月二十六日，甘肃省颁布《甘肃旧驿道两旁左公柳保护办法》五条。民国二十四年（1935）三月十八日，再颁布《甘肃省保护左公柳办法》七条。

综合要义，一者逐株挂牌编号时存左公柳，"单号在北，双号在南"，分段责成附近乡保甲长负责灌溉保护，并由各县随时派员视察。一者不得砍伐，不得在树旁引火，枯死者亦须保留，不得伐用其木材。一者若有偷伐或剥削树皮者，若处罚款，若处工役，并现成补栽，"每损坏一株，应补栽行道树百株，并责成保护成活"。[36]

类似每损坏一株，应补栽百株的条款，未免纸上谈兵，偷伐者或有余力，若是剥食树皮的难民，从何而来余力补栽？

但是毕竟关注及此，现存档案也有各县惩治盗伐与利用左公柳嫩枝重新栽植[37]的记录，所以穷的甘肃省政府，确实也会拨出些许款子去造林，这是刘柏馨没有料到的。而张恨水所见直径还不到一尺的树，应是补栽，并非"因为西北水少"，"左宗棠时代到现在七十年上下"仅长及此。

张恨水时代到现在又已九十年上下，如我在泾州城北汭河桥畔所见的那株左公柳，如在平凉城北原为韩藩工府禁苑暖泉城的柳湖公园所见的那些左公柳，直径也不过一二尺，远逊酒泉泉湖公园两株三人方可合抱的左公柳，想来也应是补栽，或许便是张恨水时代新种——沿陕甘驿路修筑西兰公路，因路面拓宽，原本驿路两侧的行道树多有砍伐再植。

自古列树表道，左公檄各防军夹道植柳之前，陕甘驿路也有官种柳树。道光三十年新年（1850年2月12日），回返京师的董醇东出平凉。

> 出平凉城以来，俱东行，稍偏南。路平坦，泾水沿北麓行。道多官柳，田有枣桑。[38]

可是起自左公平定陕甘新疆，无论是叶昌炽笔下"自陕之长武西至肃州"二千余里，还是裴景福笔下"泾州以西达关外"三千里,陕甘驿路途经,无论距离道路远近,任何一株古柳,无论所植年代似在左公之前抑或之后,陕甘百姓尽皆称之为"左公柳"。

无须考究年轮,无须判定是否植于同光之交,左公柳之于陕甘百姓,与其说是特定时代所植的行道树,毋宁说是符谶,可以戡定人祸,消禳天灾的祥瑞之兆。虽然左公已走,戡定不了后世的人祸,消禳不了后世的天灾,但是百姓期待若是再有人祸,若是再有天灾,还能再有一位左公,再来拯救他们于锋镝兵燹,再来拯救他们于啼饥号寒。这是他们寄予左公柳的念想。

凡此一切过往,一切的翦伐与补栽,一切的剥食与新植,左公柳过眼的一切行旅,一切硝烟与饿莩,终究过去,终究成空。

所有的创痛,逐渐淡忘,仿佛从不曾有,也仿佛再不会有。

十数年的征战,数十万的枯骨,也因淡忘而浪漫,后人再提及此,不外乎总是慷慨吟诵时在兰州帮办陕甘军务的杨昌浚(石泉,1825~1897)作于光绪五年(1879)的《嘉峪关七绝二首》之二:

> 大将筹边尚未还,湖湘子弟满天山。
> 新栽杨柳三千里,引得春风度玉关。[39]

春风满面,柳絮满怀。

大将早已回还,未还的湖湘子弟,北庭城外,五亩薄田。

固原州

汉唐夫道

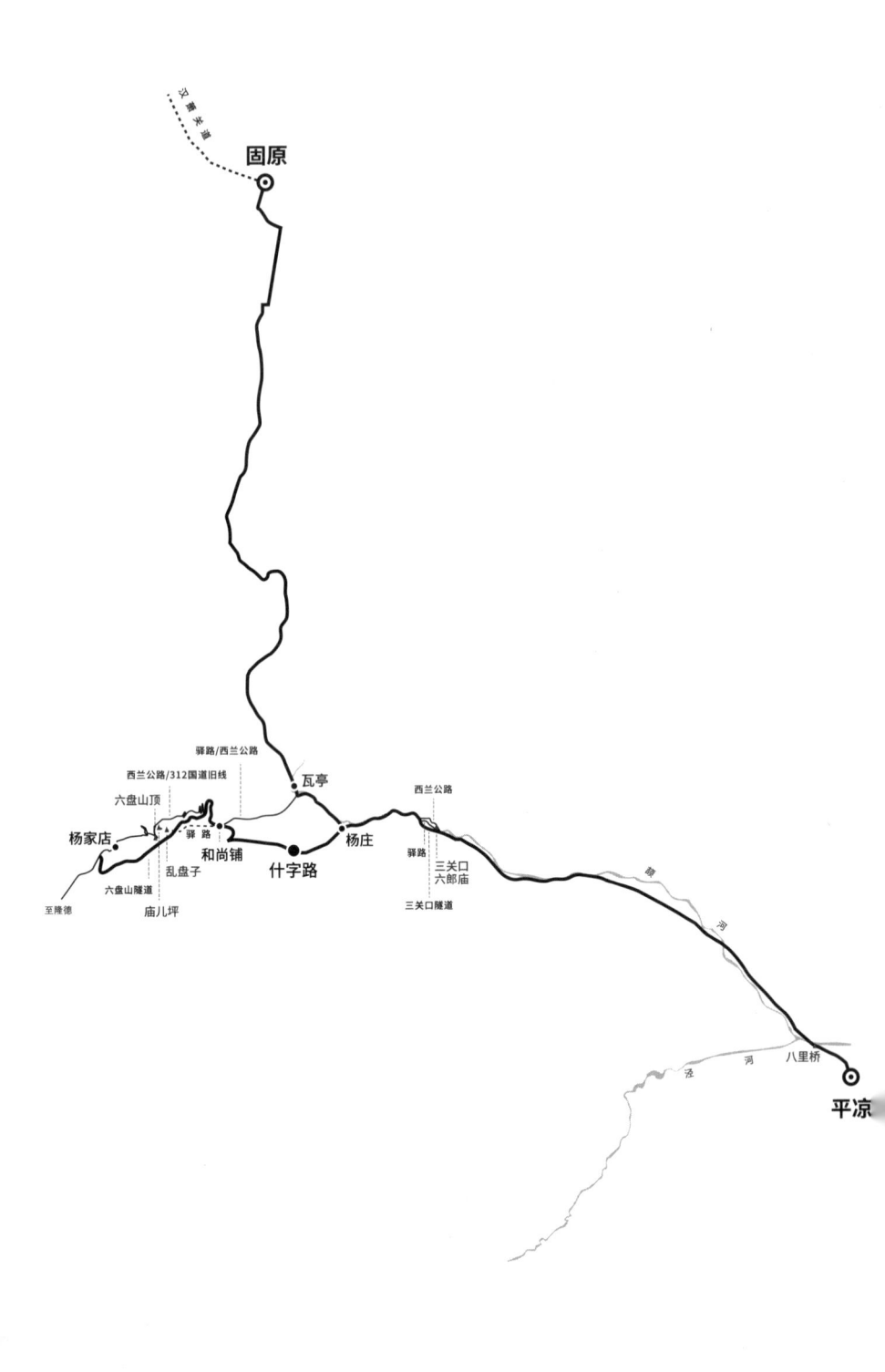

固原

驿路/西兰公路
西兰公路/312国道旧线　　瓦亭
六盘山顶　　　　　　　　　　　西兰公路
杨家店　　　驿路　　　　　杨庄
　　　乱盘子　和尚铺　什字路　　　驿路　三关口
至隆德　六盘山隧道　　　　　　　　　　　六郎庙
　　　　庙儿坪　　　　　　　　　三关口隧道

泾　　河　　八里桥

泾　河

平凉

三关口

驿路自乾州登塬，越永寿梁，下邠州泾河川，行至亭口上长武塬，再下泾州泾河川，行至平凉府。

平凉府西，泾河分南北两源而来。南源出今泾源县老龙潭，自西南向东北流经崆峒前峡；北源出今泾源县大湾乡瓦亭梁西麓，自西北向东南流经弹筝峡，过安国镇，在平凉城西八里桥与南源合流，东去泾川。

北源古称弹筝峡水，今名"颉河"。"颉"字多音，作河名音"斜"，平凉方言读如"穴"。方言此字意为与"顺"对应的"横"。泾河南源出崆峒山后，几乎正西正东流过西东走向的平凉城，所以若在平凉观之，南源形为顺势，北源则是横插而来。因为没有音义完全对应的汉字，权选音近的"颉"字代替，定名"颉河"。

昭襄王三十五年（前272）秦灭义渠国置北地郡，并设泾阳县。秦泾阳县治在今安国镇油坊村，颉河北岸，可知早至两千五百余载之前，秦人即以泾河北源为泾水。后世史籍行迹，北源仍记作泾水，故而我也因循守旧，亦称之为泾河。

平凉以后，北去固原，寻河觅道，自然是走泾河北源河川。

西出平凉，驿路西行四十里，安国镇，打尖。

道光二十二年（1842）仲夏出行的林则徐，一路苦雨。先因大雨滞留乾州三日，再因夜雨裹足泾州一日，七月十八日（8月23日）黎明西出平凉，乍行至十里铺，再度落雨，一路涧水汹涌，才知上游昨已被雨，山水叠发，轿夫纤夫艰于行走。午饭过后，雨势愈大，无可奈何，又得留宿安国镇。[1]

冬春出行的祁韵士、董醇、陶保廉、叶昌炽、裴景福、温世霖、袁大化、谢彬诸人，打尖过午，继续循河前行。

十里白杨村，五里苋麻湾，入固原界。

西兰公路亦择此线，溯水西北而行。平凉之后，林则徐轿夫纤夫曾经病涉的许多沟涧，因为许多公路涵洞而成坦途。我多次往返，唯一能够阻碍交通的就是重载半挂货车与积雪。

三年前阻我于长武塬的大雪，数日后卷土重来，再阻我于泾河川。坡道积雪结冰，重载货车寸步难行，等待公路养护工人除雪除冰，前后拥堵绵亘十数里。泾河川一片苍茫，走入河道深处，才能得见一径细流，蜿蜒退向平凉。

气温陡降，如光绪二十八年四月十八日（1902年5月25日）出平凉的叶昌炽，"天气骤凉，御重棉尚不温"[2]。

清康熙三年（1664）陕西布政使司析为左、右二司，右布政使司驻巩昌（今甘肃陇西）；康熙六年（1667）改陕西右布政使司为巩昌布政使司，陕甘分治；康熙八年（1669），巩昌布政使司徙治兰州，改称"甘肃布政使司"。甘肃建省，固原州属甘肃，同治十二年（1873）升固原州为直隶州，领海城（今宁夏海原）、平远（今宁夏同心）二县。民国二年（1913），废固原直隶州改设固原县，属甘肃省泾源道，后改属甘肃省平凉专区。

民国十八年（1929）宁夏建省，未辖固原。1953年甘肃成立西海固回族自治区，区府固原，辖固原、西吉、海原三县。1958年建宁夏回族自治区，西海固区改属宁夏。

因此现在平凉与固原市界，也即甘肃与宁夏省界。省界设有交通检查站，客车与货车分流进站检查，出站合流通行，彼此交错，难免阻滞。于是积雪道路疏通之后，又是漫长等待，终于得入蒿店。

乍入泾河川，川地开阔，左右两山，遥不可及。溯河而上，过安国镇，山势渐合，渐向道路聚拢，迤止于陕西宝鸡与宁夏中卫的宝中铁路也随之并行路左。

蒿店以后，山势益合。坡行不远，西向道路悄然折北，车随路转，赫然得见左山拥出，径扑右山，横亘于前路，壅川塞谷。唯有泾河凭借一己之力，剜出石罅，流水蜿蜒铮淙。

因流水声如弹筝，得名弹筝峡，也即唐德宗时唐与吐蕃分界处。

又因峡内多凿佛龛，龛供金装佛，得名"金佛峡"。宣统元年（1909）《新修固原州志》，便以"金佛峡"为目记弹筝峡于《地舆志》。

金佛峡,按峡在瓦亭东二十里,距州城一百一十余里,又名弹筝峡,以流水声如弹筝也。唐宋戍守要地,今俗呼为三关口。³

俗呼三关口,是因民间以其地当冲要,可以控扼制胜、六盘、瓦亭三关。唐时制胜关,关址约在今泾源县城西二里;六盘关,关址在六盘山驿路之巅;三关口后再行二十里,今之瓦亭村,便是瓦亭关,城垣至今遗存。因泾水自瓦亭关凿峡二十里而至三关口,故此峡又名"瓦亭峡",三关口也因之称为"瓦亭峡口",董醇《度陇记》即记此名:"五里,瓦亭峡口。"⁴

瓦亭峡口可控三关,瓦亭关城更是可扼四达:北扼固原、银川;西扼兰州、武威;东扼平凉、西安;南扼泾源、天水。《度陇记》中的"瓦亭峡口",在陶保廉的《辛卯侍行记》中又记为"萧关口"。

汉代萧关所在,魏晋以后乃成谜案。直至中唐李吉甫(弘宪,758～814)《元和郡县图志》卷三"关内道""平高县"(固原县)载"萧关故城",才知当世当时以为的萧关所在:"在县东南三十里。"紧随其后又记"瓦亭故关":"在县南七十里。"唐代一里短于现代一里,与九十里的实际距离出入不小,不过显而易见当世当时不以瓦亭关为萧关。

二百余载之后,至北宋中叶曾公亮(明仲,999～1078)《武经总要》前集卷十八上"陕西路""泾原仪渭镇戎德顺军路""瓦亭砦"条,萧关便与瓦亭合而为一:"瓦亭砦,控陇山一带,即汉唐（朝）那县地，古萧关也。"

瓦亭砦即北宋于瓦亭关城所置防御工事，宋夏、宋金多次鏖兵苦战瓦亭砦。

此说流传五百载，至明代中晚期编纂方志，萧关"疑"即今瓦亭关，正式载入《固原州志》：

> 瓦亭关，在州南九十里。后汉隗嚣使牛邯守瓦亭，即此地。汉文帝时，匈奴入寇至朝那、萧关，疑即今瓦亭关是也。[5]

而《固原州志》四百年前的"疑"，四百年后如董醇、陶保廉诸人已不再疑，而今更是确定无疑——平凉以西，陇山以东，固原以南，泾源以北，乃至更远，所有百姓都确定无疑瓦亭关就是萧关，甚至"萧关"已经成为瓦亭关遗址的代称，载于地图，导航可至。

山川变迁，人口流徙，城池与道路随之湮灭或兴起，此时彼地，彼时此地。一关如此，一路亦如此。所以也许本就无有唯一符合史实的关址路径，关置何处，路走何方，因时不同，因地而异，必求其于唯一，未免不切实际。

况且纵然史实唯一，讲述也不唯一。采信哪种讲述，更是玄之又玄，与其说取决于史实如何，勿宁说取决于立场如何——若是史实不利于立场，大可以重构史实，再建讲述。

比如泾州渡汭，"土人扶舆以济，殊为涉险"，林则徐与

三关口车路
三关口隧道
六郎庙
民国西兰公路
影壁

三关口。2021年。

弹

筝

峡

312 国道

摩崖题刻

312 国道旧线

土人立场不同,讲述谁人"涉险"谁人"履夷",也会迥不相同。无非许多诸如湍流中讨生活的土人,无能为力将他的讲述付诸梓版,于是历史往往只见乘舆者的讲述,不见扶舆者的讲述。

再比如光绪十七年(1891)陶保廉提及三关口"南岩下有武庙"[6],其后诸人行记也均记此庙。与一般武庙不同,三关口武庙正祀关二爷外,还于左右两庑附祀杨六郎与杨七郎。叶昌炽以其有违史实,嗤之以鼻。

> 约略下坡,有关侯庙,设茶尖于此。登殿瞻拜,两庑右祀杨六郎,左祀杨七郎。杨延昭足迹未尝度陇,又安得有七郎耶?里人以萧关口讹为三关口,又以小说镇守三关附会之,殊可笑。[7]

叶昌炽以为"三关口"并非实指控扼某三关,而全为"萧关口"的讹音。且杨六郎所镇三关,实是山西雁门或河北淤口诸关,且六郎从未渡陇,七郎又是小说家言,在甘肃三关口祀杨六郎,"殊可笑"。

其实,我却以为并不可笑。

北宋瓦亭砦地悬边陲,先有西夏,又有金国,多次寇边,烽火连天。

瓦亭为关中北路屏障,瓦亭失则关中门户洞开,铁马金戈共泾河洪水冲川而出,关中转瞬危殆。

唐时仍作两地的瓦亭与萧关,宋时合而为一,大约便是重新构建的讲述,需要戍卒与边民相信,戍卒与边民也需要相信，那座瓦亭砦，就是萧关，就是地当冲要，可扼胡马西风的汉唐雄关。

杨六郎杨延昭（958～1014）与"瓦亭砦即古萧关"的《武经总要》编者曾公亮为同世之人，当世抗辽名将，身后又经《杨家将》演义，有如天神下凡，是可以比肩关羽的武圣。

杨六郎未在此地抗夏抗金又如何？天下各地皆造关圣庙，关圣又何尝战于天下各地？

三关口百姓愿意相信杨六郎曾于三关口抗夏抗金，杀得番邦丢盔弃甲，尸山血海。他们相信杨六郎坐镇三关口，于阳间仍可庇佑萧关不失，瓦亭不失。他们或许想不及关中不失，但是他们知道，不失之地，方得平安，方得一季小麦，靠天吃饭。他们相信七郎也随六郎同坐三关口，更能于阴间杀尽阴兵，鬼魅不侵，可保往来车马，安然归来行去。

叶昌炽以为百姓愚昧，一笑了之，最是妥当。什么抗金祀杨，哪能多说？当世忌讳太多，抗金岂非抗清？祀杨岂非扶杨？扶杨岂非扶洋？凡此种种，随性构陷，任意诛心。殊可谨慎，不然一言不当，赴任转成赴戍。

"关侯庙"至今仍在三关口，而且庙名已从正祀关二爷的"关侯庙"，转为附祀杨六郎的"六郎庙"。

西兰公路与312国道曾经便由六郎庙前穿行金佛峡。峡内地势险峻，道路左倚六郎庙，右临泾河谷，自南向北急弯绕过径扑河谷的左山，再沿瓦亭峡西去。地势大体仍如道光二十九年（1849）董醇所见：

> 山势益合，石气阴森，遥望前途，几疑无路。至此
> 两壁如门，仅可容轨，急流奔突而来，插木堰土，以通
> 行人，转似与水争道者。[8]

当然公路不比栈道似的"插木堰土"，不是重载货车，普通车马行走远较董醇为易，可是国道恰恰最多货车。后为改善交通，1989年凿通三关口隧道，新国道穿越横亘前路的左山，取直径达山北，六郎庙前的旧国道瞬时车马寥落。

当年奔突的急流，也只如溪流，谷底悄然而过，如弹筝的水声纵然仍有，也已为货车过往时如擂鼓的噪声所淹没。

那前阻我于道的雪后，忽然晴朗。六郎庙前，积雪淹没旧国道，唯有绿色的护栏还是现代痕迹，其余一如旧日行旅来时，山势益合，两壁如门。右壁还有三方前人题刻，字迹清晰可辨。自上而下：

一方"峭壁奔流"，款存"晋江明题"四字，隐约可辨。

一方"山水清音"，落款漫漶，据宣统《新修固原州志》卷十《艺文志》之《碑碣》所载原款为"道光二十九年岁次己酉仲春，知平凉县事归安沈启曾题"[9]。

近水一方"山容水韵"，款存"龙光氏"三字，极难识读。宣统《新修固原州志》讹录此方为"山光水韵"。

宣统《新修固原州志》共载三关口摩崖碑七方，除此三方之外，另有"泾汭分流""下刊'丙子季秋晋江'六字"；"萧关锁钥"，"无年月姓氏可考，仅存'锁钥'二字，土人云早年见之，知为'萧关锁钥'"；"控扼陇东"，"道光二十二年壬

寅首夏知固原州山东钮大绅题";"山明水秀"。[10]

民国二十四年（1935）西兰公路告成，五月一日正式通行长途汽车之前，四月二十五日，原孙中山（1866～1925）机要秘书、国民党中央执行委员邵元冲（1890～1936）率队自西安出发，驱车考察道路建设，其随行人员，秘书高良佐（梦弼，1907～1968）在列。民国二十五年（1936），高良佐将其随行日记，在南京建国月刊社以《西北随轺记》为名出版。第二章《陇东之行》第六节《六盘山上》，也写到三关口摩崖碑。过关帝庙后：

迎面石壁高耸，上镌峭壁奔波（流），山水清音，山容水韵等字，甚遒劲。[11]

高良佐所记，也只今日所见三方，想见存至宣统年间的七方摩崖，二十余载之后，即已仅此三方孑存。
其余四方，不知湮灭于何时。

六郎庙内，布局仍似从前，正殿关二爷，左庑（面对正殿则为右）杨六郎，右庑杨七郎，但是殿宇简陋，形制粗鄙，显系近年新造。
宣统《新修固原州志》之《艺文志》载有一篇魏光焘《重修三关口关帝庙记》：

自平凉而西七十里，有三关口焉。关旧有寺，圮于

> 烽火，残碑断碣，鲜可指者。父老告余曰："此古关帝庙也，昔以两杨将军附祀之。"[12]

六郎庙始建年代不详，后毁于兵燹。"岁丙子，燾更巡陇东，率部下治峡路。路既治，乃捐廉兴修。""丙子"，光绪二年（1876），是年平庆泾固化盐法兵备道魏光燾重建六郎庙，这也是嘉道年间祁韵士、林则徐、董醇诸人经此却未见六郎庙的原因。

光绪六郎庙，大约也如白水镇的祠堂庙宇，毁于"破四旧"。后来再建新庙，地瘠民贫，只好因陋就简，得过且过，雕花的柱础改作踏足的石阶，彩绘的金身却如稚子的泥塑，见惯宝像庄严的外来香客，未免觉得谑而且虐。

除去每年四月初八庙会，从初四到初九这一周最为热闹，再者如腊月二十三、五月十三、六月二十三等几场庙会能有一两天的香火，其余时日庙内基本可以罗雀，三位神主，苦待香客。

> 两山环抱，间有董少保福祥故里石碣一方。该处居民甚少，只看董少保祠堂者一家。石碣后有关帝庙，庙内住一二家，或亦守庙者耳。[13]

宣统三年（1911），温世霖过三关口时得见的"董少保福祥故里石碣"，民国二十四年（1935）张恨水来时仍在，记述更为仔细：

此外三关口还有一件颇重要的胜迹，就是在六郎庙向东约十步路的所在，有块大石碑，大书董少保故里五个大字。这个董少保就是满清甘军统领董福祥，左宗棠征西的时候，他建立了不少的功劳，八国联军的那一战他也很现了一点手腕给外国人看。谈起他，在华外人不少知道的，也总可以说是位民族英雄。在他那故里，现在没有什么，只是三四户人家，配着两棵白杨树而已。[14]

董福祥（1840～1908），字星五，甘肃固原人。同治元年（1862），太平军入陕，秦陇肇乱，董福祥啸聚陇东。同治八年（1869），左宗棠所部湘乡刘松山（寿卿，1833～1870）大败董福祥于瓦窑堡，董福祥乞降，所部编为董字三营，戡定甘肃，收复新疆，以战功擢升喀什噶尔提督，后迁甘肃提督，加太子少保衔。光绪二十六年（1900）庚子事变，董福祥率甘军围攻东交民巷，此即张恨水笔下"八国联军的那一战他也很现了一点手腕给外国人看"，可惜月余未下，直至八国联军寇陷北京，慈禧太后仓皇西逃，所谓"庚子西狩"，董福祥随扈同行。次年《辛丑和约》签订，八国联军拟为首凶的董福祥，革职留任，永不叙用。光绪二十八年（1902），董福祥营造府邸于甘肃灵州金积堡（今宁夏吴忠金积镇）。光绪三十四年正月初九日（1908年2月10日），董福祥病逝金积堡，四月开复革职处分，八月归葬固原南乡十里墩官山[15]，墓址在今固原城南二十里铺庞家堡子村。

"左宗棠征西的时候，他建立了不少的功劳"，这是传统史观讲述的董福祥，却不是后来立场所需的董福祥，于是董福祥在宁夏几乎成为一如八国联军讲述的首凶，庐墓已为当地歹民盗掘，开棺戮尸，掠尽陪葬，孑遗朝珠一串，存于固原博物馆。[16]

七年前初春，我在固原，固原博物馆改造工程尚未完工，闭馆的博物馆门外，有位老汉摆地摊卖点儿文玩杂项。东西大可怀疑，唯有一本1994年甘肃人民出版社版的《董福祥传》保真无疑。仅此一本书，与理论上的秦砖汉瓦摆放一处，显见得珍贵。见我有意，老汉开口就是令人蒙冤的价格，我问为何如此昂贵，老汉回答："这书你在宁夏可不容易看到。"

1984年自三关口迁至固原博物馆石刻馆保存的"董少保故里碑"，也不容易看到。固原博物馆有则特殊规定，每年十月至五月之间，后院露天的石刻馆不予开放，仿佛田姨生起炉火的小屋，生怕观者进进出出，散尽了温热。

好在屡至固原，总有春暖花开日，得入石刻馆，得见树立庭院正中的"董少保福祥故里石碣"。

光绪三十四年戊申阳月谷旦
董少堡故里
头品顶戴陕西固原全省提督蒲城张行志谨拜镌
花翎候选道固原直隶州知州文水王学伊谨拜题

"董少保故里"五个大字，正是出自宣统《新修固原州志》

总纂，时任固原知州，山西文水人，光绪二十年（1894）甲午科进士王学伊（平山）。

王学伊拜题的"董少保故里碑"，也载于《新修固原州志》卷十《艺文志》之《碑碣》。

> 董少保故里碑，按碑刊于光绪三十四年，知州王学伊书，绅民公建在南乡官道。[17]

"南乡官道"，意指途经固原南乡的平固大道，"董少保故里碑"原来建在平固大道向西通往董福祥墓神道的路口，兼作神道碑之用。

其实董少保故里碑阴，另有温世霖诸人不曾言及的正楷题刻：

> 诰授光禄大夫、太子少保、尚书衔、甘肃提督军门星五董公神道碑

所以准确而言，"董少保故里碑"应为"董少保故里神道碑"。

不过光绪三十四年（1908）立于南乡官道的"董少保故里碑"，何以三年之后温世霖即见于三关口？固原博物馆石刻馆另有一通宣统二年（1910）的"董少保神道碑"，与"董少保故里碑"左右峙立于庭院。宣统"董少保神道碑"，确实建在"南乡官道"，原址筑有五六人之高的砖构碑亭荫庇。八十

年代初，约与三关口的"董少保故里碑"同时迁入固原博物馆，然而手扶拖拉机运输途中，断为三截，未及保护，先遭毁坏，殊堪痛惜。拼接树立的"董少保神道碑"，规制相较董福祥殁年初建的故里神道碑更为完备，碑阴镌刻亦由王学伊撰稿并以行楷小字书写的《董少保神道碑文》[18]，碑阳右上为"宣统二年"年款，左下为"仝敬立"的包括当时署理甘肃提督的西宁镇总兵、未来民国蒙藏委员会委员长马福祥（云亭，1876～1932）在内的旧部府道以下一百二十六名官员人等名款，而正中碑题则将董福祥一生所得职衔赐赏巨细无遗予以罗列：

> 诰授光禄大夫、建威将军、太子少保、尚书衔、随扈大臣、节制满汉各军、总统武卫后军、督练甘军、援剿甘肃河湟军务、总理新疆伊犁西四城马步全军恪靖营、头品顶戴、赏戴花翎、赏穿黄马褂、赏坐二人肩舆、紫禁城骑马、赏穿带膆貂褂、赐福寿虎字银锞绸缎、议叙头等军功、世袭骑都尉兼一云骑尉、覃恩加级纪录、阿尔杭尔巴图鲁、阿克苏镇总兵、新疆喀什噶尔提督、甘肃提督军门星五董公神道

董福祥殁时，迫于外国压力，囿于首凶罪名，既未将其事迹宣付国史馆，也未予谥，更未按规制厚葬曾经的勋臣。宣统二年（1910），旧部官员人等重修董墓，重树新碑，大约即在此时，移旧碑至平三关口董少保祠堂。所以，次年温世霖

途经,得见祠堂与石碣,得见关帝庙,得见庙内住着的守庙人。

一百一十一年之后,董少保祠堂已无痕迹,石碣北迁固原城,但是重建的关帝庙也即六郎庙仍在,庙内也仍住着守庙人,逯家老两口。

七十二岁的逯孝,瓦亭村迤南什字路人,八年前和老伴来到三关口,住进六郎庙东北角的两间平房——因为道路南北向,路南的六郎庙实际坐西朝东。

角落一间储物,南侧一间住人。"一早起来,伺候老爷",是老两口的日课,洒扫庭除结束,坐在屋里,透过窗户,可以看见庙门有无人进人出。

老逯年轻时得过耳病,早早耳背,来人说话,才会返身回到屋里,床头摸出一只铁皮小盒,打开盒盖掏出自己的助听器戴上。单独一只助听器,年深日久,黏着胶带。效用并不太大,对话依旧艰难,老伴说老汉这两年聋得厉害,"聋实咧"。

老伴姓田,胖胖的身形,小老逯四岁,隆德县观庄人。1974年初冬十月,刚满十八周年的她翻过六盘山,嫁到什字路。包办的婚姻,媒人介绍逯孝老实,父母劝慰自己的大女子:"嫁过去不受气,不挨打,不挨骂。"

坐在屋里和我闲聊天,老逯老伴总是自称"老姨","老姨和你说",如何如何,所以就让我称呼她为"田姨"。

田姨身体不好,糖尿病、高血脂、高血压。"高压高到二百,"她说,"我们这些人都是下下苦、挨过饿的人。"

六郎庙，田姨。2021 年 10 月 8 日。

嫁到什字村逯家，田姨生下四个娃娃，三个女子，一个碎娃。

嫁到什字路的第二年六月，田姨的大女儿出生。大女儿落地就是田姨独自拉扯。"婆婆没婆婆，生下三天，血裤子就下地自己做着吃喝"。逯家只有一个"脾气怪得很的老爷子"，"婆婆跟他过不到一搭，离婚咧"。婆婆远走，老逯也不能居家伺候月子。"还农业队呢么，他照顾我不赚工分，一家口吃什么？"于是一切只有依靠二十岁的自己。

"受罪着，"田姨说起来眼眶就红，"生下娃娃，还要把土炕上的席拖了，撒上些黄土坐上。血多你就坐在黄土上，浑身就是一个泥包。"

"做下一身的病么。"

"我这一辈子，没有享过福，"田姨慨叹她这一生，"一上六十，娃娃大了，吃饱穿好，才自由些个。"

自由下来的田姨，不再伺候一家老小，却和老逯来到六郎庙，伺候起老爷和六郎七郎。

老两口守庙，却只有老逯一个公益岗。况且全天值守，工资也只有永寿武陵山上守塔半月的一半，每个月五百元。"就是给个零花钱么，吃个菜么。"

好在守庙总有香火钱，工资之外总能有所补益。而且毕竟还有养老和低保，田姨一个月六百，老逯能有一千。其实不少，但是身体都不太好，老逯也是糖尿病，才刚做完心脏支架，"养老、低保主要是吃了药么"。

虽然老两口都有糖尿病，可是住在偏僻的六郎庙，日日却是纯碳水的饮食："老两口，买一袋子面，吃两个月。"

买菜要去蒿店村，或者回什字路家里的时候带回，总是不方便。夏天，田姨能在庙外的空地自己种上些菜，"韭菜、苦菊、菠菜、萝卜，栽些葱"。

窗下一张木桌，角落一台老旧的电视，其余桌面堆满锅碗瓢盆，油盐酱醋。将近正午，储物间里拿出两根蒿店村里买回的黄瓜，一根青椒，黄瓜削成月牙片，青椒切段，撒点儿鸡精、咸盐，兑上生抽，拌匀就是午餐的主菜。想了又想，试了又试，另一根黄瓜还是没有削，又存回隔壁房间。

屋内正中一架煤炉，每年八月十五生火，烧到四月初八庙会，整两吨煤。四月初八以后，再烧煤炉做饭，极不方便，银川工地做钢筋工的碎儿心疼父母，给买了电烧锅，炒菜也行，煮面也好。"花了三百多！"田姨埋怨儿子多花钱。想起来又心疼儿子工作辛苦，"夏天工地上钢筋把这手和脚烫得呀，都烫烂了"。

田姨的大女子在隆德，三女子在永宁，二女儿在"潮湖"。"潮湖"，地属宁夏石嘴山大武口，靠近平罗西大滩，是隆德在大武口的移民聚居地，官称"隆湖"。田姨娘家四个兄弟也全移民潮湖，包括田姨九十岁的老母亲。

"潮湖那好得很，富得很，我的几个兄弟都一家几个车。"

田姨的四个娃娃也都出息，家家也都有车，过年开车回来，加上四男四女八个孙子，六郎庙的屋子"站都站不下"。

满堂儿孙，田姨最心疼她一手带大的大女子的三女子，"那时候计划生育还紧着呢，超生"，出生两天就送到什字村，田姨一手带大到八岁。"现在在银川卖药，也能挣钱咧，享这个孙女的福大得很！给我买药，吃的，穿的，冬夏衣裳、鞋，买了啥就都给寄了来了。"

现在孙女无论如何又要接老两口去银川，"一定迎上去，叫你们享上两天福。"实在难得这么好的孙女，田姨简直不知道如何夸赞："比我养下的儿女都好！"

所以也许今年下半年，逯家就要结束在六郎庙八年的守庙生活。

却也未必，"这还寻不下人"。

未必是六郎庙寻不到新的守庙人，更可能是舍不得，舍不得五百块钱的工资，舍不得星星点点的香火钱。

与温世霖同在宣统三年（1911）道经三关口的袁大化，也曾"瞻拜"六郎庙，而且他在《抚新记程》简略写到三关口道路的变迁。

> 从前路在山上，光绪元年魏午庄光焘备兵陇东，督师开道，砌石山麓，行者称便。吴清帅奉使陇阪，刻石记其事。[19]

"吴清帅"，即光绪六年（1880）领三品衔赴吉林办理边防，袁大化投效其麾下方得仕途腾达的吴大澂（1835～1902）。

吴大澂，初名大淳，同治皇帝载淳即位，避国讳而改大澂,字清卿,号恒轩,又号愙斋,江苏吴县(今江苏苏州)人。同治七年(1868)戊辰科进士,同治十二年(1873)八月外放陕甘学政,光绪二年(1876)十月卸任。

学政任内,光绪元年(1875)三月,吴大澂受魏光焘所请,撰书《三关口开路记》,记其一月之前重修三关口道路事,并由魏光焘遣员购石摹刻,树立三关口。[20]

民国二十五年(1936)五月二十三日,教育学家侯鸿鉴(葆三,1872~1961)视学甘肃,行至三关口,"下车小憩,有关庙、杨七郎庙,照壁嵌石碑六。吴大澂督学陕西时所建,三关口修道记,隶书甚佳"[21]。

仕途之外,吴大澂亦为学者、金石书画大家,三关口修道记以石门十三品之东汉"鄐君开通褒斜道"摩崖笔意写就,字法朴拙,章法丰盈,一记书于四碑,恣意舒展,气脉相连,迥异于普通寸楷写就的单体碑碣。

彼时"隶书甚佳"的吴大澂碑嵌于六郎庙照壁,过往行旅既可观其记事,亦可摹其书法,故为后来者屡屡提及。而今六郎庙门外,照壁仍在,却已早非当年旧物,其上片石不存,只字无有。

照壁迤南,辟出一片广场,久无人来,几为荒草湮没。广场两侧,新立了吴大澂碑复制品,共计四方,南北峙立。复刻不精,碑文大字写就,辨识无碍,但是小字题记,笔画错讹累累,通读唯有去读原碑。原碑亦在固原博物馆石刻馆,亦是国家一级文物,嵌于右手游廊,并以玻璃罩慎重保护。

三关口为古金佛峡，山石荦确，杂以潢流，夏潦冬雪，行者苦之。坡南旧通小道，西出瓦亭驿，乱石龉路，车骑弗前。庆泾平固观察使邵阳魏公 //

始以光绪元年二月开通此路，为道廿余里，凿隘就广，改高即平，部下总兵官萧玉元，副将魏发沅、杨玉兴，参将邹冠群、彭桂馥 //

岳正南、罗吉亮、徐有礼等，分都兴作，凡用功八千余人，役勇丁四万余工，炭铁畚锸，器用功费，縻白金千两有奇。是年五月讫功，行人蒙 //

福，去就安隐。督学使者吴县吴大澂采风过此，美公仁惠，勒石纪事，以示来者。

大清光绪元年三月谷旦立

吴大澂"三关口开路记"四碑等大，高近四尺，宽愈二尺，厚约三寸。每方刻字五列，每列十字至十一字不等。因字数不足，第四方仅刻三行，左缘刻款一行。其间一行留白，两年之后，于留白处增刻杨重雅题记五行小字：

雅于同治辛未入陇，其时金积初平，河湟未靖，恪靖伯甫从平凉进营安定，以午庄观察留镇平凉，治军严肃，行旅如归，心窃韪焉。抵郡之次日道出萧关，北宋时用兵处也，山石连涧，磴仅容车，觉王阳蜀道殆有以过之。

光绪丙子，奉移桂檄，重出是关，见夫平平荡荡，向之巉岩欹仄者，今且如砥如矢矣。读吴学使摩崖记，知观察以治军之暇用军士平之，益叹观察之善将兵，且益叹伯相之善将将也。今年冬观察重刻其族祖默深先生《海国图志》，告成不远，数千里驰价致赠，可见观察所志之大，而视天下事之可平一如此关也，因以向所藏于中而不能置者书以相质。丁丑岁十月杨重雅记。

杨重雅（庆伯，？～1879），江西德兴人，道光二十一年（1841）辛丑科进士，同治九年十二月二十六日（1871年2月15日）简放甘肃按察使，同治十年（1872）入陇。初行三关口，道路艰险，一如二十三年前董醇过时，"山石连涧，磴仅容车"。

光绪元年十一月六日（1875年12月3日）杨重雅改授为广西布政使，光绪二年（1876）奉檄出关，再至三关口，得见道路平荡如砥，读吴大澂碑，知魏光焘治军之暇，督军士修路一事。

光绪三年（1877），魏光焘重刻其叔祖、著名学者魏源（默深，1794～1857）的世界史地名著《海国图志》，邮传千里，驰赠广西布政使任上的杨重雅。应当随邮亦有所请，于是杨重雅亲笔题记去年三关口闻见，回寄魏光焘，补刻在吴大澂碑留白处。

补刻同时，魏光焘又作"增修三关口车路记"碑一方，与吴大澂碑共计五方同嵌于六郎庙照壁，而今皆藏固原博物馆。至于"照壁嵌石碑六"的第六方，或即碑文录于宣统《新修固原州志》却不见其碑的"重修三关口关帝庙记"，不知是与六郎庙共毁于"封建迷信"，还是某年某月冲没于弹筝峡水。

魏光焘"增修三关口车路记"，回溯吴大澂所记前次重修三关口道路之事，始于光绪元年（1875）春：

> 乙亥春，余捐廉庀具，督勇鸠工，自安国镇南岸西上，凿石辟山，陂者坦修，陉者曲续，蜿蜒达关口三十里，频堰水道，踵修至瓦亭而止，凡四阅月落成。

三关口旧道因为峭壁夹流，石径崎险，夏秋水涨，冬春冰凌，车骑往往冲淹倾陷，"行者若之"。于是魏光焘自捐廉俸，以勇为工，自安国镇南岸西上至三关口，凿石辟山，修整道路三十里，后续修至瓦亭驿，历时四月完工。

肯定也提到了自请吴大澂撰书的碑记，"前提学使者吴公勒石纪事，谓其行人蒙福，去就安稳"。吴公褒奖虽令"余惭甚"，却是前进的动力，"而上下岘巇，犹虑驰驱靡易"，"拟乘整军暇，增治逵盒"。"盒"即"途"，"逵途"即大道。前修道路上下险峻，车行犹艰，因此准备乘练兵空暇，增筑大道。

> 因于关口导流，巡北傍南，辟峡垠展砌为路，除成康庄。

于是当年仲春动工，先在关口导流，避免水涨毁路，再自北向南开辟峡边陆地，用以拓宽路面，最后"剔去沙砾，掏浚及底，氂石胶灰，层叠坚筑"，至秋季筑成长计二百寻，高及二寻，缭以护垣，可容两车宽松并行的三关口车道。

"综计工力二万，用灰越十五万，石不计，费金近千，自捐未动公帑。"

当然，二万工力，怕也是勇丁"自捐"，未动公帑。

"从前路在山上"，袁大化提及的旧道，便是吴大澂碑文中写到的那条"坡南旧通小道"，此路西出瓦亭驿，嘉道之间祁韵士、林则徐、董醇即经此道越山。魏光焘嘱请吴大澂与杨重雅揄扬的光绪元年（1875）那次重修，也就是在此旧道基础之上整平拓宽的二十里。

从前山上的路大体仍在，北坡已湮于荒草，毁于隧道漫道，但可自南坡登山，旧道依山麓凿石开辟，即吴大澂所谓"凿隘就广"。然而此路极其险峻，右临六郎庙所倚石崖，旧时行旅车马稍有差池，滑坠山崖便是碎骨粉身。

道路愈上而非愈狭，行山路最高处，需要绕过突兀的崖顶回旋下山，此处左石怒起，右崖壁立，数十米深涧如在足边。却也是风景最好处，回望泾河川，前眺瓦亭峡，山风凛冽，云似天马，从容越岭。侥幸如今崖畔遍生灌木，多少可以遮挡些视线，遮蔽着恐惧，我还敢于临涧俯瞰，近观已如溪流的金佛峡水，复见汹涌奔腾，水声自空谷浮至山间，又如弹筝。

怎奈山体的薄层砂岩不耐风化，加之雨水冲刷，果然"山石荦确""乱石涩路",晴朗时日越山,尚惧蹄轮之下的细碎石砾打滑,何况"夏潦冬雪",水冰漫道?"车骑弗前""行者苦之"。

于是光绪三年(1877)二月,魏光焘再役所部勇丁六万余工,费银愈二千两,循山涧水岸增修三关口车道。

光绪三十一年十月初五日(1905年11月1日),裴景福日晚方至三关口,未进六郎庙,却记有一段较为详细的地势路况:

> 庙前两山欲合,相距仅以尺计,悬崖赤立,巉岏垂注无寸土。涧水怒流,即瓦亭川也。傍左山根石路而行,对岸石壁凿"峭壁奔流"四字。[22]

"瓦亭川"多指陇山西麓的瓦亭水,裴景福于此信笔,本意当为"瓦亭峡水"。傍瓦亭峡水的"左山根石路",便是魏光焘增修的三关口车道。

记于宣统《新修固原州志》的"峭壁奔流"等七方摩崖之外,道光三十年的春节(1850年2月12日),返京又过三关口的董醇,除记"北壁"七方摩崖之中三方,又记"南壁"也即六郎庙一侧还有"'清流分派''一夫能任'等字,皆摩崖檗窠草书"。[23]"南壁"摩崖,《新修固原州志》只字未提,当在魏光焘为展辟峡埂,拓凿崖壁之时毁去。

增修三关口车道四年后,光绪七年(1881),正月二十四日(2月22日)魏光焘升调甘肃按察使,正月二十九日(2

月27日）旨召左宗棠入值军机，在总理各国事务衙门行走，管理兵部事务。一周之间，左宗棠离甘赴京，魏光焘也离平凉赴兰州。

甘肃不再用兵，道路转运军需粮秣任务不再繁重，加之实心任事的湘军将领调离，三关口车路再未有增筑改建，日常维护恐怕不如往昔。

翻山的旧道还可行走，若是无有狼狈的长车随从，大约会审度天时地势，任选旧道或车路穿行三关口。

以行记推度，裴景福经行山涧车路无疑，而陶保廉与叶昌炽可能仍走山上旧道，因为陶保廉见六郎庙于"南岩下"，叶昌炽则是"约略下坡"才进六郎庙。

与车路同时重建的六郎庙，大约建于旧道与车路之间的山麓，所以民国二十四年（1935）张恨水经由西兰公路来时，需要"绕上山坡去，看看六郎庙"；所以光绪三十二年（1906）叶昌炽返程再过三关口，追忆来时"关庙有茶尖，可以留眺"[24]。

当时西兰公路尚未改造三关口段，仍借当年魏光焘"顺着山势，放了水路"的三关口车道。不过因与西兰公路刘如松总工程司同行，张恨水也已知晓三关口段的改造计划：

> 现在西兰公路处的计画，是用炸药炸山，用石块和水泥，堆砌涧岸，抛弃利用山涧作路的方法，因为原来的路线，只要雨水大一点，尤可以把路给湮没掉了。[25]

正是基于此构想，西兰公路处炸左山以取更多造路空间，然后石块水泥堆砌涧岸，筑成三关口段西兰公路，也即三关口隧道凿通之前的旧国道。

新六郎庙建于旧国道左，山崖之下，庙基正与路基平齐，无可眺望。

若非六郎庙还有香火，旧国道怕是早已荒芜，现在虽然年久失修，总还可通车行，只是闲坐半日，除却打扫卫生的旧三轮，再无一人走过。

三年前的雪后，老逯的小屋炉火正旺，田姨还是照例坐在炉边的小凳上，刷锅洗碗。正对着房门一张双人床，床头临门一张木凳是老逯的专座，进出方便。那天任老汉也在，坐在床沿，吃完午饭，乌黑的手上夹一支烟。

"那个老汉也可怜得很，"背地里，田姨也替他难过，"没儿女。"

准确来说，是没有亲生的儿女。

任老汉老家也在什字路，后来娶了三关口村里的女人。"找了这个屋里还有人，四五个娃娃还都碎着呢。"婚后八九年，"碎娃娃都拉扯大，人家不要他了。"

结婚的时候，"老婆子结扎了，他没有娃娃"。

村里照顾他，如同永平镇的老王、下沟村的史老汉，也给安排了打扫卫生的公益岗，一个月八百块钱。可是年纪大了，腿脚又不好，"六十几，快七十，不让他收垃圾了，路上危险得很"。

失去打扫卫生的八百块钱，任老汉的生活瞬间变得拮据，除却"一个月二百几的养老",老汉一无所有,甚至没有低保。

"他还弄得不好,婚离了,户没裁离么,"田姨替他难过,"老婆子离了婚,老婆子这一家子的户口还是他的户口簿上呢,老婆子搬到青铜峡去,她儿子有本事,小车、楼房,把他低保给他取了。"

"派出所要裁户口,让老婆子下来,老婆子叫不下来。"

"三百三还是三百几"的低保,因为不符合政策,从此取消。

"这个给上些,那个给上些,穿的还是烂衣裳。"

"自己天天下挂面,可怜,没钱吃肉么。"

虽然不在六郎庙前打扫卫生,但是住得不远,就在出三关口隧道北口不远的水泥厂,走路不到十分钟,任老汉偶尔还会来六郎庙坐坐。若是太久不见,老逯也会去寻他,"做上些好饭了,肉食饭了,也叫来让吃点饭"。

"我这里隔个两天一吃肉,隔个两天一吃肉。"田姨觉得肉食饭就是好饭,值得叫上任老汉来一起吃点儿,就像三年前的那场雪后。

那天任老汉胡子拉碴,瘦得几乎没有影子。

任老汉来了,肉食饭令人欣喜,可是偶尔也会难受。"看孙女给买这个买那个,羡慕得哟,他心上也不好过。"

田姨心疼下的孙女心疼田姨,心疼老逯,记得爷爷把她背在身上,也心疼任老汉,电话里还会嘱咐田姨:"奶奶,做上些好饭,把任爷爷也叫上吃饭。"

"世界这么大,要是这么看,我不大可怜,还有没儿女的,可怜的人。"任老汉的可怜,田姨归纳根结就在于没有儿女,如果当年但凡能生下一男半女,她觉得任老汉也不至于如此。

不过田姨自己又说起去年村里有个老婆子病故,子女都在外地,"内蒙的、银川的,死在家里都没人知道么"。田姨也能理解,"儿女还要过自己的光阴"。

"儿女就是光阴好,就是一月掏上两个钱,也就很好咧。"

不是谁都能有田姨孙女这么好的娃娃,刚有自己的好光阴,就要与把她带大的爷爷奶奶分享。银川城里,为老逯和田姨准备的楼房,"已经寻下咧"。

所以纵然下半年六郎庙寻不下人,孙女也要过来把老逯和田姨迎上银川去:"把你们伺候上几年。"

活到六十八岁上,田姨终于可以不用再伺候别人。

可是,如果下半年老逯和田姨去到银川,谁还去叫任老汉来吃肉食饭呢?

沉默半晌,田姨叹口气:

"我前看不如人,后看还有不如我的。"

瓦亭驿

过三关口，瓦亭峡行二十里，瓦亭驿。
宿站。

道光二十九年十一月十八日（1849年12月31日），董醇到时，日已西照。

> 镇庋右山之崖，驿在镇中，即古瓦亭关也。汉隗嚣使牛邯守瓦亭，唐肃宗幸灵武，牧马于瓦亭，宋吴玠与金兵战于瓦亭，皆此地。[26]

瓦亭镇，即古瓦亭关，北倚右山之崖，南临泾水之畔，瓦亭驿在镇中。

隗嚣（？～33），读作"委敖"，字季孟，天水成纪（今甘肃秦安）人。新莽末年，割据陇右天水、武都、金城诸郡，自称西州上将军。建武八年（32），东汉光武皇帝刘秀（前

5～57）令来歙（君叔，？～35）袭取略阳（今甘肃秦安陇城镇），隗嚣遣部将分守要隘以拒援兵，以牛邯（孺卿）驻瓦亭，然后亲率大军攻略阳，未果。后屡败于汉，次年忧忿而死。

东汉至今，历年久远，牛邯所驻瓦亭，有东瓦亭与西瓦亭两说。东瓦亭即古陇山东麓瓦亭驿，西瓦亭所在，陶保廉在《辛卯侍行记》中自注于瓦亭驿："自此西南至秦安县北皆陇山中干，古皆谓之瓦亭山。《水经注》：陇水出陇山，西流径瓦亭南，隗嚣闻略阳陷，使牛邯守瓦亭，即此也。又西南合一水为瓦亭川，又南径阿阳、成纪而入渭。按：古略阳在秦安东北，成纪今秦州，瓦亭川在秦安境，牛邯所守亦当在彼。或又称秦安之瓦亭为西瓦亭。"清初地理学家顾祖禹（景范，1631～1692）《读史方舆纪要》之"秦安县"亦记县东北二百里之西瓦亭为牛邯屯军以拒汉援军处。[27] 不过后世西瓦亭已无地名瓦亭，而东瓦亭因为瓦亭驿而知名，所有史上有关瓦亭的种种故事，无论东西，多讲述于东瓦亭，多附会于瓦亭驿。

唐玄宗天宝十四年（755）安史之乱，十五年（756）潼关失守，玄宗（685～762）幸蜀，途经马嵬驿兵变，其三子李亨与玄宗分道，北上灵武（今宁夏灵武），并于灵武称帝，改元至德，是为唐肃宗。当时瓦亭为其牧马之地。

吴玠（晋卿，1093～1139），德顺军陇干县（今甘肃静宁）人，与其弟吴璘（唐卿，1102～1167）皆为南宋初年名将，曾在瓦亭抗御金兵寇边。可惜后世只有《岳家将》《呼家将》与《杨家将》，无有一部《吴家将》，否则听书百姓若是知道自家也有勇略当世的吴大郎与吴二郎,三关口何必还要去供别人家的杨六郎与杨七郎?

光绪十七年九月二十三日(1891年10月25日),陶保廉侍父进瓦亭东门。同治四年(1865)瓦亭毁于战乱,二十六年过后,城内依旧萧条,仅有民居约六十余户。"入隘巷,住行馆"[28]。

甘肃新疆巡抚履任途经,固原州知州湖南湘潭人匡翼之(策吾)出城八十里至瓦亭驿迓迎。

光绪二十八年四月十八日(1902年5月25日),叶昌炽至瓦亭驿。因是履新的甘肃学政,"义塾师徒出讶,童子十人虽缊袍芒屦,举止安详,彬彬有礼,喜而降舆劳之,并犒以笔墨资四千"[29]。

出迎的义塾师徒,学童十人,旧絮袍袄,麻编鞋履,虽然贫寒,但是举止安详,彬彬有礼。地方大员莅临,当日远迎至瓦亭驿的文武官员数人,叶昌炽日记仅列名衔,却难得为这十名学童降舆,出轿慰劳并赏钱四千以充笔墨费用。

宣统三年二月二十四日(1911年3月24日),袁大化宿于瓦亭驿行台。又一任甘肃新疆巡抚履新,"王平山直牧学伊来此,接见,送新志书一部。官声尚好"[30]。

三天之前,长武县署西院的袁大化与长武知县沈锡荣,一句"地主洁夕膳,送唐碑拓本及县志"[31],以我读之,又有欣喜,不是品级悬殊的新疆巡抚与长武知县,只是地位相等的纪程作者与县志主修,传杯弄盏,把酒言欢。

如此欣喜,我却说难与外人道,是我也知这不过是我想当然耳。三天之后,瓦亭驿行台的袁大化与固原知州王学伊,一句"接见",哪里还有什么欣喜,哪里还有虚幻的地位相等,只有现实的品级悬殊。而且也不似叶昌炽见私塾师徒,虽然地位更如云泥,却有"降舆劳之"的喜悦,袁大化冷漠淡然,如同叶昌炽那年四月十八来时的天气。

> 自过白水,两日尖宿皆在万山之中,行馆四面皆山,气候寒如深秋。[32]

那年四月十八,时近仲夏,却天气骤凉,叶昌炽重棉不温。
今年恰又是四月十八,气候始终反常,瓦亭依旧寒如深秋。
固原看了十天的病,吃上几顿碎儿媳妇炖的羊肉,血压恢复正常,心里也好过许多,固原什字修理电器的儿子太忙,顾不上开车再送,于是自己搭车,下午三四点,张老汉回到瓦亭村中的家。
红砖墁地的院里,已经长满野草。

大约叶昌炽来前一年,光绪二十七年(1901),老张老汉出生在宁县早胜镇。正是陇东镇守使吴中英竖立泾州"秦陇交界处"的民国三年(1914),地方抓兵,十四岁的老张老汉逃出早胜。

瓦亭驿相对偏僻，抓兵不凶，老张老汉落脚于此，担挑做了货郎子，走街串巷，卖些不值钱的针头线脑。后来娶了大湾乡王家的姑娘，典间茅草苦苦的房，瓦亭驿安了家。

民国七年（1918），十八岁的老张老汉的大女子出生。可是没想到，直到二十五年之后的民国三十二年（1943），才养活下张老汉，老张老汉的碎娃，"兄弟一人"。

"瓦亭是四九年七月份解放的，"张老汉清楚地记得，"刚解放，老父亲就死了，重感冒，才活了四十九岁。"

早胜镇在瓦亭村东四百里，如今三四个小时的路程，那时却是遥不可及的故乡。老张老汉的父亲过世，老张老汉没能回去，待到自己死去，依旧还是没能回去，于是就埋在了瓦亭村西北的赵家庄。

那年张老汉七岁，年纪太小，以至于不记得父亲的名字："张啥子呢？我都给忘掉了。命苦人。"

大姐嫁在村里，张老汉母子相依为命。泾水至瓦亭村，已近河源，川地极少，山地居多。小麦之外，更多是种洋芋、燕麦、莜麦、荞麦、糜子，产量都不太高，饥一餐，饱一顿，勉强活命。

1958年，张老汉什字路初中毕业。"没有高中，没有学上，回家种了地。"回家种地那年，"大跃进""大炼钢铁"，辟有东西南三门的瓦亭驿，城门包砖全部拆除，一部分拉去六盘山脚下的和尚铺，修了土高炉，还有一部分拉去固原县，建了县政府。

终于挺过三年困难时期，大约1964年，张老汉成亲，女人是同村赵家的女娃。转过来,张老汉的老母亲忽然便血,拉去平凉中医院瞧了两次病,也不见好转。病榻两年,不行了,活了六十七岁,没过过一天好日子。

"现在想起来,大概是肠癌。"张老汉如此猜想。

张老汉有文化,三十多岁快四十的年纪,在生产队食堂当起管理员。食堂解散后,又任村委会会计。年纪渐老,改作保管,最后在村里变电所看门。

看门那会儿,2008年,老汉老伴早早撒手人寰,"六十二岁"。

"老婆子不听话。"老汉又是心疼,又是埋怨,老伴信了村里流传的邪教,不吃药,病了也不愿去医院,"她想念经就念好咧。"

老汉老两口养活下三个娃娃。大女子在银川,家里照看孙子。大儿子在石嘴山,工地上开压路机、翻斗车,"一天三百五"。固原什字修理电器的是二儿子,碎娃。

娃娃都不在身边,老伴又先他而去,只有张老汉独自留在瓦亭村。

"哎呀!一个人住,太孤单了。"

我初见张老汉,是两年前初冬的又一场雪后。

雪后极冷,百无聊赖的他却仍在空空荡荡的瓦亭村中闲逛,打发因孤单而漫长的时光。

来时车过三关口,溯瓦亭峡水西行至杨庄,河床铺雪的泾水折向北流，道路也在此分歧。344国道依古萧关道走向，循泾河川北行八里至瓦亭驿，再北八十里至固原；312国道则依陕甘驿路基础，西行至六盘山脚和尚铺，翻越六盘山至隆德，再经静宁、会宁、安定，以达甘肃省垣兰州。

陕甘驿路平凉至瓦亭驿九十里，虽然略短于宜禄驿至安定驿间一百里，却没有长武塬的漫长坦途，又有三关口与瓦亭峡阻滞，已是车舆的单日行程极限，其后无论北去固原，还是西去隆德，全要夜宿瓦亭驿。

西兰公路贯通，客运汽车快捷，两城之间一尖或一尖一宿的驿路，基本可以当日到达，原本的尖站无须逗留，原本的宿站可供打尖。尖宿不再成为问题，所以民国二十四年（1935）以后乘车经行西兰公路的高良佐、张恨水与侯鸿鉴，皆不再宿瓦亭驿，而是直趋和尚铺，径越六盘山。

待到民国三十七年（1948）上海亚光舆地学社编绘《中国分省新地图》，"甘肃省地图"本来沿驿路自杨庄北经瓦亭再西南折行和尚铺的西兰公路，路线已改同今312国道，不再北绕瓦亭，而是径由杨庄西行，过什字路，重逢驿路于和尚铺。

1960年什（字路）华（亭）公路竣工，北接银（川）平（凉）公路至固原，与西兰公路交会的什字路成为新的四达必经之地，二十年前又合并蒿店乡，改名六盘山镇，统辖三关口与瓦亭村，俨然宁南首邑。

彼长此消，西兰公路不再途经，现代西北交通最为重要的西安至兰州行旅不再尖宿，仿佛谶了芳蒿为名的"萧关"，迄自同治四年以后的萧瑟更加萧瑟，渐成今日一座萧瑟之关。

瓦亭驿内曾经车马喧嚣的东西大街，冷冷清清，街中路南一座水泥戏台，大而无当的广场，铺在空空荡荡的街边未免显得浮夸。广场正对内城唯一的小卖部，老李老两口坐在小卖部窗下吃他们的午饭。难得煮了米饭，桌上一碗咸菜，一碗凉拌青椒，一碗青椒炒肉。

张老汉站在空空荡荡的街边，东张西望，直到看见我来，迎前问我从哪里来。

那年老汉七十八岁，一身黑衣，一双黑皮革，一顶黑色的鸭舌帽。两鬓头发花白，却有浓黑眉毛，酱红色面庞，背起双手，十足村长派头。眼不花，耳不聋，声音洪亮，"身体没麻搭"。时常爽朗大笑，难得牙齿也齐整，反倒显得缺失的两颗上右尖牙分外醒目。

"牙怎么没了？"豁牙如同黑洞吸引我的好奇心，于是不顾礼貌地直接问他。

"你是汉人还是回民？"他没来由地反问我。

"汉人。"

"啃猪骨头，崩掉的！"老汉哈哈大笑，黑洞继续吞噬我的视线。

瓦亭村分作三组，老张老汉与张老汉老伴埋骨的赵家庄是三组，瓦亭驿城内与西关住二组，东关则是一组。

一组全是回民，前些年宁夏回族自治区生态移民，全部迁去了唐肃宗称帝的灵武。灵武地近银川，今属银川代管，

瓦亭村，张有财。2021 年 10 月 14 日。

银川旧为宁夏府,"天下黄河富宁夏",宁夏平原也即银川平原水网纵横,土地最是肥沃。家里十二亩全是山地的张老汉,也想移民去灵武,可他却是汉人,不在移民之列,只能与二组的其他村民留驻肃宗牧马的瓦亭村,靠天吃饭。

原本村镇人口流失严重,加之失去三分之一村民,瓦亭的萧瑟再复萧瑟,自不待言。西门路北的瓦亭小学,或许就是叶昌炽来时的义塾旧地,正对校门住家的老吴,两年前整六十岁,和其他上些年纪的村民同样,曾经就在瓦亭小学读书。叶昌炽来时的学童十人,发展至瓦亭小学极盛时的一百五六十个娃娃,学校的挂牌也改为六盘山平安希望小学。可是待到两年之前,瓦亭小学仅剩五个娃娃,娃娃并去瓦亭村所属的大湾乡,瓦亭小学正式关闭。

一扇铁门紧闭,院内如同张老汉看病十天回来的家,长满野草。

瓦亭小学所在的西门,是瓦亭驿西门,也即瓦亭关内城西门。

瓦亭关分内外两城,北倚右山之崖,南临泾水之畔的是其外城,老汉称作"连山城"。外城北垣为御敌而筑于北山之脊,东垣自山脊下接内城东垣至河谷,内外城共用临水南垣,南垣过内城西垣后,再向西行,与顺山而下的外城弧形西垣相接。

自山脊北垣而下的外城北隅皆处山麓,不能居住耕作,地在外城东南隅的内城,也即瓦亭驿,才是瓦亭关的烟火市井。

内城形似琵琶，东窄而西阔，始筑年代不详，唯一有据可考的重修，还是光绪三年（1877）平庆泾固化盐法兵备道魏光焘。

袁大化接见王学伊，又得《新修固原州志》一部，回赠王学伊四字评语"官声尚好"。"尚好"，着实意味深长。可以是不坏，却也未见得好；也可以是不好，却也未见得坏。王学伊后来捧读《抚新记程》，不知心中作何感想？

官声或许不坏，州志却是真好。

若非《新修固原州志》之《艺文志》记录许多当年可见的碑碣文字，一百年来湮灭于开山修路与土造高炉的金石摩崖，便也永不可知。比如三关口的另四方题刻，比如可能曾嵌于六郎庙照壁的《重修三关口关帝庙记》，比如瓦亭驿内的《重修瓦亭碑记》亦仅见于此。

追述瓦亭历史之后，魏光焘写道：

……焘忝巡陇东，百废渐举，光绪三年二月爰及斯堡，请帑重修，并出廉俸佽之。募匠制器具，饬所部武威后旂、新后旂伐木锤石，偕工匠作。旧制周七百四十七步，坍塌五百四十余步，瓮洞堞楼悉倾圮无存。乃厚其基址，增其宽长，新筑六百九十五步有奇，补修一百八十八步有奇，依山取势，高二丈七八尺至三丈六七尺不等，面阔丈三尺，底倍之。为门三，曰"镇平"，曰"巩固"，曰"隆化"，上坚敌楼雉堞五百二十四，墩台大小八座，水槽七道。越明年四月告成，役勇二十余万工。凡以通邮驿，聚井闾，塞险要也，岂惟是壮观瞻也已哉？[33]

瓦亭关城或为唐宋所筑，内城或始于明时瓦亭关巡检司[34]，清于其址置瓦亭驿，设瓦亭递运所。自同治元年（1862）陕甘叛乱，西北一片焦土，随左宗棠湘军渐次戡定，百废待兴。同治八年（1869）魏光焘署理平庆泾固道以来，轻重缓急，循序恢复。同治四年（1865）瓦亭败毁，城垣坍塌逾七成，瓮洞堞楼悉数不存。光绪三年（1877）二月，魏光焘请帑并仍以所部勇丁施工重修，厚其基址，增其宽长，耗时一年两个月，役勇丁二十余万工，于光绪四年（1878）四月完工。

新瓦亭驿开三门，东曰"镇平"，西曰"巩固"，南曰"隆化"。三门之间构成的丁字路，一百余载不曾改变。

董醇、陶保廉即由东门而入，宿于行馆。叶昌炽即由东门而入，得见迓迎的义塾师徒。袁大化即由东门而入，行馆接见官声尚好的王学伊。然后明天，他们皆由南门而出，共赴前途。

往昔繁华的瓦亭驿，东西大街车马云集，往来平凉、固原、兰州驮运咸盐皮毛的骆驼，穿行其间，路旁饭馆灶火不休，食客如流水汹涌。

若是不尖不宿，可以不走东西大街，在东西两门向北绕行内城北垣外，至今道路痕迹清晰，掩于漫天荒草之中。

内城垣仍在，只可惜门券全无，包砖与土法炼钢共作了土。

本来完整的外城垣，因为近年道路施工，残断多处。

宝中铁路自北山麓横贯瓦亭外城北隅，打穿外城东西两垣。

344国道自西北穿透瓦亭外城西垣弧出部，再紧贴内城西垣向南斩断外城南垣，纵城而出，将瓦亭城东西一分为二。

斩于国道西侧的外城西南隅，如今辟为萧关遗址，除了将本未包砖的外城西南隅城垣包砖，竖立一通复刻的"萧关"石碑之外，一无所有，六百余万元投入成了梦幻泡影。

原本进入瓦亭驿的东门不通车行，南门通车却是窄道，只有东西大街向西延伸转折后连通国道的水泥路，才是进入瓦亭村的干道。

转折处再向西，路边第一家就是张老汉家的小院。十四五年前分家，张老汉赵家庄的老宅留给碎儿，大儿子在西门外建起新房小院，老汉搬来同住。

说是同住，大儿两口子常年在石嘴山打工，只有老汉独居院中。

碎儿又在固原，曾经也在瓦亭村的大姐年长老汉太多，已经走了三十多年，"孙子都没了，重孙子也不认识了"，只有老汉独居村中。

村里的小院北房两间，东间又隔成南北两间，房型如同左倾九十度的"品"字。隔出的南间临窗，不能保温，只能辟为夏日的行宫。北间只在近房顶处留一扇透气小窗，砌起土炕，专作老汉冬日的寝宫。

客厅如同村中的广场，同样大而无当。正中一架煤炉，三年前的雪后进屋，老汉却还没有生火，那时煤价腾贵，一吨肃煤从七八百飞涨至一千四，老汉舍不得，只是烧了土炕，睡觉不冷就行，可是客厅却冷过雪原。

六郎庙守庙的老逯老两口一冬要用四千斤煤，而用煤极省的张老汉一冬一千斤也就够了。

村里不少人家养牛，给了张老汉一些牛粪。烧炕用的就是牛粪，屋里弥漫着浓酽的"炕烟子"味儿。"炕烟子"极具吸附力，哪怕只是客厅小坐半个时辰，烧烤牛粪的气息可以绕梁三日，回味无穷。

两年前虚岁七十八的张老汉，每月的全部收入就是一百八十二元养老金。家里十二亩山地流转，租给别人培育松树苗，开始每亩每年流转费多达二百，两年前九十，今年已经降到四十六块钱。

二十多年前退耕还林伊始，树苗供不应求，价格飞涨。"一米树三十几，一米五树五十几——这样的小树苗还要五六块钱一棵，"老汉比划着一尺左右的高度，"泾源不少人赚下钱咧，小车买几辆！"

可是随着市场需求萎缩，瓦亭村的树苗愈发滞销，"一棵树一块钱都没人要，四百几十棵树卖四百块钱"。不到一块钱一棵抛售的可不是一尺高的树苗，而是长到一米五高的小树。一亩地能种上二百几十棵树苗，四百几十棵基本就是两亩地产量，折算下来平均每亩收入不到二百元，甚至不如最廉价的小麦。即便如此低价，能够出手也是幸运。张老汉院门外种了几株云杉，"贵的时候刚种下，贱的时候没人要"。二十多年树龄，高过房脊的云杉，"两块钱我就卖！"，张老汉恨恨地说，但再贱也没人买，砍伐拾掇费工，于是老汉自己放倒一棵，"冬天烧柴"。

村里也鼓励伐树还田，"每亩补偿一千块钱"。

老汉地里的树苗还没砍，为数不多的流转费还能继续。

每月二百多块钱，张老汉觉得生活足够了，"买一袋面，能吃一两个月，有时候还吃不完。"而且生活还有期盼，今年六月半，张老汉年满八十周岁，可以成为第一位拿到高龄补贴的张家人。"一个月二百七十块钱，那可太好咧！"老汉喜不自禁，"要是城里人就更好咧，一个月四百五呢！"

各省政策差异，陕西高龄补贴始于七十岁，而甘肃、宁夏则自八十岁领取。所以比起陕西监军镇与永平镇的李老汉，张老汉已经多等了十年。

张老汉出生那年，老张老汉给他取了一个理想朴素的名字——"有财"。

高龄补贴加上养老金、土地流转费，每个月收入能够达到四百九十八块钱的张老汉，不知道是否实现了老张老汉当年对他"有财"的期望？

距离八十周岁还有五个月，二月初六，张老汉忽然在院里摔了一跤。

红砖墁地的小院，西墙下辟出一块菜园，种些韭菜和青葱。就在菜园旁边，脚下打滑，重重摔倒。老汉觉得没有骨折，

瓦亭村，张有财。2023 年 6 月 5 日。

只是伤到肌肉,但是右腿从此不敢吃力,原本步履稳健的老汉跛足至今,不得已出门也要带把折叠椅,且作拐杖,且坐歇脚。

距离八十周岁最后一个月,十天前,张老汉忽然浑身觉得没劲,躺在临窗的小屋里,两天两夜,没吃没喝。

平日里老汉也要强,娃娃不给他打电话,他也不给娃娃打电话,"不能随便干扰后人的生活么"。

"两天没有一个人进来,咽气了都没人知道。"老汉觉得实在挺不过去,给银川的女儿打了电话。大儿子的娃娃,在泾源工作的孙子距离最近,开车来把老汉接去泾源,"吊了四瓶子针,下午四点我就回来"。

"回来还是没有松么,"老汉不住埋怨自己得病,"把你气的!"

碎儿不放心,又把老汉拉到固原。中医院挂号检查,老汉血压极低,高压一百,低压六十,"大夫吓一跳",判断是严重的营养不良。"媳妇子炖了点羊肉",老汉却全无食欲,不见好转。没办法又换家诊所,郎中一瞧:"你感冒着呢么!"

开了一堆中成药,吃了几天,也不知道是羊肉还是各种口服液起了作用,老汉觉得身上松快一些。虽然没有好利索,还是执意自己搭客车回到瓦亭村,"儿子、媳妇都忙着呢么"。

"村里十来个孤寡老人,都是一个人住下嘛,后人们忙嘛!"老汉宽慰自己。

"人一辈子,难度大得很!"

难度大到几乎要在最后一个月，失去苦等八十年的高龄补贴。

前两年我从固原去瓦亭，专程去接老汉上固原，因为之前他和我说："没坐过小车，享受享受。"老汉当然坐过小车，碎儿长孙也都有车，当下怀疑一念而过，脱口说我不上固原。然而待我到固原，左思右想觉得不该。

小学五年级的时候，有天下午上课，校外门蹲着一名老汉，怀抱着他割开一道刀口的人造革皮包，说是被盗，回不了家。我把身上的零钱都给了他，女班长还回家给他端来一碗盖满菜的米饭，不幸罹患脸盲症的我，至今还记得她的模样，低头紧盯瓷碗，生怕菜饭洒出来。预备铃响，回到教室的我却渐遭负罪感吞噬，因为我的口袋里还有五块钱。终于，在正式上课铃响之前，我又跑出去清空了自己的口袋，老汉正蹲在地上，埋头吃他的米饭。

本欲第二天翻越六盘山的我，待在固原的那夜却如怀揣着五块钱坐在五年级的教室，于是改变计划，重返瓦亭。路过大湾乡，买了二十个刚出笼屉的牛肉萝卜馅儿的包子，老汉已经盛装等在门前，却还是回屋连吃五六个包子，然后意气风发地出门。

老汉还是那身黑衣，却仔细擦了皮鞋，配上一副崭新的茶晶眼镜，斜挎背包，笑容满面。他进城是想办理手机携号转网，正在用的十九元套餐，他觉得实在太贵，听说别家有更廉价的选项，打算变更。他确实需要跟我同上固原，否则根本找不到营业厅。可惜号码却不是他的身份证所开,业务办理失败。

将近正午,就近找家面馆,虽然才吃过牛肉萝卜馅儿的包子,老汉的胃口却丝毫不减,一碗干捞面,片刻见底。

今年坐在门前的折叠椅上,他又说起那碗面,双手比划着比实际碗口大两圈的尺寸:"两年前,这么大的干捞面我要吃一碗呀!"

可是两年后,早起喝口茶,吃口馍馍,已过正午,老汉依旧胃口全无。

两年前的八月初三,张老汉置办下人生中的大件,在固原将旧电动车折价二百八十块钱,又补上将近一年的养老金,共计两千六百块钱,买了一辆全新的三轮电动车。新车直接骑回瓦亭,正午十二点出固原,大湾乡吃顿饭,下午三点半回到瓦亭。

喜气洋洋。

生活在瓦亭村,蔬菜还好解决,买肉只能去邻近的乡镇。蒿店乡的集是三、六、九,不过人口越来越少,三个村民小组生态移民去了中宁渠口,集市也随之越来越小。大湾乡的集是二、五、八,然而蒿店与大湾都是回民聚居区,要买猪肉还得去更远的一、四、七逢集的什字路。

老汉反感大湾乡,他宁可去最远的什字路,旧车已难耐长途,为此不得不斥重资购入电动车。家中旧车用的旧锁,找不到钥匙,老汉心疼新车,也怕不安全,于是想买把新锁。

我在固原买到如意的新锁,再过瓦亭村送给他,然后西越六盘山。

山路迢远,山风凛冽,我却始终敞打车窗,试图吹尽车里浓烈的炕烟子味儿。

张老汉身上的炕烟子味儿,替他坐在我的车里,一路西行。

两年之后,炕烟子味儿依旧充斥在老汉家中。

老汉拣起他的竹苕帚,缓缓扫去院中的野草。

他絮絮叨叨念着,念着两年前说给我听的瓦亭新民谣:

川地都退成林了。
好小伙都进了城了。
没本事的都喂了牛了。
老婆老汉待在家里都害了人了。

和尚铺

十九日,朔风夜吼,寒气凛洌。平明,发瓦亭,出南门,入南峡右坡行,徐折而西,乱山积雪,裘不胜寒。十五里,和尚铺,六盘山之麓,过此盘折而上,路益巇险。[35]

北风一夜,寒气凛洌,时至道光二十九年十一月十九日,阳历1850年元旦。天光初亮,董醇自瓦亭动身,出南门,走南峡右坡,折而西行,乱山积雪,裘不胜寒。

光绪二十八年四月十九日(1902年5月26日),朝曦初现,寒意仍重,叶昌炽自瓦亭起身,也出南门。二里折向西南,望见六盘山,山峻路险,前途迷离。

十九日,朝曦透寒,气尚未敛,出驿南门。二里折而西南,望见六盘山,峭壁千仞,高插青冥,列嶂四围,顿迷蹊径。由渐上升,行十三里,至合上铺,亦名和尚铺,为入山之初级。[36]

瓦亭村二组71号，齐家门前，就是曾经的瓦亭驿内城南门。瓦亭城北山南川，北高南低，肩舆车马，顺坡而下。齐家院门紧锁，墙垣夯土夹杂着残砖断瓦，夹杂着一座又一座破碎的瓦亭城。

瓦亭驿在水左，渡过清浅的泾河源，走右坡二里，折向西南行，驿路大约即今415县道，十三里至和尚铺。

和尚铺，陶保廉与叶昌炽记作"合上铺"，林则徐则遵祁韵士同记"和尚坡"，而裴景福则写作"火烧店"。

"和尚铺""和尚坡"不知所谓，"火烧店"北人听来像是出售某种椒盐、芝麻酱调味、饼皮蘸满芝麻烤熟的圆形面点的小吃店，唯有"合上铺"可解，平固两地行旅至此，合上六盘山。"和尚铺"，自然是"合上铺"的音讹。

民国九年（1920）大地震，静宁县威戎镇吴家磨土窑坍塌，死伤枕藉。大灾之后又有大荒，民国十八年（1929），西北大旱，静宁大饥，饿殍遍野。实在难以活命，和尚铺八十二岁吴满仓老汉的祖父，当年还是第二年，携妻带子，朝着更有希望的东方，走过隆德，翻过六盘，流落在和尚铺。

"入山之初级"的和尚铺，地守交通孔道，想来同治兵燹以后，只口无存。吴家到时，和尚铺仅有七八户居民，王家、朱家，这是最老的老户。

陆续又有各地逃荒而来的流民，"五杂八姓，各地方的人都有"，河南、四川、甘肃，最多的还是静宁县。和尚铺的几户张家，都是民国二三十年代背井离乡，落脚和尚铺。张家到时，和尚铺不过也才二三十户村民。

最初的村庄，后来的和尚铺一队，紧邻山路。村中一条无名的小河，河上一座无名的小桥，路弯桥窄。村民皆住桥南，桥北一座城隍庙。

和尚铺当然全是山地，土地极为贫瘠。"黑沙土么"，不能放水浇灌，灌后干透，地表板结，任凭怎样的庄稼也难成活。所以产量极低，"农业队时代，三四十斤种子，能打一二百斤粮食就不错了"。

贫瘠若此的和尚铺，大饥之年还能养活下的异乡客，多亏六盘山，山大，难民可以在此打柴、卖草，"占着人少，开荒三四十亩地"，因薄收而广种。

还有更重要的收入，挂套。

驿路客商入和尚铺，穿村而出，路旁又一座弘阔的关帝庙，进庙祈福，然后合上六盘山，合走六盘道。

> 始见一径斜迤而上，盘旋曲折，如迷八阵图，古人谓之"络盘道"，言如纺车之轮转也。洪稚存《伊犁日记》误作"乐蟠"，今方志皆作"六"字，然实不止于六盘。[37]

叶昌炽言，六盘道古称"络盘道"[38]，因形如纺车之轮转，回旋往复。古时行旅，若是匆忙就道。不甚熟悉的地名，一时难以稽核，难免听音自断，莫衷一是。比如叶昌炽提到洪稚存即误记"络盘道"为"乐蟠道"，而当时方志所记"六盘道"，更是音讹。因为山道何止六盘，民国五年（1916）十二月二十八日雪中越岭的谢彬仔细数过:"计历十有八盘。"

洪稚存即洪亮吉(1746~1809),江苏阳湖(今江苏常州)人。四十四岁之前,屡试不第,四十五岁,得中乾隆五十五年(1790)庚戌科进士,且是殿试一甲二名榜眼,授翰林院编修,后督贵州学政。洪亮吉前半生,可谓先抑后扬。

嘉庆四年(1799),太上皇乾隆驾崩,嘉庆亲政。"扳倒和申,嘉庆吃饱"。方落座便吃饱的嘉庆,也想扮作明君模样,于是"诏求直言,广开言路"。性情耿介的洪亮吉信以为真,作《乞假将归留别成亲王极言时政启》交请成亲王等代奏直言。嘉庆得见直言居然如诏而至,甚至直斥己失,顿起杀心,旨将洪亮吉"革职交刑部",刑部心领神会,特事特办,当日审结,"入奏照大不敬律拟斩立决"。次日,仁宗皇帝毕竟仁义,"恩旨从宽免死,改发伊犁"[39]。可怜洪亮吉,因言获罪,扬而后抑。

洪亮吉遣戍伊犁,早祁韵士六年,而且沿途所作《遣戍伊犁日记》,声名亦不逊《万里行程记》。怎奈《遣戍伊犁日记》笔墨相较《万里行程记》更为简略,大多一日一句,绝不述及其他,比如嘉庆四年十月二十六日(1799年11月23日)瓦亭至隆德:

> 二十六日,行十五里至乐蟠山。山甚险峻,下行二十里过山顶,复车行十五里,宿隆德县城客邸。[40]

五十里险峻山路,不过寥寥三十七字,纵使写有"山甚险峻",读来难免感觉"乐蟠山"是一马平川,冯亮吉是如履平地。《伊犁遭戍日记》可作道里考,其余读来则不如《万里行程记》,更是不及后代赴任赴戍者愈发细致入微的行记。

比如《昆仑旅行日记》,宣统三年正月十二日(1911年2月10日)登山的温世霖,除却前人惯常慨叹山高路险之外,更有写到当时车夫越岭的实操:

> 车上岭时车轮各系一木燕,遇险则托住;下岭时则将车轮用粗绳结牢,不令转动,法至良也。[41]

木燕不知具体何物,功用在于上岭时阻滞车轮向后滑退。下岭则将车轮以粗绳系牢锁死,阻力增至最大,方不至于冲落而无法控制,可见山路之陡峭。

轻装简行,翻山无虞。贩运大宗盐与布匹驼马车队,畜力可凭,控驭有度,也是无妨。最不易是单帮小贩,固原贩些席子、皮子,平凉贩些果木——平凉的杏木最好——碟子碗,拉车行至和尚铺,无论如何难凭己力徒步越岭,只能村中赁牛挂套。

村东的吴家,关帝庙前养着两头犍牛的张家,或者多至四五头牛的谁家,赁一头牛,挂一套车,五毛钱。两牛两车,一块银元。不菲的车资,当时一块银元可买一装一百斤燕麦,装燕麦的布口袋,粗腰身的"一掐宽,齐胸高"。

有田有牛,静宁逃荒而来的张家光阴渐好,娶下十里外什字路刘家沟的媳妇,养活下四个娃娃,三男一女。

如今村里做了四五年环卫工的张志荣,1958年出生,行三。

挂套的生意,"解放的时候就不让干了,东西收到了农业队"。土地改革,和尚铺中虽无地主,却因挂套开荒,收入不菲,得地也多,不少划为"上中农"——"占有较多生产资料,自己劳动,但有轻微剥削行为,经济状况比较富裕的中等农户"——多余土地再分配。不能赁牛得利,薄收的土地又不能多种,粮食不足,张家一家六口的光阴又复艰辛。

老张十三岁上,张家老父亲没了,六十三岁。

"人没了,不说名字,只说'谁谁谁他大'。"当地有此忌讳。

老张他大,死于浮肿。

"人没了,也就不提起了。"

由瓦亭镇到山脚和尚铺约二十华里,铺在一道小小的河流上,约莫有三五十户人家。以前公路没有修辟,走六盘山的,由和尚铺穿庄而过,原也可以算是一道关口。现在公路由庄后斜上,作之字形,一层一层,屈曲着盘旋上去。原来这里的大路要走,骡马大车,不能直上直下,也必盘旋着走,共是三左三右,所以叫六盘山。[42]

驿路出和尚铺,沿山脚继续向西约二里,然后"之"字形登山,向西北越岭。民国二十四年(1935)与刘如松总工程司同行西兰公路的张恨水,在他的《西游小记》中讲述了公路与驿路取径的不同。西兰公路不再穿村走山脚旧道,而是在和尚铺"庄后斜上",也即村北便开始之字形攀山,筑至山脊,再随山势西向越岭。

天长日久,人丁繁衍,和尚铺现在已有一百多户人家。民房自西而东,自上而下,铺陈开来,二队、三队。修筑于"三五十户人家"和尚铺"庄后"的西兰公路,再被包覆于"庄内",等于仍"由和尚铺穿庄而过"。

驿路即县道,和尚铺村民称之为固原路;西兰公路即国道,村民称之为平凉路。两路交会于和尚铺村东北隅,然后并行而西。"一道小小的河流上",公路建有一座石桥,路弯桥窄,过桥后不再直行经过那座弘宽的关帝庙,而是转折"斜上"六盘山。

县道与国道交会点前,形成一片三角地。三角地尖角,六十年代筑起一座语录碑;三角地北侧,当时固原县建起一座临时汽车站。形如站前广场的三角地,是曾经和尚铺不逊县城市集的繁华所在。

七八十年代之交,销声匿迹久矣的商贩又现和尚铺。农业队开起店房,蓄起牛马骡子,往来运输的架子车,可以重新赁畜上山。商贩走的还是驿路捷径,而且多是附近的熟悉面庞,挂一套车两块多钱,车资村中付讫,牛马骡子套车至顶。人自顾西去,牛马骡子放归,啃两口草,饮两口水,优哉游哉自己下山,回到和尚铺。

旅客则要在和尚铺换乘客车。最初,平凉、固原、隆德仅各有一辆老解放卡车,"搭个棚棚",充作客车。客车拉上二十几名旅客,运至和尚铺,落车换乘。

"广场上全是人",碑下的基座,"也都是等车的人,打着扑克"。

国道路南,有生产队的饭店食堂,而不能赁牛挂套的村民,也在自家开起旅社,重新做起过往客商的生意。

"六盘山要翻一天!"

六盘山脊,以西兰公路为基础的312国道旧线,今已弃用封闭,仅供护林车辆偶尔进出。我曾数度经行旧路,深知老张所言不虚。坡道陡峭,近乎折叠的回头弯路确如络盘,循环往复,而且何止六盘,甚至又何止一十八盘?

转折弯道,路幅努力放宽,客车通行不难,当年载重四吨的老解放也可勉强腾挪,若是半挂或重载货车,只能自求多福。而且一旦雨雪,或遇车祸,道路必然壅塞,严重时堵车几十公里,进退维谷,一两日不得动弹,真是反不如旧时牛马快捷。

"碰得不好",不能当天搭乘对向客车前行,"只好在和尚铺住下"。少则一晚,多则两晚三晚不等,全凭去路客车何时到达。

老张出生前两年,1956年,张家从关帝庙搬到广场迤南,国道路南临街第二排的一进院子,坐西朝东,南北两排厢房。

张家房多,南厢房盘上两个炕,改作大通铺,也可住宿。"最多住十个,平时两三个人。"旅客住一晚,一个人五毛钱,八九十年代涨到一块钱。

私人旅社的大通铺备有铺盖,若是经营一家大车店,则更简单,"什么也没有"。也不需要,驱车的把式,自备驼皮。"骆驼毛是个好东西,铺一个盖一个,雪下那么厚都没事。"老张比划出没膝的高度。

1976年，国道铺设沥青路面，交通更趋发达。远至西安、兰州、银川客车皆走和尚铺，"红火得很！"

车辆愈多，国道旧线愈加难行，阻滞愈加严重。1991年8月，横贯六盘山分水岭的六盘山隧道开工。六盘山隧道预算七千万元，预期1994年9月完工，但因勘测问题，施工中多次严重塌方，临时对设计作重大变更，最终投资增至一亿七千万元，延期至1996年11月，全长2385米的六盘山隧道土建工程方才告竣，1997年3月18日正式通车。水平位置取在旧国道之下的六盘山隧道引道全长9981米，成为如今翻越六盘山的312国道新线。[43]

总长近十五里的六盘山隧道与引道，缩短国道运距十二里。以当时车流且相对旧线而言，可谓一路畅行。东西往返六盘山，终不再是畏途。

改线后的新国道，也改在和尚铺东南约一里处交会县道，再自南而西绕过和尚铺攀山，于是曾经共同穿村而过的县道与国道，一夜之间皆弃和尚铺如敝履。

道路不再穿行，客商不再打尖，不再住宿，和尚铺的衰落有如断崖，界限清晰可辨，"新路通车那年"。

新路通车前后，渐有些积蓄的张家翻建起新房。二十多年之前，"没花到一万块钱，主要是买木料"。

上梁那日，墨笔红纸的"立木大吉"，贴于梁下。如今红纸褪尽颜色，字迹依然可辨，只是南厢房却再无有来客夜宿。

也不再种庄稼，退耕还林之后，各家无非自己开辟些零碎荒地，种点儿玉米。

可是六盘山上，野生动物许多，"野猪害，野鸡刨"。

"三亩玉米，六七头野猪一晚刨吃干净。"

年轻人、中年人去到外地打工。和尚铺的一百多户人家，将近八百口村民，留在村中的只有"百大十人"。

"都是些老弱病残，"老张伸手在空中划个圈，"我这么一坨子，就剩下十来个人。"莫怪几次来到和尚铺，无论上午下午，村中一人不见，一片死寂。

老张三个娃娃，两个大女子，一个碎儿子。碎儿花费三十多万买下六米八长的货车在各地跑运输，一两个月才能回来一趟。小老张四岁的老伴四年前去到固原，照顾大孙子和小孙女。只留老张独自在家，每天村里打扫卫生，一个月工资八百。

八百块工资赚得并不轻松，有事就得天天出工，"谁人都管你，谁人都用你，啥活还都得干"。

但是还得坚持做下去，碎儿买车继以包工程付出七八十万的本钱，加上两个娃娃的学费，还要不断努力。老张也在努力，并不轻松也不能放弃，毕竟这份"谁愿受这气"的工作，三关口的任老汉还求之不得。

老张烟瘾极大，两块钱一包的"延安"，中午晚上闲下来，一根一根，烟不离手。"没事干嘛。"一天两包，手指焦黄。

西房是正房，火炕盘在北窗下，煤炉生在炕前。前年冬天煤价最贵，往年的新疆煤、内蒙古煤全部断供，唯有灵武煤可买。老张一千三百块钱一吨买下一冬要用的两吨煤，已是低价，提货时价格已飞涨至一千八，而且下午刚拉回来，第二天便告断货。等到再有煤来，每吨两千一百块钱，不二价。

中午收工回家，老张从冰箱取出馍来，一掰两半儿，塞进炉膛。

铸铁煤炉上坐只水壶，半晌水开，泡杯浓茶，就着烤热的馍，对付一餐。

炉火正旺，水从壶嘴潽出来，溅落炉沿边板，滋滋地跳跃，化作水汽，消散于无。

吴老汉家在老张家东不远，旧国道路南临街。院门北开，正房也是坐西朝东，因为坡地西高而东低，建房只能若此朝向。

初夏终于天晴，红砖墁地的小院铺晒满牛粪。吴老汉无能为力养牛，牛粪是跟别人家要下的，晒干储藏，天冷下用来煨炕。

过午正房阴冷，院门后朝南搭个窝棚，一张沙发床，吴老汉和老伴日间就偎在窝棚里，老汉不时起身翻犁一过牛粪。

虽然八十有二，清癯的吴老汉身板硬朗，他对自己健康的评价是"腰腿不疼"，然后总会接上一句"老伴不行了"。

"老伴天天吃药，不吃药就不行了。"

老伴小吴老汉两岁，庄浪人，也是媒人介绍，嫁来和尚铺，和吴老汉养活六个娃娃，五男一女。将近六十年过去，"现在骨质增生，腰间盘突出，还绊了一下，胯还错位了，开始没钱瞧，

和尚铺，吴满仓。2023 年 6 月 13 日。

现在牵引了一下,疼得走不成"。她想起身招呼客人,几次尝试,却终究无法坐起。

"住院住了十几回,还动了一回手术,花了 万六七,还是不能动弹,一壶水都提不动了。"

如果夜寒,没有暖炕,腰腿疼得厉害。一院的牛粪晒干,可以安慰将来许多天凉的夜晚。

院子远小于张家,正房也比张家狭窄,南墙挂两匾镜框,夹着年轻些的吴老汉老两口与他的娃娃。

五个男娃,老二不在了,"四十八九上得了病,无常了"。

"剩四个了",老大远在新疆,老四住固原黑城子,老五在固原一家水泥拌和站打工,唯有老四仍留和尚铺,可也出门谋生,不在家中。

吴老汉已有两个重孙,四世却不同堂,自己独守和尚铺,伺候半瘫在床上的老伴。未来老四老五不再下苦,或许还会回到和尚铺,照顾他们日渐衰老的父母。孙子重孙却不会再回和尚铺,他们于此已无牵挂,他们早已各自天涯。

如同老张他大从静宁逃荒来到和尚铺,老张他娃已从和尚铺去到固原城。

一个村子,三四代人,也就散了。

之后再成荒芜。

六盘山

"乐蟠山"当然是误记,可是和尚铺的吴老汉和老张也不觉得六盘山本名"络盘山",他们说应是"鹿盘山","鹿踩下的路",行旅循蹄印登山,故名鹿盘山。

鹿盘下的山道,蹄印至今历历在目。不仅有鹿蹄印,还有野猪蹄印,道路两旁不时得见野猪刨翻的新鲜泥土。

以前还有狼,还有豹子,老张记得七几年豹子下到和尚铺,咬死牛娃子,吃得骨骸森森。而今狼已绝迹,豹子罕见,唯有野猪为害,毁苗害秧。

两年前我初行林则徐、叶昌炽、裴景福、袁大化诸人登山的驿路,然后大雪。雪后初晴,我又数度重走此道。

道路积雪,忽一行山鸡爪痕自东而来,忽一道马鹿蹄印自西而去。浮云自山下尾随而来,倏忽越山而去,轻松快意,唯留山路上行人,望云兴叹。

两只苍鹰,盘旋于林上云间。

几道回旋,行过乱盘子,路左忽然一片高台,高台之外深沟巨壑,远眺可见山顶六盘关。高台遍植落叶松,蓬松的积雪之下,是蓬松的落叶松针,林间几幢新垒的佛龛,周围可见雕花的柱础,錾刻的石板,许多青砖青瓦,还有残高尺许的墙垣。

高台之上,依稀可辨三进院落,曾经的关帝庙基址,本地人称庙台子,林则徐记作"庙儿坪"。

> 五里,始至山半,曰庙儿坪。有关帝庙,香火甚盛,敬诣庙中行香。[44]

自三关口以来,行至庙儿坪,已是第三座关帝庙。道路愈艰,关帝庙香火愈盛,涉险之前,先拜关圣,先拜六郎,道路不会因此而易行,心理却会因此而安宁。

> 十里,庙尔坪,《行程记》作猫儿坪。坪上有武庙,庆阳步湘南太守途遇于此,茶设左厢。[45]

祁韵士记作"猫儿坪",董醇记作"庙尔坪",皆系听音自记,并无不同。

庆阳府最后一种府志,为乾隆二十六年(1761)由时任知府赵本植主持纂修。宣统元年(1909)《甘肃全省新通志》卷五十二《国朝文职官表》之《庆阳府知府》赵本植以下,夹注"以下至同治七年档案遗失阙名",显系毁于同治年间战乱。因此道光二十九年(1849)在任知府"步湘南",不知本名，亦不知生平，只知十一月十九日（1850年1月1日）途经庙儿坪，与董醇晤于关帝庙左厢。

一个多月之后，道光二十九年除夕（1850年2月11日），兰州返京的董醇再过庙儿坪，山僧留一碗素面。

> 山僧留素面，所居屋小而洁，相国为颜其楣曰"络盘精舍"。[46]

庙儿坪上，诸人行记唯见关帝庙，董醇去时写武庙，回时起笔便写"山僧"，揣度文意，"络盘精舍"应即筑于关帝庙内。彼时道场难得，僧道混居，习以为常。嘉道年间钱泳（立群，1759～1844）《履园丛话》卷十四《祥异》，一篇神怪笔记"小蛇"，起首"康熙中，嘉兴王店镇西偏有关帝庙僧偶焚香……"[47]，嘉庆《西安县志》卷十二《水利志》也有"关王庙僧智明募资创筑""酒坛坝"事，[48]不胜枚举。

"相国"不知是哪位大学士，若非山僧通天，便是相国也曾渡陇，一碗素面之后，为其题额于关帝庙内寮舍。

因为道路过于盘旋陡峭，民国西兰公路改筑于庙台子迤北山脊，312国道新线再筑于庙台子迤南山腰，故而庙台子前后一段越岭驿路彻底荒废。除却和尚铺村民尚知所踪，地图不载，记录全无，所以晚至两年前我才寻到庙台子，得知前人如何越岭——

越岭驿路始于新国道六盘山隧道东口，向西北爬坡，行过乱盘子，庙台子之后，绕过西侧的深沟巨壑，然后登上封闭的旧国道，直达山顶。

可惜寻到的关帝庙，仅存隐约可辨的基址轮廓。

基址可知武庙院落三进，坐西北而朝东南，我以为可以简言之坐北朝南，不过吴老汉则称为坐西朝东，"关爷庙大门靠东"。

坐西朝东，左厢即北厢，紧临驿路。曾经董醇的饮茶之地，而今杂草丛生，树影斑驳。山风过路，枝叶潺潺而响，有如深沟水流，夹以忽左忽右，不知何处的鸟鸣。

> 十里登第五盘，稍有平地，名"庙儿坪"，有武庙，设茶尖于此，稍憩。[49]

> 中至庙儿坪稍憩息，有关帝庙，魏午庄光绪七年重修，驻防兵十人于此。[50]

光绪二十八年（1902）叶昌炽与宣统三年（1911）袁大化稍憩的关帝庙，已非道光二十九年（1849）董醇设茶的关帝庙。

董醇设茶的关帝庙，一如陕甘许多古刹旧寺，毁于同治年间兵燹。叶昌炽与袁大化稍憩的关帝庙，依然由平庆泾固化盐法兵备道魏光焘重修，今已无存的《重修六盘山关帝庙记》依然载王学伊总纂的《新修固原州志》卷十《艺文志》。

> ……六盘雄据陇东，蜿蜒耸拔，上下峻坂，危险视

蜀道倍蓰。其巅曲有庙儿坪焉,余按骑询之,知坪以庙名,而庙以关帝祀也。庙毁于兵燹,亦不知创自何年。今雷纬堂军门欲因旧址修之,经营方始,与余谋终厥功,乃捐廉庀材,砖石土木,料量合度,以武威后旂邹镇军冠群督其事,增以厦房六间,山门一座,茶垒钟楼悉备,而复以后旂彭协戎桂馥率瓦亭防军助工期完固焉。是役也,雷军门始之,光焘继之,邹彭二将领实成之……[51]

庙儿坪因关帝庙而得名,即关帝庙所筑之坪,不知创自何时。

雷纬堂即雷正绾(1829～1897),四川中江人,荆州将军多隆阿(礼堂,1817～1864)部属,因功授陕安镇总兵,赏加提督衔。同治元年(1862),多隆阿以钦差大臣调西安将军督办陕西军务,雷正绾部作为先锋,入陕平叛。

同治二年(1863)出任陕西按察使,署理陕西巡抚的张集馨(椒云,1800～1878),曾在同治三年(1864)多隆阿战殁后,在其日记中评述其诸旧将。称雷正绾"勇往精细","公牍极有布置,居然将才"。可惜入陕之后,多隆阿令其驻防三原,居久无功,"因得病甚重,又郁郁不得志",于是受同僚蛊惑,"吸食洋烟,致成痼疾"。所谓"洋烟",就是鸦片,烟瘾沉重,"不免累于嗜好"。[52]

光绪七年(1881)重修六盘山关帝庙,其实始于时任固原提督的雷正绾。然而山路难行,又在巅曲,人且难行,何况修庙?许是雷正绾部束手无策,于是求助魏光焘。如秦翰才（1895～1968）《左文襄公在西北》中所写："魏光焘一枝兵，可说最善于筑路。"[53] 所部武威诸营，植树修路，修庙筑城，无所不能，施工资质堪评特级。魏光焘慨然应允，仍交承揽瓦亭驿重建工程的"武威后旗"项目部施工，关帝庙之外，又增筑厦房六间，山门一座，茶垒钟楼悉备，形成三进院落的格局。

只是山僧已亡，三进院落之内，再无有屋小而洁的络盘精舍。

民国二十四年（1935）西兰公路通车以后，车行西北的张恨水等人已不再走庙儿坪。通车之前，最后行经庙儿坪的是谢彬，民国五年（1916）十二月二十八日雪中越岭，"山半，庙儿坪，有关帝庙，可资休憩"[54]。当时六盘山关帝庙仍存，可知毁灭必在近百年间。

究竟何时？两三年前在和尚铺打听，如老张等一众六七十岁老汉，只记得和尚铺关帝庙毁于"破四旧"，而六盘山关帝庙却只知"碎时"即无。他们小时候，庙台子基址仅余几株两人合抱的大树，树已枯死，树洞子里能站两个人。"我碎时也在树洞子躲过雨"，这是老张对于童年庙台子印象最深的记忆。

或许是西兰公路筑成以后，驿路不再有行旅，武庙不再有香火，寺院逐渐荒芜，殿宇逐渐倾圮，砖瓦木架为和尚铺村民所用，庙儿坪上，一片白地。

当时我想，若是如此，也是善终，如人之自然衰老，殁于床笫，然后化为灰土。胜过山下和尚铺关帝庙，一夜之间捣毁，如人之死于非命。

今年得遇吴老汉，八十二岁的他是和尚铺数得着的老人，耳音仍好，戴一副墨晶眼镜，思路清晰。

"我小时候关爷庙还在呢么，"祖父逃难至此十二三年之后，吴老汉出生在和尚铺，"关爷庙大门靠东，前头还有两个石狮子。"

石狮子与大门早成虚无，三进院落东侧两进仅存残垣，和尚铺的老金在西侧院落以旧砖旧瓦搭起几幢佛龛。老金今已年届半百，年轻时候，"没女人，疯疯癫癫"，庙台子垒起佛龛，隔路又搭起窝棚，吃住就在山上。后来封山育林，生火烧香，易引山火，于是几年前林场劝其下山，拆除窝棚。

回到和尚铺的老金，不能日日夜夜与神佛相伴，果然天理昭彰，从此不再疯癫，神智清晰，再难通灵，可谓报应不爽。

老金搭窝棚的路北，张家由静宁逃荒来到和尚铺的年代，开着一家店房，老两口，"卖个小吃货"，方便过往客商打个茶尖。

店房主人姓李，正是吴老汉的"外爷"——"我妈的她大"。吴老汉的外公外婆，"外爷外奶"，守着店房，卖些鸡蛋、麻花、油饼。

吴老汉小时候，八九岁，十几岁，经常去到庙台子，去外爷的店房，去关爷的庙堂。

关爷所在，吴老汉称之为"卷棚"，想来应当是座卷棚顶大殿。"靠北手四间厢房，里面住人，念个经，过个会的。"

原本"厦房六间",当时仅存四间。而今几幢新垒的佛龛近旁,路畔一株老树,盘根错节地包覆着四五层青砖,大约便是北手四间厢房的西北墙角。

"庙里还有人,我去的时候有三个看庙的。"

"有一个外地老汉,姓王,叫'王喇叭',爱吹唢呐。"

其实不仅前人行记,甚至正史典籍,除却当事人与闪现其笔端的王侯将相、僚属亲友,绝少得见普通人的姓名,哪怕山僧,也仅是"山僧",因为他们无足轻重于宏大壮阔的历史。

他们却有轻重于细致入微的时代。

我数次孤身往返庙台子,独行于道,虽然蹄痕满路,却未见一兽,也未遇一人。六盘山关帝庙于我而言,只存于州志行记,其余一片荒芜。忽然我知道我立足之地,曾住着王喇叭,无事得闲,会吹起他的唢呐,唢呐辽远,来路的客商可以循声而至。路边的李家店房,买根麻花,买张油饼,进庙燃香拜一拜关二爷,祈求去路与归途平安,留下几角香火钱,然后院内沏壶酽茶,任山风拂干脊背的流汗。

也许李家老两口的外孙又上山来,小满仓,坐在店房门口,手里一枚外奶给的白煮鸡蛋。

细致入微的时代因为他们而变得鲜活,不再只是炭笔勾勒的轮廓,细节如茶碗中的茶毫,因茶叶舒展而纤缕毕现。

山路上的我不再独行,山风撩拨的枝叶鸣响,仿佛辽远的唢呐。而来路去归途,大约也有仍未离去的行旅魂魄,与我错身而过。

吴老汉记得庙台子的关爷庙毁于何时,"五八年大炼钢铁的时候拆了"。

"那把石条、砖、瓦,全部拉了下来,"他指着语录碑前的广场,"就在这搭了炉子,炼了钢咧。"

光绪七年(1881)魏光焘的那方《重修六盘山关帝庙记》,大约也在其中,化为炉渣,再无所踪。

庙儿坪后再行五里,登顶六盘山。

光绪三十一年十月初六日(1905年11月2日),裴景福"因行李车重,每用两车骡马拽一车上,再返拽之,候至未初,尚未齐集"。裴景福仿佛随身携带一座南海县,行李车过于沉重,畜力曳行,平地尚可,山路无能为力,骡马痛哭流涕。无可奈何,只能以两车骡马拖拽一车上山,至顶再返回拖拽另一辆,如此往复,可怜不幸随裴家西行的牲口。

山顶候至下午一点,行李车辆仍未集齐,裴景福不愿久等,"余乘轿先行下山,车路坦直,不似上山之陡曲。與夫行小路近里余。直下几难留步"[55]。

六盘山东麓车路陡曲,西麓车路坦直,因此相比上山的艰辛,下山轻松得近乎写意。还有小路可抄,十里外的杨家店,转瞬即至。

杨家店,类似六盘山西麓的和尚铺。若自西来,单帮小贩就在杨家店赁牛赁骡马。

西出六盘山隧道的312国道新线几乎无有弯道的降至杨

家店，与国道旧线汇合于村南。翻越六盘山的国道旧线全程封闭，不同在于东麓至顶一段废弃不用，而西麓一段则用作2005年新建于六盘山顶的"六盘山红军长征纪念馆"的景区道路，仍通车行——接受爱国主义教育的纪念馆免费，然而杨家店的旧国道入口禁止社会车辆通行，游客若欲免受十里盘山之累，必须购买往返摆渡车票，每人三十，童叟无欺。

用心不可不谓良苦。

付费搭车登六盘山顶，再登纪念馆顶，俯瞰来路，历历在目。一如光绪二十八年四月十九日（1902年5月26日）登顶的叶昌炽，"舆中远眺，如登阆风之巅，万象在下。昨所经弹筝诸峡，排列如矮墙，瓦亭堡则如一拳石"[56]。阆风，传说在昆仑之上，神仙群帝所居。如在阆风之巅，万象皆在目下，除却弹筝峡，瓦亭堡，还有和尚铺，还有六盘山隧道东口。

却寻不着庙台子，退耕还林，封山育林多年，成效卓著，漫山深绿浅绿，六盘山关帝庙基址淹没在落叶松下，那里的王喇叭看得见我，我却见不着他。

冬令山风，凛冽如刀，纵然初夏，依旧寒冷，体感也如一百二十年前同时来此的叶昌炽，"穿棉衣四袭尚不温，如知五月披裘之说为不虚也"[57]。

六盘山顶有牌楼，题"陇干锁钥"，联曰"峰高华岳三千丈，险据秦关百二重"，陶勤肃建。[58]

北宋筑笼竿城，为德顺军治所，后陷于金。金皇统二年

(1142)于笼竿城置陇干县,所在即今隆德县城关,亦为德顺州治。六盘山顶,为固原与隆德县界,"陇干锁钥"即为隆德门户之意。

"勤肃"为陶保廉之父陶模谥号。光绪十七年九月二十四日(1891年10月26日)陶保廉侍父陶模赴任甘肃新疆巡抚越岭至此,陶模当时便有建此牌楼之意。

> 家君拟于六盘山腰筑墙为"陇干锁钥",旁设官店,俾行人避风雨。倡捐二百金,托卢大令筹办。[59]

所托卢大令,据民国二十四年(1935)《重修隆德县志》卷三《名宦》所载,时任隆德知县"卢世堃,湖南长沙人,光绪十五年任"。[60]牌楼落成于何时,未见记载,但是卢大令任隆德知县时至光绪二十二年(1896),而陶模出任甘肃新疆巡抚四年半之后,光绪二十一年十月初四日(1895年11月20日)署理陕甘总督,次年实授,想来卢大令断不敢不实心任事,克期蒇事。

民国《重修隆德县志》卷一《建置》之《关梁》,"六盘关"中记有此牌楼:

> 旧有牌坊曰"陇干锁钥",燕山潘龄皋知隆德县时题联云:"峰高太华三千丈,险据秦关百二重。"[61]

潘龄皋(1867~1954),字锡九,直隶安州(今河北新安)

人，光绪二十一年（1895）乙未科进士，光绪二十五年（1899）任隆德县知县。当年十月，陶模入京陛见，次年调任两广总督，从此再未能回陕甘。

裴景福《河海昆仑录》所记联文与民国《重修隆德县志》略有出入，误"太华"为"华岳"，大意不差。联文以六盘山比华山，以六盘关比秦关，气势不凡，然而如此简单类比，难免流于俚俗，用在任何山关，均无不妥，反不如"陇干锁钥"来得平实准确。

无论如何，都看不到了，"自地震时，均归乌有"[62]。民国九年（1920）十二月十六日海原大地震摧毁了吴老汉他爷静宁老家的土窑，也摧毁了六盘山上"陇干锁钥"石碑坊，陶额藩联，一切均归乌有。

牌楼所在，一切行记写作"六盘山顶""六盘山巅"，唯有吴老汉还记得我从未所知的旧名"官店豁豁"。

牌楼修造之时，"旁设官店，俾行人避风雨"。六盘关虽已在驿路最高处，两侧仍有高峰，因此驿路所经，如在豁口，故名"官店豁豁"。

"极顶仅一茆店卖面酒"，生意自然极好。裴景福来时，"行人涌集，无立足处，索面一盂充饥"[63]。

因在极顶久候行李车，无所事事的裴景福在店家小坐，略有攀谈，因此《河海昆仑录》以近二百字笔墨写下六盘绝顶旅店陈设与主人生活，前人行记能够及此，极不寻常。

> 六盘绝顶旅店主人，湘产也。初入伍，流寓于此，

筑室三楹，缭以短垣，门四达，客至则启傍路北向者。而居室南向，一妻一子一婢，隔一椽为内室，甚清洁，酿酒、细面、鲜腊足以供客者，穴地藏之，索则立应。

时北风甚寒，入其室，已拥地炉烘干柴，丛山绝顶，四无居邻，豹鹿接迹，飞鸟不至，客至皆在午前，既散则沉寥阒寂，西日未下即闭门，妻子怡然，取供客酒肴自奉，绝不知尘世事，其有托而隐者欤？[64]

店主，湖南人，入伍湘军，流寓于此。

一妻，一子，一婢。

六盘绝顶，筑室三楹，辟内室一间，清洁以居，其余待客。酿酒、细面、鲜腊，穴地窨藏，索则立应。

裴景福登顶，时届初冬，北风甚寒，而室内生有干柴地炉，是茫茫六盘丛山之中最为温暖所在。无有邻居，飞鸟尚且不至，唯有豹鹿蹄迹出现左右。

越岭行旅，皆在午前过此，方能赶在入夜栖止于宿站。午后再无人来，四野阒寂，夕阳未尽，即关门闭户。忙碌半晌，取供客酒肴，与妻与子，同饮同食，怡然自得。

然而此刻，却未在裴景福笔下，得见婢在哪里？

当然，旅店生活绝不可能如此惬意，仿佛衣食无忧，一切理所应得。酒面鲜腊，无不需自山卜米购驮运，"上下峻坂，危险视蜀道倍蓰"，往返谈何容易？若是雨雪断路，数日无有客来，经营维艰。马鹿无妨，花豹与野猪近身，可能伤及性命。还有流匪游勇，贼人强盗，短垣木门，可是难保平安。凡此种种，裴景福却只生得不知尘世事的归隐之情，如同大观园里贾政得见稻花村，"未免勾引起我归农之意"。

贾存周并不会真归农，正如裴景福并不会真归隐，那只是他们自视恬淡的说辞。虽然乘轿官人讲述旅店主人的"怡然自奉"大可怀疑，但是妻子婢子，屋垣门宇，无可怀疑，六盘绝顶确实曾有三间店房。

而且极其意外，吴老汉也知道那家店房，"有个老汉，一家人在那搭开着店房"。意外在于宣统三年（1911）袁大化过岭时曾记店房已废弃：

> 岭巅北有行台，南官店陶子方督陕时所建，现皆颓败不堪。[65]

莫非后来又有人重建？急问吴老汉，才知他也只是耳闻："我是听老人说下的，那搭儿不上去，我也亲自没见。"

张家不能继续经营挂套生意，吴老汉外爷在庙台子的店房也告停业，老两口下山住回和尚铺，相继过世。可当他们在庙台子经营店房的时节，肯定在往来六盘山已久的客商口中，只言片语听闻过六盘山顶的那家同业，不经意间又片语只言地告诉外孙。只是年深日久，除却"那搭有个老汉开家店房"之外，其实再不记得。

"咱也晓不得是哪里人，也不晓得姓啥，也不上去，听说是在那开个店。"

和尚铺村中的语录碑旁，有根树桩，那棵原本的树是村中的拴马树，往来驼马，村中歇脚，缰绳拴在树上。后来拴马树枯死断倒，树桩留而未伐，算作和尚铺曾经繁华的念想。

站在树桩近旁，我反复询问吴老汉是否还能多记得些什么，但是并没有，虽然我迫切地期待他能再想起些什么，但是并没有。

裴景福已离店一百一十八年，袁大化已过岭一百一十一载，吴老汉的外爷早已作古，吴老汉也八十有二，若不是我一次又一次去到和尚铺，我甚至不会遇见他，不会得知"官店豁豁"。

似乎可以满足，然而六盘山顶开店的老汉，我已那么接近知道他的姓氏，那么接近知道他的名字，那么接近勾连起纸面书写与民间记忆，却终究不能，也终无可能。

这一刹那的接近，反见得暌隔的渺茫。

最恨裴景福，他在那里等了那么久的行李车，他坐在店内，和店主聊天，得见他的妻子婢女，得见他的酒面鲜腊，可是最后，他却在《河海昆仑录》中写道：

  未详其姓名。[66]

隆德县

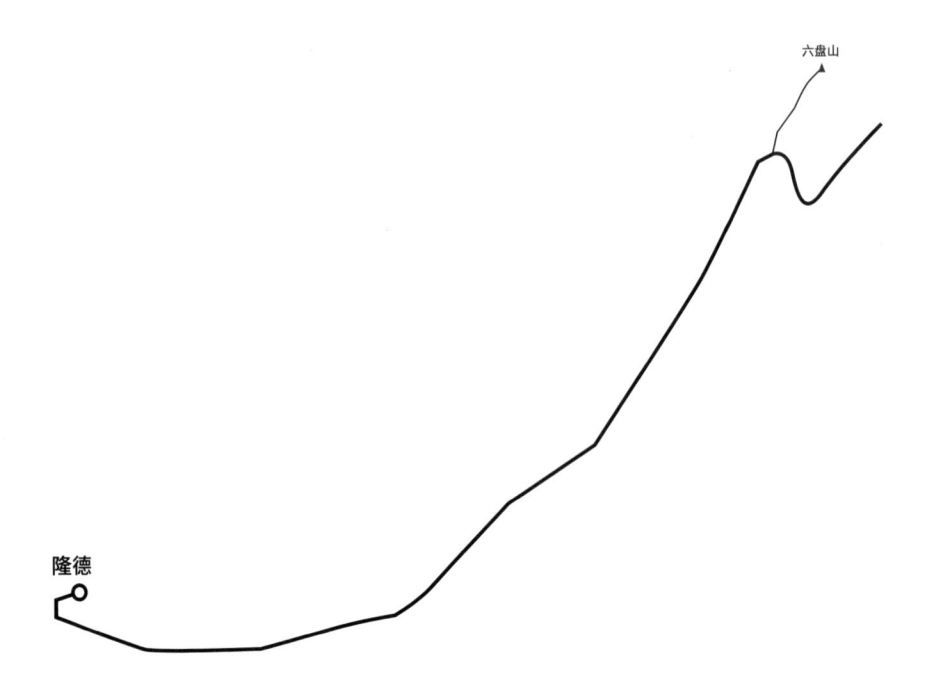

六盘山

隆德

隆德县

六盘山西麓的隆德县,难以磨灭的印象就是寒冷。

隆德县城供暖季始于每年阳历十一月初,止于次年四月底,然而时常五月仍有大雪,夏季的七八月,"出门还得套件外套",隆德人言。

三年前的冬天,方越六盘山,方进隆德城,大雪也进隆德城。

隆德汽车站远离城区三五里,骑车进城,双手的知觉逐渐远去,如同沉入彻骨的清水河,得见的隆德城只是我的回光返照。

隆德城,便筑于清流河北岸河川。

清流河,清代亦称六盘水、甜水河,俗称天河,今名渝河。渝河源于六盘山南麓,自东而西,过隆德城、神林驿,在静宁城西南注入葫芦河,终归于渭水。

隆德城始于北宋真宗天禧(1017~1021)初年所置的羊

牧隆城，哲宗元祐八年（1093）改为隆德寨，地在县城西北约百里的火家集（今属宁夏西吉将台堡镇）。金皇统二年（1142）升隆德寨为隆德县，元时迁入陇干县旧地笼竿城，即今隆德县城。

明太祖洪武二年（1369）重修的隆德城，周长九里三分，大而无当，宪宗成化十九年（1483）改筑，削南城三里三分。残长六里的隆德城，依旧人寡难守，思宗崇祯八年（1635）流寇七次破城，无可奈何，再削西北城三里许。改朝换代，清顺治十七年（1660）重筑之时，隆德城周仅存三里许，三高丈六尺，基宽三丈六尺五寸，上宽一丈八尺。四向开门，东门曰"拥翠"，西门曰"登丰"，南门曰"挹青"，北门曰"迎恩"。

一般县城，百姓繁衍，流亡聚集，多随烟户增殖而扩建城池。若隆德县削筑城池，且至再二再三，由九里许缩至三里许，着实罕见。

纵然如此，三里许的隆德城依旧难以守御。同治五年三月十三日（1866年4月27日），隆德再陷于乱军，时任隆德县知县、江苏丹徒人宋继昌（鹤汀）战殁殉节，其母黄氏亦被屠于署中。[1] 隆德失守近半年，时至八月，方由固原提督雷正绾收复。

隆德原本人少城小，同治之前，已极荒芜。嘉庆十年（1805）祁韵士来时，记隆德"县为陇西第一冲要之地，景色荒凉特甚"[2]。道光二十二年（1842）林则徐见"城颇大而荒凉特甚"[3]。道光二十九年（1849）董醇写"城垣空阔，居人鲜少"[4]。

再经同治陷城之祸，隆德情形何等凄惨？光绪十七年

(1891)陶保廉来时,所见"瘠地荒城,无文庙,亦无志书"[5],然后略记一笔二十五年前知县宋继昌"合门殉节"之事,即无其他。等至清杪宣统三年(1911)袁大化入城,慨叹"自过平凉以西,荒凉满目,以隆德县为最"[6]。

换了民国,依旧如此,五年(1916)谢彬越岭遇雪,雪后隆德,更添萧瑟,"地瘠民贫,荒凉满目,为所经县城所未有"[7]。荒凉甚至过于永寿旧县,可想而知当时景象。

不过同治陷城,还只是近代隆德所遭第一大难。

谢彬走后四年,"民国九年冬月,突遭震灾,城垣及四门倒塌,破烂不堪,女墙砖垛脱落殆尽"[8]。

民国九年(1920)十二月十六日夜七时许,令六盘山顶"陇干锁钥"碑坊归于乌有的海原大地震,无有预兆,悄然而至。

光绪十七年(1891)陶保廉所称"无文庙,亦无志书"的隆德县,文庙自然毁于同治五年(1866)城陷,但是入清以后其实已有志书两种,一是康熙二年(1663)《隆德县志》两卷,二是道光六年(1826)《隆德县续志》一卷。不过卷帙纤薄,刊刻无多,所以陶保廉无从得见。

时至民国十八年(1929)六月,县长桑丹桂(燕芳)立意重修隆德县志,以前清廪生、时任隆德县立第二完全小学校校长、隆德人陈国栋主持编纂,次年成稿,但因"兵燹后,档卷多佚遗,故中多阙略,且未经就正于方闻君子",故未付梓。民国二十二年(1933)县长刘相弼(仲良)履新,敦促陈国栋"再事斟酌,先付印,存以俟后来君子之辑补修改焉"[9],遂于民国二十四年（1935）十一月交由平凉文兴元书局石印发行。

民国《重修隆德县志》四卷，约二十万字，因成书于海原大地震之后，故而各卷各章多见地震鬼魅的身影，比如"陇干锁钥"的乌有，比如隆德城池的倒塌。

旧志通例，地震之类天灾，皆记于"祥异"。

《重修隆德县志》卷四《拾遗》之《祥异》，先是简写一条：

> 民国九年冬月夜七钟，地大震成灾者，海原、靖远、固原、隆德、静宁、会宁等县共毙人三十余万，隆德压毙人口三万余。大震之后，继以小震，或一月数次，或一日二三次，三年后方止。[10]

然后又在同卷之后，单辟《震灾》一节，详细记录了海原大地震时隆德四里八乡的恐怖景象。

阴历十一月为冬月，民国九年冬月七日，阳历1920年12月16日，"夜七钟"，民国陇蜀时区时间晚七点零六分，北京时间晚八点零六分，月微明。

地声忽自西北而来，轰若雷动，仓促之间，阖邑以为又是盗贼踏马劫城，倏而墙屋摇荡，崩塌倾覆益急，百姓方知地震。

"相唤奔逃，而被压者已多，即欲逃出，已不可得，裸尸枕藉，比户皆是。"

"暗月迷雾中，喊叫声、哭痛声、呻吟声，彻夜不已。"

"顷刻间，横死者一村数家，一家数口，且有全家尽亡，全村尽灭者。"

海原大地震，震级 8.5 级，宏观震中在今海原县干盐池附近，其极震区东起固原，经西吉、海原、靖远诸县，西止景泰县，面积达两万余平方公里，破坏严重地区宏观烈度达到最强的 12 度。[11]

震中海原县西北距隆德一百多公里，极震区东西向分布于隆德县北境，隆德尚且有全家尽亡、全村尽灭，可想而知极震区之惨烈。仅海原一县，便震殁七万三千余人，约占当时全县人口的六成。一震之后，海原全县孑遗之民，不过四成而已。

西吉、海原、固原三县，素以"西海固"并称，黄土高原，丘陵沟壑，山高坡陡，少雨多旱，素是极贫之区。西海固及其他黄土丘陵各县，百姓素来穴土而居，土窑极不抗震，且倒塌后尘土窒息口鼻，所以一旦覆窑，窑内人口极难幸免。

"隆邑东南各村，山多磐石，窑庄颇少，压于墙屋者其尸易得。西北各村，乱山纠纷，石质绝少，人多依山为宅，藉崖为窑，山崩则宅没，崖塌则窑覆，有移宅基在数里之外，覆压在数十丈之深者，即掘亦无从掘处。"

较近海原的隆德西北各村，土山多而石山少，百姓依山为宅，借崖为窑。崖窑多凿于陡崖山脚，一旦山体滑坡，居民甚至"覆压在数十丈之深者"，全无生机。

静宁威远镇吴家堡，吴老汉他爷、他大在外做工，地震过后，吴老汉他奶被埋在覆窑之内。万幸吴家窑顶烟囱救命，贯通气道，而且孔径也粗，拴绳把吴老汉他奶从烟囱吊起，逃出生天。

隆德东南各村则多石山，窑庄较少，因此被灾稍轻，"然城中各庙宇、各楼观民房，凡属旧制者，概行圮毁"。而遭灾深重的西北各区，"高岸为谷为陵，山有走于数里之外者，水有取于十里之远者，弹丸之区，绝灭者数十（千？）户，死亡者三万余口"。

可怜隆德，蕞尔寒邑，一震而殁三万余口，虽然彼时全县人户不详，比照海原，估计也近半数。

之后余震连绵不绝，"震过以后，月内日日小震一次，半年内一月震一次，一年后隔月震一次，直捱过三年方定"。

《重修隆德县志》编纂者在《震灾》一文最后写道：

诚千古未有之奇灾也。[12]

确是奇灾，虽然贫寒，昨夜月出之前，哪怕吃糠咽菜，一家男女老幼总还在一处，还有明岁可待，还有未来可期。忽然过后，或者共赴黄泉，或者半为阴阳。

死去的人深埋于覆窑之中，再不觉寒冷，再不知饥饿。而幸免于难的人，又怎知此难过后，还有大难？又怎知免于此难，究竟幸是不幸？

尾随《震灾》，《重修隆德县志》又辟一节《旱灾》，叙事之外，兼录两首民谣纪事。民谣引子，开篇一句："冯军入甘三载亢旱，百姓无所得食，死亡满路。"[13]

震后七载，民国十六年（1927），冯玉祥西北军进入陕甘。彼时陕甘已有旱情，然而西北军连年征战，先是对奉作战，后是中原大战，三四十万大军粮秣，皆由原本贫瘠的陕甘供给，增赋税，添摊派，加之重战轻农，诸如水利等设施失修，供多而收少，两省几近竭泽而渔。

晚清民国，陕甘广植罂粟，几近无地无之。光绪二十八年四月初十日（1902年5月17日），赴任甘肃学政的叶昌炽，"出咸阳西北门，罂粟花开极盛，皆深紫色，望之如茶如火"[14]。而雪越六盘山前一日，民国五年（1916）十二月二十七日，身在平凉城的谢彬，所见更为触目惊心：

> 最可怪者，鸦片商店，时触眼帘，几疑身在上海租界。报纸喧传，甘省长官明卖罂粟，似非无据。时人多谓两广为烟国，余春间旅行其地，未见明卖烟膏。今平凉城高悬商帜，曰"零土分剪"，曰"公膏出售"，沿途市镇，又复烟馆林立，吸者往来拥挤不堪，万目睽睽，无所饰讳，称以"烟国"，名实符矣。[15]

民国政府禁烟，但是各地割据，迄无成效。时人多谓两广为烟国，两广犹未明卖烟膏，平凉却满街鸦片商店，高悬商帜，"零土分剪""公膏出售"，明目张胆，毫不避讳。而且沿途市镇，诸如白水等地，烟馆林立，吸者如云。谢彬以为称甘肃为"烟国"，名副其实。

烟土祸国，广植罂粟，必然少种粟麦，烟土愈多，粮食愈少。可是禁烟并不容易，烟土利润极高，于农民而言，若不种烟，田产不足以糊口纳税；于地方而言，若不种烟，税收不足以养兵征战。于是地方纵容，罂粟越种越多，粮产愈来愈少，稍遇天灾，田获不足民食，即酿大难。

天灾已至，大难将临。

自冯军入甘天旱，次年，民国十七年（1928），甘肃即已大饥，斗粟售价大洋十枚。市中往往断粮，有则三升五升，零星籴粜，绝无运载三五斗敞开供应的可能。

当时便有余财，也已无粮可买，于是先采野菜，杂以粗粮；粗粮尽，纯食野菜；野菜尽，继之以荞皮、莜花、麦衣、豆衣、禾苗、榆皮等，但凡无毒草木，食之殆遍。至于吃油渣，咽糠秕，亦不多得。

草木食尽，百姓方才自绝后路，宰食家畜，以顾目前。

先是鸡鸭与猪，食至绝种。

然后宰羊、宰牛、宰驴、宰马。宰杀牛马，则是只管今年苟活，绝无明年生机的绝望之举。

纵然如此，依旧难免死亡，于是壮者多奔他乡，而老幼妇女不能同行者，死则死矣，不死也沦为乞丐之流，鸠形菜色，再难复原状。正在此时，或是之后一年数年，部分逃荒的静宁百姓，越山落脚在和尚铺。

秋收之后，逃死于外者不论，哪怕侥幸生还，无有家畜，无有籽种，终也不免成为饿殍。

此为隆德土著情形。

至于他乡难民逃至隆德者，游离无所，举目无亲，久寄异乡，囊空如洗。欲留不能，欲归不得，嗷嗷野宿，终为道殣。

《重修隆德县志》编纂者悲呼：

> 隆民造何罪孽，竟罹如此之奇灾乎！[16]

民国十七年（1928），以为"伤心惨目，莫此为甚"，然而更大的饥荒，还在明年。

明年，民国十八年（1929），西北亢旱持续，百姓油尽灯枯，河南、陕西、甘肃三省饿殍数百万，史称"民国十八年年馑"。

冯蒋决裂，民国十八年（1929）五月，西北军为固守计，破坏河南境内平汉铁路与陇海铁路，陕甘交通瘫痪。赈粮无法入陕，难民无法出陕，土匪横行，道殣相望。

大灾之后又必有大疫，至民国二十年（1931），霍乱肆虐，未曾震毙的，未曾饿毙的，终于疫毙。

经此奇灾，陕甘两省百姓锐减三分之一。

至于隆德县，"生齿有减无曾"，民国二十三年（1934）查阅户籍，全县仅存五万九千五百三十三人。

> 但愿宁为太平犬，花村息吠卧天晚。[17]

时至今日，我在隆德依然感觉清冷，三年前第七次全国人口普查，隆德全县常住人口勉强能计十一万，八十六年时间，人口未能翻倍。

自明太祖洪武二年（1369）收复隆德县，重修隆德城，隆德县隶平凉府辖近六百载，直到1958年并入新成立的宁夏回族自治区，归属固原地区。

更大范围而言，隆德重从陇西划归宁南——宁夏南部。

现在宁南、陇东陇西各地皆有一道硬菜——暖锅。过去几十年的年菜演化而来，制作不难，简而言之，以铜炉火锅器皿，不拘什么土豆、萝卜、白菜、豆腐、粉条、豆芽、木耳之类菜蔬铺底，盖上肉丸、排骨，最后一圈过油五花肉薄片盖面，浇以肉汤，炉膛木炭生火，且煮且吃，且加肉汤，以免糊锅。

可以想见暖锅的来历，最初无非土砂锅中下些土豆、萝卜，或者有两片肉，清水白煮。后来条件好些，年底能够舍得杀口年猪，排骨五花过油，再炸些肉丸子。待到年夜饭，土豆、萝卜之外，年前买下的豆腐、粉条之类一并入锅，最后盖上各色猪肉，小火慢炖。借助肉汤，原本寡淡的萝卜、豆腐也有滋味，佐以花卷馒头，大肉白面，足以消解一年的劳苦。

宁夏各县，一般会以县城民族比例分作汉民县与回民县。比如固原，市区不论，下辖四县，西吉、泾源是回民县，而彭阳、隆德则是汉民县，其中又以隆德县汉人比例最高。而排骨五花才是暖锅的灵魂，所以固原人均认隆德暖锅最好。

隆德暖锅更有一层好。

满城飘雪的隆德，清流河畔北风如刀，刀刀入骨。

然而暖锅店内，热气蒸腾，虽然烟火缭绕，窒人呼吸，却可御寒，却可回魂。冬雪中的隆德游荡半晌，发梢满是冰碴，鞋已湿透。坐在暖锅店里，双手与面颊逐渐酥酥麻麻，那是魂魄重新灌注身体的知觉。

暖锅没有一人食，最小号的锅炉火锅也是两三人的分量。一百块钱左右，未免奢侈，但是两片过油的五花肉入口，六盘山上也就冰雪消融，山花烂漫。

宣统三年正月十一日（1911年2月9日），温世霖自平凉旅馆出城，也是风雪益大，道途泞滑，赶不及至瓦亭驿，不得已夜宿蒿店。第二天早出蒿店，瓦亭早尖，固原提督雷正绾殷勤周到，派哨官马炳臣带同马队十名护送。下山途中，忽见山坡立二鹿，相去约三百步，温世霖请马哨官射杀其一。

> 晚宿隆德县东关内旅店中，该县程大令（河南人）招待甚优。此处火盆梓凳等家具皆土质，犹存古风。晚餐马哨官馈鹿腿二肘、鹿筋一束，异味初尝，非常甘美。[18]

程大令名宗伊，字幼佩，河南人，宣统二年（1910）到任。招待甚优，马哨官送来射杀的鹿肉，两肘鹿腿，一束鹿筋。

异味初尝，非常甘美。

如我初尝隆德暖锅，发梢的冰碴融尽，额头继以细密的汗水。

可是我们的两餐美味之间，却曾有饿殍遍野，道殣相望。就在此地，和尚铺吴老汉他爷走过，他奶还是"碎脚"，小脚哪能远行？他大属虎，光绪二十八年（1902）出生，地震那年十九，遭年馑逃荒时已经二十七八岁，却还没有婚娶，"那会儿穷的么"。可能有辆推车，或者且走一段，正年轻的吴老汉他大且背一段？

吴老汉一无所知，他未曾经历，地震与年馑都在他出生之前，从他大那里听来的故事也模糊不清。

吴老汉记得"民国十八、十九年遭年馑"，无可糊口的他爷逃来和尚铺。吴老汉也记得"大地震，塌了窑"，无家可归的他爷逃出吴家磨。落脚和尚铺那年，他大三十岁左右年纪。

但是地震八九年之后才遭年馑，八九年间，他爷是带着他奶他大流浪各地，还是仍留吴家磨勉强挣扎，直到遭年馑后实在难以活命才逃出吴家磨，吴老汉无法厘清。从他大那里听来的故事，存在记忆中，经过几十年光阴的重构，或许早非本来模样。我也只能自行推理出可能的真实应是遭年馑而逃荒。

无论如何，遭年馑后，他爷他大落脚在和尚铺，茹苦含辛，置办下十亩地，从山上搬到山下，他大也终于娶上本地的媳妇，生下吴老汉弟兄姊妹四个。"还是农业社时间么"，五十九、六十岁的他大，"得了病，就不行了"，草草一生，早早死去。

自威戎而来，过隆德之后，六盘山东麓，就是吴老汉他爷、他奶和他大的归宿，也终会是吴老汉的归宿，可当年行经隆德，走过窗外，吴老汉他爷也是一无所知，不知下顿餐于何处，不知未来埋骨何方。

不知他们过时，隆德是否落雪？

只是一闪念间，窗外空空荡荡，他们不知所踪。

我们都在埋头果腹。

静宁州

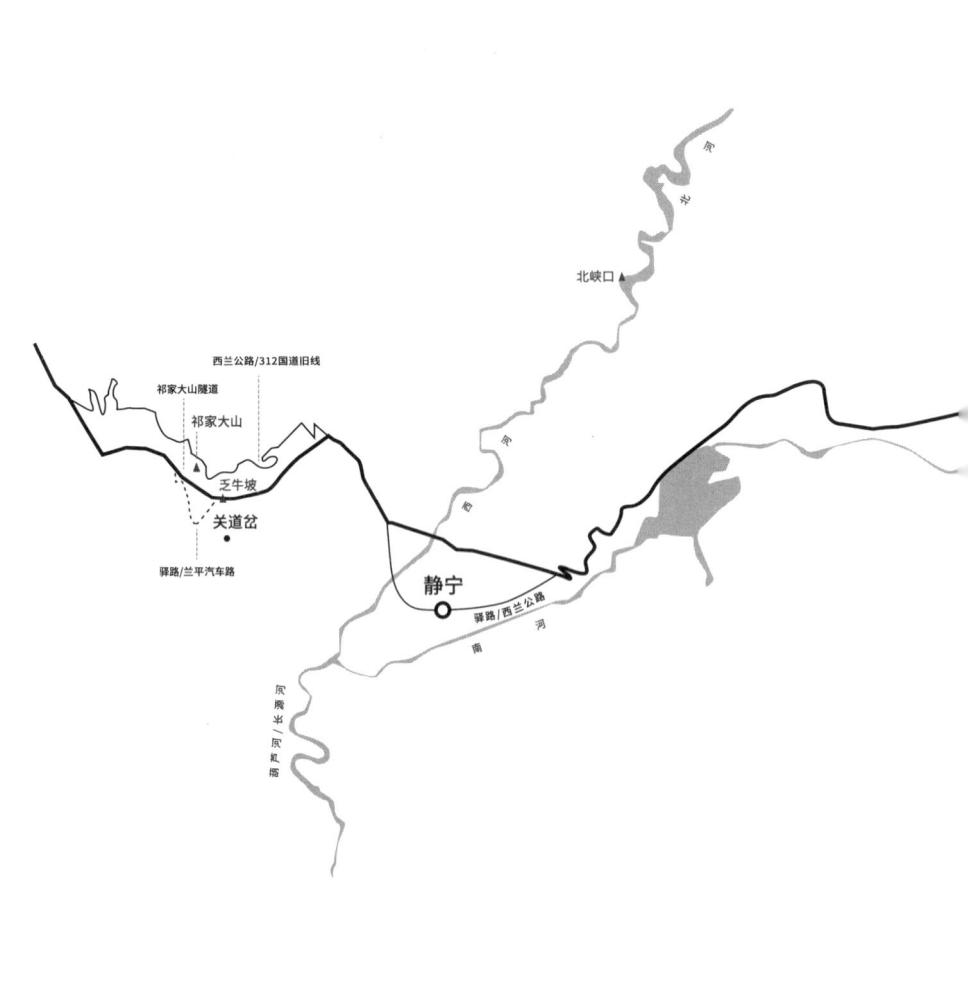

西兰公路/312国道旧线
祁家大山隧道
祁家大山
乏牛坡
关道岔
驿路/兰平汽车路
静宁
驿路/西兰公路
北峡口
北河
葫芦河/长离河
南河

隆德

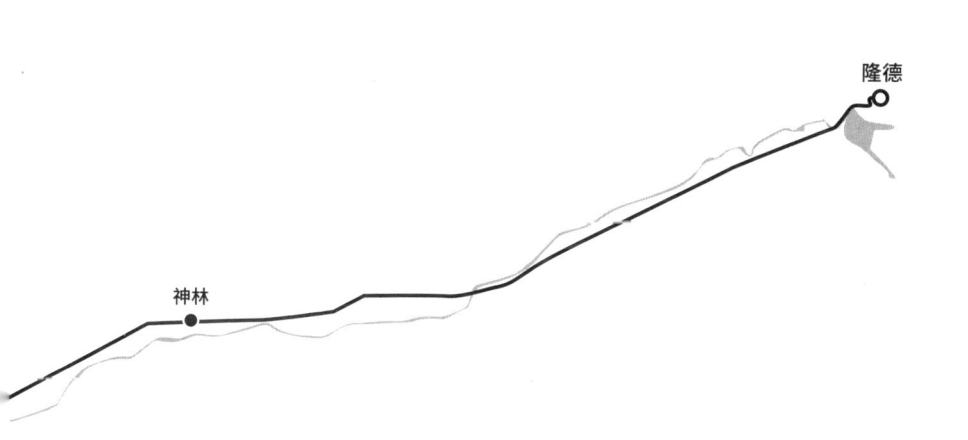

神林

静宁州

宣统三年岁杪,十二月二十五日(1912年2月12日),逊帝溥仪(1906~1967)奉隆裕皇太后(1868~1913)懿旨,颁布退位诏书,近三百载清国呜呼,愈两千载帝制哀哉。

宣统三年岁初,末任甘肃新疆巡抚袁大化仍在赴任途中,二月二十七日(1911年3月27日),行抵甘肃平凉府静宁县。

> 入城,满街结彩,数十步一横悬,似太尊敬,无德当此,愧负多矣。[1]

为欢迎履新的疆吏大员,静宁城内,张灯结彩,数十步一横悬,哪有末日景象?何况前路即是平凉以西荒凉为最的隆德县,简直浮华骄奢,以至袁大化本人也慨叹"似太尊敬",并且自谦"无德当此,愧负多矣"。写是如此写,以袁大化之才情干练,不会不知"似太尊敬"的是"有权当此",而非什么"无德当此"。

"愧负多矣",却是不虚。

> 本地不种棉,无织布,花布皆自陕西来,是以贫家儿女多不着袴,亦牧民之责也。[2]

"袴"即"裤"。静宁不种棉花,无有纺织,布匹皆如温世霖在永邠道中所见,"商旅皆以三四套大车运载"而来。

其实当时陕西虽产棉花,受制于落后的纺织业,布匹产量也极有限。民国二十七年(1938)西安西北研究周刊社发行的《西北研究》第三期,刊有一篇署名"崇光"的《陕北栒邑的农民生活》,作为"西北风土"系列的第一篇,分衣、食、住、行、育、乐六方面,记述作者当夏勾留三月的栒邑县民生。

栒邑县,北魏改置三水县,沿袭至民国三年(1914),因与广东省三水县重名,改称两汉古名"栒邑",1964年与陕西其他十二州县一并改名为"旬邑"。栒邑地在邠州迤西八十里,清属邠州辖县,所以一叶知秋,栒邑民生也即陕甘驿路塬上诸县民生。

> 陕西省,虽产棉花,但是纺织工业是不发达的,非但纺织工业不发达,就是纺织的手工业也是很少,在栒邑的农村中,有纺织机的,就只有一二家。布的产量,既如此少,布的价格就当然昂贵,因此,农民对于布的消费,就不得不极力的节约。他们究竟节约到如何程度呢?说也奇怪,男女的小孩,自出生以至十三四岁为止,

除了严寒的天气外,终年不穿裤子。有棉被的人家极少,大多都是和衣而睡,好在冬天是每家烧炕的,睡在火热的泥炕上,不致受寒气的侵袭,到了夏天,据说就裸体睡眠了。[3]

陕西虽然产棉,受制于落后的纺织业,布匹产量也是有限。布少而价昂,农户克己节约,有棉被的人家极少,全凭火炕过夜,夏天则裸体而眠。儿女则是十三四岁之前,除却严寒天气,终年不穿裤子。

二十七年之后,产棉的陕西栒邑尚且如此,二十七年之前,不产棉的甘肃静宁可想而知。陕西本已昂贵的布匹,大车运至甘肃,价格不知又要陡增几何。"儿女多不着裤"若是"贫家",怎样家庭又不是"贫家"?是否官绅之外,黎民皆为"贫家"?

如今想来,年纪大至十三四岁的儿女"不着裤",情何以堪?不过既然袁大化在城中得见,可见当世彼此见怪不怪,毕竟"贫家"食难果腹,如何还能顾及羞耻?

"亦牧民之责也。"

"牧民"即治民,以人民为牛马,治人民即如牧牛马。使儿女可着裤,如使牛马可得刍草。儿女无衣,牛马无食,当然是牧民之责。可又何止一州一县如此,何止一官一吏如此?所以牧官者之责,岂非更重于牧民者之责?

然而无裤的儿女又能如何?无食的牛马又能如何?甚而有责的牧民者又能如何?或者有责又有何妨?入住静宁州行

台的袁大化，按部就班接见如鲫的地方官员，满街结彩，数十步一横悬，不知靡费所值几多儿女之裤的"有责牧民""知州冯省三"居首。

四十四天之前，正月十三日（1911 年 2 月 11 日），温世霖下午五时余至静宁州，宿于大公馆，亦是这位"州尊冯省三刺史来拜，款待甚殷"[4]。款待遣戍新疆的前任总编尚且甚殷，四十四天之后履新的新疆巡抚驾临，可想而知当夜又有几街结彩浪掷？甘旨肥浓，觥筹交错之际，怕是再也无有一句苛责。

"州尊冯省三"，名为冯景吾。

"冯景吾，字省三，陕西富平县人，宣统二年任"[5]，生平仅此一句，载于民国三十二年（1943）《静宁县新志》卷五《官师志》。

静宁州志，传世刊刻本仅有康熙五十五年（1716）与乾隆十一年（1746）《静宁州志》两种，乾隆州志民国年间由兰州俊华印书馆排印重刊，传世较多。然而其后二百年，再未修志。直至民国三十二年（1943），静宁县威戎镇人受庆龙（云亭，1882～1952）等诸乡贤编修《静宁县新志》，拟为十二卷，草成第五卷《官师志》、第七卷《人物志》、第八卷《选举志》、第九卷《军事志》、第十一卷《艺文志》、第十二卷《杂记志》等六卷，第一卷《疆域志》、第二卷《建设志》、第三卷《财赋志》、第四卷《民政志》、第六卷《教育志》、第十卷《交通志》等六卷则付阙如。

半部《静宁县新志》今存静宁县档案馆，护惜备至，三年之前我初见之时，书页即已全部重新托裱，并且高精度数字化存留副本，陕甘县级档案馆如此者，静宁仅见。

可惜《疆域志》《建设志》《交通志》三卷未修，对于考察静州晚近城池建置、交通驿旅的我而言，民国《静宁县新志》几无用处——除却官师志中那则冯景吾。

相比陇山迤东诸府州县，陇山迤西隆德、静宁两州县建置较晚，均因宋夏兵防故，始筑于北宋。北宋真宗景德元年（1004）知渭州曹玮（宝臣，973～1030）在陇山外之陇干川筑陇干城，以控西夏。仁宗庆历三年（1043）经略使韩琦（稚圭，1008～1075）奏陇干为山外四砦之首，请以其地建德顺军，属秦凤路。哲宗元祐八年（1093）置陇干县，县为德顺军治。金熙宗皇统二年（1142）升德顺军为州，元改静宁州，领隆德县，属巩昌路。明领隆德、庄浪二县，隶平凉府。清顺治五年（1648）庄浪直隶平凉府，静宁州无领县，与德隆亦并隶平凉府。

静宁州城池随建置始筑于北宋，元明因之。明太祖洪武初，因人口耗减，减去外城，只留内城，城周五里七十五步。后因州民聚处日繁，多次增筑，多次修补，至清乾隆年间，州城兼有内外两重。

> 大城门三，东曰"迎春"，西曰"钱晖"，南曰"向离"。[6]

内城周五里一分，高三丈四尺，未开北门，亦无北关。外郭城高二丈八尺，周十里有余，包覆东关、西关、南关三关。

三关又各辟稍门、便门若干，内外贯通，相为表里，雉堞森严，戍楼耸峙，一座山外坚城，"东障六盘，西通安会，南控秦徽，北峙固镇，三边冲要也"[7]。

然而山外坚城，耐得住胡马铁骑，却耐不住地动山摇。民国九年（1920）海原大地震，地距震中较隆德更近的静宁州城更是劫数难逃，受灾惨重。

　　民国九年庚申子月七日酉时地震奇灾，除乡甚巨外，城内压毙人众，山川变迁，庐舍铺地，城垣崩、城瓮裂、城楼塌，其堞则无一尚存者。其未塌之东南两城楼，仅存其架耳。

海原震后，静宁州城垣崩瓮裂、楼塌堞毁。民国初年，时局俶扰，城垣震坏，奸宄难防，亟待缮治，以卫黎民安危。不过民无完居，露宿风餐，绸缪家室尚且不遑，又何来余力修城？

静宁邑人杨芳林，急公好义，争取疏河赈款两千七百余串，疏通塌陷的西门瓮城，"免出入越城之苦"，随后款罄工止。

适有甘肃筹赈处总绅刘尔炘（又宽，1865～1931）遣派通渭人王密（静亭）散赈查城至静宁，目睹残垣，慨叹"兰州之门坏矣！不急修复，静邑之人奚卫？往来之客旅何托？"。

山外坚城的静宁，地当陕甘驿路要衢，可谓"兰州第二门户"。门户毁坏，百姓失所卫护，客旅失所食宿，修复刻不容缓，因嘱静宁地方："无如具文呈请筹赈处发赈修城，赈款仍由灾民所得，城垣借以修复。"

果然，刘尔炘即委王密携带赈银四千余两，复至静宁招工编团，并举杨芳林为工程团长，互相筹办，悉心经营。及至民国十二年（1923）九月，"所有陷者补之，崩者培之，恢复其城堞，高建其城楼，仍具嵬峩之象，复成雄壮之观"。

"我各界人士公同感激，爰将修城颠末，记镌于碑，树之通衢，作甘棠遗爱焉。"

静宁阖邑士庶确实应当感激甘肃筹赈处与总绅刘尔炘，因彼四千余两赈银而得复成雄壮的静宁县城，果然得卫静宁百姓。六年之后，民国十八年（1929），河州（今甘肃临夏）军阀马廷贤（立汤，1896～1962）趁西北军东调中原，防务空虚，围攻静宁四日三夜，终因城坚难克，弃走陇南。而走陇南的匪首马廷贤，攻破天水、礼县两城，屠戮两城百姓近万人。

这通"中华民国十二年九月廿五日、古历八月十日"树之通衢以感激修城卫民的"补修静宁城垣碑记"，不知何年何月遭人弃毁，后来流落在静宁县副食品加工厂，沦为案板，右下碑角残断，碑身字迹漫漶。

七八十年代，静宁县博物馆得知此碑，方才收为馆藏。

搬出副食品加工厂，走街过巷，迁入博物馆的路上，这通年过花甲的石碑，左右张望，却再也不见那座他为之所记的静宁州城，无有一堞一楼，无有一瓮一垣。

他以为自己老迈昏聩，却又见通身漫漶的碑文，如是一场春秋大梦。

静宁县博物馆与档案馆共在一院，档案馆在南，博物馆在北。

两馆门前，人民路，旧名衙门巷，南通内城南门向离门，北抵静宁州署，交会贯通东门迎春门的中街与东街。静宁州城东西二门相错，中街向西，尽处折南再转而向西，行过西街，出饯晖门西去。

静宁州署始建于北宋真宗大中祥符（1008～1016）年间，"前接中东街，后抵北街民垣"[8]。所以大约自建城之始，中、东街即是静宁州的繁华所在。降至民国，二十四年（1935）张恨水来时，"城里有一条直街，约莫一二百家铺子，差不多的东西，都可以买到了。酒饭店、客店，全有"[9]。"一条直街"，即是首尾相连的中街与东街，酒肆饭馆，客舍车店，一应俱有。

静宁州明初因人少而削外城，其后承平，州民日繁，乃扩筑郭城，迨经同治乱世，清末宣统三年（1911）袁大化《抚新记程》记曰："居民十万人，仍嫌地广，再加五倍不足以尽地利。"[10]不知履新的甘肃新疆巡抚凭何而有此言，静宁全县，城郭内外，人口总计迄今不过三十六万，所以彼时静宁州城之内，如何可能五六十万人以尽地利？

五年之后，民国五年（1916）十二月二十九日，谢彬戴雪入静宁，"城市虽不繁盛，而居民颇多，食物亦易购买。自西安以西，至此始食米饭南菜"[11]。纵然雪寒，市场不甚繁荣，谢彬所见居民仍然颇多，毕竟州城十万人。平凉以后，一宿烟户无多的瓦亭驿，再宿城小人少的隆德县，乍进静宁城，俨然通衢大邑。

而且湖南人谢彬，自出西安，苦行九日之后，方在静宁得食米饭南菜，如何能不欣喜？

还有安徽人裴景福，故乡霍邱虽然麦稻皆有，但是久刮广东地皮，自然习得米饭南菜。遭戍菜米难觅的西北，自然也如谢彬念兹在兹。

> 自河南以西，客店皆卖面食，至泾州乃有米饭，以猪脂鸡卵同煎，颇佳，今日虽有，稍粗粝矣。[12]

贪吏之首光绪三十一年（1905）的遭戍之旅，米菜之事，幸运过于十一年后的谢彬。西安以后，乍入甘肃，即在泾州得见米饭，猪油、鸡蛋同炒的蛋炒饭，滋味何止"颇佳"？

四天之后，十月初七日（11月3日），静宁虽然亦有蛋炒饭，却"稍粗粝矣"。究其原因，或许是静宁水稻，品质远逊泾河川的泾州所产。产量也低，裴景福方出泾州即记："西来惟长武、泾州一带米粮最贱，至兰州便昂，泾、武面一觔八文，米一觔上白二十文，穷人最易度日。"[13]"觔"即"斤"。可是即便米粮最贱之区，米价亦昂于面价两倍有余，当时西北瘠苦，米菜何以难觅，不言而喻。

迄今为止，行走西北，米饭南菜的价格与滋味，依然可以作为当地经济程度的参照。价格愈高，滋味愈坏，则经济愈差；价格愈低、滋味愈好，则经济愈优。毕竟行旅愈繁，客商愈盛，米饭南菜方能愈多，愈多方能愈廉，滋味方能愈佳。

静宁米饭南菜皆好，中街与东街"一条直街"，东延至东关静宁汽车站，饭馆比邻不绝。相较周边各县，静宁经济也好，特产苹果与烧鸡。静宁苹果味甜，绝无酸口，质优也价高，然而深得甘肃百姓认可，遍布省内各地市场。就是如我这般畏酸而不喜苹果之人，自入甘肃以后，也是一路买来，仿佛《围城》诸公同赴三闾大学途中，三餐不全，担心自己害营养不足的病，李梅亭偷打开的那瓶"日本牌子的鱼肝油丸"，每天一枚，聊作滋补。相较而言，静宁烧鸡不似静宁苹果的声名无远弗届于陇省，行销多在本县及周边。尤其静宁汽车站附近，烧鸡店铺密布如林，店幌如旗，仿佛酒池肉林的江湖。

生意最好的店铺初开于此，其他商家蜂拥而至，每只烧鸡略降几元价格，以求雨露均沾。仍然涝旱不均，凌晨六点半，涝店满满两层烧鸡堆满货架，旱店却只有覆着保暖棉被的笸箩中三五只鸡，蒙头大睡。没奈何，生意不济，兼营起早餐。

三年前冬月的那场大雪，一阻我于长武塬，再阻我于泾河川，不料又三阻我于静宁城。

初至静宁，恰在我生日。西北苦旅，蛋糕未免格格不入，于是如花枪挑了老军的大葫芦去沽酒肉的林教头，迤逦背着北风行至汽车站，三十五元买了整只烧鸡。静宁烧鸡需配静宁大饼，静宁大饼也即静宁锅盔，体量较长武锅盔小而薄，掌柜的快刀一牙，六块钱。

手提烧鸡与大饼回返，已落冰霰，有如砂砾，朔风如帚，漫街流淌。走回宾馆，走回我的山神庙，几乎冻僵。饼是脆的，鸡是腻的，似乎还没有林教头的冷酒与牛肉美味，好在庙外没有草料场，没有哔哔剥剥、刮刮杂杂、通天的大火。

次日，凌晨六点半的汽车站空空荡荡。

七点半，大雪，片刻白地。

躲在因生意惨淡而兼营早餐的烧鸡店，店中一架煤炉，火力正旺。蒸笼摆在店外，几屉荤素包子，弥散的水汽瞬间消散于雪中。裹着厚厚防风罩袍骑自行车送货的女人，推门进店，送来几袋大饼，还有几分钟无法回暖的寒冷。

长途汽车全部停运，汽车站外只有揽活的黑车司机，坐地起价。赶早要回隆德的旅客询价，拼车五十，包车二百，陡涨两倍。

"百把元，走不走？"旅客怯生生地问。

司机甚至不屑于回答他。

六盘山路，积雪艰险，没有客车去，也没有客车来，莫可奈何，只得再回宾馆，再宿一夜我的行馆。

> 进东门，宿亦乐书院，地在行辕之左，由行辕边门入，路甚深邃。[14]

道光二十九年十一月二十日（1850年1月2日）董醇来时，宿于州署东偏亦乐书院。

康熙五十五年（1716），曾刊康熙《静宁州志》的知州黄廷钰（二如）于州署东偏察院废址建托素轩，又建正谊堂于托素轩之前，名曰"陇干书院"。乾隆十一年（1746），曾刻乾隆《静宁州志》的知州王烜（羲宾）设义学于陇干书院。[15]

乾隆六十年（1795），陕西神木举人王锡钧（壹斋）履任，"翌年，以七百余金买田数十亩，治园署东，名'亦乐园'。广集英才，躬自教授，旋更名'亦乐书院'"[16]。同治年间知州余泽春（二田，1827～1895）再加葺补，工竣更名"阿阳书院"。

静宁陇干书院、亦乐书院、阿阳书院，名称历有不同，规模代有差异，大体位置不变，皆在州署后（北）东偏，约今静宁县委大院所在。

乾隆《静宁州志》记静宁州泾阳驿，"在州东偏，马王祠在驿后"[17]。卷首"州治图"绘制"泾阳驿"在州署迤东，"书院"又在泾阳驿迤东。但是揣度文章并实地考察，泾阳驿实应在书院正北，书院行馆与驿馆两馆南北相通。董醇经州署总门入书院行馆，而书院正门东向，门前有短巷可通中街。民国二十四年（1935）西兰公路通车，泾阳驿改作"交通部西北公路运输管理局静宁站"，不久迁至东关。

光绪三十一年十月初七（1905年11月3日），赴戍的裴景福来时，仍如五十五年前随轺的董醇，进东城，宿行台。

《河海昆仑录》是日行记，有如整一百年前祁韵士在邠州的《濛池行稿》，又有令人欢喜的文字，因为又见不似槁木的路人。

> 住行台，有贾姓七岁童来卖饴糖，一文一枚，衣服整洁，与之语，对答了然，颇识数，人皆爱而购之立尽。询之，其父已亡，母守而育之，盖孤子也。[18]

比起邠州行馆外乞花的邻舍女，静宁行台卖饴糖的七岁童，所知更多。他姓贾，幼年丧父，与母相依为命。母亲在家做些饴糖，大约就像我小时候杂货店仍然常见的那种饴糖，铜钱大，小指厚，裹着面粉，五分一毛一枚。一百多年前，静宁县的那个七岁小男孩，穿上母亲浆洗整洁的衣裳，独自走出家门，去到行台，他知道那里时常会有富贵官宦栖止过往，舍得起钱财，愿意买他母亲起早贪黑熬煮的饴糖。

他颇识数，一文一枚的饴糖，几枚几文，断不会错。他不怯懦，面对过往富贵，对答了然。过往富贵也爱他，不多的饴糖，片刻购买一空。

然后富贵过往，各赴各的前程，他与他的母亲则日复一日，做他们一文一枚的饴糖。

又过若干年，当他长大成人，泯然如一条直街上的其他商贩，不知道过往的富贵是否还爱他？

祁家大山

陇山西麓的瓦亭川，流入秦安西瓦亭的瓦亭水，今名葫芦河。源出西吉县月亮山，沿途汇聚黄土沟壑许多河川，于天水三阳川注入渭河。"由于沿途经七峡八川，忽放忽收，状似葫芦而得名。"[19]

葫芦河全程，支流纷繁，尤其上游，支流干流水量相似，难以厘清彼此。加之流段不同，称谓又不相同，漫说行旅为难，纵然土著，也是莫衷一是。

比如葫芦河自东北而来，北峡口以北，静宁县人称"北河"。

北河出北峡口向西南，流经静宁城西，静宁县人称"西河"。

葫芦河源漫长，故又名"长源河"，或讹记为"长原河"。

渝河自隆德东来，流经静宁城南，静宁县人称"南河"。

渝河水甜，静宁县人又称"甜水河"。

葫芦河水苦，静宁县人又称"苦水河"。

也即在静宁县境，葫芦河即北河，即西河，即长源河，即苦水河；渝河即南河，即甜水河。甜水河在静宁城西南照世坡注入苦水河,南下秦安。

行旅西出静宁城,必要先渡葫芦河。
光绪十七年九月二十六日(1891年10月28日),阴,陶保廉侍父出静宁西门饯晖门。

> 西北行。三里,长原河,有木杠通徒步,车行河中,水及马腹。[20]

陶保廉以"长原河"记葫芦河,当时河上仅架小桥以通徒步,长车重载,则需洇渡,水深及马腹。
二十年后,宣统三年二月二十八日(1911年3月28日),又是阴天,密云不雨,袁大化卯正(六点)即出城西北行。

> 过硝河,宽不及丈,徒杠舆梁,皆非难成,无人议及,仅余数人,赤足贫丐,候此负人渡河,需索钱文,亦恶习也。[21]

葫芦河源以下,流经硝河城,即今西吉县硝河乡。硝河城本属盐茶厅,同治十三年(1874)陕甘总督左宗棠奏升固原州为直隶州,改盐茶厅为海城县,设硝河城分州,设州判,为固原西南要区。王学伊总纂的《新修固原州志》共十二卷,第十二卷便单独辟为《硝河城志》,可知要区不虚。
《硝河城志》之《山川》有"硝河"一条:"硝河,一名苦水河。""水味苦，因名苦水河。"[22]葫芦河水味苦，自然是因源出西海固腹地，河水溶解大量土硝之故。袁大化记作"硝河"，也无不对，但是静宁县人鲜有此谓。

西河宽不及丈，二十年前的木杠小桥已无踪迹。然而阴历二月，天寒地冻，水冷刺骨，行人不能泅渡，于是河畔有数人，"赤足贫丐"，背人渡河，求取报酬，袁大化以为"亦恶习也"。

土人无胆破坏舆梁，致干重咎。道光二十九年十一月二十一日（1850年1月3日）董醇过此，曾记"桥以木架草土，当亦冬支夏撤也"[23]。所以可能冬支以后，又遇洪水冲毁，故而未及再建。赤足贫丐，忍冻负渡，求取糊口钱文，虽非正业，可恶也岂非应在未有议及徒杠舆梁的当道之人，而非无有徒杠舆梁之后的负渡之人？何况不耐冰水泅渡的老弱，总需有人负渡。

不似袁大化，虽无舆梁，却有舆夫。

又过山，河有小桥，河西流，注陇水。[24]

继续西行，袁大化遇到的第二条前阻于路的河，河有小桥，河水西流，注入陇水即葫芦河。此河全长仅六十余里，静宁县人俗称"狗娃子河"，不知何意。

狗娃子河桥地在今静宁县西八里镇，旧名八里铺，自隆德川以来的坦途，终结于此，驿路从此复归难行。

> 五里八里铺,登坡数层,雪滑泥泞,仆马俱疲。折西行,七里官道岔(即祁家山顶)。[25]

静宁方言,"岔"字并非道路山脉之分歧,而是意为黄土丘陵中的一道沟壑,有岔门连接其他沟壑。"官道岔",便指官道行经的岔湾,南北狭长,状似叶片。官道岔中有官道岔村,村名今改"关道岔"。官道岔村北距祁家大山仍远,驿路并不穿村而过,而是径越祁家山顶。

西行至祁家山顶的道路,虽然坡缓,却有七里之长,纵然耐劳的牛行,也会力竭,故而土人又称此路为"乏牛坡"。人若负重行于乏牛坡,一道弯后又一道坡,体力逐渐耗尽,简直走到绝望。

1968年,拉着架子车走在乏牛坡的马海龙,绝望地哭了。那年二十三岁,还应称之为小马的他,从和尚铺吴老汉他爷逃荒的故乡威戎镇拉上一车三百斤白杨树苗,五十里走到乏牛坡,体力已达极限。

累,而且委屈。

同行的张成林,年长小马九岁,地主成分,只能觉得累,却不能觉得委屈的他同情年轻的小马,很是不解地问道:"我的成分不好,你的成分好,怎么也跟我受这罪?"

小马哽咽回答:"得罪了队长。"

社员劳动,小马父亲马玉忠老汉,直呼分管"包片书记"王书记的名讳,犯了忌,不知是后来因极左错误而遭劳动集训的包片书记授意,还是曾被小马父亲顶撞的生产队存队长挟私报复，不但连开几场批斗会，并且扬言还要法办。

小马父亲民国十五年（1926）生人，老实本分，乏牛坡上坡下的日常琐碎就是他的全部世界。得罪包片书记，得罪生产队长，对于他而言已是晴天霹雳。听闻法办，更是吓破苦胆，当晚拈根麻绳出门，寻棵左公柳，准备自我了断。

将断未断，同村陈治忠，生产队饲养员，夜里摸黑出门，窃了牲口圈一背斗粪，潜行途中正撞见树下犹豫不定的小马父亲。

"家里上有老下有小，你死了老人孩子咋过活呢？"小陈一边劝慰小马父亲，一边釜底抽薪，解下麻绳，带走回家。毕竟在场的还有一背斗粪，不能久留，若是再有积极分子得见，报告队长，麻绳恐要自用，与小马父亲共挂东南枝。

"命不该死，有救手。"小马父亲日后每每如此说起。

父债子偿，天理昭彰，队长自然不会轻饶小马。村里播放露天电影，结束后放映机要送去下场观影的吴家庙。静宁城南城川镇的吴家庙，地距官道岔三十里，方才送到，又派去城南五十里的威戎镇拉树苗。

走到乏牛坡，哭到乏牛坡。

五十多年过去，七十八岁的马老汉坐在大路村的老宅东厢房的炕头，神色安详地说起陈年旧事。晴朗和暖，西阳攀至墙上的全家福，他大难不死的老父亲端坐正中，两个儿子分坐左右，孙子孙女前后环绕。

老父亲八年前辞世，寿高九十。

大路村，马海龙。2023 年 6 月 14 日。

五十年多前生产队的存队长年长马老父亲一岁，三十三年前过世，得年五十六。

小马老汉三岁的老伴贤惠安详，照料公婆，照料老汉，照料子女，"只帮不说"。坐在炕边，慈祥地听着老汉说古，大概是觉得只剩下两颗门牙不雅，每当笑容浮起，总要抬手遮挡。可是听到马老汉说起王书记，说起队长，1966年与马老汉成亲，曾有共同经历的她可能依然感觉畏惧，于是起身走到老汉身边，拍打他，提醒他："还说这些干嘛？"

马老汉再不以为意，他抱怨队长，让他做了太多苦活累活，以至于现在行走艰难，"腿累坏了"。

今312国道仍走乏牛坡，临近祁家大山隧道，深陷地表的驿路路槽紧邻国道左手。曾经的驿路大路，废弃有年，只如临路的渠沟，掩于杂草灌木，间有后生的杨柳。

三百多年之前，静宁县城望族马家，在官道岔大路上购置田庙，安置同族耕作，是为"坐山庄"。马老汉家先祖因此来到大路上，繁衍生息，生齿日多。嗣后又分出若干家至驿路迤东定居，因地势相对较低，称作"下大路"，而原处也称"上大路"——"上""下"皆作形容词而非动词，外人至此，易受迷惑。后来上大路与下大路并作"大路村"，村委会设于下大路。

国道路北，马老汉家是上大路最上的住户，也是隧道之前最后的住户。迁来至此，原址未动地生息三百多载。院门南向，三进院。前院栽种些蔬果。中院东西两厢各三间新房，平日只有老两口独住东厢南首一间；西厢三间，三个儿子过年回家，正好每家一间。后院背临土崖，原本可养鸡与猪羊，现在只供如厕。

马家再向西行，312国道自东南向西北贯穿祁家大山，而驿路则向左行，经由南麓纡回绕越祁家大山。

出城约十里，车后已系木燕，车前已挂稍马，"每车非六七牲口不能上山"[26]。

> 上祁家大山，高峻不及六盘，而纡远过之。上陟峻坂，下临陡涧，路傍山行，辗转往复，车一颠覆，祸不可测。土厚无石，年久为雨水冲刷，槎枒破碎，畸零峭削，无奇不有。[27]

一百余载以降，驿路痕迹仍在，深陷地表，土崖滑坡，看来更似沟壑。依旧辗转往复，后人新辟的山路，依旧陟坂临涧，且依旧土厚无石，雨水冲刷，依旧槎枒破碎，车一颠覆，祸患依旧不可测。

驿路于当时而言，已是大路，故而祁家山下驿路旁，会有地名"大路上"。大路通行尚且如此艰难，甘肃交通之阻滞自不待言。

民国十六年（1927），冯玉祥任命所部第二师师长刘郁芬（兰江，1886～1943）代理甘肃省督办，并为军事需要，于当年九月成立甘肃省道办事处，刘郁芬兼任处长，沿驿路整修兰州至平凉亦兰平汽车路。兰平汽车路未经测量规划，筑路仅凭民伕经验，建造草率，质量低劣，汽车仅可勉强通行，加之并行旧式木轮大车，轮窄而辙深，路面迅速损坏。

民国十八年（1929）年馑，甘肃道殣相望，华洋义赈会筹集善款五十五万圆，以工代赈，整修兰平汽车路。民国二十三年（1934）三月，全国经济委员会西北办事处成立，接办筑路工程，改建西兰公路甘肃段。[28]

官道岔有六道壑岘：小山、寺山、小巇、寨子湾、麻雀、大山顶。静宁方言，"壑岘"读作"豁线"，大意为两山之间山梁凹处，类似六盘山顶官店所在的"豁豁"。驿路与沿驿路所筑的兰平汽车路，傍山行至约今祁家大山隧道之巅，需要翻越大山顶壑岘。

大山顶壑岘，南北两侧的汽车路清晰可辨，车道依旧陡直，当年遑论马车牛车，纵然老式汽车也难仅凭己力登至壑岘。于是过去大路上许多村民，就在壑岘之下抢着推车，马老汉称之为"东洋车"的汽车，推上壑岘，能赏一两个铜元的辛苦钱。

东洋车上的袁大化辈，大约又要默记一笔"亦恶习也"。

一切已成大路上八十岁老人的传说，大山顶壑岘空寂无人，唯有行路山风越过，足迹撩动荒草，还有雉鸡，见有人来，随风而走。

令人困惑，既然兰平汽车路沿驿路而修，西兰公路又依兰平汽车路而筑，何以大山顶壑岘全然不见现代公路的踪影？

全长860米的祁家大山隧道，1991年8月施工，1995年

10月通车。隧道通车之前的312国道旧线，过狗娃子河后即与今国道分北走靳家坪，自北麓纡回绕越祁家大山。

大路上的马老汉清楚记得国道旧线便是民国西兰公路，也清楚记得修筑年份是在民国三十年（1941），蛇年，那年马老汉唯一的兄长出生，而他的老父亲就曾在西兰公路以工取赈。

他还记得更加细致入微的故事。西兰公路测绘队最初的设计线路，正要穿过大路上杨家的院了，杨家不愿意，诘问测绘队：庄里这么多户，为何偏要穿行我家？可是别家也不愿意公路穿行，于是均请保长马维奇代为说项。庄里三四十户，马保长每户收取银元一枚，打点测绘队，以求变更设计线路。

测绘队收人钱财，替人保家护院，再版设计线路，改走后山九龙山梁。不料又有多事之人，声言九龙山是我庄主山，风水攸关，如若穿行，分山为二，未免大破堪舆，致有祸患。此言一出，久经磨难的村民宁信其有，只好再请保长说项。保长照方抓药，每户又出银元一枚，二次打点，才有如今改走靳家坪，远离九龙山的三易其稿。

马保长公而忘私，忘记岳丈家住靳家坪，为此开罪老泰山。

后来匪患日重，大约民国三十七年（1948），马保长不幸遇害，殁年大约六十有二。保得住大路上风水，却最终保不住身家性命的马维奇，名不见经传，故事也似齐东野语，未免有损西兰公路刘如松总工程司部属的名声，故妄听之。可是民国三十年(1941)西兰公路由祁家大山南麓至北麓的改线，翻遍手边资料，同样不见任何记载，匪夷所思。

唯有《甘肃公路交通史》记载民国三十至三十一年（1941～1942）拨发善款两千万元法币的西兰公路改善工程，时间与马老汉记忆吻合。此次改善工程，"加铺碎石路面二十五公路"[29]，不知长度近十一公里的祁家大山北麓西兰公路可在此中。

祁家大山隧道贯通，312国道新线重走乏牛坡，暌违五十余载的大路，重新回到上大路马老汉家门前。

东厢房虽然阳光沉静，国道往来货车的嘈杂，却声声入耳。

好在曾在乏牛坡上哭泣的马老汉已老，耳重的他再也不会觉得世间太吵。

会宁县

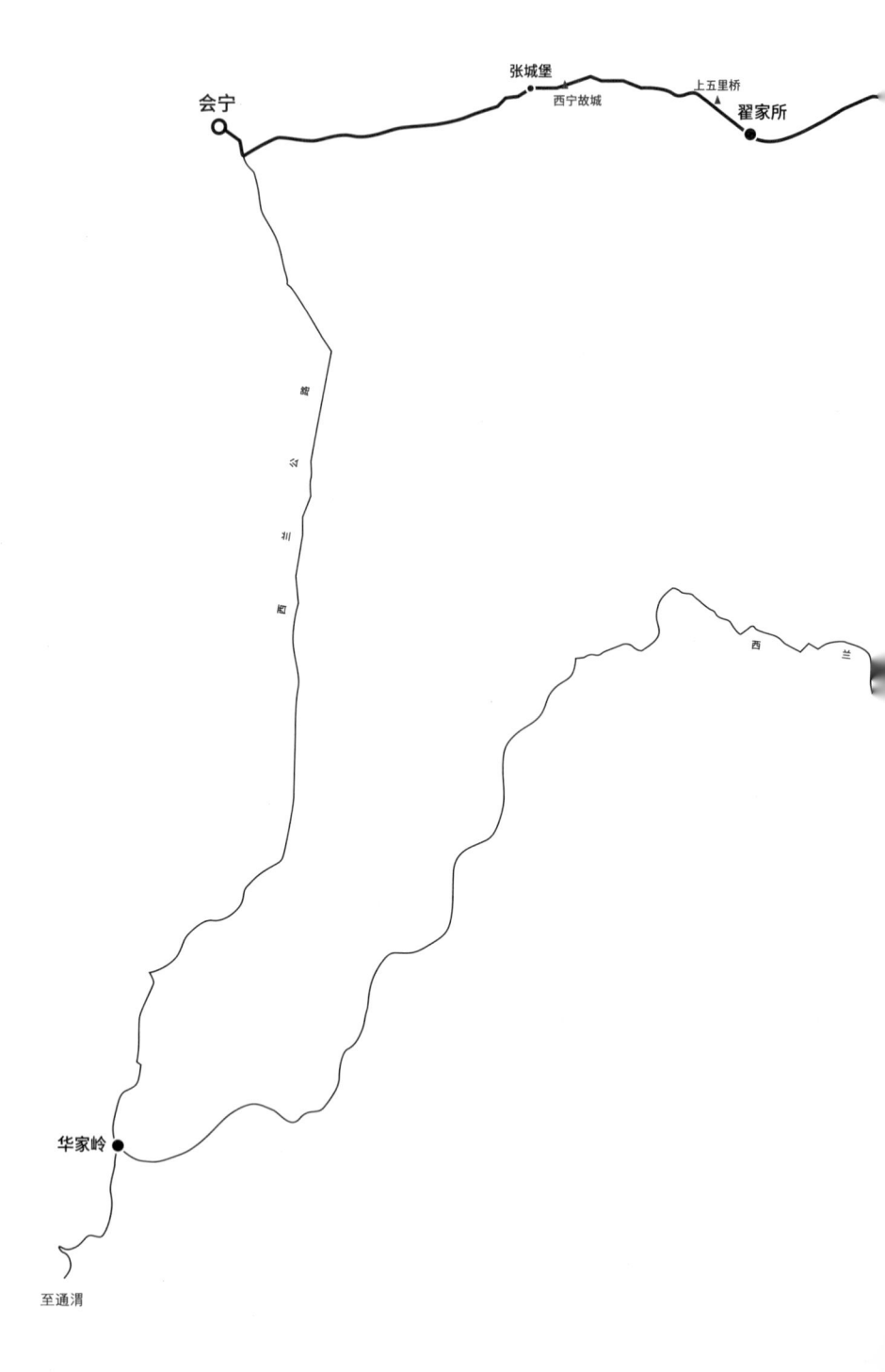

会宁　　张城堡　　上五里桥　　翟家所
　　　　　西宁故城

西兰

靖公川昭

华家岭

至通渭

清江驿
通渭桥
下五里桥

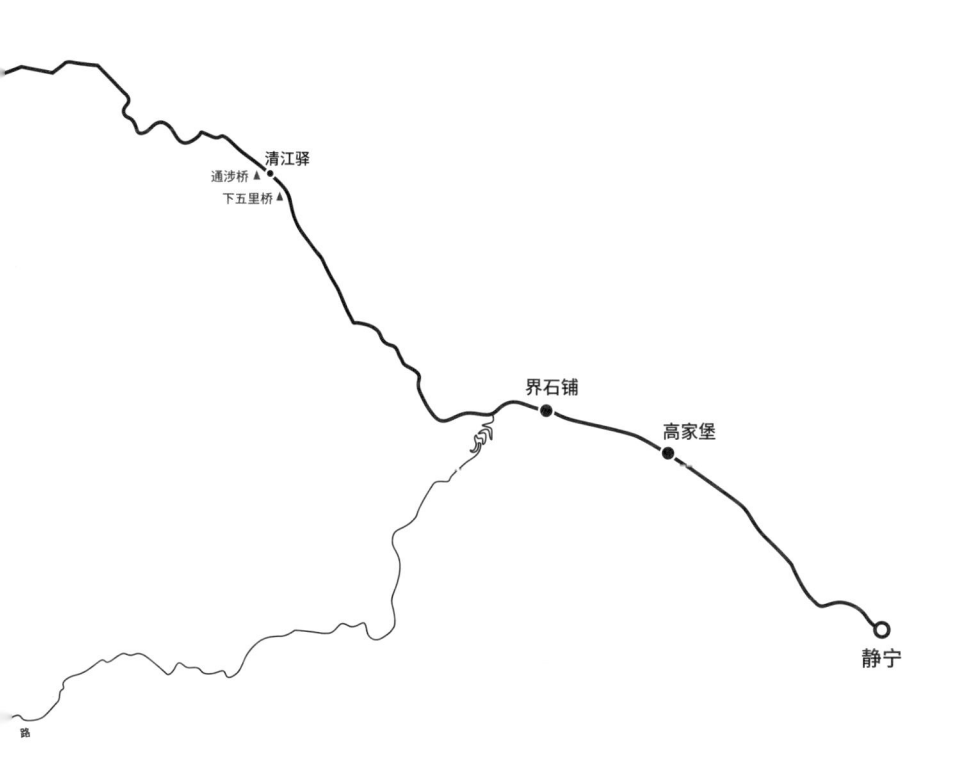

界石铺
高家堡

静宁

路

青家驿

西出隆德，一马无障，西出静宁，却有祁家山当头棒喝。

行旅未免沮丧，可是越岭过邓家湾之后，"路渐平坦，不数里，有小峡一束，过此，路俱平"。[1]

祁家大山有如静宁州西一道屏障，前年暮秋我西出静宁，阳光普照乏牛坡，祁家大山隧道一片漆黑，有如戏法障眼的幕布，再见天地已是风雨苍茫，水雾迷离，真似换了世界。

高家堡午尖，饭后再行十五里，界石铺。

小峡一束的水，董醇记作"高家堡川"，今名高界河，即择高家堡与界石铺首字而名。高界河源于界石铺西南六七十里的党家岘，自西而东流经界石铺，折向西南过高家堡，终在大路上马老汉曾送电影放映机的城川镇注入葫芦河。

界石铺西北有石峡罐子峡，响河出罐子峡汇入高界河。道光十一年（1831）《会宁县志》卷二《舆地》之《山川》所记"响河"：

> 响河,县东一百五里,源出小山脚,过青家驿,行十五里抵石峡,高三丈,河水坠之,声如雷轰,壮如瀑布,故名。[2]

所抵石峡即罐子峡,峡窄而高,河水坠落声响如雷,故名"响河"。

过界石铺,驿路便由西向的高界河川,转折西北向的响河川。响河川不似高界河川平坦。"过此升坡,高高下下,所行多峻坂危崖。"[3]

如何峻坂危崖,光绪十七年九月二十六日(1891年10月28日)行过的陶保廉记述更为细致。

> 自高家堡迤西,皆右附高山,左临深谷,间有土坡,尚不甚陡。惟峰回路转处辄有缺口,当依壁曲折缓行。遇一车自西来,在驿东五里下坡时顺势直行,从缺口堕涧底,车马粉碎,人亦折臂。盖车夫于途中无不瞌睡,实由旅店内无若辈安卧处,又须屡起喂马,一经开车,反谓其事已毕,终日跨辕作梦,情亦可怜。余于平坦处任其瞌睡,遇险则呼之。余欲详记沿途形势,不敢假寐也。[4]

无论高界河还是响河,皆在驿路左手,故而"右附高山,左临深谷"。道路虽不甚陡,然后盘桓转折处必须紧贴山崖缓行,若是车夫大意,未及控驭,任由车马直行,堕入涧底,情形可怖。陶保廉便亲眼得见,一车自西而来,在青家驿东五里,下坡直行,冲堕涧底,车马粉碎,车夫折臂。

"情亦可怜",折臂可怜,不折臂亦可怜。行馆旅店,自然有董醇、陶保廉辈所居的客房,无非优劣而已。车夫则无床榻,夜间又须屡起喂马,不得安眠。日间开车,以为老马识途,即当事毕,终日跨辕做梦,"情亦可怜"。

陶保廉《辛卯侍行记》所记沿途形势最详,且有纷繁考订,所以我能想象他在车上的情形,一如我十数年来搭车旅行各地,绝对选择最慢的客车,绝对要坐临窗的座位,如何疲惫也绝不在车上昏睡,双眼紧盯窗外,观察途遇的每个细节,手中笔记不辍。陶保廉必也如此,所以他可代为车夫观察道路,平坦处任其冲盹,遇险方才唤醒车夫,仔细前路。

或许侍父已久,陶保廉深谙如何体恤他人,这是更比学问可贵之处。

响河川再行三十五里,青家驿,宿于行馆。

虽然不及隆德川宽平,且有祁家山峻险,但是毕竟大多驿路行于河川,所以静宁泾阳驿东至青家驿与西至隆德隆城驿里程相同,皆为九十里,单日所行仅次于前途长武宜禄驿至泾州安定驿的一百里,不可不谓坦途。

界石铺,陶保廉记作"界守铺",董醇并记二名:"界石铺(静宁州、会宁县)。分界石。志作'守'。"

此志便是记载响河"声如雷轰"的道光《会宁县志》,道光九年(1829)由会宁县知县毕光尧纂修。毕光尧,字慕唐,湖南善化县(今湖南长沙)人,嘉庆十九年(1814)甲戌科进士,道光六年（1826）到任，道光七年（1827）调署宁夏宁朔，道光九年（1829）回任，得见乾隆二十六年（1761）知县黄显祖删存的旧志草本，于是"分门别类，手自编辑"。未及完稿，毕光尧于道光十年（1830）调补敦煌，以亲老引疾告归，因为羁留兰州，于是完稿，并作序言。[5]

> 界守铺，一名界石铺，县东一百三十里，接静宁界。[6]

界石铺为静宁州与会宁县界，道光二十九年（1849）董醇渡陇之前，静宁州有康熙五十五年（1716）与乾隆十一年（1746）两种《静宁州志》可见，两志皆写"界石铺"。而《会宁县志》则记"界石铺"为"界守铺"别名，且之后如铺舍等皆写"界守铺"，不知两地何以有此区别。

而今"界守铺"已无人知，反而五六十岁的老汉，口中念及的总是新名"高界镇"。"高界镇"之"高界"意同"高界河"之"高界"，始于1958年改名的高界公社，其后高界乡、高界镇，晚至1997年方才恢复旧名界石铺。

高界河流经界石铺迤南，驿路与西兰公路贯穿界石铺。

两县分界的界石铺，却并不地居两县之中，东南距静宁六十里，西偏北却距会宁一百三十里。因为更近静宁，界石铺原本大半即属于静宁，县界与界石更偏镇西。镇西路南经营杂货店的老郭，比划就在店左路中，"上边就是会宁县"。

地势西高东低，自然也就分出上下。下边张家马家是大户，上边的大户就是郭家。郭家本住会宁一侧，后来十几户分家迁至界内静宁。

"静宁抓壮丁,就从这边跑到那边;会宁拉壮丁,就从那边跑到这边。"

如今不再抓壮丁,无需这边那边躲避,界设镇中,不便管辖,界石铺镇已全属静宁,县界移至镇西"山根底下"。

界石铺去静宁,交通便捷,镇子东隅的界石铺汽车站虽已废弃,路边却有约半小时一趟的县内班车,早七晚六,八块钱单程。

界石铺去会宁,因为跨县,没有班车直达。界石铺西五里的沿川子,有每天下午四点便早早收车的会宁县内班车,来时可以麻烦司机送至界石铺,回时若无提前联系,班车不会再到界石铺接客,所以三年前初冬的下午,暮色早早越山而到,我却不知如何回返会宁。

界石铺镇十字,西北转角建于八十年代初的两层供销社大楼,虽然早已为四十年光阴所黯淡,却仍是界石铺的繁华所在。

站立楼前的老汉,无所事事,张望镇中一切的风吹草动,他们自然懂得我的意图,于是告诉我可以去青江驿,那里总会有过路回会宁的班车。

那年七十七岁的周可惠老汉,开着他的电瓶车慢悠悠停在路边。老汉是青江驿下街人,时常会从青江驿载上要去四村八乡的村民,赚些零花钱。两个姑娘钻出车来,付给老汉二十块钱。供销社大楼下的老汉热心帮我用方言与他大声沟通，算我是搭回程顺风车，只给十块钱。

老汉耳聋眼花，可能一辈子节俭总怕不够花，于是又戴一副酽茶的茶晶眼镜，花外更添朦胧。老汉属猴，民国三十三年（1944）生人，电瓶车不知属相，生年必早于民三三，因为长相远比老汉苍老，没有车牌，车灯破碎，历年碰撞，车身凹凸有致，锈迹斑斑，甚至后视镜的玻璃也成虚空，转弯并线时后方有无车辆，全凭老谋深算。

好在老汉手戴一副白线手套，如此专业司机装配，必可保青江驿的三十五里山路安全无虞。

民国十八年（1929）年馑之后一年，民国十九年（1930）会宁县一年之内连换四任县长：安徽英山县（今湖北英山）人段燕苹，河南固始县人牛培章，会宁县人杨恕，甘肃通渭县人王肇南。除却杨恕之外，其余三任县长先后督修会宁县续修县志，由光绪二十年（1894）甲午科进士前、清二品军机处章京会宁人刘庆笃（吉甫，1870~1936）担任总纂，三月成稿。

民国二十七年（1938）县长湖南邵阳人范德民（怒涛）再度督修会宁县续纂县志，前志纂辑、光绪二十六年（1900）庚子科举人、前清四川候补盐场大使张济川（子舟，1870~1940）负责总纂，将前志续至当年。并集道光毕光尧《会宁县志》志稿辑为《会宁县县志正编》两册十二卷，将前志及续纂志稿辑为《会宁县志续编》六册十六卷。

可惜此书当年不曾付梓，却又极其可幸，两志抄稿逃过后世种种劫难，完璧存于会宁县档案馆。

正编尚存道咸年间刻本，而续编则为孤品，所以一并逃过劫难的，还有会宁县道光十一年（1831）至民国二十七年（1938）间一百〇七年的历史。

三年前的初冬，我在会宁县档案馆细细翻阅正编与续编两部县志，在续编的一百〇七年历史中比照现实的会宁县。正编上册书法极佳，蝇头小楷，捻管转笔，丝丝入扣，纵然内容全无一用，逐字看来也是爱不释手。

由晨至幕，西窗天际，山峦雪顶，由明而暗，隐于世外。

道光十一年（1831），《会宁县志正编》中佳笺细楷的青家驿：

> 青家驿即古寒陵关，东自界守铺入峡，两面高山屹立，蜿蜒三十里，有关隘形势，前代皆名青家镇，明因之，又名青家所。国初改为驿，其城半跨东崖山，周围三里九十余步，东西二门，东接静宁，西至县治，皆九十里，为甘凉孔道，巩郡首驿。[7]

静宁县为隆德县与青家驿的居中之地，各距两地九十里，青家驿为静宁县与会宁县的居中之地，亦是各距两地九十里，天然置驿设站之地。

正编记"青家驿即古寒陵关"，"寒陵关"究系何关，无从考证，并且仅见此志。百年后的《会宁县志续编》，经由刘庆笃、张济川诸人修订，因袭旧说之外，又在《建置志》之《关梁》中单辟"寒陵关"一条：

> 寒陵关，在县东四十里，即今之翟家所。⁸

两处寒陵关，或是古今之别，古关址在青家驿，今关址在青家驿西五十里的翟家所？然而修订所凭，未加注明，因此如我等读者还是茫然不知所谓。

青家驿，前代名青家镇，明代又名青家所，可知当时已置驿所于其地。入清后改为青家驿，驿城关跨东崖山，周长三里九十余步，开东西二门，东接静宁，西至会宁。

"甘凉孔道，巩郡首驿。"

幸有民国二十七年（1938）《会宁县志续编》存世，可知历经清末民初天灾人祸一百〇七载的青家驿，会是何等模样：

> 青家驿城（即古寒陵关），清初置驿，据旧志其城半跨东崖山，周围（三里）九十余步，东西二门，东达静宁，西至县治，相距皆九十里，为陕甘往来孔道。建置年代无从考证，相沿至今，墙半坍塌。经民九地震，垣堞尽圮，今仅修其东西二门，余如故。⁹

一百〇七载后，青家驿墙半坍塌，尤其民国九年（1920）海原大地震，垣堞尽毁，后仅修复东西二门，其余任其倾圮。

民国九年地震，不但夷平了青家驿城垣，也深远改变了青家驿地貌。

依旧是在续编《建置志》之《关梁》，"寒陵关"后，再有"五里桥"一条：

> 五里桥在青家驿东五里。案：此桥清光绪初建，民九地震，北山崩，全桥覆没，并压塞碾子峡官道及石堡峡河流，交通颇梗。十年由华清赈灾会遣员疏路浚河，佣役日以六七百计，年余工始竣。地形既变，而北桥遂天然灭没矣。[10]

民国九年地震，"北山崩"，五里桥全桥覆没，崩塌山土，压塞官道，壅堵响河，不仅交通梗阻，而且形成绵延数里的堰塞湖，堰尾直达青家驿。水涧高台的青家驿，蓦然如在烟波浩渺的湖岸，民国九年地震前后过路的行旅，真是若见沧海桑田。

十人皆信一说：因堰塞湖似青水大江，行旅皆误"青家"为"青江"或"清江"，"青家驿"遂讹为今名"青江驿"或"清江驿"。实则非也。道光二十九年十二月二十七日（1850年2月8日）董醇返京再过青家驿，曾有考订前记两句："'家'或作'江'，西门实偏北"[11]。可知早在民国九年地震之前一百三十年前"青家驿"便有"青江驿"的音讹，并非得名于震后的堰塞湖。

"华清赈灾会"，八年后筹集五十五万元巨款修筑西兰公路的"华洋义赈会"，全称"中国华洋义赈救灾总会"（China

清江驿，车夫。宣统二年正月初二日（1910年2月11日）。
Three carters in Ching Chiang I. Feb. 11th, 1910.
©George Ernest Morrison, Mitchell Library, State Library of New South Wales.

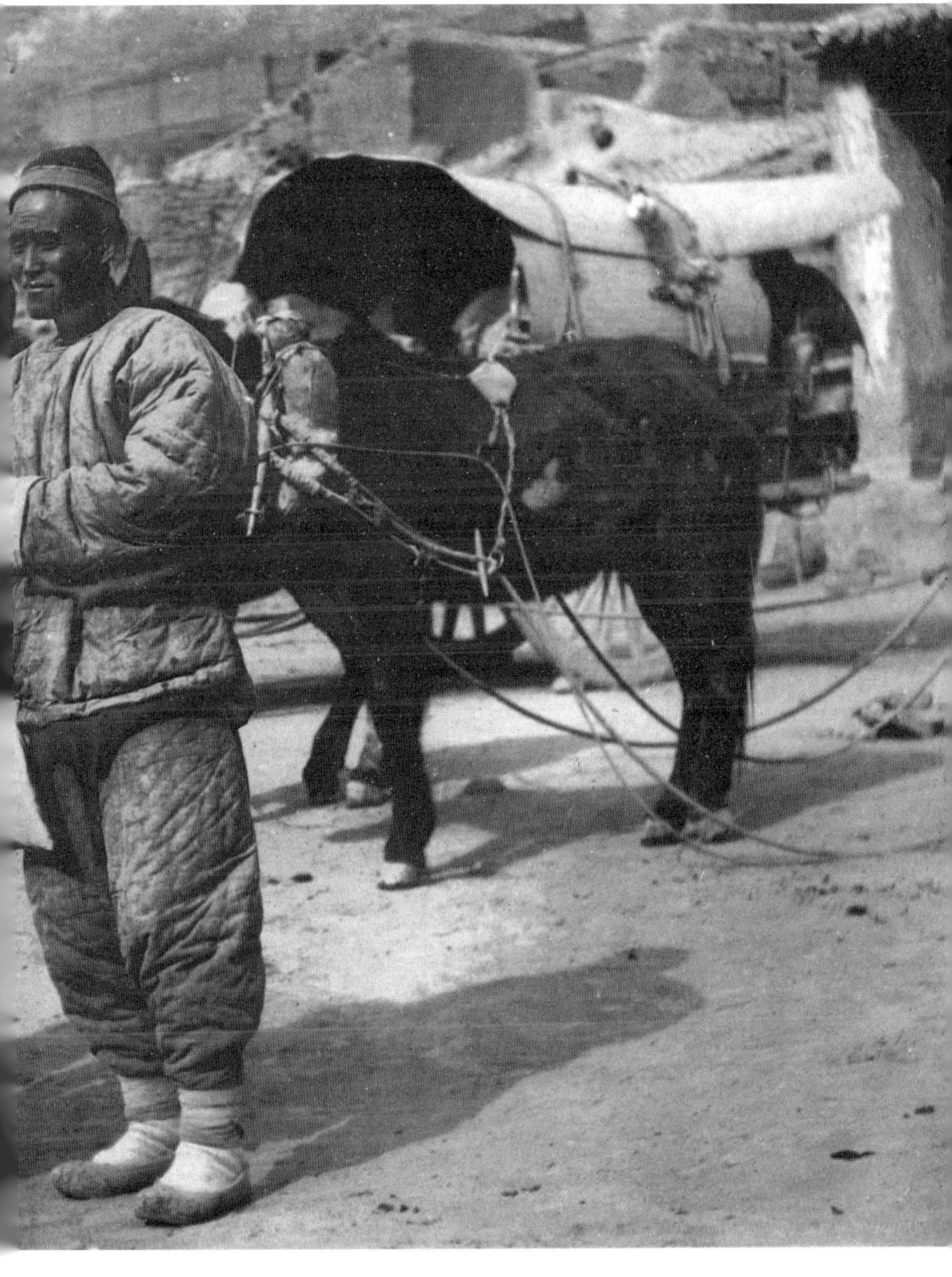

International Famine Relief Commission，CIFCR）。民国九年（1920），海原大地震同年，华北大旱，山东、河北、山西、河南、陕西五省，赤地千里，饿殍遍野，罹难者数十万众。当时华洋各界纷组慈善团体，服务灾赈，然而互不隶属，未免事倍功半。民国十年（1921）九月，由北京国际统一救灾会召集上海华洋义赈会、天津华北华洋义赈会、山东华洋义赈会、河南华洋义赈会、山西华洋义赈会、汉口中国华洋义赈救灾会湖北分会等共七家慈善团体，多次会商，决意汇集管理各团体善款余款，成立统一总辖机关。十一月，七团体会聚上海，正式成立"中国华洋义赈救灾总会"，审议通过《中国华洋义赈救灾总会章程》，并设总会事务所于北京。

其后华洋义赈会成为民国规模最大的民间国际性慈善组织，鼎盛之时影响遍及全国十六省，设立地方分会、事务所、赈务顾问委员会十七家。至1949年解散之前的三十余载间，救灾赈济，防灾减害，尤其是在华北与西北地区，筑路修渠，掘井浚河，或是直赈粮钱，或是以工代赈，救民活民，功莫大焉。[12]

民国九年地震同年成立的华洋义赈会，次年民国十年（1921）即向甘肃震区首先遣员，以工代赈，雇佣本地民伕，疏路浚河，"年余工始竣"。

青江驿不少老户的祖父辈即曾参与疏浚工程，但是对于开堰的记忆，民间传说却以为主导工程的洋人别有企图。传说每逢月圆之夜，青江驿水畔总有两头金骡子或金马驹之类的黄金异兽饮水，洋人听闻金兽栖居湖底，故而开堰放水，盗走珍宝。

对于当时僻处西北的普通百姓而言，以工代赈不似官府施粥容易理解，又非父母官长，无缘无故慈善？必是图谋不轨。加之又是洋人主导，谣诼四起，也是当时情理之所必然。

工竣之后，华洋义赈会曾在五里桥竖立纪念碑两方。大约1968年，农业社开设粉房，将一方纪念碑截断磨圆，改为粉磨。包产到户之后，五里村王家将此磨用作猪圈堵门，得以保存。五里村组属青江驿村，所以此磨后由青江驿村委员收回，存于库房。

粉磨是石碑上段，正中一列大字"救济会董事部"，然后小字开列董事部成员职衔姓名。磨粉堵猪，岁月坎坷，边缘字迹多有漫漶，自右而左可读如下：

洋□□□

洋庶□□□

洋交□□□

洋调查主任

洋文牍主任

洋会计主任

洋会长

华会长

华会计主任

华文牍主任

华调查主任

华庶务主任

华□□□

可惜各主任会长名姓皆在纪念碑下段，据说旧存于五里桥郑家，但是遍寻无踪，殊为可惜。

碑碣无存，民国十年（1921）青江驿疏路浚河唯一可资参考的史料，仅有另一方纪念碑的底稿：《甘肃赈灾华洋救济会会宁县疏河修路记》。

此记作者王烜（1878～1959），字竹民，甘肃皋兰（今甘肃兰州）人，甘肃省文史馆副馆长。光绪三十年（1904）甲辰科进士，授户部主事。民国九年地震，王烜时任华洋赈济会总办，参与震后工赈，各县疏浚事毕，王烜撰写碑文三通，计有《甘肃赈灾华洋救济会会宁县疏河修路记》《甘肃震灾华洋救济会静宁县疏河记》与《甘肃震灾华洋救济会通渭县疏河记》。其中除落款为"民国十年秋九月"静宁县疏河记于2016年发现于界石铺镇七里村，入藏静宁县博物馆之外，其余两碑不知所踪。三碑底稿，录于乃子编纂并自费刊行仅千册的《存庐文录》。

……受灾奇重者，厥为海原，而崩山塞河，为地方巨患，则莫大于会宁清江驿之响河。考河源发县之小山脚，过清江驿，会石峡堡河，入静宁抱龙川。震后，河上流北三山倾入水道，并覆没下五里桥及河岸大道，交通为之断绝者累月。而河塞流涨，势将崩溃，劫后孑遗，虑将澨为鱼之痛，呼吁无门，闻者心悸。

是时北五省方苦旱，中外人士群起赈济之。有华洋义赈会，有国际统一救灾会，皆募款焉。适甘地震灾闻京畿，于是仁人义士更思有所以振之。而皋兰柴君春霖，在京与统一救灾会谋所以救甘灾，统一会遂派干事美人赫约翰等来甘调查，时已十年三月。柴君亦到甘，与中外人士共组华洋救济会于兰垣。及赫约翰由固原至静宁，见其以灾民疏河者，深以为得工赈意，举以告兰会，会中亦以为当务之急。然以工程之巨，办事之艰，款项之绌也，遂由会竭力集款，而设工赈处于清江驿，置华洋总办，以前兰州福音教士安君献今、前静宁县知事周君廷元任其职，驻灾区董厥事焉。

编工程团，招民夫得千余人，举锸成云，挥汗如雨，于高岸深谷中，以铲山之颓，浚水之淤，首从响河始矣。此河底距地平线深约三十丈，而崩山在地平高二十丈。其压河道者长二三里，宽亦里许。于此而以手足之劳程，其工讵不难哉？幸而在事之人，策励于上，劳力之夫，勤奋于下，自夏徂冬，功以告竣。计浚河深三四十丈，上宽十余丈，下狭亦三四丈。作叉形，免倾塌也。河口成八字形，旁植树木，虑冲溃也。河左侧开大道里许。并修复上游桥梁，便交通也。于是居民安枕，行旅称便，而巨患以弭。是役也，土工之众、筐筥畚锸绳索之费其巨大，诚陇上千百年来所未有，而中外人士提倡义举，输助巨资之热忱，及工程人员之黾勉从事，均不可以不纪。即在本会费工巨，縻款多，亦以此河为最……[13]

据王烜疏河修路记可知，民国九年地震，响河上流"北三山"壅入水道，并覆没"下五里桥"——因会宁县东四十里亦有五里桥，故青江驿五里桥相对而称"下五里桥"——及河岸大道，交通断绝累月。

统一的中国华洋义赈救灾总会成立于民国十年（1921）十一月，在此之前，各慈善团体尚且各自为战，所以在京的柴春霖，是与北京国际统一救灾会"谋所以救甘灾"。

柴春霖（1888～1952），字东生，甘肃皋兰（今甘肃兰州）人，清华毕业，留学美国威斯康星大学，回京任教职，后从政。民九地震，柴春霖在京募款，后于民国十年三月在省城兰州组建华洋救济会，并设工赈处于青江驿，置华洋总办，驻灾区董事。华总办为前静宁县知事、湖北咸宁县人周廷元（定宣，1886～1956），洋总办为兰州福音教士安献今。五里桥郑家无踪的救济会董事部碑下段，二总办之名应当居中在列。

自夏徂秋，响河疏浚工程告竣，又在河口旁植树木，河左侧开大道里许，并修复上游桥梁等等。

然而问题在于，民国十年的疏河工程之后，青江驿的堰塞湖仍在。毫无疑问，否则若是仅堰一年即排空，绝不会有青江驿村民父祖辈皆曾得见的可能。青江驿城内年岁最长的马国石老汉仔细回想，确定堰塞湖排空的时间："民国三十几年"。

疏河修路记所载数据，响河底距地平线三十丈，崩山高过地平线二十丈，也即壅土总高程逾五十丈。疏河工程，浚河深三四十丈，两相比照，应是未曾掘至河底？无论如何，民国十年工赈，疏河是为修路，非为恢复地质旧貌。浚河三十四丈，暴露左岸，可以重开大道，也就达成目的。即便如此，所费已是"陇上千百年所未有"，亦是兰州华洋救济会费工最巨，耗款最多的工赈项目。百废俱兴，华洋救济会无力也无必要完全疏滩青江驿堰塞湖，因此一脉青江，绵延五六里，绵延廿余年。

五里桥地距青江驿东南五里，312国道新线南北穿村而过。

村北路南，李守忠家，麦场临涧，涧底就是当年堰塞湖的堰头。回身视线越过房梁，可以清晰得见一百〇三年前的"北山崩"——山在今五里桥村正东，故而村民今称"东山"——数百米高的东山数峰，朝向响河的西侧山体完全坍塌，形成壁立的陡直土崖。坍塌的黄土壅川塞谷，也瞬时埋葬了原先居于五里桥的土著百姓，尸骨无存。

民国十八年（1929）年馑，如同和尚铺的吴老汉他爷，李家祖父也逃出道馑相望的通渭县，越过华家岭，落脚在震后的五里桥。

近代中国，西北天灾人祸最重，以西北而论，甘肃又重于陕西。若再以甘肃而论，陇南已界秦巴嘉陵江流域，山多水多；兰州在黄河川，天水在渭河川，陇东平凉则在泾河川，庆阳坐拥董志塬，甘肃之粮仓；河西武威、张掖、酒泉、敦煌四郡得有祁连融雪，灌溉绿洲；唯独静宁、会宁、通渭、安定所在的陇中地区，遍地苦水河，既不得浇，又不得饮，一切仰仗天雨，若遇焦旱，何止颗粒不收，简直寸草难生，所以陇中又是甘肃最重,所谓"陇中苦瘠甲天下",绝非虚言。

陇中各地,地处安定、秦安之间的通渭尤苦。五里桥三四十户村民,三分之一是在五十年代末自通渭逃难而来。当年情形,见于1990年新版《通渭县志》之《大事记》:

> 1958年:是年,在"大跃进"思想指导下,全县农业生产大计划,高指标,高估产,高征购,弄虚作假,导致人均口粮不足百市斤,群众以草根、禾秸、树皮充饥,开始出现非正常浮肿和死亡现象。
>
> ……
>
> 1959年:4月,因生活困难,全县各地出现人口大量外流和死亡现象。[14]

国道旁经营汽车加水生意的刘家,七十二岁的刘国仓老汉,原本姓李,1951年生在通渭。饥荒来时,八九岁上,还是个娃娃。实在太饿,拿了伯父家一筐洋芋,伯父不依不饶,要打要罚。伯父也是无奈,糊了你的口,可就饿了我的肚,死亡迫在眉睫,除却食物,其他一切成空。八九岁的娃娃心中害怕,不辞而别,跟着一个素昧平生挑担瓦盆换粮食的老汉,翻山越岭,餐风露宿,挨到五里桥。五里桥刘家老两口没有男丁,将他收养在家,形同过继,于是改姓了刘。包产到户以后,大约1982年,通渭渐可糊口,老父亲寻来几回,要迎娃娃回家。娃娃人性也好,感念刘家老家口把他拉扯大,又娶下媳妇,知恩图报,没有再回通渭,而是留在五里桥,为刘家老两口养老送终。

娃娃流浪到五里桥的两三年前，1956年，李守忠出生在五里桥。老李家中行二，出生时属牛的父亲三十二岁。茹苦含辛，勉强能够糊口，勉强能够让陆续来到的五个娃娃不至他乡乞食。然后四十八岁上，一病不起，撒手人寰。

"那时候人都活四十几。"老李记不清父亲的生年，但是哪年走，走多久，他是脱口而出，"鼠年，五十二年了。"无须计算，是自老李十六岁起，一年一年堆叠在心中，一年年清明从未曾间断的刻画与记忆。

当年十六岁的老李，转眼六十八岁，大半生已过去。

老李一生务农，至今还有十几亩山地劳作，种些苞谷、洋芋，然后交付风雨。"山上种地的弯腰驼背，都是老年人。上六十岁的还算年轻人，大部分都是七十多八十的。"

劳作让老李看起来依然健硕，确实算得上是年轻人。老伴小他九岁，自然也正当年。男主外，女主内，屋里屋外拾掇得干干净净，井井有条。

李家迁至五里桥村的老宅在路东山脚下，后来分家，正赶上国道新线竣工，老李的新家就建在国道迤西临涧的旧路之上。如今小院背国道而朝响河涧，院门正对牛圈。牛圈左手谷仓，右手麦场。山墙外猪圈鸡笼，十几只养来自吃的公鸡，拴着两条看门护鸡的狗，见有生人靠近，吠叫不休。反倒公鸡见怪不怪，自顾自埋头打盹，反正留下主人吃，偷走贼儿吃，既然总免不了留取丹心照汗青，何必还要去学狗子表忠心？

老李兄长考工进城，如今定居兰州。住在老宅的老三出

五里桥，李守忠。2023 年 6 月 18 日。

外打工,老四家在青江驿村所属的太平店镇,最小的妹妹远嫁新疆。老李自己的两个娃娃,男娃在华亭,女娃在会宁。无论老少,都已又从五里桥离开,"村里原本四百多人,现在只剩下一百来个"。

老李不愿去平凉,不愿住城里,他觉得五里桥自由。庄稼付与风雨,平日也得清闲。青江驿三、六、九的集,有集赶集,无集闲逛。唯一的嗜好就是喝口酒,结果前两天酒后骑车摔破了腿,卫生所清创包扎,回来自己换药,缠上纱布,两头用黄色的封箱胶带一缠。仿佛人生粗砺,伤口也不能细致对待,否则如同娇嫩的蔬果,怎能耐得碱土的瘠薄。

但是老李也清楚,自己将是五里桥的最后一代。娃娃要翻建老宅,他不同意,只将正房改成简易的彩钢房,他觉得要比永远的砖瓦房更好,保温,"冬天只要出太阳,屋里就不冷"。当然,更重要的是造价低廉,百年之后任其荒芜,魂灵不会心痛。

如同没有再回通渭的刘老汉,他们已经洞悉自己的命运,明白自己终将老于五里桥,埋骨于自己劳作一生的山地。

五里桥原本距青江驿五里,1995年竣工的国道新线,截弯取直,现在老李骑上电瓶车去青江驿,只有二里多地。

国道新线在驿路迤北,北城垣下东西贯穿青江驿。国道并未贯穿青江驿民国九年地震后重修的东西两门,陇山左右包砖的城门鲜有能熬至国道改线的阳寿。

临涧的南城垣,毫厘无存,村民皆说青江驿本无南垣,甚至年已九十的回民马国石老汉,也是不曾得见。或许确实凭河未建,更或许是夏秋水涨,湮于河道。

一如白水驿,同治之前,青家驿行馆可以安卧。

道光二十二年(1842)林则徐记"此地有堡城,行馆在堡内,颇新洁"[15],道光二十九年(1849)董醇则写"山水味苦,不中食,行馆备用皆天水"[16],虽未言及行馆陈设,却及行馆另储雨水以供饮用,可知不恶。

此时青家驿行馆应新建不久,《会宁县志续编》卷十二《艺文志》载有一篇《青家驿新建公馆记》,撰文者"知县徐敬"。

徐敬,江西临川县人,监生,见于《会宁县志续编》卷九《秩官志》。《秩官志》道光十年(1830)至道光三十年(1850)会宁县知县任期不详,显然也如宣统《甘肃全省新通志》残缺的职官表般系为"档案遗失",而徐敬名姓恰在此间。侥幸新建公馆记前另有其一篇《重修会宁县城记》,起笔"道光十有八年余重倡修会宁城"[17],可知徐敬任期与新建青家驿公馆皆应在此时,也即道光二十二年(1842)林则徐宿于青家驿四年之前。

据此记所言,青家驿新建公馆之前,"星使所往来,大僚所至止,驻节之宇,仍假之民间"[18],皆宿民宅,不仅骚扰,而且民宅湫隘,住宿不堪。

徐敬相渡青家驿有官地一区,"建设公馆一所,计三十二间,门庑堂壁,焕然翼然。自是骖騑上路,宾从如归,可无庸借榻于闾阎矣"。

然而不过二十年,同治兵燹,青家驿行馆毁于往来叛匪。

同治乱后,裴景福记"行馆为李良穆军门建"[19]。李良穆,字清吾,湖南湘乡人,光绪初任楚军中路统领,记名提督,督兵复建青家驿行馆。但是乱后草创,一切规制陈设,已经大不如前。

光绪十七年(1891)陶保廉一句"饮水苦咸"[20],可知天水已无。光绪二十八年(1902)叶昌炽更是怨声载道:"驿馆库陋,筑土为案,见所未见。其余墙壁阶砌,亦无不以土。卧室仅开一窦,阴暗如长夜。"[21]

原来焕然翼然,而后阴暗如长夜的青家驿行馆,"在驿中街,民国初由公出售"[22],旧址约为今城内旧路迤北的青江驿村委会所在。

村委会东北,紧临国道的公路道班,则是民国三十一年(1942)由邑人周耀祖创办的青江驿小学。先是初小,后改完全小学,任由周耀祖担任校长。时至今日,青江驿人提及周耀祖,仍以"周校长"称呼,而周校长在青江驿留存无多的文字,落款则自称"寒陵关学人"。对于乡邦历史文化,青江驿大约无人所知能出周校长之右者,可惜周校长早在1985年便已故去,所留笔墨也多散佚。

三年前初冬,自界石铺载我回青江驿的周可惠老汉,正是周校长的次子。可惜他却未能继承家学,而是改行投身于公路客运行业,未免令人扼腕叹息。

青江驿小学又后析置青江驿中学,再随国道改线一并迁址,中学移置城东国道路南,小学则改设于驿城东北角。驿城所跨的"东崖山",即今北城垣所倚的"盘龙山",山名气势不凡,实则不过土丘一座。迁址的青江驿小学正门西向,门前不远,还存一段北城垣,垣墙高耸,外挑深壕,多少有些当年跨山临涧的气势。

当年跨山临涧的青江驿,车马喧嚣,贯穿城内的驿路两侧,遍布私营的大车店。吕家店、裴家店、何家店、马家店、张家店、任家店。客商打尖住店,兼喂骆驼食盐。

任家店两间,主人诨名"任半街",家大业大,不仅青江驿半街属之,据说静宁也有半条街的地产。怎奈儿孙不成器,任半街最后落得服毒自尽的结局。但是村民说起此事,并不以为悲,而是以为喜,正因为任半街惨死,家道中落,所以后来家庭成分只划定为"破落地主"——虽然不及贫下中农,却不至于如同大路上与马老汉同去威戎拉树苗的地主成分的张成林,那般受罪受苦。

青江驿地势,东低西高,进东门择店夜宿,大约午夜之前,驿门关闭。次日天明,驿门开启,店内早尖,出西门右转,下沟沿驿路前行。

城西门外有石刊《重修通涉桥记》,略云"春冰解去,几断征人之肠;秋雨淫时,每羁驿骑之足。爰有木桥,名为'通涉'"。桥为康熙间陈公敏修,记则王君复旦之词也。[23]

据《会宁县志续编》卷二《建置志》之《关梁》转引《甘肃省通志》:"通涉桥,在青家驿西门外,明熹宗天启间建,清康熙中重修,乾隆十四年下箍洞。"[24] 为西出青家驿后必经的第一道桥,原立西门外的《重修通涉桥记》,久已无踪,所幸道光《会宁县志》或卷十一《艺文志》中通录碑文:

> 会属青家驿当西北冲衢,城西有沟,虽非千丈断岸,亦称一路险渠。春冰解去,几断征人之肠;秋雨淫时,每羁驿骑之足。爰有木桥,名为"通涉"。土勩垩而易败,水奔湃而难训,功成未几,倾圮随之。我侯陈公敏,甫昨其地,睹及溺之苦,廑如伤之悲,遂谋诸耆老,捐金营建,越两月告竣。视前此者,实为坚久,树数百年之计,遗亿万人以安。功莫大焉,德莫溥焉!爰勒石以志岁月,卑履兹桥者,咸知我侯之仁。而后来官斯土与居斯土之众,体缔造艰难之意,时加补葺,无使颓败,或亦安不复危,逸不再劳之道也。是为记。康熙四十二年秋七月之吉。[25]

陈敏,直隶丰润(今河北丰润)拔贡,康熙四十二年(1703)任会宁县知县。青家驿城西有沟,春冰秋雨,每每断路。两句四六对仗,"春冰解去,几断征人之肠;秋雨淫时,每羁驿骑之足",应是深得董醇之心,故而录于《度陇记》。

沟上原架木桥,名为"通涉",但不耐久,随建随圮。陈敏履任之初,便筹资营建新桥,"视前此者,实为坚久",以期"树数百年之计,遗亿万人以安"。董醇过时,距建桥确实已过百年,确实功莫大焉。陈敏会宁县知县任期不足一年,得因通涉桥而志岁月百年,确实德莫溥焉。当然后世也如陈公所愿,时加补葺,未使颓败,怎奈道咸以后,西北大乱,兵燹天灾,无时无有,通涉桥自然早已归于乌有。

而今的西门外,唯一还能得见的旧日痕迹,就是半堵照壁残墙。

青江驿西门,正对前路"入山六里"的尚家湾壑岘。过去村民以为西门无遮无挡,以致村中"留不住婆娘"。为祛厄禳灾,"改改风水",于是在西门外建起照壁,有益堪舆,有益村中留住婆娘。

后来"破四旧",自然无所谓什么风水,村民掘土建房,照壁自两侧向内,越来越窄。照壁当中本来涂刷语录,村民包天的胆量也是不敢再动,于是如今残存地段,便是曾写语录的壁心。照壁正对西门外李战林家的山墙,李家在照壁之下搭起猪圈鸡笼,照壁正可为鸡猪阻挡西北而来的寒风。

青江驿西高而东低,于是自西向东,分作上街、中街与下街三组。而今来看,地势愈高,村民愈多,尤其原来的西城门内,算是青江驿仍有人烟的市井。几家兼营蔬菜瓜果的杂货店,以及马老汉儿子经营的一家饭馆。

西门内,路南第一家,岳正荣老汉家。老汉属虎,七十四岁,老父亲一百年前自通渭逃荒而来,落户青江驿。

两年前暮秋再过青江驿,天日重现,老汉老伴身体不是太好,大约颈椎的问题,起身头晕,只好坐在房前晒太阳。院中一株苹果树,树下一只狸花猫,日光挪动树影,树影踩着花猫,花猫悻悻起身,让开树影,继续昏睡。

房后临涧，近十年以来，涧内逐渐干涸，仅存一脉细水，响河再不复声如雷轰，甚至全无声息，纵然午夜死寂的青江驿，也再不闻水流。

门前的驿路，偶有村民走过，也再不见客流。

青江驿任家，本有上任家与下任家之分，任半街族属下任家。后来上下任家儿孙很多迁至驿城西北的任湾、杨湾，不再居于青江驿城内。

李战林原来家住任湾，后来伯父无有子嗣，过继来到青江驿。

过去朝启夜闭驿门的守门人，李家老两口，就住在西门外路南，土崖凿的"碎窑窑"。城垣坍塌，城门毁而再毁，青江驿无门可守，守门的李家也已无后。新来的李家要建新房，宅基地就在守门李家的旧地，总想多扩尺寸建房，于是欲挖西门南侧城垣。

西门南侧城垣，正是岳家西房所倚，所以不愿为其扰动，两家为此有过一段争执。然而最终还是李家掘断城垣，房屋跨垣而建。两家比邻而居，日日得见，一切龃龉也付谈笑。

李战林属鸡，五十四岁，做过一场二尖瓣手术，"身体搞坏了"。

梁上种着七八亩地，地里除却苞谷、洋芋，还有埋骨的老人，李家的祖坟。

七八户李姓亲戚，环绕土地而居。

繁衍生息在青江驿的李家，也是自他太爷爷辈由通渭迁来，在二百里外的青江驿，如蒲公英般开花结果，随风吹散，飘落四乡。

少数的青江驿村民，不由通渭，而自秦安、甘谷逃难而来。盘龙山上关帝庙守庙的杨效忠老汉，他的"老太爷"，曾祖父，则从四川岳池县的杨家桥，迢远千里地流落在青江驿。

青江驿城北的盘龙山，与城南远处的莲台山相对。莲台山顶有土垣完整的四方城堡，城东远山之巅亦有一座，村民皆称是逃避土匪所建。

盘龙山上的关帝庙，原本建于今址正下的北城垣内，后来国道穿城，占去庙址，无可奈何，关爷只好步步高升，升至盘龙山巅。

杨老汉年长五里桥的老李一岁，二十二岁当兵，因缘际会，驻地恰在老家四川，四川达县，铁道兵第七师。因为军伍磨炼，杨老汉体格更加硬朗，腰板挺直，暮秋天寒，却只着单衣，无惧山风凛冽。

当兵之前，十几岁，青江驿还不通车。青江驿的年轻人进城，全仗双脚，九十里路，小跑着一天一趟来回。

"七九还是八〇年"，杨老汉回忆，青江驿才有会宁班车，一天一趟，五六十人挤坐车内，每人车资，"九毛钱"。

直到国道新线贯通，青江驿往来会宁县城才告便捷，而代价就是关帝庙的毁庙重建。新建的关帝庙，一切如新，碑碣全无，正殿廊檐下两口不大的铁钟，因为青江驿中学曾经挪用，侥幸未成土高炉中的废钢，存留至今，大约也是青江驿仅存的旧物。

两口铁钟，右侧一口，四面铭文：

　　杨秀梅　周天盛　白逢维　永□号　□□□　尹鹤□□当

　　复兴号　义兴号　天兴号　德庆堂
　　杨晋春　白质　周大成
　　乾隆五十二年十月二十二日　仝造

　　永成当　兴盛号　元亨号　义合号　恒庆号　□场和朝瑞　张文奎
　　靖远县　金火□　陈登双、财　曹荣

　　郭居　苏廷训　周景□　周焕文
　　道光十年五月十五日　客商暨本地联社弟子虔诚重建　仝叩谢

左侧一口，共铸八面，四面雕花，四面铭文：

　　管号：邓喜　李佩　驿书：彭作楫　张运泰
　　号头：张吉　化正才　柴禄　唐万福

康永禄　康有寿　种有文

　　兰州府皋兰县人氏　匠人　王三回得　王化清　王化府　王作德
　　小民　王二人　成成子　存哇子

　　道光二十六年五月吉日　青家驿合会人等　马□（神）庙神钟一口

当年青江驿中学敲钟，用的不是木槌，而是去除炸药的手榴弹。敲击日久，道光二十六年铁钟落款"马神庙"三字当中裂缝，后以电焊粗率焊接。

马神庙，本地人称"马王爷庙"，设在关帝庙西厢。

两口铁钟，铭文不过一些古人姓名，买卖字号，书迹也恶，铸造也恶，并无太多存史价值。若在别处得见，我最多片刻浮想，他们会是今人谁谁的祖先，或许谁家年久难辨的坟茔，便是他们的埋骨之丘。

可在曾经兵燹，赤地千里；曾经地震，人烟绝迹；曾经饥馑，饿殍枕藉的青江驿，四野八荒逃难而来的今人必不会与他们有任何瓜葛。

九十岁的回民马国石，不仅是青江驿城内最老的老汉，马家也是青江驿城内最老的老户。马家自同治年间由陕西迁来，挨过兵燹，挨过地震，挨过饥馑，挨至马老汉，已是第

青江驿，马国石。2023 年 6 月 20 日。

五辈。

兄弟四人，马老汉居长；二弟家住西吉；三弟、四弟，共作古人。

下午阳光和暖，岳家门前一张旧沙发，闲坐一排老汉。七十四岁的岳老汉，八十一岁的和克强老汉，九十岁的马老汉，不时走过他们面前的五六十岁村民，俨然个个青年才俊。

马老汉年岁最多，身体却是最好，山地难登，平地行走却无需拄拐，腰板挺直，耳聪目明。他在青江驿村也极有威望，年轻时当过二十年生产队长，而且是与大路上存队长迥不相同的生产队长，吃苦耐劳，起得最早，睡得最迟。初夏仍寒，穿一件泛白的藏青色哔叽中山装，搭紧风纪扣，还有旧时干部模样。

直到去年，八十九岁的马老汉还种着十几亩山地，苞谷、洋芋，下地劳作。

今年腿脚有些沉重，上山艰难，只在家中养了六头牛，一切割草铡草，仍是亲力亲为。他本无须如此，儿子经营饭馆，吃穿用度，一切不愁，可他依然不愿停歇。

"天一亮就起。"马老汉站在曾经的青江驿西门，背着双手，远眺今年上不去的山梁，说起自己的人生。

"一辈子没睡过懒觉。"

翟家所

青家驿守门的李家老汉晨启西门,西行过通涉桥,渐入乱山。

临崖涉涧,回环曲折,四十五里,至翟家所,也即《会宁县志续编》修订的寒陵关所在。

翟家所,行馆午尖。

> 翟家所行馆,馆墙之外,群峰高压,排闼即见。[26]

叶昌炽如此,陶保廉如此,裴景福亦如此,"憩堡内行馆"[27],略作喘息,以待后路四十里宿会宁县。

> 自瓦亭至此三站,均九十里。昨日一站,据驿夫云,曾经丈量,实一百八里,故人畜同困疲。商之同人,暂息一日。[28]

裴景福笔误，瓦亭至会宁四站，均九十里的三站，应是"隆德至此"：隆德县至静宁县九十里，静宁县至青家驿九十里，青家驿至会宁县九十里。"昨日一站"，青家驿至会宁县，驿夫曾经丈量实为一百零八里，加之道路难行，行装最是狼狈的裴景福车队走得人畜同困疲，"二鼓后，始入会宁城，店狭隘"[29]。于是次日，光绪三十一年十月初十（1905年11月6日），裴景福暂住会宁，人马歇息。

狭隘的会宁客店，"店主王姓，本士人，已故，号振甫，有左文襄书联二甚精"[30]。王振甫本为士人，或是屡试不售，所以绝意进取，弃文经商，养家糊口。同治十年（1871）夏，左宗棠大营自静宁移扎安定，途次会宁，大约即在此时，王振甫求得左文襄公所书楹联二纸，"甚精"。三十余载之后，裴景福来时，王振甫已作古人，唯有左公二联仍悬店中。

六盘山顶官店，裴景福详记陈设，又与店主闲谈许久，却"未详其姓名"，而在会宁县城客店，何以"不耻下问"店主名姓？与其说是王振甫"本士人"的身份可令裴景福引为同道，不如说是左公二联得入精鉴赏、富收藏、遭戍途中仍然搜购古玩碑拓不辍的裴景福法眼。因此机缘，店主王振甫得以存诸裴景福笔端，得以无足轻重地存诸河海昆仑。

> 青家驿至会宁，应作两日行，中站翟家所行台，房屋整洁，最好住宿。自所至城实有六十余里，一日行之，尚不竭蹶。[31]

青家驿至会宁县，途远而阻，裴景福以为应作两日行程。

中站翟家所行台，"房屋整洁"，既胜过青家驿的阴暗土驿，也优于会宁县城的狭隘客店，所以"最好住宿"。

虽好住宿，饮水却依旧苦咸。

翟家所地居祖河川。祖河，祖厉河东源，与高界河同出党家岘，北流至翟家所城南转折向西，会宁县城与祖厉河西源厉河相汇，北赴靖远，共归黄河。

厉河水甜，祖河水苦，既不可饮，也不可灌溉农田。如同青家驿的响河，如同静宁的葫芦河，祖河同样俗称"苦水河"。

暂息会宁县城的裴景福，"连日饮涧水苦卤，同人皆有腹疾，余亦不免"。[32]

行台水苦，若有富户大宅可以憩止，饮食皆用家窖天水，当然更好不过。

不知是否因此，承平已久，陕西乡里尚有富户大宅的同治乱前，道光二十九年十一月二十二日（1850年1月4日），协办大学士、户部尚书祁寯藻与随从户部主事董醇赴甘初至翟家所，未憩行馆，而是"尖孝子董润翁家"[33]；十二月二十七日（2月8日）回京再过翟家所，"仍尖堡内孝子董润翁家"[34]。

"翟家所"而非"翟家驿"，因其地最初仅为递运所，乾隆四十二年（1777）始添设腰站。站所合一，地址狭窄，向无蓄养驿马的驿厩，直至道光十年（1830）方由纂修《会宁县志正编》的知县毕光尧买置民房，改修驿厩。[35]

翟家所，陈维昌。2021年10月24日。

> 孝子董润翁家，宅北向，斜对驿厩。[36]

时至今日，"董孝子""董善人"，仍是翟家所妇孺皆知的传奇。

出西门，路南巷口一间蓝色铁皮屋，屋檐挂着白漆招牌"电焊部"，门上同一瓢白漆，写上"自行车打气，配钥匙"。屋外遍地五金工具，屋内同样杂乱，正中一张工作台，五十五岁的陈维昌端坐台后，不时抓起一把玉米芯，塞进炉膛，维持铁皮屋内的温吞。

"今天只卖了两个螺丝，两块钱。"

老陈十八岁工作，翟家所乡里的农具厂打了二十年的铁。之后单干，铁皮屋建有十年，自行车早已乌有，钥匙也不会总配，村民偶尔过来修个农具，三两块钱，仅此而已。

生意惨淡，百无聊赖的老陈一根又一根地抽烟，张望窗外寒冷的冬日。

董醇笔下的"董孝子"，老陈口中的"董善人"，大名"董开疆"，父亲"董学孟"，祖上自陇西迁来，河南做过知县，家中富有钱粮，乐善好施，村民皆称"董善人"。而孝子之名，因为某年某月，他的后娘，裹的小脚，害病长疮，董善人毫不嫌弃，以口吸吮脓血，脚疾痊愈。事闻于朝，乾隆皇帝降旨表彰，改董家所居为"孝子里"，翟家所中街东西竖立孝子牌坊，勒石"武官下马，文官下轿"，一时荣华无两。

工作台前，临门两张寿高倚斜的折叠椅，不时有村中老汉撩开门帘进来，并无农具要修，只是同抽两根烟卷，闲聊几句琐碎。

六十六岁的董兵德,现在翟家所十几户董家之一。他却不会攀附高枝,直言十几户董家与董善人绝无瓜葛,今董家全是祖河迤南不远的庄川人,当年来翟家所经营大车店、杂货铺,定居繁衍。他们的祖上也非来自陇西,而是更加遥远的山西,"山西大槐树"。

董善人的后人,不知所踪,翟家所村民皆说已然绝户,"就算还有,见面也不知道了"。

老陈的电焊部再向西,路北临街的刘智礼老汉,民国二十七年(1938)生人,高寿八十有六。

民国初年饥荒,刘家老太爷自秦安逃荒来到翟家所,民国十八年(1929)年馑,刘家已在祖河川。祖河川人少地广,广种薄收,得保一家活命。

开枝散叶,刘老汉已是第四代,弟兄六人,同族十数家,皆住翟家所。

刘老汉身体不逊青家驿的马老汉,满头银发,如原上当风的白草,齐整后掠。双耳清朗,思维敏捷,记忆明晰。最为难得,曾在翟家所读完三年初级小学的刘老汉,能说我几乎完全听懂的普通话,遇有生僻名词,也可以指代笔,逐划写于桌面。

身为翟家所的耆旧,刘老汉在村里做了二十年的"管家"。管家不是马老汉生产队长那样的官职,而是民间称谓,村内一切红白喜事的领头人,甚至二十年间故去的老人,所有祭文也皆出自刘老汉一人之手。

因此董兵德老汉径直引我来寻刘老汉，而非去找他的堂兄——还要年长刘老汉一岁的董修德老汉。

"据老人说，"刘老汉如此开场，"董善人，老家原先是陇西人，在隋炀帝的时间搬到翟所来的。"翟家所，简称"翟所"。

"比较经济上宽裕，家大富豪，啥都有，对这个贫民救济一下。据老人说，冬天这个鸦雀吃不上食了，就在城墙上撒一圈粮食，让鸦雀吃去。该做些善事，所以叫作'善人'。"

"出要出名，就是董善人母亲过世得早，后来就寻着一个后妈妈。后妈妈脚上害下一个疮，那时候医学落后，也没有办法。董善人特别孝顺，就从后妈妈身上出名了。他把后妈妈的这个脚用口嘬，把里面的毒嘬出来以后就好了。"

"再就是这后妈妈身上就立了一功，把这么去传，传到朝廷了。朝廷一看，这是真正的孝顺么，亲妈妈人都办不到，何况还是后妈妈么？京城就感动了，感动了就搁这搭儿修了个牌坊，这个牌坊的名字就叫个'节孝牌坊'。"

"修了一对子'节孝牌坊'，一个在上面，一个在这下面。上面在东门外，下面在西门里，中学那个位置，跨着中街。"

"上面牌坊底下还有一个碑，碑开头就是'孝子里'。这搭古时个就叫一个'翟家所'，皇上为了表彰这个孝心，把这个地名要改，就立了一个碑，叫人们都叫'孝子里'。结果没有改过来。"

董善人，董开疆，其实传记载于道光《会宁县志》：

> 董开疆，监生，乡饮介宾。父监生董学孟，性颇严，每督诃，必曲意承之。父殁，执丧尽礼，庐墓三年。母梁氏患痈，开疆口吮以出余毒乃愈。事继母萧氏与亲母无异，萧氏殁，几以哀毁殒命。岁时祭祀，必敬必诚，居处斋庄，至老不衰。乾隆六十年旌。[37]

董开疆，与其父董学孟皆为监生，却未提及秋闱之事，大约皆是捐纳钱粮入监的捐监，并非有志科举。

清制，每年正月十五与十月初一，各府州县正印官于儒学明伦堂设乡饮酒礼，举本籍致仕官吏及年高德劭、望重乡里者为饮宾。饮宾之中，"乡饮大宾"一名为尊，"乡饮僎宾"一名次之，"乡饮介宾"数名又次之，"乡饮众宾"多名更次之。尊卑有序，尊尊亦有序。董开疆位列会宁乡饮介宾，可知确是一县耆旧，德次劭，望次重。

董开疆父董学孟，"性颇严，每督诃"，符合传统社会"严父"形象，不苟言笑，动辄呵斥怒骂。成长于如此环境，子女难免处处小心谨慎，事事皆按"严父"喜怒行止，为免责罚，"必曲意承之"，而不敢讨论对错，争辩是非，即现在所谓"讨好型人格"。

董学孟卒，董开疆执丧尽礼，墓畔搭草庐守孝三年。升为家长的董开疆，严父桎梏可脱，王化桎梏却不可脱，且与天无极，永生不死。索性从小纨绔放荡，反有屠刀可放，自幼以孝闻名，终身不可造次。由不孝而孝，立地成佛得道；由孝而不孝，永堕无间地狱。

或者董开疆果然如二十四孝为母吮痈，或者董开疆需要如二十四孝为母吮痈，无论如何，地方需要有人为母吮痈，可载于志乘，教化万民。

然而久闻诸如"郭巨埋儿""卧冰求鲤"等等二十四孝惊悚故事的百姓，为母吮痈未免不足道哉，于是百姓的口耳相传，县志之中原本长在董开疆生母梁氏身上的痈，长在了无有血缘的继母萧氏身上；原本未知长在身上哪里的痈，长在了令人难堪的妇人脚上。百姓口述中的董开疆，义无反顾吮了下去，也可算作"事继母萧氏与亲母无异"的合理演绎。

原本讨好型人格的董开疆，在王化桎梏的束缚下不得不又进化出表演型人格。能够为亲母吮痈，可知董开疆成年，亲母仍在。而继母之于董开疆，唯有因其父续弦的伦理关系，并无自幼抚育的情感关系，可是待到继母殁，董开疆"几以哀毁殒命"，悲痛乃至丧生，未免太过浮夸。

其后，行孝事迹，终生不辍。"岁时祭祀，必敬必诚，居外斋庄，至老不衰"。终于，乾隆六十年（1795），董开疆赢得旌表，赢得一碣石碑、两架牌坊，成为名垂县志的"孝子"。

> 翟家所，据旧志明万历七年重修，辟南北二门，清代相沿至今。经民（九）地震，尚易缮治，以无款止。[38]

"南北二门"，实际方法与翟家所村民口中，皆为"东西二门"。

不知是何原因，民国九年（1920）海原大地震，翟家所遭灾显较迤东四十五里的青家驿为轻，震后不仅城垣基本完整，甚至本来更易倒塌的节孝牌坊也仍跨街矗立。

"下面的这一个，据老人说，是同治年间犯乱烧毁了，"刘老汉回忆，西门里的牌坊毁于震前，而东门外的牌坊他童年还曾得见，"上面一个我都记起，四五丈高，六根木头柱子，上下三层，中间一层挂下一个一人高的匾，写着'圣旨'两个字。"

"可惜了。"电焊部的老陈说。

"可惜了。"坐在电焊部抽起烟卷的董兵德老汉说。

"可惜了，"坐在自家正房，背窗隔桌和我讲古的刘老汉说，"可惜了，地震没塌，五八年的时间却拆了。"更早几年，"大约五三、四年"，翟家所东西二门也被拆除，"我还拆过，翟所修粮站"，包门的城砖，化作粮站的地基与台阶。

几年后拆除的节孝牌坊，匾额梁架化作劈柴，左右两根大木立柱改制蒸笼，分配给食堂大灶，以子之火，蒸子之笼。

牌坊之下的那碣石碑，还存半截。老陈告诉我残碑存于"庞合"家中。

庞家住在斜对电焊部的短巷路西，深宅大院，院内停一辆崭新汽车，家境殷实。庞合五六十岁年纪，体格魁梧，落叶松针般钢直的短发，半黑半白。他在街面闲逛，见我找过去，尾随我进家。

"寻不见了。"关于石碑的下落，庞家夫妇的回答颇有默契，虽然最初庞家女人的回复是要"帮你问问"。确实，石碑即便残断，毕竟也是古物，外人贸然来问，不知深浅，万一露白，或者为歹人惦记,或者为"公家人"收缴,总是麻烦,不如一口否认为妙。

"有字,我不认识。"庞合最后的回复,彻底断了我与那方残碑的缘分,既未得见,也不得知。

后来又听说残碑在"董兵"院内,可是寻碑过程如出一辙,"以前在,现在没了",总之所有人曾得见,又所有人不知所踪。

侥幸得见照片,残碑仅存上半,钻有四孔,大约曾改作台面或基础。正上居中"皇清"缪篆阳文仿印二字,其下楷体榜书"孝"。下款剥泐难辨,上款可识:

> 嘉庆庚申九月,余视学于通衢,揭"孝子里"三字,圣天子世孝天下之……

董开疆乾隆末年得旌,牌坊必建于嘉庆朝,或即立碑的嘉庆九年(1804)九月,至拆除之时,得寿一百五十五载。

"董善人过世下以后,根据这个碑记,光行丧事六个月。"刘老汉的讲述,除却"据老人说",就是"根据这个碑记"。

"这个碑记",指是的董开疆的墓志铭。

南出翟家所城,涧底渡祖河,然后升坡,沿今通往油坊的村道,登顶南山,山上一座土堡,官名"翟家所堡",俗名"高山堡"。

"堡子也迟,"刘老汉记得,"民国时候搭起来的,街上人组织打下的公共堡子。"如同遍布各村附近山巅的土堡,功用是为防匪患。

高山堡内外两层,黄土夯就,外低内高,内层高而宽厚,并筑角墩,并不见开门痕迹,如今仅可自南侧塌陷孔洞处钻进,守御之势,可谓森严。

高山堡东、南两侧临百米深涧,土崖陡直,绝不可攀;北侧降至祖河川,坡地较缓,辟有两三级阶地;堡西至村道之间,一片台塬,是高山堡的出入之道。

高山堡西北山坡阶地,近十座低矮土丘,便是董家祖茔所在,墓志也即出土于其间的董开疆冢。

却不是正式的考古发掘,而是盗挖。

"千年的古坟邻居开",这又是翟家所尽人皆知的故事,街头巷屋,随便本地的谁,都可以娓娓道来。

"八几年。"

街上十几户董家之一,听闻董善人坟里埋着金银,求财,董家祖孙与在老家庄川雇佣的四名同乡,盗掘高山堡下的董开疆墓。

月黑风高之夜,挖开封土,凿开墓室,可惜除却棺椁,其余一切乌有。

"棺材做得精巧,七层,七层呀!一层比一层小,一层比一层小,里面真正装人的一个,碎碎的,就是个小材。"

"挖出来这人还好着呢,人的脸上还红着呢,八字胡。棺盖撬过以后,风一吹,脸就变成黑色了。"

"身上穿着马蹄袖的袍,底下是绣龙袍,都是京城赠下的。把这个袍也给脱了,光把人剩下一堆骨头,推进坑坑里,再没管。"

董家将一应所得搬运下山,藏于私宅。世上哪有不透风的墙?何况董家一堵低矮院墙?没过多久,如此伤天害理之事,翟家所已是尽人皆知。口耳相传,发冢细节与墓志铭文,也都耳熟能详。

一两年后,宁县文化馆获悉此事,意欲收为馆藏。然而初来翟家所,一无所获,董家不愿交出文物,要求领导亲来谈判。二次领导再来,依然两手空空,董家要价太高。

"领导走前留了几句话,这个东西是出土的文物,是国家的东西,不能属于私人。你要说这是你的姓董的老祖先的东西,那你保管下可以,我们不参与。可是如果你要从市场上倒卖了,这是法律规定的,倒卖文物,你就是破坏古墓,把你当盗墓贼处理,三至五年的劳改。我把这个道理给你讲清楚。你存也可以,给文化馆交也可以,可是你不能倒卖。"

文化馆领导去后,董家也犯嘀咕,"死人身上脱下的东西在咱们屋里只管放下着也不是个事情"。存又不想存,卖又不敢卖,于是又和文化馆商量,"多少给我一点奖金"。

领导同意,也有言在先,"不作为经济交易,是给你的奖金",然后将一应狼狈污秽的墓志朝袍、明旌挽帐"捐出",运回会宁县文化馆,今由会宁县博物馆接收入藏。

当然,其余乌有只是董家的一面之辞,起码应有的冠履与配饰之类细软,怎会乌有?董善人总不至于跣足科头而葬。不过无有对证,无人得见,也无从得知。

一如付给多少奖金,"村里人也不清楚"。伤天害理,独吃自疴，村民背后议及，口碑如何，可想而知。

所幸，墓志仍在，能在县志的只言片语之外，多少再知些许董善人。

皇清待赠太学生膺乡饮介宾董老先生墓志铭

原任河南直隶许州郾城县知县、年家眷弟杨震春顿首拜撰。

邑庠廪膳生员、眷晚生王无懈顿首拜书。

公讳开疆，字元勋，陇西望族也。自明怀远将军讳儁公迁居会邑翟家所，遂为会宁董氏。公祖考讳自周，祖妣康氏守志，蒙恩追旌。父太学生，讳学孟，恪遵母训。克有家母梁孺人，勤俭有礼。

公少嗜读，以伶仃未得卒其业，然诗书能通大义。其事二人也，曲体亲心，必欲得膝下欢。按状，公父偶有不怿，夕而就寝，公侍立寝门，至夜半而不去，是亦足以得其概已。事继母萧孺人，先意承志于家，无间言。堂侄太学生讳尔伦，少失怙恃，公饮食教诲如己出。于今六世，犹同爨焉。其于财也，好施而不吝，且多阴德。族党中有贫乏者，丧葬婚娶无不悉力助之。岁饥，给粟周贫，待以举火者，不下数十家。人有雀鼠之争，必身任其事，曲为调停，使之冰消而后已。凡其所为，恤孤怜寡，掩骨埋骴，戒牲杀，焚契券，建神祠，修桥梁，种种善事，自庶众以至公侯，无不钦崇而隆礼之。呜呼！古所云：生不布施，死何含珠，为者果何人斯。而公独醇懿渊谨，阴行善事，岂非所谓仁人君子者欤？

公生于康熙五十六年九月十一日，享寿七旬有五，于本年三月二十五日无疾而逝，人皆谓阴德之报云。公元配刘孺人，孝谨慈惠，于公多内助力，先公卒。时祖茔未兆，葬于官道里之陈家湾。

生子三：尔德，例贡生；联科，邑庠生；联璧，例贡生。女一。继配高氏，亦先公卒。罗氏，今在堂。孙男九：天叙、永盛具太学生，余具业儒。曾孙三，尚幼，仝居。缌服孙四，袒服曾孙五。于十月葬于西南之祖茔。

铭曰：勇于义维公，力为善维公。作求世德，寿考令终。埋玉于斯兮，瑞霭葱葱。保艾尔后兮，万福攸同。

乾隆五十七年十月初六日，男尔德、联璧泣血勒石。

老陈以为董开疆曾作河南知县，便是误将墓志撰文者、乾隆四十六年（1781）河南郾城县知县杨震春的职衔当作董善人的履历。

董开疆，字元勋，生于康熙五十六年九月十一日（1717年10月15日）。祖籍陇西（今甘肃临洮），明代迁居翟家所。董开疆自幼瘦弱，好读书而未能卒其业。"曲体亲心，必欲得膝下欢"，父亲偶有不快，夕而就寝，董开疆小心侍立门外，至夜半而不去，或不敢去。还如县志所记，谨小慎微，唯父亲脸色行事。

不过墓志却只字未提为母梁氏吮痈，也没有继母萧氏殁，"几以哀毁殒命"。墓志深埋土茔，不能教化万民，皇天可欺，后土不欺。

其余生平，堂侄太学生董尔伦，父母双亡，董开疆视如己出。族内贫民，婚丧嫁娶，董开疆莫不周济扶助。"恤孤怜寡，掩骨埋胔，戒牲杀，焚契券，建神祠，修桥梁"，凡此各种，乐善好施。

乾隆五十七年三月二十五日（1792年4月16日），董开疆无疾而终，得年七十有五，"人皆谓阴德之报云"。

若是如此即可谓行善的阴德之报，那么身后惨遭开棺曝尸，又谓如何？

盗掘董开疆墓冢，赚得文化馆奖金的董家老汉，如今依然健在，八十有七，寿长刘老汉一岁，寿长董开疆已有十二岁，又谓如何？

人又皆谓如何？

乾隆五十七年（1792）十月，"葬于西南之祖茔"，读过墓志的刘老汉计算不差，董开疆确实停灵六个月之久，或许祖茔已兆，兴工未毕？不得而知。

子三，董尔德、董联科、董联璧。亦不知何故，墓志落款不见二子董联科。

三子董联璧，亦是孝子，亦得旌表，亦见县志，名随父后：

董联璧，贡生，孝子董开疆之子。父慷慨好施，联璧曲体亲心，戚族赖以存活者甚众。父病，吁天愿以身代。及殁，勺水不入口者七日。母刘氏，早卒，常痛不逮事，忌日必哀。事继母不啻亲生。其一切承欢、侍疾、庐墓、祭享诸仪，多循父制。邑侯陈以"一门孝行两世贤"诗赠之。嘉庆二十年旌。[39]

董联璧墓志无存，想来也是乃父的翻版，"其一切承欢、侍疾、庐墓、祭享诸仪，多循父制"。

县志中记有董联璧，却又读不到董联璧，只是在董开疆后又读到董开疆。

董开疆的父亲董学孟无有传记，若是载于董开疆之前，读到董开疆何尝不是在董学孟后又读到董学孟？

父即是子，子即是父，一代一代无有自己。

桎梏如何形状，人即如何形状，一代一代无有样貌。

挣不脱的宿命，跳不出的轮回。

董醇初至翟家所，董开疆故去五十八载，三子董联璧也赴祖茔，嘉庆二十三年（1818）知县陈继仁"一门孝行两世贤"的诗句，悬于中堂左右。

"孝子董润翁"，或是董联璧之子，也即董学孟四世，董开疆三世，董联璧二世；或是董联璧之孙，也即董学孟五世，董开疆四世，董联璧三世。

幸抑或不幸，董润翁名不见县志。董醇去时，道光《会宁县志》已刊行十八年，董润翁不可能名列董联璧之后。而至民国二十七年（1938）《会宁县志续编》，《人物志》之《孝友》，开篇便是同治六年（1867）之事，道咸之间的会宁孝友，尽付阙如。

而且董润翁可能也是翟家所最后一代孝子，董醇走后十二年，同治战乱，西门里那座或许是董联璧的牌坊付之一炬，侥幸孑遗的董家人，不知逃亡何处，散落何地，终于忘了祖茔，忘了故地。

其后地震，其后饥馑，一代穷困潦倒，又一代背井离乡，再也顾不得什么"祭享诸仪，多循父制"，只顾得哪里人少地广，可以广种薄收。

终究挣脱旧的宿命，却又跳入新的轮回。

会宁县

午尖之后,董醇出孝子董润翁家,出翟家所,"渐行涧底",循祖河川觅道,十里李家岔,十五里张城堡,再二十里至会宁县城。

自翟家所以来,涧底极平,两壁绝陡,时泽已腹坚,尚多沮洳,俗称"七十二道脚不干"是也。来岁春融,正不知若何形状矣。[40]

"腹坚",语出《礼记·月令》,"冰方盛,水泽腹坚"。"腹"谓水之深处,深水亦冰,意指冰厚而坚。"沮洳",二字皆作入声,读如"具入",低而湿之意。

董醇行在道光二十九年(1849)深冬,虽然涧底厚冰,然而仍多低湿之地,车走不易。董醇慨叹,不知来岁春融水涨,难行若何形状?

若何形状?宣统三年(1911)温世霖《昆仑旅行日记》

记有他的听闻:"夏秋则水之深浅无定,若遇山水暴发,危险尤甚,左文襄征西时,曾由此道解饷,饷车数十辆被水冲刷无踪"[41]。辎重饷车尚且冲刷无踪,何况行旅客商的车轿驼马?"然又别无他径可以绕越,以故夏秋间行人至此,无不危惧"[42]。

所幸道光二十二年(1842)初夏过此的林则徐,没有再遇前路乾州那般大雨,"自李家岔口至县城,上坡少下坡多,惟沿路皆山涧之水弯环流转,处处涉过,俗称七十二道脚不干,今逐处数之,约略相符"[43]。

翟家所至会宁县城,南北"群峰高压",而且许多流水冲刷的深沟巨壑,临崖但见百丈深渊,目眩足软,所以"别无他径可以绕越"。行旅往来,唯有祖河川"一小渠沙滩尚可行走"[44],弯环流转,不断涉水,故称"七十二道脚不干"。

同治乱后,光绪十七年(1891),陶保廉憩于翟家所,"饭后,仍入山,傍右山麓升降曲折,度土桥三,均名'平政'"。六里董家沟,六里土地庙,"又曲折行,度土桥一",十二里至张城堡。

> 张成堡(其东北为金西宁县址),下坡入涧底,即会宁沟。浅水平沙,纵横错杂,俗名"七十二道脚不干"。地当深壑,雨水多时,山洪奔注,无从趋避。夏秋间不可行,山腰别有路。[45]

又十四年后,裴景福路径亦如是,沿山麓行二十余里,至张城堡。

> 西下坡,入大涧,水黄浊怒号,舆夫涉之,上左岸大道,行二百步,见车轨半没,裂陷成穴,如瓮,如池,如碗,下视无底。途遇一人,告以前路桥断,不可行,遂纤道折回,过一大穴,路仅数寸,舆夫健步侧行而过。复下涧行乱水中,涧宽约三四十丈,水涸,在涧底,纤曲盘旋,或左或右,遇即涉之,至数十次,谚语谓"七十二道脚不干"也。[46]

显而易见,得益左宗棠陕甘总督任内开拓的"左公大道",翟家所西依北山麓新筑二十四里驿路,直至张城堡,方才下坡入涧底,不断涉水而行。陶保廉与裴景福因循旧说,以会宁沟川道为"七十二道脚不干",实则弯环流转已少行二十余里。与裴景福自广州同遭奏参,遣戍新疆的河南光州人、前遂溪县(今属广东湛江)知县凌以坛(杏如),"以钱记之,过二十八次"[47],实则弯环流转也已少过四十余道。

陶保廉所渡四桥,载于《会宁县志续编》卷二《建置志》之《关梁》。

> 董家沟桥,在县东四十里;
> 白家沟桥,在县东三十八里,一名涅麦峪桥;
> 黑耶沟桥,一名土地庙桥,在县东三十六里;
> 古城子沟桥,即西宁桥,在县东三十五里。

> 案：以上四桥系光绪二年平庆泾固化道邵阳魏君光焘率所部屯军建修，统名曰"平政桥"。左阁督撰有碑记。[48]

包括陶保廉在土地庙又渡的那座土桥，四桥皆名"平政桥"，又是皆由平庆泾固盐法兵备道魏光焘督军建修，时在光绪二年（1876），三关口六郎庙重建同年。

左宗棠所撰《会宁县平政桥碑记》，碑文载于卷十二《艺文志》。

> 逾陇而西，道出会宁，由县东张陈堡至古城翟家所，为车道所经，山冈逶迤，中惟坑堑。车行必于两山之陿（峡），水从东来入于陿中，左旋右薄，一里数曲，前车蓦坡，后车涉涧，盘折迂回，七十二曲，陟则为涂，降则为川。每夏秋山水骤发，汜滥汹涌，遇其冲激，摧折立致，叫号神明，未由挽救；冬春冰凌欲解，轮蹄滑沷，寸进尺退，一日之间，数见倾陷，行者苦之。
>
> 邵阳魏君光焘，备兵平庆泾固，巡视斯道，良用恻然，请于余，率所部屯军，循山凿石，桥去廉利，填塞洼坎，起翟家所，讫张城堡，于旧路北别开新路二十余里。又于董家沟、白家沟、古城子沟野水通川处建大桥三，黑耶沟建小桥一，尽岁俸所入以允用，率所部将士千数百人就工作，尽夜罔间。经始今年闰月，又五阅月而功成。余闻而嘉之，名其桥曰"平政"，并为之记。[49]

"张陈堡""张成堡",今名皆作"张城堡"。

翟家所至张城堡,原来车必行于南北两山之峡,祖水东来灌入峡中,左旋右薄,一里数曲,山行泥泞,川行涉涧。每夏秋山水骤发,氾滥汹涌,行旅若遇冲激,神鬼难救。冬末春初,冰凌欲解,轮蹄打滑,进一寸,退一尺,一日数次倾陷,行者苦之。

魏光焘备兵平庆泾固,巡视此道,悲悯行旅,于是经向左宗棠请示报批,率所部武威前营、右营[50]诸工程项目部,起于翟家所,讫于张城堡,于旧路之北山麓别开新路二十余里,又于董家沟、白家沟、古城子沟野水注入祖河口处建大桥三座,黑耶沟建小桥一座。

"尽岁俸所入以允用,率所部将士千数百人就工作,尽夜罔间。"出钱出兵,日夜不休,自光绪二年(1876)闰五月施工,工期五阅月而功成。左宗棠闻而喜之,不仅亲自为四桥定名"平政",而且为之撰记,这是魏光焘两修三关口驿路车道,两修三关口与六盘山关帝庙,重修瓦亭驿等皆未曾获的褒扬。

平政桥名碑与平政桥碑记碑,立于最近翟家所的董家沟桥所在的五里村。五里村因地距翟家所五里而得名,故而董家沟桥又名"五里桥",即与青江驿东五里"下五里桥"相对而称的"上五里桥"。如同翟家所"孝子里"石碑,两碑也毁于1958年,后各有一段残碑改作五里桥村水井脚踏石,今藏会宁县博物馆。

"碑多得很,都打了。"翟家所的老汉,无人不知。

桥名残碑存云龙碑额与碑身右上部。碑额正中"大清"

二字；碑中"平"及"政"字右上榜书二字；右上部有左宗棠"钦差大臣、太子太保、东阁大学士、督办新疆军务、陕甘总督部堂、一等恪靖伯加……"与魏光焘"钦差大臣、营务处二品顶戴、按察使衔、统领武威马步全军、分巡甘肃平庆泾固盐法……"职衔大段。碑记残碑存碑身中右侧中下段，右侧一如桥名残碑开列书撰者名姓职衔，"……靖伯加一等轻车都尉左宗棠撰""兵备道西林巴图鲁魏光焘书"，正文恭楷，可以数见十三行，年款皆无。

碑记另有一截残段，存于西距翟家所十里的凤凰仙山玉泉道观。据说是附近掘土所得，大约毁损之后，各地挪用，以至此段又向西流落五里。所幸村民敬惜字纸，没有再度弃毁，而是以水泥将残碑砌补完整，运上凤凰仙山，道观院内覆于玻璃罩内。

凤凰仙山残段，大约是碑记中侧中右段，可见"……县平政桥碑记"字样，左侧职衔，再左碑文，底部与会宁县博物馆藏一段，仍有若干缺失。

左宗棠于陕甘有再造之恩，魏光焘辅佐襄助，造福行旅，造福乡梓，纪功之碑却几乎尽毁，或者尸骨无存，或者身首异处。

待我寻到凤凰仙山，玉泉道观空无一人，所幸庙官仁慈，侧门不曾落锁，仅以一片木板闩住门把，来人尽可以推门自入。

残碑是蔽陋村野小庙仅存的古物，厚玻璃罩密封得严丝全缝，如此形似温室的高温高湿其实并不利碑碣保护，但是可见慎重护惜之心。

护惜残碑之人，可能正是打碎整碑之人的儿孙，他们总算又复如常人，一如当年感怀济渡之恩的行旅百姓。然而只那失常数年，诸如许多石碑等等，皆赴黄泉，我辈再无缘得见。

玉泉道观，北山之巅，俯瞰川涧，山风如过耳的车马。

一路群山，一路土山，寸石难觅。无奈四座平政桥，因陋就简，皆为土造。

沟壑之内，筑实夯土，下挖水道，上即为桥。

五里桥村东，走过国道新线架空的五里铺桥，路北涧底，能够得见一架双孔石拱旧桥。纵然远观，也知此桥废弃已久，两侧桥堍均有垮塌，桥面积满泥土，一层若有若无的荒草。

如董醇诸人行记，常见"陟""降"二字。今人不觉，因为现代公路全以桥涵取平，而古人则要反复登山为"陟"，坡下至涧底为"降"，涉水渡河后登山，如此反复,饱受陟降之劳。

废弃的五里桥，水泥浇铸有极具时代风格的护板，红旗麦穗、和平鸽、五角星环绕着老宋体的桥名"会宁县五里桥"，下方落年款"一九六五年六月"。当年造价六万元的五里桥拱桥，所跨河沟原名董家沟，所以此桥基址即为平政桥之一的董家沟桥。

自桥东国道而降，土径缓坡降至五里桥，桥堍两侧断崖式塌陷，断痕可见历年久远的层层基础。如同沿途所有河流，现在的董家沟几近断流，但是河床宽阔，五里桥五米双孔，桥长十八米。当年山水泛滥，魏光焘修筑的土桥大约难耐几度夏秋，地方必须时时补修，否则必难长久。

五里桥迤东,是高居台塬之上的五里村。塬壁许多废弃的土窑,村民自上而下倾倒垃圾,招引来许多野狗,见有人来,昂首眺望。

由此而陟,上坡便入五里村,穿村以后,复归国道。

再行十八里,张城堡,《辛卯侍行记》夹注:"其东北为金西宁县址。"

> 西宁故城,在县东三十五里,宋经略章楶所筑,三城相连,俗呼"连城"。[51]

章楶(1027～1102),字质夫,建宁军浦城县(今属福建南平)人,泾原路安抚经略使任上,筑城以图西夏,西宁城即其一,时称"甘泉堡"。

1994年新版《会宁县志》称西宁城建于北宋徽宗崇宁五年(1106)[52],除非章楶能够指挥阴兵夯土,否则殁后四年建城显然有误。北宋哲宗绍圣三年(1096)诏授章楶泾原路经略使,绍圣四年(1097)正月到任渭州(今甘肃平凉),至元符三年(1100)章楶乞归,西宁城应是筑于章楶此四年泾原路经略使任内。

章楶抗击西夏,屡有斩获,然而北宋终亡于金。金世宗大定二十二年(1182)于甘泉堡驻西宁县,改称西宁城。元初,迁会州州治于此。

西宁城修筑于一片阔大台塬之上,北倚土山,南临祖河,东中西三城相连,南北宽约里许,城垣底宽五丈,残高五丈,可惜国道新线破坏性地切断城垣,自东而西贯穿三城,彻底毁去中城东西瓮城之后,活生生将西宁城劈为南北两半。

曾经的西宁城,地有会宁八景之一的"连城夕照"。道光《会宁县志》卷十一《艺文志》载有明成化举人张拱端八景诗,之五《连城夕照》:

> 百雉连城一望赊,曦轮转影又西斜。
> 空墟断霭归行客,古木寒烟集乱鸦。
> 天际光阴须爱惜,人间兴废莫咨嗟。
> 琴堂吏散多闲趣,坐对遥岑看落花。[53]

攀登至北山之巅,极目四野,垣内无有据守的宋兵,垣外无有攻掠的夏军,唯有夕阳掠入城池,一片苍茫,一片沉寂。偶尔一辆卡车过来又远去,唯有自己独立山巅,俯瞰寿已千载的西宁城,目睹兴废之莫测,慨叹人生之微渺,心情一如古人。

我之于他不过一瞬,他之于我却是永恒。

西宁城内,国道两旁,仍是张城堡的农田,日午之前,偶尔会有三两村民,田中劳作。

西城路北,有七十三岁的祁华老汉种的一亩洋芋田。家里二十多亩地,除却这亩洋芋,以及五六亩苞谷,其余全部撂了荒。

"没有人种地了,"老汉轻声细语地说道,"进城打工,每

西宁城,祁华与老伴。2021年10月23日。

个月起码还有三四千块钱。"

小他一岁的老伴蹲在近旁，默默拣起老汉刨出的洋芋，塞进编织袋。祁家三代住在张城堡，十口人，一亩地的洋芋，留作一家日常所食的杂粮。

冬春一脉细流的祖河，夏秋依然暴戾，山水肆虐，临河的中城南垣不断倾圮，连累东西两城南垣亦有坍塌之虞。两年前，兰州过来的考古工作队正在抢救性施工。

祁老汉的大儿媳妇就在工地谋份零工，为考古队做饭。

两年前的十月下旬，我自静宁去会宁途经西宁城，气氛已经紧张。

界石铺，静宁与会宁县界，也即两县所属的平凉与白银市界，国道向静宁方向，已经设卡逐辆检查入城车辆。会宁方向虽暂无人值守，路卡也已搭起。

国道还可通行，翟家所镇已难进入，外来闲杂，一律劝返。

祁老汉也观察到非比寻常，平日国道往来不休的沿川子各地客车，"今天一辆也不见了"。

考古工地的建筑机械全部停运，兰州突然防疫，交通受阻，单位无法运来柴油，而西北各地又遇时常得见的柴油荒，无论大小车辆，重型半挂货车还是轻型柴油客车，每次每辆一律只能加上一百块钱的柴油。无油可加，工地的挖掘机成了摆设，一切仰仗人工，排水管道施工进程缓慢。

"兰州不能去，"听闻我的行程，工地负责人果断制止，"我们都不敢回去，回去就出不来了。"

甘肃防疫伊始，我已身在甘肃尚无病例的静宁县，按照防疫政策，由静宁至会宁，住宿本来无须额外证明，但是我的外省身份证，却令宾馆前台颇为犹豫，反复确认我的行程与她的政策，虽然没有明确拒绝为我办理入住，但还在反复劝说我能去检测核酸。

"哦，今天还没有做的。"她似乎忽然意识到是周末，疾控中心可能不上班，终于极不情愿地把房卡递给我。

收拾停顿，出门午饭，再回宾馆，前台得到准确信息，疾控中心正在进行自愿核酸检测，她继续之前的劝说："你要是没事，就去做个检测呗？反正也不要钱。"

我看得出她的为难，我也不愿令她为难，无奈放弃下午行程，成为会宁县疾控中心门外漫长队列中的一员。

"我是货车司机。"

自愿核酸检测的人多，试管容器量满之后，防疫人员搭乘专用车辆押送，回返后才能继续检测，因此队伍行进缓慢。百无聊赖，久候的人问起每名行色匆匆赶来的人："你为什么也要来做？"

"昨天新规要核酸证明，我都已经在路上了，"肤色黝黑的货车司机喘息未定，"结果在省界被劝返了。"

无计可施，只有绕道就近的会宁县城检测核酸。

他问维持秩序的工作人员："结果什么时候能出来？"

"二十四小时吧？明天这个时候。"

"啊？那还要再等一天？"

没有答案，工作人员沉默不语。

一切突如其来，如同会宁之前数日在固原，阖上窗帘前月在山头，打开窗帘后却漫山积雪。

会宁县，周为西鄙，秦属北地郡。西汉武帝元鼎三年（前114），析北地郡置安定郡，辖祖厉县，"故城在今县西北一百八十里郭城驿"[54]，会宁地属祖厉县。"祖厉"，读如"嗟赖"。

北魏于汉鹯阴县地（今甘肃靖远县境）置会宁县，属高平郡。西魏废帝二年（553）置会州，治会宁，后周废。隋复置会宁县，属平凉郡。唐高祖武德二年（619）置西会州，太宗贞观六年（632）改为会州，广德元年（763）没于吐蕃。北宋仁宗景祐三年（1036）会州归于西夏，神宗元丰四年（1081）收复会州，隶泾原路，后改隶秦凤路，南宋建炎四年（1130）复没于金。

元惠宗至正十二年（1352）改会州为会宁州，明太祖洪武二年（1369）收复会宁州，洪武十年（1377）降州为县，移治所于今址，隶陕西布政使司巩昌府（治今甘肃陇西），清因之。民国二年（1913）改属甘肃省兰山道。

道光二十二年七月二十三日（1842年8月28日），涉水而过"七十二道脚不干"，舆夫湿脚抬进会宁县的林则徐，讶异会宁城垣之完整。

此处县城颇为完整，自泾州西来，皆无其比。行馆在西门月城内，中一所五楹，乃李令新建者，尚无家具；

令住在东一所，亦甚新洁。[55]

曾经自泾州西来城垣最为完整的会宁县城，令民国十九年（1930）会宁县续修县志的总纂刘庆笃感怀不已，他在前序中写道：

> 向读林文忠公《荷戈纪程》，至会宁有"此处城郭颇为完整，自入泾以西，皆无其比"之语。按文忠西行，事在道光季年，城值前邑令徐公敬新修之后，自有清龙兴以来，累洽重熙垂二百年，此其全盛时也。咸同而降，军事蜂午，比岁荐饥，人民之罹锋镝、填沟壑，死者累累相蹈藉。昔年廛闬辐辏之区，毁为荒墟。白骨青磷，凄怆霜露，孑遗者不及十之二三，生气苶然扫地尽矣。[56]

林则徐所见城垣完整的会宁县城，与他所宿"颇新洁"的青家驿行馆，皆为道光年间知县徐敬新修。《会宁县志续篇》卷十二《艺文志》，所录第一篇，便是徐敬的《重修会宁县城记》。以其单方叙述可知，徐敬最初议及重修城垣，会宁士绅并不赞同，以为太平之世，无须筑城，而且上台经费有限，未必拨款。"若欲鸠众力而为之，则连年荒歉，民力恐不支，不如且也已也。"但是无有工程，无有进项，徐敬力排众议，"首捐资以为之倡"，并举"以工代赈"说服上司不以为妄。"而邑之民亦相率而输将恐后"，虽然会宁县连年荒歉，此句大可怀疑,不过终究集得两万两白银,不过终究有"日数千人"得到工赈。

道光十八年（1838）八月重修竣工的会宁县城,周围三里八分,基宽三丈二尺,顶宽一丈二尺寸,高三丈,高厚皆不及北宋西宁城垣。辟四门,东曰"东胜",西曰"西津",南曰"通宁",北曰"安静",上皆有敌楼。

论迹不论心,徐敬重修会宁城垣,是否有裨于当时,或未可知,有益于后世,确实无疑。咸同年间,匪患相继,会宁城池数度拒匪保民,赢得十数年苟安。然而未遑修葺,终究在同治八年（1869）城陷,敌楼角楼均被焚毁。光绪五年（1879）补修。民国九年（1920）海原大地震,城郭垣墉,敌楼戍楼以及各城门又均崩坏。次年（1921）经省城会宁籍乡绅集议报请省府分拨赈款再修。

五十年代后期,自明代以降数度重建补修的会宁县城,陆续拆除,而今唯存"西津"门楼孑立于祖厉河畔。

"苶",字不常见,读音罕见:"Nié"。意为疲惫、萎靡,"苶然""苶呆呆",引申为衰败、没落之意。

会宁县,咸同战乱兵燹,民国地震饥馑,百姓或罹锋镝,或成饿殍,往昔市肆商铺辐辏之地,毁为荒墟,日见白骨,夜望青磷,幸存者不过十之二三,生气苶然,气数已尽。

《会宁县志续编》卷三《民族志》之《户口》,记载道光年间会宁县共有一万八千三百三十二户,二十九万六千七百八十七口,"可谓滋生至繁众矣"。"经同治兵燹,里社萧凋,户口顿减",至光绪三十年(1904)清查户册,会宁县仅余七千七百三十二户,四万八千二百四十六口,"较诸道光时户减三分之二,口减四分之三"。

民国九年(1920)海原大地震,会宁死亡人口一万三千七百余,但自民国肇兴,甘肃未遭战乱,民国十二年(1923)调查户口,会宁增至一万零七百七十三户,七万七千六百七十五口。可是民国十七、十八两年(1928~1929)饥馑相继,"又复加以瘟疫,城乡人民死亡过巨",灾后调查,全县再降至八千一百二十二户,六万四千七百八十口,也仅约略多于光绪三十年(1904)。[57]

时至今日,三年前第七次全国人口普查,会宁县常住人口四十万一千五百八十一人,数十载休养生息,生齿终于超过近二百年前十万余人。但是随着各地村镇年轻人就学务工而迁居城市,会宁县城乡究竟还有人口几何,不得而知。

无论如何,我不希望刘庆笃"生气荟然扫地尽矣"一语成谶,然而陇中苦瘠,异乎寻常,会宁县长期属于国家级贫困县,也是三年前方才与甘肃省内同为白银市辖的靖远县,以及武威市古浪县、天祝县;天水市秦州区、麦积区、秦安县、清水县、张家川县;平凉市庄浪县、静宁县;庆阳市庆城县、宁县、环县、华池县、合水县;定西市安定区、陇西县、渭源县、临洮县、漳县;陇南市武都区、文县、康县;甘南州临潭县、舟曲县;临夏州永靖县、和政县、广河县、积石山县、康乐县等三十县区突击退出贫困县行列。

翟家所至会宁县,所有山涧野水,唯一的出路,祖河川。

高考，则是会宁城镇尤其僻远乡村许多孩子的唯一出路。所以会宁县在甘肃最为著名的是教育，是高考成绩，甚至赢得"状元县"的美誉。会宁县由此而生的骄傲，足以抚慰因贫困而生的羞愧。无有天时地利，农耕的努力微不足道，贫困是无可奈何，并非因为会宁人的懒惰或不思进取。而高考则让会宁人的努力得以量化，得以否定一切懒惰或不思进取的置疑。

学生时代，我的成绩神鬼莫测，酷爱打牌，极擅逃课，往往新学期过半，师长见我，"笑问客从何处来"。可是同班同学，却有成绩出类拔萃者，所以我始终相信与其说教育质量决定考试成绩，勿宁说个人努力更加决定考试成绩。

会宁县诸中学教育质量多么高明于甘肃省内其他市县中学，我不知晓，但是会宁学生有多努力，却是屡屡见诸媒体，以至坊间总结会宁教育成就为"三苦"：教师苦、学生苦、家长苦。

教师虽苦，毕竟还是本职工作，亦有束脩，也是安身立命之本。

家长之苦，则如前路常见，一人务工，一人陪读。或者父母两人务工，祖母陪读，祖父留守。这几乎成为当下西北乡村常态。

如此常态，令县城房价格随之畸高——当然这也是许多地市的安身立命之本，乐见其成——以方才名义脱贫的会宁而言，房价已至每平方米六七千元，几乎不逊许多中东部县城。后来者成本倍增，依然前赴后继，甚而勉力为之，于是"因病返贫"之外，又现"因教返贫"。镇乡以下，乃至县城本身，层层空心化。基层学校或者合并，或者教师倍于学生，早晚难免关停。

风调雨顺，可以丰收，却难以富足，更难得有体面，得有他人尊敬的生活。虽然教育未必可以颠覆命运，起码可以改善命运，学有一技之长，哪怕未来进城打工，也总胜过靠天吃饭。所以甘愿裹挟其中，明知不可为而为之，如同幽闭之中得见一隙之光，惟有义无反顾而去。

裹挟其中的学生最苦，在差异并不显著的教育环境中，他们必须付出更多的努力，起得更早，睡得更晚，以最简单的食物，以最繁重的习题与背诵，才能支撑起会宁县"状元县"的名号。

或许未来还不明朗，期待也仍模糊，他们暂时还不确定想要怎样的生活，却已确定不想要怎样的生活，不想要他们父母那样的生活，苞谷与洋芋付与土地，然后靠天吃饭。

眼下可见的出路，唯有学习，唯有高考，如同那些山涧的野水，唯有奔赴祖河，才有希望汇甜水的厉河而上，才有希望注入黄河，才有希望归于大海。

才有希望再不回苦瘠甲于天下的陇中。

安定县

至兰州

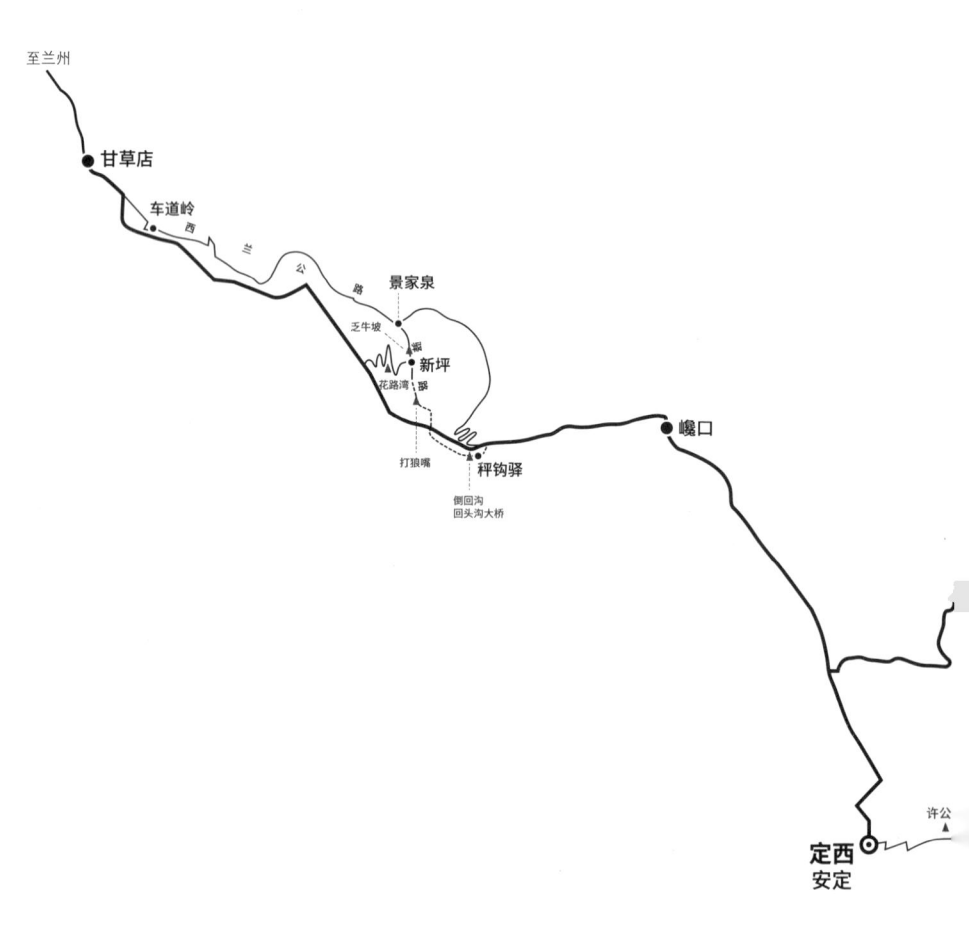

甘草店

车道岭

西兰公路

景家泉

乏牛坡

花路湾

新坪

打狼嘴

秤钩驿

侧回沟
回头沟大桥

巉口

许公

定西
安定

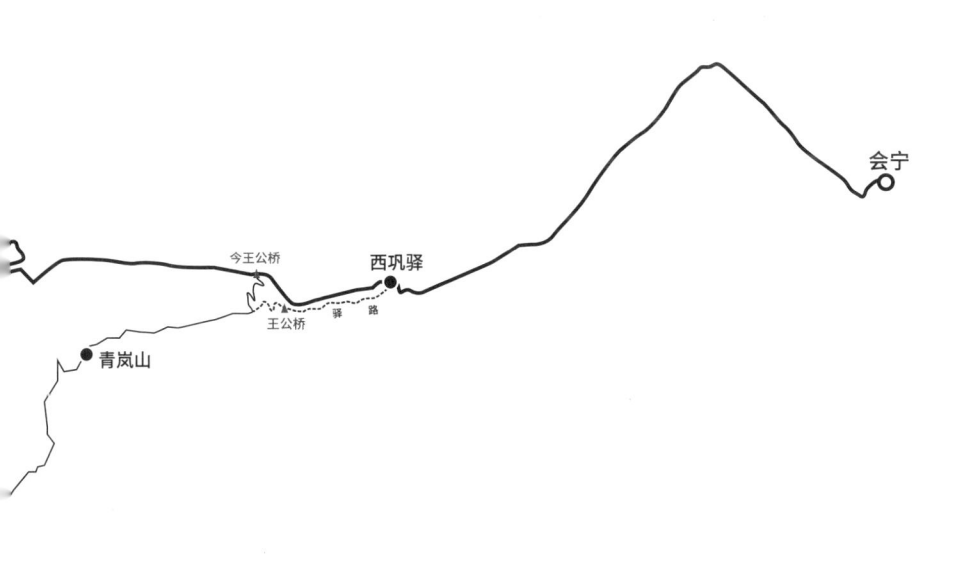

今王公桥　西巩驿　　　　　　　　　　　　　　会宁
　　　王公桥　驿　路
●青岚山

西巩驿

国道新线通往西巩驿镇农贸综合市场的安定路,如果不在阴历一、四、七的集期,只有市场门前丁字路口东北角的一处地摊。

西巩驿人似乎没有人知道摊主的名字,大家都称呼他为"杜家老汉"。杜家老汉属猴,年已八十,西巩驿镇南邻的石泉乡上来,赁下房屋,每天风雨无阻地出摊,各色农用器具,几样日用百货,偶尔还在两棵树间搭绳挂上几件旧衣裳。当然这些零碎儿只是点缀,不值钱,也卖不动,主要指望的还是十几袋烟叶。

榆中县产的烟叶,陈旧乌黑的塑料袋口敞开,黄绿色的碎烟叶,捏起细闻,不觉烟香,只有淡淡的草叶气息。价钱最贱的十块钱一斤,"全是杆杆",最贵的五十块钱一斤,"净叶子,没有杆杆"。

镇里无有去处消磨时光的老汉,就在杜家老汉摊前摊后闲坐。自带马扎,坐在摊前路边,若是空手出门,或者坐上摊后店外的台阶。或者去坐杜家老汉自带的板凳。杜家老汉高而精瘦,满脸褶皱有如塬上久历风土磨砺的榆树皮,却很随和,板凳你自去坐,他就坐在地上,弓起双腿,把自己折叠起来。搓一管烟卷,反复点燃,淡蓝色的烟弥散开来,有一搭没一搭地和闲坐的老汉聊天。

摊上一根称烟的杆秤,散落几张卷烟的白纸。熟悉的老汉过来,并不用花钱,自顾自拣起一张白纸,三十、四十块钱一斤的烟叶拈起些许,卷起自抽。无须客套,杜家老汉也不介意,可是年深日久,怕也拈去不少烟叶,抽去不少利润。

不过五十块钱一斤的烟叶,绝无人碰,杜家老汉自己更舍不得抽。

初夏的早晚仍凉,临近中午,阳光越过摊后的店房,失去遮蔽的地摊燥热起来。杜家老汉起身翻出他的大号遮阳伞,有点儿吃力地撑起来,然后把自己重新折叠回阴影,眯缝起眼,在老汉闲聊的嘈杂声中,注视着西巩驿东关的时光。

一百一十八年前,光绪三十一年(1905),初冬十月十一日(11月7日),清晨白云漫天,似有雪意,遣戍新疆的裴景福西出会宁西津门,群山四豁,一路高原,白杨夹道,青青未凋,其后不时陟降,四十五里至董家河午饭。午后云敛日出,温暾如春,其后道路虽仍在涧沟,却宽平易行,出沟四山环绕,依旧中平如砥,白杨又复萧萧。

十五里后,宿西巩驿。

还似前路,道光年间林则徐过时"颇宽"的驿馆,又复荒凉,于是裴景福改宿茅店,"较有暖气"。

> 静宁以西,土咸水苦,民间悉穴窖藏雨水,官廨亦如之,住店购雨水为第一义,小壶亦须数钱,几于水二石入绢一匹矣。[1]

静宁以西,会宁县青家驿、翟家所、保宁驿,及至安定县西巩驿,尽皆土咸水苦,甜水唯有窖藏雨水,纵然官廨,亦是如此,因此住店第一要义,便是购买雨水,以供饮饭。窖水数量有限,价格高昂,小壶亦须数钱,折算下来,水二石便值绢一匹,陇中瘠贫之因,可想而知。

> 进堡西门,馆北向,亦旅店也,斜对驿厩。[2]

道光二十九年(1849)岁杪,董醇自兰州返京,曾记西巩驿行馆位置,在东西大街路南,斜对驿厩,"亦旅店也"。

清时诸人行记,"驿馆""行馆"与"客店""旅店"时常混用,若是并列,则各有所指,一般而言,"馆"为官办,"店"为私营。

古往今来,官办往往不足,尤其乱后,百废待业,有限资财,一时难以顾及枝节。诸如行馆,即便重建,力有不逮,也难免会如以土复筑的青家驿,"卧室仅开一窦,阴暗如长夜"。更有活力的民间私营,当其时正可拾遗补阙,所以得有温暖茅店栖止的裴景福,念及"荒远之地,非旅店不能利行人,成聚落也"[3]。

无论行馆旅店,哪怕一窭阴暗,总还有单间卧室,对于劳苦大众而言,已是痴心妄想。青家驿东因瞌睡坠崖臂折的车夫,遑论卧室,床榻亦无,道途际遇甚至不如骆马,骆马虽然日间负重,夜间尚得一卧,车夫日间同样侍候旅客,夜晚还要照料牲口,不得一宿安眠,"情亦可怜"。

如果没有旅客,往来是为贩运货物,他们的落脚处,只会选在价钱最为低廉的大车店或骆驼厂,车骆货物关系綦重,甚至重过他们性命,至于下处环境如何恶劣,那是顾不得讲究的。和尚铺张家那样盘炕而成的大通铺,已属分外之想,能有一檐之瓦遮雨,一席之地铺盖,便可对付一宿。

农贸市场门前东西穿镇而过的村道,便是曾经西巩驿贯穿东西两门的驿路。杜家老汉的地摊,已在驿城东关,距离东城门数十米之遥。

东城门外,大约就在市场门前丁字路口西南角,便是当年西巩驿最大的骆驼厂,铺面五间,也如行馆北向,进深半座驿城,向南直达河沿。

西巩驿城南河沟,本地人称"苦河",与西巩驿北的甘沟河,"都是苦水,吃不得"。

骆驼厂是西巩驿靳家的产业,靳家是西巩驿土地最多的一家,骆驼厂迤东,包括现在的农贸市场所在,总共三百垧地,全是靳家所有。"垧"在各地面积不同,东北一垧十五亩,西北一垧三亩或五亩,西巩驿一垧以三亩计,三百垧即九百亩地。

不仅如此，杜家老汉老家石泉乡，也有靳家的三百垧地，不算其他零散，仅这两大宗，靳家便在此间据有一千八百亩地。

靳家祖籍"山西大槐树"。或许确是来自"山西大槐树"，或许如同翟家所的董家，"山西大槐树"只是许多遗忘祖籍的家族重新构建的共同记忆。

迁来西巩驿之前，靳家祖居东南三百里的秦安县。秦安的记忆毋庸置疑，那里地少人多，某代某年的饥荒，让靳家先人如同翟家所刘家先人背井离乡，流落西巩驿。

"秦安"他们皆读如"秦甘"，直到老汉用手指在尘土中写出"安"字，我才知晓他们究竟来自哪里。

初至西巩驿，西巩驿只有袁家、汪家、杨家三两户人。人少地多，来时两手空空的靳家先人，凭借勤劳、聪颖与克己，仰仗雨水调和，世道承平，努力开荒拓野，然后在盐碱的黄土地中收获钱粮。

如同所有依赖也信仰土地的中国人，靳家先人对于土地也有无尽的欲望，开荒更多的土地，积攒更多的钱粮，钱粮再换作土地，如此循环往复，直到得有西巩与石泉六百垧地。

西巩驿城内，还有张家、魏家、漆家，虽然稍逊靳家，却也广有土地，广有庄稼。

"驿在坡岭高处，乏水，土人多饮窖水，时取雨雪窖之。"[4]
地居坡岭高处的西巩驿，饮水尚且困难，浇灌更是无从谈起。

今年我行陕甘，时在春末夏初，之前离开乾县到白水镇的半月之间，关中阴雨不断，川地早熟的小麦半毁，甚至乾县西南村潘姨家的小麦，也有出芽。好在后来雨停，及时收割，亩产约八百斤，虽然远逊前年，却也算得丰年。

然而其后自入陇中，几乎滴雨未见。阳光愈发炙热，杜家老汉的遮阳伞阴凉有限，闲聊的老汉越坐越拢，几近促膝谈心，彼此的烟卷互相燎灼。

昨夜甘肃落雨，平凉部分地区却伴有冰雹，不但无益，反而成害。"今年气候反常，"老汉达成共识，小麦、扁豆——并非可作蔬菜的豆角，而是学名"兵豆"，又称"鸡眼豆"，豆粒细如麻子的杂粮小扁豆——之类的夏粮已无指望，收成全在洋芋、苞谷之类的秋粮，"就怕没有雨水。"

自来水通水之前，若遇这般干旱，西巩驿吃水都成问题。"以前吃水全靠挖土窖，现在土窖还保存着。"会宁以至西巩驿，红砖砌筑深埋于地的水窖家家犹存，自古以来的缺水已成创伤记忆，不时闪回，所以虽然暂时无用，也是不敢拆除，万一停水呢？如同电力紧张的小时候，每逢夏夜，心中时常乍然一惊："万一停电呢？"

宣统三年（1911），行至西巩驿的温世霖也曾写到水窖，只是那时形制不同今日：

> 每家门前有一土台，上有木盖加锁，盖贮存雨雪水之处，其宝贵可知。[5]

家徒四壁，房门可以洞开，水窖却不能不锁。陇中民谚："叫花子讨饭，宁给糜面馍，不给一碗水。"甜水宝贵，可想而知。

所以靳家的一千百八亩地,全是旱地,全靠雨水天收。地里庄稼,"小麦、扁豆、糜谷、荞",总之五谷杂粮。时至今日,会宁县城堪称本地特色的食物,依然还是杂粮。

"只要是丰收年,一垧一千多斤,"折算亩产,"每亩三斗,四百五十斤。"产量远低于泾河川,更逊于关中渭河川。

"就怕干旱,那就没办法了,"然而干旱却是常有,"十年九旱,苦得很么。"

"除了庄稼,骆驼厂是额外生意。"

额外生意的骆驼厂,始于清末民国,裴景福来时,入驿之前,必经厂门而过。

裴景福夜宿的所谓"茅店",当然是驿内一等一的旅店,无非屋顶覆有保暖的茅草而已,他可以在店内安然作家信,再托会宁县知县蒋康(公度)寄往无锡。

其后靳家三房分家。土地均分之外,三爷得到东西大街路南三间经营布匹杂货的铺面,以及南城根下的老宅,东城根下马车店分归二爷,骆驼厂则由长房大爷继续经营。

再过若干年,土地改革。

靳家的土地房屋充分,重新分配,浮财也要没收。"法律严得很,你不给,人就吃亏,"靳家大爷自然不敢藏私,全部家当取出,"三升银子,贡献给农会,送到定西县上。"民国三年(1914)改安定县为定西县,归属甘肃兰山道,今为定西市府所在安定区。

靳家二爷搬在三里地外,原属他的产业早已典了出去。

被从骆驼厂赶出来的靳家大爷一家,花费五斗一百五十斤小麦,赎回马车店,作为一家人的栖身之所。

"人能留住就行了,土地、钱财,都不管了。"当年靳家大爷本只为苟安眼前,俯首听命,却也意外为后代渡得劫难。

虽然身为西巩驿"最大的地主,成分改不了",但是态度良好,改造积极,属于"教育好的地主,紧跟贫下中农",所以后来既没有挨打,也没有受罪。

"我们的先人都把罪受了。"

七十年之后,坐在杜家老汉的地摊前,坐在曾经属于自家的骆驼厂与土地跟前,当年靳家大爷的次子长孙,寿已八十有一的靳鸿禄老汉,说起往事,云淡风轻。

靳老汉戴一顶草帽,一副簇新的茶晶眼镜,身形清癯,个高微驼,却是步履稳健。偶有熟人路过,挺身而起招呼,动作全无拖沓。

七十二岁,"生我那天",靳老汉开始蓄须。一口牙已阙如,"没胡子难看得很"。

如今颔下半尺白髯,道骨仙风。

"到我父亲的时候,已经穷下了。"

坐在杜家老汉的地摊前,说起自家曾经的地主成分,靳老汉还会不由自主地压低音量,身体凑过来,低声细说。仿佛仍然愧疚,仿佛仍怕其他老汉听见,虽然尽人皆知。待到说起他的父亲,靳家大爷的次子,语音更是低到几乎听不清。

"……"

西巩驿，靳鸿禄。2023 年 6 月 25 日。

"什么军队？"

"他是国民党的军队。"

"哦。"

"……"

"跟谁打仗？"

"我说，他是国民党的军队，后来跟共产党打上仗了。"

他的父亲战死定西那年，年方二十九岁。

也好，"'文革'的时候，老先人都死了"。

加之靳家紧跟贫下中农，生产队长也通情达理，所以老汉才不至于如同官道岔大路上同为地主成分的张成林，吃苦受罪，罚去五十里外拉上三百斤树苗爬上乏牛坡。

父亲殁年，靳老汉虚岁十岁，唯一的弟弟虚岁六岁。年长父亲两岁的老母亲，独自拉扯两个娃娃长大。出身不好，成分不好，运动频仍，孤儿寡母的境遇何等艰难，可想而知。

如同土地般坚忍，娃娃终于长大成人，成家立业，老母亲没有辜负她的娃娃，却不知道辜负还是没有辜负她自己的一生？

她活到七十二岁，守了四十一年的寡。

四年之前，老汉的弟弟也走了，那边渐在团圆。

"现在幸福着呢，"靳老汉反复说道，"人丁兴旺。"

老汉三男二女，孙男重孙，已经繁衍四世二十多人。"西巩驿教育不行"，于是孙儿孙女都去定西读书，儿女陪读进城，只留老汉老两口守在西巩驿。

七十年代，东城根下的马车店改建商店，靳家迁至城外，背倚东城墙，建起新宅。正房坐西朝东，后院是填平的城濠，院中一株核桃，一株杏树，可是今年令平凉白水镇小麦绝收的霜冻，也在花期降临西巩驿，老汉圆起拇指与食指那般大小的杏儿，枝杈之上，无有一枚。

后院南隅辟出菜园，种些萝卜、黄瓜、茄子、西红柿、南瓜、辣椒，可补老两口日常食用。包产到户之后，靳家重新分得二十来亩土地，不过这把年纪，"种不动了"。土地流转承包给定西农科所，大棚种植"圆葱、洋芋"，也即洋葱、土豆。土豆是定西的支柱农产品，对于定西百姓而言，"饭里没洋芋就不成"。

流转合同签定十年，流转费每亩每年六百元，已经拿上两年。加上老两口每年每人一千四百块钱的养老保险，"现在幸福着呢"。

充公之后，骆驼厂改作粮站与卫生院，后来临街铺面"卖给私人了，另一个乡的人"。现在开着杂货铺、蔬果店，正对靳老汉每天出门的窄巷。老汉日日得见，却与他再无瓜葛。

"千年土地八百主。"

土地或许永恒，地主却从无永恒。曾经克勤克俭，开荒拓野，然而最终一切成空，六百垧土地，三升银钱，尽数成空，还落得半世罪名。

靳老汉看得开，现在无有一亩庄稼，反而"基本上面够吃了"。

止房南侧，是小他五岁的老伴每日逗留时间最长的厨房。

眼望得正午将近，不用招呼，老汉拎起马扎回家，面已做好，就着厨房窗下矮桌，就着醋与辣子，一餐午饭。

端午节，农贸市场中的戏台，连演三天秦腔。

中午小憩片刻，秦腔下午三点开吼。

连排新建有玻璃穿房的北厢房，自然是娃娃回来时的宿处。院门外，北墙根一间土坯房，临窗一张土炕，是老汉许多年来的卧房。

住在院外，当然不是家中难容，而是牲口圈在院外土坡之下。虽然现在地也种不动，牛也养不动，但是常年累月如同车夫般照看牲口的习惯，也让老汉习惯了守着牲口圈的土坯房。

"还能烧火炕，幸福得很。"

两年前的十月二十四日，我心存侥幸，不愿陕甘之行半途而废，于是仍出会宁西行，尝试可否进入定西。

行至西巩驿，赫然得见青岚山下的国道与高速入口前已经设置路卡，各处张贴昨日定西发布的交通管制通告。甘肃省内兰州、嘉峪关、酒泉、张掖、天水、陇南、甘南，内蒙古阿拉善盟，宁夏银川、吴忠，陕西西安等地车牌车辆，一律劝返，禁止入境定西。

虽然暂时不在受限之列，可是风云莫测，如若涉险进城，万一来路的平凉、白银或者定西成为中高风险地区，我便进退维谷，前途未卜。

西巩驿镇内绕行一圈，决定放弃前行，就此回返。

几近仓惶逃窜,国道关卡重重,无奈绕行山径小路,自早十点至晚十点,十二小时奔袭六七百里,夜入泾川县城。

空空荡荡的泾川宾馆,唯我一人一车,一楼一灯。

青岚山

驿路西出西巩驿,沟行十里宋家沟。

　　十里,宋家沟(安定),两壁绝陡,沟极深窈,蜿蜒曲折,直探沟底。才一转步,旋即升崖,益进益高,俯视千岩万壑,积雪重重,如万马奔腾,一齐昂首。[6]

如今西巩驿迤西,驿路已断,村路北向,折回国道。
312国道新线筑于西巩驿北城垣北,出西巩驿便登高,也约十里,过马家庄,路左即可俯瞰宋家沟。国道在驿路更高处,于是沟崖更为陡峭,沟底更为深窈,而且已无曲折土径,直探沟底。

沟上仍见一座废弃的木构路桥。

　　沟上旧有王公桥,公印廷瓒,乾隆间为巩昌守,曾于此作桥,俾免陟降之劳,今已久圮。复修故道,路侧有重修王公桥道碑。[7]

原来立于路侧的"重修王公桥道碑"今已无踪,《会宁县志续编》卷十二《艺文志》载有一篇《重修王公桥檄》,或即录自此碑。

> 巩州秦陇孔道也,坡陀峻坂,险隘阻绝,安定东尤迫狭,危栈纡曲,仅容单车。旁临不测之谿,垂趾在外,过者人马掉战,喘汗盘僻,一蹉跌立碎齑粉。风雨时至,万山之水,瞬息奔灌,咫尺不可辨识。旧有王公桥渡,冲激倾陀,时筑时溃,无余址矣……[8]

安定县东,青岚山横亘西巩驿西。青岚山驿路难行,危栈纡曲,仅容单车。旁临深涧,行者悬心,一失足立成齑粉。诸如宋家沟,既为沟名,又为水名,汇聚诸如毛沟湾、山河湾、窝沟里、杨家湾、阳坡川、康家湾、潘家沟、寇家湾、师家沟、郑沟湾、田家岔、老虎湾等沟涧之水注入西巩驿河。可想而知,夏秋大雨,万山之水,瞬息奔灌。西巩驿八十一岁的靳鸿禄老汉一生屡见山洪,"修不住桥",随修随毁,时筑时溃。

宋家沟上,约在明万历年间(1573～1620),曾有一座"永济桥",久已不存。乾隆朝甘肃巩昌府知府王廷赞"义不能忍",遂与地方官长合议重修,并立碑为记。因桥为王公兴筑,故而俗名"王公桥"。然而王公所筑的王公桥,同样不能抵御奔灌的万山之水。

安定县自康熙十九年（1680）由时任知县张尔介编纂《安定县志》八卷刊行，其后二百五十载无有他志。晚至民国十八年（1929），方由西巩驿廪生周桢（干臣）自纂《定西县志》稿本六卷。民国三十八年（1949），又有时任定西县文献委员会主任的邑人郭汉儒（杰三，1886～1978）担任县志局总纂，毕四载之功，辑得《重修定西县志》三十八卷。可惜民穷财尽，定西县民国两种县志，一如前路各县诸种民国《泾川县志稿》《静宁县新志》与《会宁县志续编》，终究未能付诸梨枣，仅有稿本存于定西市档案馆。

民国十八年（1929）稿本《定西县志》卷一《建置志》之《桥梁》，所记彼时的王公桥，已是"光绪初重建，以砖为之，下开两洞通水道，今半就圮"。[9]

光绪初重建，自然又是平庆泾固化盐法兵备道魏光焘之功。其实之前咸丰、同治两朝亦有再筑，稿本《定西县志》中已半就圮的王公桥，民国三十一年（1942）改建为宽四米，四角翼墙长二十八米，高十八米的石台砖拱桥，已具现代桥梁结构，却依旧为万山之水所鄙夷，民国三十四年（1945）秋雨之后，又成废墟。

如今国道可以俯瞰的路桥，复造于1958年11月，八字撑结构立木架桥，高仍为十八米，长度增为四十四米，宽度阔为六米。

王公桥，或许是陕甘驿路最为著名的一座桥梁。

跨渡宋家沟，沟通西巩驿与青岚山倒在其次，毕竟无桥还可涉水，水涨还可绕行。驿路沿途无数桥梁，此筑彼毁，此毁彼筑，大约从未有过某时某刻一切桥梁安然畅通，可是行旅依旧不绝于道，原因便在于此。若是车马沉重，必经此道，那便索性缓行。光绪十七年九月二十八日（1891年10月30日）朝出会宁西门的陶保廉便是如此，午前已到西巩驿，本欲继续前行，夜宿青岚山，不料却"闻山上雪大，客车阻滞，旅馆不能容，遂往西巩驿馆"[10]。如同曾经因雨滞留乾州的林则徐，暂宿行馆，总能待得雨停雪霁，再赴前途。

所以王公桥非以"桥"而著名，王公桥实以"王公"而著名。

王公王廷赞（1715～1781），字翼公，奉天宁远（今辽宁兴城）人。吏员出身，乾隆十五年（1750）调平番县丞，委署张掖、武威、镇原诸县事。乾隆十六年（1751），黄廷桂（丹崖，1690～1759）由两江总督调陕甘总督，器重王廷赞廉能，奏升张掖县知县，此为其仕途之始。[11]之后历任武威县知县、灵州、泾州知州、平凉府盐茶历同知，秦州直隶州知州，乾隆三十六年（1771）任兰州府知州，四十一年（1776）迁任宁夏府知府，分巡宁夏道。乾隆四十二年（1777）擢为甘肃布政使。[12]布政使，别称"藩司"。

次日雪霁，陶保廉可登青岚山，西出西巩驿，十里行至宋家沟王公桥，"乾隆时巩昌府王廷瓒（赞）创建土桥跨涧上，屡经重修矣"[13]。诸种方志行记，皆写王公桥创建于王廷赞巩昌府知府任内，但在巩昌府知府一衔既未见于王廷赞墓表，也不见于王廷赞县志为其开列的履历。巩昌府康熙二十七年（1688）以后无有志书，宣统元年（1909）《甘肃全省新通志》

卷五十二《国朝文职官表》之《巩昌府知府》，雍正五年"以下至道光八年档案遗失阙名"，一如曾与董醇途遇于六盘山庙儿坪的庆阳府知府步湘南，任期同样无从考稽。

不过王公的著名，并非他的廉能，并非他的修桥补路，更非"以微末之员擢至藩司"[14]的升迁履历，而是在他甘肃布政使任内，有清一代著名贪案"甘肃冒赈案"东窗事发。王廷赞以主犯之一，绞立决，二子遣戍伊犁。

收录于《会宁县志续编》的《重修王公桥檄》，题下仅著"阙名"二字，可是前代史乘皆记此桥重修者为王廷赞，文内并有"本官奉命典郡，又摄观察使"之句，作者昭然若揭。或许《重修王公桥檄》有载于方志的价值，而编者却恶此巨贪之名，方才存文讳名。后来不知何人，擅以蓝色圆珠笔在"阙名"二字之下批注："王廷赞，原巩昌府知府（定西人阅后补之）。"不仅涂鸦孤本，罪不可逭，而且自作聪明，画蛇添足。

翟家所董善人董开疆与其父董学孟皆为监生，也即国子监生员资格，监生可以科闱乡试，博取功名，是进阶仕途的初步。董善人父子当然无意也无力科举，而自明代中叶以后，可以纳粮捐监，董家父子不乏钱财，乐得捐来衔名，给富家大户装点些许书卷气。

捐监之意，在于弥补国库不足，兵饷不敷。捐纳之物，两种形式：一为粮豆，称为本色收捐；一为银钱，称为折色收捐。

入清以后，捐监成为定例，然而本色还是折色收捐，上下异心。以上而论，自然希望本色收捐，因为捐监本意便为储备粮糈，备战备荒。以下而论，当然更愿折色收捐，原因自不待言，一来储粮非易，或有损耗，还需赔补，二来白花花的银子迷人眼，略施手段，折色更容易成就"三年清知县，十万雪花银"，比如贪吏之首裴景福。

陕甘两省，折色收捐渐多，地方欢欣鼓舞，却不料乾隆三十一年（1766）一道上谕，以折色多收，则无补积贮，而且"承办官员，挪移侵蚀之弊，亦难保必无"，于是釜底抽薪，"所有陕甘两省，现在捐监之例均著停止"。[15]

地方财路断绝，官员爱民心切，屡屡条陈，奏请重开捐纳，比如连年丰收，谷贱伤农，捐纳既可平粮价，又可丰积储。于是乾隆三十九年（1774）四月复准甘肃本色报捐，且为未免滋弊，"必须能事之藩司，实力经理"，于是乾隆"特调王亶望前往甘省"，并严切传谕时任陕甘总督勒尔谨，"于王亶望到任后，务率同实心查办，剔除诸弊。如仍有滥收折色，致缺仓储，及滥索科派等弊，一经发觉，惟勒尔谨是问"[16]。

王亶望（？～1781），山西临汾举人，以举人捐资得知县，历任甘肃皋兰县知县、云南武定府知府、甘肃宁夏府知府。乾隆调王亶望为甘肃布政使，本为剔除诸弊，却不料王亶望旧弊未除，又与总督勒尔谨合谋新弊，得在地瘠民贫的甘肃省，聚敛白银数百万两之巨，"为从来未有之奇贪异事"[17]。

勒尔谨，满州镶白旗进士，乾隆三十七年（1772）就任陕甘总督。王亶望与之合谋，阳奉阴违，仍以折色开捐。

明本实折的唯一麻烦，在于明面收捐的并不存在的本色粮豆，如何报销。王亶望果然是"能事之藩司"，他的解决之道，便是连年虚报旱灾，再以并不存在的本色粮豆，赈济并不存在的灾黎，是之谓"冒赈"，是之谓"甘肃冒赈案"。

乾隆四十二年（1777），王亶望携带数百万之巨银两，高升浙江巡抚，宁夏道王廷赞补授甘肃布政使。"嗣后王廷赞接任藩司，既知折色之弊，虽禀商该督，欲请停捐，乃仍复因循观望，并不据实陈奏。且将私收折色一事，议定改归首府办理，而一切弊窦，仍未革除。"[18]继任甘肃布政使的王廷赞，曾有片刻停捐之想，也与陕甘总督勒尔谨议及，然而积重难返，全省官员几乎尽皆参与，吃饱的如王亶望已走，方才就坐得腹内饥饿，乍然撤席，怕会激起众怒。于是王廷赞改为观望，改为因循，改为变本加厉，将全省折色收捐尽归首府兰州府办理，自己在兰州府设置专门办公室，"坐省长随"，等于独揽全省捐监，王出于王而胜于王。

却不料风云突变，乾隆四十六年（1781）甘肃苏四十三之乱，围困兰州，朝野震动。陕甘总督勒尔谨屡败被逮，上谕大学士阿桂（广庭，1717～1797）、总督李侍尧（钦斋，？～1788）及尚书和坤（致斋，1750～1799），渡陇视师。三人入境，屡遇大雨，而之前甘肃频岁报旱，乾隆疑窦丛生。

未能预防于前，又不能平叛于后，加之总督系狱，甘省大员惶惶不可终日。五月二十一日（6月12日），王廷赞奏言入朝：

> 臣历官甘省三十余年，屡蒙皇上格外天恩，不次擢用，洊历藩司，任重才庸，涓埃未报，今于撒拉尔逆回不法一案，乃以守城微劳，复蒙圣主叠沛殊恩，邀荣非分，现在用兵之际，需用浩繁，臣情愿将历年积存廉俸银四万两，缴贮甘省藩库，以资兵饷。[19]

王廷赞报功心切，愿意自缴"历年积存廉俸四万两"，以充兵饷。却不料画虎不成，反类其犬，等于自证贪腐。

三天之后，上谕军机大臣："前王廷赞有奏缴积存廉俸银四万两以资兵饷一折。因思王廷赞，仅任甘肃藩司，何以家计充裕？甘省地方本为瘠薄，而藩司何以佥称美缺？"并由此及彼，想到甘肃前任藩司"王亶望于捐办浙省海塘工程案内，竟捐银至五十万两之多"，王亶望赴任浙江巡抚未久，"其坐拥厚赀，当即在甘省任内所得"。二人何以能够于甘肃藩司任内坐拥厚赀？"因思甘省收捐监粮，其中必有私收折色，多得平余情弊"，因令阿桂、李侍尧严密访查。[20]

冒赈一案，甘省官员无人不贪，也便不人不晓，朝廷大员奉旨严查，自然不难厘清真相。乾隆幸热河，逮勒尔谨、王亶望、王廷赞赴行在，会鞫严讯。

事已至此，真相随即大白，仅王亶望一人，便籍没赃款白银一百余万两。"自王亶望始收折色，王廷赞旋踵其弊，历年所捐监生，不下数十万"[21]，甘肃冒赈一案，全省通同官员所得之巨，可想而知。

七月三十日(9月17日)，昭告天下，"通行晓谕中外知之"：

"王亶望,由知县、经朕加恩用至藩司巡抚,乃敢负恩丧心至此,自应即正典刑,以彰国宪。王亶望,著即处斩。"王亶望长子革职,其余十子发遣伊犁。

勒尔谨终系满人,加之乾隆自认"用人不当","著加恩赐令自尽",长子发遣伊犁。

刑部鞫审王廷赞,令其详悉供吐。乾隆曾朱笔传谕王廷赞:"伊之生死,总在此番实供与否,令伊自定。朕不食言。"[22] 不料王廷赞始终匿饰,不吐实情,自取其死。但念三月兰州守城微劳,免其立决。"王廷赞,著加恩改为应绞监候,秋后处决。"[23] 秋后,九月九日(10月25日)王廷赞绞死[24],其子二人发遣伊犁。

除此三名主犯,另有五十五名官员处死,五十一名官员发遣,其余刑罚者八十六名。[25]

甘肃冒赈案牵连甚众,可若说是"从来未有之奇贪异事",奇贪之首王亶望贪赃一百余万两,先于阿桂渡陇视师的和珅,十八年后籍没家财白银八亿两,尸骨未寒的乾隆若是有知,又该如何批语?

王廷赞一生所贪,怕是不及和珅门下走狗。

县志不具王公桥橄作者其名,民间倒是毫不忌讳,哪怕王廷赞重修的土桥久已无存,哪怕后来历年更久的砖桥始筑于魏光焘,百姓仍称其为"王公桥"。

或许是惯称难改,可是王公桥之前岂非惯称"永济桥"?或许是百姓看来,本色折色本与草民无干,论迹不论心的筑城修桥，毕竟造福乡里，权当善举无妨。

抑或许是民间最爱轶闻秘辛，皇皇大案，最宜作为谈资，或在西巩驿行馆，或在青岚山驿路，久历此道的老客忽然问向新人："你可知那座王公桥的王公他是谁？"然后如我这般絮絮叨叨，不厌其烦。若是改作他名，岂非平添许多旅途寂寞？

1958年复造的王公桥毕竟木构结构，通车二十年后，已告危殆，加之两端桥堍弯急坡陡，重载及长车通告困难，1979年宣告停用。1983年另在上游五里重建钢筋混凝土干公桥，桥长七十米，桥高三十二米有余，等于在今国道水平位置南北纵跨宋家沟，连通对岸青岚山。

弃用四十余年的木构王公桥，现在作为定西市安定区文物保护点加以保护，桥上增建遮雨棚，形似风雨廊桥，孤独伫立于马家庄西。

马家庄，初因有马家大户居住于此而得名。庄东七十年代之前另有一座越涧的土桥，农业社时代改称"双桥"，现在正式行政区划定为西巩驿镇新寺村双桥社。

马家庄西行，穿过村民永恒的苞谷与洋芋，渐向沟底下坡，路左土崖深十数米，许多垂直塌陷，路右土崖高十数米，又有许多滑坡，只敢行于路中，两侧危殆。路尽转折处，风雨剥蚀六十五载的木构王公桥结构犹完整，只是木架枯朽，形如将塌未塌的土崖，望之悬心。

所谓"八字撑"，准确而言应称"倒八字撑"，即以原木如伞骨般左右开张，上庙支撑桥面，下端聚合于垂直而立的桥墩。原木穿插交错，铆钉栓固，层层叠叠，仿佛古建的斗

王公桥驿路。2023 年 6 月 28 日。

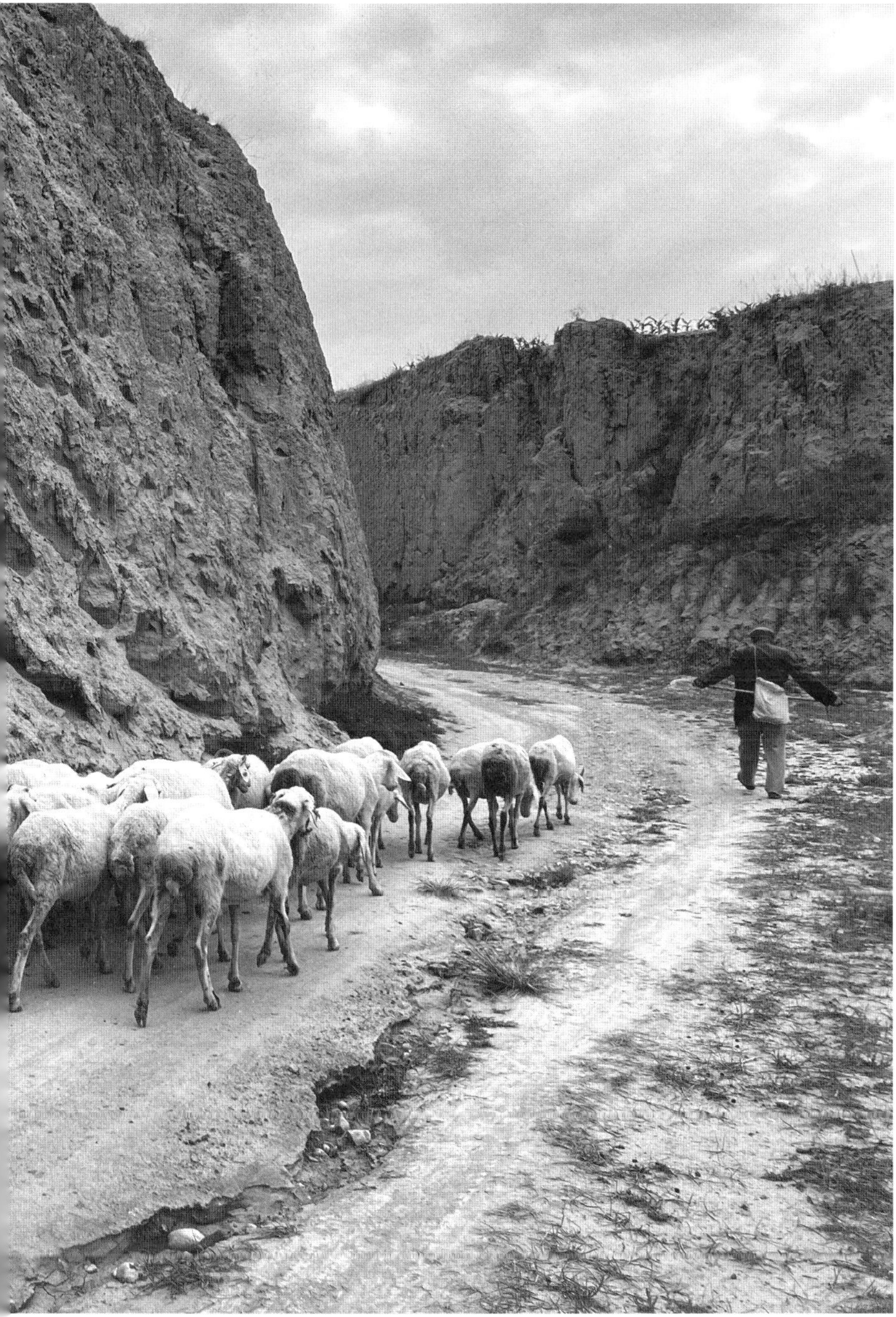

拱梁架，极具古典工艺的美观。

雨棚两侧高悬禁止机动车辆通行的警示，加之雨棚阻挡，车辆也无法通行，木构王公桥上，只有数十年来板结的淤泥，表层浮土，遍布羊蹄印。

二十一只绵羊，缓缓走过木构王公桥。绵羊满身灰土，身形瘦弱，"水草不丰，牛羊不肥"。初夏时节，桥底水也断流，唯有几坑积雨，散落些许野草。双桥村的羊，大多圈养，何成魁老汉赶羊出来，与其说是吃草，不如说是放风。

老汉与木构王公桥同岁，不过他却不能像王公桥一般早早赋闲，家里种着二十多亩的苞谷与洋芋，还要侍弄这二十一只绵羊。

老汉穿件破绽百出的蓝布中山装，斜背一只化肥编织袋改做的挎包，手中一根绳鞭，一把长柄的铁铲。羊在近处，绳鞭挥驱；羊在远处，铁铲铲起黄土，抛掷在阻止羊行的前路，吓羊回返。沟壑纵横，深不可测，纵然绵羊失足，也难逃出生天。

密布的沟壑，其实难有古往今来始终如一的名称，比如何老汉说自己是双桥人，而双桥留守的老太太仍按旧名自称其地为"马家庄"。古人行记皆称王公桥跨宋家沟，而何老汉却一口否认，他遥指西侧山梁新王公桥所在，泛泛说起那里才是宋家沟，"嘴嘴上的宋家沟"——青岚山乡宋家沟社——而木构王公桥所跨，则以庄名称为"马家沟"。然而竖立沟畔的公示牌，标注的河道名称又是何老汉全然不知的"红庄沟"。宋家沟、马家沟、红庄沟，众说纷纭，莫衷一是。

木构王公桥南跨马家沟，转折向西，途经只住陈家两兄

王公桥,何成魁。2023 年 6 月 28 日。

弟的"桥务坡"——本地方言此"务"音字意为"那边、那里",不知正字作何,权以"务"字代替。"桥务坡"也即"桥那边的坡",简明扼要,正如本地也称"马家沟"为"沟里",都是熟悉地理的土人随口的称呼——登顶"山头上"。

山头上,蕞尔小村。村西,多住"本地王家"——区别村中外来的"礼县王家"。路南,有王家经营的骆驼厂,"王家厂子"的后人,至今仍住山头上。村北临沟下坡的土路,便是桥务坡上山的驿路。路旁一片麦场,场边土垄上坐着七十四岁的王兆雄老汉。他是本地王家,他曾在王公桥土桥见过石碑,他曾在驿路土径见过驼马,可是石碑毁灭于何年,驼马断绝于何月,他却说不上来,"那早了,好多年了"。

山头上的王家厂子,行旅简称"店里""大店",往来客商,可尖可宿。王家厂子临近一眼土窑,宋家沟的康家老太太守着土窑,卖些最简单的水煮洋芋,麻钱无多的单帮小贩,买几枚洋芋,剥皮囫囵吞下,聊以果腹。

康家老太太的儿子,坡下放羊,无有吃食,饥饿难耐,拼尽余力,上来店里。水煮洋芋而已,康家老太太却舍不得拿出一枚分给瘦弱的宝贝儿子,少卖一枚,也许一日辛苦即成空。儿子自然懂得生活的艰辛,懂得水煮的洋芋是别人果腹自家谋生的宝贝,所以绝口不要,只是待人走后,捡起食客扔在地上的洋芋皮,藏在草帽的帽斗里,下坡去寻他牧放的羊,然后坐在背人的沟畔,吃他捡来的水煮洋芋皮,麻麻的,涩如苦水。

2018年全线通车的青（岛）兰（州）高速，紧邻马家庄与木构王公桥南侧修筑，阻断登山旧路，唯有改行筑于山头上正北沟底的钢筋混凝土王公桥，径向南坡登山。

钢筋混凝土王公桥虽然免去数十米的沟底陡降之苦，其后山路却依旧盘桓曲折。好在寿也四十的钢筋混凝土王公桥负荷有限，国道一侧桥堍限宽限高，今改标112县道的山路无有重载货车往来，尽可以从容借道，转过近十道回头弯后，攀至"山头上"，折而西行，其后路在山脊，车道平缓，路旁时有人家，王家厂子旧址仍在，只是不再见康家老太太的土窑，不再见水煮洋芋，不再见放羊的娃娃。

西过青湾，再过庙坪，新王公桥后二十里，升顶青岚山。

> 青岚山（安定），同尖旅店，啖一品锅。山名里数俱据塘坊所书，其实过宋家沟后升坡，已是青岚山矣。《行程记》作"清凉山"，《安定志》作"晴岚峪"，并言山多岚气，早行宜食姜酒。[26]

青岚山即为山名，又特指山顶旅客尖宿的青岚山村。

青岚山，祁韵士的《万里行程记》作"清凉山"，康熙《安定县志》卷一《地里》其实写作"晴岚峪山"：

> 晴岚峪山，东三十里，山多岚气。[27]

"岚气"，即雾气，即水汽。陇中苦旱，濯濯土山，却多岚气，实属异象。民国十八年（1929）稿本《定西县志》卷一《舆地》记有"定山八景"，"晴岚凝翠"，赫然其首。

  晴岚山，在城东五里，即凤凰山，虽无林莽，山多岚气，雨后葱笼如画，苍翠可观，一邑之具瞻也。[28]

  以董醇《度陇记》计程，青岚山后，十五里贾河湾，十五里安定县，康熙《安定县志》的"东三十里"，准确无误。民国《定西县志》以"晴岚山"为"城东五里""凤凰山"的别名，而同卷"山脉"又分别录有"凤凰山"与"青岚山"，"青岚山"一如前志记作"在东三十里，山多岚气"，前后龃龉，显系误记。毕竟稿本，尚待校勘。

  岚气在寒燥少雨的西北能为一邑之具瞻的胜境，若在湿热多雨的南方，则为蒸腾郁结的瘴气。生于江苏扬州水乡的董醇望"岚"而生"瘴"义，所以"早行宜食姜酒"，以避邪毒。

  《度陇记》中，不见早行之时，董醇是否曾食姜酒，但在山顶旅店大啖一品锅，汤沸肉滚，效用必定大胜姜酒。

  能做一品锅的旅店，规模不小，铺面店伙，想来倍于六盘山顶的官店。西巩驿与安定县间必经的青岚山村，未设官驿行馆，旅客的食宿之需，自然是由私营旅店代劳，以补官办之缺漏。道光二十二年（1842）林则徐登顶青岚山所见，"山麓有旅店数家，行旅多住此。是日无可中火处，在此吃面"[29]。即便同治乱后，不乏生意可做，青岚山的旅店也是迅速恢复，光绪十七年（1891）陶保廉雪后越岭，青岚山铺户又有

"二三十"[30]。

陶保廉因雪大滞客，青岚山旅店难容，无奈夜宿西巩驿。民国六年（1917）元旦，寒甚，谢彬上午六时发会宁，即住青岚山。

> 宿处为一窑洞，形如城瓮，污秽视房间稍减。店伙燃马粪于炕下，温度过高，至不能睡，如受炮烙之刑。西北酷寒，自理论上言，土人耐寒程度，当较南人为高，验之暖炕，似不尽然。[31]

北方酷寒，非有暖炕，难以越冬。南方之寒，介于可耐不可耐之间，加之房屋更重酷暑散热，不利保温，大多冬季并不取暖，全凭厚棉重被。所以久历室内户外同样气温的冬季磨炼，尤其寒至几近不可耐的江淮地区，百姓个个耐得一手好寒，远非北人可比，湘人谢彬以北人耐寒，其实大谬。

而且南人北行，适应暖炕火炉，甚至现代水暖，皆需时日，乍然得遇，极难适应，犹如久饿之后突然饱食，简直会有撑毙之虞。八年之前，我独自横贯外蒙古，曾宿蒙古故都哈拉和林。蒙古包，一床一夜，六美元。阳历五月初的蒙古草原夜晚极冷，次日还落大雪，蒙古包天窗之下以火炉取暖，入夜投入炉膛劈材煤块，蒙古包内片刻入夏。我很能理解谢彬的体感，"温度过高，至不能睡，如受炮烙之刑"。可是后半夜，炉火燃尽，蒙古包内又极寒冷，只好抓来闲置的棉被层层裹紧。现在想来，怪只怪我因怕冷而在炉膛填进太多煤块，欲速则过达。而谢彬所宿旅店的店伙，想来也是好心，生怕南来的旅客受寒，添进太多马粪，以至炮烙了财政部的特派员。

1995年国道改线，新路线改在钢筋混凝土的王公桥北径向西去，西巩驿往来定西县城，再不渡王公桥，再不越青岚山。

青岚山顶的青岚山乡，命运甚至不如西兰公路避行的瓦亭驿，瓦亭驿毕竟相距不远，仍邻平固干线，而青岚山线则完全为所有公路干线抛弃，除非目的地就是青岚山，否则没有任何他处需要途经此地。

青岚山迅速归入沉寂。

同治乱后十余载便恢复二三十铺户的青岚山，国道绕行二十余年之后，铺户已不及十家。旧路东南，通往乡政府的新乡道旁，三五家杂货铺，便是青岚山乡如今硕果仅存的商业。甚至不再有营业的饭店，无可尖处，吃面亦不可得。

光绪三十一年十月十二日（1905年11月8日），尖于青岚山店，夜宿安定县客店土炕的裴景福，挑灯记述会宁与安定两县闻见：

> 会宁东穷山恶水，无地可耕，至安定以西，多熟田，旅店稍佳者，非湘即蜀人也。近见店伙杆面，于尺余案上和面一拳，抽之，撅之，摆之，叠之，须臾圆径三四尺，划以刃，细如丝，亦绝技也。[32]

一如温世霖六年后在平凉白水驿所记，甘肃境内旅店稍佳者，皆为湘蜀退伍兵勇开设，肉菜调料，一应俱全，远非本省籍人所办尖宿处唯有白水面条、粗面馍馍可比。但是裴景福所见能做拉面的店伙，不知是湘蜀人士，还是甘肃土著？

百年之前裴景福叹为绝技的拉面，而今遍布西北乃至全国，尤其西北，荒僻村落若是唯有一家饭馆，也必是拉面店。青岚山乡当然也曾有家拉面店，门面招牌仍新，却是店门紧锁，倒闭已久。

午后的青岚山乡行人寥落，初夏时节，骑摩托的村民仍裹着厚重的军大衣，山风料峭。阳光却是灼人，天干地旱，乡道旁后植的云杉多有枯死，唯有几株难艰孑遗的榆树伫立道旁。

路南院中还有一株探首的枣树，连排的小院，家家院门紧闭，主人都随子女去到定西陪读，这几乎是我无需再问，一见可知的答案。

乡道随山势自东北而西南穿过青岚山乡，斜向复杂，只以南北而言，青岚山南高北低，南侧店铺背后即可俯瞰青兰高速，国道新线远在迤北数道沟外，遥不可见。

青岚山北可见的近处第一道沟湾，狼沟湾，五里多山路，八十四岁的陈华忠老汉，四十五分钟，便能快步走上青岚山，然后站在道旁的榆树荫下，招呼过往的村民，闲聊几句，消磨时光。

与许多人家的命运相似，陈家也是自太爷爷辈由通渭逃荒而来，落脚在更近通渭的青岚山狼沟湾。与西巩驿靳家相似，爷爷辈也是三房，不过却没有过靳家发迹的命运，四代

青岚山，陈华忠。2023 年 6 月 25 日。

务农至今。陈老汉爷爷是二爷,始终住在狼沟湾,三爷在庙坪,大爷在青湾,皆在来路,相距不远。

虽然苦旱,陈老汉却说青岚山是风水宝地。夏秋两季皆熟,极难遇见,但是夏秋两季必有一熟,"夏粮歉收,秋粮就好"——如果夏季的小麦、豆子歉收,秋季的苞谷、洋芋则必丰收。陇中梁上的小麦,晚熟关中近两月,今年侥幸躲过冰灾,却又少雨干旱,夏粮必已不足,于是秋粮苞谷、洋芋的丰收则成信仰,绝不可以落空,否则一年辛苦,化为泡影,纵然不赖田产生活,也是难以接受的沉痛。

陈家祖辈没有靳家的好命运,青岚山现在也没有西巩驿的好命运。靳老汉二十多亩流转给定西农科院,每亩坐收六百元流转费,同样无力耕作的陈老汉,五十多亩地却只有撂荒。山沟深处,交通不便,谁人又能来承包土地呢?

曾经一百五十多人的狼沟湾,陈老汉细细数过仍留村中的人口:"二十七个人。"全村的七百多亩农田,仍在耕作的土地:"不到一百亩。"

陈老汉三女二男,大儿在上海,小儿在定西,他无忧自己的生活,却忧心忡忡撂荒的土地,"光阴过得好了,懒得做活计了"。

"没有粮了,麻烦,"他说,"如果以后买不到粮了,怎么办?"

"以前粮库永远都是满满的,现在,都空了。"

陈老汉原本显得年轻,没有去戴显老的茶晶眼镜,看起来最多六七十岁模样。往返青岚山与狼沟湾,着急还能跑起来,声音洪亮,反应敏捷,时常配以夸张的大笑,手舞足蹈。

说起来诸事乐观开朗,却在担忧土地,担忧粮食,我觉得老汉其实内心焦虑,缺乏安全感,他的一辈子都在努力赚钱,努力赚取保障。

1958年,十九岁才读小学,四年初小毕业,从此务农。

务农困窘,稍能脱身于土地,1975年,老汉去到兰州工地做工,一天一块六毛的工钱。之后新疆砖厂招工,老汉远赴伊犁,工地做饭一年,每月工资一百五十块钱,"多得很"。

1987年左右,返乡的老汉得到机会在定西城建局看门,后来又去下属单位,看门看了整整十七年。工资从六十,涨到七十,最后一百一十块钱。

老汉得意于自己的看门经验,"单位上看门,注意外部人;建筑上看门,注意内部人"。他告诉我如何察颜观色,既提防可疑之人,又不能得罪他。"万一惹不起呢?"却又不能放任不管,不然失窃遇盗,还要担责赔钱。

离开定西之前,最后的工作是烧锅炉,每月能拿到三百块钱,但是时间不久,2004年回到狼沟湾。"我爱出门",陈老汉说,于是两年后远去内蒙古,还是砖厂,做是做饭,辗转临河、呼和浩特各地工地,前后四年,也是老汉赚钱最多的四年,每年一万五千块。

内蒙古回来,"瞒着年龄",老汉又在陇西、漳县、岷县各地建筑工地砌了一年砖,"一天二十来块钱"。

去年,八十三岁的老汉又在定西找到一份看门的工作,"铺盖都拉上去，房子都典下来了"，不过单位却要老汉去专院体检，还要他必须出示身份证。

"完了。只看长相就要了，一要身份证就完了。"

老汉无可奈何，"铺盖原样背了上来"。

二十三岁务农，三十六岁打零工，四十八岁看门，六十七岁之后还在工作做饭、砌砖的陈老汉，终于在八十三岁失去了最后的工作机会。

八十四岁的陈华忠老汉在青岚山顶的老榆树荫下大笑着自嘲："半辈子，没挣下钱。"

陈老汉远去内蒙古临河砖厂工地那年，六十七岁，恰是王公王廷赞问绞的年纪。

陈老汉知道王公桥，那是他出青岚山去内蒙古，再从内蒙古回青岚山的必经之地，但是他却不曾听闻王廷赞，不曾听闻甘肃冒赈案。

他最熟悉的还是看门，还是小麦，还是莜谷，还是荞麦、高粱、谷子、糜子。

还是顿顿饭没有就不成的洋芋，下午他会走回狼沟湾，他不喜欢"狼沟湾"这个名字，他喜欢没有细分之前的"塘湾"，五点在家中吃上有洋芋的一天之中的第二顿饭，然后看看新闻，洗洗睡觉。

过此时入土峡，时缘山脊，俯视左岩重叠如鳞，残雪半消，黄白相错成文。[33]

陶保廉在青岚山之后所见的风景，我也曾在雪后得见，路左沟壑宽阔如干涸的海，农田层叠，"如鳞"是我未想到的形容，残雪半消，黄白相错。

我也在晴朗的初夏重行，晴朗，微风，如海的沟壑倒映着每朵浮云的云影。

天上浮云如棉朵丝滑而过蓝色绸缎，沟壑浮云却要翻过如鳞的农田，翻过盘旋的公路，翻过曲折的梁峁，翻过草麦与榆枣。

却不曾阻滞，相随而去。

华家岭

静宁至安定，驿路三百里，需行四日。

第一日，尖高家堡，过界石铺，宿青家驿。

第二日，尖翟家所，宿会宁县。

第三日，或宿西巩驿；或尖西巩驿，宿在青岚山；

第四日，或尖青岚山，再至安定县；或径抵安定行馆。

民国十六年（1927）整修兰平汽车路，未经测量规划，唯有沿驿路草率筑就，晴通雨阻，难堪大用。

民国二十三年（1934）改建西兰公路，事前考察线路，青家驿南北震后壅川塞谷，张城堡至会宁县城"七十二道脚不干"，西巩驿后宋家沟绝陡深窈，王公桥时筑时溃，以当时有限的技术与资金，河谷旧道，实在难循。

西兰公路工务所总工程司刘如松诸人裁定改线，弃川就梁，界石铺后，不再北行响河川，而是径走西南绵延二百余里的华家岭梁峁，过党家岘，越华家岭，再向西北行至定西县城，全程亦近三百里。

华家岭梁峁其实也不宜于筑路,只是退而求其次的无奈之选。

道路漫长,中途除却华家岭镇,无有其他栖止之地。好在西兰公路通行汽车,华家岭镇一日可达。可若汽车抛锚,露宿荒山野岭,危机四伏。梁峁狭窄,路宽有限。地势高寒,冰期漫长,冬季行车,稍有不慎,滑坠山崖,亦不鲜见。

民国二十四年(1935)五月西兰公路通车,平凉往返兰州,脚干则干矣,性命却又堪虞,华家岭道,仍是行旅的畏途。

民国二十八年(1939)第四期《旅行杂志》,刊有一篇署名"孙锡祺"的行记,《从西安到华家岭》。行前,亲友劝阻的说辞,可知当年华家岭道因何为畏途。

> 在我去华家岭以前,有很多人对我申述"去不得"的种种理由说:华家岭周围三百里是没有人烟的,更终年存留着雪的痕迹,山风是怎样的厉害,野狼又如何地会偷袭害人,土匪的出没无常……[34]

道路迢远,风雪严寒,豺狼偷袭——这些尚可防范,而出没无常的土匪,才是真正令人三思而行的危险。

晚清以降,陕甘天灾继以人祸,人祸继以天灾,几乎无年无有。百姓索性死于兵燹饥馑,一了百了,若是不幸苟活,饥民无非两种出路,流民与土匪。老弱或良善之人,背井离乡,寻得一处人少地广,广种薄收。豪强之人,啸聚沟壑,打家劫舍，以他人的死，苟延自己的活。若是侥幸招安，杀贼自效，或者杀良冒功，或许还能赢得高官厚禄，比如后随左宗棠戡乱的董福祥。如此想来，但凡辣得了手，黑得了心，提得动刀，扛得起枪，从匪的前途岂非远胜流亡？

民国二十四年（1935）与刘如松任总工程司同行西兰公路的张恨水，沿途多次提及出没无常的土匪。

永寿旧县，"凄凉恐怖"的那夜，同行负责监筑旧永寿段公路的马工程司岂非说过："在去年，土匪据了这城很久，饿跑了，城外或不免有土匪，这里有一连守城兵，不必怕。"

后来行至山势益合，两壁如门的三关口：

> 据汽车夫告诉，以前汽车初通的时候，土匪就分藏在南北两岸的石壁上，车子来了，他凭空放上两枪，汽车就得停住。要不然，他在上面向下放枪，一个人也活不了的。[35]

往来行旅，三关口、六盘山，进关帝庙焚香施财，以求前途平安，不料出门就遇土匪。顺从财空，不顺从则人财两空，横尸关帝庙前。

武在关帝庙前劫道杀人，文在夫子庙内焚书坑儒，强人从来全无忌讳。或者每年五月十三日关公诞，土匪也要下得石壁，进庙叩拜武圣谢罪，从此心安理得，继续作壁上观，静候车来。

莫怪随园先生袁枚（子才，1716～1798）曾笑佞拜偶像之人,"且恃有忏悔免祸法,故杀念愈生"[36]。

再者如邠州花果山避匪的洞窟,青江驿与翟家所逃匪的土堡,还有大路上殒命于土匪的马维奇保长,陕甘驿路沿途,匪患不绝于古人行记与今人口述,仿佛鬼魅幽灵,仿佛石壁上窥探行踪的眼睛,你不见他,他却无时无刻不见你。

民国二十四年(1935)《重修隆德县志》卷四《拾遗》,单辟的《震灾》与《旱灾》两章天灾之后,又有《匪灾》与《兵灾》两章人祸。天灾偶然,或可逃避,人祸却是必然,却是无可逃避。

故而百姓畏人祸甚于惧天灾,民国九年(1920)海原大地震猝至,隆德百姓初闻地声,"惊为盗贼至"[37],可知阖邑百姓苦胆早已为兵匪吓破。

陕甘驿路,自出关中以后,"地面辽阔,人烟稀薄,加以山叠岭复,邻境互错,匪众易于潜伏,贼徒倚为巢窝"[38]。

若是朗朗乾坤,百姓衣食无忧,人少地广也好,人稠地窄也好,都可太平无忧。一旦吏治败坏,人祸继以天灾,驱民为匪,山叠岭复,易为渊薮,邻境互错,难于进剿。

土匪之来也,喊声震动屋瓦,杀气冲飞尘埃,入人家有绑票、烙烤、挖目、割耳、刖鼻、抽肠、破肚、勒心、拔舌诸毒苦。总之喜笑怒骂都是可惊可愕之状,杀戮焚烧无非怕闻怕见之情。刀刃耀于白日,枪弹落如红雨,损伤性命,不如鸡犬,淫辱妇女,有似豭猪。叫天不应,入地无门，面目土色，躯壳魂飞。此种情形，一之为甚，长期岂可？我隆城乃至陷破五六次，全堡受害七八年，闻之寒心，见者酸鼻。[39]

土匪为求财，无所不用其极。入室绑票，"烙烤、挽目、割耳、刖鼻、抽肠、破肚、勒心、拔舌"，各种酷刑，无所不用其极。损伤性命，淫辱妇女，"大府亦稔知而熟睹之，竟不为百姓急，驱虎狼，逐魑魅，以挽同胞于枪林弹雨中，而登之衽席，惟有归之于劫数已耳"[40]。

大府千里为官，旨在折色冒赈，为民驱贼，怎如养寇自重？熟视无睹已属良善，若是居心叵测，杀良冒功，岂非虎狼未去，再添魑魅？每夜入睡，"三魂七魄随梦转，未知天明来不来"，无可奈何，只能一切归于劫数。

始则山僻村落，继则市镇县城，死者白骨现天，碧血污地，生者断臂折足，焦头烂额。日间犹苦催科骚乱，夜则饱尝露宿风味。亡夫寡妇，无父孤儿，青年学子，妙龄闺秀，那堪忍此酸痛，乌能受斯苦楚？室庐破毁于薪火，衣服单寒于剥夺。商旅不敢出其途，耕耘不能安于野。市廛从此凋弊，田园因之荒芜。[41]

村镇县城，死者白骨现天，生者断臂折足，室庐摧毁，商旅裹足，市廛从此凋弊，田园因之荒芜。

如同大路上流传曾经集资贿赂测绘队以将西兰公路改道，

从而存留田园，存留风水，我在青江驿，我在会宁城，我在西巩驿，也能听到一则轶事：当年西兰公路改道并非因为筑路难易，而是通过曾于民国十四年（1925）代理甘肃省长的会宁籍前清翰林杨思（慎之，1882～1956）的游说与斡旋，方才得让西兰公路改道。西兰公路改道，会宁不但无所失，反而有所得，因为必沿公路流窜的土匪皆被引去华家岭，从此不再骚扰会宁县。杨慎之居功至伟，简直可入名宦祠。

人之常情，若有所失，为求心理弥补与安抚，多会祭出"有失必有得"，化失为得，从而谅解有失，甚而自喜于有得。当然，有得之时，比如夜草横财，便不会念及什么"有得必有失"，涌上心头的只有"人生得意须尽欢"。

我初也以为会宁民间如此记忆，是为弥补西兰公路远走他乡的失落。转念一想，"要想富，先修路"是现代人的观念。对于当时饱受匪患的会宁百姓而言，他们确会庆幸西兰公路的绕行，他们确有如此记忆的理由，毕竟当时修路未必致富，却会招引来土匪震动屋瓦的喊声，冲飞尘埃的杀气。

静宁至安定之间，陕甘驿路与西兰公路类似橄榄的上下两道弧边，北边的会宁县与南边的华家岭镇，相距最远，今路仍有八十余里，盘桓华家岭南麓陡坡，公路破碎难行。

西出界石铺，上河村过高界河，西兰公路依旧盘桓曲折，好在沥青路面平坦易行，远胜会宁北上华家岭的坑洼水泥路。

但是未免太过漫长，上河村至华家岭镇，足足一百六十里山路，其间途经，除却高界河与祖河河源所在的党家岘乡市集略有规模，其余再无像样集镇。唯有无尽的旱柳，无尽的弯转，鲜有车行，鸟雀聒噪，偶尔惊起一只灰鼠色的野兔，不知窜去哪里。

可惜逮不着，我的思想篝火熊熊，随身自带十三香。

无尽的公路令我百无聊赖，民国二十四年（1935）令张恨水头痛，他上华家岭一节的行记，题名就是"谁都头痛的华家岭"。

他牢骚满腹："曾经走过西兰公路的人，谈到华家岭，谁都会头痛。这原因并不在岭上出强盗一件事上，因为这岭实在太长了，长有二百四十华里。"华家岭上确实出强盗，处处建筑避匪的碉堡，这足以弥补会宁百姓的一切所失。不过刘如松总工程司的车队显然来自官方，强盗量也不敢招惹，安全无虞，张恨水的头痛，转为对于漫长旅程的厌倦，对于枯燥风景的烦腻。

> 这华家岭的梁子，没有一棵树，没有一滴水，自然，没有一户人家。在梁子上望低些的地方，不是层层下去的方块庄稼地，（而地里是十有七八不见青绿，因为没人耕种的原故。）便是一圈套着一圈的山梁子。向高处望，那更是山梁。山梁又永远是像懒龙似的浑圆，漫长，没有一点曲折的风景。[42]

张恨水形容山梁为浑圆的"懒龙"，懒龙是北京的面食，厚面皮涂肉馅，裹成面卷，盘进笼屉蒸熟，形似肥圆而懒的龙，故有此名。切段而食,切面一层面一层肉,形似花卷,传统多在惊蛰自做,如今街头巷尾偶尔也有专营的小店。

张恨水生于安徽潜山,民国八年(1919)二十五岁以后,基本生活于北京,所以才有如此生僻的形容。南方读者,怕是不知所谓。

> 汽车在山梁的公路上,顺了山势,环绕着走,经过一小时,又一小时,所看到的风景,总是那样相同,就是在许多山梁里,露出左右两道方块的山谷,山谷那一边或者有两三户人家。此外,我想不出别的新鲜文句,来描写这华家岭了。在这种情形之下,汽车夫也和旅客一样,感到疲倦,将速度来到每小时三十个埋尔。[43]

"埋尔",即英语英里"Mile"的音译,"三十个埋尔",约等于四十八公里。司机同样感到疲倦,所以将汽车时速提至近五十公里,确实是不能再快的速度了,以现在的公路质量,并且几无车行,平均时速也才勉强能到六十公里而已。

胜在多年封山育林,当时"没有一棵树,没有一滴水,自然,也没有一户人家"的华家岭,水是依然没有的,但是旱柳与草木不绝于路,没有更大过党岘乡的集镇,村落却如旱柳,无处不在。凡有村落,公路一侧临涧,另一侧土崖必凿窑洞,不再为住人,而为窖藏洋芋。

如同岭下,苞谷、洋芋以及小麦,仍是岭上的主产。前年暮秋过华家岭,正值入窖时节,漫山洋芋,行道的汽车,仿佛大锅酸辣土豆丝中的一粒花椒。

前年天也干旱,洋芋歉收,收购价格四毛一分钱一斤。

"价格和去年差不多。"窖洋芋的老汉直叹气。

华家岭高寒,小麦晚熟关中两个月。今年又旱,夏粮的小麦已歉,不知华家岭能否有青岚山夏秋必有一熟的好风水,秋粮的洋芋不要又是一场叹息。

> 华家岭这个山梁子,东西相距是二百四十里长,直到走过了三分之二的路,才有这样一个小镇市,此外梁子上是土窑一所也没有的。所以这个镇市,虽不过二三十户人家,那真是太平洋里寻出一个救命的淡水岛来。这小市集也围了一道小小的堡墙,里面原来都是农家,自从公路经过,也就有一两家,经营客店。[44]

强盗随西兰公路弥散华家岭,华家岭却也随西兰公路而繁荣。

"华家岭",既指东西长约二百四十里的一道名为"华家岭"的山岭,也特指今华家岭镇,指张恨水自东向西走至三分之二处的"小镇市"。民国二十四年(1935),华家岭镇"二三十户人家",一两家客店。客店很是简陋,住宿一节,张恨水的标题即作"最小的客店"。最小的客店,"东北角共总四间小屋子",大通铺,"十几人一间屋子"。

> 这个地方,到平凉,正好是汽车一个大站,客店这

样少,实在恐慌。据公路管理处的人说,一定要在华家岭设站,和旅客招待所。[45]

如其所愿,当年底,民国二十四年十二月,华家岭汽车站建成。公路管理处并与中国旅行业先驱上海中国旅行社协商,设立华家岭招待所,行旅得以食宿。裴景福在西巩驿那句"荒远之地,非旅店不能利行人,成聚落也",再得应验,因有食宿,华家岭渐成聚落,渐成如今的华家岭镇。

刊于民国二十八年(1939)四月的《从西安到华家岭》,写作于之前的冬季,"我来此二十天还未下过雪"。距西兰公路通过不过四年,华家岭镇已有"六七十家住户",并且"逢三、五、八是集期",可以买到"面粉、鸡蛋、糖、柿饼等东西"。

> 华家岭招待所的右边是华家岭的新车站,院落与招待所差不多宽大,在车站,招待所的四角上筑着四个碉堡,是预备给护路的军队住宿的。碉堡外就全是山地,公路在招待所门前分而为两:一至西安,一至天水到汉中。[46]

时至今日,华家岭镇依然如此格局。

镇中心,三岔路。

北向公路走定西、兰州;南向公路走马营镇、通渭、天水;东北向公路走界石铺、平凉、西安。

西安至兰州公路当然就是西兰公路,华家岭至天水的公路,并不终到汉中,而是止于陕甘凤县今治所在双石铺镇,因名华双公路。六十多年之前,许多通渭百姓便是经由这条筑成于民国二十七年(1938)的华双公路,越过华家岭,逃去青家驿、五里桥、和尚铺,逃去陕西,逃去四野八荒。

招待所前后左右的山沟里都住着本地人。以前人家对我讲的华家岭附近三百里地没有人烟是过于荒谬的。[47]

孙锡祺到时,华家岭招待所前后左右的山沟已经住有人家,不过并非前人所说三百里地没有人烟过于荒谬,而是沧海桑田,有时只在一路贯通,三五年间,待到新版《通渭县志》,华家岭乡已有一百三十一个村落,一万五千余人。[48]

"西兰公路"在一九三八年还是有名的"稀烂公路",现在这一条七百公里的汽车路,说一句公道话,实在不错。这是西北公路局的"德政"。[49]

孙锡祺后一年,民国二十九年(1940),离职新疆学院的茅盾(1896～1981)途经华家岭。抗战军兴,作为后方国际补给运输干线,西兰公路战略价值陡增,道路建设重于战前。

在这条公路上,每天通过无数的客车,货车,军车,还有更多的胶皮轮的骡马大车。旧式的木轮大车,不许在公路上行走,到处有布告,这是为保护路面。所谓胶皮轮的骡马大车,就是利用汽车的废胎,装在旧式大车上,三匹牲口拉,牲口有骡有马,也有骡马杂用,甚至两骡夹三条牛。[50]

西兰公路前身兰平汽车路因为不禁旧式木轮大车,轮窄辙深,道路迅速毁损。西兰公路吸取教训,全程布告禁行木轮大车。不过战事吃紧,汽油难觅,公路运输仍旧以骡马大车为主。为保护路面起见,木轮大车以废弃轮胎胶皮包覆轮胎,减弱压强,避免车辙毁路。

当天,"四〇年的五月中旬,一个晴朗的早晨,天气颇热,人们都穿单衣,从兰州车站开出五辆客车"[51]。

同年十月,西北公路运输管理局印行一版《西北公路交通要览》,载有彼时西兰公路客运情形:西安至兰州为"上行车","第一日至邠县,第二日平凉,第三日华家岭,第四日到达兰州";兰州至西安为"下行车","第一日至华家岭,第二日至平凉,第三日至邠县,第四日到达西安"——除每日所至"宿站"外,另有"监军镇、泾川、静宁、定西"四处"膳站",可供午尖——"兰西班车,每日对开一辆"。[52]

原本每日对开一辆,茅盾行时,何以却有五辆客车开出兰州车站?想来或因路断,或因油荒,纸面每日对开的班次已难保障。下行车停滞数日,下行旅客逗留数日,终于道路得通,汽油得继,五辆客车得以同行共走,"下午三时许就到了华家岭车站"。

然而华家岭上,"彤云密布,寒风刺骨,疏疏落落下着几点雨",担心雪路危险,于是放弃赶路,仍按班次计划夜宿华家岭招待所。"可是第二天早起一看,糟了,一个银白世界,雪有半尺厚,穿了皮衣还是发抖"。后来茅盾将此遭遇写为《风雪华家岭》,刊于民国三十一年(1942)陪都重庆的《青年文艺》第一卷第二期。

关中西安府、咸阳县海拔400米,醴泉县550米。海拔650米的乾州过后入山,监军镇海拔1000米,永寿梁的永寿旧县海拔1300米,降至泾河川邠州城、亭口镇的海拔850米。再登长武塬的长武县海拔1200米,复降至泾河川泾州城的1000米。其后愈近六盘山而地势愈高,白水驿海拔1200米,平凉府1350米,三关口1750米,瓦亭驿1850米,和尚铺2050米,庙台子2500米,海拔2700米的六盘山巅登顶全程高点。

六盘山迤西,地势隆升,各地高程均在六盘山迤东各地之上,小麦较关中晚熟一至两个月。隆德县海拔2100米,静宁县1650米,祁家大山1950米,界石铺1750米,青家驿1900米,翟家所1850米,会宁县1750米,西巩驿1800米,青岚山2150米。再后定西县海拔1900米,最终降至黄河川兰州府的1500米。

华家岭镇海拔2400米,高程仅低六盘山顶300米。六盘山顶一家官店之外,尢有民居,而华家岭却有一镇百姓需要忍受漫长冬季的严寒,岁杪年初,最低气温零下二三十度。

每年中秋过后,华家岭人家陆续生火。一冬两吨煤,堪堪够用至初夏。若似今年天寒,端午节时仍在取暖。镇中沿街铺户,宾馆饭店,绝无制冷的空调,挑在檐下的烟囱却是户户可见。新版《通渭县志》录得华家岭七月最高气温三十度,但是镇中老汉言之凿凿"最多二十五六度"。

已是七月初,再上华家岭,酽如宿墨的乌云自北方天际而来,公路南北贯通,东西深沟巨壑,镇中寒风如流匪的刀光剑影,刺人心魄。身上一件薄外套,不堪抵御。

冬季落雪还好,最怕冻雨,老汉双手比划碗口大小,"电线上结着这么粗的冰,电也没有"。然而无论怎样,现在总不至因雨雪阻路而受冻饿,八十多年前则大不然,与茅盾同至华家岭的"五辆车子一百多客人把一个'华家岭招待所'挤的满坑满谷,当天晚上就打饥荒,菜不够,米不够,甚至水也用完,险些儿开不出饭来"。

以华家岭招待所的接待能力,旅客一宿,一切菜米甜水也将告罄,必须次日补给,方能应付次宿供应。于是"旅客们都慌了,因为照例华家岭一下雪,三五天、七八天不能走,都没准儿,而问题还不在能不能走,却在没有吃的喝的。华家岭车站与招待所孤悬岭上,虽最近的小村有二十多里,柴呀,米呀,菜蔬呀,通常是往三四十里以外去买的,甚至喝的用的水,也得走十多里路,在岭下山谷中挑来,招待所已经宣告:今天午饭不一定能开,采办柴米蔬菜的人一早就出发了,目的地是那最近的小村,但什么时候能回来,回来时有没有东西,都毫无把握云云"[53]。

二十多里最近的小村,大概是指华家岭镇迤南的马营镇。地处牛谷河北岩的马营镇,通渭县辖,清名为"马营监"。同治五年（1866），也是初随荆州将军多隆阿入陕平叛、时已升任河州镇总兵的曹克忠（荩臣，1826～1896）即自巩昌（今甘肃陇西）移驻马营监，即由此北向剿平华家岭贼匪。马营镇仍有当年马营监大城夯土城垣遗存，也是曾经通渭往返华家岭的打尖之地。华家岭东西两侧长梁，市镇皆远，党家岘已在九十里外，日常采买，唯有南麓马营，可以就近补给。

华家岭招待所与华家岭镇唯一无需补给的，反而是陇中最为稀缺的甜水。茅盾看来，"喝的用的水，也得走十多里路，在岭下山谷中挑来"，已属"甚至"，但就华家岭百姓而言，却是优越过于会宁县城的福祉。

"不像会宁，我们还好一些，不吃雨水，山沟里有泉水，"华家岭的老汉如是说，"沟大涧深，总能渗点水下去。"

华家岭镇通自来水之前，一如永寿梁上的永寿旧县，家家户户开门第一件事，就是下沟挑水。青壮劳力，一担两桶山泉，鼓勇一气上梁。

次日风雪下梁，阻于半途，无奈折回。又待一日，下午雪霁，司机担心融雪公路状况更糟，"不过有经验的旅客却又宽慰道：'只要刮风。一天的风，路就燥了'"。第三天，天从人愿，"早上有太阳又有风"，阻于华家岭招待所的旅客顺利进得静宁城。

时至八十年代，平凉往返兰州，际遇仍然如此。平凉客车清晨六点出城，六盘山路难行，耗时五小时到达静宁。车上预留的最后几座，坐满静宁旅客，十一点半发车，三分之二的华家岭，又需五小时，傍晚六点半停站华家岭。旅程晴朗，这般钟点，若遇雨雪，何时未卜。

夜宿华家岭招待所，大通铺，一宿两块钱。车费八块七毛钱，再加住宿，单程将近十一，往返二十多块钱，再加吃饭，以当时甘肃一百多元的人均工资计算，费用可谓高昂。

不绝于道的旅客，餐饮食宿，繁荣了西兰公路修筑之前左右三百里无人的华家岭。尤其七十年代末期，北向通往定西的西兰公路，除却路西的汽车站与招待所，附近林立十几家国营单位，"公路段、监理站、气象站、林业局"。

与汽车站相对的华家岭公路段是其中最大的单位，"光是公路段就有一百多人，镇里五六十号"。

但是华家岭上无论怎样繁荣，相对县城还是诸种不便。八十年代以后，各单位陆续迁往定西。客车迭代，车速提升，兰州往返东线各县旅客逐渐无须夜宿华家岭，华家岭招待所也渐车马寥落，分拆转卖，归于无踪。

西兰公路改道华家岭之后，原走会宁的陕甘驿路，1957年筑成会宁县城至沿川子段道路，时称"会界公路"，其后与会宁至宁西段公路合称"界定公路"。翟家所西五里，年款"一九六五年六月"取代原董家沟平政桥的五里桥拱桥，便是界定公路旧道。

土匪绝迹，西兰公路绕过的会宁，再无一利可以抚慰失落。交通闭塞，等级仅为乡道的界定公路无补于事，经济发展无从谈起，杨思之功更是讳莫如深。

会宁县毕竟重于华家岭镇，终于在1990年底甘肃省确定大体仍循陕甘驿路的312国道新线改建工程，次年动工，仰赖现代筑路技术，升新线于河川右岸山麓，以免夏秋山水冲激路基。1995年312国道新线通车，陕甘交通干线远走七十载后，重回会宁县城——唯独再不重渡王公桥，再不重回青岚山。

此一时也，彼一时也。

华家岭的一时，整整七十年。

仿佛六盘山东麓的和尚铺村，国道改走会宁，华家岭镇也如断崖般落陌。若非改为怪异的阴历"一、五、七"的集期，华家岭镇甚至不及党家岘乡热闹，更不用说逢双隔日一集的马营镇。

客车仍有，通渭县每天上午两班，下午一班，而定西市仅上午下午各一班，我曾欲在定西搭客车去华家岭镇，可是车程安排，去得未必回得，可想而知交通不便。所以虽然路旁仍有不少饭店，生意却大多不好。

所幸还有一座华家岭镇初级中学，新址建于镇北定西公路高处，至今仍有五六百名寄宿学生。周末周初，接送学生的家长自四乡而来，忽如梦回曾经繁荣的华家岭镇，近午时分，附近的饭店人满为患，半尺大盘的炒面，十三块钱一份，家长学生的最爱。其实形似新疆的炒面片，足量的面片之外，少许青椒、洋葱、西葫芦，以及聊胜于无的肉碎，端上桌来，几大勺油泼辣子拌匀，就着满屋的烟气热汽，囫囵吃净，学生进校，家长自回他不知梁上梁下哪里的家。

"我们这一带，秦安、通渭、会宁、定西、武威，全都走新疆。"

　　梁上低产，小麦每亩也就三五百斤，风调雨顺五百斤，干旱少雨三百斤，不及关中一半。无有工业，无有商业，于是百姓许多去迁往新疆。饭店面片似的炒面，大约便是新疆带回的手艺。

　　华家岭上，旅客或有，旅客或无，其实无妨。

　　有人远走新疆，有人又自新疆归来，谋生而已，何处无妨。正如或走梁峁，或走河川，殊途而同归。纵然有朝一日，华家岭上又复无有人烟，还是无妨，人烟总在他处。

　　只要莫有流民，其实一切无妨。

安定县

降青岚山，过许公墓。

下坡即为安定县城东关延寿驿，渡东河浮桥，进新城东门，即抵行馆。县署在旧城之内，新城环旧城，南明正统时筑。[54]

安定县，春秋战国之世，羌戎错处之地，汉始属陇西郡。在唐则为渭州西市贸马匹之所。北宋哲宗绍圣三年（1096），兰州推官钟传（弱翁）与熙河将、知兰州王文郁（周卿）筑安西城[55]。金熙宗皇统二年（1142）改定西县，宣宗贞祐四年（1216）升定西县为定西州。元惠宗正至十二年（1352）三月，陇西地震，百余日不绝，城郭颓圮，陵谷变迁，定西州被灾尤重，故诏改定西州为安定州以趋吉。明太祖洪武十年（1377）再降安定州为安定县，清因之，为巩昌府辖。民国三年（1914）复改旧名安定县，属兰山道。

北宋筑城，周围三里三分，南北两门，也即县署所在的"旧城"，俗又称作"大城"。明英宗正统（1436～1449）间知县杜让接南门创筑关城，周六里许，高三丈。"关城若'亚'字，旧称'亚字城'"[56]，亦即光绪二十八年（1902）叶昌炽"渡东河浮桥"所进的"新城"。新城在旧城之南，而非"环旧城"，两城西垣相连，新城宽则近旧城两倍，整体形如曲尺。

明穆宗隆庆（1567～1572）中，知县葛登府重修四门，俱有镌额，东门"来青"，南门"来薰"，西门"来牟"，旧城北门曰"来苏"。神宗万历二十四年（1596）知县恽应翼捐俸修中瓮城，中城门即旧城南门南额"昭文"，以对南山文峰；北额"拱辰"，以志望京之怀。

清乾隆十三年（1748）知县陈棣以工代赈，发帑银一万有奇，工阅百八十日，重建四门譙楼，新镌砖额，东曰"日宾"，南曰"薰和"，西曰"宝城"，中门南额仍旧"昭文"，北额改为"云祥"。"其城之四隅八角，墩台飞楼，及东西之钟鼓二楼，内外雉堞，规模咸备，焕然一新。"[57]

道光二十九年十一月二十四日（1850年1月6日），董醇也如叶昌炽进东门，宿新城，"馆北向对行辕"[58]。会同讯控案的新任陕甘总督琦善（静庵，1786～1854），已遣戈什哈远迎至安定县。

东西驿路皆在山中，唯有县址一片平壤，筑安定城，"北控金城，南连德顺，西通陇右，东接会川，四衢八达之区"，可惜"地亦乏水，山水多不可食"。[59]

宣统三年正月十七日（1911年2月15日），青岚山早尖的温世霖，也曾听闻旅店中人言："此一带饮料恶劣，并窖水亦无，供客者皆由数十里外取来，必至甘草店始有清泉可饮。"[60]

可见安定县之水荒更烈于前路，不仅山水苦碱不可食，且因天旱，窖水亦不可得，供客的甜水，需取甘草店的清泉。而甘草店距安定县远非"数十里"，安定县至北路秤钧驿六十里，秤钧驿至甘草店五十里，全程一百一十里，往返二百二十里，只为一壶供客的甜水。

> 食品、园蔬难得，豆腐三日始一见，土人以盐下饭。杨柳摇落，余无青色。炊饭用枯杖，木炭一斤十五六文，甜水一担百文。[61]

裴景福来时的光绪三十一年（1905），往返二百二十里运来的甘草店甜水，一担百文。若是比较裴景福前路所记长武、泾州米价，甜水一担，约值面十二斤半，上白米五斤，对于果腹尤难的百姓而言，日常饮用，惟有咸水。

当然，乏水只是百姓的乏水，不是地方"父母"与过往官宦的乏水。

甚而赴戍至此的温世霖，亦得雨露均沾"父母官"的私窖。入住"县署附近之驿舍"[62]，安定县帐房"招待甚为优厚"，不仅"馈程仪二十四金"，并且"送来清茶一小壶，云此间饮料甚艰，此水仅有一小缸，存贮县署上房，系取诸数十里之外，往返须二日，专备县尊与夫人平日之需，余人皆饮咸水。县尊招待之殷，举此可见一斑"[63]。

二十四金不难得，一小壶清茶难得，一小壶以知县与夫人私窖于县署上房、平日自用的一小缸甘草店清泉水沏得的清茶，方可见"县尊招待之殷"。

"县令刘春堂，为保定刘春霖殿撰之胞兄"[64]。刘春堂，直隶省河间府肃宁县（今属河北沧州）人，光绪二十九年（1903）癸卯科进士。其同年同试春闱却名落孙山的胞弟刘春霖（润琴，1872～1944），馆阁小楷极精，次年甲辰恩科再试礼部，会试中试，殿试一甲一名状元。次年科举废止，刘春霖亦因末代状元而闻名。"保定刘春霖殿撰"，"保定"为"河间"之讹，状元例授翰林院修撰，故称"殿撰"。县尊刘春堂之所以未曾亲自迎迓，是因公务晋省，未在县署，故特派县署账房殷勤招待。

自入甘肃以后，一介遭犯温世霖，隆德知县程宗伊"招待甚优"，静宁知州冯景吾"款待甚殷"。七日之前，夜宿平凉旅舍，"泾州刺史韩公适同寓，余过泾州时，值韩公公出，今遇于旅舍，特遣价持片道歉"，泾州直隶州知州韩墀更是因未能接待而持片道歉，为何？

待到安定，两榜进士、状元胞兄的正堂又派账房"殷勤招待"，又是为何？原来"据该帐房云，曾接我们二老爷来信，特属从优照应。县尊等候数日，刻因公务进省"[65]。

天津温家，肇兴于津北宜兴埠，当地望族，富甲一方。温世霖祖父温长溥（1824～1860）曾任山东登州总兵，温母徐振肃创办"温氏家塾"，近代教育家、天津南开大学创始人严修（范孙，1860～1929）与张伯苓（1876～1951）皆自温氏家塾启蒙。温世霖遭戍新疆，如张伯苓等亲友同志勠力营救，沿途设法妥为照顾，所以才有一路以来的"招待甚优"，才有"我们二老爷"刘春霖嘱咐胞兄"从优照应"的来信。

所以松、魏二解委，才不似去烧一锅百沸滚汤服侍林教头洗脚的董超、薛霸二公人，而是一路相谈甚欢，同餐共宿，有如共赴前程的故旧。

旧城一道南北大街，街名"通远"，贯通昭文、云祥二门。

县尊储水的安定县署在左，明太祖洪武四年（1371）知县周杰创建，大堂五间，二堂、三堂各三间，大堂极壮丽。

与县署相对，城隍庙在右，金宣宗兴定（1217～1222）年间，兵马都总管爱申始建，明洪武知县周杰及正德、嘉靖、万历代有重修。门内旧有子孙堂、痘疹祠，神宗万历二十三年（1595），知县恽应翼移于城东三元宫，"改祀祈迎雨泽及四乡土地之神"[66]。

清康熙四年（1665）二月，许玠（1614～1671）选授安定县知县。

许玠，字天玉，号铁堂，福州府侯官县（今福建福州闽侯区）人，明思宗崇祯十二年（1639）举于乡，工书擅诗。"余向者负一布囊，历游吴越、齐鲁、燕赵之乡，与巨乡雅士，击钵刻烛，旗鼓角垒，争相雄长。"[67]

顺治十五年（1658），许玠京师谒选，同王士禛（1634～1711）订交。王士禛，字子真，号阮亭，又号渔阳山人，山东新城

(今山东桓台）人。王士禛年少许玭二十岁，然而人生际遇却又胜过许玭不知几何。是岁，年方二十五岁的王士禛即中当年戊戌科二甲三十六名进士，以后宦途腾达，官至刑部尚书，文名亦动天下，宇内尊为诗坛圭臬，一时泰山北斗。享尽世间荣华，康熙五十年（1711），王士禛卒于里第，得寿七十有八，卒谥文简，备极哀荣。

四十五岁的许玭却再落孙山。八月，王士禛将归里，许玭随之同游济南，然后回返故里。又三年春，许玭公车再上京师，过扬州，王士禛正在扬州府推官任上。

>忆辛丑在广陵，闽中友人许天玉公车北上，以缺资斧来告，会囊无一钱，宜人笑曰："君勿忧，我为君筹之。"除腕上跳脱付予曰："此不足为许君行李费耶？"予亦一笑，持遗天玉。天玉作长歌记其事，颇援古贤媛为比。[68]

福州行至扬州，本不富裕的许玭旅资已罄，于是求告于王士禛。彼时王士禛初入官场，囊中羞涩。可若婉辞回绝，难免会生吝啬之嫌，正踌躇间，妻子张氏笑劝勿忧，然后摘下腕上"跳脱"——手镯——交给王士禛："这还不够为许君的行李费？"十五年后，张氏病逝于新城，年仅四十。时在京师的王士禛为她撰写行述，重提当年扬州旧事。写到妻子慷慨递来的手镯，出于士大夫的矜持，只记"予亦一笑"，而将评判留借许玭言出——风骨雅士并不以贫贱为耻，即便王士禛不曾相告，接过錾花金镯的许玭也知端倪，"此物自是内闱珍,廉吏倾囊至钗珥"[69],于是心怀感激,作长歌记事,"颇援古贤媛为比"。

许玠自负诗才,"每一篇出,辄传布海内,而余颇磊落自喜,不肯一语寄人篱下,不肯一字拾人唾余"。当世诗人,只重韩诗(固庵)、施闰章(1619～1683,愚山)与王士禛三人,三人"皆吾友也",且尤与王士禛友善。王士禛书信对他的赞赏,或者是奉承,许玠毫不自矜地写于自订诗钞自序:"读铁堂诗,沉雄孤峭,愚兄弟私叹百余年来未见此手。"[70]

然而许玠一生,仅在京师与扬州与王士禛两见,最为后人津津乐道的也非二人酬唱的哪首诗词,而是扬州张氏赠镯之事。因为王士禛的盛名,因为渔洋山人诗文集广播后世,由张氏行状辑得的轶事,也经《扬州画舫录》[71]《郎潜纪闻》[72]《清稗类钞》[73]等笔记流传久远。

世人终究只记得张氏的慷慨,而非许玠的诗才。——甚至也未记得张氏,如同《清稗类钞》后拟的标题"王文简夫人有侠性"。所以世人只记得王士禛的夫人,却不记得十四岁嫁给王士禛,二十余载只曾共患难,未曾同享福,为其生养四子,却又遭十七岁次子早夭之痛,"悲悼过甚","病骨支床",犹要侍奉翁姑,因"肿胀之症",猝然病死于康熙十五年(1676)秋九月的张氏。

扬州别后,许玠北上,春榜依旧无名,客居京师。

康熙四年(1665)二月,五十二岁的许玠忽然得以举人选授巩昌府安定县知县,年过半百,初得官职,于是再度筹措川资,启程西去。

途次河南孟津渡，将渡黄河，许玭忽然得见对船所悬官衔灯，亦书"安定县正堂"。"安定县正常"分明就是自己，如何还有他人？必是赝冒之人，招摇撞骗，于是过往查探，待见其人，"风流蕴藉，谈及诗文，居然名士"，于是改容相敬。同行至会宁地界，许玭询问此人上任日期，以为或是他任正堂，无心错讹。此人于是正色相告："我姓文名天祥，乃是新授安定县城隍，上命与你一同到任。但阴阳各别，我就此告辞，你到任之后，于夜深人静之时，单身去至城隍庙，我们仍可相见。"

许玭抵任安定县，城隍庙正在县署对街，正可夜深往谒，文天祥邀其入退祠，款洽备至。许玭仰慕文天祥，于是每夜必往，夜夜畅谈。

后一夜归，忽见西廊下有一人身披枷锁，头插火烛，许玭疑问文天祥所为何故。文天祥回答："此人家住新城，我进城之时，他将油污我，故令受罚。"天明回衙，许玭心思此人头插火烛，故令衙役去新城探问是否有患头痛之人。果不其然，回报有人于数日之前头痛欲裂，百药罔效。见有公人来问，故而恳求医治良方。许玭传告，前去城隍庙西廊下祷告可愈。其人遵命前往，头痛立消。

原来此人曾在门前见一大旋风过，以为不祥，于是唾之。然后即打寒噤，头痛不休。城隍爷所谓"油泼衣者"，即指此事。

事后许玭夜入城隍庙，庭院寂然，竟无所遇，乃知泄露天机，城隍爷文天祥再难得见。于是敬献一匾，匾文"信国灵长"，并撰楹联"自信飘零如武部，不知昭假有文山"，"至今尤悬殿檐"。[74]

阴阳陌路，人鬼殊途，载于民国十八年（1929）《定西县志》卷六《补遗》之《琐闻》、民国三十八年（1949）《重修定西县志》卷三十八《杂记》全文照录的这篇《许铁堂》，当然荒诞不经。不过草蛇灰线，似乎又有假作真时真亦假、无为有处有还无的玄机。

道光二十七年（1847）定安县知县胡荐夔（华亭）所撰《许铁堂先生祠碑记》："城隍庙有先生题联云：'自信飘零如武部，不知昭假有文山。'相传梦晤神识姓字，其诸城隍化身欤？语涉怪诞……"[75] 可知许珌敬献的匾额与楹联，确实曾悬安定县城隍庙正殿。

上联"武部"即"兵部"，代指兵部杨继盛。杨继盛（1516～1555），字仲山，号椒山，保定府容城县人，明世宗嘉靖二十六年（1547）丁未科进士，嘉靖二十九年（1550）调升京师，任兵部车驾司员外郎，因上疏请罢内阁首辅严嵩（惟中，1480～1567）同党、大将军仇鸾（伯翔，1505～1552）与鞑靼议和所开马市，而遭贬为狄道（今甘肃临洮）典史。

顺治十五年（1658），许珌与王士禛初遇于京师，曾经同谒宣武门外达智桥胡同的杨椒山祠，并作《武部谒杨椒山先生祠》。杨继盛遭贬狄道，而自己远任安定，所以"自信飘零如武部"。

下联"昭假"之"假"，或释为"至"，或释为"告"，词意即祷告神灵,诚敬于天。"文山",文天祥自号。文天祥(1236～1283),字履善,一字宋瑞,号文山,吉州庐陵县(今江西吉安)人,宋末抗元名将。怎奈国势衰微,匹夫之力,难挽狂澜于既倒,最终兵败被俘,从容就义。入明之后,追谥"忠烈"。

"不知昭假有文山",点题城隍姓名,士庶一望可知。

所以起码许珌履任之时,六十年前"改祀祈迎雨泽及四乡土地之神"的安定县城隍庙,已经再度改祀文天祥。

为何有此改变?为何之前"昭假"何神仍是"不知"?路遇文天祥赴任安定城隍的故事,水到渠成,顺理成章。无非最初只是许珌讲与众人听的"梦晤",以后三人成虎,讹以滋讹,梦晤便成了路遇。

何以文天祥不是他神而任城隍?应当仍与当年许珌谒游杨椒山祠相关。

嘉靖三十一年(1552),鞑靼再度入寇,仇鸾病死戮尸。再调杨继盛入京,任兵部武选司员外郎。次年(1553),杨继盛再劾严嵩,被诬系狱,两年后(1555)弃西市,得年亦仅得四十。嘉靖末年,严嵩失宠。穆宗立后,恤直谏诸臣,以杨继盛为首,赠太常少卿,谥"忠愍"。

杨椒山祠本为杨继盛故居,世人哀其忠愍,改为松筠庵,"不祀佛,塑幞头神像,相沿为城隍神"[76]。

大约正是曾见化身为"幞头神像"的京师城隍神杨继盛,到任安定县署,又见隔街相对的城隍庙,许珌才有为安定县改祀城隍神的念想。

何以路遇的不是他人而是文天祥？

南宋恭帝德祐二年（1276），文天祥在福州拥立吉王赵昰（1269～1278）为帝，以图中兴，而许珌恰是福州府附郭侯官县人。或是有此"乡谊"，就义二百八十二载的文天祥成为许珌路遇的安定县城隍。

再者，也是我的悬揣。

生于明神宗万历四十二年（1614）的许珌，做了三十一年大明的子民，年过半百，又以大明的举人，成为大清的知县。或多或少，想起文天祥，他会心生忐忑。

改朝换代之世，不是每个人都有勇气成为前朝的烈士，都有胆量成为当朝的叛逆。或者说，不是每个人都以为前朝值得殉葬。大部分人为着自己与家室苟活下来，在忍受所有的屈辱与不甘之后，雉发为换代的臣民。

行动谨小慎微，诗文字斟句酌，内心之外，毫无波澜，全如顺民。唯有不可洞鉴的腹诽，支使那些因苟活而负罪的"顺民"，去做些无谓而非无畏的反抗。

而替治县改祀文天祥，大约就是由明入清二十一载的许珌无谓而非无畏的反抗。

我虽不能成仁，我却希望我与治下百姓能够仰慕成仁之人。

可惜，正如世人终究只记得"王文简夫人"而非张氏，后人也终究只知城隍爷而非文天祥，只知祸福，而不知其他。

与《许铁堂》同载于县志,有关城隍爷灵验的另两则琐闻。一则《廖医生》,四川廖医生家乡劫掠财物,害人性命,安定城隍爷灵验,差役索命,廖医生遍身起泡,折磨四十日惨死,"此民国四年事也"。[77] 一则《黄收发》,"邑令萧公任内",黄姓收发、商户小路儿、壮役马占魁,三人狼狈为奸,每遇讼案,大开贿门,上下其手,颠倒是非,贫者含冤,安定城隍爷显应,相继索命,黄收发得喘症死,小路儿腿疼毙命,马占魁无病猝死。[78]

再有"许铁堂"故事的后段,定西耆旧思度含意,或是为遏制彼时安定百姓随地啐唾的恶习,不慎啐唾神灵,岂非头痛欲裂?可这未免小题大做,啐唾沾衣即要睚眦必报,岂非显得城隍爷心胸狭隘?反而污损了文天祥的英名?所以啐唾故事,大抵亦如晚至民国附会的惩恶故事,皆为后来附会。

只是纵然必须报复,纵然必须惩治,又何须城隍爷必是文天祥?

历年久远,再无如许珌一般曾经雉发的前明后清臣民,百姓生于斯世,死于斯世,内心再无波澜,内心更比现实顺从,苟活再不负罪,反抗再也无关无谓或无畏,而是一生从未一念闪过反抗。

每年五月十八,仍以文天祥诞辰的名义,加之前后两日,三天庙会,四乡百姓,云集城隍庙,香烟缭绕,仙乐缥缈,叩头稽首,彼此祈求彼此的福吉,各不相扰。

虽然文天祥的诞辰并非五月十八,而是五月初二,但又何妨?终究拜的只是城隍。

不过，安定县百姓虔诚叩拜的城隍爷究竟是否灵验？玄之又玄。

同治战乱，六年四月初六（1867年5月9日），"贼乘夜登城"，安定县知县多龄（梦九）、教谕蓝毓青、守备秦兆祥，"及把总孙光英、经制李含春皆战死，士民死者六千余人"。[79]

"贼万余"杀掠而走，不曾久踞安定，所以县城"垣堞尚完"，城隍庙如旧。

若说灵验，城破民亡；或说不灵验，城复如旧，百姓又得苟活。

民国十六年（1927），定西县县立高等小学校迁入文庙，民国二十三年（1934）改名定西县大城小学。民国三十年（1941）文庙大城小学校址改建定西县初级中学，大城小学迁入城隍庙。1959年，城隍庙殿宇拆除殆尽。

失却城隍爷的定西县百姓，又有些无谓而非无畏的反抗，县南五里的石坪大队村民，将城隍牌位隐匿于大丘生产队附近的崖窑，鬼鬼祟祟，偷偷摸摸祭拜。八十年代初期，城隍牌位移供于西岩山，后期新建城隍庙于定西县苗圃，即今玉湖公园。

定西县城隍爷究竟是否灵验？

同治十年（1871）七月，左宗棠大营移扎静宁州城，一月之后，即进驻安定县城西营盘，直至同治十一年（1872）七月拔营进省，扎营安定一年有奇。

新城隍庙所在的玉湖公园，即是当年左宗棠安定城西营盘故地。

我去玉湖公园，本为踏足左公大营，追思当年左公坐镇安定，安定河州（今甘肃临夏）故事。不料今年再往，恰是五月十八。我从未见过如此盛大的香火。近年重修的城隍庙，与之左邻复建的文庙，虽然朱漆描金，却难掩形制可疑。殿檐之下，许珌"信国灵长"的匾额早已成空，新制楹联又是"丹心"，又是"正气"，语气慷慨激昂，反而有欲盖弥彰的慌张。

后殿两庑，每间均供神主，廊外各置铁鼎，香火之烈，以至于所有铁鼎烧穿，檐下一片烟黑。

进香信众，见铁鼎则焚香，见神主则叩首，彼此则全无尊重，推来搡去，兵荒马乱。

到任安定县令不及三载，康熙六年（1667）十二月，许珌革职离任。

罢黜原因，新版《定西县志》之《人物志》以为"为减轻人民负担，他多次奏谏，请上司宽免赋税，放赈救济，因此得罪了三司大吏"[80]，行文颇似话本小说，加之后续又有乱臣贼子入传，实难凭信。

区区七品知县，并无资格奏谏。请赈受诬之事，当是自许珌离任之后所作《解组后别安定父老四首》支离破碎的字句拼凑得来，比如"连岁遭旱暵""能无宽征输""坚白反见诬，廉吏不可为"，[81]等等。然而何人去职之后又不喊冤？纵然裴景福，只读诗文，又何尝不是清正廉明？

更可疑者，许珌生前自订诗钞，却未收录此四首。一百余载之后，乾隆五十五年（1790），兰州兰山书院刊刻《铁堂诗草》，方自康熙十九年（1680）《安定县志》[82]辑录，并于题后加注"从《安定志》钞入"。

五十四岁的许珌，穷困潦倒，欲返故乡，"我仆亦已疳，我马亦已疮"[83]。

多方搜寻，抄录许珌生前自订诗钞的兰山书院主讲吴镇（信辰，1721～1797），在《铁堂诗草》跋中所附轶事中提及许珌去职后的下落，"铁堂流寓临洮，尝娶一老妪以备晨炊，王渔洋诗所谓'许生垂老作秦赘'也"[84]。许珌去了杨继盛曾作典史的临洮（今甘肃临洮），为生活计，娶一老妪以备晨炊。

流寓临洮的许珌，与王士禛仍有书信往来，所以王士禛才知许珌娶老妪事，才有《兼寄许天玉》那句："许生潦倒作秦赘"[85]。王士禛时已内迁礼部，堂堂京官，与潦倒赘秦的许珌，越行越远。如同《围城》中在香港重逢赵门楣的方鸿渐，"就像辛楣罢，承他瞧得起，把自己当朋友，可是他也一步一步高上去，自己要仰攀他，不比从前那样分庭抗礼了"。许珌不会不清楚，《解组后别安定父老四首》末句写道"愧无赫赫名，去后休见思"，虽似抱怨，却又是人情，安定父老也好，天下百姓也好，最终见思于你的只是赫赫声名，而非坚白，而非清廉。

不知许珌是否又以缺资斧相告于未来赫赫声名的王士禛？无论如何，许珌未能再得"跳脱"，也再未能跳脱异乡。

许珌，居官爱士，倜傥乐施，生平知名海内，流落莫归，客死定西，士民伤之。[86]

同治泾州知州林发深，罢任之后，虽也贫不能归，客泾六载，却终得后任知州襄助，得返故土，埋骨乡里。流寓临洮、安定五载，康熙十年（1671），许珌终于未能回还，病逝于安定，葬于东山之麓。

"士民伤之"，无非套话，纵然伤之，地瘠民贫，也只能发乎情而止于礼，丧礼丘茔，仍是许珌旧友操办，"时故人黄忆溪官凉州，经纪其丧，为之浅葬郭外"[87]。所以一百一十九年之后，《铁堂诗草》跋中吴镇有句："近闻墓在安定东门外，惟无人以片石表之。"[88]

一片凄冷荒凉。

又五十五载，道光二十五年（1845）九月，林则徐自新疆伊犁释还回京，再度途经安定县，因与许珌同为福州府侯官县人，故向时任安定知县胡荐夔询及许珌墓所。[89]

因有此问，才有胡荐夔的后知后觉。道光二十七年（1847）三月，林则徐改授云贵总督。同时，"许铁堂先生祠"兴功，夏竣，中秋迎神祠之。胡荐夔撰写的《许铁堂先生祠碑记》，"碑废文存"，文存于民国三十八年《重修定西县志》卷三十三《金石志》。文中如此记载这段后知后觉：

披邑志见先生别安定父老诗，异之。洎游西岩寺，壁刻题咏滋多，因访全集，得《吴松崖录》上下卷，知先生与王渔阳同时唱和，名相颉颃。惜宰兹土不数载，罢官流寓，不克归，卒葬东山之麓，蔓草夕阳，幽魂奚妥？既慕其才，兼悲其遇，思建祠堂，用表睎仰。适林节使少穆过境，以同里故，询及墓所，余对以意，甚喜，且趣鸠工……[90]

于是林则徐以同里故的相询，成为胡荐夔蓄志以久、不谋而合的创举。

定西市各种新修史志，无不将许珌描述成为民请命的清官廉吏，实则许珌代为人知，还是他的诗名，还是他侥幸得与王士禛唱和，因渔阳山人诗文集而为人知。

然而最终得为许珌修墓立祠的，却是林则徐与他的同乡之谊，正如许珌当初改祀文天祥的原因之一，也是文天祥曾在福州抗元的"乡谊"。

无有片石的许公墓，终于成为"距墓西数百步，买田十亩许，筑周墙五十六丈，正殿三楹，陪以左右廊二，门外客斋二，别院安灶碓"的许公祠。

"前门俯临官道，下山即过墓侧。"[91]

所以东来定西的行旅，无不降青岚山，过许公墓。只不过林则徐以前，荒草土丘，林则徐以后，"盖瓦阶砖，黝垩齐新"。

当然，如今再降青岚山，一九所见，许公祠已如城隍庙，已如来路的无数砖瓦木石，毁于"破四旧"。1998年，310国道新线穿越许公祠旧址，又要掘墓迁尸。所幸唯有一身枯骨，几枚制钱，轻飘飘，空荡荡。

病逝之前一年，许珌自临洮回返安定，已过冬至，西巩驿遇雪，青岚山难越。

五十六岁，老病的许珌，裹足西巩驿寓所，与明年的坟茔一山之隔。对雪书怀，许珌赋得绝句十首，这是他留在世上的绝唱。

许珌自选六首，录于诗钞。

第一首，第一句：

> 一片长城万里沙，可怜辛苦未还家。[92]

可怜明年，他终究客死他乡。

可怜他娶的老妪，又葬于何方？

秤钩驿

安定县驿站有四,除本城延寿驿外,另有东路西巩驿,南路通安驿,北路称钩驿。

西巩驿,县城东六十里,"通会静固原路",会宁县西来,宿于西巩驿。

通安驿,县城南九十里,"通巩昌路",安定县与巩昌府治陇西县间腰站。

秤钩驿,县城北六十里,"通兰州甘肃路",安定县西去兰州府,或宿或尖于称钩驿。[93]

道光二十九年十一月二十五日(1850年1月7日),平明,董醇发安定县,出旧城北门,渡西河红桥,北行,时或偏西,四十里至巉口。

出城以来,路多平坦,惟两三处稍凹,时登降耳。十里,杨家坪(安定)。十里,秤钩驿(安定),宿。驿倚山阜,行辕在其中。[94]

以字意而言，"称钩驿"当为"秤钩驿"之讹，晚清民初诸人行记，民国十八年（1929）周桢《定西县志》稿本，均作"秤钩驿"，但自民国三十八年（1949）《重修定西县志》抄本以后，乃至如今官方地名，皆作"称钩驿"，讹传日久，李代桃僵。

"杨家坪"是董醇的误记，反而屡屡错录地名的林则徐，此番准确记作"梁家坪"。

> 巉口地方略大，尚有市集。又十里梁家坪。又十里秤钩驿宿。[95]

"巉"，山势险绝如劓刻。"巉口"，险山入口。道光二十二年（1842）地方略大、尚有市集的巉口，同治兵燹以后，陶保廉所见的巉口镇，未免潦倒破败。

> 土屋五六十，瓦房二三，有水二道，截民居为三。左负高岩，上有小庙。镇西有旧垒。[96]

然而五六十户，数百口人，当时而论，并不为少。

有水两道，一为自南向北在郭城驿注入祖厉河的关川河，一为自西向东在巉口注入关川河的称钩河。

地当兰州必经，又在关川河川，自明代即设巡检司的巉口镇，得有太平年月，行旅不难再度穿梭，市集不难再度恢复。现在穿镇而过的312国道，路幅阔达双向十车道，道旁停满两排货车，仍可畅行。司机镇中打尖，甘肃的面、陕西的馍、宁夏的手抓、四川的炒菜、河南的胡辣汤、新疆的大盘鸡，自清晨至午夜，绝不至于空腹而走。还有国道迤东几近巉口镇半壁江山的巉口市场，维系巉口镇定西迤北最大贸易集镇的地位。

巉口镇之后，北顺关川河至郭城驿，可达靖远，可走古萧关道至武威、河西；转折而西，便是梁家坪、秤钩驿。

> 八里梁家坪，八里秤钩驿（安定），居民二三十户，饭于行馆。[97]

或许乱后湘军重治驿路，里程略有短缩，道光年间巉口至梁家坪、梁家坪至秤钩驿的各十里，光绪十七年（1891）经行的陶保廉、光绪二十八年（1902）路过的叶昌炽，皆记作各八里。虽然宣统三年（1911）的更后来者袁大化仍记巉口"二十里至秤钩驿"，应是因循录旧。毕竟赴任的袁大化不比"欲详记沿途形势"的陶保廉，不仅绝不五里十里照抄前人，甚而出城入城的一里二里也不疏忽，故而陶保廉所记里程，最是精确可信——想来陶保廉是有某种科学方法计程，莫非传说中的记里鼓车？不得而知。

巉口迤西二十里或十六里的秤钩驿，"驿倚山阜，行辕在其中"。所倚山阜在北，北山南河，南河即今"称钩河"，土人俗呼为"大河"。大河相对小河而言，小河是紧邻秤钩驿西南流注入大河的倒回沟河，1990年新版《定西县志》写作"道回沟"[98]，土人简称为"道沟河"。

两河皆是苦水,却可在两河交汇处打出堪堪可饮的井水,"麻水泉"。麻水,介于苦甜之间。

倚山阜而筑的秤钩驿城,民国《重修定西县志》卷二十二《军警志》附《堡砦碉堡表》录有尺寸,"城长方形,长一百二十三丈五尺,宽四十五丈,高二丈,东西门,炮台三"[99]。可是据此折算,周围不过二里二分,远逊于实际所见。村民所言,或谓东西长约五百米、六百米,或谓南北宽约三百米、四百米,以较小一说计之,周围三里二分,规模与青江驿相仿。但是秤钩驿城垣保存极为完整,除却东门早圮,原本石券西门毁于五十年代末,其余皆存。尤其南城垣迤东,内外皆为田地,无有遮蔽,数十步外远观,夯土森森,煌煌一座大城。

陕甘驿路穿梁家坪,秤钩驿东门进城,西门出城下坡,循倒回沟而行,"下坡片晌,即升坡为车道岭之麓"[100],十五里景家泉,十五里车道岭,"过此,入金县界"。金县,民国八年(1919)因与辽宁省金县(今辽宁大连金州区)同名,改为旧名榆中县。二十里下岭,是有清泉的甘草店。

甘草店后,一马平川,直达兰州。

民国西兰公路,囿于时代,筑桥跨越倒回沟不可企及,无奈放弃旧道,改在秤钩驿迤北修筑山路登脊,过朱家店,在景家泉相会驿路,共赴车道岭,下岭甘草店。

因车道而名的车道岭,车道曲折难行,阻滞交通。1992年7月,全长660米的车道岭隧道贯通,312国道新线改行山脚,径走甘草店。远离交通干线，车道岭上的景家泉乡、车道岭村，一如青岚山的青岚山乡，转瞬归于沉寂。

秤钩驿的命运则有如和尚铺，交通干线虽不曾远离，但自民国二十四年（1935）西兰公路不再穿行驿中，不再有旅客打尖住店，也便无可挽救地归于沉寂。秤钩驿城内愈加沉寂，秤钩驿城外却愈加喧嚣，交通愈加繁忙。

1952年，秤钩驿北城垣咫尺之外，陇海铁路一段的天（水）兰（州）铁路通车。秤钩驿西北隅，建成一座桥长一百四十米，桥高四十米的钢塔架铁路桥以越倒回沟。因倒回沟又有更为俚俗的称谓"回头沟"，铁路桥以之定名为"回头沟大桥"。

回头沟大桥曾是秤钩驿村民的自豪，倒回沟崖畔挤满赶来看铁桥，看火车的四乡百姓，如同八十年代初期的某天傍晚，聚在胡同中谁家围观他家新买的那台黑白电视。可惜除却虚荣，铁路却未能给秤钩驿带来任何实质收益。五等客运小站设在梁家坪，定西而来的陇海铁路列车出梁家坪车站，秤钩驿城外过回头沟大桥，沿对岸山脚折向西南行，经岳家川，再过改置于周家河村的称沟驿镇，西北而去甘家店、兰州市。

2002年，青兰高速巉（口）柳（沟河）段竣工，秤钩驿与山阜之间的狭隙空地，还有312国道新线，高速公路唯有见缝插针筑于铁路与国道之间。

公路虽不曾远离，旅客却是过而不停，打尖或去巉口镇，或去甘草店，秤钩驿只落得替他人做嫁衣裳，不仅未受其益，反而大受其害。

因为回头沟大桥之后的铁路弯转过急，且是单轨，严重妨碍列车提速，1999年兰州铁路局成立"天兰线回头沟大桥改线工程"项目部，截弯取直。如同312国道新线可以破坏性地贯穿北宋西宁城，筑于明清的秤钩驿城更是不足为道，于是改线后的天兰铁路，自城垣完整的秤钩驿城东北角进城，南城垣西隅出城，再经筑于旧桥迤南百米的新铁路桥跨越回头沟西南而去，不但严重破坏秤钩驿城垣遗址，将驿城分为仅有铁路桥涵洞沟通的东西两部，也将铁路占地的城内称钩驿村上城组村民二十余户搬迁至城外。多在城北，倚北城垣安家，为建房拓地，凿垣取土，北城垣西隅与西城垣北隅两段城垣残损破败，也将虚无。

城内不曾迁出的人家，则是不得安生。坐在铁路迤东张泽胤家坐南朝北的正房中，数分钟或十数分钟一趟铁路列车呼啸而过，有如地震。通车之初，秤钩驿城内村民不知渡过多少失眠之夜，直到无可奈何，适应环境。

更加荒诞之处在于，承载如此之多公路与铁路交通，时至今日，却没有一条硬化道路可达秤钩驿。梁家坪与秤钩驿之间的驿路久已中断，往来也需绕行国道。巉口镇后行于青兰高速南侧的国道，在秤钩驿迤东大约一里，称钩驿村下街组迤北，自南而北下穿高速公路高架桥，改走青兰高速北侧。不远，新旧国道分途，国道新线西走车道岭隧道，而依西兰公路历年改造的国道旧线则北向曲折攀山。高速公路高架桥南，一条坑洼不平有如经年战火洗礼的土路，是秤钩驿城北废弃的天兰线路基，拆去铁轨，并将回头沟大桥改造为单车道公路桥，便是通往秤钩驿西门进城的唯一道路。秤钩驿迤西，倒回沟对岸，全新的通（渭）定（西）高速正在施工，工程车辆自巉口而来，有如过江之鲫，颠簸此道下至沟地工地，暴土扬尘，遮天蔽日，路面毁损日重。

"二十多年没有硬化道路"，遥望满天灰土，老张慨然叹息。

回村四年的老张，已经可以在枕边无休无止过往列车的午夜安眠。

秤钩驿城东与下街社之间，现在的称钩驿村委会，曾为秤钩驿关帝庙，安定县北路规模最阔、香火最盛的神祠。关帝庙外，另有一座供奉黄飞虎的泰山爷小庙，两庙夹峙驿路左右。民国庙产兴学，关帝庙改为初级小学，行旅香客的袅袅烟篆，化作驿城学子的朗朗书声。1962年出生的老张，记忆中隐约还有些关帝庙的轮廓，可是待他入学，孑遗的一切殿宇碑碣，皆以"四旧"之名，化作空空如也。青砖教室仍在，于是就在秤钩驿，老张读完了他的小学与初中。

老张的高中，就读于十六里外的巉口。秤钩驿经梁家坪至巉口的旧道，正常步行一个半小时。七十年代没有任何交通工具的老张，七点出门，一路快步小跑，八点便能赶到学校。巉口至秤钩驿地势一路走高，天兰铁路爬坡列车行驶缓慢，放学的老张还能扒段火车，回到驿城中的家。

动乱之后，恢复高考。1979年老张考入陇西师范学校，毕业之后分配陇西一中。后又考入上海外国语大学进修，转入陇西文峰镇中学任教英语六载。

终究不甘讲台枯燥，1997年老张辞职南下厦门。能够从称钩驿村考入大学，分配公职，这是多少仍付风雨求食的村民的梦想，老张却弃如敝屣，大约如将水浇川地撂荒，不可理喻。"这娃寻死去了"，村民如此预料老张的前途。

老张却活得很好，1999年去到深圳，在当时最有希望的城市奋斗；2008年转行教育培训，又在当时最有希望的行业努力。娶妻生子，置产置业。儿子更有成就，研究生毕业，入职互联网大厂，然后因为爱情，将要定居成都。

四年之前，八十三岁的老父亲脑梗病情加重，生活难以自理，老张辞职回到了远走三十载的秤钩驿。

出称钩驿西门，不数步即下坡。

> 下坡，土人以坡路屈曲如秤钩，故名。其实峭折如瘦人袒裼屈肘，不止若秤钩已也。[101]

董醇记土人因下坡道路屈曲如秤钩，故名驿城为秤钩驿。之前林则徐，之后陶保廉，莫不因循此说，"下斜坡五折，土人肖其形曰秤钩"[102]。而此说初见于祁韵士《万里行程记》："秤钩驿，安定所辖，在高阜之上，路曲如秤钩故名。"[103]

当年祁韵士从何知此，是也听土人言，还是另有所本，不得而知。但是此说未免过分牵强，静宁以来，陇中各地上下沟涧，莫不如此地形，何以别地无有秤钩名，唯独此地名秤钩？似不足为凭。

秤钩驿西门与沟崖之间不宽的台地，本有一座八蜡庙，与关帝庙同毁于"破四旧",现在门外建有一栋二层小楼,权作替代。无有庙会,楼门紧闭,两把长木凳横在门外,无事的村民过来小坐片刻,闲聊几句家长里短。

西门内,路北第一家,称钩驿村上街组一号,刘家,人口在秤钩驿仅次于张家。不过同姓各宗,各家来源并不相同。

年届七旬的刘延老汉,太爷爷辈兄弟俩又是从通渭逃难至秤钩驿。秤钩驿城内,耕地无多,可以经商;驿城迤东下街,西北邵家川,西南岳家川,无有行旅,却多土地。于是后来划定成分,下街、邵家川、岳家川多地主,而驿城之内则多小业主。

刘老汉亲太爷定居邵家川,叔伯太爷落户岳家川。刘老汉爷爷辈弟兄六人,大爷仍留邵家川料理土地,三爷定居兰州,四爷远在周家河迤西的杨家河,五爷去巉口,唯独刘老汉行二的亲爷与六爷,"不爱劳动",落脚驿城之内。

落脚驿城的刘老汉爷爷,不幸早亡,刘老汉奶奶为着养家糊口,独自经商。一家小吃店,小本生意,卖些面饼、油饼,倚仗往来行旅的枯肠,居然也积有余财,典下叔伯兄弟在秤钩驿城西门内的房屋,成为刘家的老宅。

老宅皆是最后成亲的碎娃居住,刘老汉分家也未走远,就建新宅于老宅之后,并夷平西门北侧一段城垣,拓展院落,开门进出。

因为驿城之内各家几乎全部从商,约定俗成,也便以生意与位置称呼各家,以别各宗。刘延老汉家的小吃店生意太小,后来划定成分仍为贫农,无有特别称呼。下街药铺上刘家最盛,民国曾出定西县北区区长，可谓一村望族。此外还有窝窝厂刘家，窝窝厂，即以天然土窝为圈开设的骆驼厂；厂子里刘家，如同西巩驿靳家般经营普通的骆驼厂；上店刘家，秤钩驿西高东低，西上东下，上店也即开设在西门内的大车店。

同样张家也分上店张家、中店张家、下店张家，老张一支属于边店张家，曾在何处边地经营大车店。老张自己也不确定是"边店"还是"匾店"，或许店内曾有一匾，故而以匾为名，也未可知。

光绪十七年（1891）陶保廉尖而未宿的秤钩驿，"居民二三十户"，其中必有张家。边店张家在秤钩驿北山的祖茔，老张祖太爷——爷爷的爷爷——之上，还有五代人。同治战乱，秤钩驿村民躲于地窖，叛匪还未走远，边店张家某支远祖随带入窖的家畜，一只白羽公鸡，忽然啼鸣。叛匪循声而返，觅得地窖，将窖内二人屠戮。因此家族记忆，边店张家至今不养白羽公鸡。所以张家定居秤钩驿，必在陶保廉途经之前，甚至祁韵士、董醇过时，所询土人，便是张家某人，也未可知。

无论怎样的生意，已成明日黄花，先是战乱，继以饥荒，最后西兰公路改道，秤钩驿行旅绝迹，一切成空。除却称谓，曾经的生意无有一点恩泽于各家后人。

老张的爷爷辈，家境已颇艰难。

老张爷爷行大，长兄为父，长嫂为母，带着四个弟弟，由巉口顺关川河北上，去到五十里外的鲁家沟镇硷川。老张奶奶的娘家庞家，在硷川富有土地，老张爷爷便为庞家做长工，直到后来分配土地，才有带着弟弟回到秤钩驿，分居上街下街。

老张爷爷的祖宅，已成铁道路基。老张父亲弟兄三人，行大的父亲结婚那年，便从祖宅分家，向东不远，东西大道路南，建起新房。

正房两间，东西厢房，后院一畦菜地，一架鸽笼。回村之后，闲来无事的老张养些鸽子打发时日。院后数十步，便是秤钩驿南城垣，煌煌伫立。

老张父亲辈兄弟仨，既不能经商，也不能迁徙，唯有守在本不宜于农耕的秤钩驿，靠天吃饭。

《通渭县志》记载五十年代末"全县各地出现人口大量外流和死亡现象"，除却"全县农业生产大计划，高指标，高估产，高征购"，原因之一也有始于1958年的引洮工程，即欲引甘肃南部的洮河水至中部，以解决陇中严重的匮水问题。可是引洮工程规范大而无当，囿于当地经济技术能力，民力不支，四年之后，草草停工。

引洮工程开工于甘南岷县，各地动员民工参加劳动，老张父亲也在其中。去到临洮或是岷县工地，一年多的重体力，工地越来越难果腹，实在难以为继，老张父亲拿上全部家当，两个搪瓷盆，徒步返程。

一路乞食，加上陇西县城用搪瓷盆换来的一碗大豆——蚕豆——饥肠辘辘跋涉近十天，终于回到四百多里外的秤钩驿，人都脱了形。

甘草店地属榆中县，经济好过秤钩驿、巉口镇所属的定西县。

农业社时代,为求多卖几分,刘延老汉拉一架子粮食,摸黑出秤钩驿,走国道旧线上车道岭,"天麻麻亮",赶到六十里外的甘草店。买粮的人,候在路边,草草交易,然后再走六十里山路,回到秤钩驿。

好在返程空车,不似去时那般悬心,那般辛苦。

若是西兰公路修筑以前,下坡复升坡,晴土雨泥,曳车负重,往返甘草店一百二十里,绝难一日来回。

驿路下坡,倒回沟行,"五里,打狼嘴,土屋十余"[104]。

升坡的打狼嘴,自民国二十四年(1935)西兰公路改线通车,废弃已有九十载,然而深陷地表的驿路,有如河道,依旧清晰可辨。

蜿蜒转折,升至何家沟,地势稍缓,大约即在此处,陶保廉得见土屋十余。土屋所居,大多姓何,经营一家大车店。缓坡之上,另有一座马王爷庙,尖宿之余,还可祈求驼马平安。

回身眺望,秤钩驿赫然远方。如今公路铁路盘根错节,扰乱旧时地貌,想来当年打狼嘴俯瞰,或是大道,或是河沟,颜色迥异黄土,形状宛若秤钩,故而得有秤钩驿之名。

何家沟附近的驿路沟堑,也如坡地犁为梯田形状,但是层层田地,却只种着野草。野草也稀疏,随风潦倒。

何家沟再上,坡道复陡峻,升至段家窑,方有水泥乡道。前行不远,村名乏牛坡,坡上又是十几户人家。有如静宁祁家大山东麓,打狼嘴至段家窑,也是有牛走得困乏,有人走得哭泣。

乏牛坡后,山路再度平坦,直至景家湾,连通国道旧线。

民国十八年(1929)稿本《定西县志》卷一《舆地》之《山脉》,"车道岭"条下,记有一则关于打狼嘴的轶事。

> 车道岭,在县城北百里,与皋兰界毗连。山头俗呼"打狼嘴",车路盘旋而上,经数曲折始登绝巅,其险峻异常。民国四年,土匪白狼窜绕陇南至马营,欲直趋兰州,以路道询土人,有对以"打狼嘴"者,闻之愕然,因改道出巩昌,而此路竟免祸焉。其邀天幸者实多,故志之以备参考。[105]

周桢稿本错讹确多,打狼嘴在车道岭山麓之脚,而非山头。民国四年(1915),土匪白狼窜甘,本欲径扑兰州,进至华家岭南的马营监,询问土人道路,土人答曰要走"打狼嘴",白狼愕然,改走陇西,而令定西一路免祸。

此事近乎齐东野语,但在甘肃镇原举人慕寿祺(子介,1874~1947)编纂的西北重要史地文献《甘宁青史略》之中,亦载此说。

> 豫匪山清水所赓故关入甘肃境,势如黄河奔流,一泻千里。官军直无抵抗,任其意之所之。经秦安县之龙山镇、仁当川,通渭县之铁柜儿至通渭县城,犯马营监。时提督焦大聚守马营,以保障兰州。两山张疑兵以恐之,

匪不敢入城，拟越牛营至定西县，直扑省城。遇土人，询入省小道。土人答以西上打狼嘴，过定西所属之车道岭，即为进省大路。匪酋以为犯地名，恐蹈彭亡之覆辙，遂折回，由景家口蹦长尾巴梁，经通安驿寇陇西。[106]

白狼自陕西陇县固关越陇山入甘肃，经秦安至通渭，北犯马营监。提督焦大聚驻守马营，左右两山张疑兵，白狼不敢入马营监城，拟越西北牛营大山至定西，扑兰州，遇土人询路，答以西上打狼嘴，过车道岭为进省大路，白狼以为犯地名，恐蹈彭亡覆辙，于是折回寇陇西。

彭亡覆辙，典出东汉云台二十八将之岑彭（君然，？～35年）。岑彭，南阳棘阳（今河南新野）人，建武八年（32年），随光武帝攻破天水郡，灭亡使牛邯守瓦亭的隗嚣。当时仍有公孙述（子阳，？～36）割据蜀郡，光武帝敕书岑彭："两城若下，便可将兵南击蜀虏。人苦不知足，既平陇，复望蜀。每一发兵，头须为白。"[107]公孙述未灭，先得传世两千载的成语："得陇望蜀"。建武十一年（35年），岑彭伐公孙述，将近成都，驻军彭亡（今四川省彭山县东北十里江口镇）。

彭所营地名彭亡，闻而恶之，欲徙，会日暮，蜀刺客诈为亡奴降，夜刺杀彭。[108]

岑彭驻彭亡，闻而恶之，本欲移营，因日暮未果，结果公孙伏使刺客谎称亡奴，乘夜刺死岑彭。白狼也是一代有文化的土匪，熟读《后汉书》，深知彭亡典故，所以弃定西而寇陇西。周桢庆幸，"其邀天幸者实多"，可若陇西之人得见，怕是恨得心欲焚书坑儒。

白狼，河南宝丰县人，民国初年悍匪。本名众说纷纭，因为歹毒，各地皆称之为白狼，后来视匪为义者，雅称"白朗"。民国元年（1912）六七月间，白狼起于豫鄂之间的南阳、信阳、襄阳诸地，其后东窜安徽，陷六安、霍山，踞正阳关，旋复焚劫老河口入紫荆关，侵犯陕西、甘肃各地。其后复由陇陕遁回鲁山县老巢，至民国三年（1914）五月七日，白狼死于鲁山县石庄，其乱始平。[109]

白狼入陕出峪，破盩厔，沿陕甘驿路屠戮醴泉、乾县、永寿、邠县，折回经永寿旧县西走麟游，再掠岐山、汧阳、陇县，然后越陇山至甘肃。"

2003年新版《乾县志》之《军事志》记有白狼屠乾经过。民国三年（1914）四月一日白狼破城，午后搜尽守兵三百人，集于赵家场全部射杀。乾隆兵民罹难者计有六百余人。[110]

秤钩驿的刘延老汉当然也知道白狼与打狼嘴的传说，而且说起道沟河的"回头沟"别名，也与白狼有关，"白狼走这儿回头了"。

大灾大荒之后，必然土匪横行。民国十八年（1929）年馑之后五年，张恨水经由初通的西兰公路走车道岭，依然得见匪害。

在山梁上经过一个村子，远望有十几户人家，及至到了近处一看，完全是些秃墙，连一个人影子也没有。据汽车夫告诉，这一带的土匪，比较的凶恶，因第一次抢劫，来的人少，让老百姓打发回去了。他们第二次重来，带的人不少。杀进村来，不问男女小小，全村四五十口，杀个干净，因之这一个村子便绝灭了。[111]

白狼在马营监折返，并未在倒回沟回头。但是无妨，正如白狼从未掠至定西，定西老汉却在六十年代初期，仍是孩童的年纪，听过白狼又要来了的传闻。民间历史龃龉历史，然而对于土匪的畏惧却如烛火熄灭后的残影在暗夜中摇曳，因此打狼嘴侥幸吓退白狼的故事，口耳相传，史志相传，念念不忘，生生不息。

而今的打狼嘴，荒草漫道，再无行旅，"要馍馍"的流民与土匪也成传说，唯有草虫蓦然腾起，忽向坡下，忽向坡上。

缓台之上，何家的大车店与马王爷庙早付灰土，何家沟村民零落散居，为防游贼，家家养狗。询路也难，完全无法近得门户，百米之外，犬吠已彻山谷，此起彼伏。只能伫立土路，等待主人闻警出视。独在家中的女人，甚至扛着长柄铁钎，谨慎立在院中，速速打发陌生人了事。

一道山梁之外，何家沟迤西，自段家窑而下的水泥乡道，蜿蜒而下花路湾。

花路湾。

花路湾的梯田没有荒草，没有闲土，紫花绿叶的苜蓿，

花路湾，麻润祥。2023 年 7 月 7 日。

花路湾,马姨与田获的苜蓿。2023 年 7 月 7 日。

绿叶白花的洋芋,茎叶深绿的苞谷,黄绿斑驳的扁豆。

七十五岁属牛的麻润祥老两口正在收割他们的苜蓿。家里养着二十多只羊,紫花苜蓿是最好的青饲料。不过天干地旱,苜蓿收成锐减,丰年一亩地两三千斤的产量,今年最多亩产两三百斤,"晒干后更少"。

麻老汉父亲过世也早,务农不比经商,麻老汉母亲无法像秤钩驿刘老汉的奶奶那样依仗一爿小吃店养家糊口,无奈带着麻老汉姐弟俩,改嫁而来。

改嫁之后,也未生养,无有兄弟的麻老汉,惟有独立支撑家庭。

老伴属马,小麻老汉五岁,太爷爷辈自陇西迤东的武山县逃难而来,也是村中唯一的陶姓人家。

没有得子,两个女儿而今都在兰州,惟有老两口留在花路湾,伺候二十多亩地,伺候二十多只羊。

苜蓿产量无多,每株都可珍惜。铁叉遗漏的细碎花叶,瘦弱的老太太蹲下拣起,抓起,码在堆满架子车的苜蓿堆上,老汉搭起肩带,弓腰拉车,老太太手抵苜蓿,俯身推车。一前一后,一段上坡路,转向山湾下坡。山湾两阶梯地,上下两户各据一层,王家在上,麻家在下。

前后数阶,再无邻居。

老两口把他们阶地上的小院,收拾得如同他们的苜蓿田,无有一株闲地,无有一株杂草。

水泥乡道下坡,土径弯转,一湾空地,种满洋芋,捡拾的枯枝扎起梯疏的篱笆,免得放羊啃苗。

洋芋田后，路旁两堆肥田的羊粪。然后一棚苞谷秸秆，一垛麦草。

平整的麦场，晾晒着刚收割的苜蓿。

麦场过后，红砖墁地的小院，正中辟出土地，先是一畦苞谷，再是一畦菜园，西红柿、茄子、萝卜、辣椒、南瓜。老两口自食，数量都不为多。

菜园相邻，围出一圈鸡笼，圈里全是黄白芦花的母鸡。

羊圈在院内最深处，二十多只羊，一家最贵重的牲口，田获的苜蓿，摊匀晒干，铡碎打捆，全是为着它们吃食。

鸡笼与羊圈之间，是曾经一家性命攸关的水窖。花路湾除饮天水之外，乏牛坡还有一眼甜水，两三里路，担水往来，半个小时。再远的景家泉，坡下陈家沟也有泉水，陇中因水而聚居，因水而鲜活。之所以驿路与西兰公路交会于景家泉，皆因这股甜水，往来旅客，得以饮食。

菜园将小院一分为二，狗窝临崖，看门土狗心思细腻，初望我来，吠叫不休，却见我与主人家熟识，无从邀宠，索性噤声，回窝啃它天长日久的肉骨头。

上午浓阴，一阵若有若无的细雨，然后转晴，阳光炙烈，哪似窝内阴凉，还有崖畔的风。

红砖正房，坐东朝西，山湾临风三十多年，拂尽火气。

当屋正中一架煤炉，暖炕在门北窗下。门南窗下摆张沙发，煤炉的台面兼作餐桌。炉旁墙面漆桶改作的水桶上搭张菜板，老太太还像捡拾苜蓿那般蹲下，切些葱花，就着地上的电磁炉，水煮一锅面条，配着大约昨天做下的菜码，就是一餐午饭。

正房南邻，一间石棉瓦顶的矮房，改作储藏室，冷冻食品的冰柜居中而立。

矮房再南，建起两间红色彩钢瓦顶的新房，一间留给偶尔回来的女儿孙女，一间还是留给二十多只羊，堆放打捆的苜蓿。

矮房门外，塑料布搭起一架暖棚，养着老汉的几盆花儿。

还有一窝狸花猫，忽然花下，忽然树上，忽然进屋打盹，忽然临崖吹风。

崖下野生着榆柳，零散的几畦梯田，又是苞谷，又是洋芋。

羊圈后的野地，一垛玉米芯，几垛枯枝，都是未雨绸缪的寒冬。

野地下坡，又是一畦苞谷，又是一畦洋芋。

今年三月，老张缠绵病榻四年的老父亲，撒手人寰，随他数代先人，葬于秤钩驿北山的黄土。

老张也将去儿子未来定居的成都，未作久留的打算，秤钩驿村老宅的正房，四白落地。窗下一张沙发，一张茶几，还有老父亲留下的护理床，与他伺候父亲四年所睡的铁架床，仍如原样留在角落。数分钟或十数分钟一趟铁路列车经过，屋中一切隐隐摇晃，杯水泛起密密匝匝的涟漪。

老张从后院鸽笼抓出他的鸽子，分给索要的亲戚，三爷家的大伯。上街走到下街，老张不时遇到他的长辈，二叔、三妈、三爷家的大伯，堂弟的舅爷，后代子女也都去往各地，唯有老人还留在秤钩驿。

未来老张若再回来，大约只会是因他们的离开。

临崖站在麻家小院，我知道小院终将漫生荒草，村落终将荒芜，便如麻老汉来时的盐沟，已无人居，已将荒芜。

我们自别处而来，我们再向别处而去，荒草抹平我们来去的所有痕迹。

然后山风凛冽。

注释

西安府

1 董醇:《度陇记》,咸丰元年(1851)《随轺载笔七种》刻本,卷二,页八。
2 本书所有古人及今人年岁,均按传统以虚岁表示。
3 一般著述多从《清史稿》列传一百六十九布彦泰传作"固原知州徐采饶",然而《清实录》道光二十九年十二月戊寅、三十年正月丙申四处则皆作"固原州知州徐采"或"徐采"。又因同治战乱故,甘肃各地档案多有遗失,故而宣统元年(1909)《新修固原州志》中《官师志》之《国朝文职》、宣统元年(1909)《甘肃全省新通志》中《职官志》之《国朝旧志文职官表》亦均未见其名,无可参照,姑且从更为接近原始记录的《清实录》作"徐采"。
4 《清实录》,1986年中华书局(北京)影印本,第三九册,《宣宗成皇帝实录(七)》,卷四七三,页九四四~九四五,道光二十九年十月己巳。
5 祁寯藻:《覌斋行年自记》,同治寿阳祁氏刻本,页二二。
6 《清实录》,1986年中华书局(北京)影印本,第三九册,《宣宗成皇帝实录(七)》,卷四七三,页九四三,道光二十九年十月丙寅。
7 董醇:《度陇记》,咸丰元年(1851)《随轺载笔七种》刻本,卷一,页一。
8 董醇:《度陇记》,咸丰元年(1851)《随轺载笔七种》刻本,卷二,页七~八。
9 隐公:《裴景福》,民国八年(1919)三月十四日上海《民国日报》,第十二版。
10 裴景福:《河海昆仑录》,民国二十五年(1936)中华书局(上海)铅印本,卷一,页一。
11 裴景福:《河海昆仑录》,民国二十五年(1936)中华书局(上海)铅印本,卷一,页六。
12 裴景福:《河海昆仑录》,民国二十五年(1936)中华书局(上海)铅印本,卷一,页九七。

13 杨彦修:《临潼县续志》,光绪十六年(1890)刻本,卷上,页三。

14 杨希哲:《临潼文史资料》第15辑《临潼碑石》,三秦出版社(西安),2006年12月第1版,第193页。

15 杨彦修:《临潼县续志》,光绪二十一年(1895)钞本,卷上,《建置》,《温泉》,页六。

16 杨彦修:《临潼县续志》,光绪十六年(1890)刻本,卷上,《官师》,《知县》,页十二。

17 《清实录》,1986年中华书局(北京)影印本,第三九册,《宣宗成皇帝实录(七)》,卷一七一,页三九一,光绪九年十月癸丑。

18 裴景福:《河海昆仑录》,民国二十五年(1936)中华书局(上海)铅印本,卷一,页九八。

19 亦作陶葆廉。光绪二十三年(1897)养树山房本《辛卯侍行记》刻作"陶保廉"。

20 陶保廉:《辛卯侍行记》,1982年文海出版社(台北)影印光绪二十三年(1897)养树山房刻本,卷二,页一一二。

21 董恂:《还读我书室老人手订年谱》,光绪十八年(1892)甘泉董氏刻本,卷一,页三十五。

22 董恂:《还读我书室老人手订年谱》,光绪十八年(1892)甘泉董氏刻本,卷二,页八十。

23 谢彬:《新疆游记》,民国十八年(1929)上海中华书局七版,《都门闻见录》,页一。

24 谢彬:《新疆游记》,民国十八年(1929)上海中华书局七版,《河南及陕西》,页二八。

25 谢彬:《新疆游记》,民国十八年(1929)上海中华书局七版,《河南及陕西》,页二九。

26 谢彬:《新疆游记》,民国十八年(1929)上海中华书局七版,《河南及陕西》,页二九。

27 裴景福:《河海昆仑录》,民国二十五年(1936)中华书局(上海)铅印本,卷一,页九八。

28 陶保廉:《辛卯侍行记》,1982年文海出版社(台北)影印光绪二十三年(1897)养树山房刻本,卷二,页一一二。

29 谢彬:《新疆游记》,民国十八年(1929)上海中华书局七版,《河南及陕西》,页二九。

30 舒其绅、严长明:《西安府志》,乾隆四十四年(1779)刻本,卷九,《建置志上》,页一。

31 赵翼:《廿二史劄记》,中华书局(北京),1963年5月第1版,第404页,卷二十,《长安地气》。

32 陈必贶:《长安道上记实》,《新陕西》(西安),民国二十年(1931)第一卷,第一期,第122页。

33 刘风五:《西安见闻记》,《新文化》(南京),民国二十三年(1934)第一卷,第十一期，页五六~五七。
34 《百忙中定名之长洛陪都行都，二中全会通过》，《新闻报（上海）》，民国二十一年（1932）三月七日，第二张。
35 谢彬：《新疆游记》，民国十八年（1929）上海中华书局七版，《河南及陕西》，页二九。
36 鲁涵之、张韶仙：《西京快览》，民国二十五年（1936）西京快览社版，第三编，《食宿游览》，页一。
37 鲁涵之、张韶仙：《西京快览》，民国二十五年（1936）西京快览社版，第三编，《食宿游览》，页一。
38 鲁涵之、张韶仙：《西京快览》，民国二十五年（1936）西京快览社版，第三编，《食宿游览》，页二。
39 王荫樵：《西京游览指南》，民国二十五年（1936）天津大公报西安分馆，第三篇，《西京生活》，页一三七，《饭店旅馆》。
40 王荫樵：《西京游览指南》，民国二十五年（1936）天津大公报西安分馆，第三篇，《西京生活》，页一三七，《饭店旅馆》。
41 王荫樵：《西京游览指南》，民国二十五年（1936）天津大公报西安分馆，第三篇，《西京生活》，页一三八，《饭店旅馆》。
42 王荫樵：《西京游览指南》，民国二十五年（1936）天津大公报西安分馆，第三篇，《西京生活》，页一三九，《饭店旅馆》。
43 赵廷瑞、吕柟：《陕西通志》，四库全书刻本，卷二十八，《祠祀一》，"关帝庙，在大菜市"。卷三十九，《水利一》，"通济渠……又东过大菜市"。

醴泉县

1 刘安国：《陕西交通挈要》，民国十七年（1928）中华书局（上海）铅印本，下篇，第一章，《陆运》，页四，《甘肃通路》。
2 曹骥观：《续修醴泉县志稿》，民国二十四年（1935）西安酉山书局铅印书，卷二，《地理二》，页三二，《驿站》。
3 陕西省京兆至宜禄诸驿，引自民国二十三年（1934）铅印本陕西通志馆《续修陕西省通志稿》卷五十三，《交通一》，页二十~二十一。
4 同治以后，移定远驿于金家崖。事见陶保廉《辛卯侍行记》卷三之十月朔日记："旧时清水镇赴省驿路：西行二十里，三角镇；四十五里，定远镇；三十五里，东冈镇。三角迆（迤）西，地颇崎岖，俗称'九沟十八坡'。回逆乱后，人烟稀少，移驿于金家崖。"
5 甘肃省瓦云至兰泉诸驿，引自宣统元年（1909）铅印本安维峻《甘肃全省新通志》卷十九《驿递》，页一~三。
6 由西安至兰州，董醇行十七日，陶保廉行十八日，叶昌炽行二十日，袁大化行二十日。

7 曹骥观:《续修醴泉县志稿》,民国二十四年(1935)西安酉山书局铅印书,卷四,《建置志》,页一,《城郭》。
8 曹骥观:《续修醴泉县志稿》,民国二十四年(1935)西安酉山书局铅印书,卷四,《建置志》,页一,《城郭》。
9 曹骥观:《续修醴泉县志稿》,民国二十四年(1935)西安酉山书局铅印书,卷二,《地理二》,页三二,《驿站》,"醴泉驿,唐驿在旧县西门内,清驿在今县城内东街"。
10 叶昌炽:《缘督庐日记钞》,北京图书馆出版社,2007年9月第1版,第3册,第114页。

乾州

1 林则徐:《林则徐集·日记》,中华书局(北京),1962年4月第1版,第407页。
2 叶昌炽:《缘督庐日记钞》,北京图书馆出版社,2007年9月第1版,第3册,第501页。
3 叶昌炽:《缘督庐日记钞》,北京图书馆出版社,2007年9月第1版,第3册,第517页。
4 叶昌炽:《缘督庐日记钞》,北京图书馆出版社,2007年9月第1版,第3册,第518页。
5 叶昌炽:《缘督庐日记钞》,北京图书馆出版社,2007年9月第1版,第3册,第518页。
6 道光二十二年七月十一日(1842年8月16日),林则徐日记中提及"阅祁鹤皋先生《万里行程记》",之后亦有数次记载,但未见提及他人行记。《林则徐集·日记》,中华书局(北京),1962年4月第1版,第407~408页。
7 陶保廉:《辛卯侍行记》,1982年文海出版社(台北)影印光绪二十三年(1897)养树山房刻本,卷三,页三五。
8 周铭旂:《乾州志稿补正》,光绪十七年(1891)刻本,页一。
9 宋伯鲁、宋联奎、吴廷锡:《续修陕西省通志稿》,民国二十三年(1934)陕西通志馆铅印本,卷五十三,《交通一》,页二十。
10 董醇:《度陇记》,咸丰元年,(1851)《随轺载笔七种》刻本,卷二,页十四。
11 周铭旂:《乾州志稿》,光绪十七年(1891)刻本,卷五,《土地志》,《建置》,页一。
12 周铭旂:《乾州志稿》,光绪十七年(1891)刻本,卷五,《土地志》,《建置》,页一。
13 陶保廉:《辛卯侍行记》,1982年文海出版社(台北)影印光绪二十三年(1897)养树山房刻本,卷三,页四〇。
14 叶昌炽:《缘督庐日记钞》,北京图书馆出版社,2007年9月第1版,第3册,第116页。
15 叶昌炽:《缘督庐日记钞》,北京图书馆出版社,2007年9月第1版,第3册,第114页。
16 裴景福:《河海昆仑录》,民国二十五年(1936)中华书局(上海)铅印本,卷二,页八。
17 周铭旂:《乾州志稿》,光绪十七年(1891)刻本,卷五,页二。
18 谢彬:《新疆游记》,民国十八年(1929)上海中华书局七版,《疏勒莎车和阗于阗》,页二二五。
19 周铭旂:《乾州志稿》,光绪十七年(1891)刻本,卷五,《土地志》,《建置》,页四。
20 "清同治以后,街市重心南移,原中十字称北十字。"《乾县志》,陕西人民出版社,2003年4月第1版,《城乡建设》,第366页。
21 乾县县志编纂委员会:《乾县志》,陕西人民出版社,2003年4月第1版,《文物古迹》,第727页。
22 周铭旂:《乾州志稿》,光绪十七年(1891)刻本,卷五,《土地志》,《建置》,页二。
23 周铭旂:《乾州志稿》,光绪十七年(1891)刻本,卷五,《土地志》,《建置》,页二。
24 乾县县志编纂委员会:《乾县志》,陕西人民出版社,2003年4月第1版,《文物古迹》,第727页。
25 三天后,七月十四日(8月19日),行过泾州瓦云驿,林则徐"轿中玻璃碎一片,凉甚"。《林则徐集·日记》,中华书局(北京),1962年4月第1版,第409页。
26 林一铭(1776～1843),道光十一年(1831)任乾州知州,十三年(1833)去任,故而题匾"古奉天郡"当在此间,早林则徐赴戍途经乾州十载左右。

永寿县

1 叶昌炽:《缘督庐日记》,江苏古籍出版社,2002年10月第1版,第6册,第3655页。
2 温世霖:《昆仑旅行日记》,民国三十年(1941)温氏自印本,页十七。
3 裴景福:《河海昆仑录》,民国二十五年(1936)中华书局(上海)铅印本,卷二,页九。
4 民国十九年(1930)三月二十三日,张西琨部率众围攻永寿旧县,县长王锦堂出逃。事后为安全计,王锦堂决议迁县城于监军镇。王文琮:《永寿县治迁址记略》,载永寿县政协文史资料委员会:《永寿文史资料》,1986年12月,第二辑,第152～153页。
5 永寿县地方志编纂委员会:《永寿县志》,三秦出版社(西安),1991年5月第1版,《城乡建设志》,第326页。
6 宋伯鲁、宋联奎、吴廷锡:《续修陕西省通志稿》,民国二十三年(1934)陕西通志馆铅印本,卷五十三,《交通一》,页二十一。
7 叶昌炽:《缘督庐日记钞》,北京图书馆出版社,2007年9月第1版,第3册,第116页。
8 陶保廉:《辛卯侍行记》,1982年文海出版社(台北)影印光绪二十三年(1897)养树山房刻本,卷三,页四〇。
9 郑德枢、赵岭龄:《永寿县重修新志》,光绪十四年(1888)刻本,卷三,《建置类》,《城池》,页一。

10 郑德枢、赵奇龄:《永寿县重修新志》,光绪十四年(1888)刻本,卷一,《地舆类》,《山川》,页十二。
11 郑德枢、赵奇龄:《永寿县重修新志》,光绪十四年(1888)刻本,卷二,《古迹类》,《寺庙》,页九。
12 董醇:《度陇记》,咸丰元年(1851)《随轺载笔七种》刻本,卷三,页三十三。
13 裴景福:《河海昆仑录》,民国二十五年(1936)中华书局(上海)铅印本,卷二,页九。
14 郭维屏:《兴修西北公路与开发玉门石油》,载《西北问题季刊》,民国二十四年(1935)第一卷,第三期,页六二。郭维屏(子藩,1902~1981),甘肃武山人,民国二十一年(1932)任上海同济大学讲师兼训导长、西北问题研究会干事与季刊编辑。
15 万琮:《一月来之交通新闻·甘陕两省兵工赶筑西兰公路》,载《交通杂志》,民国二十三年(1934)七月,第二卷,第九期,页一四二。
16 张恨水:《西游小记》(八),载《旅行杂志》,民国二十四年(1935)四月,第九卷,第四号,页三三。
17 王文琮:《永寿县治迁址记略》,载永寿县政协文史资料委员会:《永寿文史资料》,1986年12月,第二辑,第153页。
18 陶保廉:《辛卯侍行记》,1982年文海出版社(台北)影印光绪二十三年(1897)养树山房刻本,卷三,页四〇。

邠州

1 谢彬:《新疆游记》,民国十八年(1929)上海中华书局七版,《河南及陕西》,页三二。
2 裴景福:《河海昆仑录》,民国二十五年(1936)中华书局(上海)铅印本,卷二,页九。
3 裴景福:《河海昆仑录》,民国二十五年(1936)中华书局(上海)铅印本,卷二,页十。
4 温世霖:《昆仑旅行日记》,民国三十年(1941)温氏自印本,页十八~十九。
5 董醇:《度陇记》,咸丰元年,(1851)《随轺载笔七种》刻本,卷二,页十六。
6 董醇:《度陇记》,咸丰元年(1851)《随轺载笔七种》刻本,卷二,页十七。
7 刘必达、史秉贞、赵晋源:《邠县新志稿》,民国十七年(1928)铅印本,卷二,《疆域》,页二。
8 叶昌炽:《缘督庐日记钞》,北京图书馆出版社,2007年9月第1版,第3册,第119页。
9 叶昌炽:《缘督庐日记钞》,北京图书馆出版社,2007年9月第1版,第3册,第516页。
10 林则徐:《林则徐集·日记》,中华书局(北京),1962年4月第1版,第408页。

11	祁韵士:《万里行程记》,光绪三十四年(1908)《问影楼舆地丛书》铅印本第五集,页七。
12	祁韵士:《濛池行稿》,三晋出版社(太原),2014年第1版,第23页,《濛池行稿》自序。
13	祁韵士:《濛池行稿》,三晋出版社(太原),2014年第1版,第23~24页,《濛池行稿》自序。
14	祁韵士:《濛池行稿》,三晋出版社(太原),2014年第1版,第23页,《濛池行稿》自序。
15	祁韵士:《濛池行稿》,民国山西省文献委员会铅印本,页七。
16	武功县地方志编纂委员会:《武功县志》,陕西人民出版社,2001年3月第1版,第十八编,《地方国家机构》,第449页。
17	淳化县地方志编纂委员会:《淳化县志》,三秦出版社(西安),2000年12月第1版,第十八编,《地方国家机构》,第/11页。
18	米登岳、张崇善、王之彦:《华阴县续志》,民国二十一年(1932)铅印本,卷四,《官师志》,页七。
19	王朝爵、孙星衍:《直隶邠州志》,乾隆四十九年(1784)刻本,卷三,《山属三》,页二。
20	林则徐:《林则徐集·日记》,中华书局(北京),1962年4月第1版,第408页。
21	祁韵士:《万里行程记》,光绪三十四年(1908)《问影楼舆地丛书》铅印本第五集,页七~八。
22	董醇:《度陇记》,咸丰元年(1851)《随轺载笔七种》刻本,卷二,页十七~十八。
23	崔盈科:《陕西邠县之造像》,载《国立中山大学语言历史学研究所周刊》,民国十七年(1928),第五卷,第五六期,第16页。
24	刘必达、史秉贞、赵晋源:《邠县新志稿》,民国十七年(1928)铅印本,卷三,《地理》,页六~七。
25	温世霖:《昆仑旅行日记》,民国三十年(1941)温氏自印本,页二十。
26	温世霖:《昆仑旅行日记》,民国三十年(1941)温氏自印本,页二十。
27	何正璜:《古邠州幽赏记》,载《旅行杂志》,民国三十六年(1947)三月,第二十一卷,第三期,第30页。
28	陶保廉:《辛卯侍行记》,1982年文海出版社(台北)影印光绪二十三年(1897)养树山房刻本,卷三,页五〇。
29	谢彬:《新疆游记》,民国十八年(1929)中华书局(上海)七版,《河南及陕西》,页三三。
30	叶昌炽:《缘督庐日记钞》,北京图书馆出版社,2007年9月第1版,第3册,第120页。
31	叶昌炽:《邠州石室录》,民国四年(1915)吴兴刘氏嘉业堂金石丛书本,《自序》,页一。

32 叶昌炽：《邠州石室录》，民国四年（1915）吴兴刘氏嘉业堂金石丛书本，《自序》，页一。
33 阎奉恩：《邠州志》，顺治四年（1649）刻本，卷二，《政事》，页七。
34 张重润：《莱阳县志》，康熙十七年（1678）（雍正补刻本），卷六，《贡举志》，页四。
35 张重润：《莱阳县志》，康熙十七年（1678）（雍正补刻本），卷六，《贡举志》，页十四。
36 张重润：《莱阳县志》，康熙十七年（1678）（雍正补刻本），卷八，《人物志》，页八。
37 王丕煦：《莱阳县志》，民国二十四年（1935）铅印本，卷三之三上，《艺文》，《传志》，页九～十二。
38 林则徐：《林则徐集·日记》，中华书局(北京)，1962 年 4 月第 1 版，第 408～409 页。
39 陶保廉：《辛卯侍行记》，1982 年文海出版社（台北）影印光绪二十三年（1897）养树山房刻本，卷三，页五一。
40 林则徐：《林则徐集·日记》，中华书局（北京），1962 年 4 月第 1 版，《出版说明》。
41 董醇：《度陇记》，咸丰元年（1851）《随轺载笔七种》刻本，卷二，页十八。
42 "张正修，道光二十八年任。"沈锡荣、王锡章：《续修长武县志》，宣统二年（1910）学务公所印刷局铅印本，卷八，《秩官表》，页三。
43 袁大化：《抚新记程》，宣统三年（1911）铅印本，页十八。
44 沈锡荣、王锡章：《续修长武县志》，宣统二年（1910）学务公所印刷局铅印本，卷四，《桥亭镇堡寺庙表》，页一、页四。
45 叶昌炽：《缘督庐日记钞》，北京图书馆出版社，2007 年 9 月第 1 版，第 3 册，第 121 页。
46 长武县志编纂委员会：《长武县志》，2000 年 8 月第 1 版，第十编，《工业、交通、邮电》，第 293 页。
47 温世霖：《昆仑旅行日记》，民国三十年（1941）温氏自印本，页二十一。
48 董醇：《度陇记》，咸丰元年（1851）《随轺载笔七种》刻本，卷二，页十八～十九。
49 陶保廉：《辛卯侍行记》，1982 年文海出版社（台北）影印光绪二十三年（1897）养树山房刻本，卷三，页五三。

长武县

1 赵尔巽：《清史稿》，中华书局（北京），1977 年 12 月第 1 版，卷三百五，《列传九十二》，第 10524 页。
2 王昶：《金石萃编》，嘉庆十年（1805）经训堂刻本，序，页一。
3 王昶：《金石萃编》，嘉庆十年（1805）经训堂刻本，序，页二。
4 樊士锋、洪亮吉：《长武县志》，乾隆五十年（1785）刻本，卷二，《城池》，页一。
5 沈锡荣、王锡章：《续修长武县志》，宣统二年（1910）学务公所印刷局铅印本，卷二，《山川表》，页五。

6 长武县志编纂委员会：《长武县志》，2000 年 8 月第 1 版，第十一编，《城乡建设、环境保护》，第 304 页。
7 乾隆、宣统《长武县志》皆引康熙十六年（1677）张纯儒、莫琛纂修《长武县志》卷上《建置志》之《城池》："北城有泉眼，自城墙下去，极旱不竭，名为'秀水'，居民皆取资焉。"然而其后《山川》所载"秀水"条注此水在城"南十里"，"通济泉"方注在"北城下，清甘，邑上赖之"，因此"名为'秀水'"当是"名为'通济'"之误，乾隆、宣统二志因循旧说亦误，且宣统志前"宜山秀水图"，也绘秀水于城外"小庵堡"，而非北城垣下。
8 董醇：《度陇记》，咸丰元年（1851）《随轺载笔七种》刻本，卷二，页十九。
9 叶昌炽：《缘督庐日记钞》，北京图书馆出版社，2007 年 9 月第 1 版，第 3 册，第 121 页。
10 董醇：《度陇记》，咸丰元年（1851）《随轺载笔七种》刻本，卷三，页三十。
11 袁大化：《抚新记程》，宣统三年（1911）铅印本，页十八。
12 刘昫：《旧唐书》，中华书局（北京），1975 年 5 月第 1 版，第一册，卷二，《本纪第二》，第 37 页。
13 释道宣：《广弘明集》，民国八年（1919）上海商务印书馆影印明汪道昆本，卷二十八上，《启福篇第八》，"于行阵所立七寺记"，页二十七。
14 林侗：《来斋金石考略》，道光二十一年（1840）上海徐氏刻本，卷下，页二。
15 李吉甫：《元和郡县志》，清刻武英殿聚珍版丛书本，卷三，《关内道三》，页十一。
16 林侗：《来斋金石考略》，道光二十一年（1840）上海徐氏刻本，卷下，页三。
17 王昶：《金石萃编》，嘉庆十年（1805）经训堂刻本，卷四十二，《唐二》，页十七。
18 王昶：《金石萃编》，嘉庆十年（1805）经训堂刻本，卷四十二，《唐二》，页二十八。
19 毕沅《关中金石记》卷二"昭仁寺碑"条载："此碑不载书人，宋张重字威甫谓是虞世南书，今案笔迹与李卫公神道同，疑是王知敬书。"
20 王昶：《金石萃编》，嘉庆十年（1805）经训堂刻本，卷四十二，《唐二》，页三十。
21 王昶：《金石萃编》，嘉庆十年（1805）经训堂刻本，卷四十二，《唐二》，页三十。
22 王昶：《金石萃编》，嘉庆十年（1805）经训堂刻本，卷四十二，《唐二》，页三十。
23 王昶：《金石萃编》，嘉庆十年（1805）经训堂刻本，卷四十二，《唐二》，页三十。
24 王其淦、吴寿康：《光绪武进阳湖县志》，光绪五年（1879）刻本，卷二十二，《人物》，《宦迹》，页四十九。
25 长武县志编纂委员会：《长武县志》，2000 年 8 月第 1 版，第二十一编，《人物》，第643页。
26　张东野:《重修灵台县志》,民国二十四年（1935）南京京华印书馆铅印本,卷二,《官师表》,《职官》,页一〇。
27　张东野:《重修灵台县志》,民国二十四年（1935）南京京华印书馆铅印本,卷二,《官师表》,《名宦事略》,页十五。
28　"没麻搭",陕西关中方言,没有麻烦、没有问题之意。

泾州

1　王纯儒:《长武的饮食习俗》,载长武县政协文史资料委员会:《长武文史资料》,1992年8月,第5辑,第155页。
2　林则徐:《林则徐集·日记》,中华书局（北京）,1962年4月第1版,第409页。
3　"下苦",陕甘方言,卖力气、干苦活之意。
4　董醇:《度陇记》,咸丰元年（1851）《随轺载笔七种》刻本,卷二,页十九~二十。
5　温世霖:《昆仑旅行日记》,民国三十年（1941）温氏自印本,页二十一。
6　《中华人民共和国地名词典·甘肃省》,商务印书馆（北京）,1995年8月第1版,第116页。
7　庆阳县志编纂领导小组:《庆阳县志——公元一九三〇年至公元一九八〇年》,内部发行,1984年11月,第六章,《交通运输》,第221~222页。
8　叶昌炽:《缘督庐日记钞》,北京图书馆出版社,2007年9月第1版,第3册,第122页。
9　邹光鲁:《泾川县志稿》,民国三十四年（1945）稿本,卷四,《职官志》,《历代职官表》。
10　叶昌炽:《缘督庐日记钞》,北京图书馆出版社,2007年9月第1版,第3册,第122页。
11　陶保廉:《辛卯侍行记》,1982年文海出版社（台北）影印光绪二十三年（1897）养树山房刻本,卷三,页五六。
12　董醇:《度陇记》,咸丰元年（1851）《随轺载笔七种》刻本,卷二,页二十一。
13　《守望平安:首届甘肃省道路交通安全管理学术研讨会论文集》,甘肃人民美术出版社,2008年7月第1版,第72页。
14　泾川县地名普查领导小组:《甘肃省泾川地名资料汇编》,内部发行,1984年12月,第96~100页。
15　谢彬:《新疆游记》,民国十八年（1929）中华书局（上海）七版,《河南及陕西》,页三四。
16　董醇:《度陇记》,咸丰元年（1851）《随轺载笔七种》刻本,卷二,页二十一。
17　张延福、李谨:《泾州志》,乾隆十八年（1753）刻本,上卷,《建置》,页十七。
18　裴景福《河海昆仑录》记"泾州在笄山之阴,泾水之阳",误。
19　张延福、李谨:《泾州志》,乾隆十八年（1753）刻本,上卷,《建置》,页十八。

20	林则徐：《林则徐集·日记》，中华书局（北京），1962年4月第1版，第409页。
21	董醇：《度陇记》，咸丰元年（1851）《随轺载笔七种》刻本，卷二，页二十一。
22	《清实录》，1986年中华书局（北京）影印本，第三九册，《宣宗成皇帝实录（七）》，卷四七六，页九八六，道光三十年正月丙申。
23	董醇：《度陇记》，咸丰元年（1851）《随轺载笔七种》刻本，卷三，页二十八。
24	邹光鲁：《泾川县志稿》，民国三十四年（1945）稿本，卷五，《建置志》，《城池》。
25	邹光鲁：《泾川县志稿》，民国三十四年（1945）稿本，卷五，《建置志》，《城池》。
26	邹光鲁：《泾川县志稿》，民国三十四年（1945）稿本，卷四，《职官志》，《宦迹》。
27	邹光鲁：《泾川县志稿》，民国三十四年（1945）稿本，卷四，《职官志》，《宦迹》。
28	胡书云、邓瑛：《续增乐至县志》，光绪九年（1883）刻本，卷三，《选举志》，页二，《泾州牧林公传》。
29	陶保廉：《辛卯侍行记》，1982年文海出版社（台北）影印光绪二十三年（1897）养树山房刻本，卷三，页五六。
30	叶昌炽：《缘督庐日记钞》，北京图书馆出版社，2007年9月第1版，第3册，第122页。
31	温世霖：《昆仑旅行日记》，民国三十年（1941）温氏自印本，页二十一。
32	谢彬：《新疆游记》，民国十八年（1929）上海中华书局七版，《河南及陕西》，页三四。
33	胡书云、邓瑛：《续增乐至县志》，光绪九年（1883）刻本，卷三，《选举志》，页二，《泾州牧林公传》。
34	邹光鲁：《泾川县志稿》，民国三十四年（1945）稿本，卷四，《职官志》，《宦迹》。
35	邹光鲁：《泾川县志稿》，民国三十四年（1945）稿本，卷五，《建置志》，《城市》。
36	南门街饭庄酒店故事，取自王子隆《泾川县城风味小吃》，载1990年12月《泾川文史资料》第一辑，第72～74页。文章刊发之时，作者即已作古，姓名框以黑边。
37	邹光鲁：《泾川县志稿》，民国三十四年（1945）稿本，卷五，《建置志》，《城市》。
38	林则徐：《林则徐集·日记》，中华书局（北京），1962年4月第1版，第409页。
39	林则徐：《林则徐集·日记》，中华书局（北京），1962年4月第1版，第409页。
40	甘肃省图书馆藏民国《泾川县全图》，绘制"大道"出泾川县城后，西北渡汭河，然后始终沿泾河南岸西去，过王村镇后出界至平凉。
41	陶保廉：《辛卯侍行记》，1982年文海出版社（台北）影印光绪二十三年（1897）养树山房刻本，卷三，页五九。
42	叶昌炽：《缘督庐日记钞》，北京图书馆出版社，2007年9月第1版，第3册，第122页。
43	叶昌炽：《缘督庐日记钞》，北京图书馆出版社，2007年9月第1版，第3册，第121页。
44	裴景福：《河海昆仑录》，民国二十五年（1936）中华书局（上海）铅印本，卷二，页一三。

45	陶保廉:《辛卯侍行记》,1982年文海出版社（台北）影印光绪二十三年（1897）养树山房刻本,卷一,丁振铎（声伯,1842~1914）序。
46	陶保廉:《辛卯侍行记》,1982年文海出版社（台北）影印光绪二十三年（1897）养树山房刻本,卷三,页五九。
47	邹光鲁:《泾川县志稿》,民国三十四年（1945）稿本,卷二,《地舆志》,《山川》。
48	裴景福:《河海昆仑录》,民国二十五年（1936）中华书局（上海）铅印本,卷一,页四五。
49	裴景福:《河海昆仑录》,民国二十五年（1936）中华书局（上海）铅印本,卷一,页九二。
50	裴景福:《河海昆仑录》,民国二十五年（1936）中华书局（上海）铅印本,卷二,页一六。
51	裴景福:《河海昆仑录》,民国二十五年（1936）中华书局（上海）铅印本,卷二,页一三。
52	裴景福:《河海昆仑录》,民国二十五年（1936）中华书局（上海）铅印本,卷二,页一三。
53	张维:《陇右金石录》,民国三十二年（1943）甘肃省文献征集委员会铅印本,页一〇。
54	董醇:《度陇记》,咸丰元年（1851）《随轺载笔七种》刻本,卷二,页二十二。
55	裴景福:《河海昆仑录》,民国二十五年（1936）中华书局（上海）铅印本,卷二,页一六。
56	邹光鲁:《泾川县志稿》,民国三十四年（1945）稿本,卷二,《地舆志》,《关梁》。
57	邹光鲁:《泾川县志稿》,民国三十四年（1945）稿本,卷二,《地舆志》,《关梁》。
58	邹光鲁:《泾川县志稿》,民国三十四年（1945）稿本,卷四,《职官志》,《宦迹》。
59	邹光鲁:《泾川县志稿》,民国三十四年（1945）稿本,卷四,《职官志》,《宦迹》。
60	何九如:《王公祠》,载《泾川文史资料选辑》,1992年9月,第3辑,第10~13页。此事亦见于民国三十四年（1945）《泾川县志稿》卷一《大事记》:"光绪十八年,秋大旱,时正西北创设电报,乃多数愚民以为电杆电线所致,群起拔而焚之,自长武以迤平凉之白水电杆尽拔,泾川为害最烈。于是清廷派陕甘两省大员查办鞫讯,以王万清斩之。（知州贾勋以风气未开,愚民可悯,株连甚众,乃密嘱窑店王万清,谓尔已垂老,可肩此案,如有不测,尔之身后,余当照料。王概诺讯时侃侃而供事变经过一切,自承主犯,乃判决斩之。贾勋为其立祠纪念,至今窑店王公祠屹然犹存。）"此记缺少王万清的到案前因,显然作为民间记忆的《王公祠》一文故事更为完整。且《王公祠》有引《泾川县志稿》中《大事记》原文,当为参照县志稿增补撰写。
61	叶昌炽:《缘督庐日记钞》,北京图书馆出版社,2007年9月第1版,第3册,第513页。
62	邹光鲁:《泾川县志稿》,民国三十四年（1945）稿本,卷二,《地舆志》,《关梁》。

平凉府

1 陶保廉：《辛卯侍行记》，1982年文海出版社（台北）影印光绪二十三年（1897）养树山房刻本，卷三，页六一。
2 林则徐：《林则徐集·日记》，中华书局（北京），1962年4月第1版，第409页。
3 裴景福：《河海昆仑录》，民国二十五年（1936）中华书局（上海）铅印本，卷二，页一六。
4 温世霖：《昆仑旅行日记》，民国三十年（1941）温氏自印本，页二十二。
5 温世霖：《昆仑旅行日记》，民国三十年（1941）温氏自印本，页二十二。
6 张恨水：《西游小记》（九），载《旅行杂志》，民国二十四年（1935）五月，第九卷，第五号，页七二。
7 温世霖：《昆仑旅行日记》，民国三十年（1941）温氏自印本，页二十二～二十三。
8 徐珂：《清稗类钞》，民国六年（1917）商务印书馆（上海）铅印本，第十二册，《讥讽上》，页六八，《首县十字令》。
9 郑哲侯、朱离明：《平凉县志》，民国三十三年（1944）陇东日报社（平凉）铅印本，卷一，《地理》。
10 叶昌炽：《缘督庐日记钞》，北京图书馆出版社，2007年9月第1版，第3册，第124页。
11 董醇：《度陇记》，咸丰元年（1851）《随轺载笔七种》刻本，卷二，页二十五。
12 董醇：《度陇记》，咸丰元年（1851）《随轺载笔七种》刻本，卷二，页二十五。
13 董醇《度陇记》以可蓝、都卢为两山，民国《平凉县志》卷一《地理》引《元和郡县志》以"都卢山"为"可蓝山"别名，今从《平凉县志》。
14 郑哲侯、朱离明：《平凉县志》，民国三十三年（1944）陇东日报社（平凉）铅印本，卷三，《杂俎》。
15 郑哲侯、朱离明：《平凉县志》，民国三十三年（1944）陇东日报社（平凉）铅印本，朱离明《平凉县志序》。
16 张恨水：《西游小记》（九），载《旅行杂志》，民国二十四年（1935）五月，第九卷，第五号，页七二。
17 郑哲侯、朱离明：《平凉县志》，民国三十三年（1944）陇东日报社（平凉）铅印本，卷三，《杂俎》。
18 奕䜣、陈邦瑞：《钦定平定陕甘新疆回匪方略》，光绪二十二年（1896）铅印本，卷五十八，同治二年十二月二十五日陕甘总督熙麟奏言。
19 奕䜣、陈邦瑞：《钦定平定陕甘新疆回匪方略》，光绪二十二年（1896）铅印本，卷一百十，同治四年七月初九日陕甘总督杨岳斌奏言。
20 奕䜣、陈邦瑞：《钦定平定陕甘新疆回匪方略》，光绪二十二年（1896）铅印本，卷一百三十九，同治五年八月十七日上谕。
21 奕䜣、陈邦瑞：《钦定平定陕甘新疆回匪方略》，光绪二十二年（1896）铅印本，卷一百四十五，同治六年正月初一日上谕。

22 奕䜣、陈邦瑞：《钦定平定陕甘新疆回匪方略》，光绪二十二年（1896）铅印本，卷一百四十六，同治六年正月十八日陕甘总督左宗棠奏言。
23 奕䜣、陈邦瑞：《钦定平定陕甘新疆回匪方略》，光绪二十二年（1896）铅印本，卷一百四十六，同治六年正月十八日陕甘总督左宗棠奏言。
24 郑哲侯、朱离明：《平凉县志》，民国三十三年（1944）陇东日报社（平凉）铅印本，卷三，《杂俎》。
25 平凉市地方志编纂委员会：《平凉市志》，中华书局（北京），1996年10月第1版，卷五，《城乡建设》，第164页。
26 张恨水：《西游小记》（九），载《旅行杂志》，民国二十四年（1935）五月，第九卷，第五号，页七〇。
27 裴景福：《河海昆仑录》，民国二十五年（1936）中华书局（上海）铅印本，卷二，页十七~十八。
28 魏光焘：《湖山老人述略》，载邵阳市政协文史资料研究委员会：《邵阳市文史资料》，1987年6月，第7辑，第105页。
29 惠登甲：《庆防纪略》，甘肃省图书馆1962年抄本，卷下，总第85页。
30 魏光焘：《湖山老人述略》，载邵阳市政协文史资料研究委员会：《邵阳市文史资料》，1987年6月，第7辑，第106页。
31 叶昌炽：《缘督庐日记钞》，北京图书馆出版社，2007年9月第1版，第3册，第123~124页。
32 裴景福：《河海昆仑录》，民国二十五年（1936）中华书局（上海）铅印本，卷二，页四九。
33 裴景福：《河海昆仑录》，民国二十五年（1936）中华书局（上海）铅印本，卷二，页四九。
34 裴景福：《河海昆仑录》，民国二十五年（1936）中华书局（上海）铅印本，卷二，页四九。
35 刘馨柏：《西北杂记（续）》，载《新医药刊》，民国二十四年（1935）第二十九期，页六八。
36 甘肃省档案馆：《甘肃生态环境珍档录（清代至民国）》，甘肃文化出版社（兰州），2013年11月第1版，第173~174页。
37 甘肃省档案馆：《甘肃生态环境珍档录（清代至民国）》，甘肃文化出版社（兰州），2013年11月第1版，第182页，"隆重县县长朱门为利用左公柳嫩枝从新栽植事给甘肃省政府主席朱绍良的呈"。
38 董醇：《度陇记》，咸丰元年（1851）《随轺载笔七种》刻本，卷三，页二十五。
39 所录为当下较为流行的版本，以合今人吟诵时较可能出现的面目。据光绪三十一年（1905）杨昌浚之子杨度辑刻的杨昌浚诗集《五好山房诗钞》卷四，此诗本为"上相筹边未肯还，湖湘子弟满天山。新栽杨柳三千里，引得春风度玉关"，并夹注"左侯令防军自泾至肃沿途均种杨柳，有拱把者矣"。流行本较原本有"大将"与"上相"之讹。

固原州

1 林则徐:《林则徐集·日记》,中华书局(北京),1962年4月第1版,第410页。
2 叶昌炽:《缘督庐日记钞》,北京图书馆出版社,2007年9月第1版,第3册,第124页。
3 王学伊:《新修固原州志》,宣统元年(1909)官报书局铅印本,卷一,《地舆志》,《古迹》,页二十一。
4 董醇:《度陇记》,咸丰元年(1851)《随轺载笔七种》刻本,卷二,页二十七。
5 刘敏宽:《固原州志》,万历四十三年(1615)刻本,上卷,《地理志》,页六。
6 陶保廉:《辛卯侍行记》,1982年文海出版社(台北)影印光绪二十三年(1897)养树山房刻本,卷三,页七〇~七一。
7 叶昌炽:《缘督庐日记钞》,北京图书馆出版社,2007年9月第1版,第3册,第126页。
8 董醇:《度陇记》,咸丰元年(1851)《随轺载笔七种》刻本,卷二,页二十七。
9 王学伊:《新修固原州志》,宣统元年(1909)官报书局铅印本,卷十,《艺文志》,《碑碣》,页二十三。
10 王学伊:《新修固原州志》,宣统元年(1909)官报书局铅印本,卷十,《艺文志》,《碑碣》,页二十三。
11 高良佐:《西北随轺记》,民国二十五年(1936)建国月刊社(南京)铅印本,页三三。
12 王学伊:《新修固原州志》,宣统元年(1909)官报书局铅印本,卷九,《艺文志》,《记》,页二十。
13 温世霖:《昆仑旅行日记》,民国三十年(1941)温氏自印本,页二十四。
14 张恨水:《西游小记》(一〇),载《旅行杂志》,民国二十四年(1935)六月,第九卷,第六号,页六四。
15 王学伊:《新修固原州志》,宣统元年(1909)官报书局铅印本,卷十,《艺文志》,《墓志》,《董少堡墓铭》,页十。
16 固原县志编纂委员会:《固原县志》,宁夏人民出版社(银川),1993年6月第1版,《文物志》,第911页。
17 王学伊:《新修固原州志》,宣统元年(1909)官报书局铅印本,卷十,《艺文志》,《碑碣》,页二十三。
18 碑文录于宣统《新修固原州志》卷十,《艺文志》,《墓志》,页十~十三。页六~七另有王学伊所撰《董少保墓铭》一文,1966年庞家堡子村民盗掘董福祥墓,董福祥墓志今失所踪。
19 袁大化:《抚新记程》,宣统三年(1911)铅印本,页二一。
20 魏光焘请吴大澂书碑事,见日本《书道》杂志1970年第8期《陈介祺与吴大澂手札特集》,第18~19页:"魏午庄观察属书《三关口开路记》,略仿《郙君碑》书之。午翁属交邓榕墅太宗购石摹勒,未知在省否?"

21 侯鸿鉴:《西北漫游记》,民国二十六年(1937)锡城印刷公司(无锡)铅印本,卷二,页三。
22 裴景福:《河海昆仑录》,民国二十五年(1936)中华书局(上海)铅印本,卷二,页一八。
23 董醇:《度陇记》,咸丰元年(1851)《随轺载笔七种》刻本,卷三,页二十二。
24 叶昌炽:《缘督庐日记钞》,北京图书馆出版社,2007年9月第1版,第3册,第511页。
25 张恨水:《西游小记》(一〇),载《旅行杂志》,民国二十四年(1935)六月,第九卷,第六号,页六四。
26 董醇:《度陇记》,咸丰元年(1851)《随轺载笔七种》刻本,卷二,页二十八。
27 顾祖禹:《读史方舆纪要》,康熙五年(1666)职思堂刻本,卷五十九,页卅三,《瓦亭山》。
28 陶保廉:《辛卯侍行记》,1982年文海出版社(台北)影印光绪二十三年(1897)养树山房刻本,卷三,页七一。
29 叶昌炽:《缘督庐日记钞》,北京图书馆出版社,2007年9月第1版,第3册,第127页。
30 袁大化:《抚新记程》,宣统三年(1911)铅印本,页二一。
31 袁大化:《抚新记程》,宣统三年(1911)铅印本,页十八。
32 叶昌炽:《缘督庐日记钞》,北京图书馆出版社,2007年9月第1版,第3册,第127页。
33 王学伊:《新修固原州志》,宣统元年(1909)官报书局铅印本,卷九,《艺文志》,《记》,页十八。
34 张廷玉:《明史》,中华书局(北京),1974年4月第1版,第4册,卷四十二,《志第十八》,《地理三》,"河南、陕西",第1004页。"平凉府""华亭:府南。西有小陇山。西北有瓦亭山,有瓦亭关巡检司,所谓东瓦亭也。东北有泾河"。
35 董醇:《度陇记》,咸丰元年(1851)《随轺载笔七种》刻本,卷二,页二十八。
36 叶昌炽:《缘督庐日记钞》,北京图书馆出版社,2007年9月第1版,第3册,第127页。
37 叶昌炽:《缘督庐日记钞》,北京图书馆出版社,2007年9月第1版,第3册,第127~128页。
38 《汉书》中《地理志》之"北地郡"记有"略畔道",颜师古注:"有略畔山,今在庆州界,其土俗呼曰'洛盘',音讹耳。"见《汉书》第6册,中华书局(北京)1962年6月第1版,第1616~1617页。
39 洪亮吉:《遣戍伊犁日记》,光绪三年(1877)授经堂家藏本,页一。
40 洪亮吉:《遣戍伊犁日记》,光绪三年(1877)授经堂家藏本,页八。
41 温世霖:《昆仑旅行日记》,民国三十年(1941)温氏自印本,页二十五。
42 张恨水:《西游小记》(一〇),载《旅行杂志》,民国二十四年(1935)六月,第九卷,第六号,页六四。

43	宁夏交通志编纂委员会：《宁夏通志·八·交通邮电卷上》，方志出版社（北京），2008年2月第1版，第118～119页。
44	林则徐：《林则徐集·日记》，中华书局（北京），1962年4月第1版，第411页。
45	董醇：《度陇记》，咸丰元年（1851）《随轺载笔七种》刻本，卷二，页二十八。
46	董醇：《度陇记》，咸丰元年（1851）《随轺载笔七种》刻本，卷三，页十九。
47	钱泳：《履园丛话》，道光十八年（1838）述德堂刻本，卷十四，《祥异》，页四。
48	姚宝煃、范崇楷：《西安县志》，嘉庆十六年（1811）刻本，卷十二，《水利》，页十四。
49	叶昌炽：《缘督庐日记钞》，北京图书馆出版社，2007年9月第1版，第3册，第128页。
50	袁大化：《抚新记程》，宣统三年（1911）铅印本，页二二。
51	王学伊：《新修固原州志》，宣统元年（1909）官报书局铅印本，卷九，《艺文志》，《记》，页二十一。
52	张集馨：《道咸宦海见闻录》，中华书局（北京），1981年11月第1版，第341～342页。
53	秦翰才：《左文襄公在西北》，民国三十五年（1946）商务印书馆（上海）重庆初版，页四三。
54	谢彬：《新疆游记》，民国十八年（1929）上海中华书局七版，《甘肃道里及政俗》，页三六。
55	裴景福：《河海昆仑录》，民国二十五年（1936）中华书局（上海）铅印本，卷二，页二二。
56	叶昌炽：《缘督庐日记钞》，北京图书馆出版社，2007年9月第1版，第3册，第128页。
57	叶昌炽：《缘督庐日记钞》，北京图书馆出版社，2007年9月第1版，第3册，第128页。
58	裴景福：《河海昆仑录》，民国二十五年（1936）中华书局（上海）铅印本，卷二，页二二。
59	陶保廉：《辛卯侍行记》，1982年文海出版社（台北）影印光绪二十三年（1897）养树山房刻本，卷三，页七六～七七。
60	桑丹桂、陈国栋：《重修隆德县志》，民国二十四年（1935）平凉文兴元书局石印本，卷三，《名宦》，页十二。
61	桑丹桂、陈国栋：《重修隆德县志》，民国二十四年（1935）平凉文兴元书局石印本，卷一，《建置》，页三十八。
62	桑丹桂、陈国栋：《重修隆德县志》，民国二十四年（1935）平凉文兴元书局石印本，卷一，《建置》，页三十八。
63	裴景福：《河海昆仑录》，民国二十五年（1936）中华书局（上海）铅印本，卷二，页二二。
64	裴景福：《河海昆仑录》，民国二十五年（1936）中华书局（上海）铅印本，卷二，

页二二~二三。
65　袁大化:《抚新记程》,宣统三年（1911）铅印本,页二二。
66　裴景福:《河海昆仑录》,民国二十五年（1936）中华书局（上海）铅印本,卷二,页二二~二三。

隆德县

1　杨昌浚:《甘肃忠义录传》,光绪十六年（1890）刻本,卷三,《丞倅州县各员列传》,页十二,《杨继昌传》。
2　祁韵士:《万里行程记》,光绪三十四年（1908）《问影楼舆地丛书》铅印本第五集,页一〇。
3　林则徐:《林则徐集·日记》,中华书局（北京）,1962年4月第1版,第411页。
4　董醇:《度陇记》,咸丰元年（1851）《随轺载笔七种》刻本,卷二,页二十九。
5　陶保廉:《辛卯侍行记》,1982年文海出版社（台北）影印光绪二十三年（1897）养树山房刻本,卷三,页七六。
6　袁大化:《抚新记程》,宣统三年（1911）铅印本,页二二~二三。
7　谢彬:《新疆游记》,民国十八年（1929）上海中华书局七版,《甘肃道里及政俗》,页三六~三七。
8　桑丹桂、陈国栋:《重修隆德县志》,民国二十四年（1935）平凉文兴元书局石印本,卷一,《建置》,页三十一。
9　桑丹桂、陈国栋:《重修隆德县志》,民国二十四年（1935）平凉文兴元书局石印本,卷一,《序》,页二。
10　桑丹桂、陈国栋:《重修隆德县志》,民国二十四年（1935）平凉文兴元书局石印本,卷四,《拾遗》,页四十四。
11　甘肃省地震志编纂委员会:《甘肃省志·地震志》,甘肃人民出版社（兰州）,1991年10月第1版,第287页。
12　桑丹桂、陈国栋:《重修隆德县志》,民国二十四年（1935）平凉文兴元书局石印本,卷四,《拾遗》,页五十一~五十二。
13　桑丹桂、陈国栋:《重修隆德县志》,民国二十四年（1935）平凉文兴元书局石印本,卷四,《拾遗》,页五十三。
14　叶昌炽:《缘督庐日记钞》,北京图书馆出版社,2007年9月第1版,第3册,第113页。
15　谢彬:《新疆游记》,民国十八年（1929）上海中华书局七版,《甘肃道里及政俗》,页三五。
16　"民国十七年岁大饥,斗粟值洋十元,市中往往断粮,有则或三升、或五千,零星籴粜,绝无载运三五斗以供人求者。人民求粮不得,初则采野菜杂粟类食之。粟尽纯食菜类,菜尽继之以荞皮、莜花、麦衣、豆衣、禾苗、榆皮等,凡草木之无毒者食之殆遍。至于吃油渣、咽糠粃者,亦不多得。既而宰食家畜,以顾目前之急。鸡鸭豕类几至绝种，而又宰羊牛驴马以继之，犹不足以免死亡。壮者多奔他乡，老幼妇女之不克往者死则死已耳，其未死者半为乞丐之流，鸠形菜色，几不足以复原状。秋收后，逃死于外者无论已。其生还者，多失农业，终不免为饿殍。此就土著言之耳。至于他乡难民逃入隆境，流离无所，举目无亲，久寄则囊空如洗，欲归则甑已生尘，嗷嗷野宿，终为道殣。伤心惨目，莫此为甚。大宪虽屡施赈济，然流民始蚁，恩泽难周。隆民造何罪孽，竟罹如此之奇灾乎！"以上载桑丹桂、陈国栋：《重修隆德县志》，民国二十四年（1935）平凉文兴元书局石印本，卷四，《拾遗》，页五十三。

17　桑丹桂、陈国栋：《重修隆德县志》，民国二十四年（1935）平凉文兴元书局石印本，卷四，《拾遗》，页五十四，"张海天哀旱歌"末句。
18　温世霖：《昆仑旅行日记》，民国三十年（1941）温氏自印本，页二十五。

静宁州

1　袁大化：《抚新记程》，宣统三年（1911）铅印本，页二三。
2　袁大化：《抚新记程》，宣统三年（1911）铅印本，页二三。
3　崇光：《陕北栒邑的农民生活——西北风土之一》，载《西北研究（西安）》，民国二十七年（1938）第三期，第11页。
4　温世霖：《昆仑旅行日记》，民国三十年（1941）温氏自印本，页二十六。
5　受庆龙：《静宁县新志》，民国三十二年（1943）抄本，卷五，《官师志》。
6　王烜：《静宁州志》，乾隆十一年（1746）刻本，卷二，《建置志》，《城池》，页二。
7　董醇：《度陇记》，咸丰元年（1851）《随轺载笔七种》刻本，卷二，页三十一。
8　王烜：《静宁州志》，乾隆十一年（1746）刻本，卷二，《建置志》，《官署》，页二。
9　张恨水：《西游小记》（一〇），载《旅行杂志》，民国二十四年（1935）六月，第九卷，第六号，页六六。
10　袁大化：《抚新记程》，宣统三年（1911）铅印本，页二三。
11　谢彬：《新疆游记》，民国十八年（1929）上海中华书局七版，甘肃道里及政俗，页三七。
12　裴景福：《河海昆仑录》，民国二十五年（1936）中华书局（上海）铅印本，卷二，页二四。
13　裴景福：《河海昆仑录》，民国二十五年（1936）中华书局（上海）铅印本，卷二，页十六。
14　董醇：《度陇记》，咸丰元年（1851）《随轺载笔七种》刻本，卷二，页三十一。
15　王烜：《静宁州志》，乾隆十一年（1746）刻本，卷二，《建置志》，《儒学附书院》，页五。
16　受庆龙：《静宁县新志》，民国三十二年（1943）抄本，卷五，《官师志》。
17　王烜：《静宁州志》，乾隆十一年（1746）刻本，卷二，《律置志》，《驿递》，页六。
18　裴景福：《河海昆仑录》，民国二十五年（1936）中华书局（上海）铅印本，卷二，页二四。

19 静宁县县志编纂委员会：《静宁县志》，甘肃人民出版社（兰州），1993年6月第1版，第一编，《地理》，第116页。
20 陶保廉：《辛卯侍行记》，1982年文海出版社（台北）影印光绪二十三年（1897）养树山房刻本，卷三，页八〇。
21 袁大化：《抚新记程》，宣统三年（1911）铅印本，页二四。
22 王学伊：《新修固原州志》，宣统元年（1909）官报书局铅印本，卷十二，《硝河城志》，页四。
23 董醇：《度陇记》，咸丰元年（1851）《随轺载笔七种》刻本，卷二，页三十一。
24 袁大化：《抚新记程》，宣统三年（1911）铅印本，页二四。
25 陶保廉：《辛卯侍行记》，1982年文海出版社（台北）影印光绪二十三年（1897）养树山房刻本，卷三，页八〇。
26 温世霖：《昆仑旅行日记》，民国三十年（1941）温氏自印本，页二十六。
27 袁大化：《抚新记程》，宣统三年（1911）铅印本，页二四。
28 甘肃省公路交通史编写委员会：《甘肃公路交通史（第一册）：古代道路交通、近代公路交通》，人民交通出版社（北京），1987年2月第1版，第194页、第230页。
29 甘肃省公路交通史编写委员会：《甘肃公路交通史（第一册）：古代道路交通、近代公路交通》，人民交通出版社（北京），1987年2月第1版，第231页。

会宁县

1 董醇：《度陇记》，咸丰元年（1851）《随轺载笔七种》刻本，卷二，页三十一。
2 毕光尧：《会宁县志》，道光十一年（1831）刻本，卷二，《舆地》，页十五。
3 董醇：《度陇记》，咸丰元年（1851）《随轺载笔七种》刻本，卷二，页三十二。
4 陶保廉：《辛卯侍行记》，1982年文海出版社（台北）影印光绪二十三年（1897）养树山房刻本，卷三，页八一。
5 毕光尧：《会宁县志正编》，民国二十七年（1938）抄本，上卷，序。
6 毕光尧：《会宁县志》，道光十一年（1831）刻本，卷二，《舆地》，页十四。
7 毕光尧：《会宁县志正编》，民国二十七年（1938）抄本，卷三，《建置》，页三。
8 段燕苹、刘庆笃、范德民、张济川：《会宁县志续编》，民国二十七年（1938）抄本，卷二，《建置志》，页二十。
9 段燕苹、刘庆笃、范德民、张济川：《会宁县志续编》，民国二十七年（1938）抄本，卷二，《建置志》，页三。
10 段燕苹、刘庆笃、范德民、张济川：《会宁县志续编》，民国二十七年（1938）抄本，卷二，《建置志》，页二十。
11 董醇：《度陇记》，咸丰元年（1851）《随轺载笔七种》刻本，卷三，页十三。
12 周秋光、曾桂林、向常水：《中国近代慈善事业研究·中》，天津古籍出版社，

2013年12月第1版，第十九章，《华洋义赈会》，第543~574页。
13　王烜源:《王烜诗文集》下册《存庐文录》。内部发行，1997年12月，第419~421页。
14　通渭县志编纂委员会:《通渭县志》，兰州大学出版社，1990年10月第1版，《大事记》，第24页。
15　林则徐:《林则徐集·日记》，中华书局（北京），1962年4月第1版，第412页。
16　董醇:《度陇记》，咸丰元年（1851）《随轺载笔七种》刻本，卷二，页三十二。
17　段燕苹、刘庆笃、范德民、张济川:《会宁县志续编》，民国二十七年（1938）抄本，卷十二，《艺文志》，页一。
18　段燕苹、刘庆笃、范德民、张济川:《会宁县志续编》，民国二十七年（1938）抄本，卷十二，《艺文志》，页三~四。
19　裴景福:《河海昆仑录》，民国二十五年（1936）中华书局（上海）铅印本，卷二，页二十四。
20　陶保廉:《辛卯侍行记》，1982年文海出版社（台北）影印光绪二十三年（1897）养树山房刻本，卷三，页八一。
21　叶昌炽:《缘督庐日记钞》，北京图书馆出版社，2007年9月第1版，第3册，第131页。
22　段燕苹、刘庆笃、范德民、张济川:《会宁县志续编》，民国二十七年（1938）抄本，卷二，《建置志》，页五。
23　董醇:《度陇记》，咸丰元年（1851）《随轺载笔七种》刻本，卷二，页三十二。
24　段燕苹、刘庆笃、范德民、张济川:《会宁县志续编》，民国二十七年（1938）抄本，卷二，《建置志》，页二十。
25　毕光尧:《会宁县志》，道光十一年（1831）刻本，卷十一，《艺文》，页十二。
26　叶昌炽:《缘督庐日记钞》，北京图书馆出版社，2007年9月第1版，第3册，第131页。
27　陶保廉:《辛卯侍行记》，1982年文海出版社（台北）影印光绪二十三年（1897）养树山房刻本，卷三，页八二。
28　裴景福:《河海昆仑录》，民国二十五年（1936）中华书局（上海）铅印本，卷二，页二六。
29　裴景福:《河海昆仑录》，民国二十五年（1936）中华书局（上海）铅印本，卷二，页二六。
30　裴景福:《河海昆仑录》，民国二十五年（1936）中华书局（上海）铅印本，卷二，页二六。
31　裴景福:《河海昆仑录》，民国二十五年（1936）中华书局（上海）铅印本，卷二，页二六。
32　裴景福:《河海昆仑录》，民国二十五年（1936）中华书局（上海）铅印本，卷二，页二七。
33　董醇:《度陇记》，咸丰元年（1851）《随轺载笔七种》刻本，卷二，页三十二。
34　董醇:《度陇记》，咸丰元年（1851）《随轺载笔七种》刻本，卷三，页十二。

35 段燕苹、刘庆笃、范德民、张济川:《会宁县志续编》,民国二十七年(1938)抄本,卷八,《交通志》,页二。
36 董醇:《度陇记》,咸丰元年(1851)《随轺载笔七种》刻本,卷三,页十二。
37 毕光尧:《会宁县志》,道光十一年(1831)刻本,卷九,《人物》,页十四。
38 段燕苹、刘庆笃、范德民、张济川:《会宁县志续编》,民国二十七年(1938)抄本,卷二,《建置志》,页四。
39 毕光尧:《会宁县志》,道光十一年(1831)刻本,卷九,《人物》,页十四~十五。
40 董醇:《度陇记》,咸丰元年(1851)《随轺载笔七种》刻本,卷二,页三十二。
41 温世霖:《昆仑旅行日记》,民国三十年(1941)温氏自印本,页二十七。
42 温世霖:《昆仑旅行日记》,民国三十年(1941)温氏自印本,页二十七。
43 林则徐:《林则徐集·日记》,中华书局(北京),1962年4月第1版,第412页。
44 温世霖:《昆仑旅行日记》,民国三十年(1941)温氏自印本,页二十七。
45 陶保廉:《辛卯侍行记》,1982年文海出版社(台北)影印光绪二十三年(1897)养树山房刻本,卷三,页八二。
46 裴景福:《河海昆仑录》,民国二十五年(1936)中华书局(上海)铅印本,卷二,页二五~二六。
47 裴景福:《河海昆仑录》,民国二十五年(1936)中华书局(上海)铅印本,卷二,页二六。
48 段燕苹、刘庆笃、范德民、张济川:《会宁县志续编》,民国二十七年(1938)抄本,卷二,《建置志》,页二十~二十一。
49 段燕苹、刘庆笃、范德民、张济川:《会宁县志续编》,民国二十七年(1938)抄本,卷十二,《艺文志》,页十四。
50 见《会宁县平政桥颂》,段燕苹、刘庆笃、范德民、张济川:《会宁县志续编》,民国二十七年(1938)抄本,卷十二,《艺文志》,页二七。
51 毕光尧:《会宁县志》,道光十一年(1831)刻本,卷二,《舆地》,页十六。
52 会宁县志编委会:《会宁县志》,甘肃人民出版社(兰州),1994年1月第1版,第七编,《文化志》,第898页。
53 毕光尧:《会宁县志》,道光十一年(1831)刻本,卷十一,《艺文》,页二十四。
54 陶保廉:《辛卯侍行记》,1982年文海出版社(台北)影印光绪二十三年(1897)养树山房刻本,卷三,页八三。
55 林则徐:《林则徐集·日记》,中华书局(北京),1962年4月第1版,第412页。
56 段燕苹、刘庆笃、范德民、张济川:《会宁县志续编》,民国二十七年(1938)抄本,序,页三。
57 段燕苹、刘庆笃、范德民、张济川:《会宁县志续编》,民国二十七年(1938)抄本,卷三,《民族志》,页三~四。

安定县

1. 裴景福：《河海昆仑录》，民国二十五年（1936）中华书局（上海）铅印本，卷二，页三一~三二。
2. 董醇：《度陇记》，咸丰元年（1851）《随轺载笔七种》刻本，卷三，页九。
3. 裴景福：《河海昆仑录》，民国二十五年（1936）中华书局（上海）铅印本，卷二，页三一~三二。
4. 董醇：《度陇记》，咸丰元年（1851）《随轺载笔七种》刻本，卷二，页三十五。
5. 温世霖：《昆仑旅行日记》，民国三十年（1941）温氏自印本，页二十七。
6. 董醇：《度陇记》，咸丰元年（1851）《随轺载笔七种》刻本，卷二，页三十五。
7. 董醇：《度陇记》，咸丰元年（1851）《随轺载笔七种》刻本，卷二，页三十五。
8. 段燕苹、刘庆笃、范德民、张济川：《会宁县志续编》，民国二十七年（1938）抄本，卷十二，《艺文志》，页二八。
9. 周桢：《定西县志》，民国十八年（1929）稿本，卷一，《建置》，《桥梁》。
10. 陶保廉：《辛卯侍行记》，1982年文海出版社（台北）影印光绪二十三年（1897）养树山房刻本，卷三，页八四。
11. 《绥中甘肃布政使王廷赞墓表》，载王晶辰：《辽宁碑志》，辽宁人民出版社（沈阳），2002年12月第1版，第314页。
12. 文锰、范炳勋：《绥中县志》，民国十六年（1927）辽宁作新印刷局铅印本，卷十一，《人物》，页七。任年参见宣统《甘肃全省新通志》卷五十二《国朝文职官表》。
13. 陶保廉：《辛卯侍行记》，1982年文海出版社（台北）影印光绪二十三年（1897）养树山房刻本，卷三，页八三~八四。
14. 《清实录》，中华书局（北京）影印本，1987年7月第1版，第二三册，《高宗纯皇帝实录（十五）》，卷一一三七，页二一七，乾隆四十六年七月下。
15. 《清实录》，中华书局（北京）影印本，1987年7月第1版，第十八册，《高宗纯皇帝实录（十〇）》，卷七六四，页三九一~三九二，乾隆三十一年七月上。
16. 《清实录》，中华书局（北京）影印本，1987年7月第1版，第二〇册，《高宗纯皇帝实录（十二）》，卷九五七，页九六九，乾隆三十九年四月下。
17. 《清实录》，中华书局（北京）影印本，1987年7月第1版，第二三册，《高宗纯皇帝实录（十五）》，卷一一四〇，页二六七，乾隆四十六年九月上。
18. 《清实录》，中华书局（北京）影印本，1987年7月第1版，第二三册，《高宗纯皇帝实录（十五）》，卷一一三七，页二一六，乾隆四十六年七月下。
19. 阿桂、冯培：《钦定兰州纪略》，1970年成文出版社（台北）影印乾隆钞本，册二，卷七，第438~439页。
20. 《清实录》，中华书局（北京）影印本，1987年7月第1版，第二三册，《高宗纯皇帝实录（十五）》，卷一一三一，页一二三，乾隆四十六年五月下。
21. 《清实录》，中华书局（北京）影印本，1987年7月第1版，第二三册，《高宗纯皇帝实录（十五）》，卷一一三八，页二二一，乾隆四十六年八月上。
22 《清实录》，中华书局（北京）影印本，1987年7月第1版，第二三册，《高宗纯皇帝实录（十五）》，卷一一三五，页一六一，乾隆四十六年六月下。
23 《清实录》，中华书局（北京）影印本，1987年7月第1版，第二三册，《高宗纯皇帝实录（十五）》，卷一一三七，页二一六～二一七，乾隆四十六年七月下。
24 《清实录》，中华书局（北京）影印本，1987年7月第1版，第二三册，《高宗纯皇帝实录（十五）》，卷一一四〇，页二六七，乾隆四十六年九月上。
25 屈海春：《乾隆朝甘肃冒赈案惩处官员一览表》，载《历史档案》，1996年6月，第2期，第74～78页。
26 董醇：《度陇记》，咸丰元年（1851）《随轺载笔七种》刻本，卷二，页三十五。
27 张尔介：《安定县志》，康熙十九年（1680）刻本，卷一，《地里》，《山川》，页二。
28 周桢：《定西县志》，民国十八年（1929）稿本，卷一，《舆地》，《古迹》。
29 林则徐：《林则徐集·日记》，中华书局（北京），1962年4月第1版，第412页。
30 陶保廉：《辛卯侍行记》，1982年文海出版社（台北）影印光绪二十三年（1897）养树山房刻本，卷三，页八五。
31 谢彬：《新疆游记》，民国十八年（1929）上海中华书局七版，《甘肃道里及政俗》，页三八。
32 裴景福：《河海昆仑录》，民国二十五年（1936）中华书局（上海）铅印本，卷二，页三三。
33 陶保廉：《辛卯侍行记》，1982年文海出版社（台北）影印光绪二十三年（1897）养树山房刻本，卷三，页八五。
34 孙锡祺：《从西安到华家岭》，载《旅行杂志》，民国二十八年（1939）四月，第十三卷，第四期，页二三。
35 张恨水：《西游小记》（一〇），载《旅行杂志》，民国二十四年（1935）六月，第九卷，第六号，页六三。
36 袁枚：《牍外余言》，载《袁枚全集新编》，浙江古籍出版社（杭州），2018年5月第1版，第八册，《牍外余言》，卷一，页一〇。
37 桑丹桂、陈国栋：《重修隆德县志》，民国二十四年（1935）平凉文兴元书局石印本，卷四，《拾遗》，页五十一。
38 桑丹桂、陈国栋：《重修隆德县志》，民国二十四年（1935）平凉文兴元书局石印本，卷四，《拾遗》，页五十五。
39 桑丹桂、陈国栋：《重修隆德县志》，民国二十四年（1935）平凉文兴元书局石印本，卷四，《拾遗》，页五十五。
40 桑丹桂、陈国栋：《重修隆德县志》，民国二十四年（1935）平凉文兴元书局石印本，卷四，《拾遗》，页五十五。
41 桑丹桂、陈国栋：《重修隆德县志》，民国二十四年（1935）平凉文兴元书局石印本，卷四，《拾遗》，页五十五。
42 张恨水：《西游小记》（一〇），载《旅行杂志》，民国二十四年（1935）六月，第九卷，第六号,页六七。
43 张恨水:《西游小记》(一〇),载《旅行杂志》,民国二十四年(1935)六月,第九卷,第六号,页六七。
44 张恨水:《西游小记》(一〇),载《旅行杂志》,民国二十四年(1935)六月,第九卷,第六号,页六九。
45 张恨水:《西游小记》(一〇),载《旅行杂志》,民国二十四年(1935)六月,第九卷,第六号,页六九。
46 孙锡祺:《从西安到华家岭》,载《旅行杂志》,民国二十八年(1939)四月,第十三卷,第四期,页二八。
47 孙锡祺:《从西安到华家岭》,载《旅行杂志》,民国二十八年(1939)四月,第十三卷,第四期,页二八。
48 通渭县志编纂委员会:《通渭县志》,兰州大学出版社,1990年10月第1版,第一编,《建置》,第49页。
49 茅盾:《风雪华家岭》,载《青年文艺(桂林)》,民国三十一年(1942)十二月,第一卷,第二期,第17页。
50 茅盾:《风雪华家岭》,载《青年文艺(桂林)》,民国三十一年(1942)十二月,第一卷,第二期,第17页。
51 茅盾:《风雪华家岭》,载《青年文艺(桂林)》,民国三十一年(1942)十二月,第一卷,第二期,第18页。
52 西北公路运输管理局:《西北公路交通要鉴》,民国二十九年(1940年)铅印本,《西北公路路线简明情形》,第7~8页。
53 茅盾:《风雪华家岭》,载《青年文艺(桂林)》,民国三十一年(1942)十二月,第一卷,第二期,第18页。
54 叶昌炽:《缘督庐日记钞》,北京图书馆出版社,2007年9月第1版,第3册,第134页。
55 咸丰元年(1851)董醇《度陇记》、民国十八年(1929)周桢《定西县志》皆因循清康熙十九年(1680)《安定县志》旧说记作"宋绍圣中泾原道经略使章楶所筑",民国三十八年(1949)郭汉儒《重修定西县志》本作"宋绍圣三年泾原道经略使章楶所筑",然而泾原路经略使章楶到任渭州(今甘肃平凉)已在绍圣四年(1097)正月,不可能之前一年筑城,加之《宋史》章楶传中无载,于是校雠者划去此句,改为"宋元丰四年熙河路经制李宪所筑",不知所本。实则筑城之人,《宋史》内有明确记载,卷三百四十八《钟会传》,"用李宪荐,为兰州推官……又与熙州王文郁进筑安西城"(北京中华书局1977年11月第1版《宋史》第32册,第11027页);卷三百五十《王文郁传》,"为熙河将……筑安西城、金城关……"(同书同册第11075页)。或以王文郁为李宪(子范,1042~1092)所荐,章楶为一路统帅、御夏名将,故而撰书者将筑城之功冒于二人名下。
56 郭汉儒:《重修定西县志》,民国三十八年(1949)稿本,卷六,《律署志》,《城郭》。
57 周桢:《定西县志》,民国十八年(1929)稿本,卷二,《建置》,《城池》。

58　董醇:《度陇记》,咸丰元年(1851)《随轺载笔七种》刻本,卷三,页七。
59　董醇:《度陇记》,咸丰元年(1851)《随轺载笔七种》刻本,卷二,页三十六。
60　温世霖:《昆仑旅行日记》,民国三十年(1941)温氏自印本,页二十七。
61　裴景福:《河海昆仑录》,民国二十五年(1936)中华书局(上海)铅印本,卷二,页三五。
62　温世霖:《昆仑旅行日记》,民国三十年(1941)温氏自印本,页二十七。
63　温世霖:《昆仑旅行日记》,民国三十年(1941)温氏自印本,页二十七。
64　温世霖:《昆仑旅行日记》,民国三十年(1941)温氏自印本,页二十七。
65　温世霖:《昆仑旅行日记》,民国三十年(1941)温氏自印本,页二十七。
66　郭汉儒:《定西县志》,民国三十八年(1949)稿本,卷七,《建置志》,《祠庙》。
67　许珌:《铁堂诗草》,乾隆五十五年(1790)兰山书院刻本,自序,页一。
68　王士禛:《带经堂集》,康熙五十七年(1718)程哲七略书堂刻本,卷四十九,《渔洋文集》卷十一,《行述》,页九,《诰封宜人先室张氏行述》。
69　许珌:《铁堂诗草》,乾隆五十五年(1790)兰山书院刻本,卷下,页二十四~二十五,《广陵岁寒行酬贻上》:"……凌晨公车将北指,出门茫茫向谁布。使君清名世所无,条脱双遗宝光紫。虫须鸟翼嵌乌丝,饳漆施铅图百子。此物自是内闱珍,廉吏倾橐至钗珥。夫人中丞之女孙,名阀咏雪称贤媛。视墉发笥佐君子,使君乃得追平原。忆昔邹平宪百度,云间考功在及门。当年绛帐分灯火,尚书太学如弟昆。考功居常述世系,华东老人重高第。镜具难酹太尉知,此后渊源慎勿替。何期闺阁有祖风,肯散香奁助交际。感激悠悠岐路人,被佩岂是寻常惠?……"
70　许珌:《铁堂诗草》,乾隆五十五年(1790)兰山书院刻本,自序,页二。
71　李斗:《扬州画舫录》,乾隆六十年(1795)自然盦刻本,卷十,页十。
72　陈康祺:《郎潜纪闻》,清光绪刻本,卷九,页八。
73　徐珂:《清稗类钞》,民国六年(1917)上海商务印书馆铅印本,第二十册,《义侠上》,页三二,《王文简夫人有侠性》。
74　周桢:《定西县志》,民国十八年(1929)稿本,卷六,《补遗》,《琐闻》,《许铁堂》:"前邑令许公,闽海诗人也。部铨安定,路过孟津河,见对船有一官衔灯亦书'安定县正堂',公意是必赝冒者。俟过船后,投刺往谒,见其人风流蕴借,谈及诗文,居然名士,大相敬爱。途次枝阳,公询上任日期,欲正其讹,其人始言姓名是文文山,曰:'我新授安定县城隍,令一同到任,但阴阳各别,我今告论,公到任后,于夜静时单身至庙可再会。'公如言晋谒,则邀入退祠,款洽备至。公恋其情,每夜必往。后一夜归,见西廊下一人绾锁,头插一烛,公询其故,曰'此新城内人,因进城时,伊将油污我,故令受罚。'公回衙,令人至新城探问,有患头痛者否。果有人于数日前头痛欲裂,百药罔效,以公问故,恳求良方。公令于隍庙西廊下祷之可愈,其人如公命,病若失。初,头痛人在门前,见一大旋风过,以为不祥,唾之。即打寒噤,患头痛,神所谓'油泼衣者',此也。后入庙门,庭寂然竟无所遇,乃知为泄机之故。公献一匾,文曰'信国灵长',又联云'自信飘零如武部,不知昭假有文山',至今尤悬殿檐。"

75　郭汉儒:《重修定西县志》,民国三十八年(1949)稿本,卷三十三《金石志》,《石刻二》。

76　戴璐:《藤阴杂记》,嘉庆五年(1800)石鼓斋刻本,卷七,页十二。

77　周桢:《定西县志》,民国十八年(1929)稿本,卷六,《补遗》,《琐闻》,《廖医生》:"廖生,素业痘疹,四川人。一日同伴出东门外,忽颠踬仆地,称案犯被逮。众询其故,云'城隍神差役拿我,已铁索贯吾颈矣'。君等宁未之见也,问何案,曰'命案'。初,民国元年,四川军变大乱,廖乘履约无赖十余人,夜至一乡村富室家掠取财物殆尽,一家大小无少长尽歼之。廖言冤鬼诉之冥曹,诸人皆到案,惟廖在甘,因行关文至,故被逮耳。人问关文若何,廖言隍庙门首若大虎头牌悬挂宣吾罪状,君岂不见而问我也?因朗诵关文一过。廖固识字无多,人咸信非伊所能者。无何遍身起青泡,至四十日方死。善恶报应,固属昭昭,而定西城隍神之灵应,尤非他县可比。此民国四年事也。"

78　周桢:《定西县志》,民国十八年(1929)稿本,卷六,《补遗》,《琐闻》,《黄收发》:"邑令萧公任内,有一黄姓司收发事人,皆称'黄收发'。一遇讼案,大开贿门,辄能上下其手,颠倒是非,使贫者含冤莫伸,人皆切齿,无可如何。一日,南关某民妇祟于邪,传言城隍神所最怒者,现有三人,一为黄收发,一为商户小路儿,一为壮役马占魁。凡涉讼者,行贿必倩小路担钱,马通关节,三人狼狈为奸,无恶不作,神怒其殃民,行见处罚矣。人皆以为狂语,未深信。未几,黄得喘症死。又未几,小路腿疼毙命。马始大惧,日祷于神,冀得免,无何亦无病猝死。呜呼,城隍如此显应,作恶者亦可以知炯戒矣。"

79　郭汉儒:《重修定西县志》,民国三十八年(1949)稿本,卷三十六,《大事记下》。

80　定西县志编纂委员会:《定西县志》,甘肃人民出版社(兰州),1990年10月第1版,第七编,《人物》,第861页。

81　许珌:《铁堂诗草》,乾隆五十五年(1790)兰山书院刻本,卷下,页三十七~三十八,《解组后别安定父老四首》(从《安定志》钞入)。

82　张尔介:《安定县志》,康熙十九年(1680)刻本,卷八,《艺文》,页六十八~六十九。

83　许珌:《铁堂诗草》,乾隆五十五年(1790)兰山书院刻本,卷下,页三十七,《解组后别安定父老四首》(从《安定志》钞入)。

84　许珌:《铁堂诗草》,乾隆五十五年(1790)兰山书院刻本,《跋》,《轶事及题赠诗》,页三。

85　王士禛:《带经堂集》,康熙五十七年(1718)程哲七略书堂刻本,卷三十,《渔洋续诗》卷八,页三~四,全诗题为《用东坡先生清虚堂韵,送黄无庵佥宪归甘肃,兼寄许天玉》。

86　张尔介:《安定县志》,康熙十九年(1680)刻本,卷六,《人物》,《名宦》,页二十七~二十八。

87　黎士弘:《托素斋文集》,清康熙刻本,卷三,页六十六,《许铁堂先生铙歌书后》。

88　许珌:《铁堂诗草》,乾隆五十五年(1790)兰山书院刻本,《跋》,《轶事及题赠诗》,页五。
89　道光二十七年(1847)安定县知县胡荐夒所撰《许铁堂先生祠碑记》:"适林节使少穆过境,以同里故,询及墓所。"不曾准确提及林则徐过境时间。林则徐赴戍过境时在道光二十二年七月二十五日(1842年8月30日),《林则徐日记》是日:"琦令在省未回,其典史黄鲁江(苏州人,泸州牧鲁溪胞弟)来迎。"可知当时安定县知县并非胡荐夒,且与建祠相距五载,未免太久。民国三十八年(1949)《重修定西县志》卷二十四《职官志》记胡荐夒道光二十八年(1848)就任安定县知县,亦非,因《祠碑记》立于二十七年,且二十八年林则徐已在云贵总督任上,其后再未踏足西北。因此二人相见,应是在建祠之前两年的道光二十五年(1845)林则徐自新疆伊犁释回途经安定县时。
90　郭汉儒:《重修定西县志》,民国三十八年(1949)稿本,卷三十三,《金石志》,石刻二。
91　郭汉儒:《重修定西县志》,民国三十八年(1949)稿本,卷三十三,《金石志》,石刻二。
92　许珌:《铁堂诗草》,乾隆五十五年(1790)兰山书院刻本,卷下,页四十五,《补逸》,《庚戌长至后,西巩驿寓对雪书怀,赋得十截句(选六)》。
93　郭汉儒:《重修定西县志》,民国三十八年(1949)稿本,卷二十三,《交通志》,《驿站》。
94　董醇:《度陇记》,咸丰元年(1851)《随轺载笔七种》刻本,卷二,页三十七。
95　林则徐:《林则徐集·日记》,中华书局(北京),1962年4月第1版,第413页。
96　陶保廉:《辛卯侍行记》,1982年文海出版社(台北)影印光绪二十三年(1897)养树山房刻本,卷三,页八七。
97　陶保廉:《辛卯侍行记》,1982年文海出版社(台北)影印光绪二十三年(1897)养树山房刻本,卷三,页八七。
98　定西县志编纂委员会:《定西县志》,甘肃人民出版社(兰州),1990年10月第1版,第三章,《水系》,《称沟河水系》,第85页。
99　郭汉儒:《重修定西县志》,民国三十八年(1949)稿本,卷二十二,《军警志》,《堡砦碉堡表》。
100　陶保廉:《辛卯侍行记》,1982年文海出版社(台北)影印光绪二十三年(1897)养树山房刻本,卷三,页八七。
101　董醇:《度陇记》,咸丰元年(1851)《随轺载笔七种》刻本,卷二,页三十七。
102　陶保廉:《辛卯侍行记》,1982年文海出版社(台北)影印光绪二十三年(1897)养树山房刻本,卷三,页八七。
103　祁韵士:《万里行程记》,光绪三十四年(1908)《问影楼舆地丛书》铅印本第五集,页一一。
104　陶保廉:《辛卯侍行记》,1982年台北文海出版社影印光绪二十三年(1897)养树山房刻本,卷三,页八七。

105 周桢:《定西县志》,民国十八年(1929)稿本,卷一,《舆地》,《山脉》。
106 慕寿祺:《甘宁青史略》,民国二十六年(1937)兰州俊华印书馆铅印本,正编卷廿八,页二五,《豫匪谋直扑兰州不果》。
107 范晔:《后汉书》,中华书局(北京),1965年5月第1版,第三册,卷十七,《冯岑贾列传第七》,页六六〇。
108 范晔:《后汉书》,中华书局(北京),1965年5月第1版,第三册,卷十七,《冯岑贾列传第七》,页六六二。
109 陈柱:《中华民国史》,岳麓书社(长沙),2011年8月第1版,第二章,第六节,《白狼之乱》,第11页。
110 乾县县志编纂委员会:《乾县志》,陕西人民出版社,2003年4月第1版,《军事》,第681页。
111 张恨水:《西游小记》(一一),载《旅行杂志》,民国二十四年(1935)七月,第九卷,第七号,页五七。

图书在版编目（CIP）数据

萧关道/胡成著. -- 昆明：云南人民出版社，2024.6
ISBN 978-7-222-22835-1

Ⅰ.①萧… Ⅱ.①胡… Ⅲ.①随笔-作品集-中国-当代 Ⅳ.①I267.1

中国国家版本馆CIP数据核字(2024)第099785号

责任编辑：柴　锐　金学丽
特约编辑：肖　瑶
装帧设计：周伟伟
内文制作：陈基胜
责任校对：柳云龙
责任印制：代隆参

萧关道

胡成 著

出　　版	云南人民出版社
发　　行	云南人民出版社
社　　址	昆明市环城西路609号
邮　　编	650034
网　　址	www.ynpph.com.cn
E-mail	ynrms@sina.com
开　　本	1230mm × 880mm　1/32
印　　张	19.75
字　　数	412千
版　　次	2024年6月第1版第1次印刷
印　　刷	肥城新华印刷有限公司
书　　号	ISBN 978-7-222-22835-1
定　　价	98.00元